WILLIAM BOYD
BRAZZAVILLE BEACH

ROMAN

Aus dem Englischen
von Gertraude Krueger

KAMPA

Die englische Originalausgabe erschien 1990 unter dem Titel *Brazzaville Beach* im Verlag Sinclair-Stevenson Limited, London. Die deutsche Erstausgabe erschien 1993 im Rowohlt Verlag, Reinbek bei Hamburg.

Videoporträt von William Boyd auf www.kampaverlag.ch/kampa-tv

Für den Blick hinter die Verlagskulissen: www.kampaverlag.ch/newsletter

KAMPA POCKET
DIE ERSTE KLIMANEUTRALE TASCHENBUCHREIHE
Gedruckt auf säurefreiem und chlorfrei gebleichtem Papier zur Unterstützung verantwortungsvoller Waldnutzung, zertifiziert durch das Forest Stewardship Council. Der Umschlag enthält kein Plastik. Kampa Pockets werden klimaneutral gedruckt, kampaverlag.ch / nachhaltig informiert über das unterstützte CO_2-Kompensationsprojekt.

Der Kampa Verlag wird in der Schweiz vom Bundesamt für Kultur mit einem Strukturbeitrag für die Jahre 2021 – 2024 unterstützt.

Veröffentlicht im Juni 2023 als Kampa Pocket

Covergestaltung: Lara Flues, Kampa Verlag
Covermotiv: © Léa Morichon
Satz: Tristan Walkhoefer, Leipzig
Gesetzt aus der Stempel Garamond LT / 230130
Druck und Bindung: GGP Media GmbH, Pößneck
Auch als E-Book erhältlich
ISBN 978 3 311 15057 2

www.kampaverlag.ch

für Susan

»Ein Leben ohne Selbsterforschung verdient gar nicht, gelebt zu werden.«

Sokrates

PROLOG

Ich wohne am Brazzaville Beach. Brazzaville Beach am Rande von Afrika. Da bin ich angeschwemmt worden, könnte man sagen, habe mich abgesetzt wie eine Treibholzspiere und stecke eine Zeit lang fest im warmen Sand, knapp über der Hochwassermarke.

Bis zum vergangenen April hatte der Strand überhaupt keinen Namen. Dann wurde er zu Ehren der berühmten *Conferençia dos Quadros* getauft, die vor ein paar Jahren, 1964, in Kongo Brazzaville stattfand. Niemand weiß warum, aber eines Tages stellten Arbeiter über der Lateritstraße, die zum Ufer hinunterführt, dieses Schild auf: »Brazzaville Beach«, und darunter stand *Conferençia dos Quadros, Brazzaville, 1964*.

Es ist ein Anzeichen dafür, sagen manche, dass die Regierung gemäßigter wird, dass sie die Wunden von unserem eigenen Bürgerkrieg heilen will, indem sie einen historischen Augenblick im Freiheitskampf eines anderen Landes würdigt. Wer weiß? Wer kann auf solche Fragen je eine Antwort geben? Aber der Name gefällt mir, und allen anderen, die hier in der Gegend wohnen, gefällt er auch. Binnen einer Woche haben wir ihn alle unbefangen benutzt. Wo wohnen Sie? Am Brazzaville Beach. Es kam einem ganz natürlich vor.

Ich wohne dort am Strand in einem ausgebauten Strandhäuschen. Ich habe ein großes kühles Wohnzimmer mit einer Frontseite aus ineinandergreifenden Schiebetüren, die direkt auf eine große Sonnenterrasse hinausgehen. Außerdem gibt es ein Schlafzimmer, ein großzügiges Bad mit Wanne und Dusche und, in einem Anbau an der Rückseite, eine winzige dunkle Küche. Hinter dem Haus ist mein Garten: Sand, büscheliges Gras, ein paar prosaische Sträucher, ein Gemüsebeet und eine Hibiskushecke voll leuchtender Blüten.

Der Strand hat schon bessere Tage gesehen, das stimmt, aber mir scheint, die Jahre seines Niedergangs sind vorbei. Ich habe jetzt Nachbarn: den deutschen Manager der Bauxitminen – mein Chef, nehme ich an – und auf der anderen Seite einen ulkigen, stämmigen Syrer, der in der Stadt ein Import-Export-Unternehmen sowie ein paar China-Restaurants betreibt.

Sie sind nur am Wochenende da, deshalb habe ich hier unter der Woche alles mehr oder weniger für mich. Aber ich bin trotzdem nie allein. Da ist immer jemand am Strand: Fischer, Volleyballspieler, Herumtreiber, Strandgutsammler. Es kommen auch europäische Familien. Franzosen und Portugiesen, Deutsche und Italiener. Keine Männer, bloß Frauen, viele davon schwanger, und lärmende kleine Kinder. Die Kinder spielen, die Frauen sitzen da und schwatzen, rauchen und sonnen sich und schimpfen ihre Kinder aus. Wenn am Strand nicht viel los ist, nehmen sie manchmal verstohlen das Bikinioberteil ab und setzen ihre weichen, fahlen Brüste der afrikanischen Sonne aus.

Hinter meinem Haus, jenseits des Palmenhains, liegt das Dorf – eine langgestreckte Barackensiedlung aus Lehmhütten und Schuppen, die den gestrüppreichen Landstreifen zwischen der baumgesäumten Küste und der Hauptstraße zum Flugplatz einnimmt. Ich lebe allein – was mir sehr recht ist –, aber es ist so viel Leben um mich herum, dass ich nie einsam bin.

Ich habe sogar einen Freund, sozusagen. Man könnte ihn wohl so nennen, auch wenn sich zwischen uns nie etwas auch nur annähernd Fleischliches abgespielt hat. Wir gehen ein-, zweimal die Woche zusammen im Airport-Hotel essen. Gunther Neuffer heißt er; ein schüchterner, griesgrämiger, schlaksiger Mann Mitte dreißig mit einem Hörgerät. Er ist Verkaufsleiter im Bauxitwerk. Er ist erst ein halbes Jahr hier, wirkt aber jetzt schon ausgelaugt und afrikamüde, der blindwütigen Energie und Hektik, der brutalen Frustrationen und erbarmungslosen Körperlichkeit hier überdrüssig. Er sehnt sich nach dem kühlen, ordentlichen Göttingen, seiner Heimatstadt. Ich erinnere ihn an seine jüngere Schwester Ulrike, sagt er. Manchmal habe ich den Verdacht, dass das der einzige Grund ist, warum er mit mir ausgeht: Ich bin eine gespenstische Verbindung zu seinem alten Leben, mit mir sitzt ihm der Geist Europas gegenüber.

Aber ich sollte nicht abschweifen: Gunther spielt in dieser Geschichte keine wesentliche Rolle. Ich stelle ihn nur vor, um meine gegenwärtigen Verhältnisse zu erläutern. Gunther gibt mir Arbeit. Ich verdiene meinen Lebensunterhalt hauptsächlich damit, dass ich halbtags als kaufmännische Übersetzerin für ihn arbeite, wofür er mich viel zu gut bezahlt. Ja, wenn ich den Job bei Gunther nicht hätte, könnte ich nicht am Brazzaville Beach leben. Was ich mache, wenn er mal geht, ist mir schleierhaft. In der Zwischenzeit ist ein melancholisches Essen im Airport-Hotel keine Strafe.

Ich liebe den Strand, aber bisweilen frage ich mich, was ich eigentlich hier mache? Ich bin jung, ich bin alleinstehend, ich habe Angehörige in England, ich verfüge über alle möglichen eindrucksvollen wissenschaftlichen Qualifikationen. Warum also ist der Strand mein Zuhause geworden …?

Wie soll ich Ihnen das erklären? Ich bin hier, weil ich zweimal nacheinander in seltsame und außergewöhnliche Ereignisse verwickelt wurde und Zeit brauchte, um sie abzuwägen, sie zu bewerten. Ich muss begreifen, was sich da abgespielt hat, ehe ich gewissermaßen wieder in mein Alltagsleben einsteigen kann. Kennen Sie dieses Gefühl? Das Verlangen, erst einmal halt zu rufen, zu sagen: Es reicht, nicht so schnell, lasst mich mal Luft holen.

Zwei Ereignisketten also. Eine in England, als erstes, und dann eine in Afrika. Zwei Geschichten zu erzählen. Ich habe mich nach Afrika geflüchtet, um dem zu entfliehen, was in England passiert war, und dann hat mich Afrika, wie dieser Kontinent das so zu tun pflegt, noch mehr hineingeritten.

Aber so kann man nicht anfangen.

Noch ein Problem: Wie beginne ich? Wie soll ich Ihnen erzählen, was mir passiert ist?

Ich heiße Hope Clearwater ... Oder: »Hope Clearwater ist diese große junge Frau, die am Brazzaville Beach wohnt.« Das ist gar nicht so einfach. Mit welcher Stimme soll ich sprechen? Ich war anders damals, und jetzt bin ich wieder anders.

Ich bin Hope Clearwater. Sie ist Hope Clearwater. Alles bin ich, im Grunde genommen. Versuchen Sie, das im Kopf zu behalten, auch wenn es zunächst vielleicht etwas verwirrend ist.

Wo soll ich anfangen? In Afrika, denke ich, ja, aber weit weg vom Brazzaville Beach.

Eine letzte Anmerkung: Das Wesentliche an der ganzen Sache ist Ehrlichkeit, sonst brauche ich gar nicht erst damit zu beginnen.

Also: Fangen wir mit dem Tag an, als ich mit Clovis zusammen war. Wir beide, ganz allein. Ja, das ist eine gute Stelle ...

BRAZZAVILLE BEACH

Mit Clovis bin ich nie so recht warm geworden, er war viel zu dumm, um richtige Zuneigung zu wecken, aber ein kleiner Winkel in meinem Herzen stand ihm stets offen, vor allem – denke ich –, weil er sich immer ganz instinktiv und unbewusst die Hände über die Genitalien legte, wenn er unruhig oder nervös war. Das ist doch ein recht einnehmender Zug, dachte ich, und es zeigte eine natürliche Verletzlichkeit, die in krassem Gegensatz zu seinen üblichen Launen stand: kesser Arroganz oder ausschließlicher, unbeirrter Beschäftigung mit sich selbst. In der Tat war er jetzt mit sich selbst beschäftigt, wie er da so großspurig herumlümmelte, die Stirn in Falten legte, immer wieder die Lippen schürzte – wobei er mir überhaupt keine Beachtung schenkte – und ab und zu geistesabwesend an seiner Zeigefingerspitze schnüffelte. So war er jetzt schon über eine Stunde lang zugange, und in was er früher am Tag auch den Finger gesteckt haben mochte, es war offenbar ziemlich geruchsintensiv gewesen, um nicht zu sagen narkotisch, und nicht wieder wegzubekommen. Wie ich Clovis kannte, fürchtete ich, er könnte bis in alle Ewigkeit in dieser Untätigkeit verharren. Ich sah auf die Uhr. Wenn ich jetzt zurückginge, müsste ich womöglich mit diesem kleinen Drecksack Hauser reden … Ich wog das Für und Wider ab: die eine Stunde, die ich noch hatte, hier bei Clovis zubringen oder Gefahr laufen, Hausers zynischen Klatsch ertragen zu müssen, nichts als schleimige Andeutungen und versteckte Gemeinheiten.

Soll ich Ihnen jetzt von Hauser erzählen, frage ich mich? Nein, wohl lieber nicht. Hauser und die anderen werden uns noch beschäftigen, wenn wir ihnen begegnen. Sie können eine Weile warten; kehren wir zu Clovis zurück.

Ich setzte mich anders hin, nahm die Beine auseinander und streckte sie vor mir aus. Anscheinend hatte sich eine kleine Ameise unter meinem BH-Träger verfangen, und ich verwandte ein paar unbehagliche Minuten auf den vergeblichen Versuch, sie aufzuspüren. Clovis sah ungerührt zu, wie ich mir erst die Bluse und dann den BH auszog. Ich fand zwar kein Insekt, entdeckte aber seine Spuren – ein säuberliches Nest von rosa Stichen unter meiner linken Achsel. Ich schmierte Spucke darauf und zog mich wieder an. Als ich den obersten Blusenknopf zumachte, verlor Clovis offenbar das Interesse an mir. Er schlug sich einmal brüsk auf die Schulter, kletterte in den Muskatnussbaum, unter dem er gesessen hatte, dann schwang er sich mit kraftvollen, leichten Bewegungen durch das Geäst, sprang weiter auf einen benachbarten Baum und war verschwunden, außer Sichtweite, Richtung Nordost zu den Hügeln des Steilabbruchs hin.

Ich sah wieder auf die Uhr und notierte den Zeitpunkt seines Abzugs. Vielleicht wollte er jetzt wieder zu den anderen aus seiner Gruppe zurück? Es war durchaus schon vorgekommen, dass Clovis einen Tag allein verbracht hatte, aber üblich war es nicht – er war ein geselliges Tier, selbst nach Schimpansenmaßstäben. Ich hatte ihn drei Stunden lang beobachtet, und während dieser Zeit hatte er so gut wie gar nichts Bemerkenswertes oder Ungewöhnliches getan – aber das war natürlich auch wert, festgehalten zu werden. Ich stand auf, streckte mich und ging zu dem Muskatnussbaum, um mir Clovis' Kot anzuschauen. Ich holte ein Probefläschchen aus meiner Tasche und sammelte mit einem Zweig etwas Kot ein. Das würde mein Geschenk für Hauser sein.

Ich wanderte den Pfad zurück, der mich ungefähr in die Richtung zum Camp führte. Die Wege in diesem Waldstück waren zum großen Teil vor Kurzem frei gemacht worden, und man kam leicht voran. Ich hatte an wichtigen Kreuzungen Markierungen und Wegweiser an die Bäume nageln lassen, damit ich mich leichter zurechtfand. Dieser Abschnitt des Schutzgebiets, südlich des großen Stroms, war mir viel weniger vertraut als der Hauptforschungsbereich im Norden.

Ich ging in gleichmäßigem, stetigem Tempo – ich hatte es nicht sonderlich eilig zurückzukommen und war sowieso rechtschaffen müde. Die Nachmittagshitze hatte ihre eigentliche Kraft verloren. Ich konnte die Sonne auf den obersten Zweigen der Bäume sehen, aber hier unten am Waldboden war nichts als dunkler Schatten. Ich genoss diese Heimwege am Ende des Tages, und die beschränkte Sicht im Wald gefiel mir besser als eindrucksvollere Panoramen – ich war lieber eingeschlossen als exponiert. Ich hatte die Vegetation gern dicht um mich herum, Büsche und Zweige, die mich streiften, den muffigen Geruch von moderndem Laub und die gefilterte, verschleierte Neutralität des Lichts.

Im Gehen zog ich eine Zigarette heraus. Es war eine Tusker, eine einheimische Marke, stark und süß. Während ich sie anzündete und den Rauch einsog, dachte ich an meinen Ex-Mann, John Clearwater. Das war die augenfälligste Hinterlassenschaft unserer kurzen Ehe – eine schlechte Angewohnheit. Es gab noch andere, natürlich, andere Hinterlassenschaften, aber die waren mit bloßem Auge nicht zu erkennen.

João erwartete mich etwa eine Meile vor dem Camp. Er saß auf einem Baumstamm und pulte an altem Wundschorf an seinem Knie herum. Er sah müde und nicht recht gesund aus. João war sehr schwarz, mit fast schon dunkelvioletter Haut. Er hatte eine lange Oberlippe, die ihn ständig traurig und ernst aussehen ließ. Als ich näher kam, stand er auf. Wir begrüßten uns, und ich bot ihm eine Zigarette an, die er nahm und sorgfältig in seiner Segeltuchtasche verstaute.

»Glück gehabt?«, fragte ich.

»Ich glaube, ich glaube, ich sehen Lena«, sagte er. »Sie

sehr dick jetzt.« Er streckte die Hände aus und formte einen schwangeren Bauch. »Kind jetzt sehr bald da. Aber dann sie wegrennen von mir.«

Er gab mir die Notizen von seinen Feldbeobachtungen, und ich erzählte ihm von meinem ereignislosen Tag mit Clovis, während wir zum Camp zurückschlenderten. João war mein hauptamtlicher Assistent. Er war in den Vierzigern, ein dünner, drahtiger Mann, fleißig und treu. Sein zweiter Sohn, Alda, wurde bei uns als Beobachter ausgebildet, aber der war heute in der Stadt und versuchte, ein Problem im Zusammenhang mit seinem Militärdienst zu klären. Ich fragte, wie Alda vorankam.

»Ich glaube, er morgen wieder da«, sagte João. »Leute sagen, der Krieg ist bald aus, also nicht mehr Soldaten nötig.«

»Hoffen wir's.«

Wir sprachen kurz über unsere Pläne für den nächsten Tag. Bald hatten wir den kleinen Fluss erreicht, den Mallabar – glaube ich – neckisch »die Donau« getauft hatte. Er speiste sich aus den feuchten Wiesen hoch oben auf dem Plateau im Osten, kam in einer Kette von Tümpeln und Wasserfällen ein langes, ziemlich tiefes Tal durch unseren Teil des Semirance Forest herunter und floss dann weiter, gemächlicher und immer breiter werdend, bis er hundertfünfzig Meilen weiter am Rande der Küstenebene in den großen Cabule River mündete.

Auf der anderen Seite der Donau, nach Norden hin, lichtete sich der Wald, und der Weg zum Camp ging durch »Gartenbuschland«, wie man in diesem Teil von Afrika sagt: Gras und Buschwerk mit vereinzelt hervortretenden Baumgruppen und kleinen Palmenhainen. Das Camp selbst befand sich schon mehr als zwei Jahrzehnte an dieser Stelle, und während es zu einer festen Einrichtung geworden war, hatten die meisten Gebäude dauerhaftere Gestalt angenommen. Zeltplanen waren Holz und Wellblech gewichen, die dann wiederum allmählich durch Betonsteine ersetzt wurden. Die verschiedenen Schuppen und Unterkünfte waren in großzügiger Entfernung voneinander errichtet und lagen beiderseits einer als Main Street bezeichneten unbefestigten Straße. Doch das erste Anzeichen menschlicher Behausungen, auf das man traf, wenn man sich von der Donau her dem Camp näherte, war eine weite gerodete Fläche, etwa so groß wie drei Tennisplätze, in deren Mitte ein niedriger hüfthoher Betonbau stand, an dessen einer Seite vier kleine Holztüren angebracht waren. Er sah nach einer Art Käfig aus oder, wie ich immer fand, nach etwas, das mit Abwasseranlagen oder Sickergruben zu tun hatte, aber in Wirklichkeit war das der ganze Stolz des Forschungsprojekts: die künstliche Futterstelle. Jetzt, als João und ich daran vorbeigingen, lag sie verlassen da, aber ich meinte, in einem der Palmwedelverstecke an der Peripherie jemanden sitzen zu sehen – Mallabar selbst, womöglich. Wir gingen weiter.

Das eigentliche Camp begann an der Kreuzung des Waldpfades (der nach Süden zur Donau führte) mit der Main Street, die selbst nichts weiter war als eine Verlängerung der Straße von Sangui, dem nächstgelegenen Dorf, wo João und die meisten Beobachter und Assistenten des Projekts wohnten. Hier blieben wir stehen, verabredeten uns für den nächsten Morgen um sechs Uhr und verabschiedeten uns. João sagte, er würde Alda mitbringen, falls der rechtzeitig aus der Stadt zurück sei. Dann gingen wir unserer Wege.

Ich schlenderte durch das Camp auf meine Hütte zu. Links von mir lagen zwischen Palmen, Zedrachbäumen und großen Hibiskusgebüschen verstreut die wichtigsten Gebäude der Campanlage – Garage und Werkstätten, Mallabars Bungalow, Kantine, Küche und Vorratsschuppen und dahinter das nunmehr verlassene Quartier für das Erfassungspersonal. Jenseits davon und weiter rechts konnte ich durch einen Schleier von Bleiwurzsträuchern hindurch so eben noch die runden

Strohdächer auf den Unterkünften der Köche und kleinen Boys erkennen.

Ich ging weiter an der riesigen Tamarinde vorbei, die das Zentrum des Camps beherrschte und ihm seinen Namen gegeben hatte: Grosso Arvore. Das Forschungszentrum Grosso Arvore.

Auf der anderen Seite des Weges, gegenüber der Kantine, lag Hausers Labor und dahinter die Blechhütte, die er mit Toshiro teilte. Knapp dreißig Meter nach dem Labor kam der Bungalow der Vails, nicht so groß wie *chez* Mallabar, aber hübscher und schier erdrückt von Jasmin und Bougainvillea. Und am nördlichsten Zipfel des Camps war schließlich meine Hütte. Eigentlich war »Hütte« nicht die richtige Bezeichnung: Ich wohnte in einer Kreuzung aus Zelt und Blechschuppen, einer merkwürdigen Behausung mit Segeltuchwänden und einem Wellblechdach. Es war wohl angemessen, dass sie mir zugeteilt wurde, nach dem Prinzip, wer zuletzt kommt, wohnt in dem am wenigsten dauerhaften Bau. Aber ich war nicht böse darüber, und es kümmerte mich nicht, was das über meinen Status aussagen mochte. Mallabar hatte mir sogar die Erfassungsstelle angeboten, aber ich hatte abgelehnt; mir war mein seltsames, hybrides Zelt mit seiner Lage draußen am Rande lieber.

Ich war angekommen und ging hinein. Liceu, der Boy, der mich betreute, hatte in meiner Abwesenheit aufgeräumt. Aus dem Ölfass mit Wasser in der Ecke füllte ich ein paar Kannen voll in ein Blechbecken, das auf einem Gestell stand, zog Bluse und BH aus und wusch mir mit einem Waschlappen den verschwitzten, schmutzigen Oberkörper. Ich trocknete mich ab und zog ein T-Shirt über. Ich erwog einen Besuch der Latrine draußen, die in einem Gebilde untergebracht war, das wie ein aus Palmwedeln geflochtenes Wachhäuschen aussah, entschied aber, das könne warten.

Ich legte mich auf mein Feldbett, machte die Augen zu

und versuchte wie immer, wenn ich am Ende des Tages nach Hause kam, mich nicht von meinen Gefühlen überwältigen zu lassen. Ich richtete mir meinen Tagesablauf und das Arbeitspensum so ein, dass mir nie viel Zeit allein mit wenig zu tun blieb, aber dieser Moment am frühen Abend, wenn das Licht milchig und orange wurde, wenn die ersten Fledermäuse zwischen den Bäumen segelten und herabstießen und das zaghafte *krük-krük* der Zikaden den Einbruch der Dämmerung ankündigte, brachte immer einen wohl bekannten Trübsinn und *cafard* und in meinem Fall auch ein furchtbares Selbstmitleid mit sich. Ich zwang mich zum Aufsetzen, holte ein paar Mal tief Luft, verfluchte den Namen John Clearwater und setzte mich an den kleinen Zeichentisch, an dem ich arbeitete. Dort schenkte ich mir ein Glas Scotch ein und trug meine Feldbeobachtungen nach.

Mein Schreibtisch stand vor einem Fenster aus Gitterstoff in der Segeltuchwand, das ich aufrollte, um möglichst viel von dem Luftzug hereinzulassen. Durch das Fenster hatte ich einen Blick auf die Rückseite von Hausers und Toshiros Hütte, etwa achtzig Meter weit weg, das Flechtwerk seines Latrinen-Wachhäuschens und die hölzerne Duschkabine, die Hauser persönlich unter einem Frangipanebaum errichtet hatte. Die Dusche war ein Schlichtmodell: Die Brause wurde aus einem Ölfass gespeist, das weiter oben im Baum befestigt war, der Wasserdurchlauf von einem Hahn kontrolliert. Beschwerlich war nur das Auffüllen des Ölfasses, das Wasser musste eimerweise über eine Leiter hinaufgeschleppt werden, aber das war eine Arbeit, die Hauser gern seinem Houseboy Fidel überließ.

Während ich hinaussah, ging die Tür der Duschkabine auf, und Hauser selbst erschien, nackt und glänzend. Augenscheinlich hatte er vergessen, ein Handtuch mitzunehmen. Ich sah zu, wie er vorsichtig über das stachelige Gras auf seine Hintertür zuging. Die straffe Wölbung seines dicken

Bauches blinkte, und sein kleiner weißer Stummelpenis wackelte komisch herum, während er sich im Schleichschritt in Sicherheit brachte. Hauser tat das ziemlich oft – nackt zwischen Duschkabine und Hütte hin- und herwandern, meine ich. Er hatte dabei mein Zelt mit seinen Fensterwänden voll im Blick. Mir war schon mehrfach der Gedanke gekommen, dass er sich womöglich mit Absicht zur Schau stellte.

Beim Anblick von Hausers Pimmelchen und dem Geschmack von Scotch dazu wurde mir fröhlicher zumute, und so wanderte ich eine Stunde später mit wiederhergestelltem Selbstvertrauen die Main Street entlang zur Kantine, die nunmehr vom trüben Schein der Sturmlaternen erleuchtet war. Als ich an Hausers Hütte vorbeiging, kam er heraus.

»Ah, Mrs. Clearwater. Wie sich das trifft.«

Hauser war glatzköpfig und untersetzt – ein kräftiger Fettwanst mit trüben und ein wenig tief liegenden Augen. Ich war nun schon Monate in Grosso Avore, aber unsere Beziehung hatte sich nie über beiderseitige Zurückhaltung hinaus entwickelt. Ich hatte den Eindruck, dass er mich nicht mochte. Ich jedenfalls wurde mit ihm überhaupt nicht warm. Während wir zusammen zur Kantine gingen, gab ich ihm das mit Clovis' Kot gefüllte Probenfläschchen.

»Könntest du rausfinden, was der da frisst?«, fragte ich ihn. »Ich glaube, er war vielleicht krank.«

»Ein *amuse-gueule.*« Er sah sich das Röhrchen an. »Schimpansenscheiße, das hab ich besonders gern.«

»Du musst nicht, wenn du nicht willst.«

»Aber dazu bin ich doch da, mein liebes junges Fräulein: ein gutbezahlter Haruspex.«

Das war genau die Art von pseudo-professoralem Geschäker, die ich nicht ausstehen konnte. Ich bedachte Hauser mit einem Blick voller – wie ich hoffte – aufrichtigem Mitleid und wandte mich angelegentlich von ihm ab, als wir die Kantine betraten. Ich holte mir ein Tablett und Besteck, und der Koch reichte mir einen Teller voll gekochtem Huhn und Süßkartoffeln. Ich ging ans Ende des langen Tisches und setzte mich neben Toshiro, der mich mit einem Kopfnicken begrüßte. Es stand uns frei, mit unserem Essen in die eigene Behausung zurückzugehen, wenn wir wollten, aber ich aß wegen des langen Rückwegs stets in der Kantine. Ein Segen, dass man weder offiziell noch inoffiziell gehalten war, Konversation zu treiben. Wo die Mitarbeiter des Projekts jetzt so dezimiert waren, hätte es unerträgliche Spannungen ausgelöst, wenn wir uns verpflichtet gefühlt hätten, uns bei jedem Zusammensein in Small Talk zu ergehen. Toshiro, auch sonst bestenfalls wortkarg, mampfte pragmatisch weiter. Hauser stritt sich mit dem Koch herum. Sonst war noch niemand da. Ich nahm mit wenig Begeisterung mein fades Huhn in Angriff.

Zu gegebener Zeit trudelten die anderen Projektmitarbeiter ein. Zuerst erschienen Ian Vail und seine Frau Roberta. Sie sagten guten Abend und trugen dann ihr Tablett in ihre Hütte. Dann kam Eugene Mallabar selbst herein, holte sich sein Essen und nahm mir gegenüber Platz.

Auch sein erbittertster Gegner hätte zugeben müssen, dass Mallabar ein gut aussehender Mann war. Er war Ende vierzig, groß und schlank, mit einem freundlichen, regelmäßig geschnittenen Gesicht, das anscheinend von Natur aus alle möglichen machtvollen Abstrakta heraufbeschwor: Aufrichtigkeit, Integrität, Zielstrebigkeit. Aus irgendeinem Grund tat sein allzu säuberlich gestutztes Magierbärtchen mitsamt dessen sanften Hinweisen auf eine gehörige Portion Eitelkeit dieser seiner beängstigend positiven Ausstrahlung keinen Abbruch. Heute Abend trug er ein verschossenes blaugetüpfeltes Halstuch, das einen bewundernswerten Kontrast zu seiner sonnengebräunten Haut bildete.

»Wo ist Ginga?«, fragte ich und versuchte, ihn nicht anzustarren. Ginga war seine Frau, die ich ganz gern hatte, trotz ihres blöden Namens.

»Keinen Hunger, sagt sie. Ein Anflug von Grippe – vielleicht.« Er zuckte die Achseln und schaufelte sich großzügig Huhn in den Mund. Er kaute träge, fast von einer Seite zur anderen, als würde er wiederkäuen. Er machte ausgiebig Gebrauch von seiner Zunge, um sich das Essen gegen den Gaumen zu schieben und im Bereich der Backenzähne nach Krümchen zu suchen. Das wusste ich, weil ich es sehen konnte: Mallabar aß, ohne den Mund richtig zuzumachen.

»Wie war dein Tag?«, fragte ich und sah auf meinen Teller hinunter.

»Ausgezeichnet, ausgezeichnet ...« Ich hörte, wie er Wasser trank, und überlegte, wann ich wohl gefahrlos aufschauen könnte. »Mhmm«, fuhr er fort, »wir hatten fünf an der Futterstelle. Vier Männchen und ein Weibchen im Brunststadium. Eine faszinierende Serie von Kopulationen.«

»Wieder mal Pech gehabt.« Ich schnippte in gespielter Enttäuschung mit den Fingern.

»Wie meinst du das?«

»Ach.« Ich merkte, wie mich eine jähe und heftige Ermüdung befiel. »Na ja: Ich bin im Süden. Und hier läuft der ganze Spaß.«

Er runzelte die Stirn, verständnislos, immer noch nicht begreifend.

»Es ist nicht wichtig«, sagte ich. »Vergessen wir's. Ginga hat also die Grippe?«

»Wir haben es auf Film.«

»Was?«

»Heute. Das an der Futterstelle.«

»Nein, Eugene. Bitte. Es ist völlig egal.«

Er lächelte verstohlen und nickte dabei. »Okay. Verstanden. Du hast mich aufgezogen.«

»Sieh mal, Eugene ... Ach Gott.«

Er schnippte mit den Fingern. »Du hast mal wieder Pech gehabt. Verstanden.«

Ich spürte, wie sich meine Nackenmuskeln verkrampften. Herr im Himmel.

Er zwang sich ein lang gezogenes Kichern ab und aß weiter, mit Riesenbissen.

»Und wie war dein Tag?«, fragte er nach einem Weilchen.

»Ach … Clovis hat ein paar Stunden lang an seinem Finger gerochen.«

»Clovis?« Er drohte mir mit der Gabel.

»XNMI. Entschuldigung.«

Mallabar lächelte milde über meine Verfehlung, stand auf und ging sich den Teller nachfüllen. Mallabar gehörte zu den Menschen, die essen konnten, so viel sie wollten, und dabei schlank blieben. Auf dem Weg zum Büffet kam er an Ian Vail vorbei, der mit seinem Tablett zurückgekehrt war, um sich den aus Mangoscheiben mit Kondensmilch bestehenden Nachtisch zu holen. Vail lächelte mir zu. Es war ein nettes Lächeln. Das Adjektiv passte genau. Er hatte auch ein nettes Gesicht, nur ein wenig mollig, mit blassen Wimpern und feinem blonden Haar. Er stellte sein Tablett ab, kam herüber und hockte sich dicht neben mich.

»Kann ich dich besuchen kommen?«, sagte er leise, damit Toshiro es nicht hörte. »Später. Bitte? Bloß so zum Reden.«

»Nein. Geh weg.«

Er sah mich an: Sein Blick war voller Tadel wegen meiner Kälte. Ich starrte zurück. Er stand auf und ging. Mallabar kehrte mit einem vollgehäuften Teller zurück. Er sah zu, wie Vail ging, dann setzte er sich.

»Gehst du morgen mit Ian?«, fragte er.

»NEIN«, sagte ich etwas zu abrupt. »Nein, ich bin wieder im Süden.«

»Ich dachte, er wollte dich einladen.« Mallabar aß ungestüm weiter. Ich beobachtete ihn wahrhaft fasziniert. Warum hat ihm wohl nie jemand gesagt, dass er mit offenem Mund isst? Jetzt war das vermutlich nicht mehr zu ändern.

»Ich weiß nicht«, sagte ich.

»Was hat er denn zu dir gesagt? Es war ja sehr kurz.«

»Wer?«, fragte ich treuherzig. Mallabar war notorisch neugierig in Bezug auf seine Kollegen.

»Ian. Gerade eben.«

»Ach so … Dass er mich leidenschaftlich liebt.«

Mallabars unstete Gesichtszüge kamen zum Stillstand.

Ich sah ihn an: den Kopf zur Seite gelegt, geradeheraus, mit hochgezogenen Augenbrauen.

Er lächelte erleichtert.

»Das war ein guter Witz«, sagte er. »Ausgezeichnet.«

Er lachte heftig, wobei er mir noch mehr von seinem Mundinhalt zeigte. Er trank Wasser, hustete, trank noch mehr. Hauser starrte vom anderen Tischende neugierig zu mir herüber.

»Ach, meine gute Hope«, sagte Mallabar und nahm meine Hand. »Du bist einfach unverbesserlich.« Er trank mir zu. »Auf unsere erfrischende Hope.«

WAS ICH GERN MACHE

Was ich gern mit ihm mache, ist Folgendes. Wir liegen im Bett, wann ist egal, nachts oder morgens, aber er ist warm und benommen, noch halb im Schlaf, und ich bin wach. Ich liege ganz eng an ihm, meine Brüste flach an seinem Rücken, seine Pobacken gegen meine Schenkel gepresst, meine Knie in seine Kniekehlen geschmiegt, seine Fersen an meinem Spann.

Ohne große Umschweife lasse ich meine Hand über seine Hüfte gleiten und greife nach seinem Glied, ganz sanft. Es ist weich und schlaff. So leicht in meiner Hand. Leicht wie eine Münze – ein fast nur ätherisches Gewicht, das ist alles. Eine Weile passiert nichts. Dann fängt es in der warmen Geborgenheit meiner Finger langsam an zu wachsen. Diese Ausdehnung von Fleisch, die Wärme, die zu mir zurückströmt, wenn der exothermische Blutschwall das Muskelgewebe durchströmt. Die Macht, die ich da habe, die magische Transformation, die ich mit meiner Berührung auslöse, erregt mich unweigerlich. Prall, dicker werdend, geädert wie ein Blatt, schiebt sich das Glied langsam durch den lockeren Käfig meiner Finger, und er dreht sich zu mir um.

Hope Dunbar hatte die Leute im College schon eine Zeit lang über John Clearwater reden hören, ehe sie ihm begegnete.

Clearwater.

Der Name ging ihr nicht aus dem Kopf. Clearwater ... Ihr fiel auf, dass er mehrfach wieder in Gesprächen auftauchte, ohne dass sie den Zusammenhang begriff.

»Wer ist dieser Clearwater, von dem alle reden?«, fragte sie ihren Doktorvater, Professor Hobbes.

»John Clearwater?«

»Ich weiß nicht. Ich höre bloß ständig den Namen.«

»Das ist doch der Neue mit der Forschungsstelle, nicht? Ich glaube, der ist das.«

»Ich weiß nicht.«

»Unwahrscheinlich brillanter Mann, so in dem Stil. Sagen sie jedenfalls. Aber andererseits, das sagen sie immer. Wir waren seinerzeit bestimmt alle mal ›unwahrscheinlich brillant‹.« Er machte eine Pause. »Was ist denn mit ihm?«

»Nichts. Mich hat nur der Name interessiert.«

John Clearwater.

Ein paar Tage später sah sie auf ihrer Straße einen Mann mit einer gefalteten Zeitung in der Hand, der zu den Häusern hochschaute. Er trug einen Gabardine-Regenmantel und eine rote Baseballmütze. Er betrachtete neugierig die Fassaden der Reihenhäuser, als erwäge er, sie zu kaufen, dann ging er weiter.

Hope war von der Old Brompton Road her um die Ecke gebogen, und er bewegte sich in die entgegengesetzte Richtung, deshalb bekam sie ihn gar nicht richtig zu Gesicht. Es war die Verbindung von Regenmantel und Baseballmütze, die ihn irgendwie eigenartig machte. Da kam ihr unwillkürlich der Gedanke, dieser Mann könnte John Clearwater gewesen sein.

Zwei Tage nach dieser Begegnung ging sie im College einen fremden Flur entlang (sie war in der Computerabteilung gewesen, um für Professor Hobbes einen Ausdruck abzuholen), als sie an einer Tür vorbeikam, die etwa zwanzig Zentimeter weit offenstand. Der Name daran war »DR. J. L. CLEARWATER«. Sie blieb stehen und spähte hinein. Von da, wo sie stand, konnte sie eine Ecke zinnoberroten Teppich aus Collegebeständen sehen und eine nackte Wand mit Tesafilmnarben.

Aus irgendeinem Grund machte sie mit einer Dreistigkeit, die sonst gar nicht ihre Art war, einen Schritt nach vorn und stieß die Tür auf.

Das Zimmer war leer. Am Himmel verschoben sich ein paar Wolken, und plötzlich zeichnete die Frühlingssonne ein gelbes Fenster auf die Wand. Kleine Staubkörnchen, vor Kurzem erst aufgewirbelt, bewegten sich noch.

Auf dem Fußboden stand ein Dutzend Pappkartons mit Büchern. Der Schreibtisch war abgeräumt. Sie ging darum herum und zog zwei Schubladen auf. Eine Kette aus Büroklammern. Ein olivgrüner Papierlocher. Drei Bonbons. Sie durchsuchte die anderen Schubladen. Leer. Allmählich stiegen eine Spannung und verblüffte Erregtheit in ihr hoch. Was machte sie hier im Zimmer dieses Mannes? Was sollte das?

Auf dem Sessel in der Ecke lag ein Mantel. Ein Wollmantel, anthrazitgraues Fischgrätmuster. Dann sah sie auf dem Kaminsims über dem Gasofen einen Becher mit Kaffee.

Dampfend.

Sie fasste ihn an. Heiß.

Jetzt hatte sie einen trockenen Mund, als sie den Mantel nahm und die Taschen durchsuchte. Ein Paar Lammfellhandschuhe. Ein kleines Plastikröhrchen mit Pillen, auf dem *Tylenol* stand. Etwas Kleingeld.

Von der Tür kam ein Geräusch.

Sie drehte sich um. Nichts. Niemand. Die Tür schwang geheimnisvoll drei oder vier Zentimeter weit in den Angeln, von einer durchs Haus ziehenden Wanderbrise bewegt.

Sie legte den Mantel auf den Stuhl zurück. *John Clearwater,* hörte sie es in ihrem Kopf spotten, *John Clearwater, wo biiiiist du?* Ihre Augen flackerten durchs Zimmer auf der Suche nach etwas – sie wusste nicht recht was. Sie wusste nicht recht, aus welchen verrückten Motiven heraus sie sich so benahm.

Sie griff nach dem Becher mit Kaffee und nippte daran. Stark und süß. Drei Löffel Zucker, schätzte sie. Sie stellte ihn wieder hin. Am Rand war ein halbmondförmiger Abdruck von dem rosa Lippenstift ihrer Unterlippe.

Sie drehte den Becher so, dass ihre Spur nicht zu übersehen war, und ging.

Sie bekam ihn noch einmal zu Gesicht, wie sie meinte. Wieder konnte sie nicht sagen, woher sie das instinktiv so genau wusste, aber sie war sich sicher, dass das ihr Mann war. Sie stellte ihm absichtlich nicht nach, merkte jedoch, dass sie beim Umherwandern auf dem Collegegelände, während sie ihre Sachen erledigte, unbewusst jedes fremde männliche Gesicht taxierte, das ihr begegnete. Sie war felsenfest davon überzeugt, dass sie ihn erkennen würde.

Dann war sie eines Abends in einem Spirituosengeschäft und kaufte eine Flasche Wein, *en route* zu einem Abendessen mit Freunden. Der Laden war voll, und vor beiden Kassen stand eine Schlange. Ihre Flasche wurde in Seidenpapier gewickelt, doch als sie ihren Zehn-Pfund-Schein hinlegte, stellte sich heraus, dass nicht genug Wechselgeld da war. Während der Kassierer an der Kasse nebenan nach Münznachschub kramte, erregte plötzlich ein Mann ihre Aufmerksamkeit, der eben den Laden verließ.

Als sie sich umdrehte, war er an der Tür und auf dem Weg

nach draußen. Er war barhäuptig, dunkelhaarig und hatte ein biskuitfarbenes Tweedjackett an. Aus beiden Taschen guckte je eine Flasche Rotwein hervor. Unter dem rechten Arm trug er ein unordentliches Bündel von Büchern und Papieren. Die Flaschen zogen mit ihrem Gewicht den Jackettstoff über seine breiten Schultern. Als erstes dachte sie: So kann man ein Jackett auch ruinieren. Und dann fast unmittelbar danach: Das ist John Clearwater. Er verließ den Laden und war nicht mehr zu sehen.

Der Verkäufer zählte ihr umständlich das Wechselgeld vor. Als Hope endlich draußen stand, war er spurlos verschwunden. Sie fühlte sich nicht frustriert; sie wusste, er war es. Und insgeheim war sie sich sicher, dass sie ihm schließlich doch noch begegnen würde. Es hatte keine Eile.

Und sie behielt recht. Es dauerte etwas länger, als sie sich vorgestellt hatte, doch auf einer Institutsfete schnitten sich endlich ihrer beider Lebensbahnen. Sie sah ihn am Getränketisch stehen und wusste sofort, dass er es war. Sie war fast betrunken, aber es war nicht der Alkohol, der ihr die Selbstsicherheit gab, sich durch den Raum zu drängen und sich vorzustellen. Es war so weit, ganz einfach.

DER SCHEINMENSCH

Pan troglodytes. *Schimpanse. Der Name wurde erstmals 1738 im London Magazine benutzt. »... Man hat eine höchst erstaunliche Kreatur zu uns gebracht, welche in einem Wald in Guinea eingefangen wurde. Es ist das Weibchen der Kreatur, welche die Angolaner ›Schimpanse‹ nennen, oder den Scheinmenschen.«*

Der Scheinmensch.

Schimpansen können, ohne dazu ermuntert zu werden, Geschmack an Alkohol finden. Als Washoe – eine Schimpansin, die in einer menschlichen Familie aufgezogen wurde und der man die Gebärdensprache beigebracht hatte – das erste Mal mit lebendigen Schimpansen zusammenkam und gefragt wurde, was das sei, signalisierte sie: »Schwarze Käfer.« Schimpansen gebrauchen Werkzeuge und können anderen Schimpansen beibringen, wie man sie gebraucht. Es sind schon Schimpansen an gebrochenem Herzen eingegangen und gestorben …

Genetisch sind die Schimpansen die nächsten lebenden Verwandten des Menschen. Ein Vergleich der DNS *von Schimpanse und Mensch ergab, dass sie sich nur um einen Faktor von 1,5 bis 2 Prozent unterscheiden. In der zoologischen Systematik bedeutet das, dass Schimpanse und Mensch Artgenossen sind und die Klassifizierung, genau genommen, eigentlich geändert werden müsste. Wir gehören der gleichen Gattung an –* Homo. *Also nicht* Pan troglodytes, *sondern* Homo troglodytes *und* Homo sapiens. *Die Scheinmenschen.*

Ich war beim Frühstück – ein Becher milchiger Tee und eine reizlose Scheibe Margarinebrot – als João kam, von Alda begleitet. Alda war schlank wie sein Vater, achtzehn Jahre alt und hatte seltsamerweise eine viel heller getönte Haut, fast karamellfarben. Er hatte ein großes, offenes Gesicht und ein aufmerksames Wesen, als sei er neugierig auf alles, was er sah. Er war nicht besonders schlau, aber sehr eifrig. Ich fragte ihn, was sich mit seinem Militärdienst ergeben hatte.

»Nein, nein«, sagte er mit einem erleichterten Grinsen. »Jetzt zu viele Soldaten. Krieg bald aus.«

»Ach ja?« Das war mir neu. »Was meinst du?«, fragte ich João.

Er war weniger optimistisch. »Ich weiß nicht.« Er zuckte die Achseln. »Leute sagen, mit UNAMO ist aus … Aber bleibt immer noch FIDE und EMLA.«

»Mit UNAMO *ist* aus«, sagte Alda mit einigem Nachdruck. »Sie erwischt bei Luso, nahe bei Eisenbahn. Töten viele-viele.«

»Wer hat sie erwischt?«

»Die Bundestruppen … und FIDE.« Er machte Sturzfluggeräusche, seine karamellfarbenen Hände sausten durch die Luft. »Benzinbomben.«

Ich überlegte. »Ich dachte, die FIDE kämpfte gegen die Bundestruppen.«

»Ja, stimmt«, sagte Alda ungeduldig, »aber sie mögen beide nicht UNAMO.«

»Ich geb's auf«, sagte ich. »Gehen wir.«

So früh am Morgen war es kühl; bisweilen meinte ich, einen Moment lang meinen Atem kondensieren zu sehen. Der Himmel war von Dunstwolken weiß und undurchsichtig, das Licht gleichmäßig und schattenfrei. Schwerer Tau auf dem Gras färbte meine graubraunen Lederstiefel in Sekundenschnelle schokoladenbraun. Wir wanderten durch das stille Camp nach Süden.

Als wir an Hausers Hütte vorbeikamen, hörte ich, wie mein Name gerufen wurde. Ich drehte mich um. Hauser stand in der Tür, mit einem unkleidsam kurzen Frotteebademantel an.

»Gut, dass ich dich erwische«, sagte er. Er gab mir mein Probenfläschchen zurück, sauber und leer. »Sehr amüsant. Hast du dir das allein ausgedacht, oder hat dieses Genie von Vail dir dabei geholfen?«

»Wovon redest du?«, fragte ich kalt. Ich kann frostig sein wie sonst was.

»Von deinem lahmen Scherz da.« Er zeigte auf das Probenfläschchen. »Zu deiner Information, als letzte Mahlzeit hat sich dein Schimpanse offenbar einen Schimpburger schmecken lassen.« Sein falsches dünnes Lächeln verschwand. »Vergeuden Sie nicht meine Zeit, Frau Dr. Clearwater.«

Er ging hochnäsig in seine Hütte zurück. João und Alda sahen mich mit begierigem Staunen an: Sie waren selten Zeuge unserer Streitereien im Camp. Ich hob die Schultern, breitete die Hände aus und schaute verblüfft drein. Darüber musste ich erst noch nachdenken. Wir machten uns wieder auf den Weg.

Eugene Mallabar hatte das Forschungsprojekt Grosso Arvore 1953 ins Leben gerufen. Es fing bescheiden als Feldstudie zur Untermauerung einiger Kapitel seiner Doktorarbeit an. Doch die Arbeit faszinierte ihn, und er blieb weiter dort. Zwei Jahre später kam seine Frau Ginga dazu. Bald erlangten die beiden mit ihren Untersuchungen über das Zusammenleben wilder Schimpansen und ihren gründlichen und neuartigen Feldstudien wissenschaftliche Anerkennung und einen zunehmenden Bekanntheitsgrad in der Öffentlichkeit. Der wurde zu wahrer Berühmtheit, in Mallabars Fall wenigstens, als er 1960 sein erstes Buch veröffentlichte, *Der friedliche Primat.* Dann folgten Fernsehberichte und Dokumentarfilme, Grosso Arvore wuchs und gedieh, und sein telegener Begründer ebenfalls. Die Forschungsmittel vervielfachten sich, eifrige Doktoranden boten ihre Dienste an, und der Einfluss der Regierung beseitigte die bis dato unüberwindlichen bürokratischen Hindernisse, die einer wirklichen Expansion im Wege standen. Bald war Grosso Arvore als Nationalpark und Wildreservat ein Pionierprojekt geworden, eines der ersten in Afrika. Dann kam der internationale Erfolg von Mallabars nächstem Buch, *Der Primat in der Entwicklung.* Es folgten Einladungen, Auszeichnungen und Ehrungen: Mallabar bekam ein gutes Dutzend Ehrendoktortitel verliehen, im Zweijahresturnus fanden lukrative Vortragsreisen durch Amerika und Europa statt, in Berlin, Florida und New Mexico wurden Mallabar-Lehrstühle für Primatologie eingerichtet. Eugene Mallabar hatte sich einen festen Platz in den Annalen der Wissenschaft und der Verhaltensforschung erobert.

Der Grundgedanke der Mallabar-Methode zur Erforschung der Schimpansengesellschaft war mühsam und zeitaufwändig. Die erste und wesentlichste Voraussetzung bestand darin, dass der Beobachter mit den Affen, die er studierte, so vertraut wurde, dass sie sein Erscheinen in ihrer Welt ohne Furcht oder Befangenheit akzeptierten. War das erreicht (Mallabar hatte fast zwei Jahre dazu gebraucht), dann hieß es in der nächsten Phase Beobachten und Aufzeichnen. Mit den Jahren und im Laufe des Projekts hatte sich dieser Vorgang zu einer höchst durchorganisierten und systematischen Angelegenheit entwickelt, und es wurden umfangreiche Datenmengen gesammelt und analysiert. Alle Beobachtungen wurden einheitlich protokolliert; es wurden Schimpansen identifiziert und verfolgt und über Jahre fortlaufend ihre Biografien erstellt und mit Anmerkungen versehen. Das Ergebnis war, dass das Projekt Grosso Arvore jetzt, mehr als zwei Jahrzehnte nach Mallabars ersten Untersuchungen, die umfassendste und gründlichste Studie *irgendeiner* Tiergesellschaft in der Geschichte der wissenschaftlichen Forschung überhaupt darstellte.

Natürlich stand Mallabar nicht allein da: Es liefen noch andere berühmte Forschungsprojekte über Primaten in Afrika – Gombe Stream, Mahale National Park, Bossou in Guinea –, aber es stand außer Zweifel, dass Mallabar mit Grosso Arvore das meiste Aufsehen erregte und sich dank dem Charme und der Tüchtigkeit seines Gründers eine Reputation erworben hatte, die man nur als glanzvoll bezeichnen konnte.

In dieser langen Auflistung von Erfolg und Ruhm war Mallabar ein entscheidender Fehler unterlaufen – aber das hatte er vorher nicht wissen können, wie man gerechterweise sagen muss. Er hatte sich das falsche Land ausgesucht. Der Bürgerkrieg, der 1968 ausbrach, brachte massive Probleme, um nicht zu sagen, zeitweilig Gefahr mit sich. Glücklicherweise fanden die Kampfhandlungen immer in sicherer Entfernung statt, aber man musste doch stets mit einem jähen Umschwung oder einem Ausbruch aus einer Enklave rechnen. Die rohe

Gewalt, die die vier um die Macht kämpfenden Armeen anwandten, und die Unvorhersehbarkeit ihrer Geschicke hatten zur Folge, dass die alten Zeiten mit Illustriertengeschichten, Titelstories und Fernseh-Dokumentarfilmen vorbei waren. Die statistische Erfassung der Schimpansenpopulation des Semirance Forest (ein sehr teures und ehrgeiziges Unterfangen) wurde das erste Opfer der Unruhen, nachdem der Nachschub an Doktoranden versiegte. Arbeitserlaubnisse und Visa für die verbleibenden Wissenschaftler waren jetzt viel schwieriger zu bekommen, und die Beschaffung aller möglichen Vorräte wurde unmöglich, als die Weltmeinung und Drohgebärden der Supermächte zu offiziellen wie inoffiziellen Wirtschaftssanktionen führten. Schlimmer noch, die Bundesregierung geriet wegen der kompromisslosen Grausamkeit bei ihren Vorstößen zur Zerschlagung der rivalisierenden Guerilla-Gruppierungen im Westen zunehmend in Misskredit und Verruf. Die Versorgung mit Fördermitteln und Zuwendungen – der Treibstoff, der Grosso Arvore am Laufen hielt – begann beängstigend abzunehmen. Eugene Mallabar und Grosso Arvore sahen sich plötzlich gleichsam automatisch mit einem bankrotten Regime von üblem internationalen Ruf in Verbindung gebracht. Es versteht sich, dass Mallabar überall beteuerte, die Interessen der wissenschaftlichen Forschung hätten mit Politik nichts zu tun, aber das nützte wenig.

Doch hinter dem nächsten Hügel, wie er in seiner unnachahmlichen Art sagte, ging schon wieder die Sonne auf. Vor Kurzem war eine UN-Resolution ratifiziert worden und hatte breite Zustimmung gefunden. Der radikalsten Guerilla-Armee, der UNAMO, mangelte es offenbar hoffnungslos an Unterstützung, und die beiden anderen – FIDE und EMLA – sprachen bereits vage von Versöhnung. Daraufhin ließ auch die Bundesregierung Beschwichtigendes im Sinne eines allgemeinen Kriegsbeilbegrabens verlauten. Plötzlich standen wieder geringfügige Geldsummen zur Verfügung, aber noch war – allen herumgeisternden Friedensbeteuerungen zum Trotz – niemand bereit, den befristeten Job zu übernehmen, der damit finanziert werden sollte. Bis ich ankam, genauer gesagt. Wieso ich das gemacht habe? Das werde ich Ihnen erzählen, wenn es so weit ist.

Mallabar stand kurz vor dem Abschluss eines neuen Buches, einer Bilanz seines Lebenswerkes. Es sollte sein *chef d'œuvre* werden, sein Fazit hinsichtlich der Schimpansengesellschaft und der Erkenntnisse, die die Menschheit aus der jahrelangen Arbeit des Grosso Arvore-Projekts über ihre nächsten biologischen Vettern gewonnen hatte. Außerdem war es dazu bestimmt, den krönenden Höhepunkt der Feierlichkeiten zum fünfundzwanzigjährigen Bestehen von Grosso Arvore zu bilden: Wir waren aus dem wissenschaftlichen Leben nicht mehr wegzudenken, aber das neue Buch sollte den Namen Grosso Arvore in Stein meißeln.

Doch als das Buch vor der Fertigstellung stand, kam es in dem Schimpansenstamm, den Mallabar so gründlich dokumentiert hatte, zu einer rätselhaften Spaltung. Eine kleine Gruppe hatte sich aus unbekanntem Grund von der Haupthorde gelöst, war aus dem Park hinaus nach Süden gewandert und hatte sich in einem Waldgebiet niedergelassen, das bislang nicht in das Forschungsprojekt einbezogen gewesen war. Warum waren sie fortgegangen? War das von Bedeutung? Sagte es etwas Entscheidendes und Unerkanntes über die Evolution der Schimpansengesellschaft aus? Um auf diese Fragen eine Antwort zu finden, wurde ein neuer Arbeitsplatz finanziert. Es fiel mir zu, diese kleine Splittergruppe zu beobachten – die Südländer, wie sie gemeinhin genannt wurden – und die Dokumentation ihres täglichen Lebens fortzusetzen, bis das Buch fertig war, um zu sehen, ob sich da irgendeine Erklärung für ihre so ungelegen kommende Abspaltung abzeichnete. »Und außerdem«, hatte Mallabar mit einem – bei ihm – seltenen Anflug von Anthropomorphismus gesagt, »gehören sie zur Familie. Wir wüssten einfach gern, warum sie uns verlassen haben und wie es ihnen so geht.«

João ließ Alda und mich allein und machte sich in ungefähr die Richtung auf, die Clovis am Tag zuvor eingeschlagen hatte. Alda und ich wollten zu einem großen Feigenbaum, wo die Südgruppe oft fraß. Wir folgten einem gewundenen Pfad durch das glitschige Unterholz. Die Regenzeit stand kurz bevor, und die Luft war schwer vor Feuchtigkeit, warm und unbeweglich. Wir gingen in gemächlichem Tempo, aber ich schwitzte schon bald und versuchte vergeblich, das Fliegengeschwader zu verscheuchen, das uns eskortierte. Alda ging vor mir her, das dunkle Schweißdreieck auf seinem rosa T-Shirt zeigte mir den Weg.

Der Feigenbaum erwies sich, abgesehen von einem Trüppchen Kolobusaffen, als leer. Doch in der Ferne, gar nicht weit weg, konnte ich die aufgeregten Huuh-Rufe und Kreischtöne von Schimpansen hören. In anstehendem Gestein etwa eine halbe Meile weiter wuchs noch ein Feigenbaum. Nach dem Lärm, der da erscholl, hörte es sich an, als wäre die gesamte Südgruppe dort.

Wir brauchten eine halbe Stunde, um hinzukommen. Alda und ich näherten uns mit der gewohnten Behutsamkeit; ich vorneweg. An die vierzig Meter vor dem Baum ging ich in die Hocke und holte mein Fernglas heraus. Ich sah: Clovis, Mr. Jeb, Rita-Mae mit ihrem Baby Lester, Muffin und Rita-Lu … Alda kreuzte die Namen auf dem Tagesauswertungsbogen an, wie ich sie ansagte. Keine Spur von Conrad. Keine Spur von der schwangeren Lena.

Die Affen saßen hoch oben im Geäst des Feigenbaums, eines teilweise kahlen *Ficus mucosae,* in den irgendwann einmal, so vermutete ich, der Blitz gefahren war. Der Baum war zur Hälfte abgestorben, in ewigem Winter befangen, während die andere Hälfte wie zum Ausgleich kräftig gedieh. Die Schimpansen futterten träge von den reifen roten Früchten. Sie schienen zufrieden und unbekümmert. Ich fragte mich, was sie wohl zum Kreischen gebracht hatte.

Alda und ich richteten uns auf einen langen Beobachtungszeitraum ein, die Auswertungsbögen in Bereitschaft, die Protokollhefte aufgeschlagen. Die Schimpansen sahen dann und wann zu uns herüber, ansonsten aber ignorierten sie uns – sie waren vollkommen an Beobachter gewöhnt. Durch mein Fernglas betrachtete ich sie einzeln nacheinander. Ich kannte sie und ihre jeweilige Persönlichkeit, wie mir schien, so gut wie meine eigene Familie. Da war Clovis, das ranghöchste Männchen dieser Gruppe, mit seinem ungewöhnlich dicken, dichten Fell. Mr. Jeb, ein altes Männchen, glatzköpfig mit grauem Spitzbart und einem verkümmerten Arm. Rita-Mae, ein starkes ausgewachsenes Weibchen mit ungleichmäßig braunem Haar. Rita-Lu, ihre Tochter, fast schon erwachsen. Rita-Maes Sohn hieß Muffin, ein Heranwachsender, ein nervöser, neurotischer Schimpanse, der nur in Gegenwart seiner Mutter glücklich war und den es tief verstört hatte, als sie wieder ein Baby bekam, Lester. Die zwei Mitglieder der Gruppe, die fehlten, waren Conrad und Lena. Conrad war ein ausgewachsenes Männchen, dessen Augäpfel um die Iris herum weiß waren und nicht braun, ein Merkmal, das ihm einen bestürzend menschlichen Blick verlieh. Lena war hochschwanger, ich hatte keine Ahnung, von wem. Sie war eine Einzelgängerin, die sich dieser südlichen Gruppe angeschlossen hatte. Manchmal zog sie ein paar Tage lang mit ihnen herum, aber nach einer Weile ging sie immer von sich aus fort, um dann spätestens etwa eine Woche danach wieder aufzutauchen. Sie hielt sich etwas abseits, am Rande der Gruppe, aber die nahm ihr Kommen und Gehen offenbar anstandslos hin.

Wir sahen den Schimpansen über zwei Stunden lang zu. Muffin lauste Rita-Mae. Rita-Lu entfernte sich für zwanzig

Minuten von dem Baum und kam dann wieder. Die Horde Kolobusaffen – von dem ersten Feigenbaum vermutlich – zog in der Nähe vorüber. Die Schimpansen bellten sie an. Clovis zeigte aggressives Imponiergehabe und rüttelte mit gesträubtem Haar an den Baumästen. Später versuchte Mr. Jeb halbherzig, sich mit Rita-Lu zu paaren, die ansatzweise im Brunststadium war, aber sie vertrieb ihn. Lester spielte mit seiner Mutter und seinem Bruder. Und so schleppte sich die Zeit dahin, ein durchschnittlicher Schimpansentag: Fressen, Lausen, Ausruhen und dazu etwas Aggressivität und Sex.

Und dann hatten sie sich offenbar satt gefressen. Rita-Mae nahm Lester, schlang ihn sich auf den Rücken und rutschte auf einer riesigen Stützwurzel des Feigenbaums auf die Erde hinunter. Langsam folgten die anderen ihr nach. Sie schlichen ein Weilchen um den Fuß des Baumes herum und mampften heruntergefallene Feigen. Dann rutschte Baby Lester vom Rücken seiner Mutter herab und rannte davon, um an etwas zu ziehen und zu zerren, das wie ein modernder Pflanzenwust aussah. Rita-Lu hüpfte hinter ihm her, riss ihm das Bündel weg und schlug es heftig auf und ab, wobei sie ein lautes Uaah-Gebell ausstieß. Durch das Fernglas konnte ich sehen, dass der Gegenstand, den sie da herumschleuderte, weich, aber doch massiv war, etwa wie ein ölgetränkter Lumpen oder ein toter Fisch.

Sie verlor jedoch bald das Interesse daran, als sie die anderen Mitglieder der Gruppe aus der Feigenbaumlichtung abziehen sah, und warf das Bündel fort, während sie ihnen eilig nachrannte.

»Wir gehen?«, sagte Alda. Normalerweise verbrachten wir den Rest des Tages damit, hinter der Gruppe herzuziehen.

»Nein. Warte«, sagte ich. Irgendwie ließ mir dieses Bündel keine Ruhe. Wir suchten uns einen Weg über die Felsen zu der Stelle, wo Rita-Lu es hingeschleudert hatte. Alda hockte sich hin und stocherte mit einem Zweig daran herum.

»Pavian«, sagte er. »Baby Pavian.«

Der winzige Kadaver war halb aufgefressen. Der Kopf fehlte zum größten Teil, ebenso Brustkorb und Magen. Zwei Beine und ein Arm waren noch dran. Durch allmählich schwarz werdende Membran glomm ein Schimmer von dünnen weißen Rippen wie die Zähnchen an einem Kamm. Der bleiche, blutlos bläulichgraue Körper war mit ganz feinem Flaum bedeckt. Er sah erschütternd menschlich aus.

Ein totes Pavianbaby, von Schimpansen zerfressen, war nichts Außergewöhnliches. Schimpansen fraßen durchaus Affenbabys, Ducker, Buschschweine, alles, was sie zu fassen bekamen ... Ich wusste aber, dass dies kein Pavianbaby war. Das war die Leiche eines kleinen Schimpansen, wenige Tage alt.

Es ist nun schon seit geraumer Zeit bekannt, dass Schimpansen nicht wie Gorillas reine Vegetarier sind. Im Londoner Zoo wurde 1883 beobachtet, wie eine Schimpansin namens Sally eine Taube, die ihr in den Käfig geflogen war, fing und auffraß, und sie tat sich weiterhin an allerlei neugierigen Vögeln gütlich, die auf der Suche nach Futterresten hereingehüpft kamen. Ja, Mallabars eigene Arbeit hier in Grosso Arvore hatte viel zur Bestimmung der verschiedenen Arten von Fleisch beigetragen, die Schimpansen zu sich nehmen, und zum ersten Mal ihre Raubtiernatur offenbart. Mallabar war der erste Mensch, der Schimpansen je bei der Affenjagd beobachtet und fotografiert hatte. In einem von ihm gedrehten denkwürdigen Film konnte die Welt sehen, wie eine Gruppe ausgewachsener Schimpansen sich zu einer Jagdgesellschaft formierte, einem Buschschweinbaby nachstellte, es fing und verzehrte. Schimpansen fraßen – wie die Menschen zu ihrem großen Erstaunen erfuhren – gerne Fleisch, und sie jagten und töteten, um es zu bekommen. Das machte sie vielleicht weniger liebenswert, weniger sanftmütig, aber umso menschlicher.

Ich ging um die Felsen und den verdorrten Feigenbaum

herum und dachte daran, wie Rita-Lu mit den zerfetzten Überresten dieses Babys auf den Boden eingeschlagen hatte. Ich fragte mich, was Eugene Mallabar wohl davon halten würde. Alda wartete geduldig auf mich.

Nach ein, zwei Minuten ließ ich ihn die Leiche in eine Plastiktüte stecken und diese verschließen. Inzwischen untersuchte ich den Boden unter dem Feigenbaum und sammelte Kotproben in meine Probenfläschchen. Während ich sie beschriftete, versuchte ich, in Gedanken ruhig und vernünftig zu bleiben. Mir lagen hier sehr interessante Anhaltspunkte vor, aber die Beweisführung beruhte doch in höchstem Maße auf Indizien ... Erstens war da das Fleisch in Clovis' Kot. Zweitens der halb aufgefressene Leichnam eines Schimpansenbabys, zwei oder drei Tage alt. Drittens die triumphierende Aggressivität, die Rita-Lu dem Leichnam gegenüber an den Tag gelegt hatte. Und viertens? Viertens die Möglichkeit, dass sich weitere Fleischspuren in dem eben gesammelten Kot befanden. Worauf lief das hinaus? Ich zügelte meine natürliche Erregung: sachte, sachte, dachte ich.

Dann war da das Baby. Wessen Baby? Lenas? Möglich war es, sie hätte jetzt jeden Tag ihr Kind bekommen können. Aber wenn das stimmte, wie war das Baby gestorben? Und was hatte daran gefressen? Und warum? Und warum hatte sich Rita-Lu so aufgeführt? Ich verbot mir weitere unnütze Spekulationen. Wir brauchten mehr Fakten, mehr Daten. Ich schickte Alda los, um João zu suchen, und sagte, sie sollten beide zusammen Lena aufspüren und herausfinden, ob sie geboren hatte und ob ihr Kind bei ihr war. Ich nahm die Plastiktüte mit dem toten Baby darin – wie leicht es war – und machte mich auf den Rückweg nach Grosso Arvore.

Ich stand in Hausers Labor. Das schlichte Gebäude, ein rechtwinkliger Wellblechschuppen, beherbergte ein kleines, doch erstaunlich leistungsfähiges und gut ausgestattetes Laboratorium. Bei Hausers Arbeit im Projekt ging es um die Pathologie des Schimpansen. Im Augenblick befasste er sich mit der Bestimmung der verschiedenen Arten von Eingeweidewürmern, die Schimpansen befielen, weshalb er auch die Kloakenproben, die wir aus dem Beobachtungsgebiet mitbrachten, so begierig in Empfang nahm.

Jetzt standen wir nebeneinander und betrachteten die kläglichen Überreste des Schimpansenbabys, die in einer Präparierschale aus rostfreiem Stahl ausgebreitet lagen. Hausers Labor besaß einen kleinen Generator, der seine Zentrifugen antrieb und seine Kühlschränke kalt hielt. In einer Ecke drehte ein Tischventilator das Gesicht von einer Seite zur anderen, verteilte seinen Luftzug, sagte unaufhörlich Nein, Nein, Nein. Hauser trug einen weißen Kittel und Hosen, aber kein Hemd oder Unterhemd unter dem Kittel. Zwischen den antiseptischen Gerüchen seiner Chemikalien und Konservierungsstoffe war untergründig so eben noch der schwache Essiggestank seines Körpergeruchs wahrzunehmen, eine widerliche Schicht in der Geruchsformation.

Er gab ein leises Grunzen von sich und stocherte mit der Kugelschreiberspitze an der Leiche herum. Er hob ein winziges Bein an und ließ es fallen.

»Es *ist* ein Schimpanse«, bekräftigte ich.

»Absolut. Sehr jung und vielleicht vierundzwanzig Stunden tot. Schwer zu sagen. Gehirn weg, Eingeweide weg. An dem Rest lohnt es sich kaum herumzukauen. Wo hast du ihn gefunden?«

»Ach … an einer von meinen Futterstellen.«

»So die Antwort der äußerst diskreten Mrs. Clearwater.«

Ich ignorierte ihn und breitete meine Probenfläschchen aus.

»Gibt es eine Möglichkeit«, begann ich leichthin, »dass du herausfindest, ob die da« – ich zeigte auf die Fläschchen – »den da verspeist haben?« Ich wies auf die Babyleiche.

Hauser sah mich unverwandt an und dachte nach. Auf seiner Glatze trat der Schweiß hervor wie kleine Sonnenbläschen. »Ja«, sagte er. »Knifflig, aber es geht.«

»Ich wäre dir sehr verbunden.«

»Dann nehm ich mal an, dass dies *kein* Schimpansenkot ist.« Er tippte mit seinem Kugelschreiber an ein Fläschchen. Hauser war nicht blöde – dummerweise.

»Gottes willen nein«, sagte ich. »Nehme ich wenigstens nicht an.« Ich versuchte zu lachen, und es gelang nicht allzu schlecht. Aber ich spürte, wie es in Hausers Kopf arbeitete, wie er die Weiterungen durchspielte. »Bloß so eine verrückte Theorie von mir«, fuhr ich fort, »über Raubtiere.« Kaum hatte ich die Worte ausgesprochen, da bereute ich sie auch schon. Ich hatte zu viel gesagt: Hauser wusste besser als jeder andere, was Schimpansen fraßen. Er hatte Dutzende von Pflanzen- und Fruchtsorten allein anhand von Kotuntersuchungen bestimmt. Jetzt würde er viel genauer hinsehen. Aus irgendeinem absurden Grund hatte ich plötzlich Gewissensbisse wegen meiner geringfügigen Unaufrichtigkeit. Warum tat ich nicht einfach meinen Verdacht kund, probierte meine Theorie bei jemandem aus, mit dem ich zusammenarbeitete? Aber darauf hatte ich eine Antwort: Ich kannte meine Kollegen zu gut, um ihnen zu vertrauen.

»Eilt nicht«, sagte ich. »Wenn du mal einen Moment Zeit hast.«

»Nein, ich mach mich sofort dran«, meinte Hauser, was Unheil verhieß.

Ich verließ das Labor mit einer gewissen Erleichterung. Draußen war es heiß, die Nachmittagssonne brannte bleich durch eine dünne Wolkendecke. Es sangen keine Vögel. Nur von der künstlichen Futterstelle kam Lärm, und bei der Lautstärke der *pant-hoots,* des Bellens und Kreischens hörte es sich an, als ob da zwei Dutzend Schimpansen Mallabars Gratisbananen vertilgten. Und wenn da so viele waren, würden alle anderen auch dort sein: Mallabar, Ginga, Toshiro und Roberta Vail sowie ein halbes Dutzend Assistenten, die allesamt wie wild beobachteten und Notizen machten. Ian Vail war vermutlich im Freiland draußen; wie ich stand er Mallabars viel gepriesenem Spielzeug höchst skeptisch gegenüber.

Ich ging zu meinem Zelt zurück, im Zweifel, ob ich bei der Entdeckung des toten Babys alles richtig gemacht hatte. Ich sollte lernen, mich geschickter zu verstellen, dachte ich: Sich schlecht zu verstellen läuft aufs Gleiche hinaus, wie die Wahrheit zu sagen. Der Anblick von João und Alda, die auf mich warteten, unterbrach mich in meiner Selbstkritik. Keine Spur von Lena, sagten sie. Es brachte nichts ein, sie nachmittags um diese Zeit noch loszuschicken, daher ließ ich sie nach Hause gehen. Ich zog einen Stuhl in den Schatten der über die Zeltöffnung gespannten Segeltuchmarkise und versuchte, einen Brief an meine Mutter zu schreiben, aber ich war zu abgelenkt, um mich konzentrieren zu können, und nach drei oder vier Zeilen ließ ich es bleiben.

Am Abend wartete ich in der Kantine, bis Roberta gegangen war, und wandte mich dann an Ian Vail. Unter allen anderen Umständen hätten sein Erstaunen und das folgende klammheimliche Entzücken rührend wirken können, doch seine offenkundige Freude darüber, dass ich ein Gespräch angefangen hatte, ärgerte mich. Von meiner Seite aus war unser Verhältnis herzlich und professionell. Ich wollte eine harmlose Erkundigung einholen, wieso musste er daraus etwas Persönliches machen, andere Motive dahinter vermuten? Er stellte sein Tablett ab und wandte sich mir zu, um mir seine ungeteilte, konzentrierte Aufmerksamkeit zu schenken.

»Schieß los«, sagte er, wobei er mir aus seinen blass bewimperten hellen Augen, davon war ich überzeugt, telepathische Liebesschwüre sandte, doch vergeblich: Ian Vail interessierte mich nicht.

Ich fragte ihn, ob es bei seinen Nord-Schimpansen in letzter Zeit Geburten gegeben hatte.

»Nein, zwei sind schwanger, aber das dauert noch. Wieso?«

»Ich habe heute ein totes Baby gefunden. Suche die Mutter dazu.«

»Wie ist es gestorben?«

»Ein Unfall, glaube ich. Ich weiß nicht.«

Er rieb sich das Kinn. Das Licht der Sturmlaterne fiel auf die Haare an seinem Unterarm. Sie waren dicht und geringelt wie goldgelber Draht, wirkten gut einen Zentimeter dick.

»Ein paar vagabundierende Weibchen sind ziemlich weit«, sagte er. »Willst du nachschauen? Wenn Eugene morgen nicht füttert, können wir sie vielleicht finden. Sollte nicht schwierig sein.«

»Gut«, sagte ich und bemühte mich, sein jungenhaft freudiges Grinsen zu ignorieren. Wir verabredeten uns für früh um sieben. Er würde mit dem Landrover vorbeikommen und mich abholen.

Als ich zu meinem Zelt zurückging, fiel mir auf, dass in Hausers Labor noch Licht brannte. Mir wurde bewusst, dass ich ihn an dem Abend nicht in der Kantine gesehen hatte, und ich fühlte einen Schauder der Unruhe durch mich hindurch rieseln. Hauser war nicht dafür bekannt, dass er gerne Überstunden machte.

Eine halbe Stunde später, als ich dabei war, meine Feldbeobachtungen für den Tag nachzutragen, hörte ich draußen Mallabar fragen, ob er mich kurz sprechen könne. Ich ließ ihn herein und bot ihm einen Scotch an, den er ablehnte. Er sah sich in meinem Zelt um und blickte dann wieder mich an, als könnte die Einrichtung ihm irgendeinen verschlüsselten Hinweis auf meine Persönlichkeit liefern. Ich bat ihn, sich zu setzen, aber er kam sofort zur Sache, im Stehen.

»Dieser Tierkörper, den du heute gefunden hast, warum hast du mir nichts davon erzählt?«

»Warum sollte ich?«

Er lächelte geduldig, ein weiser Schuldirektor, der mit einem schwierigen Schüler konfrontiert ist. Im Umgang mit Mallabar bemühte ich mich immer, besonders selbstbewusst aufzutreten. Bei allen anderen ließ er seinen Charme so gründlich spielen, dass ich mir spezielle Mühe gab, ihm zu zeigen, wie wirkungslos er an mir abprallte.

»Todesfälle müssen protokolliert werden. Das weißt du doch.«

»Ich protokolliere ihn ja.« Ich wies auf mein Heft. »Ich habe bloß noch nicht alle Fakten. Hausers ...«

»Darum bin ich ja hier, um dir die Mühe zu ersparen.« Er machte eine Pause. »Wir haben jetzt die Fakten. Es war kein Schimpanse.«

»Ach, *komm.*«

»Hope, es ist furchtbar leicht, sich da zu täuschen. Das ist mir viele, viele Male selbst passiert. Der angefressene oder zersetzte Körper eines Neugeborenen ... Schwer zu sagen, meine Liebe, schwer zu sagen.«

»Aber Hauser –«

»Anton hat mir eben bestätigt, dass es ein Pavianbaby war.«

»Aha.«

»Ich mache dir keinen Vorwurf, Hope, das sollst du wissen. Du hast deine Arbeit getan. Ich wünschte bloß, du wärst mit deiner Hypothese gleich zu mir gekommen.« Jetzt setzte er sich doch. Ich fragte mich, was er wohl über meine Hypothese wusste.

»Ich muss sagen, ich dachte –«

»Ich wollte nicht«, unterbrach er mich wieder, mit einer Geste zu meinem Tagebuch hin, »ich wollte nicht, dass du dich in eine Sackgasse verrennst.«

»Danke.«

Er stand auf. »Wir sind hier nicht blöde, Hope. Unterschätz uns bitte nicht. Wir unterschätzen *dich* gewiss nicht.«

»Es sah sehr nach einem Schimpansen aus, das kann ich dir sagen.«

»Tja …«, sagte er gedehnt, nunmehr entspannt, da ich einen Rückzieher gemacht hatte. Dann tat er etwas Merkwürdiges: Er beugte sich zu mir vor und küsste mich auf die Wange. Ich spürte das Prickeln von seinem gepflegten Bart.

»Gute Nacht, meine Liebe. Gott sei Dank, dass du dich geirrt hast.« Wieder dieses Lächeln. »Unsere Arbeit hier …« Er hielt inne. »Unsere Arbeit hier ist furchtbar wichtig. Ihre Integrität muss über jeden Zweifel erhaben sein. Du solltest doch begreifen, was wildes – nein, ich meine nicht wildes, was *übereiltes* Theoretisieren möglicherweise für Schaden anrichten kann … hmmm?« Er sah mich angelegentlich an, sagte noch einmal gute Nacht und ging.

Nachdem er fort war, setzte ich mich und rauchte eine Zigarette. Ich musste mich beruhigen. Dann trug ich meine Feldbeobachtungen zu Ende ein: Ich beschrieb haarklein die Ereignisse des Tages und nahm keinerlei Änderungen vor.

Als das erledigt war, verließ ich das Zelt und wanderte die Main Street hinunter zu Hausers Labor. Das Licht brannte immer noch, ich klopfte und wurde hereingelassen.

»Gerade rechtzeitig«, sagte Hauser. »Die kannst du haben.« Er reichte mir meine Probenfläschchen, sauber ausgespült.

»Wie waren die Ergebnisse?«

»Keine Spur von Fleisch. Nichts Besonderes. Früchte, Blätter.«

Ich nahm das mit einem Kopfnicken zur Kenntnis. »Eugene war eben bei mir.«

»Ich weiß.« Hauser ließ sich nicht aus der Ruhe bringen. »Ich dachte zuerst auch, es wäre ein Schimpanse, und ich habe es ihm gegenüber beiläufig erwähnt … Da haben wir es uns beide zusammen noch einmal genauer angesehen.« Er lächelte matt und legte den Kopf schief. »Es war ein Pavianbaby. Unbestreitbar.«

»Komisch, dass wir beide gedacht haben, es sei ein Schimpanse, sofort, ohne nachzudenken.«

»Man kann sich da furchtbar leicht täuschen.«

»Klar.« Na schön, dachte ich, spiel ich eben euer Spiel mit. Ich sah ihn forschend, direkt an. Zu seiner Ehre sei gesagt, dass er nicht mit der Wimper zuckte.

»Kann ich bitte die Leiche haben?«, fragte ich.

»Leider nein.«

»Wieso nicht?«

»Die hab ich vor zwei Stunden verbrannt.«

DER GALAPAGOS-ALBATROS UND DER NACHTREIHER

Ich sitze im frühen Morgensonnenschein am Brazzaville Beach und schaue zu, wie zwei Möwen sich flügelschlagend um einen Futterbissen streiten – einen Fischkopf oder eine Jamsknolle, ich kann es nicht erkennen. Sie kreischen und spreizen die Flügel, ihre Schnäbel krachen mit einem Ton gegeneinander, als würde man Plastiktassen ineinander stellen.

Der Galapagos-Albatros paart sich fürs ganze Leben. Ich habe Filme gesehen, wie die Vögel miteinander schmusen und knutschen wie ein bis über beide Ohren verliebtes Pärchen beim Stelldichein. Und das ist kein Balzritual und keine opportunistische Zurschaustellung; die beiden bleiben ein Paar, bis der Tod dazwischentritt.

Eine von meinen Möwen hat jetzt den Dreh heraus, schnappt sich das Futterbröckchen und fliegt damit davon. Die andere lässt sie ziehen und hackt wütend auf den Sand ein.

Auf den Galapagosinseln lebt noch ein anderer Vogel, der Nachtreiher heißt. Der Nachtreiher bekommt drei Küken und wartet dann ab und passt auf, welches sich als das kräftigste erweist. Nach etwa einer Woche beginnt das kräftigste Küken die beiden anderen anzugreifen und versucht, sie aus dem Nest zu schubsen. Am Ende gelingt ihm das, die schwächeren Küken fallen zu Boden und sterben.

Die Nachtreihermutter sitzt während dieses Kampfes neben dem Nest und schaut zu, wie ihr eines Junges sich der beiden anderen entledigt. Sie greift nicht ein.

John Clearwater war Mathematiker. Das schien eine harmlose Feststellung zu sein und war doch, in Hopes Augen, der eigentliche Grund für seine Anziehungskraft auf sie und zugleich die Quelle all seiner riesigen Probleme. Sie wusste, dass er nicht sonderlich gut aussah, doch andererseits hatte sie sich nie sehr zu attraktiven Männern hingezogen gefühlt. Männliche Schönheit hatte etwas Oberflächliches und Seichtes an sich, fand sie. Außerdem war sie zu weit verbreitet und verlor schon dadurch an Wert. Wo sie auch hinging, sah sie nach landläufigen Begriffen »gut aussehende« Männer dieser oder jener Art: Männer beim Bedienen in Geschäften, Männer beim Essen in Restaurants, Männer beim Gerüstbau, Männer in Anzügen in Büros, Männer in Uniformen auf Flughäfen … Es gab viel mehr gut aussehende Männer auf der Welt als Frauen, fand sie. Eine schöne Frau zu entdecken war viel schwieriger.

Clearwater war von durchschnittlicher Größe, wirkte aber gedrungener. Außerdem hatte er etwas Übergewicht, als sie ihn kennenlernte, und diese zusätzlichen Pfunde verstärkten noch den Eindruck kompakter Stabilität, den er erweckte. Er hatte drahtiges schwarzes Haar, vorne dünner werdend, das er glatt zurückbürstete. Er trug untadelig orthodoxe Sachen: braune Sportsakkos und dunkelgraue Flanellhosen, Hemden aus Baumwollflanell und ungemusterte Strickkrawatten, aber all das sah an ihm absolut passend aus, dachte sie. Seine Art, sich zu kleiden, hatte etwas buchstäblich Sorgloses an sich, und die Sachen waren so gut eingetragen und saßen so gut, dass sie sich über Mode und Stil mit einer unverblümten

Nonchalance hinwegsetzten, die sie viel anziehender fand als jedes Modebewusstsein, wie geschmackvoll und *soigné* auch immer.

Er hatte eine lange, gerade Nase und helle, blassblaue Augen. Sie hatte noch nie jemand gekannt, der eine Zigarette so schnell rauchte. Die nach hinten gestriegelten Haare und sein rastloser Habitus wirkten merkwürdig erregend und zugleich befreiend auf sie. Wenn sie mit ihm zusammen war, spürte sie, wie sich ihre eigenen Fähigkeiten in absurder Weise vergrößerten. Er kümmerte sich nicht um die flüchtigen Erscheinungen und Torheiten der Welt, um ihren Protz und Prunk. Seine Vorlieben waren wie die der meisten Leute, banal und geheimnisvoll zugleich, aber er schien sich aus sich selbst heraus entwickelt zu haben, eigenständig, unbeeinflusst. Sie fand diese unschuldige Selbstsicherheit und Selbstgenügsamkeit sehr beneidenswert.

Es gab auch Nachteile. Aufgrund dieser Selbstgenügsamkeit interessierten ihn ihre eigenen Vorlieben und Abneigungen relativ wenig. Wenn sie etwas unternahmen, was *sie* wollte, hatte sie immer das Gefühl, dass er es aus reiner Höflichkeit tat, wie sehr er auch das Gegenteil behaupten mochte. Und seine Arbeit, die von einer geradezu schwindelerregend durchgeistigten Abstraktheit war und in der er völlig aufging, schloss, soweit sie das beurteilen konnte, bis auf eine Handvoll Menschen an fernen Universitäten und Forschungsinstituten alle anderen aus.

Sie lernte ihn schließlich eines Juniabends auf einer Institutsfete zum Semesterschluss kennen. Sie hatte eben das Manuskript ihrer Dissertation vom Schreibbüro abgeholt, und die seltsame Freude, die der Anblick dieses Papierstapels auslöste, hatte sie dazu verführt, zu viel zu trinken. Als sie Clearwater endlich von Angesicht zu Angesicht gegenüberstand, starrte sie ihn lange an. Er hätte sich mal rasieren sollen – er hatte einen starken Bartwuchs –, und er sah müde aus.

Er trank Rotwein aus einem bis zum Rand gefüllten kleinen Henkelglas.

»Na, und was machen Sie?«, sagte er teilnahmslos zu ihr.

»Sie können sich auch was Besseres einfallen lassen«, sagte sie.

»Okay. Sie haben sich Wein auf die Bluse gekleckert.«

»Das ist kein Wein, das ist eine Brosche.«

Er beugte sich ein paar Zentimeter vor, um die Jettkamee zu betrachten, die oberhalb ihrer linken Brustwölbung steckte.

»Ach, natürlich«, sagte er. »Ich hätte meine Brille aufsetzen sollen.«

»Sind Sie Amerikaner?«

»Nein, nein. Entschuldigung: ›auf-set-zen‹. So besser? Ich war vier Jahre lang am California Institute of Technology. Das kann einem schon die Aussprache ruinieren.«

Sie sah sich seine Kleidung an. Er hätte ein Privatschullehrer aus den dreißiger Jahren sein können. »Ich hab's doch gewusst, dass Sie in Kalifornien gelebt haben. All diese Pastelltöne.«

Er sah ein wenig bestürzt aus, plötzlich hilflos, als wäre ein Slangwort gefallen, das ihm nicht geläufig war. Sie begriff, dass er nicht glauben mochte, dass sie über seine Kleidung sprach.

»Oh … meine *Sachen,* ich verstehe.«

»Nicht gerade der letzte Schrei der Haute Couture.«

»Tut mir leid, Kleider interessieren mich nicht.«

Bei weiterer Befragung erzählte er ihr, dass er etwa alle fünf Jahre einmal einkaufen ging und dann am liebsten alles gleich im Dutzend nahm – Schuhe, Jacketts, Hosen. Er hob einen Ärmel hoch, um ein Loch am Ellenbogen vorzuzeigen.

»Das hier ist sogar bald zehn Jahre alt. In Kalifornien bestand kein großer Bedarf für Jacketts.«

»Was haben Sie denn getragen, als Sie da lebten?«

»Herr des Himmels.« Er lachte. Dann fügte er höflicher hinzu: »Ach … ich weiß nicht. Jacketts jedenfalls nicht.«

»Und wie war der Strand? Die Sonne?«

»Ich hab gearbeitet. Ich war nicht im Urlaub. Und überhaupt, wozu sollte ich an einen Strand gehen?«

»Zum Spaß?«

»Hören Sie, ich bin fünfunddreißig. Mir bleibt nicht mehr viel Zeit.«

Sie lachte darüber, zu lange, enthemmt vom Alkohol. Dann fing er an, darüber zu lachen, dass sie über ihn lachte. Erst viel später wurde ihr klar, dass er das todernst gemeint hatte.

Gegen Ende des Abends hatte er sie gefragt, ob sie mal mit ihm ausgehen würde. Er ging aus, das gab er zu, und er trank auch, phasenweise, gewöhnlich dann, wenn er den »Forschungsbereich« wechselte, wie er sich ausdrückte. Sie habe Glück, sagte er ohne jede Herablassung, dass sie ihn am Scheitelpunkt erwische.

Etwa eine Woche später schliefen sie zum ersten Mal miteinander, im Schlafzimmer ihrer Wohnung in South Kensington. Er wohnte im Oxford-and-Cambridge-Club und war vage auf der Suche nach einer Wohnung, von der man zu Fuß zum Imperial College gehen konnte, wo er seine Forschungsstelle hatte. Am nächsten Abend kam er wieder in ihre Wohnung und blieb über Nacht, und am Abend danach auch. Nach einem Dutzend Nächten bot sie ihm an, bei ihr einzuziehen, bis er selbst etwas gefunden hätte. Das schien vernünftig. Im August, als er sie – drei Monate und fünf Tage nach ihrer ersten Begegnung – fragte, ob sie ihn heiraten würde, wohnte er immer noch da.

Sie waren etwa acht Wochen verheiratet, als Hope die erste Veränderung auffiel. Der Sommer war vorbei, der Herbst bereits fortgeschritten. Sie kam an einem frostig kalten Abend nach Hause und machte eine Flasche Rotwein auf.

»Willst du auch ein Glas, Johnny?«, rief sie.

Er kam zu ihr in die Küche.

»Nein danke«, sagte er. »Ich hab's aufgegeben.«
»Was aufgegeben?«
»Die Trinkerei.«
»Seit wann?«
»Seit eben.«
Er machte den Kühlschrank auf. Was Hope da erblickte, sah nach einem halben Dutzend Milchflaschen aus. Er schenkte sich ein Glas ein. Er grinste sie an. Er schien ungewöhnlich guter Laune zu sein.
»Muss bei Kräften bleiben.«
»Was ist los?«
»Ich hab's«, sagte er. »Ich weiß, was ich als nächstes anfange.« Er machte eine kleine Drehbewegung mit der Hand. »Da stecken unglaubliche ... Ungeheuer ergiebig. Ungeheuer aufregend.«
Sie freute sich für ihn. Zumindest redete sie sich das ein.
»Toll. Was ist es? Sag's mir.«
»Turbulenzen«, sagte er. »Turbulenzen.«

DAS NULLSUMMENSPIEL

Turbulenzen sind John Clearwaters neue Leidenschaft. Hope weiß, dass seine alte Leidenschaft, seine alte Liebe, jahrelang die Spieltheorie war. Vier Jahre lang hat er am California Institute of Technology über Spieltheorie geforscht: die Theorie des rationalen Konflikts. John Clearwater hat ihr einiges über seine Arbeit am CalTech erzählt. Er hat mit Zweipersonen-Spielen angefangen – Zweipersonen-Nullsummenspielen, wie er es nannte. Ein Nullsummenspiel ist ein Spiel, bei dem der Gewinn des einen zwangsläufig der Verlust des anderen ist. »Wie in der Ehe«, sagte Hope. »Na ja, nein«, sagte John. »Die Ehe ist ein Nichtnullsummenspiel. Und dann wirken da Emotionen mit. Der Verlust des einen braucht nicht unbedingt der Gewinn des anderen zu sein.« Außerdem sei da noch ein

Faktor: Ihn interessierten vor allem Spiele mit vollständiger Information, bei denen es keine Geheimnisse gebe. Bei diesen Spielen, sagte er, existiere immer eine optimale Strategie. Danach suche er: nach optimalen Strategien. Schach sei ein Spiel mit vollständiger Information, ebenso Käsekästchen. Spiele mit vollständiger Information könnten unendlich komplex sein oder verhältnismäßig einfach. Bedingung war nur, dass es keine Geheimnisse geben durfte. Poker sei kein Spiel mit vollständiger Information. Poker sei ein Zweipersonen-Nullsummenspiel ohne vollständige Information. »Genau wie in der Ehe«, sagte Hope. Er war immer noch anderer Meinung.

Früh am nächsten Morgen war ich schon fertig, als Ian Vail mich abholen kam. Es gab eine unbefestigte Straße, die rund eine Meile ins Innere des Nordgebiets hineinführte. Das sparte eine Menge Zeit: Ein Fünftel bis ein Viertel meines Tages ging für den Hin- und Rückweg drauf.

Bei der Abfahrt erzählte mir Vail, dass er zwei von seinen Freilandassistenten bei Tagesanbruch mit Walkie-Talkies vorausgeschickt habe, damit sie nach den Schimpansen Ausschau hielten. Mit ein bisschen Glück, sagte er, könnten wir die Schimpansenpopulation des Nordens zum größten Teil, wenn nicht gar vollständig an einem Tag sichten. Ich war mir über die eventuellen Folgen meines Zusammenstoßes mit Mallabar am Abend zuvor durchaus im Klaren. Ich fragte Vail, ob er irgendjemand von unserem Trip erzählt hatte. Er sah mich ein wenig erstaunt an.

»Nein«, sagte er. »Wieso?«

»Mallabar meint, es sei kein Schimpansenbaby gewesen. Die Leiche da. Er behauptet, es ist ein Pavian.«

»Und du bist nicht seiner Meinung.«

»Das ist keine Meinungsfrage. Ich habe recht, er hat unrecht.«

Vail zog ein Gesicht. »Hör mal, Hope, vielleicht solltest du mir nichts weiter erzählen, verstehst du? Eugene war außerordentlich … ich will einfach keine Partei ergreifen müssen.«

Ich lächelte in mich hinein: ganz Ian Vail. »Ach, keine Sorge«, sagte ich. »Ich halte dich da schon raus. Bloß eine professionelle Meinungsverschiedenheit.«

»Er muss seine Gründe haben. Ich meine, falls du recht hast.«

»Hab ich, und hat er. Auch wenn mir schleierhaft ist, was das für Gründe sind.«

Ich spürte Vails zunehmende Unruhe: Worauf ließ er sich da ein? Inwieweit handelte er, indem er mir so behilflich war, womöglich den Wünschen seines Wohltäters zuwider?

»Es ist mir unangenehm, das ist alles«, sagte er lahm. »Wegen Roberta und so.«

Roberta Vail. Ians amerikanische Frau und Mallabars rechte Hand und ungenannte Co-Autorin. Roberta betete Mallabar an – der Ausdruck war nicht übertrieben –, und jeder wusste das, auch wenn ihre Verehrung sich in die Form gebührender beruflicher Ehrerbietung kleidete. Vielleicht, dachte ich jetzt, war Robertas leidenschaftliche Ergebenheit für Eugene der Grund dafür, dass Ian Vail mich damals küssen wollte … Außerdem wurde mir klar, dass Roberta von diesem Trip lieber nichts erfahren sollte – nicht, weil sie ihrem Mann misstraute (das tat sie nicht), sondern wegen des impliziten Verrats am Gott Eugene. Doch war dies ein Geheimnis, von dem ich wusste, der gute Ian würde es nicht preisgeben.

Wir parkten den Landrover und gingen los, den Weg die niedrigen Hügel hinauf, die zu den Wiesen des Plateaus hin anstiegen. Wir waren jetzt genau in der Mitte des Nationalparks Grosso Arvore, eines Gebiets von ungefähr hundert Quadratmeilen. Unser spezieller Bereich, wo sich die Nordgruppe der Schimpansen befand, war kleiner, ein ungefähr zehn Meilen langer und zwei Meilen breiter Streifen Wald und Buschwerk. Er ernährte eine fluktuierende Population von dreißig bis vierzig Schimpansen, die durch die Abwanderung meiner Südländer nunmehr etwas dezimiert war.

Etwa die Hälfte der Nord-Schimpansen hatte ein Assistent von Vail bereits ausfindig gemacht, wie wir über unsere Walkie-Talkies erfuhren. Wir kamen gut voran. Wir brauchten nur eine runde halbe Stunde, bis wir bei ihnen waren. Mir fiel auf, dass es sich hier im Norden viel leichter ging, es gab wenig dichten Wald oder undurchdringliches Unterholz, wie ich sie im Süden vorfand.

Wir hatten Glück, so viele Schimpansen an einem Ort anzutreffen. Das lag daran, dass hier drei große Dalbergien wuchsen und kurz vor der Blüte standen. Ich zählte vierzehn Schimpansen, die in den Ästen saßen und von den kleinen süßen Knospenbüscheln fraßen.

Ian zeigte hinüber. »Zwei von den schwangeren Weibchen sind hier. Schau.«

Zwei abgehakt. Wie viele blieben noch …? Wir ließen uns knapp sechzig Meter von den Bäumen entfernt nieder und beobachteten die Schimpansen mit dem Fernglas. Es war ungefähr halb neun, wahrscheinlich ging die erste Mahlzeit des Tages dem Ende zu. Es war schon eine gewisse Unruhe zu bemerken. Aber die Schimpansen schlugen sich immer noch den Bauch voll. Dalbergienknospen mögen sie ganz besonders gern, und sie würden nur drei oder vier Tage lang verfügbar sein, ehe sie aufblühten.

Durch mein Fernglas konnte ich sehen, dass ein junges Weibchen heftig in der Brunst war. Die rosa Schwellung der Haut im Genitalbereich war auffallend groß, ein Höcker vom Ausmaß eines großen Kohlkopfes. Die Schimpansenmännchen auf dem Baum des Weibchens wurden zunehmend aufgekratzt und erregt. Es wurde viel an den Ästen gerüttelt und Imponiergehabe zur Schau gestellt, gerufen und gekreischt. Doch das Weibchen blieb am äußersten Rand der Dalbergie auf dünnen, biegsamen Zweigen sitzen, die keinesfalls das

Gewicht eines weiteren Schimpansen tragen konnten. Schimpansen paaren sich oft auf Bäumen, und ab und zu unternahm ein Männchen einen Vorstoß in ihre Richtung, so weit es sich traute, und hockte sich hin, wobei es ihr seinen erigierten Penis zeigte und in seiner Erregung die Blätter schüttelte und auf die Äste einschlug. Aber das Weibchen schien sich gar nicht um ihn zu kümmern, es schmatzte zufrieden weiter und stopfte sich eine Handvoll süßer gelber Dalbergienknospen nach der anderen in den Mund.

Endlich aber, als hätte sie gespürt, dass die kollektive Erregung der Männchen auf dem Höhepunkt war und die Wartenden lange genug gelitten hatten, kletterte sie von dem Baum herunter. Und sofort folgten ihr ein halbes Dutzend erwachsene und jugendliche Männchen auf den Boden nach. Laute Schreie und Huuh-Rufe erfüllten die Luft.

Ich sah ein großes Männchen mit einem braunen Fellfleck am Nacken die vertraute Hockstellung hinter ihr einnehmen. Seine Beine waren weit gespreizt, und ich konnte deutlich erkennen, wie der erigierte Penis – dünn und scharf, etwa zehn Zentimeter lang, fast schon violett gegen das dunkle Bauchfell – über seinem angeschwollenen, auf der Erde ruhenden Skrotum zitterte.

Ich stupste Ian am Ellenbogen. »Ist das das ranghöchste Männchen?«

»Ja. N4A.«

»Na komm. Wie heißt er?«

»Wir nennen ihn Darius.«

»Und das Weibchen?«

»Crispina.«

Darius scharrte in der Erde und klopfte mit den Fingerknöcheln auf den Boden. Er starrte die halb abgewandte Crispina durchdringend an. Sie hob ihr grellrotes Hinterteil und bewegte sich langsam rückwärts auf ihn zu, wobei sie sich ab und zu umsah. Darius hockte beinahe unbeweglich da, schwankte ganz leicht von einer Seite zur anderen, und der blasse, stramme Kegel seines Penis zuckte leicht. Er grunzte leise, als Crispina geschmeidig auf seinen Schoß rutschte.

Es war sehr schnell vorbei. Darius gab beim Eindringen einen rauen Grunzlaut von sich, und Crispina schrie auf. Nach etwa fünf bis sechs Sekunden und zehn Stößen von Darius sprang Crispina davon. Darius hob ein Büschel Laub auf und wischte sich sorgfältig den Penis ab. Crispina hatte sich aber längst abgewandt und präsentierte ihr rosiges Hinterteil einem anderen kauernden Schimpansen.

Ich warf einen Blick zu Vail hinüber. Er schaute angestrengt durch sein Fernglas. Wir sahen zu, wie Crispina sich mit vier anderen bereitstehenden Männchen paarte. Mit zwei Halbwüchsigen wollte sie nichts zu tun haben, wie theatralisch sie sich auch für sie zur Schau stellen mochten. Eigentlich schien sie mehr an Darius interessiert; zu dem kehrte sie mehrmals zurück, präsentierte ihm ihr Hinterteil und ging rückwärts auf ihn zu, berührte einmal sogar hoffnungsvoll seinen schlaffen Penis. Doch er war nicht mehr interessiert oder nicht erregt. Dann, wie auf ein verborgenes Signal hin, schien sich alles zu beruhigen. Crispina legte sich auf den Boden und lauste sich; Darius und die anderen Männchen kletterten wieder in die Dalbergien hinauf. Vail legte sein Fernglas beiseite und kicherte.

»Faszinierend … Die weiß genau, was sie will, die gute Crispina«, sagte er mit einem hässlich aussehenden Grinsen auf den Lippen.

»Was meinst du damit?«

»Nichts …« Er lief rot an. »Ich meine, es ist faszinierend, wieder ein dominantes Weibchen in der Gruppe auftreten zu sehen. Es hat ein Weilchen gedauert. Sollen wir weiter?«

Wir verließen die Dalbergien und nahmen für etwa eine halbe Meile den gleichen Weg zurück, dann schlugen wir einen Pfad ein, der nach Nordosten führte. Einer von Vails

Assistenten hatte eine andere, kleinere Schimpansengruppe beim Fressen an Termitenhügeln entdeckt. Irgendwie ließ mir Vails letzte Bemerkung keine Ruhe.

»Was meinst du damit, dass da *wieder* ein dominantes Weibchen auftritt?«

»Na ja, früher war das Rita-Mae, weißt du. Bevor sie in den Süden ging. Crispina – was sich da eben abgespielt hat, war genau wie bei Rita-Mae.«

»Die Paarungen.«

»Ja. Und dass sie bestimmte Männchen vorzieht.«

»Und du hältst das für bedeutsam? Es gibt da so etwas wie« – ich suchte nach dem richtigen Wort – »wie eine Strategie?«

»Aha. Schon wieder hat jemand meine Arbeit nicht gelesen.«

»Was für eine Arbeit?«

Er schaute auf absurde Weise selbstgefällig drein. »Ich habe da so eine Theorie. Danach ist es nicht das ranghöchste Männchen, das den Gruppenzusammenhang herstellt, es ist ein Weibchen. Ein dominantes Weibchen. Rita-Mae hat die Gruppe in den Süden geführt, nicht Clovis.«

Das war mir alles neu. »Wie hat Mallabar darauf reagiert?«

»Ach, er ist nicht einverstanden. Ganz und gar nicht. Er glaubt nicht, dass die Spaltung irgendwas mit Geschlechterfragen zu tun hat.«

Während wir den Pfad zu den Termitenhügeln entlangmarschierten, erzählte mir Vail mehr über den Artikel, den er geschrieben hatte. Ich hörte nicht besonders aufmerksam zu, ich war mit den Gedanken plötzlich wieder bei dem toten Baby. Und bei Lena. Schließlich, um ihn zum Schweigen zu bringen, fragte ich, ob ich den Artikel mal sehen könnte. Er versprach, ihn mir vorbeizubringen.

Bei den Termitenhügeln trafen wir Vails Assistenten, der eine kleine Gruppe von sechs Schimpansen beim Ameisenfressen beobachtete. Hier gab es ein hochschwangeres Weibchen. Vail sagte, das sei eine von den beiden Nomadinnen, die bei ihm regelmäßig im Protokoll auftauchten. Sie seien beide nicht voll in die Nordgruppe integriert.

»Sie gehört zu den aufreizenden Fremden«, sagte er.

»Warum nennst du sie so? Aufreizende Fremde.«

»Bloß so ein Ausdruck. Bevor Crispina sexuell gefragt war, sorgten diese Damen immer für Unruhe. Sie kommen und machen einen drauf. Ist das wichtig?«

»Ich hab die Redensart schon mal gehört, mehr nicht. In anderem Zusammenhang.«

Wir sahen den Schimpansen ein Weilchen beim Fressen zu und kehrten dann zu dem Landrover zurück. Mir gingen viele Gedanken im Kopf herum. Ich bat Vail, mir noch einmal kurz seine Theorie darzustellen. Er sagte, die Nordgruppe sei in sozialer Hinsicht stabil gewesen, weil ein starkes, sexuell gefragtes Weibchen darin war – Rita-Mae. Als sie wegging, konnten die jüngeren Weibchen ihre Rolle nicht ausfüllen, und die Gruppe brach auseinander. Andere vagabundierende Weibchen – die aufreizenden Fremden – wurden angelockt, im Bemühen, wie Vail meinte, eine zweite Rita-Mae zu finden. Doch erst als Crispina allmählich gefragt wurde und Darius bevorzugte – der dann prompt zum ranghöchsten Männchen aufstieg –, begann sich die durch die Spaltung hervorgerufene Unruhe und Zerrissenheit zu legen.

»Aber ich sehe da Probleme auf uns zukommen«, fuhr Vail fort. »Zwei andere Weibchen aus der Gruppe sind schwanger, und eine Nomadin auch. Crispina ist die einzige mit einem funktionsfähigen Sexualzyklus. Wenn sie schwanger wird, weiß der Himmel, was dann passiert.«

»Was sagt deine Theorie dazu?«

»Leider geht ihr an dem Punkt die Puste aus.«

Vail setzte mich vor meinem Zelt ab. Es war Nachmittag, heiß und still bis auf das metallische Schnarren der Zikaden. In meinem Zelt war es zum Ersticken. Das Blechdach diente theoretisch dazu, Kühlung zu bringen, aber ich konnte mir nicht vorstellen, warum eigentlich. Ich zog die Bluse aus und rieb mich ab. Liceu hatte meine frischgewaschenen Sachen in einer Blechtruhe zusammengelegt. Die machte ich auf und suchte ein weißes T-Shirt heraus. Dann runzelte ich die Stirn: die Truhe war nicht abgeschlossen gewesen. Das geschah nicht aus Sicherheitsgründen; der Schlüssel hing am Bindfaden an einem Griff, aber ich ließ Liceu die Truhe immer abschließen, um die Gefahr, dass Käfer oder andere Textilien fressende Insekten hereinkrabbelten, auf ein Minimum zu reduzieren.

Ich zog mein T-Shirt über. Vielleicht hatte er es einfach vergessen. Ich setzte mich an den Schreibtisch und sah mir die Gegenstände darauf an: das Foto von meinen Eltern, meiner Schwester und ihren Kindern, die Heftmaschine, die rote Blechtasse mit Stiften, die Schere, den geschliffenen Briefbeschwerer ... Ich konnte mich nicht erinnern, den Briefbeschwerer genau an der Stelle liegen gelassen zu haben. Auch nicht die Schere. Oder vielleicht doch. Vielleicht hatte Liceu auch Staub gewischt. Ich machte die Schreibtischschublade auf. Da lagen mein Feldbeobachtungsheft, Gummiringe, Büroklammern, Lineal, mein schwarzes Protokollheft. Alles wirkte unberührt. Dann fiel mir eine schimmernde Folie auf, die aus einer eselsohrigen alten Taschenbuchausgabe von *Anna Karenina* herausguckte. Ich schlug das Buch auf. Sie waren noch da, meine drei letzten Kondome. Doch jetzt wusste ich, dass jemand an dieser Schublade gewesen war. Ich hatte die Kondome in der Mitte des Buches versteckt, hinten am Buchrücken eingeklemmt. Sie dienten nicht als Lesezeichen.

Hauser oder Mallabar ...? Dann hielt ich inne. Das ging doch jetzt sicher etwas zu weit? Ich schlug mein Protokollheft auf: Da war meine Eintragung, unverändert. *Der Leich-*

nam eines zwei bis drei Tage alten kleinen Schimpansen, teilweise angefressen. Was hatte ich erwartet?

Ich legte die Hände mit den Handflächen nach unten auf das warme Holz des Schreibtisches. Der Tod eines Schimpansenbabys. Die sexuelle Beliebtheit von Crispina. Ian Vails Theorie. Und jetzt ging jemand unauffällig an meine Sachen. Auf der Suche nach etwas oder nur zur Bestätigung eines Verdachts?

»Hope?«

Draußen stand Ian Vail. Ich zog die Zeltklappe zurück und ließ ihn herein.

»Mein Gott, ist das heiß hier drinnen«, sagte er. Er wirkte leicht gereizt. »Ich fahr wieder raus. Hab dir das hier mitgebracht.« Er reichte mir eine Zeitschrift. *Bulletin of the Australian Primatological Association.*

»Ich wusste gar nicht, dass du da Mitglied bist«, sagte ich.

Er grinste entschuldigend. »Das waren die einzigen, die ihn nehmen wollten. Ich hab's dir wohl schon erzählt – Eugene hat sich nicht gerade ein Bein ausgerissen, dass ich ihn veröffentlichen kann.«

Ich blätterte in der Zeitschrift und suchte nach seinem Artikel. Ich fand ihn: »Sexual- und Sozialstrategien bei wilden Schimpansenweibchen«. Ich las ein paar Sätze.

»Mordsspannend«, sagte er. »Ich mochte ihn kaum wieder in die Hand nehmen, nachdem ich ihn weggelegt hatte.« Er kicherte matt über seinen alten Scherz.

Ich guckte nach unten auf die aufgeschlagenen Seiten in meinen Händen, merkte aber an der neu gewonnenen Nähe seiner Stimme, dass er an mich herangerückt war. Ein paar Sekunden schleppten sich dahin. Ich wusste, was passieren würde, sobald ich aufsah.

Ich sah auf. Er kam auf mich zu, und seine Hände fassten meine Schultern. Ich drehte das Gesicht weg, seine Lippen und die Nase quetschten sich in meine Wange.

»Hope«, sagte er mit belegter Stimme. »Hope.«

»Nicht, Ian.« Ich stieß ihn fort. »Was soll ich dir denn noch sagen? Herr des Himmels.«

Er sah erbärmlich aus. Die helle Haut brannte vor Schamröte, glänzender Schweiß stand ihm auf der Stirn. »Ich bin verliebt in dich«, sagte er.

»O mein Gott ... Sei doch nicht so, so *lächerlich,* Ian. Meine Güte!«

»Ich kann's nicht ändern. Heute, als ... ich dachte, du –«

»Hör mal. Das bringt doch nichts. Ich hab's dir letztes Mal schon gesagt.«

»Hope, gib mir doch ...«

»Was ist mit Roberta?« Ich zielte direkt auf den wunden Punkt. »Ich mag Roberta«, log ich. »Ich mag dich, aber mehr auch nicht. Du bist uns beiden gegenüber nicht fair.«

Er hatte einen komischen Ausdruck im Gesicht: Als würde er auf einem Knorpel herumkauen, ihn aber aus Höflichkeit nicht ausspucken wollen.

»Bitte, Ian.«

»Entschuldige. Ich tu's nicht ... Es kommt nicht wieder vor.«

Er ging. Ich setzte mich an meinen Schreibtisch und dachte ein Weilchen über Ian nach. Dann las ich seinen Artikel. Er war tatsächlich ganz gut.

Roberta Vail war unscheinbar und eher mollig. Sie hatte drahtiges, naturblondes Haar, das sie immer aus der Stirn zurückgekämmt in einem festen, unförmigen Pferdeschwanz trug. Sie war nicht unattraktiv, aber sie hatte einen müden, lustlosen Zug um den Mund. Sie aß auf und zündete sich eine Zigarette an. Sie rauchte nur, wenn Ian nicht dabei war.

»Wo ist Ian?«, fragte ich, als ich mit meinem Tablett ihr gegenüber Platz nahm.

»Er fühlt sich nicht so gut. Keinen Hunger.«

Ich drückte mein Mitgefühl aus und fing an zu essen.

Roberta hatte etwas an sich, was mir immer ein Rätsel war. Vielleicht war es ihre verschlossene, träge Miene – woran dachte sie? War sie glücklich oder traurig? Spielte das eine Rolle? Vielleicht war es auch einfach diese geheimnisvolle Aura, die gewisse Paare umgibt: eine nagende Neugier aufseiten des Beobachters, wie sie sich überhaupt je zueinander hingezogen gefühlt haben konnten; eine grundlegende Unkenntnis dessen, was der eine wohl am anderen reizvoll fand … Vielleicht ist das ein bisschen unfair, dachte ich. Ich konnte mir vorstellen, was man an Ian Vail interessant oder anziehend finden könnte, doch was er in Roberta sehen mochte, war mir ein komplettes Rätsel. Andererseits, überlegte ich, bewegen wir uns immer auf unsicherem Boden, wenn wir begreifen wollen, was auf sexuellem Gebiet des einen Lust und des anderen Leid ist. Ich habe mich da öfter geirrt, als mir lieb ist, und nachdem meine Ehe auseinandergegangen war, hat meine älteste Freundin Meredith mir gestanden, es sei ihr immer völlig unerfindlich gewesen, weshalb ich so versessen war auf John Clearwater. Das verwunderte mich – ich hatte gedacht, für andere läge das doch klar auf der Hand.

Ich wandte mich wieder Roberta zu, die mir etwas erzählte, was sie an der künstlichen Futterstelle beobachtet hatte. Als allerdings Mallabar und Ginga hereinkamen, hörte ich überhaupt nicht mehr zu. Von Mallabars Haltung ging heute Abend etwas Ungewöhnliches aus. Er schien sich straff in den Schultern aufzurichten; seine Augen – ich weiß, das klingt absurd – wirkten strahlender. Er ging in den Küchenbereich hinüber, und Ginga setzte sich zu mir und Roberta.

»Was ist los?«, fragte ich.

»Eugene erzählt's euch gleich. Hast du eine Zigarette?«

Ich bot ihr eine Tusker an, Roberta eine Kool. Sie nahm die von Roberta. Wir zündeten beide unsere Zigaretten an, und Roberta ging sich einen Nachtisch holen. Ginga wandte sich mir zu und setzte sich so hin, dass wir vertraulich miteinander reden konnten. Ginga hatte ein schmales Gesicht mit dünnen Lippen, von zu vielen Jahren unter der afrikanischen Sonne vorzeitig gezeichnet und gealtert. Ihre Augen waren ungewöhnlich, die Oberlider wirkten schwer, als sehne sie sich danach, schlafen zu gehen, reiße sich aber aus Gefälligkeit extra zusammen. Sie sprach gut Englisch, aber mit einem ausgeprägten Akzent – französisch-schweizerisch, vermutete ich, sie kam aus Lausanne. Sie war sehr dünn. Ich konnte mir vorstellen, dass sie in den richtigen Kleidern elegant ausgesehen hätte. Ich hatte sie nie anders als mit Bluse und Hosen gesehen. Sie trug kein Make-up.

Sie tätschelte mir die Hand und lächelte mich an. Ginga mochte mich, das wusste ich.

»Hope, Hope, Hope«, sagte sie mit gespielter Verzweiflung. »Wieso ist Eugene nur so sauer auf dich? Er war fuchsteufelswild neulich Abend.«

Ich zuckte die Schultern, seufzte und erzählte ihr ein wenig von der Transformation eines toten Schimpansenbabys in ein totes Pavianbaby. Sie sehe keinen Sinn darin, sagte sie.

»Wo ist denn die Leiche?«, wollte sie wissen.

»Existiert nicht mehr«, sagte ich. Ich deutete mit dem Kopf zu Hauser hinüber. »Er hat sie verbrannt.«

Ginga verzog das Gesicht. »Na, du weißt ja, was Eugene sich für Sorgen gemacht hat«, sagte sie. »Um das Projekt. Es ist kein Geld da, verstehst du? Es ist furchtbar.« Sie überlegte einen Moment, wobei sie sich mit einer Hand durch die kurzen Haare fuhr. Sie nahm einen langsamen, gierigen Zug von der Zigarette und machte dabei die Wangen hohl. Sie blies den Rauch aus und schenkte mir ein Mittelding zwischen einem Lächeln und einer Grimasse. »Aber ich glaube, jetzt wird alles gut.«

»Wie meinst du das?«

»Wart's ab.« Sie zeigte mit dem Finger.

Ich drehte mich um. Mallabar kam mit zwei oben mit Stanniol umwickelten Flaschen Asti Spumante aus der Kantinenküche. Alle hörten auf zu reden, als er mit übertriebener Feierlichkeit Gläser zusammenstellte, die Korken knallen ließ und den schäumenden Sekt einschenkte, wobei er mit theatralischen Gebärden alle Spekulationen über den Anlass dieser außergewöhnlichen Bewirtung zum Verstummen brachte.

Also warteten wir vor unseren gefüllten Gläsern brav ab, während Mallabar sich mit leicht gesenktem Kopf oben am Tisch aufstellte, wobei seine Kiefer und Wangen arbeiteten, als würde er tatsächlich kauen, die Rede abschmecken, die er nun halten wollte. Ich spürte, dass hinter mir Menschen zusammenliefen, und drehte mich um. Das gesamte Küchenpersonal und die meisten Freilandassistenten waren hinter mir angetreten. João fing meinen Blick auf und bewegte vielsagend die Lippen, aber ich konnte das nicht interpretieren. Mallabar sah zur Decke hinauf; seine Augen schienen feucht. Er räusperte sich.

»Diese letzten drei Jahre«, begann er heiser, »waren bei Weitem die Schwersten, die ich in mehr als zwei Jahrzehnten in Grosso Arvore erlebt habe.« Er hielt inne. »Dass wir unsere Arbeit fortsetzen konnten, ist zum großen Teil euch zu verdanken« – er streckte uns beide Hände entgegen –, »meinen Kollegen und lieben Freunden. Unter den widrigsten – den allerwidrigsten – Umständen und angesichts zunehmender Schwierigkeiten haben wir weitergekämpft und uns die Vision bewahrt, die vor so vielen Jahren hier geboren wurde.«

Nun lächelte er. Er strahlte richtig und zeigte uns seine starken Zähne.

»Diese finsteren Tage, das können wir jetzt wohl sagen, liegen hinter uns. Am Ende des Regenbogens winkt eine lichtere Zukunft.« Er nickte energisch. »Heute Nachmittag habe ich erfahren, dass die DuVeen-Stiftung in Orlando, Florida, uns Fördermittel in Höhe von zwei und einer dreiviertel Million Dollar, US-Dollar, zur Verfügung stellen wird, verteilt über die nächsten vier Jahre!«

Hauser rief Hurra, und alles klatschte. Toshiro pfiff ohrenbetäubend.

»Wir werden uns Mitarbeiter in den Staaten und in England suchen«, fuhr Mallabar triumphierend fort. »Ich darf euch mitteilen, dass in wenigen Monaten die statistische Erfassung wieder aufgenommen wird. Wir stehen mit der Princeton University in Verhandlungen um zwei weitere Forschungsstellen. Viele andere spannende Entwicklungen zeichnen sich ab. Grosso Arvore, meine lieben guten Freunde, ist gerettet!«

Wir hoben die Gläser und tranken, angefeuert von Hauser, auf Eugene Mallabar.

Nach dem Asti Spumante gingen wir zu Bier über. Wir saßen um den Tisch herum, schwelgten in unserem Glück, schwatzten und lachten. Selbst mir, der Neuen, war fröhlich zumute, nicht so sehr wegen der Neuigkeiten, sondern wegen der offenkundigen Begeisterung in den Gesichtern der anderen, der Alten. Vier weitere Jahre, umfangreiche Fördermittel von einer wichtigen Stiftung … Wo einer voranging, würden andere bestimmt folgen, befanden wir. Harte Währung – stabile Dollars – würden die Folgen der von der Regierung infolge des Bürgerkriegs verhängten Restriktionen mildern. Vielleicht hatte Mallabar recht: Am Ende des Regenbogens winkte in der Tat eine lichtere Zukunft.

Später, als wir gehen wollten, kam Mallabar auf mich zu. Er legte mir die Hand auf die Schulter und ließ sie dort liegen. Ich fragte mich, ob er ein bisschen betrunken war.

»Hope«, sagte er mit sonorer Stimme, »könntest du mir wohl einen Gefallen tun?« Er knetete meine Schulter. Mit der anderen Hand streichelte er sich den Bart – ich konnte so eben noch das Geraspel säuberlicher Borsten hören.

»Tja … Was denn?«

»Könntest du diese Woche die Einkaufstour übernehmen? Ich weiß, dass Anton dran ist, aber ich brauche ihn hier. Ich kann ihn nicht entbehren.« Er lächelte mir liebevoll zu, ohne seine Zähne zu entblößen. »Wir müssen unsere verschiedenen Projekte im Hinblick auf die DuVeen-Fördermittel neu überdenken. Wir dürfen keinen Augenblick verlieren.«

Ich überlegte. Er meinte die alle zwei Wochen notwendige Fahrt in die Provinzhauptstadt, wo wir uns mit Vorräten eindeckten. Es war mindestens eine Dreitagestour, manchmal länger, und im Allgemeinen hielten wir uns strikt an den Plan. Ich hatte die Fahrt vor einem Monat gemacht.

»Du würdest mir damit einen ganz besonderen Gefallen tun«, sagte er behutsam, während noch mehr Druck auf meine Schulter ausgeübt wurde. »Für mich wäre das wie die Gans, die goldene Eier legt.«

»Wie könnte ich da Nein sagen.«

»Du bist ein Schatz.« Ein abschließender Druck. »Gute Nacht, meine Liebe. Bis morgen.«

Ich ging langsam zu meinem Zelt zurück und fragte mich, ob da noch andere Motive hinter diesem »ganz besonderen Gefallen« steckten. War es eine Strafe, oder wollte er damit sagen, nicht böse sein? Ich schlenderte an Hausers Labor vorbei und dann an dem gewaltigen blassen, säulenartigen Stamm der Tamarinde zu meiner Linken. Ein Ziegenmelker flötete seinen ergreifenden fünftönigen Ruf.

Am Eingang zu meiner Hütte bewegte sich etwas. Ich blieb stehen.

»Mam, ich bin's, João.«

Ich ging ins Zelt und zündete die Sturmlaterne an. João blieb draußen. Ich bat ihn herein, aber er sagte, er müsse zurück in sein Dorf.

»Ich sehen Lena, Mam. Ich komme dir das sagen.«

»Und?«

»Sie hat ihr Baby.«

»Oh.« Ich hatte das Gefühl, als würde in mir etwas nachgeben, in sich zusammenbrechen.

Ich dankte ihm, wir sagten gute Nacht, und er machte sich auf den Heimweg. Ich setzte mich auf mein Bett, auf einmal müde. Es war dumm, aber ich spürte, wie mir Tränen in den Augen brannten.

RAUSCHEN ODER SIGNAL?

Der Mann, bei dem ich arbeite – Gunther –, begann vor relativ kurzer Zeit taub zu werden. Die Ärzte fanden keine Erklärung dafür, aber seine Hörprobleme wurden so schlimm, dass er sich ein Hörgerät anpassen lassen musste. Er hat mir erzählt, am Anfang sei er mit den verstärkten Geräuschen in seinem Kopf beängstigend schlecht zurechtgekommen. Es sei alles sturzweise über ihn hereingebrochen, sagte er, um mir den Effekt zu erklären, die Töne seien plötzlich ungewohnt und neu gewesen. »Siehst du, Hope«, sagte er etwas wehleidig, »das Problem war, dass ich nicht unterscheiden konnte, was belanglos war und was wichtig … Ich konnte Rauschen und Signale nicht auseinanderhalten.«

Ich dachte: Willkommen im Club. Hörenlernen ist wie jeder andere Lernprozess auch. Man muss eine Unmenge von Erscheinungen sieben und das Unwichtige aussortieren. Man muss das Signal vom Rauschen unterscheiden. Wenn man die Signale findet, dann zeichnet sich vielleicht eine Struktur ab, und so weiter.

Darum ging es John Clearwater auch bei seiner Arbeit über Turbulenzen. Das war ein Bereich, der nur aus »Rauschen« bestand, vollkommen willkürlich und unberechenbar. »Hyperbolisch« war ein Wort, das er dafür gebrauchte. Hatten Turbulenzen eine Struktur? Wurden da Signale ausgesandt? Und angenommen, es wurden Signale ausgesandt, würde sich eine Struktur herausbilden? Und was würde uns das über andere regellose Systeme im Universum sagen? Er hat mir einmal erzählt, er wolle Bewegungsgleichungen finden, um die Zukunft aller Turbulenzsysteme vorherzusagen …

Das Auge sieht. Es erkundet die optische Anordnung, die wir vor uns haben. Dinge verschieben und verändern sich, doch das Auge sucht stets nach Invarianten. Dadurch wird die sichtbare Welt festgehalten und verstanden. John ging es um etwas anderes: Er war jetzt von der Varianz fasziniert – von Systemen im Fluss, regellos und diskontinuierlich. Er wollte das Wirken des Zufalls begreifen, wie er mir sagte, und das Buch der ungebärdigen Welt schreiben, in der wir leben.

Die Wellen am Brazzaville Beach rollen und brechen und verflachen auf dem Sand zu gischtigem Schaum. Endlos, Welle an Welle. An einem Strand in Schottland hat John einmal auf das Meer hinausgezeigt und gesagt: »Die Geometrie einer Welle schreiben, das möchte ich.«

Hope bemerkte im Lauf der Wochen keine weiteren Veränderungen an John Clearwater. Er hatte aufgehört zu trinken, aber sonst blieb sein Benehmen gleich. Er verbrachte mehr Zeit außerhalb der Wohnung im College, schien aber nicht völlig in seinem neuen Interessengebiet – Turbulenzen – aufzugehen.

Im Vorfrühling machten sie Ferien in Schottland, wo sie für zwei Wochen ein altes Cottage in den Borders bei Biggar mieteten. Sie fuhren nach Ipswich und blieben ein Wochenende bei Johns Mutter (sein Vater war zehn Jahre zuvor gestorben). Sie war eine zerbrechliche graue alte Dame mit einem ausgeprägten Witwenbuckel, wodurch sie seitwärts zu einem aufschaute und dabei den Kopf schieflegte, um mit einem glänzenden Auge einen klareren, schrägen Blick zu bekommen. Sie wohnte bei Johns Bruder Frank und seiner Frau Daphne in einer Neubausiedlung am Stadtrand. Frank war Apotheker, glatzköpfig und freundlich. Er und Daphne hatten zwei höfliche und wohlerzogene kleine Jungen – Gary und Gerry. Für Hope war es ein langweiliges und sich ewig hinziehendes Wochenende, das aus endlosen Imbissen und Mahlzeiten und Fernsehen bestand und das sie zum größten Teil in einem Zustand verwirrter Benebelung zubrachte, bemüht, in diesem lauen Vorortsmulch John Clearwaters Wurzeln zu erahnen. Ab und zu ertappte sie sich bei einem spöttischen Lächeln und ermahnte sich, nicht zu herablassend zu sein: Für den größten Teil der Welt, das wusste sie wohl, war dies ein schönes Leben.

Im Zug zurück nach London betrank sie sich. Sie trank Whisky und aß Süßigkeiten (damals war sie nicht so schlank) und schwatzte wortreich über ihr Leben als Schülerin in Banbury und Oxford. John fand das amüsant. Er saß ihr mit seiner Bitter Lemon gegenüber und stachelte sie zu weiteren gewagten Enthüllungen an.

Ihr eigenes Leben hing zu dieser Zeit gewissermaßen in der Schwebe. Ihre Doktorarbeit war makellos, abgeschlossen und eingereicht, und sie wartete auf die mündliche Prüfung. Zum allerersten Mal in ihrem Leben, so schien es, lag die Zukunft offen vor ihr, leer und harmlos. Sie schwelgte in ihrer Untätigkeit; es schien sinnlos, wie sie unlogischerweise dachte, sich um eine Stelle zu bewerben, solange sie die Promotion noch nicht abgeschlossen hatte. Daher las sie und kaufte ein, besuchte Freunde und ging nachmittags ins Kino, strich ihr Schlafzimmer neu und hielt vage nach einer größeren Wohnung Ausschau. Sie war glücklich. Ihr Vater hatte immer zu ihr gesagt, sie solle diesen Zustand ja erkennen, wenn er einträte, und sich dazu bekennen. »Das ist wie Geld auf der Bank, altes Mädchen«, sagte er immer, »wie Geld auf der Bank.« Sie war glücklich und erkannte das auch, wie geheißen. Verheiratetsein hatte viele Vorteile, stellte sie fest, und einer davon war ein gemeinsames Bankkonto. Johns Gehalt reichte bequem für alles.

Hopes Dissertation trug den Titel: *Dominanz und Territo-*

rium – Beziehungen und Sozialstruktur. Sie war, nach ihrem Abschluss in Botanik, beinahe zufällig in die Verhaltensforschung geraten – doch hatte ihr Doktorvater, der alte Professor Hobbes, sie wohlüberlegt in diese Richtung gelenkt. Als aber das Verlangen nach geistiger Arbeit wiederkam, merkte sie, dass sie von Labors und Käfigtieren inzwischen genug hatte, und so nahm sie das Botanisieren wieder auf und grub ein Referat über Bäume aus, das sie vor Jahren angefertigt hatte. Sie dachte, dadurch käme sie wenigstens an die frische Luft. Professor Hobbes hatte keine Einwände, und er brachte sie auf ein paar Forschungsbahnen, denen nachzugehen er selbst zu beschäftigt war. Sie schrieb eine Arbeit über »Das Lindensterben: Eine anthropogene Interpretation«. Hobbes sagte, zur Veröffentlichung sei sie nicht geeignet, aber er könne die Daten vielleicht für einen Vortrag gebrauchen, den er auf einem Symposium in Wien halten wolle. Hope hatte nichts dagegen, sie mochte Edgar Hobbes, und seine Schüler wussten alle, dass das zum Quidproquo für seine Protektion gehörte. Wegen ihrer Promotion machte er sich keine Sorgen, und sie auch nicht; ihre Arbeit war gründlich, genau und, wie Hobbes sagte, für eine Naturwissenschaftlerin erstaunlich belesen. Ihre mündliche Prüfung war eine reine Formsache, und so kam sie schließlich und endlich an einem kühlen Nachmittag aus dem College, um fortan als Dr. Hope Clearwater durch die Straßen zu ziehen.

An dem Abend ging sie mit John aus, um das mit einem Essen zu feiern. Sie fanden ein französisches Restaurant in Knightsbridge, das so teuer war, dass es die Sache zu einem »besonderen Ereignis« erhob, und bestellten eine Flasche Champagner.

»Na komm, John«, sagte sie. »*Ein* Glas musst du schon trinken. Mindestens.«

»Nein.« Er lächelte freundlich. »Es bekommt mir nicht. Nicht, wenn ich arbeite.«

»Herrgott, morgen ist Samstag.« Sie schenkte ihm trotzdem eins ein.

Er hob es auf ihr Wohl. »Meinen Glückwunsch, Doc«, sagte er, »und alles Liebe.«

Sie stießen an. Sie trank ihr Glas in großen Schlucken aus und sah zu, wie er seins sorgsam auf der weißen Tischdecke abstellte. Es sprudelte, unberührt, randvoll, während des gesamten Essens vor sich hin.

Von seiner neuen alkoholfreien Lebensweise abgesehen, gab es keine weiteren bedeutsamen, für Hope leicht erkennbaren Veränderungen in Johns Leben. Doch auf eine subtile, unbestreitbare Weise war etwas anders geworden. Lange Zeit machte sie sich Vorwürfe, dass sie dieses Gefühl hatte, denn wenn man ständig herumläuft und denkt, etwas wäre anders, dann reicht das an sich schon, um es Tatsache werden zu lassen. Insgeheim beobachtete und analysierte sie ihn, und sie musste zugeben, da war sehr wenig, an das sie sich halten konnte. Vielleicht bildete sie sich alles nur ein? Sie gingen zusammen aus, sie redeten ebenso oft miteinander, sie teilten Überschwang und Überdruss wie zuvor, sie liebten sich genauso häufig ... Trotz alledem wusste sie letztlich, dass er, auf eine noch unbestimmte Art, nicht derselbe Mann war, den sie kennengelernt und geheiratet hatte.

Das Opfer, der Katalysator, der Schuldige musste – wie sie mit einem gewissen Widerstreben befand – seine Arbeit sein. Fast hätte sie eine Freundin aus Fleisch und Blut vorgezogen oder eine Unzulänglichkeit in ihrem eigenen Wesen, die durch die Ehe zum Vorschein gekommen war, doch ihre Rivalin war die Mathematik. John befasste sich nicht mehr so intensiv mit ihr wie früher. Sein Denken drehte sich nicht mehr in erster Linie um sie. Dieser Wandel hatte die ganzen Wochen über an ihr genagt. Ihre Rolle in seinem Kopf war unbedeutender geworden. Sicher, er sprach mit ihr über seine

Arbeit, doch selbst die allgemeinen, vereinfachten Ausdrücke, die er dabei gebrauchte, reichten für sie nicht zu vollem Verständnis. Sie konnte nicht nachvollziehen, was er tat oder was ihn in Aufregung versetzte. Sie gab sich Mühe, doch die Kluft zwischen ihnen war eher wesensmäßig als intellektuell – sein Gehirn funktionierte auf einer anderen Ebene und in einer anderen Sphäre als ihres. Was seine mathematische Arbeit anging, so würden sie nichts mehr miteinander teilen können.

Aber ich habe doch auch meine Arbeit, dachte sie, und wie um sich das zu beweisen, schrieb sie drei Wochen an einem Artikel mit dem Titel »Aggression und Evolution«. Sie reichte ihn kühn bei *Nature* ein, wo er zu ihrer Überraschung angenommen wurde. Dadurch ermutigt, fing sie an, sich auf ein paar Stellen zu bewerben, und brachte ihre Kenntnisse der Fachliteratur auf den neuesten Stand. Sie achtete darauf, dass sie ihre Arbeit mit John besprach – die letzten Kontroversen in der Verhaltensforschung, neue Richtungen in den Biowissenschaften, wie das jetzt hieß –, und zu ihrer vagen Irritation fand er das hochinteressant. Aber das änderte wenig. Mit der Zeit erkannte sie, dass ihn das, was er tat, auf eine Weise beherrschte und in Anspruch nahm, die ihr im Grunde fremd war. Es hatte ganz und gar nichts mit »Arbeit« zu tun – mit dem, was sie und der Rest der Welt darunter verstanden. Sie konnte es nicht verstehen, und das hieß, wie sie mit einem dumpfen Schmerz der Verzweiflung schloss, dass sie auch ihn nie richtig verstehen würde.

DIE FEHLERGRENZE

Hätte Hope Clearwater die Zeichen sehen sollen? Hätte sie die frühen Signale erkennen sollen …?

Beim Bau eines Wolkenkratzers gehört das Setzen und Einrichten der ersten, riesigen Stahlträger, die das Fundament des ganzen luftigen Bauwerkskeletts bilden, zu den Arbeiten von geradezu manischer Präzision. Die Fehlergrenze beim Setzen dieser tonnenschweren Metallteile ist winzig klein. Sie darf höchstens drei Millimeter betragen. Eine geringfügige Abweichung in dieser Phase – ein nur um wenige Millimeter schief gebohrtes Loch, ein um den Bruchteil eines Grades falsch kalkulierter Winkel – kann später dramatische Folgen haben. Zweihundertfünfzig Meter weiter oben hat sich diese unbedeutende Verschiebung um drei Millimeter zu einem dreizehn Meter breiten Spalt ausgewachsen.

John nannte es das Hufnagelsyndrom. Wegen eines fehlenden Hufnagels wurde die Schlacht verloren. Etwas Kleines wird plötzlich riesengroß. Etwas Ruhiges wird plötzlich rasend. Etwas gleichmäßig Dahinfließendes wird in einem Augenblick turbulent. Wie und warum geschieht das? Was wäre, sagte John, wenn es da kleine Störungen gäbe, die wir übersehen oder ignorieren; winzige Irritationen, die wir im Grunde für belanglos halten. Diese kleinen Störungen können große Folgen haben. In der Wissenschaft wie im Leben.

Hope hat momentan eine kleine Störung in ihrem Leben. Eine Frau aus dem Dorf hinter dem Strand nimmt es mit dem Anbinden ihres Ziegenbocks nicht so genau. Jede Woche macht er sich ein paar Mal los und dringt in Hopes Garten hinter ihrem Strandhaus ein. Hope beobachtet ihn gerade, wie er an ihrer Hibiskushecke frisst. Sie hatte schon vor, sich zu beschweren, aber die Frau – Marga heißt sie – ist eine unleidliche, herrische Person. Hope kann sich vorstellen, wie sich das ganze Dorf in ihren Streit einmischt, und sie braucht das Dorf, und in gewisser Weise braucht das Dorf sie. Das System ist stabil. Ein paar Hibiskusblüten kann sie verschmerzen.

Hope sah durch das Zugfenster die Landschaft abrollen, öde und grau, grün und braun, die harten umbrafarbenen Schollen auf den winterlichen Feldern frostüberstäubt. Kein Wunder, dass sie deprimiert war: ein niedriger Himmel, eine düstere Welt, ein kalter Wind … Sie war nicht für den englischen Winter geschaffen, befand sie; meteorologisch neigte sie dem heißen Süden zu. Um sich abzulenken, wandte sie ihre Aufmerksamkeit von der Aussicht ab und einem Gedankenbild von ihrem Reiseziel, dem Cottage ihrer Freundin Meredith, zu, indem sie sich ein Holzfeuer ausmalte, eine warme Mahlzeit, Rotwein und weiche Sessel. Das war besser, das war in Ordnung, und sie wusste, annähernd so etwas erwartete sie. Bedauerlich war nur, dass Meredith so schmutzig war, dass sie in ihrem Haus anscheinend nie putzte oder Staub wischte. Hope machte sich auch immer Sorgen wegen der Bettwäsche. Es gab mal eine Zeit, da war es ihr egal, wo und worauf sie schlief. Selbst jetzt hätte sie sich nicht als übermäßig pingelig bezeichnet, doch heutzutage stellte sie eine Mindestanforderung an jedes Bett, in das sie sich schlafen legte – saubere Bettwäsche. Sie war sich beinahe sicher, dass Meredith ihr kein Bett anbieten würde, das nicht frisch bezogen war, aber dieses »beinahe« war eine schleichende Unsicherheit. Am besten einfach viel trinken, sagte sie sich, und vergessen.

Der Mann ihr gegenüber hatte einen ganz ähnlichen Schlips wie John, fiel ihr auf. John war zu einer Tagung an der Columbia University in New York. Es war die erste längere Trennung seit ihrer Hochzeit, und sie vermisste ihn sehr. Zuerst allerdings nicht. Zuerst hatte sie ein schlechtes Gewissen gehabt, weil sie es so genoss, wieder auf sich selbst gestellt zu sein, doch diese Empfindung hatte nur einen Tag und eine Nacht angehalten. Als er anrief – er rief regelmäßig an –, sagte sie ihm das, und er sagte, er vermisse sie auch. Sie wusste, das war gelogen – nicht wirklich gelogen vielleicht, sondern reine Nettigkeit. Er erzählte so angeregt über die Konferenz und die Seminare, die er besuchte, über die alten Freunde vom CalTech, die er da traf, dass ihm seine Frau bestimmt erst dann wieder einfiel, wenn er den Hörer zu seinem Pflichtanruf abnahm.

Warum war sie so unfreundlich ihm gegenüber, fragte sie sich ungeduldig. Warum analysierte sie ihre Ehe so gnadenlos? Was war dadurch gewonnen? Sie holte geistesabwesend eine Zigarette heraus und drehte sie zwischen den Fingern.

»Entschuldigung«, sagte der Mann mit Johns Schlips. »Das ist hier Nichtraucher.«

»Weiß ich«, sagte sie. »Darum rauche ich ja nicht.«

Sie stellte erfreut fest, dass ihre Reaktion ihn einigermaßen umgehauen hatte. Trotzig steckte sie sich die unangezündete Zigarette in den Mund und ließ sie da. Sie stützte das Kinn auf die Faust und starrte zu den Kühltürmen des Kraftwerks Didcot hinaus, die langsam vorüberglitten. Ich werde wohl langsam süchtig, dachte sie. Der verfluchte John Clearwater ... Sie hatte aus Selbstschutz mit dem Rauchen angefangen und stellte nun fest, dass sie tatsächlich ziemlich Geschmack daran gefunden hatte. Sie ließ die Zigarette mürrisch zwischen den Lippen hängen. Da war so eine alte Fernsehsendung, fiel ihr ein, wo die Hauptfigur, ein Privatdetektiv oder Polizist, das zur persönlichen Marotte gemacht hatte, ständig holte er eine Zigarette heraus, steckte sie sich in den Mund, zündete sie aber nie an. Er hatte einen Papagei als Haustier. Groß und weiß, ein Kakadu. Das Ganze war ziemlich gekünstelt und aufgesetzt, dachte sie, und diese unangezündete Zigarette war ganz besonders irritierend gewesen. Sie warf dem Mann gegenüber, der mit hartnäckiger Konzentration weiterlas, einen raschen Blick zu und hoffte, dass sie ihn genauso irritierte.

Meredith Brock war Universitätsprofessorin, Architekturhistorikerin, und zwar eine von beträchtlichem Ansehen, wie Hope zu ihrem großen Erstaunen inzwischen begriffen hatte. Meredith war eine alte Freundin; sie kannten sich seit ihrer Schulzeit. Sie waren gleich alt, und Hope war ein wenig gekränkt, dass Meredith sich so jung einen Namen gemacht hatte, wenn auch auf einem so entlegenen Gebiet. Ihr Renommee war durch eine umfassende Studie über englische Bauwerke des Mittelalters zustande gekommen, an der sie mitgearbeitet hatte. Der alte Historiker, dessen Lebenswerk diese Untersuchung war, hatte sie als Assistentin eingestellt, um die Drucklegung der Bücher zu betreuen, und war dann kurz nach der Veröffentlichung des gesamten vielbändigen Projekts gestorben. Es fiel Meredith zu, das Unternehmen publikzumachen und zu verteidigen – es war umstritten und auf nette Weise dogmatisch –, und aufgrund ihres Alters und Aussehens kam sie in den Genuss einer flüchtigen Berühmtheit. So wurde sie denn die einzige Architekturhistorikerin, die jedem denkfaulen Redakteur, Produzenten und Ausschussvorsitzenden einfiel, und sie hatte sich rasch profiliert. Als Hope Merediths Namen in zwei Zeitungen las, ihre Stimme im Radio hörte und sie im Fernsehen sah, und das alles innerhalb einer Woche, da wurde ihr klar, wie weit ihre Freundin es inzwischen gebracht hatte.

Hope betrachtete sie jetzt dabei, wie sie ihnen einen Drink mixte. Sie ist *tatsächlich* hübsch, dachte Hope widerwillig, hübscher als ich. Aber sie tat nichts, um etwas aus ihrem Aussehen zu machen. Ihre Kleidung war billig und unmodern. Sie trug zu viel Make-up und sehr hohe Absätze, und zwar ständig. Ihre Haare waren lang, durften aber nie frei herunterhängen, sondern wurden immer hochgesteckt und mit einer Kombination von Kämmen und Spangen zu Bögen und Girlanden arrangiert. Hope fand, dass sie kurz nach dem Aufwachen am attraktivsten war: das Haar offen und zerzaust, das Gesicht sauber und maskarafrei. Sie waren so gut befreundet, dass Hope ihr das sagen, dass sie sachte neue Ideen für ihr Aussehen anregen konnte: niedrigere Absätze, eine weniger grelle Lippenstiftnuance. Meredith hatte ihr geduldig zugehört, die Schultern gezuckt und gesagt, was soll's?

»Bei Leuten wie dir und mir bringt das nichts, Hope«, hatte sie ihr voller Überdruss erklärt. »Wir können das doch nicht richtig ernst nehmen. Schon die leiseste Mühe ist anstrengend genug. Dieser ganze …« – sie zupfte an der Applikation auf ihrem Acrylpullover, Satinblumen – »dieser ganze Firlefanz.«

Meredith reichte ihr einen Gin Tonic, in dem ein kleiner Eiswürfel herumschwamm, aber keine Zitrone. Hope zupfte ein nasses Haar von der Außenseite des trüben Glases. Immerhin sprudelte das Tonic.

»Vorsichtig, meine Liebe. Der ist stark.«

Hope nippte, lehnte sich im Sessel zurück und streckte die Beine aus. Meredith warf ein Holzscheit auf das Feuer. Einen Moment lang erhellte ein bleicher Wintersonnenstrahl das Cottagefenster, dann war alles wieder wohlige Düsternis.

»Wie geht's denn nun Mr. Clearwater?«, fragte Meredith. Hope erzählte es ihr, ließ sich aber nicht über ihre Beunruhigung aus. Für Vertraulichkeiten war es noch zu früh am Tage, das konnte bis nach dem Essen warten. Daher redeten sie ganz allgemein über John, über das Verheiratetsein, über das Nichtverheiratetsein, über Arbeitsmöglichkeiten für Hope. Während sie so plauderten, überlegte Hope: Mag sie John? Sie hatten sich vor der Hochzeit einmal gesehen und danach vielleicht noch zwei- oder dreimal. Es hatte alles einen sehr herzlichen Eindruck gemacht, einigermaßen behaglich. Warum sollte sie ihn also nicht mögen? Sie sah Meredith an. Nein, dachte sie, wahrscheinlich mag sie ihn nicht.

Meredith ging in die Küche hinüber, um sich um das Mittagessen zu kümmern. Hope nippte an ihrem Gin und spürte bereits, wie der Alkohol seine Wirkung tat. Sie merkte, dass ihre Gedanken unweigerlich immer wieder zu ihrem Mann zurückkehrten. Sie dachte an nichts und niemand anderes zurzeit, wie ihr schien. War das gesund? Musste sie sich Sorgen machen? Was hatte er an sich, überlegte sie leicht benebelt, das sie zu ihm hingezogen, ihr so viel Vertrauen gegeben hatte?

Der Gin, die Hitze des Feuers, die Weichheit des Sessels machten sie schläfrig. Sie stand auf, wanderte durchs Zimmer und sah sich Merediths Bücherregale an. *Antiquities of Oxfordshire, Traditional Domestic Architecture in the Banbury Region, Dark Age Britain, Landscape in Distress …* Plötzlich wusste sie, was John an sich hatte; wovon sie so besessen war. John hatte ein Geheimnis, an dem sie nie würde teilhaben können. John hatte ein Wissen, das fast allen Menschen auf der Welt versagt war. Sie spürte ihre Wangen heiß werden und presste das Glas dagegen. Das war es: John hatte Geheimnisse, und sie war neidisch auf ihn. Das hatte sie so an ihm fasziniert, beinahe vom ersten Augenblick an, aber sie hatte es nie richtig begriffen. John und seine Mathematik, John und seine Spieltheorie, John und seine Turbulenzen … davon würde, davon konnte sie nie etwas verstehen. Sie beneidete ihn um sein geheimes Wissen, aber es war, das sah sie wohl, ein Neid, der auf seltsame Weise rein war, fast nicht von einer Art Anbetung zu unterscheiden. Er war in einer Welt zu Hause, die allen außer einer Handvoll Eingeweihter verschlossen war. Man wurde eingelassen, wenn man das notwendige Wissen besaß, aber sie wusste, dass das ein Wissen war, das sie sich unmöglich aneignen konnte. Das machte es zu etwas Besonderem. In gewisser Weise war es Zauberei. Doch andererseits konnte ein Zauberer einen ganz ausgefallenen Trick vorführen, bei dem man ungläubig nach Luft schnappte, aber es wäre doch möglich, dass man ihn nachmachte, wenn er einem sein Geheimnis verriete, wenn er einem zeigte, wie es geht. John könnte mir ein Leben lang versuchen zu zeigen, wie es geht, dachte sie, aber es käme nichts dabei heraus. Wenn man nicht den richtigen Verstand dafür hat, können einem alle Anstrengungen und alles Lernen auf der Welt nicht helfen. Was besagte das also? Um in die geheime mathematische Welt einzudringen, in der John Clearwater lebte, musste man über eine seltene und besondere Gabe verfügen: eine ganz bestimmte Denkweise, eine ganz bestimmte Geisteshaltung. Diese Gabe hatte man, oder man hatte sie nicht. Man konnte das nicht lernen; man konnte es nicht kaufen.

Hope nahm ein Buch aus dem Regal und blätterte darin herum, ohne hinzuschauen, dachte weiter und spürte den Gin durch ihre Adern strömen. Dieser Neid von mir, dachte sie, das ist nicht so, als würde man jemand mit einem besonderen Talent bewundern – einen Maler vielleicht, einen Musiker, einen Sportler. Mit fleißigem Üben und fachmännischer Anleitung könnte man annähernd erfahren, was dieser begabte Mensch leistet: ein Bild malen, eine Sonate spielen, eine Meile laufen. Doch wenn sie sich ansah, was John machte, dann wusste sie, dass das unmöglich war. Ein normaler zahlenkundiger Mensch konnte, mittels harter Arbeit, auf dem Baum der Mathematik bis zu dem und dem Punkt gelangen. Aber dann blieb man stehen. Um weiterzukommen, brauchte man eine gewisse Anlage oder Vorstellungskraft, die vermutlich angeboren war. Nur sehr wenige Menschen saßen auf diesen dünnen, biegsamen Zweigen am äußersten Ende, die, von ungehinderten Lüften bewegt, voll dem prallen Sonnenlicht ausgesetzt waren.

Hope schaute das Buch an, das sie in den Händen hielt, ein wenig benommen von der Klarheit ihrer Erkenntnis. Sie sah ein Foto von einem Kirchenschiff, Querschiffsäulen, Glas, Gewölbe. Sie lächelte: Auf Meredith war sie auch ein bisschen neidisch, aber das war ein eher irdischer Neid. Meredith hatte Spezialkenntnisse. Sie wusste alles über alte Bauwerke, kannte die genaue Bezeichnung für einen präzisen Gegenstand. Sie wusste, was ein Voussoir war, kannte den Unterschied zwischen römisch-dorisch und toskanisch-dorisch, wusste, wo bei einem Altaraufsatz die Predella zu finden war, was man in einem Aumbry aufbewahrte, verwendete Wörter wie Miserikordie, Modillion und Mouchette mit sicherer Präzision. Doch andererseits, dachte Hope, tue ich das auch.

Ich kenne den Unterschied zwischen Weide und Wiese, kann Bruchweide und Silberweide auseinanderhalten, ich weiß, was *Lithospermum purpureocaeruleum* für eine Blume ist. Mit Zeit und Mühe könnte ich mir Merediths ganzes Wissen aneignen und sie sich meins. Johns Welt aber, Johns Wissen, ist außerhalb meines Horizonts, unerreichbar.

Sie ging in die Küche hinüber, ziemlich geläutert von der Rigorosität ihrer vom Gin inspirierten Analyse. Mitten auf dem Kieferntisch dampfte ein Brathähnchen. Meredith ließ Gemüse in einem Sieb abtropfen. Hope achtete bewusst nicht auf den Zustand des Herdes. Eine von Merediths verschiedenen Katzen sprang auf den Tisch und schlich vorsichtig um die Platzdeckchen und das Besteck herum zu dem Hähnchen hin, an dem sie schnupperte und, wie Hope dachte, auch leckte.

»Nein, das lässt du bleiben«, sagte Meredith sanft, wobei sie eine Schüssel mit Rosenkohl auf den Tisch stellte und weiter keine Anstrengungen unternahm, die Katze fortzujagen. »Das ist *unser* Mittagessen, du gieriges Schwein.« Sie zog ihren Stuhl zurück.

»Setz dich, Hope«, sagte sie. »Und mach verdammt noch mal ein fröhlicheres Gesicht, ja? Du siehst aus wie der leibhaftige Tod.«

DIVERGENZSYNDROME

Ich verbringe viel Zeit mit Spaziergängen am Strand und Nachdenken über die Vergangenheit und mein Leben so weit. So weit, so gut? Nun, Sie können sich ja selbst ein Urteil bilden und ich vielleicht auch. Meine Arbeit ist leicht, und ich bin schnell damit fertig. Ich habe reichlich Zeit, mich zu erinnern.

Bruchstücke von den Gesprächen mit John Clearwater kommen mir wieder in den Sinn. Als er über Turbulenzen arbeitete, hat er mir erzählt, er komme so gut voran, weil er beschlossen habe, das Thema auf eine neue Art anzugehen. In der Vergangenheit, sagte er, hätten die Leute Turbulenzen verstehen wollen, indem sie endlose und immer komplizierttere Differentialgleichungen für die Strömungsverhältnisse in Flüssigkeiten schrieben. Je komplexer und detaillierter die Gleichungen wurden, desto schwächer wurde der Bezug zu dem Ausgangsphänomen. John sagte, sein Ansatz gehe von Formen aus. Er habe beschlossen, die Formen von Turbulenzen zu betrachten, und umgehend angefangen, das Phänomen zu begreifen.

Das war zu der Zeit, als er ständig in Begriffen redete, die er als Divergenzsyndrome bezeichnete. Er erläuterte sie mir als Formen ungeregelten Verhaltens. Und bei einem Gegenstand wie Turbulenzen gibt es naturgemäß fast immer irgendwo ein Divergenzsyndrom. Etwas, das man sich positiv vorgestellt hat, erweist sich als negativ. Etwas, das man als konstant angenommen hat, ist nun doch endlich. Etwas, das man voller Überzeugung als selbstverständlich vorausgesetzt hat, verschwindet plötzlich. Das sind Divergenzsyndrome.

Diese Art von unberechenbarem Verhalten sei der Schrecken der Mathematiker, sagte John, besonders der der alten Schule. Inzwischen lernten die Leute aber, dass es beim Umgang mit Divergenzsyndromen in erster Linie darauf ankomme, sich nicht verschrecken oder verwirren zu lassen, sondern zu versuchen, sie durch eine neue Denkmethode zu erklären. Dann kann das, was zuerst erschreckend oder grotesk wirkte, oftmals durchaus akzeptabel werden.

Während ich diesen Strand abwandere, betrachte ich alle Divergenzsyndrome in meinem Leben und frage mich, wo und wann ich neue Denkmethoden hätte einsetzen sollen. Hinterher, wenn man klüger ist, klappt das Verfahren wunderbar, doch ich habe den Verdacht, in einer Krisensituation wäre es nicht ganz so leicht anzuwenden.

In Sangui, Joãos Dorf, fing die Asphaltstraße an. Ich bog darin ein, hörte den leeren Anhänger, den der Landrover hinter sich herzog, über die Bordkante rumpeln und richtete mich für die lange Fahrt in die Stadt ein. Normalerweise brauchte man vier bis fünf Stunden, aber das setzte voraus, dass es unterwegs keine größeren Unfälle gab, dass die Brücken einigermaßen instand waren, dass man an den zahlreichen militärischen Straßensperren nicht länger aufgehalten wurde und dass man nicht hinter so einer Versorgungskolonne hängenblieb, die den in den Nordprovinzen kämpfenden Bundestruppen Proviant geliefert hatte und jetzt zurückkam.

Ich unternahm diese Fahrt ganz gerne – ich hatte sie schon dreimal gemacht – und genoss jedes Mal die dabei aufkommenden überschwänglichen Semesterschlussgefühle. Wenn man in Sangui von dem Lateritweg auf den bröckelnden, schlaglochübersäten Asphalt der Hauptstraße nach Süden abbog, war das wie das Überschreiten einer Grenze, einer Schwelle zwischen zwei Geisteszuständen. Grosso Arvore lag hinter mir, ich war ein paar Tage lang allein mit mir. Beinahe allein: Zwei Küchenbedienstete, Martim und Vemba, saßen auf Stapeln von leeren Säcken hinten im Landrover. Ich hatte ihnen die Vordersitze angeboten, wie ich das immer tat, aber sie blieben lieber hinten unter sich.

Die Straße war gerade, sie führte durch trockene Buschgebiete und unterschiedlich dichte Wälder, die sich von den Hügeln des Steilabbruchs hinter mir nach Süden bis zum Meer hin erstreckten, zweihundert Meilen entfernt. Es war früh am Morgen, und die Sonne fing gerade an, den Morgendunst wegzubrennen. Der Ablauf war vertraut. Der erste Tag war damit ausgefüllt, in die Stadt zu kommen. Ich übernachtete im Airport Hotel, und der nächste Tag bestand dann aus aufreibenden Gängen zur Bank, ins Kaufhaus und zu den verschiedenen Händlern, die das Projekt mit Lebensmitteln und Vorräten, Schwarzmarktpräparaten und Medikamenten versorgten. Ab und an musste man zu Handwerkern und Autowerkstätten fahren, um Maschinen richten oder Ersatzteile suchen zu lassen, und das konnte den Trip um ein, zwei Tage zusätzlich verlängern. Aber diesmal sollte ich lediglich Vorräte besorgen. Morgen erwartete mich ein langer Einkaufstag. Dann würde ich noch eine Nacht im Hotel verbringen, ehe ich mich wieder auf den Heimweg machte, ein weitaus langwierigeres Unternehmen, weil der Landrover und sein Anhänger dann schwer beladen waren. Unsere Durchschnittsgeschwindigkeit betrug dreißig Meilen pro Stunde.

Die Straße ging durch eine gleichbleibende Landschaft. Alle zehn Meilen etwa trafen wir auf ein kleines Dorf. Eine Ansammlung von palmwedelgedeckten Lehmhütten, ein paar am Straßenrand aufgestellte Händlerstände, wo man Orangen und Auberginen, Süßigkeiten und Kolanüsse kaufen konnte. Der Weg war nicht gefährlich – die Kämpfe waren weit weg, und Flugzeuge hatte nur die Bundesarmee –, aber wir wurden immer davor gewarnt, ihn nach Einbruch der Dunkelheit zu fahren. Ian Vail hatte einmal eine Panne gehabt und war mit großer Verspätung zurückgekommen, aber Mallabar hatte sich geweigert, vor dem nächsten Morgen einen Suchtrupp nach ihm auszuschicken. Es war nie absolut klar, wovor wir eigentlich Angst haben sollten. Briganten und Banditen vermutlich: Nach Einbruch der Dunkelheit drohte Gefahr von Straßenräubern. Offenbar zogen da Banden durch die Gegend, die sich vor allem aus Deserteuren der Bundesarmee zusammensetzten. Der Abschreckung oder Ergreifung dieser Männer sollten auch die vielen Straßensperren dienen. Etwa alle halbe Stunde kam man an so einen Vorposten, nicht mehr als eine an ein Ölfass gelehnte Holzplanke, die in die Straße hineinragte, und dahinter, am Buschrand oder im Schatten eines Baumes, ein Schuppen oder Palmwedelunterstand mit vier oder fünf sehr gelangweilten jungen Soldaten, die seltsam zusammengestoppelte Uniformen anhatten. Wenn man so ein Ölfass sah, musste man jedes Mal bremsen und anhalten. Man wurde beäugt und dann im Allgemeinen mit einer lethargischen Handbewegung durchgewinkt. Wenn sie ihren sturen Tag hatten, ließen sie einen aus dem Wagen aussteigen, kontrollierten die Papiere und machten eine flüchtige Durchsuchung.

Das waren die Augenblicke, die ich nicht sonderlich gern hatte: neben dem Landrover in der Sonne zu stehen und von einem jungen Mann in zerrissenem Trikot, Tarnhosen und Baseballstiefeln, eine AK 47 aus Warschauer-Pakt-Beständen über die Schulter geschlungen, gemustert zu werden. In dem Moment schien es immer besonders still zu sein. Da wollte ich am liebsten mit den Füßen scharren oder husten, nur um die um mich lastende Stille zu durchbrechen, während der Soldat meinen Passierschein kontrollierte. Ich war schon ein halbes Dutzend Mal angehalten worden, und nie war auch nur ein anderes Auto oder ein Lastwagen vorbeigekommen. Es war, als würde mir die Straße ganz allein gehören.

Bei dieser Fahrt jedoch wurden wir ausnahmslos durchgewinkt. Die Männer schienen eher zum Scherzen aufgelegt, und mehr als einmal hatte ich beim Wegfahren gesehen, wie Bierflaschen an die Lippen gehoben wurden. Mir fiel wieder ein, was Alda über die Niederlage der UNAMO-Truppen gesagt hatte. Vielleicht war das eine Entspannung kurz vor dem Waffenstillstand, und der Krieg würde bald vorbei sein.

Wir erreichten den Cabule River am späten Nachmittag. Die baufälligen Gebäude am anderen Ufer bezeichneten den Stadtrand. Unsere Räder ratterten laut über die Metallplanken der altertümlichen Eisenbrücke. Der Fluss war hier etwa dreihundertfünfzig Meter breit. Er machte einen großen trägen Bogen um die Stadt herum, ehe sein braunes Wasser sich zehn Meilen küstenabwärts in die feuchten Wasserläufe seines mangrovenüberwucherten Deltas ergoss. Hier verlief der Rand des Kontinents gerade – meilenweit Strand und donnernde Brandung.

Der verschlammte Cabule war nur für Schiffe von äußerst geringem Tiefgang befahrbar. Der ganze Bauxit aus den Minen – die wichtigste Quelle des Reichtums für diese Provinz – musste auf dem Schienenweg in die Hauptstadt und zu deren Hafen transportiert werden. Bauxitbergwerke, etwas Holz, ein paar Zucker- und Gummiplantagen, kleine Pachtfarmen und den Nationalpark Grosso Arvore, mehr hatte diese Gegend des Landes zu ihrer Empfehlung nicht vorzuweisen.

Ich fuhr langsam durch die Stadt. Zu beiden Seiten der Straße verliefen tiefe Gräben. Ein paar Ziegelgebäude beherbergten leere Geschäfte und Trinkbuden. In den von Lehmmauern umgebenen Höfen dahinter stieg Rauch von Holzkohlenfeuern auf; dort wurde das Abendessen zubereitet. Die ersten Neonlichter – ultramarinblau und pfefferminzgrün – flackerten in den Snackbars und auf den Betonterrassen der Hotelbordelle und Nachtclubs auf. Musik bellte aus Lautsprechern, die auf Dächern postiert oder in Dachsparren gehängt waren. Im kriechenden Verkehr saßen Taxifahrer mit auf die Hupe gepressten Fäusten. Kinder klopften an die Seitenwand des Landrovers und wollten mir russische Uhren, Staubwedel, Jojos, Faserschreiber, Ananas und Tomaten verkaufen. Es waren viele Soldaten auf den Straßen, die ihre Waffen so unbekümmert mit sich herumtrugen wie eine Zeitung. Alte Männer saßen auf Bänken unter den staubigen Schattenbäumen und sahen zu, wie nackte Kinder Reifen kreiseln ließen und sich gegenseitig in die Müllhalden und wieder hinaus jagten. An einem unebenen Tisch spielten zwei junge Schieber in glänzenden Hemden elegant Pingpong, wobei sie mit den Füßen in den Staub stampften und heisere herausfordernde Schreie ausstießen, während sie unbarmherzig hin und her schmetterten.

Der dichte Verkehr schob sich durch das Stadtzentrum, an dem fünfstöckigen Kaufhaus und der Nationalbank mit ihren Mosaikwänden und ihrem modernistisch schwebenden Dach vorbei, an der weißen Kathedrale und dem Klotz von Bergbauministerium, der Polizeistation und den Polizeikasernen mit Fahnenmast und Zierkanonen samt säuberlich aufgeschichteten Pyramiden aus Kanonenkugeln, die aussahen wie schwärzliche Kotklumpen von einem riesigen Nagetier.

Dann bogen wir ab und fuhren auf der neuen Straße zum Flugplatz wieder zurück nach Norden, am Krankenhaus und den exklusiven, abgezäunten Vororten vorbei. Wir kamen an der Klosterschule – St. Encarnacion – vorüber, an der Schuhfabrik und den Parkplätzen. Die untergehende Sonne tauchte alles in ein sanftes pfirsichfarbenes Licht.

Der Flugplatz war viel zu groß für so eine unbedeutende Provinzhauptstadt. Kurz nach der Unabhängigkeit im Jahr 1964 von der westdeutschen Gesellschaft erbaut, der die Bauxitbergwerke gehörten und die sie betrieb, war er für die größten Passagiermaschinen angelegt (Optimismus kostet schließlich nichts). In der Nähe wurde ein ausuferndes modernes Hotel errichtet, um all die erwarteten Fluggäste unterzubringen. Der Bauxit wurde immer noch abgebaut, die Bergwerke und Aufbereitungsanlagen arbeiteten recht und schlecht, doch der Flugplatz und sein weißes Hotel steuerten immer mehr dem Verfall und der Stilllegung entgegen. Mehr als fünf Starts und Landungen pro Tag, Inlandsflüge zu anderen Provinzstädten, hatte der Flughafen nicht vorzuweisen. Air Zambia flog einmal die Woche aus Lusaka ein, doch die groß angekündigte UTA-Verbindung nach Brazzaville und Paris fiel ebenfalls dem Bürgerkrieg zum Opfer, als Gerüchte die Runde machten, die Nordkoreaner hätten der FIDE – oder war es die EMLA? – Boden-Luft-Raketen verkauft.

In anderer Hinsicht war der Bürgerkrieg für den Flugplatz jedoch von Vorteil gewesen. Die halbe Luftwaffe der Bundesregierung war jetzt dort stationiert: fast eine ganze Staffel Kampfflugzeuge vom Typ MiG 15 »FAGOT«, drei Canberra-Bomber aus RAF-Beständen, ein halbes Dutzend für Bodenangriffe umgerüstete Aermacchi-Ausbildungsmaschinen und diverse Hubschrauber. Als wir an der Umzäunung entlangfuhren, sah ich die alte Fokker Friendship am Ende der Rollbahn Anlauf nehmen für den Start zu ihrem Abendflug in die Hauptstadt und dahinter die pummeligen, nach hinten geneigten Silhouetten der MiGs in ihren Parkbuchten.

Am Hotel sagte ich Martim und Vemba gute Nacht, machte eine Zeit für unser Treffen am nächsten Morgen mit ihnen aus und ging mich anmelden. Das Hotel war inzwischen eindeutig heruntergekommen und jeder Anreiz, es in Schuss zu halten, lange dahin, doch nach Wochen in Grosso Arvore und meinem Zelt schien es mir immer noch einen billigen, aber verlockenden Glanz zu verbreiten. Es hatte ein Restaurant, eine Cocktailbar und ein Schwimmbecken von halber Olympiagröße mit angeschlossenem Grillplatz. Die Zimmer lagen in zweistöckigen Nebentrakten, mit dem Hauptgebäude durch überdachte Gänge verbunden, die durch tropische Gärten führten. Hier und da verstreut lagen ein- und zweizimmrige Bungalows für Gäste, die einen längeren Aufenthalt planten. Manchmal wurde man in der Hotelhalle mit lateinamerikanischer Musik vom Band berieselt. Die Angestellten trugen weiße Jacken mit hohen Kragen und Goldknöpfen. Am Restauranteingang war ein Schild mit der Bitte, auf englisch: »Ladies please no shorts. Gentlemen please ties.« Ob es an den Schatten der rauschenden Tage des Bauxitwerk-Unternehmerballs lag oder den fortdauernden Ambitionen der gegenwärtigen Hotelleitung, jedenfalls bot das Airport Hotel (so sein beziehungsreicher Name) ein ganz eigenes Ambiente. Außerdem bot es, manchmal, eine Klimaanlage und, auch manchmal, fließend heißes und kaltes Wasser, beides ein Luxus, der in Grosso Arvore ständig fehlte.

Ich ging durch die ungepflegten Gärten zu meinem Zimmer, packte aus, duschte und zog mir ein Kleid an. Ich fühlte mich erfrischt, kühl und hungrig.

Ich schlenderte einen Gang zum Hauptgebäude entlang. Inzwischen war es dunkel, und die Wärme der Nachtluft schien, nach der Kühle in meinem Zimmer, sanft wie ein Musselinschal auf meinen bloßen sauberen Armen und Schultern zu liegen. Ich hörte aus den Lautsprechern in der Hotelhalle Rumba-Muzak herüberwehen, und aus Gras und Büschen kam von allen Seiten das endlose *kriik-kriik* der Zikaden. Ich blieb stehen und füllte mir die Lungen mit dem Geruch von Afrika – dem Geruch von Staub, Holzrauch, einem Blumenparfüm, etwas Muffigem, Moderndem.

Ich bog in einen anderen Pfad ein und beschleunigte meinen Schritt auf ein Cottage zu. Die Jalousien an den Fenstern waren geschlossen, aber ich konnte dahinter Licht brennen sehen.

Ich klopfte an die Tür und wartete. Ich klopfte noch einmal, und die Tür ging auf.

Usman Shoukry sah mich an, nicht überrascht, aber er hatte Mühe, sich ein Lächeln zu verkneifen. Er trug weite Leinenshorts und ein violettes T-Shirt. Seine Haare waren kürzer als bei unserem letzten Zusammensein.

»Guck mal, wer hier ist«, sagte ich.

»Hope«, sagte er bedächtig, als würde er mich taufen. »Komm rein.«

Ich trat ein, und er machte die Tür zu. Als ich ihn küsste, steckte ich ihm die Zunge in den Mund, ließ die Hände unter sein T-Shirt gleiten und spürte seinen Rücken, fuhr zu seinen Schulterblättern hoch und dann wieder nach unten, unter den Bund seiner Shorts, wo meine Handflächen leicht auf seinem kühlen, unbehaarten Po liegen blieben.

Ich unterbrach den Kuss, drückte ihn aber weiter an mich. Sein Mund glänzte von Spucke. Er wischte ihn mit dem Handrücken trocken und lächelte mich dabei an. Ich betrachtete ihn, als hätte ich ihn jahrelang nicht gesehen. Die Sherryfarbe seiner braunen Augen, seine ein wenig schiefe Nase, seine dicken Lippen.

»Hast du Schwierigkeiten?«, fragte er.

»Nein. Wieso?«

»Ich habe dich erst in zwei Monaten erwartet.«

»Na, dann hast du heute deinen Glückstag, nicht? Komm, lass uns essen gehen, solange es noch etwas gibt.«

DIE UMGEKEHRTE KASKADE

Heute kauft Hope Clearwater auf dem Markt vier Pastinaken. Sie ist begeistert und sehr erstaunt über diesen Fund. Sie fragt die Händlerin, wo die Pastinaken herkommen. Nigeria, sagt die Händlerin. Hope glaubt ihr nicht und fragt misstrauisch nach: »Wo genau in Nigeria?« Die Händlerin hat es nicht gern, wenn man an ihren Worten zweifelt. »Jos«, sagt sie und dreht sich weg. Hope erinnert sich, dass Jos hoch oben auf einem Plateau in Zentral-Nigeria liegt. Aufgrund der kühlen Nächte und trockenen Tage lässt sich dort Obst und Gemüse aller Art anbauen – selbst Himbeeren und Erdbeeren.

Bei den Pastinaken fällt ihr eine Geschichte ein, die John ihr über einen alten Professor von ihm erzählt hat. Dieser Mann hatte eine Zeit lang über das Problem turbulenter Strömung gearbeitet. Für seine Experimente benötigte er eine große Anzahl Schwimmkörper, die gut sichtbar und gleichzeitig nicht windanfällig waren. Aus dem Grund wären Bälle – Gummi-genau wie Pingpongbälle – nicht zu gebrauchen gewesen. Nachdem er mit Rüben und Kartoffeln herumexperimentiert hatte, fand der Professor heraus, dass die Pastinake das ideale Gemüse war. Mit ihrer groben, konischen Konfiguration und dadurch, dass sie im Wasser zum größten Teil unter der Oberfläche blieb, war sie ein stabiler Schwimmer und reagierte nur auf äußerst starke Winde.

Der Professor ging so vor, dass er ein paar Dutzend Pastinaken weiß anmalte und sie säckeweise von einer Brücke über dem Fluss Cam ausschüttete. Die weißen Rüben trieben flussabwärts, wurden von Wirbeln ergriffen, ballten sich und kreisten in Nebenwirbeln oder strömten in langen wippenden Ketten den Fluss hinunter, fotografiert von den Assistenten des Professors, die mit Fotoapparaten in etwa zwanzig Metern Abstand an beiden Ufern des Flusses standen.

Der Professor (Hope fällt sein Name nicht ein) habe nützliche Arbeit geleistet, sagte John. Das Problem sei, dass er trotz seiner phantasievollen Experimentiermethoden zu starr gedacht habe. Er meinte, Turbulenz werde durch eine Energiekaskade von großen zu kleinen Wirbeln verursacht. Johns eigene Arbeit aber – sein Durchbruch, wie er es nannte – hatte gezeigt, dass das noch nicht die ganze Wahrheit war. Bei jedem Auftreten von Turbulenzen, ganz gleich in welchem Medium, gibt es außerdem eine umgekehrte Kaskade, eine Energieströmung von dem kleinen Wirbel zu dem großen zurück. Hope erinnert sich noch deutlich an den Tag, als John das bewiesen hatte. Er hatte es ihr erklärt, mit vor Erregung heiserer Stimme. Strömungen, sagte er, werden nicht einfach in einer Kette weitergegeben, ein Teil wird immer wieder zurückgegeben. Hat man das einmal begriffen, lässt sich das Verwirrende an Turbulenzsystemen zumeist viel leichter verstehen.

Als John Clearwater aus Amerika zurückkam, war er gut aufgelegt. Er hatte auf der Konferenz jemand getroffen – einen Statistiker –, der ihm enorm geholfen hatte, fast ohne es zu merken. Er erzählte Hope von den neuen Bahnen, die sich aufgetan hatten, neuen Möglichkeiten, die er jetzt erkannte. Hope lachte mit ihm, voll aufrichtiger Freude – vielleicht voller Erleichterung – über diese Aufgeregtheit. Wieder einmal ergab das, was er ihr erzählte – er versuchte zwei Stunden lang, es ihr zu erklären –, wenig oder gar keinen Sinn für sie, aber sie war froh, beruhigt. Diese Zeit nach seiner Rückkehr aus Amerika beschwichtigte sie, stillte die dünne Blutung aus Angst und Zweifeln. Alles war, so schien es, wieder gut.

Er arbeitete so viel wie vorher, ging um acht Uhr morgens aus dem Haus und kam üblicherweise nicht vor neun Uhr abends zurück, doch in ihren gemeinsamen Stunden schien für Hope etwas von der Munterkeit und Aufgekratztheit ihrer ersten Ehemonate wieder aufzuleben. Später, als sie zurückschaute, wurde ihr klar, dass das nur eine weitere Phase war (sie fand, sie könne die Phasen in ihrem Eheleben so zuverlässig voneinander abgrenzen wie ein Historiker – sie kamen ihr so exakt vor wie Wachstumsringe an einem Baumstamm). Diese spezielle Phase wurde von einer neuen Leidenschaft beherrscht – dem Kino. Sie gingen recht häufig ins Kino und Theater, immer wenn sie Lust dazu hatten oder ein triumphaler *succès d'estime* es zu verlangen schien. Doch jetzt wollte John jeden zweiten oder dritten Abend ausgehen. Und zuerst machte es Spaß. Er konnte da so gründlich und beharrlich alles um sich herum vergessen, und seine Freude am Kino war so offenkundig gut für seine Stimmung, dass es eine Auszeichnung war, meinte sie, daran teilzuhaben. Doch nach sechs derartigen Wochen, in denen über zwei Dutzend Kinobesuche zusammenkamen – in manche Filme wurde zwei-, dreimal gegangen –, fand sie allmählich, dass es immer mehr zur Belastung wurde, ihn zu begleiten, und sie fing an, sich Entschuldigungen einfallen zu lassen.

Das Problem bestand zum Teil darin, dass er unbedingt ganz nahe an der Leinwand sitzen wollte, am liebsten in der ersten Reihe und auf keinen Fall weiter hinten als in der dritten, sodass das projizierte Bild sein ganzes Gesichtsfeld beherrschte. Zuerst wirkte das auf seltsame Weise anregend, und Hope kam mit einem Kopf, der von den großen, auf sie zustürzenden Bildern dröhnte wie ein Gong, atemlos und durcheinander aus dem Kino.

Seine andere Eigenart war jedoch schwerer zu ertragen und ärgerte sie allmählich. Er hatte sehr genaue Vorstellungen von der Art von Film, die sie sich anschauten. Da wurden in möglichst vielen Zeitungen Rezensionen studiert und verglichen, und er stellte sich eine kleine Bibliothek mit Filmhandbüchern zusammen, um sicherzugehen, dass der Film, den sie sich ansehen wollten, den Anforderungen entsprach, die er daran stellte. Sie warf ihm vor, zunächst im Scherz, er sei der einzige Mensch, den sie kenne, der sich total nach Vorschrift unterhalten wolle. Es war das genaue Gegenteil von Beliebigkeit; er wollte keinerlei Risiko eingehen. »Wie kannst du dich amüsieren, wie kannst du Spaß haben ohne ein Element des Risikos?« Er beachtete den Einwand gar nicht. Es war keine engstirnige Zensur, der er da frönte – er war ganz verrückt nach Horrorfilmen und Gewaltthrillern –, er glaubte einfach mit fundamentalem Eifer daran, dass ein anständiger Film, ein Film, der sich richtig an das Wesen seiner eigenen Form hielt, ein Happy End haben musste.

»Mach dich doch nicht lächerlich«, sagte Hope, als er ihr das zum ersten Mal darlegte.

»Nein, ehrlich … Ein Film, der kein Happy End hat, geht« – er hielt inne – »geht an der Grundlage des Kinos überhaupt vorbei.«

»Okay. Okay. Wie viele Gegenbeispiele soll ich dir liefern? Zwei Dutzend? Drei Dutzend?«

»Nein. Verstehst du nicht?« Es machte ihm richtig Spaß. »Sagen wir mal so. Alle Kunst ist ihrem Wesen nach positiv. Vom Kern her. Also muss dieses Motiv in der einen großen populären Kunstform, *der* populären Kunstform, noch stärker zum Tragen kommen.«

Hope hatte sich damals gefragt, ob er sie aufziehen wollte. Doch sein aufrichtiger, ernsthafter Gesichtsausdruck sprach dagegen. »Unsinn«, sagte sie. »Quatsch. Was soll ich noch sagen?«

Es sollte aber kein Witz sein.

Und so ging es weiter. John schaute sich also nur solche Filme an, die das Kino, wie er es sah, nicht in seiner wahren Bestimmung herabwürdigten oder verrieten. Hope sah ziemlich schnell ein, dass es für ihn im wahrsten Sinne des Wortes therapeutisch war, sich diese Filme anzuschauen. Sie wirkten wie eine Art Droge, und sie verstand allmählich, wie sein alles einhüllendes Nahaufnahme-Traumerfüllungskino ihm Auftrieb gab und ihn über Wasser hielt. Die wenigen unbeschwerten Wochen, die sie nach seiner Rückkehr von der Konferenz erlebt hatte, wurden wieder einmal von langsam tröpfelnder Besorgnis weggeschwemmt.

Hope sah in Johns angespanntes, verzogenes Gesicht hoch, als er kam. Sie sah, wie sich seine Brauen runzelten und seine Wangen einfielen, und hörte ein Grunzen tief in seiner Kehle. Dann atmete er aus und lächelte und ließ den Kopf sinken, bis ihre Nasen sich trafen. Während Hope sein drahtiges Haar berührte, verlagerte er sein Gewicht auf die Ellenbogen. Er schmiegte den Kopf in den Winkel zwischen ihrem Hals und der Schulter und atmete noch einmal aus; sein Atem war warm und feucht an ihrer Haut. Sie fühlte die kleinen Verlagerungen und Verschiebungen in ihrem Innern, als sein Penis abschwoll. Zum Ausgleich empfand sie ein Anschwellen der Liebe zu ihm in der Kehle, während sie ihm mit den Fingern über den Kopf fuhr, das dicke Haar auf seinem Nacken entlang nach unten, dann die Finger leicht über den schuppigen Fleck mit großen Sommersprossen auf seinen Schulterblättern zog, sodass ihn schauderte.

Als sie den leichten sauren Geruch von frischem Schweiß aus seinen Achselhöhlen wahrnahm, ließ sie die Hand unter seine Achsel gleiten und spürte die Haare glitschig und verklebt zwischen den Fingern. Sie küsste seinen Hals, wobei sie ihm die Nase in den Nacken drückte, seinen ganz eigenen, besonderen Duft roch, seine Fährte. Sie erinnerte sich, dass sie einmal, vor ihrer Eheschließung, überlegt hatte, mit was für einem Mann sie leben wollte, und die verschiedenen Typen durchgegangen war, die sich so gewöhnlich anzubieten schienen – die Fürsorglichen, die Schweinehunde, die Starken, die Wohlhabenden, die Humorigen, die Heiligen –, und sie war zu dem Schluss gekommen, was sie wollte, war kein Modell oder Archetyp, sondern jemand, der ganz anders war. Ein Mann. Ein Mensch. Anders als sie.

Hope umarmte und roch diesen wirklichen Menschen, den sie gefunden hatte. Dann steckte sie die Finger in den Mund und schmeckte seinen Salzschweiß. Sie fuhr an seinem Rücken hinunter, um den kleinen, flachen Knopf eines Muttermals zu berühren, das zehn Zentimeter über seiner Gesäßspalte wuchs, und weidete sich ganz eigennützig an der Wesenheit dieses Individuums, das ihr gehörte, ihr Besitz war … Intimität machte sie melancholisch und heiter. Sie drehte den Kopf und küsste ihn auf den Mund, wobei sie ihm mit stumpfer, kräftiger Zunge die Zähne auseinanderpresste und dann seine Zunge in ihren Mund hineinsaugte, seinen Speichel schmeckte.

Sie schubste ihn auf den Rücken und spürte seinen schlaffen Penis feucht aus ihr hinausgleiten.

»Ach. Die Laken«, sagte er.

»Ich liebe dich, John«, sagte sie. »Dass du das ja nicht vergisst.«

»Tu ich nicht. Aber die Taschentücher hab ich vergessen.«

»Dann ist der Handel geplatzt.«

Es war ein Sonntagmorgen. Er brachte ihr einen Becher Tee und ging dann fort, um Zeitungen und Brot zu kaufen. Sie rief ihm nach, dass er auf dem Plattenspieler Musik auflegen sollte, bevor er ging. Er hatte sie wohl nicht gehört, denn die Tür klappte zu, und da war nichts als Stille.

Sie ließ sich herumrollen und saß auf der Bettkante, sah auf ihren Schoß und die Schenkel hinunter und dachte dumpf, dass sie allmählich dick wurde. Sie umfasste mit beiden

Händen ihren weichen Bauch – tatsächlich. Sie seufzte und streichelte dann geistesabwesend mit den Fingerrücken sacht ihre Schamhaare – ungewöhnlich dick, dachte sie, ein unverschämtes, dichtes Dreieck – und dachte an John und das Kino, ihren ersten Hochzeitstag, der nahte, den Urlaub, den sie machen wollten, und wie es da sein würde.

Sie stand auf, ging ins Wohnzimmer hinüber und hockte sich vor den Plattenspieler. Quer über dem Esstisch lag eine dicke Sonnenplanke und erleuchtete das Trümmerfeld ihres Abendessens, den Bodensatz von Wein in den milchigen, verschmierten Gläsern, die verklumpten Reste auf den nicht abgeräumten Tellern.

Sie legte eine Platte auf, erhob sich und summte vor sich hin. Und dann bewirkte ihre Stimmung, eine Phrase der Musik, die Sonne auf dem Tisch, dass der Augenblick sich irgendwie magisch verdichtete und stehen blieb. Einen Moment lang vergaß sie, wo sie war, ihr Blick verschwamm, und sie meinte vor ihrem geistigen Auge John zur Wohnung zurückeilen zu sehen. Sie sah die sonnige Straße, die glänzenden Autos, die komische Art, wie er versuchte, beim Gehen die Zeitung zu lesen, und seine Arme voller Lebensmittel. Die Schatten der Gebäude liefen als schräge Streifen über die Straße, hell und dunkel. Durch Glanz und Düsternis kam John auf sie zu.

Die merkwürdige Trance ging vorüber. Sie fröstelte, wie sie da nackt im Wohnzimmer stand. Sie rannte zum Bett zurück und schlüpfte zwischen die gerade noch warmen Laken.

USMAN SHOUKRYS LEMMA

Muhammad Ibn Musa Al Chwarismi war ein arabischer Mathematiker aus Chiwa, das jetzt zu Usbekistan gehört. Er hat in der ersten Hälfte des neunten Jahrhunderts n. Chr. gelebt und ist deshalb bedeutsam, weil er uns nicht nur das Wort Al-

gebra gegeben hat (nach dem Titel eines seiner Bücher: Rechnen durch Einsetzen und Reduzieren – *al-dschabr bedeutet »Wiedereinsetzung«), sondern auch, interessanter noch, weil sich von seinem Namen – Al Chwarismi – das Wort Algorithmus herleitet. Ein Algorithmus ist ein mechanisches Verfahren zur Lösung eines Problems in endlich vielen Schritten, ein Verfahren, das kein Genie verlangt.*

Algorithmen sind ein vielgeliebtes mathematisches Instrument. Computer arbeiten mit Algorithmen. Sie implizieren eine Welt der Gewissheit, des Plans und der Routine, des kontinuierlichen Prozesses. Die große Himmelsmaschine, programmiert und vorbestimmt.

Algorithmische Verfahren taugen jedoch wenig für Erscheinungen, die unregelmäßig und diskontinuierlich sind. Versteht sich eigentlich von selbst, sollte man meinen, aber wie oft haben wir schon versucht, die Probleme in unserem Leben algorithmisch zu lösen? Es klappt nicht. Ich sollte es wissen.

Es gibt noch eine Bezeichnung in der Welt der Mathematik, die einen leicht verächtlichen Beigeschmack hat. Ein »Lemma«. Ein Lemma ist ein Satz, der so simpel ist, dass er nicht einmal als Theorem gelten kann. Ich weiß Lemmata – oder vielleicht auch Lemmas – zu schätzen, sie haben offenbar mehr Bedeutung für mein Leben. »Wo gehobelt wird, da fallen Späne …« »Wer langsam geht, kommt auch ans Ziel …«

Usman hat mir einmal ein Lemma gegeben.

Wir waren im Bett, es war dunkel, und wir hatten uns geliebt. Über unseren Köpfen summte der Deckenventilator, und das Zimmer war kühl. Ich hörte nur den gleich bleibenden Takt des Ventilators und den Lärm der Zikaden draußen. Ich drehte mich zu ihm um und küsste ihn.

»Ach, Hope«, sagte er – sein Lächeln konnte ich im Dunkeln nicht sehen, aber ich hörte es in seiner Stimme –, »ich glaube, du bist dabei, dich in mich zu verlieben.«

»Denk, was du willst«, sagte ich, »aber du irrst dich.«

»Du bist ein schwieriger Mensch, Hope. Sehr schwierig.«

»Na ja, ich bin glücklich«, sagte ich. »Das geb ich dir zu. Du machst mich glücklich.«

Dann sagte er etwas auf Arabisch.

»Was ist das?«

»Das ist eine Redensart. Etwas, was wir immer sagen. Eine Warnung: ›Du darfst nie allzu glücklich sein.‹«

Du darfst nie allzu glücklich sein. Usman Shoukrys Lemma.

Manchmal frage ich mich, ob ein Lemma vom Status her nicht einem Axiom näherkommt. Ein Axiom ist eine Aussage, die als wahr angenommen wird und keines formalen Beweises bedarf: »2 + 2 = 4.« – »Eine Linie ist eine Länge ohne Breite.« Das Leben ist voller Lemmata, ich weiß. Es muss auch ein paar Axiome geben.

Usman sagte, er sei nachmittags am Strand, falls ich mich nach meiner Einkaufstour mit ihm treffen wollte. Es ergab sich, dass ich um halb vier fertig war, und ein Hoteltaxi brachte mich zum Badestrand hinunter. Ich sah Usmans Wagen neben anderen im Schatten eines Palmenhains geparkt und ließ das Taxi wegfahren.

Die Palmen hier waren sehr hoch und alt, ihre spannungsvoll gebogenen grauen Stämme wirkten zu dünn, um sich selbst aufrecht zu halten, geschweige denn das Gewicht ihrer struppigen Kronen und die Last der grünen Kokosnüsse tragen zu können. Der Boden unter ihnen war grasfrei und hart, fast so, als ob er gewalzt und gefegt worden wäre. Früher war das hier einmal ein exklusiver Strand gewesen, und entlang der ganzen Küstenlinie standen Reste von hölzernen Strandhäuschen und *cabanas*. Die meisten hatten die letzten Jahre vor sich hin gerottet oder waren um ihrer Holzbalken und Teerpappendächer willen demontiert worden. Einheimische hatten sich hier niedergelassen, und nun duckten sich aus den wiederverwerteten *cabanas* hergestellte Hütten wie

Kräuselband in das Gestrüpp hinter der Uferbaumreihe. Mit ihnen waren Müllhalden und alles mögliche Viehzeug mitgekommen. Ziegen und Hühner suchten zwischen den Palmen nach Futter, streunende Hunde sprangen über den Sand und beschnüffelten neugierig, was die Wellen so an Land getragen hatten.

Das eine oder andere Strandhäuschen war noch gut erhalten. Der Generaldirektor des Bauxitwerks hatte eins, und ein paar libanesische und syrische Händler hatten sich zusammengetan, um andere instand zu halten. Doch all ihren Bemühungen zum Trotz herrschte an diesem Uferstreifen eine unausweichliche Tristesse, ein verdrossenes Andenken an frühere Herrlichkeiten.

Ich sah Usman bis zur Hüfte im Wasser stehen, den Oberkörper schräg in die grüne, schaumige, mächtig anrollende Brandung gelegt, die gegen seinen Körper schlug und ihn herumwarf. Bei besonders großen Wellen tauchte er, schleuderte sich ihnen unmittelbar vor dem Umschlagen in den steilen, engen Rachen und tauchte dann spuckend und vergnügt auf der anderen Seite wieder auf.

»Usman!«, rief ich, und er winkte mir zu. Ich setzte mich auf seine Matte, zog die Schuhe aus und zündete mir eine Zigarette an. Hinter mir spielten vier Männer neben einem ausgebauten Strandhäuschen Volleyball. Sie waren braun – Libanesen, nahm ich an –, hatten sehr kleine Badehosen an, spielten mit theatralischer Hingabe und machten unnötige Hechtsprünge nach gut erreichbaren Bällen.

Usman kam aus dem Wasser und schüttelte den Kopf wie ein Hund. Seit meinem letzten Besuch hatte er noch mehr zugenommen, über den Bund seiner Badehose hing ein weicher Fleischwulst. Er setzte sich neben mich und nahm sich mit zarten, feuchten Fingern eine von meinen Zigaretten.

»Gehst du schwimmen?«, sagte er.

»Ich fürchte mich vor dem Sog, das weißt du doch.«

»Ach, Hope. Das klingt für mich wie ein Epitaph – ›Hope Clearwater, sie fürchtete sich vor dem Sog.‹«

Usman war Ägypter und Anfang vierzig, nahm ich an. Sein genaues Alter wollte er mir nicht verraten.

»Du wirst langsam fett«, sagte ich.

»Du wirst langsam zu dünn.«

Er sprach sehr gut Englisch, aber mit einem ziemlich starken Akzent. Er hatte ein markantes Gesicht, das besser ausgesehen hätte, wenn er nicht so schwer gewesen wäre. All seine Gesichtszüge – Nase, Augenbrauen, Lippen, Kinn – wirkten besonders hervorgehoben. Sein brauner Oberkörper war so gut wie unbehaart. Die Brustwarzen waren klein und hübsch, wie bei einem Kind.

Eine Fliege setzte sich auf sein Bein, und er beobachtete sie eine Zeit lang, ließ sie das Salzwasser kosten, bevor er sie fortwedelte. Die Sonne war von einem milchigen Dunst verdeckt, und vom Meer wehte eine Brise herüber. Mir war warm, aber nicht zu heiß. Ich legte mich auf seine Matte zurück und machte die Augen zu, lauschte dem Poltern und Zischen der Brandung. Grosso Arvore, meine Schimpansen und Mallabar schienen mir sehr weit weg zu sein.

»Ich hätte meinen Badeanzug mitbringen sollen«, sagte ich. »Nicht zum Schwimmen. Zum Braunwerden.«

»Nein, nein. Bleib weiß. Ich mag dich weiß. Alle europäischen Frauen hier sind zu braun. Sei anders.«

»Ich hasse es, so weiß zu sein.«

»Okay. Dann werd braun, so wichtig ist es mir auch wieder nicht.«

Ich musste lachen. Usman brachte mich oft zum Lachen, aber ich konnte eigentlich nicht sagen, warum. Ich spürte, wie er sich neben mich auf die Matte legte. Eine Zeit lang waren wir still. Dann fühlte ich, wie seine Finger sanft mein Gesicht berührten. Dann waren sie in meinen Haaren, strichen sie mir aus der Stirn.

»Bleib weiß, Hope«, wisperte er mir dramatisch ins Ohr. »Bleib weiß für deinen braunen Mann.«

Ich lachte wieder über ihn. »Nein.«

Ich fühlte mich eingelullt von der Wärme und der besänftigenden Bewegung seiner Finger auf meinem Kopf.

»He. Was ist das?« Jetzt waren beide Fingergruppen in meinen Haaren und teilten die Strähnen, um die Kopfhaut frei zu legen. Ich hielt die Augen geschlossen.

»Mein Feuermal.«

»Wie sagst du dazu?«

Ich erläuterte es. Ich hatte ein Feuermal über dem linken Ohr, eine Flamme von beträchtlicher Größe, gezackt und gut fünf Zentimeter breit, von einem dunklen Kardinalsrot. Meine Haare waren so dick, dass man angestrengt suchen musste, um es zu entdecken. Es gibt keine Bilder von mir als glatzköpfiges Baby. Meine Eltern haben gewartet, bis mir die Haare richtig gewachsen waren, ehe sie mich vor eine Kamera stellten.

»In Ägypten bedeutet das großes Glück.«

»In England bedeutet es auch Glück. Es bedeutet Unglück, wenn man es im Gesicht hat.«

Er machte ein resigniertes Gesicht. »Ich hab das bloß gesagt, um dir eine Freude zu machen.«

»Danke.« Ich hielt inne. »Du machst mir wirklich eine Freude. Ich frage mich oft, wie ich wohl wäre, wenn es mir auf der Wange säße.« Ich stützte mich auf einen Ellenbogen und sah ihn an. »Erstens einmal würdest du nicht hier liegen.«

Diesmal lachte er über mich. »Ja. Da hast du wahrscheinlich recht.«

»Siehst du. Es bringt mir Glück.«

Ich legte mich wieder zurück. Bei den Volleyballspielern war ein lautstarker Streit im Gange.

»Möchtest du heute Abend in dieses libanesische Restaurant gehen?«, fragte er. »Ich dürfte nicht allzu spät zurückkommen.« Er setzte sich auf. »Ich muss jetzt los.«

»Wohin?«

»Ich fliege.«

»Ein Einsatz?«

»Nein. Ich muss die Leitungen überprüfen. Vor zwei Tagen war ich nämlich auf einem Aufklärungsflug. Ich hab auf den Auslöser für die Kamera gedrückt, und da sind meine Treibstofftanks runtergefallen.«

Usman war Pilot in der Bundesluftwaffe. Ein Söldnerpilot, sollte ich sagen, um nicht lange drum herumzureden. Die MiG 15 am Flugplatz wurden alle von Ausländern geflogen, die die Regierung angeheuert hatte. Außer Usman waren zwei Briten da, drei Rhodesier, ein Amerikaner, zwei Pakistanis und ein Südafrikaner. Ihre Zahl schwankte. Alle hatten Verträge unterschrieben, und theoretisch waren sie Ausbilder. Sie waren mit einer Uniform ausgestattet, mussten sie aber nicht tragen. Es wurde ihnen keine Disziplin auferlegt. Die Fluktuation war ziemlich stark: Leute, die einfach die Nase voll hatten, oder Todesfälle. Usman war jetzt ein Jahr hier, und während dieser Zeit war nur ein Pilot bei einem Einsatz gestorben. Vier weitere waren durch Abstürze infolge mechanischer Pannen oder Fehler im Navigationssystem umgekommen. »Das Bodenpersonal«, sagte Usman phlegmatisch, »ist deine größte Bedrohung.«

Ich hatte Usman bei meiner ersten Einkaufstour von Grosso Arvore kennengelernt. Ich kam eher als erwartet im Hotel an und war erhitzt und durstig in die Bar gegangen, um ein Bier zu trinken. Der Barraum war lang und schmal und mit Kunstleder verkleidet. Die Stühle und Tische waren modisch im skandinavischen Stil, die Stühle sahen organisch aus, eine verzogene Nierenform mit ausgestellten eisernen Beinen. Die Tische wirkten wie große Pflastersteine, mit eingelegten Scherben von zerbrochenem Buntglas. Es war sehr düster und durch die Kunstlederwände auch warm. Die beiden Deckenventilatoren liefen ständig auf Hochtouren. Die verwischten, surrenden Propeller erzeugten eine steife Brise, die einem die Haare verwehte. In so einer Bar war ich noch nie gewesen, und ihre eigentümliche Atmosphäre wurde mir merkwürdig lieb.

Als ich an jenem ersten Nachmittag hineinging, war es dort leer. Dann sah ich am anderen Ende jemanden knien und offenbar auf dem Boden etwas suchen. Er blickte auf, als ich hereinkam. Er trug Khakihosen und ein Hawaiihemd, weshalb ich aus irgendeinem Grund annahm, er sei der Barmann.

»Guten Tag«, sagte er. »Ich versuche einen Frosch zu fangen.«

Ich wartete, während er das tat. Dann brachte er ihn her, um ihn mir zu zeigen: ein tobender kleiner limonengrüner Laubfrosch, dessen Kehle unbändig zuckte.

»Ich hätte gern ein Bier«, sagte ich. »Sobald Sie fertig sind.«

Er schob den Frosch durch ein Lamellenglasfenster am Ende der Bar nach draußen, dann ging er hinter die Theke und schenkte mir ein Glas Bier ein.

»Was macht das?«, sagte ich.

»Das geht auf Kosten des Hauses.«

Dann fing er ein Gespräch mit mir an, in der altehrwürdigen Manier von Barkeeper und Gast: »Wo kommen Sie her?« – »Wie lange bleiben Sie?« Ziemlich bald kam mir der Verdacht, dass er ein Manager sein könnte – er schien viel zu ungeniert und intelligent für den Wirt einer Cocktailbar im Airport Hotel. Als er mich fragte, ob ich abends mit ihm essen gehen würde, war mir klar, dass man mich an der Nase herumgeführt hatte.

»Sie haben gedacht, ich wäre der Barmann«, sagte er mit einer gewissen Schadenfreude. »Geben Sie's zu. Ich habe Sie reingelegt.« Er freute sich sehr über seine Listigkeit.

»Nicht eine Sekunde«, sagte ich. »Ich hab's in dem Moment gewusst, als Sie die Flasche aufgemacht haben«, sagte ich aus dem Stegreif. Ich zeigte auf den verbogenen Kronkorken, der auf der Theke lag. »Kein Barmann in Afrika hätte den da liegen lassen. Er hätte ihn eingesteckt.«

»Oh.« Er sah enttäuscht aus. »Sind Sie sich da sicher?«

»Prüfen Sie's nach, wenn Sie das nächste Mal in eine Bar kommen.«

Er drohte mir mit dem Finger. »Sie lügen, ich weiß.«

Ich stritt es weiter ab und willigte ein, abends mit ihm essen zu gehen. Ich war fasziniert von ihm. Er sagte mir seinen Namen – Usman Shoukry –, buchstabierte ihn und erzählte mir, was er machte. Abends nach dem Essen – bei dem ich mit zwei von seinen Pilotenkollegen bekanntgemacht wurde, deren mich lüstern umschwirrende Spekulationen ich geradezu spüren konnte – brachte er mich durch die Gärten zu meinem Zimmer zurück.

Wir blieben an einer Kreuzung von zwei Wegen stehen.

»Das ist mein Chalet«, sagte er und zeigte darauf. »Ich hab mich gefragt, ob du nicht dort mit mir die Nacht verbringen möchtest.«

»Nein, danke.«

»Es ist zu deinem eigenen Besten.«

»Ach ja?« Auf einmal mochte ich ihn nicht mehr so sehr. »Das glaube ich nicht.«

»Nein, ehrlich.« Sein Blick war aufrichtig. »Wenn die Burschen, die du heute Abend kennengelernt hast, je darauf kommen, dass wir nicht miteinander geschlafen haben, dann sind sie um dich herum wie … wie die Fliegen. Surr-surr-surr.«

»Ich werd's riskieren.« Ich gab ihm die Hand. »Danke für das Essen.«

Er zuckte mit den Schultern. »Na, ich hab dich gewarnt.«

Doch sechs Wochen später, als er mich auf meiner zweiten Tour wieder in sein »Chalet« einlud, nahm ich an.

Usman bog in den Flugplatz ein und zeigte dem gelangweilten Posten seinen Ausweis. Der Schlagbaum ging hoch, und wir fuhren durch.

»Möchtest du meine Maschine sehen?«, fragte er.

Wir hielten bei einem großen Hangar, stiegen aus und gingen auf eine Reihe von sechs MiG 15 zu. Hier auf dem betonierten Hallenvorfeld war die physische Gewalt der Hitze deutlich zu spüren. Ich konnte den Dunst von der Startbahn aufsteigen sehen, fast so, als würden die Sonnenstrahlen wieder zurückgeworfen und wellten das Strauchwerk und die Zwergpalmen am Rande.

Einige der MiGs waren silbern – beinahe schmerzhaft hell in dieser Sonne – und andere düster-oliv angestrichen. Hier und da arbeitete ein Mechaniker. An einer Seite sah ich eine Reihe kleiner Karren mit paarweise angeordneten tropfenförmigen Tanks darauf. Usman führte mich an den ersten zwei Flugzeugen vorbei und blieb bei einem dritten stehen. Er sprach Arabisch mit einem Mechaniker, der etwas im Fahrgestellschacht richtete. Usman trug ein blaues Hemd über seiner Badehose. An den Füßen hatte er Gummischlappen. Ich hatte Shorts und ein T-Shirt an. Ich kam mir seltsam vor, als wären wir auf einer Sonntagsgrillparty und würden in der Einfahrt zu unserem Haus am Stadtrand den neuen Sportwagen eines Freundes begutachten.

Ich betrachtete Usmans MiG. In meinen Augen war es ein hässliches Flugzeug. Es saß tief auf dem Boden, etwas nach hinten geneigt, wie in der Hocke. Der Lufteintritt für das Düsenaggregat befand sich in der Nase, ein großes schwarzes Loch. Zu beiden Seiten davon waren identische elliptische Ausbuchtungen, die jeweils einen stumpfen MG-Lauf enthielten. Wir gingen um das Flugzeug herum. Die Tragflächen waren in Pfeilstellung, ihre Leitkanten zeigten einen dumpfen Aluminiumglanz, wo durch Wind- und Staubabrieb die Farbe abgegangen war. Auf den Landeklappen waren dunkle Spuren von Öl und Schmiere, und die weichen Räder sahen aus, als müssten sie mal wieder aufgepumpt werden. Ich fasste die dünnen Metallwände des Flugzeugs an. Es war heiß.

»Ich hab nachgedacht«, sagte ich. »Diese Flugzeuge werden aus Aluminium hergestellt, und Aluminium wird aus Bauxit hergestellt. Bauxit wird hier gefördert. Nein, warte« – er wollte mich unterbrechen –, »wenn von diesem Bauxit nun etwas an die Russen verkauft wird, die daraus Aluminium gewinnen, aus dem dann MiG 15 gemacht werden? Dann verkaufen sie die MiGs an die Luftwaffe hier, die Bomben auf die Leute abwirft, die das Bauxit gefördert haben.«

Usman, zu seiner Ehre sei es gesagt, sah einen Moment lang unbehaglich drein. Dann zuckte er die Achseln. »Die Welt ist verrückt, weißt du das nicht? Auf jeden Fall, von diesem Bauxit wird nichts an die Russen verkauft.«

»Woher weißt du das?«

»Ich weiß es einfach.« Dann duckte er sich unter die Tragfläche, um zu sehen, was der Mechaniker da machte. Ich fasste noch einmal das Flugzeug an, strich mit der Fingerkuppe über eine Metallnaht. Aus der Nähe betrachtet wirkte diese MiG viel kleiner, als ich sie mir vorgestellt hatte, nachdem ich sie des Öfteren auf dem Flugplatz ein- und ausfliegen gesehen hatte. Auf dem Boden und aus dieser Nähe kam ihr maschinenartiges Wesen viel mehr zur Geltung. Ich konnte alle Kratzer, Beulen und Flecken sehen, die Reihen von Nietköpfen, Stellen, wo die Farbe durch die Sonne Blasen geworfen hatte und abgeblättert war. Plötzlich war das Flugzeug wie jede andere Maschine – ein Bus oder ein Auto – ein Gegenstand aus Einzelteilen und Funktionselementen, aus Röhren und Drähten, Hebeln und Scharnieren. Eine Flugmaschine.

Usman tauchte wieder auf.

»Was hältst du davon?«, sagte er.

»Wie heißt sie?«, fragte ich im Scherz.

»Er, nicht sie.«

»Ich hab gedacht, Flugzeuge und Schiffe wären weiblich.«

»Dieses nicht. Das ist ›Boris‹. Guter russischer Name. Großes starkes Biest.« Er schlug mit der Faust dagegen. »Willst du dich mal reinsetzen?«

Ich ging ans Cockpit und schaute hinein. Es sah schmuddelig und sehr abgenutzt aus, das Leder auf dem Sitz war verknittert und zerschlissen, das Armaturenbrett abgestoßen und verschrammt.

An einer Seite der Cockpitwand hing ein merkwürdiger Stoffbeutel, wie eine Handtasche, mit Perlen bestickt.

»Was ist das?«, fragte ich.

Usman langte an mir vorbei und machte die Klappe auf. Er holte eine kleine blauschwarze Pistole heraus, mit Ebenholzeinsätzen im Griff und seinen Initialen in Silber eingelegt.

Er zeigte sie mir wie ein Artefakt und ließ sie mich dann in die Hand nehmen.

»Das ist von meiner Staffel. Als ich aus der Luftwaffe ausgeschieden bin. Italienisch, das Allerbeste.«

Sie fühlte sich schwer an für so eine kleine Pistole. Das Metall war kalt.

Ich gab sie zurück. »Warum hast du sie hier in deinem Flugzeug?«

»Als Glücksbringer.« Er lächelte. »Mein besonderer Schutz. Und falls ich mal abgeschossen werde.«

»Sag so was nicht.«

»Hier, ich helf dir beim Einsteigen.«

»Lass doch, Usman. Mir ist heiß. Ich versteh überhaupt nichts von Flugzeugen. Mir liegt nichts daran.«

»Armer Boris«, sagte er bedauernd zu dem Flugzeug. »Sie mag dich nicht.«

Ich musste lachen. Großer Gott, sagte ich, drehte mich um und ging zum Auto zurück.

»Was ist das da?«, fragte ich im Gehen und zeigte auf die silbernen Tropfen auf ihren kleinen Karren.

»Benzin«, sagte er. »Zusatztanks.«

IKARIOS UND ERIGONE

Heutzutage fliegen keine MiGs mehr vom Flugplatz ab. Die Luftwaffe hat vor einigen Monaten aufgrund der wachsenden Bedrohung durch die EMLA *ihren Hauptstützpunkt nach Süden verlegt. Infolgedessen ist das Airport Hotel noch verlassener als sonst. Ich gehe dort ein-, zweimal die Woche essen, sooft Gunther mich einlädt, und meist sind wir die einzigen Essensgäste im ganzen Restaurant. Das ist schade: Das Essen hat sich unter der neuen Geschäftsleitung ungemein verbessert. Vor ein paar Monaten ist ein neuer Geschäftsführer eingesetzt worden, ein Grieche, der Ikarios Panathatanos heißt.*

Ikarios ist ein stämmiger Mann mit beginnender Glatze, der mich ein bisschen an Hauser erinnert. Eines Abends hat er mir erzählt, woher sein Vorname kommt. Er geht auf eine ganz unbedeutende Gestalt aus der griechischen Mythologie zurück. Der ursprüngliche Ikarios war ein Bauer, der herausgefunden hatte, wie man aus den Trauben, die er anbaute, Wein machen konnte. Eine Zeit lang behielt er das Geheimnis für sich, stellte seinen Wein her und trank ihn heimlich und allein. Er fand aber so viel Spaß an der Sache, dass er eines Tages beschloss, dieses Vergnügen mit seinen Nachbarn zu teilen, und das ganze Dorf in sein Haus einlud, auf dass sie an seiner wunderbaren Entdeckung teilhätten.

Die Dorfleute tranken also, so viel sie konnten. Doch als sie nach und nach von den Symptomen der Trunkenheit überwältigt wurden, kamen sie zu der Überzeugung, das sei ein raffinierter Anschlag, den Ikarios ausgeheckt hatte, um sie zu vergiften. Und so steinigten sie in trunkener, paranoider Panik den unglückseligen Bauern zu Tode.

Doch damit hörte die Tragödie nicht auf. Ikarios' Tochter Erigone beschloss, vom Schmerz über den Tod ihres Vaters übermannt, sich das Leben zu nehmen, und erhängte sich an einem Olivenbaum.

Das war alles, was Ikarios über seinen illustren Namensvetter wusste. Ikarios hat eine hübsche kleine dreijährige Tochter, die er selbstverständlich Erigone genannt hat. Er sieht überhaupt nichts Unheilvolles in dem, was dabei mitschwingt.

Hope brauchte einen Job, und Professor Hobbes fand einen für sie. Er rief sie eines Tages an und meinte, sie solle doch einmal zu ihm kommen. Monate waren vergangen, seit ihr der Doktortitel verliehen worden war, und sie konnte ihre Lethargie nicht zufriedenstellend erklären, nicht einmal vor sich selbst. Sie hatte einen Aufsatz veröffentlicht und einiges gelesen, viel mehr aber auch nicht. Es war, als wolle sie, dass jemand anders die nächste Etappe ihrer beruflichen Laufbahn einleitete, als habe sie nicht den Mut, den nächsten Schritt ohne Anleitung, aus eigenem Entschluss zu unternehmen.

Hobbes war ein ältlich wirkender Mann Anfang sechzig, mit Bauch und Schnurrbart, der sich erfolgreich als alter Kauz oder gutmütiger Opa in einem Fernsehwerbespot hätte bewerben können. Hinter dem umgänglichen Äußeren verbarg sich jedoch ein gerissenes und oftmals bösartiges Wesen. Er war eine mächtige und einflussreiche Persönlichkeit auf seinem Gebiet und in den verschiedenen wissenschaftlichen Gesellschaften, in denen er tätig war. Jedes Jahr suchte er sich von seinen Studenten einen oder zwei als besondere Günstlinge aus und hätschelte sie ganz unverhohlen, indem er ihnen Stipendien, bessere Laboreinrichtungen und schließlich Jobs verschaffte, fast wie zur Demonstration der Effektivität von Protektion.

Hope war in ihrem ersten Studienjahr zu einer der Auserwählten bestimmt worden. Und wenn Hobbes an jemandem Interesse hatte, dann verstand sich auch von selbst, dass sich dieses weit über die Mauern seiner Abteilung hinaus erstreckte und von unbestimmter Dauer war, um einseitig von ihm aufgekündigt zu werden, wie und wann es ihm gefiel. Rund um die Welt gab es bedeutende Wissenschaftler, die in regelmäßigen Abständen daran erinnert wurden, dass da noch Rechnungen offen und irgendwann zu begleichen waren. Als Hope erst wenig und dann gar nichts mehr tat, um einen Job zu finden, war sie sich wohl bewusst, dass ihre Trägheit nicht unbemerkt bleiben würde. Daher willigte sie eher insgeheim erleichtert als schuldbewusst in ein Treffen zur »Besprechung ihrer Zukunft« ein, als sie Hobbes' erstaunlich sanfte Stimme am Telefon hörte.

»Was ist los, Hope?«, fragte Hobbes. »Sag, was zum Teufel ist da nur los?« Er schenkte ihr ein Glas Wein ein. Der Wein war weiß und duftend und richtig kalt. Hobbes hatte einen Kühlschrank in seinem Büro. Er lächelte ihr zu, als sie trank.

»Warum hast du dich nicht auf dieses Lektorat in York beworben? Ich hätte Frank anrufen können.«

»Ich hab geheiratet.«

»Na und?«

»Da ich verheiratet war, wollte ich gern ein bisschen mit meinem Mann zusammen sein.«

»Wie sentimental.«

»Ich brauche eine Stelle in London.«

»Du hättest die Stelle in York nehmen und pendeln sollen. Macht so was heutzutage nicht jeder?«

Sie ließ sich eine gebührende Zeit lang von ihm wegen ihrer Naivität rüffeln und erklärte dann, gegen etwas Befristetes hätte sie gar nichts einzuwenden. John habe vor, in die Staaten zurückzugehen, log sie spontan und sagte, sie würde sich nicht gern zu etwas verpflichten, was länger als ein Jahr dauerte. Hobbes meinte widerstrebend, er wolle sehen, was es da so gebe.

Binnen einer Woche rief er sie wieder an. Er habe zwei Jobs für sie, berichtete er, und einen davon solle sie gefälligst nehmen. Beide sollten anfangen, sobald sie bereit sei, beide seien Einjahresverträge. Keiner falle genau in ihr Gebiet, aber sie sei durchaus qualifiziert, sie zu übernehmen, und die beiden Männer, die darüber zu bestimmen hätten, seien sowieso »alte Freunde« von ihm. Der Beste sei der in Afrika, sagte er, Forschung über wilde Schimpansen.

»Nein, ich glaube nicht –«

»Unterbrich mich nicht. Sie brauchen dringend jemanden. Es sind amerikanische Gelder, du wirst also sehr gut bezahlt. Und es wird dir alle möglichen Wege ebnen.«

Nein, sagte sie, sie könne jetzt nicht nach Afrika gehen. Völlig ausgeschlossen.

Er berichtete ihr von dem anderen Job. »Ein Zehntel des Geldes«, sagte er indigniert. Der Vorteil war allerdings, in ihren Augen, dass sie das halbtags machen konnte. Es war eine Studie über ein altes und historisches Gut in South Dorset, nahe der Küste. Ein Historiker, ein Archäologe und ein Geograf hatten die Landschaftsgeschichte erforscht, und zur Abrundung des Bildes brauchten sie einen Ökologen. »Datierung von Wäldern und Hecken und so«, sagte Hobbes. »Nicht wahnsinnig aufregend, aber ich hab denen gesagt, du machst das schon. Kein Problem. Enttäusch mich nicht.«

Sie traf sich brav mit dem Projektleiter, einem ehemaligen Studenten von Hobbes, wie sich herausstellte, und wurde automatisch akzeptiert. Graham Munro war ein hagerer, sanfter Mann, bei dem es, wie sie merkte, sehr unwahrscheinlich war, dass er Hobbes' Urteil über ihre Fähigkeiten infrage stellen würde. Sie vereinbarten, dass sie in einem Monat anfangen und zwei bis drei Tage die Woche vor Ort arbeiten sollte. Munro erzählte ihr, auf dem Gut gebe es ein Bauerncottage, in dem sie sich einquartieren könne.

Es munterte sie auf, eine Stelle zu haben, stellte sie fest. Sie fragte sich, ob sie durch ihre Arbeitslosigkeit reizbar und unruhig geworden war und nicht wegen John. Er freue sich auch für sie, sagte er. Sie schmiedeten Pläne, dass er ein paar Wochen mit ihr herunterkommen würde, falls seine Arbeit es erlaubte.

Im letzten Monat ihrer Untätigkeit schlug sie vor, sie sollten beide einmal Ferien machen. Sie beschlossen, wieder nach Schottland zu fahren, und mieteten ein kleines Häuschen auf einer Insel vor der Westküste, zu erreichen mit der Fähre von Mallaig.

Ihr Haus lag am Rande des einzigen Dorfes auf der Insel. Es war ein niedriges, einstöckiges, dickwandiges Cottage mit tief liegenden Fenstern und Blick auf den Hafen und die Bucht. Innen war es schlicht und funktional ausgestattet: weiße Binderfarbe an den Wänden, braunes Linoleum auf allen Fußböden und eine minimale Einrichtung. Im großen Zimmer gab es zwei Sessel vor dem Kamin und einen Esstisch mit vier Stühlen. Im Schlafzimmer standen ein Eichenschrank und ein hohes, eisernes Doppelbett. Es war eine kühle Toilette da, aber kein Bad; waschen konnte man sich nur an dem Becken in der Küche, einem kleinen Raum an der Rückseite des Cottages, der einen Gasherd enthielt, aber keinen Kühlschrank. Schlafzimmer und Wohnzimmer hatten einen funktionierenden Kamin, der jeweils auch das Wasser erhitzte. Alles wurde mit Gaslampen beleuchtet. Es gab kein Telefon, kein Fernsehen, kein Radio.

John sagte, das sei, als ob man in einem Roman von D. H. Lawrence lebte, aber es gefiel ihm, und Hope auch. Es war karg, aber es ging. Die Kamine hielten das Haus warm, die zischenden Gasstrümpfe spendeten ausreichend Licht zum Lesen. Das Bett war groß und hart, und es waren reichlich graue, kratzige Decken da. Es war merkwürdig, aber sie fand, dass die Widrigkeiten, das kleine Haus funktionsfähig zu halten, ihnen eine entsprechende Disziplin auferlegten. Sie wuschen zum ersten Mal in ihrem Eheleben nach dem Essen das Geschirr ab, und sie ließen die Körbe mit Torfsoden und Holzscheiten nie leer werden. Sie ernährten sich von kräftigem, einfachem Essen, dessen Zutaten sie im Dorfladen kauften: Eintöpfe aus der Dose und Kartoffeln, Fleischpastete und Baked Beans, frisch gefangener Hering und Kohl. Nach dem Essen saßen sie jeder in seinem Sessel vor dem Kamin und lasen zwei, drei Stunden lang oder spielten Schach. Hope hatte einen Zeichenblock mitgebracht und einen Köcher mit neuen Stiften. Sie fing wieder an zu zeichnen.

Die älteren Häuser des Dorfes drängten sich um den einfachen Hafen herum. Die neueren und bemerkenswert hässlichen Gebäude – die Post, der »Mini-Markt«, die Grundschule und das Bürgermeisteramt – lagen weit voneinander entfernt auf dem Land dahinter, offenbar willkürlich verstreut und mit Blick in unterschiedliche Richtungen, als schämten sie sich füreinander. Auf einer kleinen, in die Bucht hineinragenden Landzunge lag ein Hotel, das »Lord of the Isles«, das die einzige Bar mit Schankerlaubnis auf der Insel beherbergte. Ansonsten waren auf die Gesamtfläche der Insel von acht mal zwei Meilen noch eine Handvoll kleiner Bauernhöfe verteilt – ein oder zwei davon verfallen –, ein weiteres halbes Dorf an der Nordküste und ein prachtvolles Haus, das von einem kleinen Gehölz schiefer, windgebeutelter Kiefern umgeben war und seinem gegenwärtigen Besitzer, einem holländischen Industriellen, als fünfter Wohnsitz diente. Er besaß weite Teile der Insel – daher die verlassenen Kleinbauernhöfe – und kam ab und zu per Hubschrauber mit seinen Übernachtungsgästen für ein Sommerwochenende angeflogen. Keiner auf der Insel konnte begreifen, warum er das Anwesen gekauft hatte.

Hope und John hatten sehr rasch einen geregelten Tagesablauf. Sie wachten nach acht Stunden tiefem und traumlosem

Schlaf früh auf. John machte im Wohnzimmer Feuer, während Hope das Frühstück zubereitete. Dann erledigten sie ihre Hausarbeiten – Verbrennungsmaterial auffüllen, Essen einkaufen, ein Lunchpaket zurechtmachen. Wenn das getan war, stiegen sie auf ihre (vom »Lord of the Isles« gemieteten) Fahrräder und fuhren – bei Regen und Sonnenschein – los, bis sie einen Strand oder eine Bucht fanden, die ihnen gefiel. John las nichts als Krimis – er hatte drei Dutzend Taschenbücher mitgebracht –, und während sie dahinradelten, erzählte er mit erstaunlichem Erinnerungsvermögen und verblüffenden Einzelheiten die Geschichte des zuletzt gelesenen nach. Wenn sie ihren Strand gefunden und sich dort niedergelassen hatten, streiften sie umher und suchten an der Flutlinie nach Strandgut und Treibgut. Hope zeichnete, John las oder ging spazieren. Sie sahen nie eine Menschenseele.

Nach dem Mittagessen radelten sie vielleicht weiter – ihr Ziel war, die Küste der Insel ganz abzufahren – und kamen in der Regel gegen vier Uhr nachmittags zum Tee und manchmal einer Siesta wieder nach Hause. Wenn die Bar aufmachte, schlenderten sie auf einen Drink zum »Lord of the Isles« hinüber und blieben dort, bis sie Hunger bekamen. Dann folgte ihre prosaische Mahlzeit und ein Abend mit Lesen und Zeichnen. Sie gingen schlafen, wenn sie müde waren, gewöhnlich vor elf. In diesen Ferien liebten sie sich jede Nacht, fast schon reflexartig. In der zähen, marmornen Kälte ihres Betts kuschelten sie sich Wärme suchend aneinander, und die Erregung trat unverzüglich und bei beiden gleichzeitig ein. Der Sex war ebenso funktional und unprätentiös wie ihre Umgebung – kein Vorspiel, kein Herumexperimentieren, kein unnötiges Hinauszögern des Höhepunkts –, und wenn es vorbei war, schliefen sie beide nach wenigen Minuten ein.

Am Rande des Dorfes lag ein haariger, abschüssiger Fußballplatz, und hinter einem Torpfosten stand ein rostiger Container, der die Sammelstelle für den ganzen »harten«

Müll des Dorfes darstellte, wie das Schild an seiner Wand verkündete. Zeitungen, Schachteln, Dosen und Flaschen – alles, was in der Erde nicht verrottete. Der ganze »weiche« Müll musste, wie ihre Wirtin, die Postmeisterin, ihnen mitteilte, vergraben werden. Zu eben diesem Zweck gebe es einen Spaten in dem winzigen Schuppen an der Hintertür, erklärte sie ihnen, und sie wäre ihnen sehr verbunden, wenn sie ihre Abfälle mindestens zwanzig Meter vom Haus begraben könnten. An ihrem dritten Tag auf der Insel bot Hope sich freiwillig an, zwei Plastiktüten mit hartem Müll fortzuschaffen, wenn John sich um den weichen kümmern würde.

Es wehte ein scharfer Wind, und feiner Sprühregen spritzte an die Kapuze ihrer Windjacke, aber die Wolken zogen rasch über den Himmel und waren aufgerissen, und zwischen dem Grau sah Hope Fetzen von einem unverschämten Blau. Sie war steif vom Radeln und joggte deshalb, nachdem sie ihren Müll abgeladen hatte, zur Auflockerung ein paar Mal langsam um den Fußballplatz. Die Insel war flach, die Straßen waren gut geschottert. Nur die Kraft des Windes war Radfahrer und Fahrzeug hinderlich oder behilflich.

Ein paar verfrorene kleine Jungen kamen im Sportzeug aus der Schule gerannt und kickten sich lustlos, unter schrillen und protestierenden Klagen einen viel zu großen Fußball zu. Eine junge Lehrerin, der die Fußballregeln offensichtlich gleichgültig waren, beachtete sie gar nicht und lehnte sich bei den Torpfosten gegen den Wind, um sich eine Zigarette anzuzünden. Hope lächelte ihr zu, als sie vorbeijoggte, und bekam ein munteres »Guten Morgen« zur Antwort. Sie hatten sich am Abend zuvor im »Lord of the Isles« gesehen und würden das für den Rest ihrer Ferien zweifellos auch weiterhin tun. Hope betrachtete die herumtorkelnden kleinen Jungs mit ihren rot entzündeten Nasen und Knien und beeilte sich, wieder zu John zu kommen.

Er war nicht im Cottage, deshalb ging sie auf der Suche

nach ihm durch den Garten hinter dem Haus – ein buckliger Streifen Ödland mit Brombeeren und Nesseln – zu den Resten von etwas, das sie für einen hölzernen Abort hielt, und einer kariösen Steinmauer hin. Jenseits davon erstreckte sich die heidekrautbewachsene Landzunge, die einen Bogen der Bucht bildete, und dahinter schien die Sonne auf den kaltglitzendern Atlantik.

John war auf der anderen Seite der Mauer, er stand in Hemdsärmeln in einer frisch ausgehobenen, hüfthohen Mulde und grub. Er merkte nicht, dass Hope kam, so beschäftigt war er mit seiner Aufgabe. Als er ihr Lachen hörte, schaute er sich um.

»Um Gottes willen«, sagte sie, »es ist eine Plastiktüte mit Hühnerknochen und Kartoffelschalen und kein Sarg, verdammt noch mal.«

Er sah sich wie zum ersten Mal sein Loch und dessen ungeheure Tiefe an.

Mit einem zerstreuten Lächeln kletterte er heraus.

»Es ist mit mir durchgegangen«, sagte er. Dann ließ er seinen Spaten sinken. »Wart mal, ich … ich muss etwas aufschreiben.« Er rannte ins Haus. Hope wühlte in den Taschen seiner Jacke, die an der Türangel des Aborts hing, fand seine Zigaretten und steckte sich eine an. Die Sonne, die auf das Meer geschienen hatte, war zum Land weitergewandert, und sie wärmte ihr das Gesicht, als sie sich auf die Steinmauer setzte und das Loch betrachtete, das John gegraben hatte. Die Erde war feucht und torfig, in Farbe und Konsistenz wie ein ganz schwerer, rumgetränkter, sirupdurchzogener Schokoladenkuchen. Das Blatt des alten Spatens war sauber, an der Kante durch jahrelange Abnutzung silbrig geworden, der Stiel wächsern und abgegriffen.

Sie rauchte ihre Zigarette und wollte schon gehen und ihn suchen, als er wieder zu ihr herauskam. Er hatte die Stirn gerunzelt. Er nahm den Spaten und sah ihn an, als böte er die

Antwort auf eine unverständliche Frage. Er warf den Müllbeutel in die Grube und fing an, sie aufzufüllen.

»Es ist ganz merkwürdig«, sagte er beim Arbeiten. »Ich hab angefangen zu graben. Und dann sind meine Gedanken …« Er hielt inne. »Ich hab angefangen zu denken«, sagte er langsam, als könnte er immer noch nicht glauben, was da passiert war. »Etwas, worüber ich mir schon ewig den Kopf zerbrochen hatte. Darum musste ich auch gehen und es aufschreiben.«

»Was?«

»Eine Gleichung.« Er wollte es ihr erzählen, aber sie unterbrach ihn gleich.

Er legte die Torfsoden über die Erde und stampfte sie fest. »Ziemlich verrückt«, sagte er. »Das Ganze.«

An dem Abend saß John nach dem Essen, statt zu lesen, am Tisch und arbeitete, schrieb unentwegt die Seiten ihres Zeichenblocks mit den komplexen Hieroglyphen mathematischer Formeln voll. Am nächsten Tag hatte er ihr keinen Krimi zu erzählen, aber er war so begeistert von dem, was er am Abend zuvor zustande gebracht hatte, dass er nackt im Meer schwimmen ging, ganze neunzig Sekunden lang. Sie hüllte ihn in ein Handtuch und dann in die Picknickdecke und lachte über den Anblick, den er geboten hatte, als er weiß von dem Schock und der Kälte aus den Wellen stieg, und über sein wirres, zusammengekrümmtes Gestolpere den Strand hoch zu ihr zurück.

»Saukalt …« Seine Stimme kam heiser herausgeplatzt, wobei sein Körper vibrierte wie eine Maschine. »Scheiß-saukalt!« Dann lachte er selbst, ein überschwängliches Gebrüll wie Posaunengeschmetter. So hatte Hope ihn noch nie lachen hören. Es war seltsam, diese vor Fröhlichkeit gellende, klare Stimme zu hören.

Am nächsten Tag kam sie, als sie gerade aufbrechen wollten, aus der Haustür und sah ihn den Spaten an seiner Fahrradstange festbinden.

»Okay«, sagte sie. »Was soll das?«

»Es ist ein Experiment«, sagte er lächelnd. »Ich will rausfinden, ob es noch mal klappt.«

Also saß Hope da und zeichnete, während John ein Loch grub. Er machte es fast vier Quadratmeter groß, und bei seiner methodischen Arbeitsweise und einer gelegentlichen Erholungspause hatte er es innerhalb von zwei Stunden etwa anderthalb Meter tief. Zum Mittagessen hörte er auf.

»Wie geht's voran?«, fragte Hope.

»Bis jetzt noch nichts.« Er sah vage bekümmert aus.

»Du kannst es ja wohl nicht einfach *arrangieren,* einen Erkenntnisblitz zu haben«, sagte Hope vernünftig. »Archimedes hat nach dieser Heureka-Geschichte bestimmt auch nicht ein paar Mal am Tag gebadet.«

»Du hast recht«, sagte er. »Wahrscheinlich … Aber es hatte eindeutig etwas mit dem Graben an sich zu tun. Die Anstrengung. Die Logik des Grabens. Das Verschieben von Massen … Da hat sich anscheinend etwas in meinem Kopf geklärt.« Er griff nach einem Sandwich. »Ich mach nach dem Essen noch einen Versuch.«

Er fing wieder an. Hope sah zu, wie er das Loch vergrößerte, Torf stach, ihn säuberlich aufstapelte und dann den Spaten in den dunklen Boden senkte, mit dem Blatt arbeitete, es belud und die Erde auf den feuchten Stapel schleuderte. Die Arbeit hatte etwas Befriedigendes an sich, das sah sogar sie: einfach und doch anstrengend und mit unmittelbaren und sichtbaren Ergebnissen. Das Loch wurde tiefer. Hope ging spazieren.

Als sie wiederkam, saß er da und machte sich weitere Notizen in ihrem Zeichenblock.

»Heureka?«, fragte sie.

»Semi-heureka.« Er grinste. »Etwas vollkommen Unerwartetes. Drei Sprünge nach vorn von dem Punkt aus, wo ich bisher war, wenn du verstehst, was ich meine. Im Grunde seh ich noch nicht so recht, wo sich das alles zusammenfügt, aber …« Er sah plötzlich feierlich drein. »Es ist eine verblüffende Idee.«

Sie setzte sich und sah zu, wie er das Loch auffüllte.

»Aber das ist der langweilige Teil«, sagte sie.

»Nein, nein. Ich mach das voller Dankbarkeit. Das Loch hat etwas für mich getan, also bringe ich es gern wieder in seinen Nichtlochzustand zurück.«

»Du lieber Gott.«

»Du kannst mich mal.« Er war glücklich.

Die neue Idee, auf die er gekommen war, schien ihn zu befriedigen. Er hörte auf zu arbeiten und fing wieder an, Krimis zu lesen, und ein paar Tage lang stellte sich ihr alter Tagesablauf wieder ein. Aber an ihrem vorletzten Tag auf der Insel nahm er, ohne sich um ihre Proteste zu kümmern, den Spaten wieder mit.

»Kommst du dir nicht ein bisschen albern vor?«, hänselte sie ihn.

»Warum sollte ich?«, sagte er einigermaßen streitlustig. »Was weißt du schon? Die Ideen, die ich in diesem Urlaub gehabt habe … so hab ich seit Jahren nicht mehr gedacht.« Er sah sie ziemlich mitleidig an. »Deine Empfindlichkeiten sind mir schnurz.«

»Mach dir um mich keine Sorgen. Grab nur.«

Das tat er auch. Er grub drei Stunden lang, ohne anzuhalten, wobei er diesmal einen langen, hüfthohen Graben aushob. Sie zwang ihn, für ein Weilchen aufzuhören und auszuruhen, aber er fing bald wieder an. Da sei ein »Glimmern«, sagte er. Als es Abend wurde, gab er erschöpft auf. »Wir kommen morgen wieder und füllen es auf«, sagte sie zu ihm und zog ihn fort.

Sie radelten langsam nach Hause, wobei sie den sanften Hang ins Dorf hinunter im Freilauf fuhren. In den Fenstern leuchteten die ersten gelben Lichter auf, die Wolken über dem Festland waren rosa und pflaumenfarben, das Meer war versilbert.

John wirkte unangemessen niedergeschlagen. Sie versuchte ihn aufzumuntern.

»Lass uns heute im Hotel essen gehen«, sagte sie. »Trinken wir uns einen an.«

Er war einverstanden, sehr sogar. Dann sagte er: »Heute war ich so nahe dran. Ich weiß es. Da war etwas Entscheidendes, etwas Wesentliches. Aber ich bin einfach nicht rangekommen.« Er machte eine Greifbewegung mit beiden Händen. »Gerade eben außerhalb meiner Reichweite.«

Als Hope ihr Fahrrad an die Mauer lehnte, kam ihr ungerufen, unwillkommen der Gedanke, dass ihr Mann vielleicht verrückt wurde.

EIN KOHLKOPF IST KEINE KUGEL

Eine Erinnerung aus Schottland. John Clearwater in der winzigen Küche, wie er einen Salat aus Wintergemüsen zubereitet. Er hält einen ganzen Rotkohl in der Hand, den er gerade kleinschneiden will. Hope sieht, wie er ihn anstarrt. Er hält ihn hoch ins Licht und wendet ihr dann das Gesicht zu. Er wirft ihr den Kohl zu, den sie fängt. Er ist kühl unter ihren Handflächen und erstaunlich schwer. Sie schmeißt ihn zurück.

»Ein Kohlkopf ist keine Kugel«, sagt er.

»Wenn du meinst.« Sie lächelt, aber sie weiß eigentlich nicht, wie sie reagieren soll. So kryptische, schräge Bemerkungen macht er ab und zu.

»Na ja, doch irgendwie kugelförmig«, sagt sie versuchsweise.

Er schneidet den Kohl mittendurch und zeigt ihr die krausen lila-weißen, wie ein riesiger Fingerabdruck gezwirbelten Riefeln. Seine Messerspitze zeichnet die wackelige Parabel eines Blattrandes nach.

»Das sind keine Halbkreise.«

Hope sieht, worauf er hinauswill. »Ein Tannenbaum«, wagt sie sich vor, »ist kein Kegel.«

John schneidet flink und geschickt wie ein Koch den Kohlkopf klein und lächelt dabei in sich hinein.

»Ein Fluss fließt nicht in gerader Linie«, sagt er.

»Ein Berg ist kein Dreieck.«

»Ein Baum … ein Baum verzweigt sich nicht exponentiell.«

»Ich geb's auf«, sagt sie. »Dieses Spiel gefällt mir nicht.«

Später, nach dem Essen, kommt er auf das Thema zurück und fragt sie, wie sie es anstellen würde, den Umfang eines Kohlkopfes zu messen, und zwar exakt. Mit einem Maßband, sagt Hope.

»Jede kleine Beule und jede Strieme? Jede einzelne Blattwölbung?«

»Herrgott … Nimm viele Messungen vor, rechne den Durchschnitt aus.«

»Trotzdem nicht exakt. Es klappt nicht.«

Er steht vom Tisch auf und fängt an, Einfälle in ein Notizbuch zu kritzeln.

Jetzt weiß Hope, dass ihn das auf eine neue Spur gebracht hat. Er war der festen Überzeugung, dass die abstrakte Genauigkeit von Geometrie und Messwerten mit den ungenauen und veränderlichen Dimensionen lebender Gegenstände im Grunde nichts zu tun hatte, die wesensmäßige Unebenheit der natürlichen Welt nicht in den Griff bekam. Die natürliche Welt ist voller Irregularitäten und willkürlicher Abweichungen, doch die Mathematiker in ihrem antiseptischen, staubfreien, schattenlosen, hellerleuchteten abstrakten Reich hätten den Kohl gern kugelförmig, bitteschön. Keine Beulen, keine Falten, keine Dellen oder Kerben. Keine Überraschungen.

Als ich von der Hauptstraße auf den Lateritweg abbog, der nach Sangui führte, empfand ich eine ausgeprägte und ungewöhnliche Freude. Als ich das Gefühl weiter analysierte, merkte ich, dass ich mich tatsächlich darauf freute, wieder an die Arbeit zu gehen. Die zwei Tage in der Stadt und das Zusammensein mit Usman hatten eine belebende Wirkung gehabt. Das hatte ich gebraucht, und jetzt war ich wieder frisch. Das ganze Leben beruht auf Gegensätzen, pflegte Professor Hobbes immer zu sagen. Man kann nichts genießen, wenn es keinen Gegensatz dazu gibt. Ich lächelte in mich hinein, als ich an ihn dachte. »Alles hat seine Ebbe und Flut« hieß ein anderer Spruch von ihm, der bei jeglicher Beschwerde oder Jammerei angewandt wurde, sodass es einen rasend machte. Komischerweise schien er immer zu wirken. Ich war einmal zu ihm ins Büro gegangen, um mich über schadhafte Geräte oder sonst ein Unrecht zu beklagen. Er hatte mir ins Gesicht gesehen, mir den Arm getätschelt und gesagt: »Hope, meine Liebe, alles hat seine Ebbe und Flut.« Ich war wieder gegangen, besänftigt, getröstet und irgendwie auch klüger, wie mir schien.

Durch mein Nachdenken über die Weisheiten von Hobbes hätte ich bei der Durchfahrt durch Sangui beinahe Alda übersehen. Ich nahm mit halbem Blick wahr, wie er mir vom Eingang einer Hütte zuwinkte, doch da war ich praktisch schon aus dem Dorf hinaus. Ich hatte keine Lust anzuhalten, deshalb hupte ich und rumpelte weiter den Weg nach Grosso Arvore entlang. Ich war mir auch nicht ganz sicher, ob das nun ein Willkommensgruß gewesen war oder ein Haltesignal. Überhaupt, sagte ich mir, wenn er mich sprechen wollte, wusste er, wo ich zu finden war.

Als ich den Landrover in der Garage parkte, hupte ich dreimal laut, um das Küchenpersonal zu mobilisieren. Martim und Vemba waren schon dabei, die Vorräte abzuladen, als ich aus dem Fahrerhaus geklettert kam. Ich streckte mich und gähnte, und während ich das tat, sah ich Mallabar eilig von seinem Bungalow über die Straße laufen. Ich sah auf die Uhr –

kurz nach vier. Wir waren gut durchgekommen. Aber ich war überrascht, ihn um diese Tageszeit zu Hause anzutreffen, und als er mir mit großen Schritten entgegenkam, sah ich, dass er sich über irgendetwas aufregte. Ich setzte ein Lächeln auf.

»Was gibt's, Eugene?«, fragte ich.

»Hope …« Er blieb vor mir stehen. »Scheußlicher Unfall. Es tut mir so leid. Ich versteh das einfach nicht.«

Er war ganz gegen seine Art aufgewühlt. Wie man das in solchen Augenblicken tut, bereitete ich mich instinktiv auf die schlimmstmögliche Nachricht vor. Mein Vater oder meine Mutter. Meine Schwester …

»Was ist?«

»Ein Brand. Es hat gebrannt. Dein Zelt … ich versteh nicht, wie das passiert ist.«

Mallabar berichtete mir von den Ereignissen, während wir die Main Street entlang zu meinem Zelt liefen. Meine enorme Erleichterung machte jetzt eher irdischen Sorgen Platz. Es sei in der Nacht meiner Abreise passiert, erzählte er mir. Toshiro hatte die Flammen gesehen. Anscheinend hatte Liceu, der Boy, der bei mir sauber machte, achtlos einen Zigarettenstummel weggeworfen.

»Aber Liceu raucht gar nicht«, sagte ich.

»O doch, ich glaube schon.«

Wir blieben unter dem großen Baum stehen. Durch die Hibiskusbüsche an der Straßenbiegung konnte ich so eben die Vorderseite meines Zeltes erkennen. Sie sah unbeschädigt aus.

»Bloß ein kleiner Brand?«, fragte ich hoffnungsvoll.

»Nicht ganz so klein.«

Wir gingen weiter. »Wo ist Liceu?«

»Ich hab ihn gefeuert. Auf der Stelle.«

Mein Zelt war in der Tat halb zerstört, die hintere Hälfte. Die Vorderseite sah gut aus, aber die Rückseite bestand nur aus einem verkohlten Stützpfeiler und ein paar Fetzen verbranntem Segeltuch. Das Blechdach war voller Beulen und Blasen. An einer Seite stand ein kläglicher Stapel mit meiner lädierten Habe. Das Bett – ruiniert; mein Kleiderkasten – verkohlt.

»Meine Kleider.« Ich spürte, wie mich eine jähe Mattigkeit befiel.

»Es tut mir so entsetzlich leid, Hope.«

Ich fuhr mir mit den Fingern auf beiden Seiten am Gesicht herunter.

»Wir haben ein paar Kleinigkeiten herausgeholt«, sagte Mallabar. »Und ich glaube, du hattest ein paar Sachen in der Wäsche.«

Wir gingen hinein. Mein Schreibtisch war entsetzlich versengt, stand aber noch. Nach einigem Zerren bekam ich die Schublade auf. Schwarze aufgeweichte Klumpen. Asche. Meine Briefe, ein paar Bücher. Meine gesamten Feldbeobachtungen und mein Protokollheft.

Ich ging in meinem verwüsteten Zuhause herum. Fast ein Jahr hatte ich hier gewohnt.

Mallabar war offenkundig besorgt; er rang richtig die Hände. »Wir lassen das in Ordnung bringen. Wieder herrichten. So bald wie möglich.«

»Meine gesamten Feldbeobachtungen sind hin. Und das Protokollheft auch.«

Er zuckte zusammen vor Mitgefühl. »Verdammt. Mein Gott. Ich hab's gewusst – ich hab den Schreibtisch gesehen. Hab nicht gewagt nachzuschauen.« Er lachte traurig auf. »Ich hab gebetet, du hättest sie mitgenommen.«

»Leider nein.«

Ich zog in die Erfassungsstelle. Es war ein langes, schmales Fertighäuschen – aus Armeebeständen, nahm ich an –, das in der guten alten Zeit einmal acht Erfassungsmitarbeiter beherbergt hatte. An einem Ende richtete ich mir ein behelfsmäßiges Quartier ein. Es wurden ein neues Bett und ein Segeltuchklappstuhl herangeschafft. Das bildete, mit den paar Kleidungsstücken, die aus der Wäscherei kamen, den dezimierten Bestand meiner persönlichen Habe. In mancherlei Hinsicht war mein neues Zuhause besser als mein altes – so hatte ich zum Beispiel Holzbohlen unter den Füßen –, aber das hob meine Stimmung nicht. Ich kam mir auf einmal unglaublich provisorisch vor, wie jemand auf der Durchreise, den man für eine Nacht unterbringen muss.

Am Abend regten sich meine Kollegen in der Kantine für mich auf und waren voller Mitleidsbekundungen. Mallabar versprach noch einmal, dass mein Zelt so bald wie möglich repariert würde, und Ginga stiftete einen Schreibtisch und einen leuchtend grünen Teppich, damit ich etwas hätte, woran ich arbeiten konnte und was die Hütte etwas fröhlicher machte. Sie waren nett zu mir, aber letzten Endes war es mein Unglück und für sie nur ein Zwischenfall. Selbst die Zerstörung meiner Feldbeobachtungen war von untergeordneter Bedeutung. Meine Arbeit in Grosso Arvore war nicht mehr als ein Beobachtungsauftrag; die Hauptarbeit des Projekts würde von dem Verlust meiner Daten unberührt bleiben.

Ich fragte Toshiro, der den Alarm ausgelöst hatte, wie der Ablauf der Ereignisse genau gewesen sei. Er sagte, er habe allein im Labor gearbeitet, sei zur Hintertür gegangen, um frische Luft zu schnappen, und habe den Rauch gesehen. Er sei hingerannt, doch da stand die Rückseite meines Zeltes schon in hellen Flammen. Er habe um Hilfe gerufen und sich ein paar Kleinigkeiten (ein Waschgestell und Emaillebecken – wo war das?) von vorne geschnappt, ehe die Hitze ihn vertrieb. Andere seien angekommen, und schließlich hätten von Hausers Duschkabine angeschleppte Eimer mit Wasser die Flammen gelöscht.

»Ein Glück, dass wir Antons Dusche da hatten«, sagte er. »Sonst wäre alles hin.«

»Wo war Hauser?«

Toshiro runzelte die Stirn. »Ich weiß nicht. Nein, eigentlich glaube ich, er war zur Futterstelle gegangen.«

Ich schwöre Ihnen, erst da dachte ich zum ersten Mal, der Brand sei womöglich absichtlich gelegt worden. Sie halten mich vielleicht für übermäßig naiv, doch Mallabars Besorgnis und sein offenkundig aufrichtiges Mitgefühl hatten mich überzeugt.

»War Eugene irgendwo in der Nähe?«

»Ja, doch. Nach mir war er als erster zur Stelle. Er hatte auch die Idee, Wasser von der Dusche zu holen.«

Hauser nicht in seinem Labor und Mallabar ganz in der Nähe. Ein Brand, verursacht von einem angeblich achtlosen Raucher, der jetzt entlassen war und nicht da oder in der Lage, sich zu verteidigen. Kein schwerer Schaden entstanden, und nur geringfügige Unannehmlichkeiten für das Opfer. Aber die Daten eines Jahres in Rauch aufgegangen. Ich dachte weiter: Theoretisch hätte ich nicht einmal weg sein sollen – ich hatte mich mit dem Vorrücken auf dem Einkaufsplan einverstanden erklärt, um Mallabar einen »Gefallen« zu tun.

Als ich mein Tablett abräumte, kam Hauser herein. Er marschierte geradewegs auf mich zu und legte mir die Hände auf die Schultern. Einen schrecklichen Moment lang dachte ich, er wollte mich umarmen, doch ein unwillkürliches und automatisches Versteifen meinerseits muss wohl gegen die Klugheit dieser Vorgehensweise gesprochen haben, und er begnügte sich mit einem kummervollen, eindringlichen Blick in meine Augen.

»Ach, Hope«, sagte er. »Das ist eine fiese Geschichte. Wirklich fies.«

Er war gut, so gut wie Mallabar, aber das war egal: Ich überlegte bereits, wie ich mich an den beiden rächen könnte.

Als Nächstes erkundigte er sich nach meinen Habseligkeiten. Hatte ich dieses verloren? Konnte er es durch jenes ersetzen? Ich nahm freudig sein Transistorradio als Leihgabe an.

Die Vails hatten mich auf einen Drink in den Bungalow eingeladen. Ich hatte rasch zugesagt; ich freute mich nicht sonderlich auf meine erste Nacht in der Erfassungshütte.

Wir saßen da – Ian, Roberta und ich – und tranken Bourbon. Roberta hatte sich viel Mühe gegeben mit ihrem Zweizimmer-Cottage. Es war gemütlich und bequem, mit Korbstühlen und hellen, sich überlappenden Teppichen auf dem Fußboden. Die Wände waren hellblau gestrichen und mit Bildern – einheimischen naiven Ölgemälden – und Fotos von früheren Forschungsprojekten behängt, an denen sie mitgewirkt hatten. Ian in Borneo mit Orang-Utans. Roberta nach dem Examen, das zusammengerollte Diplom mit zwei strammen Fäusten an sich gepresst. Ian und Roberta am Institute for Primate Studies in Oklahoma, wo sie sich kennengelernt und geheiratet hatten.

Roberta war an dem Abend merkwürdig entspannt und bemutterte mich auf eine ziemlich gluckenhafte Art. Sie zog eine Packung ihrer Mentholzigaretten heraus und rauchte eine, graziös. Ich spürte, wie es im Zimmer von Ians Groll über diesen kleinen Akt häuslicher Aufsässigkeit knisterte. Ich paffte meine beißenden Tuskers vor mich hin, und bald hingen schwankende blaue Rauchschwaden in der Luft. Roberta wurde von dem Bourbon zunehmend blau und fing an, vorsichtig über Ginga Mallabar herzuziehen, sie stellte mich auf die Probe, um herauszufinden, ob ich nun Freund oder Feind war. Meine prononcierte Neutralität ermunterte sie, und dann wurden wir mit dem aufgestauten Ärger und Groll von ein oder zwei Jahren erfreut. Ginga kommandierte andere herum. Ginga hatte den Löwenanteil von Mallabars Honoraren an sich gerissen. Gingas unnötige und ungeschickte Einmischung bei Agenturen und Verlagen hatte die Veröffentlichung des Buches über ein Jahr verzögert und so weiter.

Ich saß da und hörte zu, nickte und sagte ab und zu etwas wie »mein Gott« und »Das ist ein bisschen happig«. Schließlich hörte sie auf und erhob sich langsam, wobei sie verkündete, sie müsse mal für kleine Mädchen.

Beim Hinausgehen machte sie an der Tür halt. »Wir sollten das öfter machen, Hope«, sagte sie.

Ich stimmte zu.

»Ich finde es nicht gut, wie wir uns abends alle nach Hause schleichen. Das ist so … so britisch. Nimm's mir nicht übel.«

»Ist schon in Ordnung«, sagte ich. »Ja, ich bin ganz deiner Meinung.«

»Na, das kannst du Ginga jedenfalls nicht zum Vorwurf machen«, sagte Ian Vail mit ätzender Pedanterie.

»Und warum nicht?«

»Weil sie Schweizerin ist.«

»Kommt aufs Gleiche raus.«

»Herrgott noch mal!«

Ich spürte, dass der Streit – der unweigerlich stattfinden würde, sobald ich weg war – sich jetzt gefährlich zusammenbraute, und fuhr deshalb mit einer banalen Bemerkung darüber dazwischen, dass allein schon die Geometrie der Campanlage ein ungezwungenes gesellschaftliches Hin und Her verhindere – dabei führte ich die lineare Ausrichtung entlang der Main Street an und die fast schon vorortmäßige Sorge um häusliche Abgeschlossenheit, wie sie sich in der Platzierung der verschiedenen Bungalows und Hütten ausdrückte etc. etc. Der Bourbon machte mich wortgewandt und bestimmt.

»Weißt du, Hope, daran hab ich noch gar nicht gedacht«, sagte Roberta stirnrunzelnd und ging in die Nacht hinaus zur Latrine.

Ian öffnete für einen Moment die vordere Tür, um etwas Rauch hinauszulassen. Der Bungalow war mit Fliegengittern ausgestattet, und zwei Motten nahmen die Gelegenheit wahr und flatterten herein.

»Soviel ich weiß«, sagte Ian mit schwacher Stimme, »raucht sie schon drei Jahre nicht mehr. Was ist nur in sie gefahren?«

Ich fand es nicht der Mühe wert, ihn zu korrigieren. Robertas kleines Geheimnis war bei mir sicher.

»Lass sie nur, Ian«, sagte ich. »Sie hat sich gut amüsiert, das ist alles. Meine Güte, von Ginga hält sie aber nicht allzu viel, nicht wahr?«

Er hörte nicht zu. »Sie war doch ganz locker, oder …?«, sagte er, als erstaune ihn das. Er sah mich an und lächelte mir entschuldigend zu. »Ich sag das nur«, erläuterte er, »weil sie vor dir immer etwas Angst hatte.«

»Vor *mir*?«

»O ja.« Er lachte nervös auf. »Haben wir doch alle.«

Ich beschloss, dieser Bemerkung nicht weiter nachzugehen. Ich dachte über etwas nach, was Meredith mir einmal erzählt hatte; eine der großen Grundwahrheiten des Lebens, sagte sie: Das *Letzte,* was wir je von uns erfahren, ist der Eindruck, den wir machen.

Ich schlief gut in der Erfassungsstelle, zweifellos vom Bourbon eingelullt, und ohne mich um das vielfältige Rascheln, Trippeln und Knistern zu kümmern, das aus den fernen Winkeln des langgestreckten Raumes drang. Hier wimmelte es von Eidechsen, und es wohnte etwas – ein Eichhörnchen, hoffte ich – unter dem Dach. Vor dem Einschlafen hörte ich das Ticken und Kratzen scharfer Krallen auf der Gipsplatte, als es über meinem Kopf hin und her, hin und her huschte.

Um sechs Uhr früh wurde ich von Joãos Klopfen wach. Wir gingen in die Kantine, um Tee zu trinken und mein Lunchpaket abzuholen. João sagte, er habe Liceu seit ein paar Tagen nicht gesehen – er sei sehr aufgebracht über seine Entlassung und sei fortgegangen. Ich meinte, wir sollten uns einmal treffen, wann immer er zurückkomme.

Als wir die Donau durchquerten, brachte ich João die

schlechte Nachricht vom Verlust meiner Feldbeobachtungen und des Protokollhefts bei.

»Ein ganzes Jahr«, sagte ich wehmütig. Jetzt, wo ich auf dem Weg zur Arbeit war, tat der Verlust auf einmal weh. »Wir müssen eben noch mal von vorne anfangen.«

»Also, ich glaube, ist nicht nötig«, sagte João und versuchte sich ein Lächeln zu verkneifen. »Ich hab selbst Notizen. Viele. Jeden Abend ich lass Alda abschreiben. Zum Üben. Du weißt, er ist nicht so gut zum Schreiben.«

»Seitdem ich hier bin? Alles?«

»Nur Tagesprotokoll.« Er zuckte die Achseln. »Natürlich, manche Tage bin ich nicht bei dir.«

»Aber ich war entweder mit dir zusammen oder mit Alda … Und Alda hat seine Notizen noch?«

»O ja. Ich prüfe jeden Abend.«

Ich ließ das Lächeln auf meinem Gesicht breiter werden. »Ich komm sie mir holen«, sagte ich. »Gleich heute Abend.«

»Natürlich.« Er war sehr zufrieden mit sich. »So nichts ist verloren.«

»Was würde ich nur ohne dich anfangen, João?«

Er lachte über mich, wobei er das Gesicht abwandte und ein gepresstes, schnaubendes Geräusch von sich gab. Ich klopfte ihm auf die Schulter.

»Gut gemacht, João«, sagte ich. »Wir werden noch berühmt.«

Wir kamen an eine Wegkreuzung. Zurück an die Arbeit.

»Okay«, sagte ich. »Wo fangen wir an?«

»Au.« João schlug sich mit der Hand an die Stirn. »Ich hab vergessen. Lena und ihr Baby, ich hab gesehen. Sie hat ein Junge.«

»Gehen wir sie suchen.«

Wir fanden Lena mittags in Gesellschaft von ein paar anderen aus der Südgruppe. Sie ruhten im Schatten eines Schwammbaums. Lena stillte ihr Neugeborenes, und Mr. Jeb, Conrad und Rita-Lu saßen um sie herum. Von Clovis, Rita-Mae, Lester und Muffin war nichts zu sehen.

João und ich gingen etwas näher heran als sonst und ließen uns nur etwa zehn Meter von Lena entfernt nieder. Ihr Baby war fast unbehaart und von blauschwarzer Farbe. Conrad lauste Mr. Jeb, doch ich sah an seinen regelmäßigen Blicken zu Lena hin, dass er von dem Baby eindeutig fasziniert war. Rita-Lu lag faul im Gras. Sie schien halb zu schlafen. Ich bemerkte ein kräftigeres Rosa an ihrem Hinterteil und womöglich Anzeichen einer Schwellung.

»Wir brauchen ein Namen«, sagte João leise, »für das Baby.«

Ich dachte ein Weilchen nach. »Bobo«, meinte ich schließlich. Ich hatte keine Ahnung, warum. João schrieb es auf seinen Beobachtungsbogen. »Bobo, männlich, Sohn von Lena.«

Conrad hörte auf, Mr. Jeb zu lausen, und zog langsam zu Lena hinüber. Sie hatte sich an den Stamm des Schwammbaums gelehnt. Bobo krallte sich schwach in ihr Bauchhaar – durch mein Fernglas konnte ich sehen, wie seine winzigen Fäuste sich an Fellbüschel klammerten – und saugte hungrig an ihrer rechten Brustwarze. Conrad rückte näher, und Lena stieß einen kleinen warnenden Bellton aus.

Conrad setzte sich in einiger Entfernung hin und starrte die beiden unverwandt an. Dann langte er, von Lena aufmerksam beobachtet, ganz langsam über den Abstand hinweg und berührte Bobos Rücken. Ich hatte immer angenommen, Clovis hätte Lena geschwängert, doch jetzt hatte ich das komische Gefühl, vielleicht sei Conrad Bobos Vater. Dann stand Lena auf und rückte von ihm fort. Ich sah, dass die Plazenta noch an ihr hing und die schwarze Schlinge der Nabelschnur noch mit Bobo verbunden war.

Ich setzte mich etwas anders hin, und weil ich dabei ein Geräusch machte, drehte Conrad sich um und sah mich an. Conrad mit seiner weißen Sklera hatte den beunruhigendsten

Blick, den ich je bei einem Schimpansen gesehen habe. Durch das Weiße um die braune Iris wirkten seine Augen so ausdrucksvoll wie die eines Menschen. Ich sah seine schwarze Schnauze an, den weiten dünnen Schlitz seines Mundes und die schweren Brauen … er schien ständig die Stirn zu runzeln, der gute Conrad, eine recht ernsthafte und würdevolle Persönlichkeit, die keine Neigung zu Frivolitäten an den Tag legte. Er kam einige Schritte auf mich zu und machte ein paar *panthoots*. Dann setzte er sich hin und starrte mich eine ganze Minute lang unentwegt an. Ich sah ihm ein, zwei Sekunden lang in die Augen und wandte mich dann ab.

Dann hörte ich in der Ferne noch mehr Huuh-Rufe und Bellen. Die anderen Schimpansen antworteten gleichfalls mit Huuh-Rufen. Bald kündigte Ästekrachen das Eintreffen von Clovis an, gefolgt von Rita-Mae, Lester und Muffin. Wie Conrad war auch Clovis sehr neugierig auf Bobo, aber Lena wollte ihn nicht heranlassen, sie bellte und zog Grimassen und kletterte einmal sogar in den Schwammbaum hinein. Clovis gab auf und machte sich davon. Als sich jedoch Rita-Mae näherte, war Lena viel weniger ängstlich und ging sogar so weit, dass sie Bobo ins Gras legte. Rita-Mae betrachtete ihn eingehend, allem Anschein nach fasziniert, und streichelte ihn ein-, zweimal sachte. Dann nahm Lena ihn hoch und bewegte sich wieder fort zum Rand der Gruppe hin.

Nachdem die Schimpansen so ein paar Stunden lang geruht hatten, rafften sie sich auf und zogen Richtung Norden ab. João und ich folgten ihnen. Sie machten bei einem Feigenbaum über dem Ufer der Donau halt, wo der Fluss eine tiefe Kluft durch die Gebirgsausläufer des Steilabbruchs schnitt. Wir sahen ihnen eine Weile beim Fressen zu. Ich beobachtete, wie Rita-Lu wiederholt ihren Genitalbereich berührte und an ihrem Finger schnüffelte. Sie kam in die Brunst.

Am Abend ging ich den Weg nach Sangui hinunter, um mir alle Feldbeobachtungen von João und Alda abzuholen. João hatte gesagt, er hoffe, dass vielleicht Liceu da sei.

Joãos Haus war eins der größten im Dorf und eins der wenigen aus Beton. Er saß auf der schmalen Veranda mit einem kleinen Baby auf dem Knie. Er erzählte mir, dies sei seine dritte Enkeltochter. Ich nahm das Baby, während er die Papiere holen ging. Sie war nackt, fett und beinahe eingeschlummert, schlaftrunken vom Füttern. In den langen weichen Ohrläppchen hatte sie kleine goldene Ohrringe, und um ihre Hüften lag eine Kette aus winzigen bunten Perlen. Ihr Nabel war eine kleine harte Kuppel, so groß wie ein Fingerhut. Ich streichelte ihr Haar und dachte an Lena und Bobo.

João kam mit seiner Frau Doneta zurück, die mir ihr Enkelkind abnahm. João trug ein großes Bündel Papiere, in der Hauptsache Abschriften der Tagesanalysebögen. Er drehte das Licht in der Verandalaterne höher, und ich sah sie rasch durch.

»Ist das alles?«, fragte ich ihn.

»Sogar die Verfolgung von heute«, sagte er.

Das war ideal. »Kommt Liceu?«, fragte ich. Ich brannte darauf, mit diesem Material wieder nach Hause zu kommen.

»Er ist schon da. Liceu!«, rief er in die Dunkelheit des Hofes. Nach einer kurzen Pause trat Liceu unbehaglich in den Lichtkreis der Laterne. Liceu war ein Teenager, etwa sechzehn oder siebzehn, ein ständig grinsender, ziemlich dämlicher Junge, der unbedingt Freilandassistent hatte werden wollen, aber weder die Fähigkeit noch die Geduld dazu mitbrachte. Er kam widerstrebend näher, Gekränktheit und Groll standen ihm im Gesicht geschrieben, und er fing unverzüglich und mit kampflustiger Überzeugung an, seine Unschuld zu beteuern. Ich ließ ihn ein Weilchen reden und reimte mir allmählich seine Version der Ereignisse zusammen.

Er habe mein Zelt aufgeräumt, sagte er, und er habe meine

schmutzige Wäsche in die Camp-Wäscherei gebracht. Er habe bei den Köchen im Hof gesessen und geschwatzt, da habe er einen Tumult gehört und sei hinausgerannt und habe das Zelt in hellen Flammen gefunden. Nein, sagte er, von Mr. Hauser oder Mr. Mallabar habe er nichts gesehen. Er habe keine Ahnung, wie der Brand entstanden sei.

Doneta brachte uns allen einen Becher mit süßem Tee. Ich zündete mir eine Zigarette an und bot João eine an. Er nahm sie. Liceu wetterte immer noch auf unangenehm monotone Art über die Ungerechtigkeit seiner Entlassung, als ich ihm beiläufig die Schachtel hinhielt. Er sagte sofort: »Nein danke, Mam«, und redete weiter. Zwei Sekunden später hielt er inne, merkte, was ich mit ihm gemacht hatte, und sah mich vorwurfsvoll an.

»Ah, Mam, du weißt, ich rauchen noch nie.« Er zog missbilligend die Luft durch die Zähne. Er breitete die Hände aus. »Sag ihr das, João.«

João bestätigte es. Ich beschwichtigte Liceu und entschuldigte mich, dass ich ihn so auf die Probe gestellt hatte. Wenn ich es vorher nicht gewusst hatte, so wusste ich es jetzt: Der Brand in meinem Zelt war nicht durch einen Zigarettenstummel von Liceu entstanden.

Später ging ich allein den Pfad nach Grosso Arvore zurück, ein dickes Bündel mit Freiland-Tagesprotokollen unter dem Arm. Die ovale Lichtpfütze von meiner Taschenlampe beleuchtete den Boden gut einen Meter vor mir, während ich nach Schlangen und Skorpionen fahndete, der Lichtstrahl war von tanzenden Nachtinsekten gesprenkelt. Ich war mir, ehrlich gesagt, nicht ganz sicher, was ich mit den ganzen Daten hier anfangen sollte, aber eins schien mir klar zu sein: Wenn Mallabar und Hauser meine Aufzeichnungen vernichtet haben wollten, dann sollte ich klugerweise versuchen, wieder eine Kopie meiner Forschungsarbeiten herzustellen, wie lückenhaft auch immer. Außerdem nagte etwas an mir, was

Roberta gesagt hatte: Wenn Ginga die Veröffentlichung des Buches um ein Jahr verzögert hatte, bedeutete das dann, dass die Publikation jetzt unmittelbar bevorstand? Und konnte das die Panik und die unziemliche Verschleierung der Sache mit dem toten Schimpansenbaby erklären? Sehr spannend war auch dieses ganze Gerede vom Geld. Mallabar war durch seine Arbeit in Grosso Arvore reich geworden; ich fragte mich, wie viel er wohl weltweit für die Fortsetzung von *Der friedliche Primat* und *Der Primat in der Entwicklung* erhalten würde?

In dieser Nacht saß ich in der Erfassungsstelle lange auf, analysierte die Informationen in Joãos und Aldas Feldprotokollen und fasste sie zusammen. Zur Sicherheit brauchte ich eigentlich von allem eine Kopie, doch die nächsten Fotokopiergeräte waren sechs Autostunden weit weg … Vielleicht könnte ich mich freiwillig melden, nächste Woche wieder die Einkaufstour zu übernehmen? Ich lächelte in mich hinein. Usman würde sehr überrascht sein.

Gegen Mitternacht kam ich zu den Aufzeichnungen des letzten Tages. Da stand, wie João Lena und ihr neugeborenes Baby gesichtet hatte … Ich blätterte um: Da, Alda hatte auf dem Südgelände sechs unbekannte Schimpansenmännchen gesehen. Ich runzelte die Stirn – das mussten Nordländer gewesen sein. Ich prüfte die Kartenangaben nach. Aldas Schätzungen zufolge waren sie ein gutes Stück südlich der Donau gewesen.

Ich stand auf und wanderte in der Erfassungshütte herum. Das war höchst ungewöhnlich. Seit der Spaltung der Gemeinschaft waren keine Nordschimpansen je so weit nach Süden gewandert … Ich gähnte, ging wieder zu meinem Schreibtisch zurück und räumte meine Papiere zusammen. Ich fragte mich, ob Ian Vail diese Wanderung bemerkt hatte; ob es nur eine vorübergehende Sache war, oder ob die kleine Schar von Nordländern sich noch immer im Süden aufhielt.

Ich zog mich aus, ging ins Bett und vergaß das Ganze. In der Nacht träumte ich von Hauser, der nackt aus seiner Duschkabine kam und mit einer Schachtel Streichhölzer in der Hand über das Gras zu meinem Zelt huschte. Er zündete ein Streichholz nach dem anderen an und hielt es vergebens an die Segeltuchplane. Dann erschien plötzlich Mallabar, zog seinen Hosenschlitz auf und pinkelte an die Wand. Sein Urin entzündete sich wie loderndes Benzin, und bald brannte das Zelt lichterloh. Dann flüchtete unter entsetzlichem Quieken Lena heraus, Bobo an ihren Bauch gepresst, die Plazenta hüpfte hinter ihr her und schleifte über den Boden …

Am nächsten Morgen konnte ich mich lebhaft an diesen Traum erinnern und überlegte vage, was mir mein Unterbewusstsein damit sagen wollte: Ich konnte keinen Sinn darin erkennen.

Als João kam, sagte er, er fühle sich krank – ein Fieber, meinte er. Ich schickte ihn nach Hause. In der Kantine holte ich mir meinen Proviant ab und machte mich auf den Weg nach Süden, um nach Lena und Bobo auszuschauen. Zusammen mit allen anderen aus der Südgruppe fand ich sie um die Mitte des Vormittags bei dem halbtoten Feigenbaum. Mir fiel auf, dass Lenas Plazenta über Nacht abgefallen war und dass nur eine etwa fünfzehn Zentimeter lange trockene, verschrumpelte Nabelschnur von Bobos unbehaartem Bauch hing. Außerdem hatte Rita-Lus Brunstschwellung zugenommen, und Mr. Jeb wie auch Clovis zeigten sich sehr daran interessiert, sie beschnüffelten und untersuchten ihren Genitalbereich, wann es nur ging. Mr. Jeb hockte sich sogar hin und präsentierte ihr seine spitzige Erektion, aber sie kreischte ihn an, und er hüpfte unverzüglich davon. Die Männchen schienen heute allgemein nicht so neugierig auf Bobo, doch Rita-Mae und Rita-Lu machten sich ständig an Lena und ihren Sohn heran. Lena war auf der Hut, erlaubte ihnen aber, sich über das Baby zu kauern, es anzustarren und ab und zu sacht mit den Fingern zu berühren.

Ich nahm meine Stellung ein und beobachtete sie fast drei Stunden lang. In meinem Kopf schwirrte es von Vermutungen und Hypothesen über den Brand und die Rolle, die Mallabar oder Hauser dabei gespielt haben mochten. Die Feldbeobachtungen hatte ich vorläufig in meinem Bett unter der Matratze versteckt, aber die Erfassungsstelle war nicht reich gesegnet mit Verstecken, und nach einiger Überlegung wurde mir klar, dass unter der Matratze die Stelle war, wo jeder zuerst nachgucken würde. Ich überlegte, ob ich nicht besser beraten wäre, die Aufzeichnungen bei João zu lassen, bis ich Kopien davon hatte, konnte mich aber nicht entscheiden. Ich fragte mich die ganze Zeit fruchtlos, was in aller Welt da vor sich ging.

Dann hörte ich ein Warnbellen, das mich aus meinen sich im Kreise drehenden Spekulationen riss. Ich schaute auf. Lena saß nun, Bobo an sich gedrückt, auf einem niedrigen Ast des Feigenbaums. Rita-Lu ging auf dem Boden zu ihr hin, eine Hand ausgestreckt. Hinter Lena sah ich Rita-Mae weiter oben im Baum klettern. Lena zeigte Rita-Lu die Zähne. Ich fragte mich, was mir entgangen war, die Atmosphäre war jetzt so offensichtlich gespannt und feindselig. Rita-Lu ließ sich nicht beirren, sie rückte mit ausgestrecktem Arm zentimeterweise näher heran, als wolle sie Bobo streicheln. Lena kreischte sie in schrillem und rauem Ton wütend an und stellte sich auf dem Ast auf, als wolle sie auf die Erde springen und weglaufen. Doch ehe sie eine weitere Bewegung machen konnte, schwang Rita-Mae sich aus den Baumästen über ihr herunter und warf Lena auf den Rücken. Alle drei fielen fast zwei Meter tief auf die Erde.

Auf diesen Tumult hin fingen die anderen Schimpansen an zu kreischen und Imponiergehabe zur Schau zu stellen, doch keiner mischte sich in den Kampf ein. Als Lena auf den Boden aufschlug, immer noch Bobo an sich gedrückt, packte Rita-Lu unverzüglich ihren freien Arm und schlug ihr die Zähne in die Hand, wobei sie heftig mit den Kiefern arbeitete und am Fleisch der Handfläche kaute. Lena kreischte vor Schmerz und versuchte mit schnellen, ruckartigen Bewegungen, die Hand frei zu bekommen. Rita-Lu hielt sie fest, und ich sah, wie ihr Lenas Blut aus den Mundwinkeln rann, während ihr Kopf hin und her gerissen wurde. Inzwischen war Rita-Mae wieder auf Lenas Rücken gesprungen und wollte Bobo dem Griff seiner Mutter entreißen. Dann zog sie sich zurück, stürzte sich schlagend und schnappend auf Lenas Gesäß und riss ihr das bloße Hinterteil übel mit den Zähnen auf.

Bei dieser neuen Attacke ließ Lena Bobo fallen, ihr Kopf bog sich mit einem Schmerzensschrei nach hinten. Sie wirbelte herum und sprang auf Rita-Mae zu, schnappte und schlug mit den Fäusten. Rita-Lu griff sich sofort das Baby und kletterte mit ihm in den Baum hinauf. Lena riss sich von Rita-Mae los und jagte ihrem Kind nach. Sie biss Rita-Lu in die Schulter und riss Bobo von ihr fort. Jetzt hatte Lena Bobo, doch unter ihr im Baum war Rita-Mae und schnappte und biss nach ihren Füßen, während Rita-Lu sie von oben mehrmals mit den Händen auf Kopf und Schultern schlug. Lena hielt sich zum Schutz einen Arm über den Kopf. Rita-Mae schnappte sich mit einer plötzlichen Ausfallbewegung Bobo und schlängelte sich mit dem Baby durch den Baum auf die Erde hinunter, während Rita-Lu den Angriff fortsetzte.

Bobo stieß einen schrillen Klagelaut aus, seine dünnen Arme schlugen nutzlos in der Luft herum. Rita-Mae machte einen Satz weg vom Baum und hielt Bobo dabei mit einer Hand von sich fort. Dann hockte sie sich auf einen Felsen und zog ihn an ihre Brust, als wolle sie mit ihm schmusen.

In dem Moment wusste ich, was sie vorhatte. Ich schrie sie an: »Rita-Mae! Rita-Mae!« Doch meine Stimme war nur ein weiteres Geräusch in dieser Kakofonie, und sie hörte mich nicht oder kümmerte sich nicht um meine verzweifelten Rufe. Bobo wand und krümmte sich in ihrem Griff, dann beugte Rita-Mae sich vor und biss ihn heftig in die Stirn. Ich hörte ein deutliches Knackgeräusch, als die zarte Hirnschale von ihren Zähnen zerschmettert wurde.

Bobo war sofort tot. Daraufhin brach Rita-Lu den Kampf mit Lena unverzüglich ab und zog sich weiter nach oben in den Feigenbaum zurück. Lena kam langsam auf die Erde herunter, erschöpft und aus den schlimmen Wunden an Hand und Hinterteil blutend. Der Lärm legte sich.

Ich sah mich um. Rita-Mae war dabei, Bobo aufzufressen. Sie machte sich über seinen Bauch her und zog mit den Zähnen die Eingeweide heraus. Sie schleuderte die Gedärme fort auf die Felsen. Rita-Lu kletterte unterdessen aus dem Baum heraus, umkreiste Lena – die laut und monoton zu kreischen begann – und schloss sich wieder ihrer Mutter an. Sie fraßen beide von Bobos Leiche, während Lena sie nutzlos ankreischte. Dann hörte sie abrupt auf. Sie schien jedes Interesse zu verlieren; ihre Empörung verschwand vollständig. Sie sammelte ein paar Blätter auf und tupfte sich damit die Wunde an ihrem Hinterteil.

Rita-Mae und Rita-Lu fraßen weiter das Baby auf. Lester kam zu seiner Mutter, aber sie schubste ihn heftig weg. Auch die anderen Schimpansen wurden anscheinend allmählich gleichgültig gegen das, was da vor sich ging. Nur Lena starrte weiterhin Rita-Mae und Rita-Lu an. Dann ging sie vom Baum weg und rückte über die Felsen gegen die beiden vor. Sie blieb knapp zwei Meter entfernt stehen und sah schweigend zu, wie sie ihr totes Baby verzehrten. Dann fing sie an zu wimmern und streckte die Hand aus. Zunächst ignorierte Rita-Mae diese Geste. Lena umkreiste die beiden. Auf einem Felsen fand sie einen Fetzen von Bobos Eingeweiden, hob ihn hoch, schnüffelte daran und ließ ihn fallen. Sie wimmerte erneut. Rita-Mae ließ Bobos Leiche fallen und ging auf sie zu. Lena wimmerte unterwürfig. Rita-Mae umarmte sie und hielt sie eine ganze Minute lang an sich gedrückt. Dann ließ sie Lena los und ging zu der Babyleiche zurück. Lena saß den ganzen restlichen Nachmittag da und beobachtete Rita-Mae und Rita-Lu, die träge an der Leiche fraßen. Als es Abend wurde und sie zu ihrem Nestplatz wanderten, schlang sich Rita-Mae die Fetzen von Bobos Leiche wie ein Tuch um die Schultern.

Mallabars Gesicht blieb still und unbewegt, während ich ihm erzählte, was ich gesehen hatte. Wir waren allein in der Erfassungsstelle, das Abendessen war beendet. Ich saß auf dem Bett, er am Schreibtisch. Ich kam zum Schluss. Er schaute nach unten, ich konnte seine Kiefermuskeln unter dem adretten Bart heftig arbeiten sehen.

»War der Freilandbeobachter bei dir?«, fragte er förmlich.

»Nein. Er war krank, daher hab ich ihn nach Hause geschickt.«

»Es gibt also keine anderen Zeugen.«

»Herrgott noch mal, ich stehe nicht vor Gericht. Ich hab gesehen –«

»Es tut mir leid, Hope«, fiel er mir ins Wort. »Es tut mir zutiefst leid, dass du so empfindest.«

»Wie empfindest? Wovon redest du?«

»Ich bin für diesmal bereit hinzunehmen, dass der Schock von dem Brand und dem Verlust der Forschungsarbeit eines Jahres eine Erklärung sein mag für diese … diese fantastische Geschichte.«

Er sah mich mit sorgenvollem Gesicht an. Ich sagte nichts.

»Auf der persönlichen Ebene«, fuhr er fort, »kann ich nur meine tiefe Verletztheit feststellen, dass du einen solchen Groll und solche Bitterkeit empfindest gegen uns hier, deine Freunde und Kollegen. Und egal was du denkst, wir sind deine Freunde.« Er stand auf. »Du hast dich verändert, Hope.«

»Gut.«

»Nein, das ist nicht gut. Und es tut mir leid für dich.«

Das machte mich wütend, aber er fing wieder an zu reden, bevor ich ihn unterbrechen konnte.

»Ich werde diesmal darüber hinwegsehen«, sagte er, »aber ich muss dich warnen, wenn du diese Hirngespinste nicht aufgibst, wenn du sie irgendjemand außerhalb dieses Zimmers gegenüber wiederholst, werde ich deine Tätigkeit hier beenden müssen, und zwar unverzüglich.« Er machte eine Pause. »Ich meinerseits werde mit keinem Menschen über diese Sache reden. Keinem Einzigen.«

»Aha.«

»Verstehst du?«

»Ich verstehe alles.«

»Dann bist du ein scharfsinniger Mensch, Hope. Lass also diese Torheiten bitte nicht weitergehen.« Er blieb an der Tür stehen. »Wir wollen nicht wieder darüber reden«, sagte er und ging.

In dieser Nacht habe ich hart gearbeitet. Als ich ins Bett ging, hatte ich das Konzept für meinen Aufsatz zum größten Teil fertig. Mein Titel gefiel mir auch: »Kindermord und Kannibalismus bei den wilden Schimpansen des Projekts Grosso Arvore«. Die Zeiten des friedlichen Primaten waren zu Ende.

DIE FERMATSCHE LETZTE VERMUTUNG

Eine Peanokurve. Die Weierstraßfunktion. Das Cauchysche Konvergenzkriterium. Die L'Hôpitalsche Regel. Ein Möbiussches Band. Die Goldbachsche Vermutung. Das Pascalsche Dreieck. Eine Poincarésche Karte. Die Fourier-Reihe. Die Heisenbergsche Unschärferelation. Ein Cantorstaub. Ein

Bolzanosches Paradox. Ein Julia-Satz. Die Reimannsche Hypothese. Und am schönsten: Die Fermatsche letzte Vermutung.

Was sind das für Sachen …? Warum interessieren sie mich so? Was haben diese Namen, diese merkwürdig poetischen Bezeichnungen so Betörendes und Faszinierendes an sich? Ich möchte über sie Bescheid wissen, sie verstehen, herausfinden, was sie machen, was sie zu bedeuten haben.

Und das ist vermutlich der heimliche Traum jedes Mathematikers. Dass eine Funktion, eine Zahl, ein Axiom, eine Hypothese nach ihm benannt wird … Das muss so sein wie bei einem Forschungsreisenden auf einem jungfräulichen Kontinent, der Bergen, Flüssen, Seen und Inseln Namen gibt. Oder bei einem Arzt: dass eine Krankheit, ein Zustand, ein Syndrom nach ihm heißt. Dann ist man im Geistesatlas der Zivilisation verzeichnet. Für immer und ewig.

Die Fermatsche letzte Vermutung.

Jetzt haben Sie bitte ein wenig Geduld. Ich liebe allein schon den Klang, es hört sich so schön an. Schauen wir mal, was es damit auf sich hat (ich fand es auch schwer: Formeln haben einen narkoleptischen Effekt auf mein Gehirn, aber ich glaube, jetzt hab ich es begriffen). Nehmen Sie die einfache Formel: $x^2 + y^2 = z^2$*. Setzen Sie für die Buchstaben Zahlen ein. Etwa:* $3^2 + 4^2 = 5^2$*. Bei allen hierzu proportionalen Zahlen stimmt die Formel. Zum Beispiel:* $9^2 + 12^2 = 15^2$*. Oder abwärts proportional:* $12^2 + 5^2 = 13^2$*. Umwerfend, nicht? Wieder ein Beispiel für den seltsamen Zauber, den eindringlichen Reiz der Zahlen.*

Und jetzt kommt im siebzehnten Jahrhundert Pierre Fermat daher, ein Beamter, dessen Hobby die Mathematik war. Er wollte wissen, ob dieselbe Proportionalität gilt, wenn der Exponent größer wird als zwei. Wenn man nun die Zahlen in die dritte Potenz setzt? Würde $x^3 + y^3 = z^3$ *sein? Die Antwort lautete Nein. Es klappte nie, egal wie hoch er den Exponenten ansetzte. Also stellte er seine berüchtigte letzte Vermutung auf.* *IST ›N‹ GRÖSSER ALS ZWEI, GIBT ES KEINERLEI POSITIVE GANZE ZAHLEN, FÜR DIE GILT:* $X^n + Y^n = Z^n$.

Dreihundert Jahre lang konnte niemand die Fermatsche letzte Vermutung beweisen oder widerlegen, und dabei ist man alle Exponenten »n« von 3 bis 125 000 durchgegangen. Spannenderweise hat Fermat selbst am Ende seines Lebens behauptet, er habe einen Beweis, der allerdings nie gefunden wurde, als man nach seinem Tod seine Papiere durchsah. Was mir an Fermats letzter Vermutung so gefällt, ist, dass sie immer noch zu den Annahmen über die Welt gehört, die beinahe ohne jeden Zweifel wahr sind und die nie jemand bestreiten würde, die wir aber letzten Endes nicht wirklich, materiell beweisen können.

Hope stapfte über das taufeuchte Feld auf die Hecke zu. Es war acht Uhr morgens, und über den Hügeln, die sich in dieser Gegend von Dorset an der Küste entlangzogen, lag ein grauer Seenebel. Sie sah auf ihre Karte, um sich zu vergewissern, ob sie an der richtigen Stelle war, und bog zu einer Ecke des Feldes hin ab. Als sie bei der Hecke war, hakte sie das Ende des Maßbands an einem vorspringenden Weißdornzweig fest und ließ das Band dreißig Meter weit abrollen. Die Hecke war dick, an der Basis vielleicht knapp zwei Meter breit, und wuchs auf einer kleinen Böschung. Auf den ersten Blick kam sie ihr wie eine alte Hecke vor, und in dem Fall, überlegte sie, würde sie wohl ihrer Datierungstheorie entsprechen. Sie schritt sie langsam ab. In der Hauptsache Weißdorn, doch es war auch ziemlich viel Holunder und Schlehdorn dabei. Bei näherer Untersuchung fand sie noch Feldahorn, Hartriegel und, eben noch innerhalb der für die Proben relevanten Dreißigmeterzone, eine kleine Stelle mit Stechpalme. Sie trug das alles in die Karte und ihr Protokollheft ein. Sechs Arten auf dreißig Meter: Der Theorie zufolge stand diese Hecke seit etwa sechshundert Jahren hier. Sie nahm eine kleine Bodenprobe für den Geologen mit und ging dann noch rasch auf die Suche nach Brombeersträuchern, doch in diesem Abschnitt gab es keine. Sie setzte sich auf einen Zauntritt und schrieb alles auf.

Die Studie über das Gut Knap war schon ziemlich weit gediehen. Die archäologische Arbeit war zum großen Teil bereits abgeschlossen: Die alten Tumuli, das Wildgehege, die keltischen Feldanlagen waren allesamt gründlich untersucht, kartografiert und beschrieben worden. Der Ökologe, der anfangs über die Hecken und Wälder arbeitete, hatte aus irgendeinem Grund gekündigt – daher die freie Stelle –, doch Hope fand so viele Ungenauigkeiten und Widersprüchlichkeiten in seinen Bewertungen, dass sie zu Munro sagte, sie würde noch einmal ganz von vorne anfangen müssen. Das hieß, dass sie viel mehr Arbeit zu tun hatte, als vertraglich vorgesehen war, aber dadurch war sie beschäftigt, und sie war dankbar dafür.

Ihr eigener Ansatz zu dem Problem der Datierung beruhte auf einer einfachen Formel, die sie entwickelt hatte, dass nämlich eine Strauchart in der Hecke hundert Jahren entsprach. Sie führte viele Probezählungen durch bei Hecken, deren Alter bekannt war (die älteste detaillierte Karte dieses Gutes datierte von 1565), und ihre Methode hatte sich als erstaunlich akkurat erwiesen, mit einer unwesentlichen Fehlergrenze. Daher hatte sie die Datierung aller kartografisch nicht erfassten Hecken recht zuversichtlich in Angriff genommen und bereits herausgefunden, dass es viel mehr mittelalterliche Hecken gab als bisher angenommen. Feldanlagen aus feudalen und angelsächsischen Zeiten wurden entdeckt, wo bisher eingehegte Felder aus dem achtzehnten Jahrhundert vermutet worden waren. Die Landschaftsgeschichte des Gutes war viel komplexer und umfassender als erwartet. Als Ergebnis ihrer Bemühungen waren 147 Hecken neu in Stufe Eins eingeordnet worden. In der Sprache der Konservatoren: Sie waren von alter und anhaltender historischer Bedeutung und um jeden Preis zu erhalten.

Zu ihrem vagen Erstaunen merkte Hope, dass sie so gründlich in ihrer Arbeit aufging, wie sie es nicht für möglich gehalten hätte. Sicher, es war schematische Routinearbeit, doch in dieser Routine und diesem Schematismus lag eine tiefe Befriedigung, wenn sie dadurch klare und unwiderlegbare Schlüsse ziehen konnte.

Ein weiterer Bonus lag darin, dass sie draußen im Freien war, solange das Tageslicht anhielt, und bei jedem Wetter durch die Hügel und Felder wanderte. In den Wochen, die sie jetzt dort war, hatte sie abgenommen – an die sechs Kilo –, und sie fühlte sich bedeutend fitter. Sie war nun mit der Klassifizierung der Hecken auf dem Gut beinahe fertig, und Munro redete ihr zu, rasch bei den vielen Wäldern und Gehölzen weiterzumachen.

Sie brannte darauf. Diese Seite ihrer Persönlichkeit hatte sie vergessen: das hartnäckige und genüssliche Anwenden ihrer Fachkenntnisse. Dazu hatte sie sich erzogen; dafür war sie ausgebildet worden. Ihr wurden Probleme präsentiert, und sie fand einen Weg zu ihrer Lösung. Es war ein Charakterzug von ihr, den sie, wenn er nicht gebraucht oder in Anspruch genommen wurde, irgendwie vergaß. In ihrem persönlichen Bild von sich selbst kam er nicht vor. Die von Phantasie und Wunschdenken bestimmte Ausgabe von Hope Clearwater spielte die professionelle Wissenschaftlerin in ihr gern herunter.

Jetzt, da sie wieder arbeitete, bereiteten ihr die unerbittliche Strenge ihrer Vorgehensweise, die unentwegte Fortdauer ihrer Routinearbeiten und der offensichtliche Erfolg ihres Experimentierens Freude und Genuss. Mit ihrer Arbeit brachte sie unbestreitbar etwas Konkretes zustande. Wie versteckt, wie beschränkt auch immer, fügte sie doch dem riesigen Hügel, der die Summe menschlichen Wissens darstellte, ein paar Sandkörner hinzu. Sie entdeckte Aspekte der englischen Landschaft, die unbekannt oder verborgen waren; und am besten gefiel ihr, dass sie beweisen konnte, dass sie recht hatte. Während ihre fortlaufende Dokumentation des Gutes wuchs und Karten überarbeitet und Daten korrigiert wurden, entwickelte sie einen stillen, aber soliden Stolz auf ihre Fähigkeiten. Ihr schlummerndes Selbstbewusstsein – nie sehr weit unter der Oberfläche – kam wieder ans helle Tageslicht hervor.

Munro war zufrieden und sagte es auch. Er hatte jedoch andere Prioritäten, die weitgehend von der Notwendigkeit bestimmt waren, das Projekt planmäßig abzuschließen. Hope widersetzte sich hartnäckig seinen Versuchen, sie zur Eile anzutreiben, da sie eine neue Datierungstheorie entwickelt hatte, die sogar noch präziser war, und es kaum erwarten konnte, sie zu testen. Munro war nicht so begeistert, da das eine weitere Verzögerung bedeuten könnte. Ihre Theorie war, dass die Anzahl von Brombeer-Unterarten in einer Hecke dem gleichen Schema folgte wie die Arten von Sträuchern, und sie hatte Munro die Wirksamkeit dieser Methode eines Tages sehr säuberlich bewiesen, damit er ihr mehr Mittel bewilligte (mit ein paar Assistenten würde sie das gesamte Gut in zwei Monaten schaffen, meinte sie).

Munro war beeindruckt, aber noch unentschlossen. Er werde sehen, ob es eine Möglichkeit gebe, ein oder zwei Assistenten einzustellen, sagte er, wies sie aber darauf hin, dass das Gut dreiundfünfzig namentlich bekannte Wälder und Gehölze umfasste, und bis auf zwölf waren alle undatiert.

Sie verließ das Feld und begab sich auf einen Wirtschaftsweg nach Coombe Herring, einem kleinen Dorf auf dem Gut. Es gab da eine lange Grabenböschung, die sich bis an den Rand des Dorfes erstreckte und die der Archäologe des Projekts als Teil der Umfriedung eines Wildgeheges aus dem frühen siebzehnten Jahrhundert eingestuft hatte. Die Datierung der Hecke auf der Böschung war problematisch, da sie fast vollständig aus Weißdorn bestand. Aus Neugier hatte Hope einen Brombeertest damit gemacht, und der hatte insgesamt zehn Unterarten zum Vorschein gebracht. Infolgedessen war sie sich sicher, dass die Grabenböschung zu einer Anlage gehörte, die bedeutend älter war als der Wildpark – eine alte Gemeinde – oder Landsitzgrenze vielleicht oder sogar ein Tumuluswall. Als sie dem Archäologen – einem Mann mit spitzem Kinn und bleichem Gesicht namens Winfrith – diese Annahme vortrug, war er beinahe ausfällig geworden gegen sie. Er wies sie darauf hin, dass er sich monatelang mit der Feststellung und Rekonstruktion der Anlage des Wildgeheges beschäftigt hatte, und ließ sie wissen, er habe keinesfalls die Absicht, wegen eines »Haufens Brombeeren« seine Karten neu zu zeichnen. Sie wollte noch ein paar Proben mehr aus Dreißigmeterbereichen entnehmen und ihn mit den Beweisen verunsichern.

Sie wanderte durch das kleine Dorf und einen tief liegenden Viehweg entlang, der um einen Hügel herumging und schließlich weiter nach East Knap führte, dem Dorf, wo sie wohnte. Der Tag war selbst für September kühl, mit frischem Ostwind und einem dunklen Himmel, an dem sich dichte Wolken ballten. Sie kletterte den Abhang neben dem Weg hinauf, stieg über einen Zauntritt und nahm eine Abkürzung durch ein kleines Wäldchen mit Haselgestrüpp zu der umstrittenen Grabenböschung hin.

Sie vermaß ihre erste Dreißigmeterzone und begann, mit einer Baumschere Proben von der Fülle von Brombeersträuchern zu sammeln, die zwischen dem Weißdorn wuchsen. Sie arbeitete gleichmäßig und sorgfältig, tat die Proben in Plastikbeutel und etikettierte sie. Der Wind zerzauste ihr Haar, und sie hatte den Geruch von Erde und moderndem, von ihren Füßen aufgewirbeltem Laub sowie den staubigen grünen Geruch der Hecke in der Nase.

Sie pflückte sich eine Brombeere ab und aß sie, und der

weinartige, saure Geschmack breitete sich in ihrem ganzen Mund aus. Sie hörte Vogelsingen und das unruhige Schlagen der vom Wind geschüttelten und gezausten Ulmensträucher über ihr. Durch die Zwischenräume in dem Weißdorn erkannte sie das sanfte Ansteigen der Hügel an der Küste und ahnte die Kälte des Ärmelkanals dahinter mehr, als dass sie sie sah. Hinter ihrem Rücken breitete sich die Landschaft von Dorset aus. Die sanften Hügel, die Felder und Wälder, die flachen Täler mit ihren Gehöften und Dörfern. Sie war innerlich ruhig und von ihrer Aufgabe erfüllt, und alle ihre Sinne waren angeregt, als sie in einer Landschaft, die sie inzwischen so gründlich kannte wie nur irgendeine in ihrem Leben, am Fuße einer Weißdornhecke niederkauerte. Kein Wunder, dass sie ihre Arbeit liebte, dachte sie, kein Wunder – wie sie schuldbewusst hinzufügte –, dass sie kaum je an John dachte.

Das Projektbüro lag im Stallgebäude von Knap House, eine langgestreckte Dachstube über einer Reihe von Pferdeboxen. Jeden Freitag fand eine Versammlung statt, auf der über die jeweiligen Fortschritte aller Projektmitarbeiter berichtet wurde. Munro führte den Vorsitz, mit gleichbleibender Diplomatie und Freundlichkeit. Hope kam etwas zu spät, sodass Munro und Winfrith schon auf sie warteten. Sie übergab Munro, einem Bodengeologen, die tagsüber genommenen Bodenproben und setzte sich an den runden Tisch. Winfrith war für die Versammlung mit dem Auto aus Exeter gekommen, wo er jetzt die meiste Zeit verbrachte und mit der Projekthistorikerin arbeitete, einer Frau namens Mrs. Bruton-Cross, der Hope noch nicht oft begegnet war. Das waren ihre drei Kollegen, aber sie hatte hauptsächlich mit Munro zu tun, der die einzelnen Unternehmungen beaufsichtigte und koordinierte. Von Montag bis Freitag arbeitete sie praktisch selbstständig. Munro rief sie abends an, wenn er etwas Bedeutsames mitzuteilen hatte.

Die Versammlung dauerte wie üblich eine halbe Stunde, und Winfrith brach sofort nach Exeter auf. Munro machte für Hope noch eine Tasse Kaffee.

»Bist du Samstag hier, Hope?«, fragte er sie. »Marjorie und ich haben überlegt, ob du vielleicht …«

»Tut mir leid. Ich fahr leider nach London«, sagte sie rasch und gab sich Mühe, dass ihr Tonfall keine Erleichterung verriet. Sie war einmal bei Graham und Marjorie Munro zum Abendessen in dem kleinen Cottage in West Lulworth gewesen, und das hatte genügt. Es hatte sich als eine Ewigkeit von angestrengter Unterhaltung und weinlosem Essen erwiesen. Der eine kleine Sherry, den sie vor dem Essen angeboten bekommen – und ausgetrunken – hatte, stellte sich als der einzige alkoholische Bestandteil der Darbietungen des Abends heraus. Als sie sich durch Marjories extrafeinen Schmortopf (Rezept auf Wunsch gern zur Verfügung gestellt) futterte, war Hope von einem solchen Verlangen nach Alkohol gepackt worden, dass sie eine Entschuldigung vorbrachte (Erkältung im Anzug) und noch vor dem Kaffee ging, geradewegs in die nächste Kneipe, ehe diese zumachte.

»Schade«, sagte Munro aufrichtig. »Marjorie hätte sich gefreut, John kennenzulernen.«

»Ach, er kommt ja mal wieder«, sagte Hope unbestimmt. »Ich geb dir rechtzeitig vorher Bescheid.«

»Grüß den ›Big Smoke‹ von mir«, sagte Munro.

»Was?«

»Grüß den –«

»Natürlich. Auf jeden Fall.«

Sie fuhr zurück nach East Knap, packte ihre Tasche und nahm ein Bad, ehe sie zum Bahnhof in Exeter aufbrach.

Sie saß im Zug, trank Bier und sah auf die dämmrige Landschaft hinaus. Jedes Mal, wenn sie von Knap wegfuhr, hatte sie größeres Heimweh danach, stellte sie fest. Wäre sie dageblieben, hätte sie das ganze Wochenende weitergearbeitet. Sie brauchte keine Erholung; diese Fahrten nach London waren inzwischen so etwas wie eine lästige Pflicht. Und sie merkte, dass sie allmählich eine Abneigung gegen die Stadt mit ihrem Lärm und Schmutz entwickelte: den ›Big Smoke‹. Sie goss sich Bier in ihren Plastikbecher nach. Aber da stimmt etwas nicht, sagte sie sich: Sie sollte doch wohl glücklicher sein bei dem Gedanken, John wiederzusehen?

Am Samstagmorgen saß John im Schlafanzug da und starrte aus dem Küchenfenster die Türme des Natural-History-Museums an, die hinter den Schornsteinen und Giebeln dieses Teils von Kensington aufragten. Er machte kleine Schnalzlaute mit der Zunge und tippte sich im Takt dazu mit dem Zeigefinger ans Kinn.

Hope beobachtete ihn über den Rand ihrer Zeitung hinweg. So ging das nun schon fast zehn Minuten lang – einfach zum Fenster raus starren und Schnalzlaute machen.

»Hättest du heute Nachmittag Lust auf einen Film?«, fragte sie und versuchte, sich nicht irritieren zu lassen.

»Kann leider nicht. Ich geh ins College. Ich hab mich für den Computer angemeldet.«

Hope zwang sich, vernünftig zu reden. »Wie lange bleibst du?«

»Bin etwa …« Er drehte sich um und sah sie an, dann legte er nachdenklich den Kopf auf die Seite. »… am frühen Abend zurück. Wenn alles klappt.«

»Okay.« Sie stand auf. Sie zog sich den Regenmantel an und nahm ihre Tasche. »Ich geh raus.«

»Schön. Bis dann.« Er studierte wieder die Türme des Natural-History-Museums.

Der Sonntag war besser. Sie gingen zum Mittagessen zu Freunden aus dem College, Bogdan und Jenny Lewkovitch. Er war ein molliger, blonder Pole; Jenny war Engländerin, zierlich und zurückhaltend. Sie wohnten in Putney und hatten zwei kleine Kinder. Beim Essen war John munter und zog auf amüsante Art über seine Kollegen her.

Bogdan war Physiker. Auf dem Weg zum Essen hatte John gesagt, dass er, dessen ungeachtet, seinen Verstand schätze. »Was«, fügte er hinzu, »bei mir ziemlich selten vorkommt, weil ich mich normalerweise nicht viel mit Physikern abgebe.«

»Wieso?«, sagte Hope, wobei sie sich verschwommen fragte, wie er wohl Ökologen einstufte, die Hecken in Dorset datierten.

»Wieso? Weil sie – die meisten von ihnen – nicht zugeben wollen, dass das, was sie tun, im Grunde alles Mathematik ist. Sie meinen, sie leisten da etwas Großartiges mit ihren teuren Maschinen, etwas Weltbewegendes. Aber eigentlich ist das alles Mathematik.«

Sie fuhren die Fulham Palace Road Richtung Putney Bridge hinunter. Hope sah aus dem Fenster zu den Bäumen im Bishop's Park hin. Die Sonne schien, und die Rosskastanien fingen eben an, gelb zu werden. Sie dachte an die Arbeit, die in den Wäldern und Gehölzen von Knap auf sie wartete, und sehnte sich dorthin zurück. Zum ersten Mal tat ihr John mit seiner sauberen, luftlosen Welt der perfekten Abstraktion ein wenig leid.

»Findest du das nicht etwas kindisch?«, fragte sie.

»Was?«

»Mein Fach ist besser als deins. Ätsche-bätsche-ätsche-bätsche.«

John lächelte. »Frag Bogdan. Wenn er ehrlich ist, wird er mir recht geben.«

Abends schliefen sie miteinander.

»Du bist ein schwieriger Kerl«, sagte sie und küsste seine lange Nase.

»Ich weiß«, sagte er. »Bloß gut, dass das bei dir anders ist, sonst säßen wir schön in der Scheiße.«

»Ja.«

Er ließ die Hand über ihren Bauch gleiten, legte ihr kurz die Handfläche um den Hüftknochen, dann fuhr er ihre Rippen hoch und umfasste eine Brust.

»Knochen, Knochen, spitze Winkel«, sagte er. Er schlug das Bettuch zurück. »He. Deine Titten werden kleiner.«

»Ich bin nicht mehr fett.«

»Das macht das ganze Rumstrolchen in den Rübenäckern von Dorset«, sagte er, in West-Country-Manier auf den Wörtern herumkauend.

»Du solltest dich freuen.«

Er legte sich zurück und lächelte in sich hinein.

»Wie läuft die Arbeit?«, fragte er.

»Mein Gott, ich kann's nicht fassen. Willst du das wirklich wissen?«

»Klar.«

»Ich erzähl dir mal von dieser faszinierenden Technik, die ich zur Datierung von Hecken entwickelt habe.«

»Ach ja?«

»Es hat damit zu tun, dass man die Zahl der Unterarten von Brombeeren feststellt. Das ist nämlich so –«

»Gute Nacht.«

Als Hope am Montagmorgen in East Knap die Tür zu ihrem Cottage aufschloss, spürte sie eine angenehme Regung im Bauch, eine aufgeregte Anspannung des Schließmuskels. Sie merkte, dass sie froh war, wieder hier zu sein. Sie hatte etwas Gewissensbisse deshalb, denn schließlich war das Wochenende nach dem schwierigen Samstag im Großen und Ganzen ziemlich gut gelaufen. Aber die greifbaren Empfindungen, die sie hatte, ließen sich nur schwer leugnen oder verdrängen.

Sie werkelte herum, packte erst einmal aus und machte

sich dann ein Corned-Beef-Sandwich. Beim Essen fiel ihr ein, dass John Corned Beef nicht mochte. Er könne den Geruch nicht ausstehen, sagte er. Er mochte auch nicht, dass sie es aß – er meinte, er könne es noch nach Stunden an ihrem Atem riechen …

Sie saß am Küchentisch und dachte über ihn und ihre Ehe und diese neue Zwiespältigkeit nach, die leichte, doch anhaltende Distanzierung von ihm, die sie im Laufe der Wochen immer stärker empfand. Vielleicht lag es an ihr, überlegte sie. Vielleicht hätte sie ihn nicht heiraten sollen? Oder überhaupt jemanden, wenn man es recht bedachte. Sie war immer davon ausgegangen, dass sie heiraten würde. Sie war immer ganz zuversichtlich gewesen, dass sie eines Tages jemandem mit genau der Art von seltsamer Anziehungskraft begegnen würde, nach der es sie verlangte. Sie kannte sich, oder glaubte sich zu kennen, und sie wusste, dass sie jemanden brauchte, der anders war, jemanden, der merkwürdig war und sehr interessant, wenn nicht gar schwierig … Genau wie John, im Grunde.

Vielleicht hatte sie die Dinge überstürzt, war sich ihrer Sache allzu sicher gewesen? Sie dachte an jene erste Begegnung zurück, den Augenblick, als sie gesagt hatte, ja, das ist der Richtige. Sie hatte *gewusst,* rein instinktmäßig sozusagen, dass er der Richtige wäre, ihrer wert war … Sie betrachtete ihr halb aufgegessenes Sandwich. Mein Gott, dachte sie, vielleicht bin ich das Opfer meiner eigenen Arroganz? Dass die Heirat mit John der endgültige Akt der Selbstsucht in einem ziemlich selbstsüchtigen Leben war?

Sie stand auf und ging sich Stiefel und Mantel anziehen, wobei sie sich befahl, mit dieser unablässigen Selbstbefragung aufzuhören. Es ist ein schönes Wochenende gewesen. Lass es nicht unter einer Riesenlast von Analyse versinken.

Sie sah auf die Uhr. Little Green Wood wartete auf sie.

Die ganze Woche über arbeitete Hope in den Wäldern und Gehölzen von Gut Knap. Sie fand, dass ihr diese Arbeit sogar noch leichter von der Hand ging als das Datieren der Hecken. Das Wetter war schön, aber kühl, und die Laubfärbung setzte eben ein. Sie liebte die Wälder zu dieser Jahreszeit, wenn die bleichen, zitronensaftfarbenen Sonnenstrahlen durch den schütter werdenden Baldachin des Laubs fielen und den Boden ganz scheckig aussehen ließen und die Luft immer so kalt war, dass ihr Atem kondensierte. In den Buchenwäldern und Haselhölzern, wo der Himmel abgeschirmt war und der Horizont unsichtbar, kam sie sich noch mehr abgeschnitten vor von der Welt und ihrer Hektik. Nur ganz gelegentlich war da ein Auto oder ein Traktor auf einer Landstraße in der Nähe zu hören oder das Pop-pop von jemandem mit einem Gewehr. Ansonsten war sie allein mit den wechselnden Schatten und Sonnenstrahlen der alten Wälder und hörte nichts als das endlose Säuseln der Brise von der Küste in den Ästen über ihrem Kopf.

John mochte das Cottage, sagte er, aber er war erst einmal da gewesen, kurz nach Hopes Ankunft in Knap und noch ehe sie sich dort richtig eingerichtet hatte. Jetzt hatte sie sich eindeutig behaglich eingerichtet, und im Lauf der Wochen war es für sie sehr zu *ihrem* Zuhause geworden. Doch als John wieder zu Besuch kam, bewegte er sich natürlicherweise ganz selbstverständlich und unbefangen darin, genau wie in ihrer Londoner Wohnung. Diese Ungezwungenheit, dieses Fehlen von jedem Bitte und Danke machte sie aus irgendeinem Grund rasend. Wenn er in den Zimmern umherging, ließ sie ihn nicht aus den Augen, als sei er ein unbeholfener Gast. Sie fand es blöde und lästig, wie er sich Kissen von den Sesseln holte, damit er es auf dem Sofa gemütlicher hatte, wie er für seine enormen »Kleinigkeiten zwischendurch« Kühlschrank und Speisekammer durchstöberte und dabei ihre Kekse aufaß, fast ihren ganzen Orangensaft austrank und halbleere Kaffeebecher, auf denen sich oben eine Haut bildete, auf dem Kaminsims stehen ließ. Sie selbst war auch keine Sauberkeitsfanatikerin, aber die räumliche Enge im Cottage zwang sie zur Ordnung. Mit einem anderen großen Erwachsenen in der Wohnung, der nicht ihr Anstandsgefühl besaß, kam es ihr jetzt allmählich schlampig und unordentlich vor.

»Meinst du, du könntest deine Jacke aufhängen?«, fragte sie ihn, als sie von einem Spaziergang zurückkamen und er die Jacke über eine Stuhllehne geworfen hatte.

»Sei nicht so zwanghaft. Wieso denn?«

»Das sieht so liederlich aus.«

»Ach was.«

»Doch. Ich häng meine ja auch auf.«

»Es ist bloß eine Jacke auf einem Stuhl. Ich hab doch nicht auf den Teppich gekotzt.«

»Es ist bloß etwas, was ich zufällig nicht leiden kann.«

»Dann häng du sie auf. Mein Gott, man könnte meinen, wir würden gleich inspiziert.«

Sie nörgelten und kritisierten das ganze Wochenende aneinander herum. Dann verkündete John, er würde gern noch ein paar Tage bleiben. Hope sagte, das wäre in Ordnung; dann könnten sie am Mittwoch gleich zusammen zu ihren Eltern fahren.

»Wozu um alles in der Welt?«, fragte John.

»Das erzähl ich dir jetzt schon seit Wochen. Ralphs siebzigster Geburtstag.«

»Oh. Ist da ein Fest?«

»Ja«, sagte sie mit übertriebener Langmut. »Ein großes Fest.«

»Dann komm ich nicht mit. Mein Gott, du weißt doch, dass ich solche Veranstaltungen nicht ausstehen kann.«

»In Ordnung«, sagte Hope, vage erstaunt, dass sie nicht wütender war. »Wie du willst.«

Manchmal kam John mit ihr in die Wälder hinaus, wenn sie arbeitete. Er störte sie nicht; er sagte, er sei ganz glücklich, wenn er ihr beim Herumlaufen, Messen und Sammeln zusehen könne. Bisweilen wanderte er alleine los und erkundete das Gut. Er fand eine Stelle, die ihm besonders gefiel, nicht weit von der Ruine des alten Herrenhauses aus der Zeit James' I.

Hier hatte man ein kleines Tal in einen Ziersee verwandelt, der nunmehr ziemlich verschilft und verschlammt war. Das ursprüngliche Landschaftsbild war an einer Talseite durch eine Koniferenpflanzung der Forestry Commission verschandelt, doch der Zugang zum See, der über einen langen offenen Reitweg oder Jagdweg führte, besaß noch immer einen merkwürdigen Zauber.

Jetzt wanderte man an dem zugewachsenen Pfad des Reitwegs entlang durch ein Buchenwäldchen. Links war der kleine Fluss, der den See speiste. Er war eingedämmt und gestaut worden, sodass das Wasser in einer Folge von Zierteichen und Wasserfällen herunterkam. Unmittelbar bevor man den See erreichte und während er noch von den Buchen verdeckt war, bog der Pfad scharf nach rechts ab, sodass man um eine dichte Gruppe grünschwarzer Eiben herumgehen musste.

Und dann präsentierte sich auf einmal die Aussicht. Das Silbertuch des Wassers, vom Himmel erfüllt, und dahinter grasige, mit alten Eichen und Linden besetzte Wiesen. Am anderen Ende des Sees war eine sorgfältig angelegte Ulmenallee, die das Auge zu einem fernen Denkmal hinlenken sollte, einer Säule aus rosa Granit auf dem Gipfel eines etwa eine Meile entfernten Hügels, doch das war nie gebaut worden.

Hope wusste natürlich von dem See, war aber nie aus der Richtung auf ihn zugegangen, die John gefunden hatte. Er nahm sie mit, um sich das anzusehen.

»Ist das nicht raffiniert?«, sagte er und wies auf die Eibengruppe, während er sie darum herumführte. »Gerade wenn du meinst, jetzt bist du da, musst du stehen bleiben, abbiegen, darum herumgehen, und dann: *Simsalabim!* Erwartung, Enttäuschung und dann der doppelte Effekt, weil du vorübergehend vergessen hast, was du hier eigentlich sehen wolltest.«

Hopes Eltern wohnten immer noch in dem Haus, in dem Hope den größten Teil ihrer Kindheit verbracht hatte. Es lag in Oxfordshire, nicht weit von Banbury, ein gerades langgestrecktes Haus in einem kleinen Dorf, das nicht allzu sehr von düsteren Sozialwohnungsbauten und schmucken Altersruhesitzen verunstaltet war. Aus nostalgischen Gründen nahm Hope von Banbury aus den Bus und ließ die alten Bilder aus der Vergangenheit vor ihrem inneren Auge Revue passieren, während sie nach Süden Richtung Oxford fuhren, wobei sie sich hier und da zur Seite verdrückten, um Dörfer östlich und westlich der Fernstraße anzusteuern.

Sie stieg am Dorfanger aus, wanderte an der Kirche, dem Friedhof und der Reihe gelber Gutleuthäuser vorbei, bog links in einen schattigen Weg ein, wo Bucheckern unter ihren Füßen knackten, und ging auf das Haus ihrer Familie zu.

Der weite Rasen vor dem Haus war von einem großen, blauweiß gestreiften Zelt überdeckt. Ein Lieferwagen war rückwärts in die Einfahrt gefahren, und Männer luden golden angestrichene Bugholzstühle und runde Span-Tischplatten ab. Aus dem Zelt hörte sie die Stimmen ihrer Mutter und ihrer Schwester, die den Arbeitern lautstark Anweisung gaben, wo sie ihre Ladung hinstellen sollten.

Sie drückte sich an dem Lieferwagen vorbei und schloss die Haustür auf. Sie stellte ihren Koffer unten an der Treppe ab und ging durch Wohnzimmer und Speisezimmer in die Küche. Überall standen Blumen, und die Luft war von dem Geruch von Blüten und Bienenwachspolitur erfüllt. Durch das Küchenfenster sah sie, wie ihr Vater am Ende des laubbedeckten Gartens hinter dem Haus etwas in dem Verbrennungsofen am Rande des Obstgartens verfeuerte. Sie ging zu ihm hinaus.

Hopes Vater war groß und dünn. Sein Haar, das sein Leben lang dicht und glänzend gewesen war, hatte sich in den letzten zwei Jahren rasch gelichtet, eine Tatsache, die er vorgeblich leichtnahm, die ihm in Wirklichkeit aber beträchtlich zu schaffen machte. Er war immer über Gebühr stolz gewesen auf sein Haar, und auf den vielen Fotos von ihm als junger Mann, die über das ganze Haus verteilt waren, fiel einem dieses Merkmal zuerst ins Auge. Vor dem Zweiten Weltkrieg hatte er als Matinée-Idol des West Ends eine kurze, doch einträgliche Zeit des Ruhms erlebt, aber selbst in jenen Tagen hätte man ihn nie im herkömmlichen Sinne gutaussehend genannt. Für die Leute sah er trotzdem gut aus, er war berühmt für sein Aussehen, weil er genau die Haare hatte – in einer weichen, glänzenden Kurve von einer makellosen Stirn zurückgekämmt, mit einem nicht allzu spitz zulaufenden Haaransatz –, die gut aussehende Männer haben sollten. Seine ziemlich kleinen Augen oder die etwas zu dünnen Lippen oder ob er nun einen Schnurrbart trug oder nicht (das kam und ging wie die Jahreszeiten), das fiel eigentlich niemandem auf, weil alle Blicke sofort an diesem stolzen, fast schon ungehörig üppigen Haarschopf hängenblieben.

Selbst grau hatte es noch gut ausgesehen, doch nun fiel es allmählich aus, und die ganze Pracht war dahin. Zum Trotz hatte er sich einen Bart wachsen lassen, eine Affektiertheit, die er bis dato lautstark verachtet hatte – taugt nur dazu, eine schwache Kinnpartie zu verbergen, meinte er –, doch das war eine ungleichmäßige, kräuselige Angelegenheit, als hätte der Körper seine gesamte Energie dafür verausgabt, beinahe siebzig Jahre lang erstklassiges, reinrassiges Haar zu produzieren, und wollte sich jetzt von der Arbeit ausruhen.

Hope trat leise von hinten an ihn heran. Er trug eine altertümliche Jacke, deren Tweed so abgenutzt war, dass er ihm wie ein Schal um die breiten Schultern hing, Jeans – erstaunlicherweise – und entsetzliche gelbbraune Wildlederschuhe.

»Hallo, Ralphie«, sagte sie. Einige seiner Freunde sprachen das immer noch wie »Raif« aus, doch seit er sich in den fünfziger Jahren von der Bühne zurückgezogen hatte, hieß er für die meisten Leute, seine Familie eingeschlossen, schlicht und einfach Ralph Dunbar.

Er drehte sich ohne Erstaunen um (sie war der einzige Mensch, der ihn so nannte) und kam ihr mit feierlichem Gesicht und ausgebreiteten Armen entgegen.

»Hopeless, liebste Hopeless«, sagte er.

Sie küsste ihn auf die bärtige Wange, und er drückte sie kräftig an sich.

»Herzlichen Glückwunsch zum Geburtstag«, sagte sie. »Leider hab ich kein Geschenk für dich.«

»Zum Teufel damit. Wie seh ich aus?«

»Blendend. Aber diesen Bart da kann ich nicht ausstehen.«

»Gib ihm eine Chance, Mädchen, gib ihm eine Chance.«

Sie schlenderten Arm in Arm zum Haus zurück. Ihr Vater roch nach Holzfeuerrauch und einem schwachen Moschusparfüm. Er experimentierte ständig mit verschiedenen Toilettenwassern und Aftershaves herum.

»Ich freu mich so, dass du da bist, Hopeless. Jetzt hab ich euch alle hier.« Er schniefte. »Mein Gott, die Wasserwerke. Geht das schon wieder los.«

Hope hatte nie einen anderen Menschen erlebt, ob Mann oder Frau, der so leicht zu weinen anfing. Es gehörte ebenso zu seinem Repertoire gefühlsmäßiger Reaktionen auf die Welt wie Stirnrunzeln oder Kichern.

Er wischte sich die Augen und umarmte sie noch einmal mit Leidenschaft. »Die Welt ist komisch, aber das Leben ist toll«, sagte er. Das war einer von seinen altbekannten Sprüchen. »Wunderbar. Ein großartiges Leben.« Sie waren an der Küchentür angelangt. Er wandte sich ihr zu.

»Wo ist überhaupt John?«

Hope sah sich ihre Schwester Faith immer ganz genau an, wenn sie Gelegenheit dazu hatte, und suchte in den geschwisterlichen Gesichtszügen nach Spuren ihres eigenen Aussehens. Lag da möglicherweise etwas Vertrautes in dem leicht kampflustigen Vorspringen der Unterlippe? Eine Übereinstimmung in dem kühnen Schwung der Augenbrauen? Würde sie überhaupt jemand, wenn er sie nebeneinander sah, für verwandt halten …? Was Hope anging, gab es da überhaupt keine Ähnlichkeit außer ihrem Lachen, das genau gleich war. Als man sie darauf aufmerksam machte, hatte Hope sich sofort Mühe gegeben, nie wieder auf diese Art zu lachen. Es war ihr tiefes Lachen, der ungezügelte Ausbruch von Heiterkeit. Es gab Zeiten, wo Hope das nicht zurückhalten konnte und wie ihre Schwester lachte. Zwei Faktoren verhinderten jedoch, dass die Leute sich darüber ausließen: Hope und Faith sahen einander sehr selten, und ihr Humor war völlig verschieden.

Sie hatte nichts gegen Faith, nur war der Abgrund, der sich am Ende ihrer Teenagerzeit zwischen ihnen aufgetan hatte, inzwischen so weit geworden, dass er unüberwindlich war. Vor zehn Jahren, kurz bevor ihre Schwester ihren Mann Bobby Gow heiratete, hatte sie der Familie verkündet, dass sie nicht mehr Faith genannt werden wollte: Von nun an sollte sie Faye heißen.

»Wie schade, dass John nicht kommen konnte«, sagte Faith/Faye jetzt zu ihr. »Es war doch der Sinn des Ganzen, die gesamte Familie zusammenzubringen.«

Sie saßen in der Küche und tranken Tee. Ralph war wieder im Garten. Ihre Mutter beaufsichtigte die Blumenarrangements im Zelt. Einen Moment lang dachte Hope daran, eine

Entschuldigung für John vorzubringen – Arbeitsüberlastung, eine Konferenz –, entschloss sich aber, Faye die Wahrheit zu sagen.

»Es ist so, er hasst solche Veranstaltungen. Da nimmt er sofort Reißaus.«

»Wie reizend.« Faye lächelte verständnislos. Das war eindeutig ein hochgradig anomales Verhalten. »Na, sag mal«, fuhr sie fort. »Es ist schließlich der siebzigste Geburtstag seines Schwiegervaters. Daddy nimmt sich das nämlich sehr zu Herzen. Er lässt es sich nicht anmerken, aber ich glaube, er ist ganz schön gekränkt.«

»Ralph ist das völlig schnuppe. Ich glaube sowieso nicht, dass er John sonderlich mag.«

»Unsinn! Hope!« In Fayes Welt liebten sich die Angehörigen einer Familie vorbehaltlos und immerdar.

»Ich glaube, ihr mögt ihn alle nicht.«

»Das ist nicht fair«, sagte Faye etwas verwirrt. Sie war an so viel Aufrichtigkeit nicht gewöhnt und versuchte, Zeit zu gewinnen. »John ist ... Natürlich mögen wir ihn. Wir haben ihn bloß noch nicht oft zu sehen bekommen, das ist alles.«

Hope ließ sie weiter protestieren. Faye hatte ein hübsches Gesicht – gleichmäßig geschnitten – mit einer perfekten Nase, wie Hope sie auch gern gehabt hätte. Hope hatte die Nase von ihrem Vater, lang und ganz leicht gebogen. Doch Faye behandelte ihr hübsches Aussehen fast wie etwas Peinliches. Sie trug ihr glattes, dunkles Haar streng und brav kurzgeschnitten mit einem säuberlichen Seitenscheitel. Ihr Make-up war minimal. Sie kleidete sich in die Uniform ihrer Klasse und Stellung – Rock mit Kellerfalte, eine Bluse oder seidene Hemdbluse, kleine taillierte Jacken, schlichte, flache Schuhe. Einmal hatte Hope angeregt, sie solle ihre Haare wachsen lassen, und Faye hatte erwidert, für sie sähen lange Haare immer schmutzig aus. Hope nahm die darin mitschwingende Beleidigung ohne Vorwurf hin.

Faye hatte drei Kinder – Timmy, Carol und Diana – und war mit einem Anwalt verheiratet, Bobby Gow, der in Banbury eine Kanzlei hatte. Wenn Hope über das Leben nachdachte, das Faye führte, war sie jedes Mal entsetzt, wie vergeudet es war, wie auch nur die geringste Aufregung darin fehlte, wie rigide es die Norm kultivierte. Als Teenager – Faye war drei Jahre älter – waren sie gute Freundinnen gewesen, doch als sie langsam erwachsen wurden, hatten sie sich in beinahe jeder Hinsicht auseinanderentwickelt.

Hope hegte den Verdacht, dass das Leben ihrer Schwester – oberflächlich heiter, glücklich und gut situiert – in Wirklichkeit ein langer Katalog von großen und kleinen Unzufriedenheiten war. Und sie sah, wie die Unruhe über dieses Los wie auch die endlosen Kompromisse, die sie machen musste, um damit leben zu können, sie mit jedem Jahr mehr verhärteten. Das Vergehen der Zeit bedeutete für Faye nur die zunehmende, erdrückende Unwahrscheinlichkeit, dass ihr Leben sich je ändern würde; das stetige Schwinden der Möglichkeit, je Alternativen zu ihrer gegenwärtigen Existenz – wie launenhaft, wie geringfügig auch immer – zu erkunden.

Hope hatte Mitleid mit Faye, wie sie da im Treibsand der Wohlanständigkeit, Bescheidenheit und Schicklichkeit versank, aber sie wusste, das war genau das Gefühl, die Mitleidsgeste, die sie nie zum Ausdruck bringen könnte. Faye würde eher *sterben* als zulassen, dass Hope Mitleid mit ihr hatte. So sollte es nicht zugehen auf der Welt: Das Abfinden mit dieser Langeweile, dieser Unausweichlichkeit, diesem So-tun-als-ob hatte doch allein den Zweck, dass Faye Mitleid mit Hope haben durfte. Nicht umgekehrt, ganz bestimmt nicht. Also sagte Hope nichts, und Faye fühlte sich etwas länger sicher.

Hope ließ den Teelöffel in der Tasse klingeln, während sie noch mehr Zucker einrührte. Es war Stille eingetreten.

»Wo ist Timmy?«, fragte Hope. Sie mochte Timmy, Fayes

achtjährigen Sohn. Er war ein ernsthafter, goldiger Junge mit seltsamen, zwanghaften Interessen.

»Tja, der ist nicht da.«

»Wo ist er denn?«

»Fort, auf der Schule. Seit vorigem Jahr. Hope, wirklich, ich glaube, du hörst überhaupt nicht hin, wenn ich dir was sage.«

Die Familie versammelte sich um sieben, bevor die Gäste eintrafen. Sie tranken Champagner auf Ralphs Wohl. Ralph hob zum Dank sein Whiskyglas und trug eine tränenreiche, ausgefeilte und extravagante Lobeshymne auf »seine ganz besonderen Lieblinge« vor. Hope fiel auf, wie gierig er seinen Drink hinunterstürzte und das Glas zum Nachschenken hinhielt. Wenn er in dem Tempo weitermachte, würde er den Nachtisch nicht erleben. Hope beobachtete, wie ihre Mutter leicht erstarrte, wenn auch nur für einen Moment. Ihre Mutter, Eleanor, war elegant in Rosa und Creme gekleidet, selbst ihr blondes Haar war mit einem leichten Erdbeerton durchsetzt. Sie war eine attraktive Frau, die in den Fünfzigern erkannt hatte, dass das Ansetzen von etwas Gewicht vorteilhafter war für ihr Aussehen als die Anstrengung ständigen Diäthaltens. Daher hatte sie sich gestattet, etwas molliger zu werden. Ihre Haut war frisch, und sie trug die zusätzlichen Pfunde mit Bravour. Hope erkannte, dass sie selbst jetzt noch begehrenswert war. Sie hatte große Brüste und strahlte allgemein den Eindruck verhätschelter, eleganter Weichheit aus. Für ihre Kleider und ihren Schmuck gab sie viel Geld aus. Sie war intelligent und scharfsinnig. Hope sah, wie sie diskret Ralphs Glas wegnahm, während er sich mit Fayes kleinen Mädchen befasste.

»Super, dass du kommen konntest«, hörte sie Bobby Gows Stimme neben sich. Sie drehte sich um. »Schade wegen John.«

»Na ja … unser Haufen. Die ganzen Einheimischen. Da würd ich an seiner Stelle auch Reißaus nehmen.«

Bobby Gow lächelte nervös und sah unsicher drein. Machte sie Spaß, oder war das ihr Ernst? Wenn er widersprach, würde sie ihn dann für spießig halten? Wenn er zustimmte, würde das unsolidarisch aussehen …? Hope konnte spüren, wie er die verschiedenen Möglichkeiten durchspielte.

»Vor lauter Arbeit kommt man nicht zum Vergnügen«, sagte er am Ende dümmlich und lachte kurz auf.

»Na ja. Wie geht's denn so, Bob?«, fragte Hope.

Er runzelte die Stirn und lächelte schwach. »Gut, gut … na, also, ich kann nicht klagen. Anwalte so vor mich hin.« Hope war überzeugt, das hatte er jedes einzelne Mal zu ihr gesagt, wenn sie sich begegnet waren.

»Wie macht Timmy sich so?« Sie fühlte sich schon langsam erschöpft.

Gow wedelte mit den Händen, um Unschlüssigkeit anzuzeigen. »Er braucht leider ein bisschen, um sich einzuleben. Aber es ist eine gute Schule.« Er schluckte und schaute seinen Champagner an. »Im Grunde genommen. Jedenfalls«, fuhr er fort, »tut es ihm gut, mal von der Mutter wegzukommen.«

»Wirklich? Wieso?«

Er antwortete nicht. »Andererseits fehlt er uns schrecklich, der alte Timbo. Vor allem den Mädchen.«

»Kann ich mir vorstellen.«

»Na egal. So ist das nun mal.« Er verzog das Gesicht zu einem Lächeln. Er sieht aus wie ein Mann, der Todesqualen leidet, dachte Hope, und darauf brennt, mir zu entkommen.

»Möchtest du noch einen Schluck«, sagte er abrupt und entriss ihr das Glas. Er ging mehr Champagner auftreiben, und Hope wandte sich ihren Nichten zu, Carol und Diana, die in ihren Festkleidchen hübsch anzusehen waren. Sie wünschte, sie könnte sie besser leiden.

Hope trug ein altes schwarzes Samtkleid mit langen Ärmeln und V-Ausschnitt. Ihre Haare waren locker um den Kopf herum aufgesteckt, und um den Hals hatte sie ein altes

Perlenhalsband von ihrer Mutter. Sie drückte sich unnötig in der Küche herum, da sie keine Lust hatte, sich wieder in das Gewühl im Wohnzimmer zu stürzen. Inzwischen waren die meisten Gäste eingetroffen, etwa achtzig insgesamt, und der Lärmpegel nahm mit jeder Minute zu, während sie Champagner tranken und sich mit Kanapees vollstopften.

Klein-Diana kam mit einem leeren Tablett in die Küche, und Hope gab ihr ein neues mit winzigen Vol-au-vents.

»Was ist das, Tantchen Hope?«, fragte Diana.

»Vol-au-vents. Und nenn mich bitte nicht Tantchen, Diana, okay?«

»Wie soll ich dich denn nennen?«

»Hope. So heiße ich.«

»Aber Mummy sagt –«

»Sag Mummy, mir ist das recht so. Ab mit dir.«

Hope folgte ihr nach draußen. Der Raum war gestopft voll mit Menschen. Die Männer, jung und alt, im Festtagsstaat; die Frauen – erstaunlich viele Blondinen darunter – angemalt und lackiert. Der Lärm war unerträglich.

»Hey, Hope! Hope Dunbar!«, sagte jemand laut und schleppend dicht neben ihr.

Sie sah sich um. Es war ein blonder junger Mann mit einem geröteten, strahlenden Gesicht, das ihr vage bekannt vorkam. Der Name fiel ihr nicht ein. Er küsste sie auf die Wangen.

»Wie geht's dir? Hab dich ja … mein Gott, wie lange eigentlich nicht gesehen? Du bist vor Kurzem in den Stand der Ehe getreten, nicht wahr?«

»Ja. Ich meine, ich bin verheiratet.«

»Warst du verreist? Du bist so braun. Läufst du Ski?«

»Nein. Ich hab den ganzen Sommer im Freien gearbeitet.«

»Tatsächlich?« Er war ehrlich erstaunt. »Was bist du denn? Reitlehrerin oder so was in der Art?«

»Ich bin Ökologin.«

»Oh …« Ein besorgter Ausdruck trat in seine Augen. »Hört

sich toll an. Jedenfalls –« Er begann, sich im Zimmer umzuschauen. »Wo ist denn der Glückliche? Würd ihn furchtbar gern kennenlernen.«

Hope stand neben ihrer Mutter, während die Gäste in das Zelt defilierten. Vor einem hölzernen Tanzboden waren im Halbkreis runde Tische aufgestellt. Dahinter standen auf einem Podium die Instrumente der Band – Klavier, Schlagzeug, ein gegen einen Hocker gelehnter Kontrabass und ein Saxofon in einem Eisengestell – und warteten auf die Musiker. Die Tische waren mit rosa Tischdecken gedeckt, das Zelt war mit rosaweißen Rüschenbändern ausgekleidet, und hier und da standen weiße Blumenarrangements auf gestutzten dorischen Säulen. Es sah hübsch und geschmackvoll aus. Alle wussten, wo sie zu sitzen hatten. Eleanor Dunbar lächelte ihren Gästen anmutig zu, wenn sie hereinkamen.

»Es sieht reizend aus«, sagte Hope.

Ihre Mutter sah sie an. »Du auch«, sagte sie. »Auf eine unordentliche Art und Weise.« Sie wies mit einer Geste auf Hopes Haare. »Du hättest sie dir von mir hochstecken lassen sollen.«

»Morgen bin ich wieder im Wald. Das ist doch kaum der Mühe wert. Sollen wir uns nicht setzen?«

Ihre Mutter hielt sie einen Moment lang zurück. »Hab ein Auge auf Ralph, ja, Liebes?«

»Wie meinst du das?«

»Na ja, ich muss von einem Tisch zum anderen gehen, und dann trinkt er zu viel, während ich weg bin.«

»Das ist sein siebzigster Geburtstag.«

Sie lächelte nicht. »Natürlich. Aber ich will nicht, dass er vor dem Hauptgang betrunken umfällt. Du sollst … einfach für mich auf ihn aufpassen.«

Sie gingen auf ihren Tisch zu.

»Er kommt mir ganz in Ordnung vor«, sagte Hope.

»Du warst ein Weilchen nicht da. Es ist nicht mehr lustig mit ihm.«

Das Gesicht ihrer Mutter war ausdruckslos. Hope spürte eine jähe Verspannung, etwas in ihrem Innern zog sich zusammen.

»Das tut mir leid, Mummy«, sagte sie. »Furchtbar leid.«

Ihre Mutter blieb stehen, sah sie an und lächelte förmlich.

»Bemitleide mich nicht, Hope. Das will ich nicht haben.«

Hope spürte, dass eine regelrechte Depression sie befiel, als sie sah, dass sie zwischen Bobby Gow und einem Mann namens Gerald Paul saß, einem alten Freund der Familie. Er war Theateragent im Ruhestand, ihre Mutter hatte für ihn gearbeitet, bevor sie Ralph heiratete. Hope vermutete fast, dass sie früher eine Liebschaft miteinander gehabt hatten. Nach allem, was sie wusste, dauerte die Liebschaft vielleicht auch noch an.

Bobby Gow wandte sich wahrhaftig von ihr ab, als sie sich setzte, daher war sie gezwungen, mit Paul zu reden. Er hatte einen großen schmalen Mund, und die Zähne darin wirkten braun und ineinander verkeilt, sie standen schief durcheinander. Merkwürdigerweise roch er nicht widerlich, nur leicht süßlich, als hätte er sich den Mund mit Vanille-Essenz gespült.

»Wunderbar, dass Ralph so wohl aussieht«, sagte Paul mit einem Blick über den Tisch hinweg. »Und deine Mutter auch. Ein fabelhaftes Wesen.«

Hope betrachtete ihre Eltern: ihre Mutter, von der Lüsternheit in Pauls Blick beleckt; ihren Vater, der lauschte und sich ständig mit der Hand über den Bart strich … Zu seiner Linken ließ Faye Carol an ihrem Champagnerglas nippen. Paul erging sich in Erinnerungen an die »wunderbare Eleanor«, Hope schloss die Augen und spürte ein plötzliches Verlangen, in Little Barn Wood zu sein. Sie nahm sich vor, hinauszugehen, während die Reden gehalten wurden.

Sie holte tief Luft und löffelte eine Avocadokugel aus der Frucht, die sie vor sich hatte. Ein Kellner kam und beugte sich zu ihrer Mutter hinunter, dann lief er um den Tisch herum zu ihr.

»Mrs. Clearwater, Telefon für Sie.«

Sie entschuldigte sich und ging hinüber ins Wohnzimmer. Das muss John sein, dachte sie, als sie nach dem Hörer griff. Es war Graham Munro.

»Was gibt's denn, Graham?«, unterbrach sie seine Entschuldigungen.

Er erklärte es ihr. Am Nachmittag waren drei Landarbeiter von Gut Knap durch das Buchenwäldchen bei dem alten Landsitz gekommen und hatten dort ein ungewöhnliches Geräusch gehört. Als sie der Sache nachgingen, entdeckten sie einen Mann, der am Seeufer einen »Schützengraben« – wie Munro sagte – aushob. Offenbar war da ein annähernd vierzig Meter langer Graben von fast einem Meter Tiefe ausgehoben worden. Die Arbeiter stellten den Mann zur Rede und machten ihm Vorhaltungen. Dann führten sie ihn zum Gutsbüro ab.

»Anscheinend wurde er dann gewalttätig und versuchte wegzulaufen«, sagte Munro mit vor unausgesprochenen Entschuldigungen sonorer Stimme. »Da mussten ihn die Männer leider festhalten, mit Gewalt.«

»Ist er verletzt?«

»Bloß Platzwunden und blaue Flecken. Heißt es.«

»Hast du ihn nicht gesehen?«

Das Gutsbüro hatte, nachdem Johns Identität festgestellt worden war, Munro in West Lulworth angerufen. Er wiederum hatte John angerufen und ihm gesagt, er solle zum Cottage gehen und dort auf ihn warten.

»Unglücklicherweise«, sagte Munro, »konnte ich nicht gleich fort, und als ich bei dir ankam, war von ihm nichts mehr zu sehen.«

»Was soll das heißen?«

»Er war weg. Das Licht brannte, und die Haustür war nicht abgeschlossen.« Er machte eine Pause. »Darum hab ich gedacht, ich sollte dich anrufen. Es war auch ein Zettel da.«

»Was steht da drauf?«

»Ich kann es nicht lesen. Es ist bloß so ein Gekritzel. Da steht allerdings ›London‹ drauf. Glaube ich.«

»Wahrscheinlich ist er nach Hause gefahren. Danke, Graham.«

Als sie auflegte, dachte sie augenblicklich: du blöder, blöder Idiot. Und dann, ganz egoistisch, dass das die perfekte Entschuldigung war, um der Party zu entfliehen. Ihre Mutter kam heraus, um sie zu suchen, und Hope erläuterte das Problem, wobei sie nur sagte, John sei krank geworden, und sie denke, sie sollte unverzüglich nach Hause fahren. Einen Augenblick lang hatte es den Anschein, als wolle Eleanor protestieren, aber sie besann sich anders.

»Tja ... Sag nur deinem Vater auf Wiedersehen, bevor du gehst. Ich hol ihn dir.« Sie beugte sich vor, um Hope einen Kuss zu geben.

Hope spürte, wie sich die weichen Brüste ihrer Mutter an sie pressten, und sie hatte den Duft von Rosenwasserparfüm in der Nase. Sie hielt sie ein Weilchen an sich gedrückt.

»Komm mich mal besuchen, ja, Liebes? Wenn alles ruhig ist. Leiste mir einfach ein bisschen Gesellschaft.«

»Natürlich. Ganz bald.«

»Ich seh dich ja gar nicht mehr.« Sie schaute sie unverwandt an. »Du fehlst mir.« Dann lächelte sie. »Ich hole Ralph.«

Hope ging nach oben und packte rasch ihren Koffer. Sie zog sich gar nicht erst um. Sie warf den Mantel über und nahm die Kämme aus dem Haar.

Ralph wartete unten auf sie. Sie berichtete ihm rasch, was das Problem war.

»Dann solltest du wohl hinfahren«, sagte er verdrossen und

widerwillig und gab ihr einen Kuss. »Was ist los mit John? Ist er verrückt geworden oder was?«

Hope brachte ein Lachen zustande. »Nein, natürlich nicht. Wieso sagst du das? Er arbeitet einfach zu viel.«

»Völlig falsch.«

Sie drückte seinen Arm. »Feier schön.«

»Können vor Lachen.« Er begleitete sie zur Tür. »Das Blöde ist«, sagte er, »ich langweile mich so verflucht. Darum trinke ich auch. Ich weiß, deine Mutter ist nicht glücklich darüber, aber ich kann einfach nicht anders, weißt du.«

Hope dachte, darüber würde er anfangen zu weinen, aber seine Augen waren klar, und seine Stimme war fest. »Ich hasse das«, sagte er.

»Na komm, Ralphie. Amüsier dich. Deine ganze Familie ist da. Wir haben dich lieb, und deine ganzen Freunde auch.«

Er sah sie an. »Meine ganzen Freunde … So ein Haufen alter Scheißer.«

Sie nahm den Bummelzug von Banbury nach Oxford. Einen der letzten Züge nach London würde sie auf jeden Fall noch erreichen. Sie saß in dem überhellen, überhitzten Abteil und schaute auf die schwarze Landschaft hinaus und sah nur ihr eigenes Spiegelbild im Fenster zu ihr zurückstarren. Sie dachte an John und zwang sich zu der Einsicht, dass aus den Exzentrizitäten langsam Probleme wurden und Verhaltensmarotten sich zu Warnsignalen entwickelten … Doch da war ein Widerstreben in ihr, dieser Einsicht weiter nachzugehen. Und als sie sich zu fragen begann, was sie als Nächstes tun sollte, schien sie in einen dicken Smog aus Trägheit und Apathie zu geraten. Nichts war klar; kein Ausweg bot sich an.

Diese Stimmung machte etwas Kälterem Platz: Allmählich breitete sich so etwas wie Wut in ihr aus. Auf so etwas war sie nicht gefasst gewesen. Diese Wendung der Ereignisse hatte sie nicht erwartet. Ihr brillanter, außergewöhnlicher Mann sollte nicht so erkranken, labil und lästig werden.

Sie begegnete ihrer Selbstsüchtigkeit genau so, wie sie ihrem Bild im schwarzen kalten Glas des Eisenbahnwagons ins Auge sah, und befahl sich, noch einmal nachzudenken. Zu ihrer vagen Bestürzung stellte sie fest, dass sie dazu nicht bereit war.

Auf dem Bahnhof von Oxford hatte sie zwanzig Minuten Aufenthalt. Sie saß inmitten der üblichen Ansammlung liebeskranker Teenager, sehr armer Leute und vor sich hinmurmelnder Betrunkener in der verdreckten Cafeteria und spürte, dass die Wut noch immer so fest in ihrem Innern saß, als hätte sie einen Ziegelstein unter den Rippen.

Nein, sagte sie sich, das ist *unfair*. Welches Recht hat er denn, sich so zu benehmen? So pervers und rücksichtslos zu sein? Sie dachte daran, wie er jetzt in ihrer Wohnung auf sie wartete, und versuchte sich vorzustellen, für welche Laune er sich wohl momentan entschieden hatte: munter und gleichgültig vielleicht? Oder närrisch und belustigt? Oder stumm und hilflos, oder schmollend und in sich gekehrt …? Inzwischen kannte sie das alles, wie sie feststellte, viel zu gut. Und sie konnte in Gedanken den jeweiligen Monolog ablaufen hören. Ich wollte doch nicht … Ich hab nie geglaubt … Ich war mir nicht sicher … Es ist mir völlig schnuppe …

Sie fühlte sich erschöpft und zermürbt, wie es einem oft geht, *bevor* man die große Arbeit in Angriff nimmt; das Gefühl vorzeitiger oder vorweggenommener Erschöpfung, das der Nährboden allen Zauderns ist.

Der Zug nach London fuhr ein und wieder ab. Hope blieb gedankenverloren in dem heruntergekommenen Imbiss sitzen, dann nahm sie ein Taxi zu Merediths Cottage. Es war noch Licht oben im Schlafzimmer. Meredith kam zerzaust und farblos in ihrem Morgenrock an die Tür.

»Was zum Teufel machst du denn hier?«
»Ausreißen.«

DAS GLÜCK DES SCHIMPANSEN

João hat mir einmal eine Geschichte erzählt, als wir draußen im Gelände waren. Wir beobachteten gerade Rita-Mae mit Lester und Muffin. Muffin spielte mit Lester, Rita-Mae mischte sich ab und zu ein, schubste das Baby oder hielt Muffin zurück, wenn der Spaß zu rau wurde. Für mich lag ziemlich klar auf der Hand, dass die jungen Schimpansen sich prächtig amüsierten, wie sie da so herumtollten und hüpften; sie hatten ihre Freude daran. Sie waren, rundheraus gesagt, glücklich.

Auf dem Rückweg zum Camp erzählte João mir diese merkwürdige Fabel, die er von seinem Vater gehört hatte.

Zwei Jäger, Ntino und Iko, wanderten einmal draußen durch den Busch. Sie trafen auf ein paar Schimpansen, die in den Ästen eines Muskatnussbaums spielten.

»Sieh dir die Schimpansen an«, sagte Ntino, »sieh mal, mit welcher Leichtigkeit sie sich durchs Geäst schwingen. Das ist das Glück der Schimpansen.«

»Wie willst du das wissen?«, sagte Iko. »Du bist kein Schimpanse. Wie willst du wissen, ob er glücklich ist oder nicht?«

»Du bist nicht ich«, sagte Ntino. »Woher weißt du, dass ich das Glück der Schimpansen nicht kenne.«

Die Überreste von Lenas Baby habe ich nie gefunden. Wir haben alle Nestplätze, auf die wir trafen, abgesucht und gehofft, einen Hautfetzen oder ein winziges Knöchelchen zu finden, das ich als Beweisstück A präsentieren könnte, aber wir haben nie herausbekommen, was Rita-Mae mit dem zerfetzten Leichenrest gemacht hat, den sie damals an dem Nachmittag unter dem Feigenbaum auf der Schulter wegtrug.

Nach der Tötung sahen wir mehrere Tage lang auch nichts von Lena. Und dann tauchte sie eines Tages wieder auf. Sie hielt sich auf Distanz zu Rita-Mae, ansonsten aber schien sich an ihrer Haltung den anderen gegenüber oder deren Haltung zu ihr im Grunde nichts geändert zu haben.

Genaugenommen herrschte die gleiche vermeintliche Normalität auch zwischen mir und meinen Kollegen. Außer João und Alda erzählte ich niemandem von der Tötung, und ich war mir ziemlich sicher, dass Mallabar so verschwiegen war, wie er versprochen hatte. Als Brandopfer erregte ich immer noch ziemlich viel Mitleid – das nicht abnahm –, und das war wohl der beste Beweis dafür, dass er Wort gehalten hatte. Mallabar selbst war ausgesprochen herzlich. Ich entschuldigte mich nicht und nahm auch meine Geschichte nicht zurück, aber er tat so, als hätte ich das: eine momentane Verirrung, die er mir verziehen hatte.

Ich lächelte weiter und arbeitete jede Nacht an meinem Papier.

Einmal ging ich morgens früh aus dem Camp und wollte zu einer Verabredung mit Alda. Als ich an der künstlichen Futterstelle vorbeikam, hörte ich, wie mein Name gerufen wurde. Mallabar stand mitten auf der Freifläche. Er winkte mich heran.

Es war eben nach sechs, und die Sonne stand noch nicht über der Baumgrenze. Das Licht hatte die Farbe von Weißwein, und die Luft war kühl. Beim Hinübergehen guckte ich, ob da jemand in den Verstecken saß, aber sie waren leer. Wir waren zum ersten Mal zusammen allein, seit ich ihm von Bobos Tod erzählt hatte. Ich bot Mallabar eine Zigarette an, die er ablehnte. Ich steckte mir selbst eine an. Mir fiel auf, dass an den Betonkäfigen drei große gelbe Bananenkronleuchter lehnten.

»Du bist früh unterwegs«, sagte er.

»Ich muss etwas nachprüfen«, antwortete ich und versuchte, so kryptisch wie möglich zu sein.

»Ich hab mich gefragt, ob du heute nicht hier bei uns bleiben möchtest.«

Ich warf einen Blick auf die Bananen. »Große Fete?«

»Ja. Mein amerikanischer Verleger kommt, und ich will ihm unsere Schimpansen zeigen.«

»Ich hab heute zu viel zu erledigen. Tut mir leid.«

»Schade.« Er zuckte die Achseln. »Er würde dir gefallen. Könnte nützlich sein, ihn kennenzulernen. Gut, wenn man mit so jemand bekannt ist.«

»Ein andermal. Aber trotzdem vielen Dank.«

»Du hältst nichts von dem Ganzen hier«, sagte er abrupt.

»Was?«

»Der KFS.« Er machte eine Geste zu den Käfigen und Bananen hin. »Hope hat sich mal wieder.«

Ich sah ihn an. »Es ist eine Maschine. Eine künstliche und reiche Futterquelle, die du nach Belieben an- und abschaltest. Ich glaube nicht …« Ich hielt inne. »Es hat absolut nichts mit der Lebensart wilder Schimpansen zu tun, das steht nun mal fest. Du lockst zwei Dutzend Schimpansen hierher und lässt sie schlemmen. Das ist unnatürlich. Du hast mitten im Dschungel eine Bananenmaschine abgeladen. Du spielst Lieber Gott, Eugene. Es ist nicht richtig.« Ich lächelte ihn an. »Aber andererseits bin ich mir sicher, dass du die Gegenargumente alle kennst.«

»Meistens von mir selbst formuliert.« Er setzte sich auf den Betonkäfig und lehnte sich mit übereinandergeschlagenen Beinen zurück. Er war sehr entspannt, seiner Sache sehr sicher. Ich ließ meine Zigarette auf die Erde fallen und trat sie aus.

»Hope, ich mag dich«, sagte er.

»Danke.«

»Trotz unserer … methodischen Differenzen bist du genau der Mensch, den wir in unserem Team hier brauchen.«

Ich wartete. Er schmeichelte mir noch etwas mehr. Wo der Krieg jetzt so gut wie aus sei, sagte er, und die neuen Fördermittel durchkämen, würde Grosso Arvore bald wieder so groß sein wie früher – ja, wahrscheinlich würde es sich erweitern. Er denke daran, noch eine Station aufzumachen, noch ein Camp, zehn Meilen weiter nördlich. Und ich war zufällig genau die Art von Mensch, die er für die Leitung im Sinn gehabt hatte.

Die ersten Sonnenstrahlen waren hinter den Baumwipfeln hervorgekommen, und ich spürte, wie sich ihre Wärme auf meinem Gesicht ausbreitete. Ich fragte mich vage, und nicht zum ersten Mal, ob Mallabar ein sexuelles Interesse an mir hatte. Ich hatte gewiss keins an ihm, aber ich wusste, dass eine derartige Gleichgültigkeit für manche Männer ein starkes Aphrodisiakum war.

»Ist das ein Stellenangebot?«, fragte ich.

Er verlor eine Sekunde lang seine Gelassenheit.

»Tja … Sagen wir, sagen wir mal, es ist, es ist durchaus im Bereich des Möglichen.« Er stand auf und rieb sich die Hände, als würde er sie waschen.

»Ich wollte dich nur wissen lassen, was ich so denke«, fuhr er fort, wobei er rasch seine Selbstsicherheit wiedergewann. »Und wie es im Weiteren aussieht. Wer zuerst kommt, macht das Rennen. Du hast eine Zukunft vor dir hier bei uns, Hope, etwas Bedeutendes.« Er ließ seine Hand einen Moment lang auf meinem Oberarm ruhen und sah mir offen in die Augen. Ich spürte das heiße Funkeln seiner Aufrichtigkeit. »Ich möchte, dass dir das klar ist«, sagte er.

»Es ist mir klar.«

Ich traf mich an der ausgemachten Stelle mit Alda, und er führte mich nach Osten in das Gebiet, wo er die sechs unbekannten Affenmännchen gesehen hatte. Hier draußen gab es keine gebahnten Pfade, nur alte Buschfährten, doch als wir weiter nach Osten kamen und der Boden allmählich leicht anstieg, wurde auch die Vegetation dünner.

Er zeigte mir den Pfad, wo er die Schimpansen entdeckt hatte. Er war ihnen zehn Minuten lang gefolgt, ehe er sie im Unterholz aus den Augen verloren hatte. Ich bestimmte unsere ungefähre Position auf der Karte. Wenn das Nordschimpansen gewesen waren, dann hatten sie die Donau überquert und waren fast eine Meile in das Südterritorium vorgedrungen. Als er ihre Spur verlor, sagte Alda, habe er gedacht, sie würden wieder nach Norden ziehen. Er zeigte mir, wo das gewesen war. Die Donau lag gut siebenhundert Meter entfernt hinter einer dichten Baumwand. Es war eine vernünftige Annahme.

Als ich noch einmal auf die Karte sah, dachte ich, es sei auch eine vernünftige Annahme, wenn man daraus schloss, dass diese Schimpansen einen Erkundungszug unternommen hatten, der einen ein, zwei Meilen weiten Bogen durch das Südgelände beschrieb … Mir drängte sich beharrlich ein Vergleich auf.

»Du sagst, es waren alles Männchen?«, fragte ich Alda.

»Ja, Mam. Ich glaube. Und sie gehen ganz langsam – schauen hier, schauen da, und sie machen keine Lärm.«

Für mich hörte sich das genau wie eine Patrouille an.

An dem Abend tippte ich die endgültige Fassung meines Artikels. Er war zwanzig Seiten lang, nicht viel wissenschaftlicher Apparat, aber sehr lesbar. Ich wusste, ich konnte ihn überall einreichen, und jeder würde ihn veröffentlichen, so viel Zündstoff und Streitpunkte waren darin enthalten. Am Ende beschloss ich, ihn an eine Zeitschrift mit dem Titel *The Great Apes* zu schicken. Es war eine Monatsschrift mit wissenschaftlichem Renommee und ziemlich viel Anklang in der breiteren Öffentlichkeit. Außerdem kannte ich dort jemand in der Redaktion.

Ich verschloss den Artikel in einem Umschlag, adressierte ihn und steckte ihn dann in einen weiteren Umschlag; diesen adressierte ich an Professor Hobbes und legte einen Begleitbrief dazu, in dem ich ihn bat, ihn an die Zeitschrift weiterzuleiten. Ich wollte kein Risiko eingehen.

Zwei Tage darauf, als Toshiro gerade zu der Einkaufstour aufbrechen wollte, übergab ich ihm mein Päckchen. Er nahm es, ohne weiter hinzuschauen, und legte es zu dem Stapel Projektpost auf dem Beifahrersitz.

Jetzt, wo der Artikel fertig war, befasste ich mich mehr mit dem Analysieren und Transkribieren von Joãos und Aldas Feldbeobachtungen. Mir fiel noch eine Differenz auf. Als ich die Entfernungen, die die einzelnen Schimpansen in den letzten drei oder vier Wochen zurückgelegt hatten, quantitativ bestimmte, stellte ich fest, dass sie geringer wurden. Als ich sie in die Karte einzeichnete, wurde sofort klar, dass der Aktionsradius der Südschimpansen ziemlich dramatisch geschrumpft war, um etwa 35 Prozent.

Da ging etwas Merkwürdiges vor, aber ich wusste nicht recht, was. Angesichts dieser Beobachtungen stellte ich unser übliches Verfahren des Beobachtens und Verfolgens ein und rief die Wacht an der Donau ins Leben. João, Alda und ich bezogen tagtäglich etwa eine Meile voneinander entfernt unsere Posten an den Südhängen des kleinen Tals, das die Donau bildete, wenn sie in Ost-West-Richtung vom Steilabbruch herabfloss. Wir fanden jeder einen vorspringenden Aussichtspunkt, von dem man den Fluss überblicken konnte, und waren zusammen in der Lage, eine beträchtliche Fläche zu überschauen.

Drei Tage lang beobachteten wir ohne jedes Ergebnis. Am Morgen des vierten Tages meldete sich dann gegen halb zehn João bei mir über das Walkie-Talkie. Ich war in der Mitte, João eine Meile weiter östlich.

»Sie kommen, Mam«, sagte er. »Ich glaub sieben, vielleicht acht. Sie kommen zu dir.«

Er sagte, sie seien eben an einem großen Kapokbaum vorbeigegangen, den ich von meinem Standpunkt aus sehen konnte. Ich wies João an, ihnen weiter zu folgen, und ging ihnen entgegen.

Es waren sieben Schimpansen, die sich in einer lockeren Kolonne vorsichtig auf allen vieren am Boden entlangbewegten. Ihre absolute Stille und Konzentration waren gespenstisch und beunruhigend. Angeführt wurden sie von Darius, den ich sofort erkannte. Es war ein Weibchen dabei, nicht brünstig, weiter hinten. Sie kamen direkt auf mich zu.

Der Bodenbewuchs war ungleichmäßig, daher verließ ich den Pfad, um ihnen nicht zu nahe zu kommen. Ich ging im Kreis herum und wollte zu João, der ihnen in etwa hundert Meter Entfernung folgte. Er sah unglücklich und verbissen drein. Keiner von uns beiden hatte dergleichen je gesehen.

Wir folgten den Schimpansen etwa eine Stunde lang, während sie unbeirrt immer tiefer in das Südterritorium vordrangen. Dann machten sie bei einem schmalen Tal halt, durch das ein Bach floss, und kletterten in einen Veranistabaum. Dort blieben sie vierzig Minuten lang still und ruhig sitzen, beobachteten und horchten. Von meinen Südschimpansen war absolut nichts zu hören und zu sehen.

Schließlich kletterten die Eindringlinge von ihrem Baum herunter und machten sich in rascherem Tempo wieder auf nach Norden. Als sie zum Donautal kamen, brachen sie in einen lauten Chor von Huuh-Rufen und Bellen aus, rannten in wilder Raserei über den Bach, trommelten auf Baumstämmen herum, rissen Äste ab und schüttelten sie. Dann machten sie sich tief in das Nordterritorium hinein davon, wobei sie sich weiter ankreischten und anschrien.

»Ich nicht mag«, sagte João. Er war noch immer bestürzt und besorgt und runzelte heftig die Stirn. »Ich gar nicht mag, gar nicht.«

»Es ist so merkwürdig«, sagte ich. »Was haben sie nur vor?«

»Ich ganz viel Angst, Mam.« Er sah mich an. »Ich ganz viel Angst.«

Ich fragte Ian Vail, ob ich noch einmal mit ihm hinausgehen und ein paar Tage bei den Nordschimpansen bleiben könnte. Er stimmte bereitwillig zu, doch als er mich fragte wozu, sagte ich nur, im Süden seien einzelne fremde Tiere entdeckt worden, und meiner Meinung nach könnte es sich dabei um seine Schimpansen handeln.

Ich blieb zwei Tage bei ihm im Norden und sah die meisten Männchen aus der Gruppe. Tatsächlich herrschte in der Zusammensetzung der Nordgruppe ein starkes Übergewicht von Männchen. Es gab drei ausgewachsene Weibchen, doch zwei davon hatten eben geboren, und ihr Sexualzyklus würde erst in zwei bis drei Jahren wieder einsetzen. Das einzige »verfügbare« Weibchen war Crispina. Ansonsten bestand die Gruppe aus vier voll entwickelten Männchen, einem halben Dutzend Heranwachsenden (männlich wie weiblich) und ein paar alten Männchen. In früheren Tagen, ehe die Gruppe sich gespalten hatte, war die Geschlechterverteilung ausgeglichener gewesen, aber der Abgang von Clovis mit drei ausgewachsenen Weibchen – Rita-Mae, Rita-Lu und Lena – hatte, so lautete Ians Theorie, die Gemeinschaft destabilisiert. Achtzehn Monate zuvor war außerdem ein weiteres junges Weibchen verschwunden, was das Ungleichgewicht noch mehr vergrößerte. Sie konnte von einem Raubtier getötet oder womöglich von der anderen Schimpansengemeinschaft in das Gebiet nördlich von Grosso Arvore weggelockt worden sein. Seit meinem letzten Besuch hatte Crispinas Sexualzyklus aufgehört. Es war durchaus möglich, dass sie schwanger war.

Ian hielt die Patrouillen im Süden für höchst bedeutsam.

»Sie haben bestimmt nach Rita-Mae gesucht«, sagte er leichthin. »Sie war sehr beliebt.«

»So sah es nicht aus.«

»Ist sie im Brunststadium?«

»Nein. Aber ihre Tochter ist kurz davor.«

»Ah-ha. Und was ist mit der Schwangeren?«

»Sie … das Baby ist tot.«

»Na ja, ihr Zyklus fängt ja wieder an.« Er überlegte. »Wie nennst du das ranghöchste Männchen?«

»Clovis.«

»Er wird alle Hände voll zu tun haben.« Er grinste anzüglich. Das waren die Momente, in denen man ihn leicht unsympathisch finden konnte. Ich wechselte das Thema.

»Hast du Fotos von deinen Schimpansen?«

»Porträtaufnahmen? Ja, massenhaft.«

Wir saßen in der Nachmittagssonne auf einem Felsen. Unter den Bäumen vor uns suchten Schimpansen nach Termitenhügeln. Ich verscheuchte ein paar herumschwirrende Fliegen und überlegte kurz, ob ich Ian erzählen sollte, dass Bobo getötet worden war. Letztendlich entschied ich mich dagegen, wegen Roberta und ihrer Verbindung zu Mallabar.

Vail betrachtete die Futter suchenden Schimpansen durch sein Fernglas. Er trug ein Khakihemd und Khakishorts und knöchelhohe Wildlederstiefel. Seine Beine waren braun und staubig und voll kleiner Kratzer. Auf den Knien und dann die Beine herunter wuchs ihm dichtes blondes Haar. Vielleicht sollte ich es ihm doch sagen, dachte ich wieder. Schließlich brauchte ich einen Verbündeten. Aber er hatte mich schon einmal gewarnt.

»Weißt du irgendwas über Eugenes neues Buch?«, fragte ich.

»Nun, ja. Roberta ist im Augenblick bei den Fahnenkorrekturen. Es ist gewaltig.«

»Mein Gott. Wie heißt es denn?«

»*Der Primat: Die gesellschaftliche Organisation großer Menschenaffen*«, sagte er mit einem sonoren amerikanischen Akzent.

»Sie haben schon die Fahnen …? Wann erscheint es?«

»Vier Monate, fünf Monate.« Er drehte sich um und lächelte mich sarkastisch an. »Wir können also unseren Kram packen und gehen. Es ist so ungefähr das ›Letzte Wort‹, wenn du verstehst, was ich meine.« Er nahm das Fernglas vom Hals. »Da suchen wir uns lieber ein anderes Gebiet, über das man noch schreiben kann.« Er stand auf. »Was hast du eigentlich gemacht, bevor du in diese Sache reingeraten bist?«

»Hecken datiert.«

»Ach ja?«

»Bringt jedes Gespräch immer recht abrupt zum Abschluss.«

Wir waren auf dem Rückweg zum Landrover. Ich beschloss, einen Schritt weiterzugehen.

»Ian, glaubst du … ich meine, wie aggressiv sind diese Schimpansen? Gewalttätig, meine ich.«

Er blieb stehen und sah mich fragend an. Ich sah, dass er zu ergründen versuchte, was hinter der Frage steckte.

»Ich weiß es nicht«, sagte er. »Nicht wirklich aggressiv. Nicht mehr als du und ich.«

»Genau das macht mir Sorgen.«

»Wie meinst du das?«

»Ich bin mir nicht sicher, aber ich sag's dir, wenn ich etwas weiß.«

Wir beobachteten noch drei Patrouillen der Nordländer. Sie überquerten die Donau etwa an der gleichen Stelle und drangen mit jedem Mal tiefer in den Süden vor. Mithilfe von Ians Fotos konnte ich die einzelnen Tiere bald identifizieren und beim Namen nennen. Angeführt wurden die Gruppen immer von Darius, und es waren stets ein paar Halbwüchsige (mit deren Erkennung ich mehr Mühe hatte) und gewöhnlich drei weitere ausgewachsene Männchen dabei: Gaspar, Pulul und Americo. Ab und zu wurden sie von einem alten Männchen namens Sebastian begleitet. Diese fünf waren der Kern der Nordländerpatrouillen.

An der Stelle, wo sie die Donau überquerten, veränderte sich ihr normales geräuschvolles Schimpansenverhalten. Sie wurden angespannt und vorsichtig und fast vollkommen still. Ihre Einfälle in den Süden wurden länger und ausgedehnter. Häufig blieben sie stehen, kletterten auf Bäume und beobachteten und warteten. Für mich war offensichtlich, dass sie nach meinen Schimpansen Ausschau hielten.

Durch die Wacht an der Donau und das Beschatten der Nordpatrouillen hatte ich den Kontakt zu der Südgruppe verloren. Eines Tages schickte ich João und Alda aus, um sie ausfindig zu machen. Wir wussten jetzt, wo die Nordländer im Allgemeinen den Fluss überquerten; ich konnte das mit Erfolg alleine beobachten.

Dieses Mal kamen sie gegen vier Uhr nachmittags herüber. Ich hörte sie, ehe ich sie sah – den Lärm von heftigem Getrommel auf Baumstämme. Dann sah ich Darius, der mit gesträubtem Fell aggressives Imponiergehabe zur Schau stellte, an Ästen rüttelte und kreischte. Dann kamen die anderen Schimpansen zu ihm, riefen, brüllten, schleuderten Felsbrocken in die Donau. Dann überquerten sie den Fluss und verstummten. Darius führte, und in einer Reihe hinter ihm kamen Pulul, Gaspar, Sebastian und Americo sowie ein Heranwachsender, den ich nicht erkennen konnte. Ich folgte ihnen, so gut es ging. Natürlich sahen sie mich, aber sie waren vollkommen an menschliche Beobachter gewöhnt. Dennoch blieb ich klugerweise vierzig bis fünfzig Meter hinter ihnen.

Sie marschierten behutsam eine Stunde lang nach Süden. Dann blieben sie am Rande einer kleinen Felsenklippe stehen, warteten und beobachteten. Da meldete sich João leise über das Walkie-Talkie – ich hatte die Lautstärke niedrig gestellt, und er war fast außerhalb der Reichweite – und sagte, er habe

Clovis, Rita-Mae, Lester und Rita-Lu gesehen. Von Muffin, Mr. Jeb, Conrad und Lena keine Spur.

Ich nahm meine Kamera heraus und machte ein paar Fotos von der Gruppe am Klippenrand. Sie waren äußerst konzentriert. Ganz in der Nähe gab es Chavelhobüsche mit Früchten daran, doch schien keiner Interesse zu haben, davon zu fressen. Sie beobachteten. Sie schnüffelten in der Luft. Sie horchten.

Dann merkte ich, dass Darius seine Aufmerksamkeit nun auf einen kleinen Dattelpalmenhain in etwa vierhundertfünfzig Metern Entfernung richtete. Ich rief João an.

»Wo bist du?«

»Weit im Süden, Mam. Bei dem Bambus.«

»Rita-Mae und Rita-Lu?«

»Sie sind hier. Ich kann sie sehen.«

Ich entspannte mich etwas. Wenn Ian Vail recht hatte und es bei diesen Patrouillen um sexuelle Dinge ging, dann lagen diese Nordländer meilenweit daneben.

Plötzlich gab Darius ein leises Grunzen von sich und machte einen Satz von seinem Felsen über die Vorderseite der Klippe und verschwand dahinter im Unterholz. Die anderen folgten ihm unverzüglich in raschem Tempo. Ich brauchte etwas Zeit, um eine Stelle zu finden, wo ich sicher die Klippe hinunterrutschen konnte, und als ich unten angekommen war, waren die Schimpansen außer Sichtweite. Ich hörte sie vor mir durch das Unterholz krachen. Ich fand einen Pfad, der zu dem Palmenhain zu führen schien, und rannte ihn entlang.

Ich muss ungefähr neunzig Meter von den Palmen entfernt gewesen sein, als ich die warnenden Huuh-Rufe von einem Südschimpansen hörte. Und dann hörte ich einen zweiten Schimpansen antworten. Ich stolperte über eine Wurzel und fiel hin, wobei ich mir böse das Knie aufschürfte. Ich stand auf und rannte humpelnd dorthin, von wo der Lärm kam. Urplötzlich war da ein wildes Gebrüll, Schreien und Bellen und ein beständiges schrilles Kreischen, die ganze panische Hysterie eines Kampfes. Dann, als ich die ersten Bäume des Palmenhains erreicht hatte, sah ich einen Schimpansen fliehen, er schwang sich durch die Äste eines riesigen Alfonsiabaumes fort. Bei dem flüchtigen Blick, den ich erhaschen konnte, sah er wie Conrad aus.

Ich rückte vorsichtig vor. Durch die Palmenstämme hindurch konnte ich aufgeregte Schimpansen hin und her laufen sehen. Dann entdeckte ich Mr. Jeb, von den Nordschimpansen umringt. Er war ganz nach unten geduckt, hatte die Zähne gebleckt und kreischte. Die um ihn herumstehenden Affen stellten Imponiergehabe zur Schau, bäumten sich auf, das Fell mit eindrucksvoller Aggressivität gesträubt. Darius hatte einen vertrockneten Palmwedel in einer Hand, mit dem er auf den Boden einschlug, und brüllte Mr. Jeb dabei kehlig japsend an. Mr. Jebs Reaktion war schwach und kläglich. Während er sich wand und zitterte, schwang sein verkümmerter Arm nutzlos hin und her. Sein kahler Kopf und der fransige Spitzbart ließen seine Drohgebärden unecht und albern erscheinen. Aber er brüllte, so tapfer er konnte, und zog dabei die Lippen zurück, um seine abgenutzten alten Zähne zu blecken, und warf mit dem guten Arm Kiesel auf die zudringliche Nordländerbande.

Dann gingen sie auf ihn los. Darius, zweimal so groß wie Mr. Jeb, schlug ihn mit Leichtigkeit zu Boden, setzte sich ihm auf die Brust und drückte seine Arme nach unten. Gaspar packte die Füße, und Pulul und Americo sprangen ihm mehrmals auf den Kopf. Dann beugte Gaspar sich vor und schlug Mr. Jeb seine Zähne in den Hodensack, worauf der alte Schimpanse einen entsetzlichen Schmerzensschrei ausstieß. Doch die Schläge, die er von den anderen bekam, betäubten ihn, und sein Körper sackte zusammen. Nacheinander ließen die anderen von ihm ab.

Dann packte Darius ihn an beiden Beinen und schleifte ihn

gewaltsam auf dem Boden hin und her, wobei er vor- und zurücklief. Dabei schlug Mr. Jebs Kopf gegen den Stamm einer Dattelpalme, und klumpiges Blut kam aus seiner Nase gespritzt. Darius blieb sofort stehen und schlürfte davon.

Nach einer Weile entfernte sich Darius, und die anderen Schimpansen versammelten sich im Kreis und starrten den unbeweglichen Körper von Mr. Jeb an. Er lag ganz reglos da mit dem Gesicht nach unten. Dann rührte er sich. Er hob den Kopf und gab ein schwaches Wimmern von sich. Er setzte sich auf und versuchte, sich mit dem guten Arm hochzudrücken, fiel aber sofort wieder um, am ganzen Körper bebend.

Pulul näherte sich, setzte sich Mr. Jeb auf den Rücken und fing an, ihm das Bein zu verdrehen. Ich habe eher gesehen als gehört, wie es brach. Auf einmal war überhaupt keine natürliche Spannung mehr in dem Körperteil. Dann nagte Pulul die Zehen an, wobei er eine abbiss und zwei andere fast abtrennte. Während das alles passierte, gab Mr. Jeb keinen Laut von sich.

Schließlich zog Pulul sich kreischend zurück. Dann saßen sie volle fünf Minuten lang da und beobachteten Mr. Jeb, wie er dalag, ehe Darius sich heranpirschte und ihn mehrmals mit dem Finger anstieß. Der alte Schimpanse machte noch immer keine Bewegung. Darius ergriff ein Bein, das gebrochene, und schleppte ihn ein paar Meter weiter, dabei drehte er ihn mit dem Gesicht nach oben. Dann schlug er ihn immer wieder mit den Fäusten ins Gesicht, zwei oder drei Minuten lang.

Darius hörte auf, entfernte sich, und plötzlich waren die Nordschimpansen in Windeseile auf und davon, hüpften und sprangen durch den Busch fort.

Ich sah auf die Uhr. Der Überfall auf Mr. Jeb hatte fast zwanzig Minuten gedauert. Ich war erschöpft, vor Anspannung tat mir alles weh. Ich stand ungelenk auf – ich hatte mich während des Überfalls überhaupt nicht bewegt – und ging zu Mr. Jeb hinüber.

Er lebte noch. Ich konnte sehen, wie sich die Finger einer

Hand leicht bewegten. An einer V-förmigen Platzwunde auf seinem kahlen Kopf war ein dreieckiges Stück Kopfhaut umgeschlagen, das sich leuchtend rosa-orange vom staubigen Grauschwarz seiner Haut abhob. Das Blut auf der Verletzung am Hodensack war geronnen, und es krabbelten bereits Schmeißfliegen darauf herum. Vor allem aber machte mir sein zerfetzter Fuß zu schaffen: Ich konnte am Stumpf seines abgerissenen Zehs den Knochen weiß hervorleuchten sehen.

Ich fühlte mich von einer Art atemlosem Schock durchdrungen, der mich nach Luft schnappen und würgen ließ, als sei ich am Ertrinken. Ich wandte mich ab und holte tief Luft, dann atmete ich langsam aus. »Ohhh, Mr. Jeb«, hörte ich mich sagen. »Armer Mr. Jeb.« Dann ging ich wieder zu ihm hin, kniete nieder und berührte ihn sacht an der Schulter.

Er machte die Augen auf. Eins davon war nur noch ein Schlitz, durch dunkle pflaumenähnliche Prellungen fast verschlossen. Er sah mich an.

Ich war ihm zu nahe und trat ein paar Meter zurück. Mr. Jeb fing an zu zittern und versuchte wieder, sich aufzurichten, aber er war zu schwach. Dann schleppte er sich am Boden entlang, wobei er seinen guten Arm und das eine gute Bein einsetzte, zu einem dichten Unterholzdickicht hin. Er hinterließ eine unregelmäßige, blutgesprenkelte Furche im Staub.

Er verkroch sich tief in das Dickicht. Eine Zeit lang versuchte ich, ihm zu folgen, aber es war zu dicht und dornig für mich. Mit einer bösen Schramme am Arm zog ich mich zurück. Ich setzte mich mit dem Rücken gegen einen Baum und ruhte mich da ein, zwei Minuten lang aus. Es war spät am Nachmittag und nicht mehr lange hin bis zur Dämmerung, wie mir klar wurde; ich sollte allmählich zum Camp zurückkehren. Ich machte die Tasche auf und holte eine antiseptische Salbe heraus, die ich auf die Schramme und das aufgeschürfte Knie strich. Als ich die Salbe wieder zurücktat, sah ich meinen Fotoapparat.

Ich hatte keine Bilder von dem Kampf gemacht. Und nun lag Mr. Jeb tot oder sterbend in einem undurchdringlichen Dornengestrüpp ... Was ging in Grosso Arvore vor, fragte ich mich? Jetzt waren die Enthüllungen in meinem Artikel bereits überholt. Diese Nordschimpansen waren hierhergekommen, um zu töten und, was am erschreckendsten war, um wehzutun. Soviel ich wusste, war das ohne Beispiel.

Ich hörte ein leises *pant-hoot* – huu huu huu – und schaute mich um. Da hockte Conrad und starrte mich an, etwa sechs Meter entfernt. Ich empfand eine alberne Erleichterung und fühlte mich auf absurde Weise willkommen geheißen.

»Conrad ...«, sagte ich laut.

Daraufhin verschwand er mit großen Sätzen im Unterholz. Dann sah ich ihn ein paar Sekunden später auf einen bleichstämmigen Zitronenblütenbaum klettern, der über dem Dickicht hing, das Mr. Jebs Körper barg. Er schob sich bis auf die äußersten Äste vor und saß und schaute angestrengt in das Gewirr der Büsche hinunter, wo Mr. Jeb zweifellos langsam und unter riesigen Schmerzen starb.

Ich kam spät zum Camp zurück. Ich ging geradewegs in die Kantine, um jeglichen Verdacht zu zerstreuen. Ich erzählte niemandem, was geschehen war, und erklärte meine Schrammen als Folgen eines Sturzes bei einer Verfolgung. Ich aß mein zähes Hühnchen mit Süßkartoffeln mit ungewohntem Vergnügen und bat einen Koch, mir eine Flasche Bier zu bringen. Es war gerade mal kühl, aber ich hatte ein starkes Verlangen nach Alkohol. Also aß ich meine Mahlzeit und trank mein warmes Bier. Ich hatte mir eben eine Tusker angesteckt, da kam Ginga an.

»Hope, ist was mit dir?«

»Nein. Wieso?«

»Du siehst ... nicht besonders gut aus.«

»Bloß müde.« Ich lächelte sie an. »Ein langer schwerer Tag.

Und ich glaube, einer von meinen Schimpansen ist tot.« Ich weiß immer noch nicht, warum ich ihr das erzählt habe. Ich musste wohl etwas von dem loswerden, was sich in mir aufgestaut hatte. Ich erzählte ihr, ich hätte einen Kampfschauplatz und eine Blutspur in einem Dornendickicht entdeckt.

»Woher weißt du, dass es ein Schimpanse war?«, fragte sie.

»Da war noch einer in einem Baum über dem Dickicht. Als ob er Wache hielte.«

Ginga zuckte die Schultern. »Ein Leopard vielleicht?« Sie drückte mir die Hand. »Mein Gott, wenn du wüsstest, wie viele Dutzend Schimpansen ich verloren habe, seit wir hier sind. Dutzende.«

»Ich weiß. Es ist nur, da im Süden sind nicht so viele. Da fällt es dir auf, wenn einer fehlt.«

»Hast du es Eugene schon erzählt?«

»Nein. Ich wollte versuchen, die Leiche herauszuholen. Zur Sicherheit. Na egal ...« Ich drückte meine Zigarette aus und wechselte treuherzig das Thema. »Das Buch soll bald herauskommen, höre ich.«

Sie sah mich einen Moment lang scharf an, dann entspannte sie sich. »Ja. Wir sind bei den Fahnenkorrekturen ...« Sie hielt inne, dann sagte sie nachdenklich: »Es wird wohl eine sehr große Sache werden. Zehn Sprachen, jetzt schon. Aber gut für uns alle. Nach diesem Krieg, du weißt schon, kommen wir wieder groß raus.«

»Ich würde es furchtbar gern mal sehen.« Ich sagte das so beiläufig wie möglich.

»Das würde jeder. Aber du kennst ja Eugene. Er lässt niemanden etwas sehen, ehe er so weit ist.«

Sie stand auf, und wir sagten uns durchaus freundlich gute Nacht. Ich weiß nicht, warum ich das dachte, aber ich wusste, die sich anbahnende Freundschaft zwischen mir und Ginga würde sich nicht weiterentwickeln. Ich war mir sicher, von nun an würde sie mir nie wieder ganz vertrauen.

Grausam ['grauza:m] <Adj.> 1. rücksichtslos Schmerz zufügend; hart, gefühllos u. roh: eine -e Lust, andere zu quälen.

Wenn Hope an den langsamen Tod von Mr. Jeb denkt, erinnert sie sich am lebhaftesten daran, wie Pulul auf dem Rücken des alten Schimpansen saß und ihm das Bein verdrehte, bis es brach, und ihm dann die Zehen abzubeißen versuchte. Es war eine grausame Tat; es sah grausam aus. Aber wusste er, was er da tat? »Eine grausame Lust, andere zu quälen.« Wenn es grausam war, dann geschah es mit Absicht. Wenn es mit Absicht geschah, dann ist blinder Instinkt auszuschließen, es muss ein gewisser Grad von kognitivem Bewusstsein vorliegen.

Hope weiß (woher weißt du das?), dass dies das Böse im Schimpansen war. Pulul wollte Schmerz zufügen, so viel wie möglich.

»Ich will nicht darüber reden!«, schrie John sie an. »Begreifst du das nicht?« Seine Hände umklammerten die Lehne eines Küchenstuhls. Er fing an, ihn im Takt auf den Boden zu knallen, während er sich wiederholte. »Ich will nicht darüber reden! Ich will nicht darüber reden!«

»Na schön! Halt die Klappe!«, brüllte Hope ihn an. »Halt doch die Klappe!«

Sie sahen sich über den Küchentisch hinweg an. Sie hatte bei Meredith in Oxford übernachtet und war mit einem Frühzug nach London zurückgekehrt. John war nicht da. Daher rief sie im College an und erfuhr, er sei in seinem Zimmer und arbeite und wolle nicht gestört werden. Er kam abends gegen halb acht zurück. Er begrüßte sie, als sei nichts geschehen. »Wie war das Fest?« – »Was macht die Familie?« Sie ließ ihn ein, zwei Minuten lang so weitermachen und verlangte dann eine Erklärung für das, was sich am See abgespielt hatte. Und da begann er dann mit diesem Crescendo von Ausflüchten, das darin gipfelte, dass sie einander anschrien.

»Also gut«, sagte sie ruhig. »Reden wir nicht darüber.« Sie ging zu ihm und legte den Arm um ihn. »Ich hab mir bloß Sorgen gemacht um dich, das ist alles.« Sie küsste sein Gesicht und spürte, wie die Spannung in seinem Körper allmählich nachließ und sein Atem langsamer wurde. Er zog den Stuhl, den er immer noch festhielt, nach hinten und setzte sich darauf.

»Mein Gott«, sagte er matt, »ich darf mich da nicht so hineinsteigern. Muss mich entspannen.« Er rieb sich heftig mit dem Handballen die Augen. Dann ließ er den Kopf zurückfallen, sodass seine Kehle sichtbar wurde, und atmete aus. Er fing an, den Kopf im Halbkreis hin- und herzurollen, um die verspannten Schultermuskeln zu entkrampfen. Hope trat hinter ihn und begann, ihm mit den Fingerspitzen den Nacken zu massieren.

»Also trotzdem«, sagte er. »Wie war das Fest?«

»Entsetzlich.«

Sie erzählte ihm, wie furchtbar es gewesen war, wobei sie ihrer Phantasie freien Lauf ließ und sich nicht damit aufhielt, auf ihren vorzeitigen Aufbruch und die Nacht bei Meredith einzugehen.

»Ralph war in jämmerlicher Verfassung. Meine Mutter war wahnsinnig nervös wegen seiner Trinkerei. Faye und Bobby … Mein Gott, das Mädchen tut mir leid.« Sie unterbrach ihre Massage und ging, um sich einen Drink einzuschenken.

»Du kannst von Glück sagen, dass du nicht dabei warst«, sagte sie über die Schulter hinweg.

»Bobby Gow«, sagte er nachdenklich. »So ein Arschloch.«

»Bobby?« Sie staunte über die unterdrückte Heftigkeit.

»Ja. Er ist ein blödes, verkommenes englisches Arschloch und hat ein ebensolches geheiratet. Was kann man da schon erwarten?«

Sie hatte sich nicht umgedreht. Sie hielt den Blick starr auf ihr Weinglas gerichtet. So hatte sie ihn noch nie reden hören.

»Na ja«, fing sie an, darauf bedacht, ihn nicht zu provozieren. »Ich glaube, sie hat sich ein Leben, eine Lebensweise gewünscht, die vollkommen anders ist als die von Ralph und Eleanor. Ich glaube, daran liegt es.«

»Ralph und Eleanor. Fang mir bloß nicht von denen an. Ein Paar ekelhafte, widerliche –«

»Wollen wir nicht auf einen Sprung raus? Einen Happen essen?«

Sie gingen die Brompton Road hinunter zu einem italienischen Restaurant, das sie oft besuchten. Sie wurden von den übermenschlich fröhlichen Kellnern mit lautstarken Willkommensrufen in Empfang genommen. Hope hatte oft spontan Mitleid mit diesen Männern. Egal, welche Sorgen und Nöte, welche häuslichen Tragödien oder privaten Fehlschläge sie hatten, sie waren gezwungen, dieses heitere Ambiente scherzhafter Jovialität zu schaffen und dazu beizutragen, immer nur *»Ciao bella, ah, la bellissima signorina!«* und *»Amore, amore!«* Heute aber war diese unbeschwerte Farce genau das, was sie brauchte, und sie stellte erfreut fest, dass die aberwitzige Ungezwungenheit bei John sofort ihre Wirkung tat. Wir müssen uns ein Weilchen ablenken, dachte sie, andere Leute um uns haben, die Unterhaltung in andere Bahnen lenken …

Das Restaurant war ziemlich voll, aber man fand im hinteren Teil einen Tisch für sie. Als sie mitten beim Hauptgang waren, fiel John offenbar plötzlich wieder ein, was er über ihre Schwester und ihren Schwager gesagt hatte.

Er entschuldigte sich. »Mein Gott. Ich hab das nicht so gemeint, ehrlich«, sagte er ernsthaft. »Es war unfair. Sehr unfreundlich.« Er verzog das Gesicht. »Aber ich finde, es ist gut, dass ich das erkannt habe – du nicht auch? Dass ich, na ja, zurückschauen konnte und einsehen, dass ich Unrecht hatte?«

»Hör mal, es macht nichts. Wir brausen alle mal auf.«

»Aber ich kann Selbstkritik üben. Das ist doch gut, nicht wahr?«

»Ja … ja. Wir sollten … wir sollten das alle etwas öfter tun.«

Und dann begann er, davon zu sprechen, was am See passiert war. Es habe ihm da so gut gefallen, sagte er, und er habe beschlossen, mehr mit ihr zusammen zu sein. Er müsse nicht so viel mit Computern arbeiten. Es sei gut, sagte er, bloß so vor sich hin zu denken, das Gehirn aus eigenem Antrieb arbeiten zu lassen.

»Verstehst du«, fuhr er fort, »vorher war ich nicht runtergekommen, weil ich Angst hatte. Angst, etwas zu verlieren.«

Dann erzählte er ihr, wie sich die Mathematiker einteilen ließen: dass neun von zehn Mathematikern in Zahlen dachten und einer in Bildern. Und die, die in Bildern dachten, würden die aufsehenerregendsten Arbeiten zustande bringen.

»Ich zum Beispiel«, sagte er. »Ich war immer ein Zahlenmensch, bis ich angefangen habe, über Turbulenzen zu arbeiten. Da hat sich das plötzlich geändert. Da hab ich angefangen, Antworten, Lösungen als *Formen* zu sehen. Es war unglaublich.«

Er begann, ihr etwas von Hydrologie, von den Strömungsgesetzen der Flüssigkeiten zu erzählen, dass aus den Differenzialgleichungen für die Strömungen von Flüssigkeiten niemand ersehen könne, wie Turbulenzen entstehen. Durch das regellose Verhalten und die Diskontinuitäten seien alle Berechnungen in den Wind geschrieben. Alle würden versuchen, Turbulenzen mit analytischen Methoden in den Griff zu bekommen, indem sie immer komplexere Gleichungen aufstellten, sagte er, um die hyperbolische Aktivität turbulenter Flüssigkeiten und Gase zu erklären.

»Ich hab mich auch abgerackert«, fuhr er fort, »und durchaus Fortschritte gemacht. Meine Gedankengänge« – er machte eine ausladende Geste mit einer Hand –, »meine Gedankengänge waren im Prinzip schon richtig, das konnte ich erkennen. Aber dann trat plötzlich eine Veränderung ein. Ich weiß nicht, wie es kam, aber auf einmal habe ich mir die *Formen* angeschaut, die Formen, die die Turbulenzen bildeten, und dann ging allmählich alles auf und ließ alle möglichen faszinierenden Weiterungen erkennen.« Er machte eine Pause. Er hatte einen merkwürdigen Ausdruck im Gesicht, als würde er lächeln und gleichzeitig die Stirn runzeln.

»Das Komische war, und das macht mir auch zu schaffen, es hat anscheinend nur ein halbes Jahr oder so angehalten.« Er fing an, mit den Zinken seiner Dessertgabel Rillen in das weiße Tischtuch zu kratzen. »Ich habe offenbar den Dreh verloren. Ich hab mir immerzu Formen angeschaut und Zahlen gedacht.«

Dann erzählte er ihr, dass seine Graberei in Schottland – aus unerfindlichem Grund – das Vorstellungsvermögen wiederbelebt hatte.

»Einfach nur die Anstrengung, vielleicht. Der körperliche Einsatz.« Er zuckte die Achseln. »Oder vielleicht bloß die Tatsache, dass ich eine Form in den Boden geschnitten habe. Ein Quadrat, ein Rechteck. Da schien alles wiederzukommen.«

Er hielt inne. Sie sah sein bleiches, zerquältes Gesicht an, die auf den Teller mit seiner nicht aufgegessenen Mahlzeit gerichteten Augen. Die gerunzelte Stirn. Nachdenkend. Sie sah, wie die Wucht dieses Denkens seine Gesichtszüge verzog und verzerrte. Er atmete zittrig aus, sein Atem ging holpernd.

»Aber es geht schon wieder weg, wird schwächer«, sagte er. »Ich muss mich einfach damit abfinden. Ich hatte die Gabe für ein paar Monate. Leihweise.« Er schüttelte den Kopf, seine Nasenlöcher waren zusammengekniffen. »Und die Arbeit, an der ich gerade saß, mein Gott, du würdest es nicht glauben … Nicht zu fassen.« Nun schaute er zu ihr hoch, und sie sah, dass seine Augen in Tränen schwammen.

»Weißt du, da in Knap, da hab ich gedacht, wenn ich es noch einmal mit Graben versuche, vielleicht kommt dann etwas wieder.« Seine Stimme war leise geworden. »Du weißt nicht, wie schrecklich das ist, etwas zu haben, so eine Macht, und dann wird sie dir weggenommen.« Er machte einen seltsamen Laut – halb Grunzen, halb Würgen – ganz hinten in der Kehle. »Ich versuche, mich zu zwingen, mein Gehirn zu zwingen, dass es weitermacht, aber es geht nicht …« Er schien am ganzen Körper zu erschauern, und sein Gesicht wurde knallrot. Er machte die Augen zu und drückte das Kinn an die Brust. Einen Augenblick lang dachte Hope, er würde sich erbrechen.

Aber er weinte. Er legte die Hände auf den Tisch, krümmte sich vornüber und ließ die Schluchzer aus sich herausplatzen. Er gab einen seltsamen keuchenden, winselnden Laut von sich, sein Mund hing offen, Tränen, Schnodder und Speichel tropften ihm vom Gesicht.

»Herrgott, bitte, John!« Hope war um den Tisch herumgegangen und hockte neben ihm, den Arm um seine zuckenden Schultern gelegt. Ihr wurde angst und bange bei den Lauten, die er von sich gab, als sei das eine prototypische Form des Weinens, fremdartig und nicht zu erkennen. »Johnny, Liebling, hör bitte auf! *Bitte!*«

Das ganze Restaurant war, verstört und verschreckt, sofort in Schweigen verfallen. Unter ihren Händen spürte Hope seine verspannten und bebenden Schultermuskeln. Er lässt die Traurigkeit aus sich herauslaufen, dachte sie. Sie konnte beinahe spüren, wie sie sich um sie herumwand – ein dünner und ätherischer Ausfluss – wie ein Gas, ein turbulentes Gas, das ihm aus Mund, Nase und Augen strömte.

Irgendwie konnte sie ihn mithilfe einiger Kellner hochbekommen und ihm den Mantel um die Schultern legen. Das Personal war besorgt um ihn, aber sie wollten ihn los sein. Als sie John durch das Restaurant führte, war sie sich der gespannten und beunruhigten Gesichter der anderen Gäste bewusst, die sie beide anstarrten. Was ist das nur für ein abgrundtiefes Elend, schienen sie wissen zu wollen. Das war doch ein Mann: Warum war er so aufgelöst? Was für eine erschütternde Tragödie hatte ihn so mitgenommen? Beschämenderweise spürte Hope, wie sich heiße Verlegenheit um sie legte wie ein Schal.

Die kühle Luft draußen tat gut. John machte ohne Unterstützung ein paar Schritte die Straße hinunter und drehte sich dann zu einem dunklen Schaufenster hin. Er lehnte die Stirn gegen das kalte Glas. Hope flüsterte ihm etwas zu – Zärtlichkeiten, Besänftigungen – und legte die Arme um ihn.

»Ach Gott, Hope«, sagte er. »Ich bin ein verdammtes Häufchen Elend. Du musst mir helfen.«

»Natürlich helf ich dir, natürlich. Du kommst schon in Ordnung.«

»Weißt du, ich glaube, das hat mir gutgetan. Auf eine komische Art und Weise geht es mir jetzt besser.«

»Na komm, bringen wir dich nach Hause.«

Zu Hause in der Wohnung half sie ihm beim Ausziehen. Er wirkte ruhig, bewegte sich aber langsam, wie ein zu Tode erschöpfter Mensch. Als er ins Bett stieg, sah sie, dass sein Gesicht eingefallen war und ungewohnte Winkel und Flächen aufwies, die ihn zehn Jahre älter aussehen ließen. Seine Augen waren geschwollen und umschattet.

»Ich muss schlafen«, sagte er.

»Du wirst schlafen, keine Angst.«

»Nein. In meinem Kopf brodelt es. Ich lieg bestimmt nur hier rum und denke. Ich hab Tabletten in der Aktentasche.«

Sie ging ins Wohnzimmer hinüber, machte seine Aktentasche auf und holte ein paar Mappen und Notizbücher heraus. Er hatte immer Pillen für alle Eventualitäten bei sich, wie sie wusste, das hatte er sich in den Staaten angewöhnt. Sie fand Librium, Mittel gegen Übersäuerung des Magens, Antihistamine und ein paar Schlaftabletten.

Sie gab ihm zwei. Die Plastikkapseln waren gelb und weiß.

»Du mit deinen verdammten Pillen«, sagte sie mit resigniertem Grinsen.

»Siehst du? Manchmal sind sie ganz nützlich.«

Er schluckte die Pillen hinunter und zog sich die Decken bis an die Ohren hoch. Sie kauerte neben dem Bett und streichelte ihm über das drahtige Haar. Sie küsste ihn, redete ihm gut zu und machte kurz Pläne darüber, wie er zur Erholung nach Knap kommen würde. Bald driftete er ab.

»Es wird schon werden«, sagte er vor sich hin. »Wir kriegen das schon hin.«

Sie löschte das Licht, machte die Tür zu und ging ins Wohnzimmer zurück. Sie schloss das Librium und die Schlaftabletten in eine Schreibtischschublade und machte sich einen starken Scotch mit Soda. Sie setzte sich an den Tisch und packte seine Aktentasche wieder ein. Sie war selbst erschöpft, alle Glieder taten ihr weh, aber im Hintergrund war ein seltsames Gefühl von Unruhe.

Ihr Blick fiel auf das unordentliche Durcheinander von Johns Papieren und Ausdrucken. Seltsame Skizzen und Diagramme, hingekritzelte Berechnungen. Im Müll zählte sie zwei Servietten, den Pappdeckel einer Zigarettenschachtel und das abgerissene Titelblatt eines Penguin-Buchs. Sie sah sich die krausen, winzigen Zahlen an: Der Gedanke, dass jemand dieses Zeug lesen kann, kam ihr in den Sinn, lose Blätter hochhebend, diese Nummern und Schnörkel tatsächlich begreift ... Sie schüttelte wehmütig den Kopf. Das war der Zauber, der ihr Furcht einflößte, wie sie zugeben musste, die Runensprache der Mathematiker. Es war unheimlich, unirdisch. Sie nahm einen von einem Notizblock abgerissenen Zettel in die Hand. Es standen ein paar Worte darauf – *Eulersche Gammafunkt. def.* – und darunter:

$$t^{-\gamma} = [\Gamma(\gamma)]^{-1} \int_0^\infty \gamma^{-(\gamma+1)} \exp(-t/\gamma)\, d\tau$$

Was für ein absonderliches und seltsames Hirn befasste sich mit dieser Art von Diskurs, benutzte diese Symbole zur Mitteilung entscheidender Ideen ...? Träge drehte sie das Blatt um. Hier war noch eine hingekritzelte Notiz, nicht in Johns Schrift:

Liebster J,
Komm um vier. Er fährt für drei (!) Tage nach Birmingham, von morgen an.
Kannst Du eine Nacht bleiben? Bitte versuch's. Bitte, bitte.
xxxxx

DAS EINE GROSSE AXIOM

Am Brazzaville Beach vergeht die Zeit langsam und mühelos. An den Tagen, wo ich nicht arbeite, nehme ich meine Mahlzeiten ein, schwimme, lese, gehe spazieren, zeichne, schreibe. Der Tag geht nicht im Flug vorbei. Die Aussicht ist vertraut, die jahreszeitlichen Veränderungen sind unerheblich. Der Brazzaville Beach in der Regenzeit ist nicht viel anders. Die Palmen sind da, die Kasuarinen ... die Wellen rollen ans Ufer. Das ist meine persönliche und private Zeit. Was sich draußen in der Welt mit ihrer Hektik und ihrer Geschäftigkeit abspielt, ist etwas anderes. Das wird in seinem Fortschreiten gleichfalls von der Zeit bestimmt, von Uhren und Kalendern – konventioneller Zeit –, doch am Strand verstreichen die Tage nach dem Ticken einer anderen Uhr.

Die »konventionelle Zeit«, wie die Chronologen sagen, basiert seit jeher auf der Erdrotation. Unser Gefühl für »private« Zeit aber ist angeboren. Die Neurologen meinen, dass dieses Zeitgefühl, das sich immer auf den gegenwärtigen Augenblick bezieht, durch unser Nervensystem bedingt ist. Mit zunehmendem Alter wird unser Nervensystem langsamer, und entsprechend fängt auch unser persönliches Zeitgefühl zu trödeln an. Die konventionelle Zeit aber marschiert selbstverständlich erbarmungslos weiter, ihre Einheiten sind konstant und unerbittlich. Deshalb scheint auch das Leben schneller zu vergehen, wenn wir älter werden.

Also versuche ich am Brazzaville Beach die konventionelle Zeit nicht zu beachten und stattdessen meine Tage nach den uhrenähnlichen Systemen in meinem eigenen Körper zu messen, was immer das sein mag. Diese Idee gefällt mir: Wenn ich die konventionelle Zeit nicht beachte, wird mit zunehmendem Alter und dem Langsamerwerden des Nervensystems das Gefühl, dass mein Leben vergeht, immer schwächer werden. Ich frage mich versponnen, ob ich hier einer Idee auf der Spur bin, die ich das Clearwatersche Paradox – nach dem des Zenon – nennen könnte und wo ich wie Achilles immer langsamer werde und die Schildkröte meines Todes nie ganz einhole, egal wie nahe ich ihr komme.

Nein. Eins steht ja fest – das eine große Axiom: Wenn mein Nervensystem endgültig dichtmacht, und das wird es, ist meine persönliche Zeit zu Ende.

Ich sprang mit einem Kopfsprung hinein, schwamm ein paar Züge unter Wasser und genoss den Moment der Kälte und die Stille. Wegen des Chlors ließ ich die Augen zu, machte sie erst nach dem Auftauchen auf, drehte mich dann auf den Rücken und schwamm mit langsamen Rückenstößen an das flache Ende. Beim Schwimmen sah ich Hauser oben auf das dreistufige Sprungbrett steigen. Er hatte eine sehr kleine kirschrote Badehose an, fast unsichtbar unter der massiven Suppenschüssel seines Bauches. Er stellte sich ans Ende des Bretts, stieg auf die Zehenspitzen und tat so, als wollte er springen. Ich hörte die matten Hänseleien der anderen und langsamen, ironischen Applaus. Hauser verbeugte sich umständlich und kletterte wieder herunter.

Meine Hand berührte das Ende des Schwimmbeckens, und

ich stellte mich hin. Ich strich mir mit den Händen die Haare nach hinten und wrang den langen Haarstrang aus. Während ich das tat, schaute Toshiro, der am Rand saß und die Füße im Wasser baumeln ließ, unverhohlen auf meine Brüste. Ich schaute ebenso unverhohlen auf seine zurück. Ich hatte mir Toshiro immer fit und muskulös vorgestellt, aber sein Oberkörper war weich und schwammig, wie bei einem Heranwachsenden mit Babyspeck, seine Brüste bildeten vorwitzige Kegel mit braunen Brustwarzen.

»Warum springst du nicht rein?«, fragte ich.

»Ich kann nicht schwimmen.«

Ich watete zu der Treppe hinüber. »Soll ich es dir beibringen? Nach dem Mittagessen?«

Er sah erstaunt aus. »Na ja ... ja bitte. Kannst du das denn?«

»Wir können ja mal anfangen. Es ist albern, wenn ein Mann in deinem Alter nicht schwimmen kann.«

Ich kletterte raus. Hauser, der den Strohmann gespielt hatte, war wieder zu den Bridgespielern gegangen. Mallabar, Ginga und Roberta guckten angestrengt in ihre ausgebreiteten Kartenfächer. Etwas weiter weg saß Ian Vail im Schatten eines Sonnenschirms und las ein Taschenbuch. Ich ging zu meinem Liegestuhl zurück und trocknete mich ab.

Wir waren auf unserem »Arbeitsausflug«, wie Mallabar diesen Trip neckisch getauft hatte. Wir waren vom Camp aus fünfzig Meilen zum Nova Santos Intercontinental Hotel gefahren. Das Nova Santos war erst halb fertig gewesen, als der Bürgerkrieg angefangen hatte, und seither war die Weiterarbeit daran eingestellt. Es hatte ein Luxushotel werden sollen, mit 500 Zimmern, Swimmingpool in Olympiagröße, Tennisplätzen und einem Golfplatz mit 18 Löchern, das erste und wichtigste Symbol des verjüngten Touristikgeschäfts des Landes. Jetzt stand es als neue Ruine da und wartete darauf, dass der Krieg zu Ende ginge und neue Gelder zur Verfügung stünden, eine traurige Erinnerung daran, was hätte sein können.

Das Hotel lag auf einem kleinen Hügel mit Blick über monotones Gartenbuschland nach Norden hin zu den fernen Hängen des Steilabbruchs von Grosso Arvore. Die geschwungene Auffahrt zu der Eingangssäulenhalle war fertiggebaut worden, ebenso die Säulenhalle selbst, die Lobby und die Empfangshalle und, mysteriöserweise, der Swimmingpool. Alles andere blieb in dem Zustand, den es erreicht hatte, als das Geld ausging. Von meinem Liegestuhl aus konnte ich die grauen Betonsteine und das wackelige Bambusgerüst eines halbfertigen Wohnblocks sehen. Es waren bereits Kletterpflanzen und Ranken bis oben an die drei Stockwerke hohen Seitenwände hinaufgeklettert, und Pflanzen und Unkraut wuchsen bis zu den Fensterbrettern im Erdgeschoss hoch. Der für die Tennisplätze geräumte Bereich war von den Familien des zurückgebliebenen Rumpfpersonals mit Maniok und Jams bepflanzt worden, und der Golfplatz bestand aus ein paar sonnengebleichten, termitenzerfressenen schwarzweißen Pflöcken, die man hier und da in die Erde getrieben hatte. Doch die vom öffentlichen Stromnetz zum Hotel hinaus gelegten Hochspannungsleitungen waren nie abgebaut worden, und das Tourismusministerium bezahlte in Erwartung besserer Tage das Personal und hielt das Schwimmbecken instand. Die dicke Teakplatte auf dem Empfangsschalter glänzte vor Politur, und die kühlen Terrazzoböden der Lobby wurden regelmäßig gewischt. Man konnte sich sogar einen Drink bestellen, solange es Bier war.

Mallabar hatte ein paar Tage zuvor verkündet, dass wir das Nova Santos besuchen würden. Das hatte er dem Team in regelmäßigen Abständen spendiert, immer wenn er meinte, ein freier Tag und ein Tapetenwechsel könnte uns guttun. Wir waren gut gelaunt zu der zweistündigen Fahrt aufgebrochen und wurden mit zwei Landrovern zum Hotel transportiert – die Projektmitglieder in den einen gedrängt, im anderen die Köche und die Grillgeräte.

Jetzt lag ich in der Sonne und konnte Holzkohlenrauch schnuppern. Davon bekam ich Hunger. Ich setzte mich auf, nippte an meinem Bier und schaute mir dabei meine Kollegen an. Es war merkwürdig, sie alle in ihren Badesachen – sozusagen auf Urlaub – zu sehen; diese vertrauten Menschen wurden mir in ihrer Beinahe-Nacktheit wieder fremd. Abgesehen von Hauser natürlich. Egal, wie abstoßend sein kirschroter Lendenschurz sein mochte, es war eine Erleichterung, sich nicht ansehen zu müssen, was er verbarg. Mallabar trug absurd jungenhafte abgeschnittene Jeans. Er war mager und sonnengebräunt (wo und wann sonnte er sich bloß?) und hatte einen merkwürdigen, fünf Zentimeter breiten Haarstreifen vom Hals senkrecht zum Nabel hinunter. Im Gegensatz dazu war Roberta fast unnatürlich blass. Ihre Haut war milchigweiß mit einem subkutanen Blauschimmer. Sie trug einen altmodischen, zweiteiligen Badeanzug – weite Shorts und ein Oberteil mit einem herabhängenden Stofflappen wie ein daran angebrachter Vorhang, der nichts als fünf Zentimeter cremeweißen, molligen Bauch erkennen ließ. Ihr Busen war groß und beweglich. Es kümmerte sie anscheinend überhaupt nicht, wie viel Dekolleté sie da zur Schau stellte. Ian stattdessen schien es peinlich zu sein. Er war schon den ganzen Tag launisch und schweigsam und hatte sich noch nicht einmal die Mühe gemacht, sich seine Badehose anzuziehen. Er saß in Shorts und T-Shirt etwas weiter weg im Schatten und las eifrig. Er hasse es, in der Sonne zu liegen, hatte er gesagt, und das stark chlorierte Wasser reizte irgendeine Hautsache, an der er litt.

Ginga hatte einen winzigen erbsengrünen Bikini an. Sie war sehr dünn, fast wie ausgezehrt, die Zwillingsdreiecke ihres Oberteils wirkten verknittert und leer. Mir fiel das üppige Haar in ihren Achselhöhlen auf, dichte braune Soden, und der winzige Stofffetzen über ihrer Leistengegend hatte keinerlei Chance, das wuchernde Schamhaargekringel zu verbergen, das sich die Innenseite ihrer Schenkel hinunter ergoss. Ich wusste, dass Ginga sich nichts daraus machte: Auf der Fahrt zum Hotel war sie sich in begeisterten Erinnerungen an die Nacktbadestrände auf der Isle de Lerins bei Cannes ergangen, wo sie und Mallabar zu Beginn ihrer Ehe ein paarmal Ferien gemacht hatten. Der Bikini war nichts als eine Anstandsgeste.

Und ich? Wie war Dr. Hope Clearwater gekleidet? Ich hatte sorgfältig gewählt. Ich war die ernsthafte Klassenbeste, der eifrige Kapitän der Schulschwimmmannschaft im undurchsichtigen schwarzen Einteiler, der – wie ich vertrauensvoll hoffte – absolut nichts preisgab.

Das Wetter war schön, nur ein feiner Dunst verdeckte das perfekte Blau des Himmels. Wir faulenzten herum; das Bridgespiel fand ein Ende; wir aßen zu Mittag. Es gab gegrilltes Huhn und große Süßwassergarnelen, gebratene Kochbananen und gebackene Süßkartoffeln, einen riesigen Salat aus Tomaten und Zwiebeln sowie Blattsalat, eine Rarität. Reichlich Obst und reichlich Bier.

Nach dem Essen legten wir uns wieder in die Sonne. Wie versprochen versuchte ich, Toshiro das Schwimmen beizubringen, aber er weigerte sich, den Kopf unter Wasser zu stecken, daher gab ich nach zehn Minuten auf.

Ich ging zu meinem Buch zurück, wurde jedoch durch den Anblick von Mallabar beim Einölen abgelenkt. Noch nie hatte ich jemand gesehen, der es mit dem Einölen so genau nahm. Er cremte jeden sichtbaren Zentimeter seines Körpers ein: Er ölte die Zwischenräume zwischen seinen Zehen ein und die Handrücken auch. Dann bat er Ginga, ihm den Rücken einzuölen, aber sie sagte Nein – sie las und wollte keine fettigen Hände kriegen.

»Frag doch Roberta. Frag Hope«, sagte sie.

Mallabar drehte sich um und sah mich mit erhobenen

Augenbrauen fragend an. Er konnte mir die Antwort vom Gesicht ablesen und rief stattdessen nach Roberta.

»Roberta? Könntest du mir einen Gefallen tun?«

Nie hat jemand den Rücken mit derart nachhaltigem Eifer eingeölt bekommen. Mallabar lag mit dem Gesicht nach unten auf seinem Handtuch, die Augen geschlossen, während die bleiche, mollige Roberta über ihm kauerte und die Lotion einmassierte, hin und her, hin und her.

Ich ging zu Ian Vail hinüber, der immer noch unter seinem Sonnenschirm saß und las. Auf einem niedrigen Tischchen neben ihm stand ein halbes Dutzend leerer Bierflaschen. Ich setzte mich ans Ende seines Liegestuhls. Er zog die Füße hoch, damit ich mehr Platz hatte.

»Hallo«, sagte er.

»Wie sieht's aus?«

»Gut. Und bei dir?«

»Gut. Eigentlich hab ich mich ganz gut amüsiert.«

»Ich auch – hab mir einen Kleinen angetrunken mit dünnem Bier.« Er hielt sein Taschenbuch hoch. »Hast du das schon gelesen?«

»Nein. Nach dir.«

»Ist nicht übel.«

»Wo wir von Büchern sprechen« – ich machte eine kurze Pause –, »wie kommt Roberta mit Eugenes Buch voran?«

»Fast fertig, glaub ich.«

»Hast du es gelesen?«

Er errötete leicht. »Nein. Ich darf nicht. Eugene hat es lieber so. Und du kennst ja Roberta …«

»Sicher. Nein, ich denke, das kann ich verstehen.« Ich fragte mich, ob er gesehen hatte, wie sie den Meister eincremte, wie ihre weißen Hände über Mallabars braunen Rücken strichen.

Ich sah weg und beobachtete, wie Hauser verbissen über den Beton zum Sprungbrett trottete. Den Trick hast du doch schon mal gemacht, sagte ich mir, beim zweiten Mal finden wir das nicht mehr ganz so lustig.

»Was meinst du«, fragte Ian Vail sich träge, »was meinst du, was unsere Schimpansen heute wohl machen, wo wir nicht da sind und sie beobachten?«

Fast hätte ich gesagt, eine beinahe reflexartige Antwort auf eine müßige Frage: sich gegenseitig umbringen. Aber ich hielt mich im Zaum. Hauser war auf dem obersten Sprungbrett angelangt, stolzierte mit aufgeblähter Brust ans Ende, jeder Zoll ein Champion, und breitete seine Arme weit aus.

»Ach nein, nicht schon wieder«, sagte ich voller Überdruss. Dann, zu Vail: »Bis nachher.«

Ich schlenderte zu meinem Platz zurück, die Augen auf Hauser und seine Pantomime gerichtet.

Hauser sprang ins Leere hinaus, schoss mit einem perfekten Schmetterlingssprung beinahe senkrecht herab, blieb einen Moment lang in der Waagerechten, dann – sozusagen mitten in der Luft stehenbleibend – kamen seine Arme zusammen, der Kopf tauchte ein, und er zog, mit präziser und geübter Kraftanstrengung, seine Pummelbeine zu einer Geraden hoch und schnitt fast ohne einen Spritzer säuberlich in das Wasser. Blasen schäumten auf.

»Mein Gott«, sagte ich im Tonfall geprellten Erstaunens und fiel in den Applaus ein. Hauser tauchte auf und winkte.

Ich war bei meiner Liege angelangt und nahm die Sonnenbrille ab. Ich sah, dass die Köche mit dem Abbauen des Grills fast fertig waren. Die Kohlen in dem halbierten Ölfass, das als Grill diente, waren mit Wasser besprengt worden, und das Fass wurde weggetragen, um es irgendwo auszuleeren. Ein Boy packte die Plastikteller und das Besteck in eine Apfelsinenkiste.

Ich ging zum Rand des Swimmingpools und stieg die Chromleiter in das türkisfarbene Wasser hinunter. Ich stieß mich ab und ließ mich ins Wasser gleiten. Dort machte ich die Augen weit auf und spürte beinahe sofort, wie das Chlor zu brennen anfing. Ich schwamm noch ein wenig, kam nach oben und kletterte hinaus. Meine Augen fühlten sich wund und wie geschält an. Ich trocknete mich ab und rieb mir heftig die Augenhöhlen. Ich setzte die Sonnenbrille auf und sammelte meine Sachen zusammen.

»Eugene?« Ich sprach Mallabar an, der dalag und sich sonnte. Er drehte sich um und hielt einen Unterarm hoch, um die Augen vor der Sonne zu schützen. »Ich fahre mit den Köchen zurück«, sagte ich. »Ich hab Chlor abgekriegt.«

Er stand auf. Ich hob die Sonnenbrille hoch und zeigte ihm die Bescherung.

»Auweia«, sagte er. »Ich hab dich doch gewarnt.«

»Ich hab nicht dran gedacht.«

»Wasch dir die Augen mit Milch aus«, sagte Ginga. »Dann sind sie in ein paar Stunden besser.«

Ich folgte ihrem Rat. Als wir ins Camp zurückkamen, versorgte ich meine brennenden Augen mit einer schwachen Trockenmilchlösung, und es schien zu wirken. Nach zehn Minuten war meine Welt noch immer zerflossen, aber ich konnte sehen, ohne dass es wehtat.

Ich stand allein mitten auf der Main Street und dachte nach. Inzwischen war es etwa fünf Uhr nachmittags, und nach meiner Rechnung hatte ich einen Vorsprung von zwei Stunden vor den anderen. Es war seltsam, der einzige Mensch im Camp zu sein, während die Schatten länger wurden und keines der üblichen Geräusche aus der Kantine oder dem Küchenbereich drang. Ich stand gegenüber von Hausers Labor; links von mir war der riesige Baum, und dahinter lag, um eine Straßenkurve herum, meine eigene – noch nicht wieder aufgebaute – Unterkunft. Schräg rechts von mir konnte ich in einer Lücke zwischen einem Zedrachbaum und einem Frangipanehain die purpurroten Bougainvillea am Ende des Vail-Bungalows erkennen. Ich sah mich noch einmal rasch um, ging über die Straße und schritt zuversichtlich darauf zu.

Die Haustür war unverschlossen. Wir schlossen unsere Häuser nie ab. Ich drückte die Tür auf und trat ins Wohnzimmer. Es war sauber und ordentlich, selbst die Papiere auf dem Schreibtisch waren stoßweise sortiert, Notizbücher übereinandergestapelt, die Ränder auf Kante. Aus irgendeinem Grund war ich mir sicher, dass Roberta Mallabars Fahnen nicht hier aufbewahren würde. Ich ging weiter ins Schlafzimmer. Es war einfach eingerichtet und roch frisch und parfümiert. Auf dem Bett lag eine farbenfrohe, mexikanisch aussehende Überdecke, und auf einem Tisch daneben stand eine Vase mit Zinnien. Die Kleider hingen in einem unschönen Plastikschrank mit Reißverschluss, der mit einem Fisch-und-Muschel-Motiv bedruckt war. An der Wand unter dem Fenster war eine Reihe von Schachteln und Truhen. Ich sah in allen nach: voll mit Papieren, alten Zeitschriftenausgaben, alten Protokollheften. Eine Truhe war verschlossen. Ich sah unters Bett. Ich zog den Reißverschluss am Schrank auf. Von Fahnen keine Spur.

Ich kehrte ins Wohnzimmer zurück und ging die Schreibtischschubladen durch – nichts. Langsam kam ich mir blöde vor: Wenn die Fahnen im Haus waren, würde sie sie unbedingt unter Verschluss halten müssen. Aber weiß der Himmel, vielleicht holte sie sie auch jeden Tag bei Mallabar selbst ab und brachte sie wieder zu ihm zurück. Ich überlegte, ob ich genug Zeit hätte, ob ich den Mut aufbrächte, Mallabars Bungalow zu durchsuchen …

Ich ging zum Bücherschrank hinüber. Daneben war ein großer Haufen von Papieren, Schnellheftern und zwei prallvollen Pultordnern aufgetürmt. Einen Schnellhefter machte ich auf: Er war voller Daten von der künstlichen Futterstelle. Ich legte ihn hin. Hier war offensichtlich nichts. Ich schaute aus dem Fenster und seufzte.

Ich sah Roberta Vail den Weg zu ihrer Haustür heraufkommen.

Ich habe mich gut aus der Affäre gezogen, muss ich sagen. Als Roberta die Haustür aufmachte, stand ich am Bücherschrank mit einem offenen Buch in der Hand, wie jemand, der in einem Laden stöbert.

»Hallo, Roberta«, sagte ich mit ungeheurer Lässigkeit. »Ich dachte schon, ich hätte dich gehört.«

Sie war äußerst erstaunt. Während ihr Gesichtsausdruck sich rasch über Schockiertheit, Empörung und Argwohn zu geheuchelter Manierlichkeit vorarbeitete, drehte ich mich um und stellte sorgfältig das Buch wieder in das Regal.

»Das muss ich mir mal leihen«, sagte ich lächelnd. »Wo ist Ian?«

Ian war direkt hinter ihr und kam genau in dem Augenblick herein.

»Hope?«, sagte er dümmlich und sah seine Frau nervös an.

»Hope hat … Hope hat auf uns gewartet«, erklärte ihm Roberta.

»Oh«, machte er wissend, als käme das jeden Tag vor.

»Ich bin vorbeigekommen, um mir diesen Artikel auszuleihen«, sagte ich zu ihm.

»Welchen Artikel?«

»Den, von dem du mir neulich erzählt hast«, sagte ich sehr direkt.

»Ach ja«, sagte er langsam und offensichtlich verständnislos. »Den Artikel …«

»Was für einen Artikel?«, fragte Roberta.

»Den über sexuelle Strategien.« Allmählich wurde ich ungeduldig über Vails Begriffsstutzigkeit. Ich hatte die Worte kaum ausgesprochen, da bereute ich sie auch schon. Roberta sah mich scharf an.

»In der Schimpansengesellschaft«, fuhr ich fort.

»Ach, *der* Quatsch«, sagte Roberta mit beißendem Sarkasmus.

»Ich grab ihn aus«, meinte Ian, der endlich begriff. »Wenn ich ihn noch finden kann.«

»Das wäre toll«, sagte ich und wanderte mit einem Lächeln zur Tür. »Bis dann.« Ich ging.

An dem Abend gab es kein Essen in der Kantine, da die Köche und Küchenboys den Abend frei hatten. Ich verbrachte die Zeit allein in der Erfassungsstelle und überdachte meine Pläne für den nächsten Tag. Ich las den Artikel, den ich nach England geschickt hatte, noch einmal durch und fragte mich, wie Mallabar wohl reagieren würde, wenn er herauskäme. Mir war klar, dass seine Ergebnisse mit Mr. Jebs Tod bereits überholt waren.

Später ging ich einen Schritt nach draußen, um frische Luft zu schnappen, und stand ein paar Augenblicke allein in der Dunkelheit und hörte den Zikaden und Fledermäusen zu. Ich wollte schon wieder hineingehen, da sah ich das Licht einer Taschenlampe die Straße entlangwippen. Ich schlich mich zur Hibiskushecke hinüber und erkannte im schwachen Kielwasser des Lichtstrahls, dass es Roberta Vail war. Sie ging zu Mallabars Bungalow, klopfte an die Tür und wurde eingelassen.

Am nächsten Morgen war ich früh auf und unterwegs, ehe jemand von den anderen herausgekommen war. Ich nahm João mit zum Schauplatz von Mr. Jebs Tötung. Ich erzählte ihm nur, dass ich Mr. Jeb schwer verwundet gefunden hatte und dass er sich in die Dornenbüsche verkrochen hatte, um dort zu sterben. Wir standen da und spähten ins Unterholz. Ein deutlicher Verwesungsgestank lag in der Luft.

»Guck mal«, sagte João und zeigte mit dem Finger. »Conrad.«

Conrad saß in dem Zitronenblütenbaum und sah zu uns

herunter und auf die Stelle, wo Mr. Jeb sich langsam zersetzte.

»Ich glaub, Leopard«, sagte João grimmig und spuckte auf den Boden. Der Geruch war schlimm. »Wir haben Leopard hier.«

»Nein«, sagte ich. »Ich glaube, das waren Schimpansen.«

Er sah mich an, als ob ich wahnsinnig wäre.

»Ich glaube«, fuhr ich vorsichtig fort, »ich habe in der Nähe Schimpansen gesehen – die Nordländer. Ich habe den Lärm von einem Kampf gehört.«

»Ich glaube, ist nicht möglich, Mam«, sagte er respektvoll, aber mit absoluter Überzeugung.

Ich holte mein Notizbuch heraus. »Na, dann tragen wir es einfach als ›unbekanntes Raubtier‹ ein. Wie ist das?«

João fiel etwas ein. »Ach ja, Mam, Dr. Mallabar will meine Papiere. Alle Notizen, ich dir gegeben.«

»Alle?«

»Ja, Mam.«

»Hat er gesagt, wieso?«

»Er sagt, für das Archiv.«

Mallabar hatte in der Vergangenheit vage von diesem Projekt gesprochen: eine Sammelstelle aller Arbeiten, die seit der Gründung in Grosso Arvore geleistet worden waren. Seine eigenen Unterlagen würden dort vollständig gesammelt werden, ebenso wie die der anderen Forscher. Es würde die größte Fundgrube der Primatenkunde der ganzen Welt werden, behauptete er. Gleichzeitig blieb auch das Potenzial dieser Sammlung als Geldquelle nicht unbeachtet: Man könnte es an eine Universität oder ein Institut verkaufen, den Namen eines Wohltäters hinzusetzen … Alles war möglich.

»Hast du Dr. Mallabar erzählt, dass ich deine Unterlagen habe?«, fragte ich João.

»Ja, Mam.«

Auf dem Plan am Schwarzen Brett in der Kantine sah ich, dass Ian Vail für die nächste Einkaufstour eingeteilt war. Ich fuhr umgehend in den Nordbereich hinauf, und ein Assistent von Vail sagte mir, wo ich ihn finden könnte.

Es war mitten am Nachmittag, und die Luftfeuchtigkeit hatte sich bedeutend erhöht. Die Luft wirkte schwer und nass. Jetzt war es nicht mehr lange hin bis zur Regenzeit. In der letzten Woche hatten wir aus den Bergen hinter dem Steilabbruch fernes Donnergrollen gehört, während die Wolken sich verdunkelten und sich Wetterfronten zusammenballten. Ich ging auf einem ausgedörrten, abgenutzten Pfad durch trockenes und blond gebleichtes hüfthohes Gras und wehrte die Fliegen ab, die mir um den Kopf summten. Zu dieser Tageszeit gab es keinen Wind oder Luftzug, und jedes Blatt und jeder Grashalm im Gebüsch zu beiden Seiten von mir schien schlapp und erschöpft herabzuhängen.

Ich sah Dias, Vails Ersten Assistenten, im Schatten einer Fitinhapalme sitzen. Er legte den Finger an die Lippen und zeigte auf eine Baumgruppe. Ich spähte in das scheckige Dämmerlicht und sah Ian, knapp vierzig Meter entfernt, vor einer auf einem Stativ aufgebauten Kamera mit einem langen Teleobjektiv sitzen. Ich bahnte mir vorsichtig einen Weg zu ihm, bemüht, nicht auf Zweige oder tote Blätter zu treten. Es war sehr still unter den Bäumen, und allem Schatten zum Trotz kam es mir heißer und drückender vor.

Ian Vail sah sich um, als er mich kommen hörte. Sein Gesicht erhellte sich nicht gerade mit seinem üblichen scheuen, freudigen Lächeln. Ich hatte etwas Gewissensbisse; seit jenem Nachmittag, als Roberta mich in ihrem Bungalow erwischt hatte, hatte ich nicht mehr mit ihm geredet. Trotzdem, dachte ich, mit seinen verletzten Gefühlen würde ich umgehen können.

Ich hockte mich neben ihn. Etwa zehn Meter vor uns futterten zwei Schimpansen an einem Termitenbau. Ich erkannte

Pulul; der andere war ein junger Schimpanse, noch kaum im Jugendalter. Pulul war dabei, mit viel Fingerspitzengefühl einen langen Grashalm in den Termitenbau einzuführen, dann wackelte er damit herum, zog ihn heraus und fraß die wimmelnden Termiten ab, die den ganzen Halm entlang saßen.

Nach ein paar weiteren Malen hörte er auf und ließ den heranwachsenden Schimpansen versuchen, es ihm nachzumachen. Dieser Schimpanse benutzte aber einen Grashalm als Werkzeug, der sich immer wieder verbog, wenn er in das Nest gestoßen wurde, und der nicht wie Pululs dünner Stängel in die ameisenreichen Tiefen kam. Nur selten einmal wurden die Angelversuche des Heranwachsenden mit ein, zwei Termiten belohnt.

Bald warf er seinen Grashalm fort und suchte den Boden nach einem geeigneteren Gerät ab. Pulul sah ihm schweigend zu. Ian fing an zu fotografieren. Der Heranwachsende fand einen etwa fünfundvierzig Zentimeter langen Zweig mit ein paar abgestorbenen Blättern daran. Er streifte die Blätter ab und führte den Zweig tief in den Termitenbau ein. Als er ihn herauszog, war die Spitze voller Insekten.

Ian drehte sich um und sah mich an. »Das erstaunt mich jedes Mal, wenn ich es sehe«, sagte er etwas gezwungen und wackelte mit dem Daumen zu den Schimpansen hin. Er wirkte nervös und ein bisschen verlegen. Ich sagte ihm, weshalb ich gekommen war, und er hatte nichts dagegen, mit mir den Dienst zu tauschen.

»Aber warum willst du da wieder hin?«, fragte er. »Ist doch eine höllische Tour.«

»Ich hab ein paar Dinge zu erledigen, die nicht warten können.«

»Oh.« Das stellte ihn nicht zufrieden, merkte ich. Er fing an, seine Kamera abzubauen und einzupacken.

»Hör mal, Hope«, begann er. »Wegen neulich … Es war mir sehr unangenehm, diese ganze Geschichte mit dem Artikel.«

»Etwas anderes ist mir nicht eingefallen.«

»Aber was hast du da überhaupt gesucht?«

Ich machte eine Pause. Vielleicht war jetzt Offenheit angebracht. »Die Fahnen von Mallabars Buch.«

»Du meine Güte …« Er schüttelte verwundert den Kopf. »Aber wieso? Was macht es –«

»Ich wollte einfach sehen, was er geschrieben hat. Welche Linie er verfolgt.«

»Ich kann immer noch nicht –«

»Ich glaube, er ist furchtbar in die Irre gegangen.«

Ian Vail sah mich herablassend an. »Also *komm.*«

»Es gibt da fundamentale … Missverständnisse, da bin ich mir sicher.«

Er nahm seine Kamera und das Stativ und stand auf. »Mach dich nicht lächerlich.«

»Ach ja? Und was, wenn ich dir erzähle, dass Schimpansen zu Kindermord und Kannibalismus fähig sind?«

Sein Gesicht wurde einen Moment lang ausdruckslos, während er diese Information verdaute.

»Ich glaube«, sagte er vorsichtig, »ich glaube, ich müsste sagen, dass du spinnst.«

»Schön. Und was würdest du sagen, wenn ich dir erzähle, dass eine Gruppe von Schimpansen fähig war, einen anderen Schimpansen zu überfallen und brutal zu töten?«

Er beschloss, mich diesmal nicht zu provozieren. »Ich würde sagen: Beweis es mir.«

»Ich habe es gesehen.«

Ich erzählte ihm von Rita-Mae und Bobo. Ich erzählte ihm, auf welche Art und Weise seine Nordschimpansen Mr. Jeb überfallen und getötet hatten. Die Einzelheiten, die ich in meinen Berichten anführte, verstörten ihn. Das war eindeutig nicht das spontane Gefasel eines verwirrten Geistes.

»Mein Gott«, sagte er sorgenvoll, als ich fertig war. »Ich kann kaum … Hast du Mallabar davon erzählt?«

»Ich hab's versucht. Er will nichts davon wissen.«

»Das kann ich irgendwie verstehen ...« Ian spitzte den Mund und dachte heftig nach. »Tja, ich kann mir vorstellen, warum. Du meine Güte.«

»Hör mal, ich weiß ja nicht, was hier in Grosso Arvore vorgeht, aber mit diesen Schimpansen geht etwas sehr Merkwürdiges vor.«

»Du machst keine Witze.«

»Ich meine, ich sehe Dinge, die theoretisch – wenn die ganze Mallabar-Linie stimmt – nie passieren könnten.«

Wir gingen den Pfad hinunter zurück. Ian war sehr nachdenklich. Ich beschloss, ihn noch weiter hineinzuziehen.

»Ich glaube, dein Artikel gibt uns in etwa einen Anhaltspunkt«, sagte ich. »Jedenfalls ist es die einzige Hypothese, die überhaupt einleuchtet. Ich glaube, es hat alles mit der Spaltung zu tun, damit, dass Rita-Mae mit Clovis weggegangen ist. Ich glaube«, ich musste in beinahe panischem Schrecken lächeln über diesen kühnen Gedanken von mir, »ich glaube, deine Nordschimpansen wollen sie wiederhaben, und um sie zu bekommen, sind sie bereit, alle südlichen Männchen umzubringen.«

»Mein Gott, Hope.« Er sah gequält aus. »Das ist doch Wahnsinn. Wir sind Primatologen, Herrgott nochmal. Was du da erzählst, hört sich an wie ... wie der Trojanische Krieg.«

»Ich weiß überhaupt nichts«, gab ich zu. »Aber ich sehe etwas. Ich beobachte da Dinge, die vollkommen außergewöhnlich sind. Deine Männchen aus dem Norden patrouillieren im Südgelände. Sie haben zwei Schimpansen überfallen, ganz vorsätzlich und vollkommen grundlos.« Ich machte eine Pause. »Einen haben sie erwischt, und sie haben ihn umgebracht und wollten ihm dabei möglichst viel Schmerzen zufügen. Es war entsetzlich.« Ich überlegte noch einmal. »Eben hätte ich doch beinahe unmenschlich gesagt. In Wirklichkeit war das alles entsetzlich *menschlich,* was sie getan haben. Sie wollten seinen Tod, und sie wollten ihm wehtun.«

Wir wanderten den Pfad entlang, ohne recht darüber nachzudenken, wohin wir gingen, wobei Dias diskret ein paar Schritte hinter uns folgte, knapp außer Hörweite.

»Dir ist doch klar«, sagte Ian, »was das eigentlich für Mallabar bedeutet. Für alles, wofür er gearbeitet hat.«

»Hör mal, ich hab mir das alles ja nicht einfach ausgedacht, bloß um ihm Unannehmlichkeiten zu bereiten, Herrgott nochmal.«

»Ich weiß ... Aber es ist so *komisch.* So völlig aus heiterem Himmel.«

»Das kommt manchmal vor, weißt du.«

»Aber es passt nicht zu den Daten.«

»Hat man das nicht auch zu Galilei gesagt? Woher wissen wir denn, was ›komisch‹ ist? Was ›aus heiterem Himmel‹ ist? Wir wissen es nicht.«

Er rieb sich mit den Händen das Gesicht. Er wirkte auf einmal erbittert. »Du musst es ihm sagen.«

»Ach, *natürlich* ... Guck doch, was passiert ist, als ich das tote Baby gefunden habe. Gib's zu, Ian, wenn ich ihm erzähle, er hat sich die letzten zwanzig Jahre lang geirrt, was glaubst du, was er dann tut?«

»Wahrscheinlich hast du recht ... Es hängt zu viel davon ab.«

»Genau. Er würde mich diskreditieren. Die Sache vertuschen. Mich eine Schwindlerin nennen oder so.«

»Er müsste das Buch verschieben.«

»Mindestens. Bitte.«

»Was willst du machen?«

»Ich muss es ihm beweisen. Irgendwie.«

Wir waren an der Stelle angelangt, wo die Landrover geparkt waren. Ich war noch nicht ganz fertig.

»Erzähl niemandem davon, Ian«, sagte ich. »Niemandem ... und das heißt auch Roberta.«

»Natürlich nicht. Keine Angst.«

Aber ich hatte Angst. »Versteh mich nicht falsch, Ian. Du darfst nicht mal eine *Andeutung* machen.« Ich sah ihm direkt ins Gesicht. »Ich würde es nämlich sofort erfahren, wenn du es tätest. Und wenn du es tätest ...«

Ich ließ die Drohung unausgesprochen. Es war ein kalkuliertes Risiko, diese Drohung, selbst wenn sie indirekt blieb, aber sie war notwendig, davon war ich überzeugt. Ich erkannte sofort an seinem Gesicht, dass er wusste, was es war. Aber ich konnte aus seiner jähen Erschütterung und Überraschung auch ersehen, dass ich ihm für einen Moment einen Spiegel vorgehalten und ihm einen flüchtigen Blick darauf gewährt hatte, wie die Welt Ian Vail sah, und es hatte ihm wehgetan.

Ich wusste, was als Nächstes kommen würde.

»Du Luder«, sagte er. »Keine Angst, du Luder.«

»Tut mir leid«, sagte ich. Er hatte jedes Recht, aufgebracht zu sein. »Ich muss einfach sichergehen.«

Ich stieg in den Landrover, ließ den Motor an und fuhr weg. Als ich den Weg nach Grosso Arvore entlangholperte, fragte ich mich, ob ich wohl einen Fehler gemacht hatte. Alles in allem, dachte ich, wahrscheinlich nicht.

Am nächsten Tag stand ich bei Sonnenuntergang an der Umzäunung des Flugplatzes und wartete darauf, dass Usman einflog. Der Luftwaffenoffizier am Haupteingang hatte gesagt, er würde in Kürze von einem Einsatz zurückerwartet. Ich überlegte, ob ich zum Hotel zurückkehren sollte, um dort auf ihn zu warten, beschloss aber zu bleiben. Es kühlte sich angenehm ab, und der Himmel ging nach und nach von Eisblau zu einem ausgewaschenen Zitronengelb über. Ungewöhnlicherweise enthielt das Licht kein Orange oder Rosa. Es wirkte wie ein Sonnenuntergang, der besser in die Antarktis oder eine gefrorene Tundra gepasst hätte.

Ich hatte mein Auto nicht weit von dem Militäreingang zum Flugplatz abgestellt. Wie überall, wo der Verkehr strömte und Leute kamen und gingen, hatte sich dort eine kleine Gemeinde angesiedelt. Auf der anderen Straßenseite, dem Tor gegenüber, waren ein paar Verkaufsstände mit Lebensmitteln, und hinter dem Graben hatte man ein paar Hütten errichtet. In ein, zwei Jahren würde sich das so nach und nach zu einem Dorf entwickelt haben. Vor einer Hütte kochte eine alte Mami etwas auf einem Kohlenbecken, und die vom Meer heranwehende Brise trug den mit einem pfeffrigen Gewürz durchsetzten Geruch des Holzkohlenrauchs zu mir herüber. Ich stieg aus dem Landrover, versicherte den Straßenhändlern, ich sei nicht hier, um etwas zu kaufen, setzte mich auf die Motorhaube und rauchte eine Zigarette.

Als ich die drei schwarzen Flecken sah, die von Osten her angeflogen kamen, sprang ich von der Motorhaube herunter und trat über den Graben, dann stellte ich mich, die Finger in die rautenförmigen Maschen geklammert, an die Umzäunung und wartete auf die Landung meines Fliegers.

Es waren drei MiGs, zwei silbern, eine olivbraun. Sie flogen über den Flugplatz hinweg und legten sich dann zum Landeanflug in die Kurve. Mit einer ungleichmäßigen, ruckartigen Bewegung kamen die Räder heraus, und ein Flugzeug nach dem anderen landete mit erstaunlicher Geschwindigkeit. Sie rollten zu ihren Plätzen auf dem Hallenvorfeld. Ich winkte und kam mir dann etwas albern vor. Diese Männer kehrten ja nicht aus dem Urlaub zurück.

Ich fuhr den Landrover vor das Tor und wartete auf Usman. Nach zwanzig Minuten sah ich sein Auto – einen beigen Peugeot – hinter ein paar Nissenhütten hervorkommen und aus der Einfahrt fahren. Ich hupte, und als er anhielt, stieg ich aus dem Landrover und ging auf dem Seitenstreifen zu seinem Auto hin. Du könntest ja wenigstens aussteigen zur Begrüßung, dachte ich, aber er rührte sich nicht.

»Hallo«, sagte er und sah mich an. »Mein Gott. Mein Glückstag.«

Ich beugte mich nicht hinunter, um ihn zu küssen. »Ich komm halt gerade vorbei«, sagte ich.

Er hatte noch Druckstellen auf den Wangen, vermutlich von seiner Sauerstoffmaske – symmetrische, S-förmige Narben. Er sah müde aus, und seine Augen waren unruhig.

»Alles in Ordnung?«, fragte ich.

»Ja, mir geht's gut. Aber wir haben heute einen Mann verloren. Dawie. Du weißt schon, den Südafrikaner.«

Ich konnte mich vage an ihn erinnern: klein und lebhaft, mit feinem, schütter werdendem blondem Haar. »Was ist passiert?«

Er ließ achtlos eine Hand kreisen. »Wir waren auf dem Rückflug, zu viert. Wir sind in die Wolken hineingeflogen, und nur drei sind wieder herausgekommen … Fehler im Navigationssystem, vermutlich.«

»Wie bei Glenn Miller.«

»Bei wem?«

»Ach, egal. Tut mir leid … Jedenfalls, ich bin für zwei Nächte hier.«

»Bist du in meinem Zimmer gewesen?«

»Nein. Wieso?«

»Gut.« In seine Gesichtszüge kehrte etwas Leben zurück. »Ich hab etwas Besonderes, das ich dir zeigen will.«

Ich folgte ihm zum Hotel zurück. Dann ließ er mich fünf Minuten lang vor seiner Tür warten. Ich wanderte auf und ab, sah zu, wie die bläuliche Dunkelheit über die Hotelgärten kroch, und summte zu der Melodie von »The Girl from Ipanema«, die ich schwach aus der Lobby hören konnte, vor mich hin. Dann hörte ich Usman meinen Namen rufen.

»Darf ich reinkommen?«

»Ja, ja.«

Ich machte die Tür auf. Usman stand mitten im Zimmer.

Alle Stühle waren an die Wände geschoben, um Platz zu schaffen. Auf den ersten Blick dachte ich, da würden drei große weiße Motten um ihn herumfliegen. Ich schloss rasch die Tür hinter mir. Doch bei näherem Hinsehen erkannte ich, dass das ganz und gar keine Motten waren. Sie tanzten und flatterten nicht; ihre Kreisbahnen waren zu festgelegt. Sie bewegten sich langsam in weiten und engen Kreisen wie Fliegen, die durch ein Zimmer patrouillieren, und es ging ein deutliches Summgeräusch von ihnen aus. Ich starrte sie an: Sie hatten Tragflächen und ein Höhenleitwerk und etwas, was wie ein Fahrgestell aussah. Sie wirkten wie Mini-Flugmaschinen aus dem Notizbuch eines viktorianischen Erfinders.

»Was zum Teufel ist das?«, fragte ich.

»Die kleinsten kraftgetriebenen Flugzeuge der Welt.«

Er streckte die Hand aus, holte mit einer zierlichen Pflückbewegung vorsichtig eins aus der Luft und hielt es mir hin. Es war wie ein winziges, exakt gebautes Segelflugzeug, zerbrechlich und durchaus hübsch, aus mit Spannlack bestrichenem Zellstoffpapier und Streichholzspänen. Die Spannweite betrug etwa fünf Zentimeter. In einem sorgfältig ausgearbeiteten Geschirr aus mit Klebstoff versteiften Fäden unter der Tragfläche steckte eine Pferdebremse, deren Flügel einen verschwommenen Bewegungsschleier bildeten.

»Schau her«, sagte Usman und hielt das winzige Flugzeug auf Armlänge von sich weg. Er ließ los, und es fiel zehn bis zwölf Zentimeter nach unten, ehe es zu seinem normalen Flugschema zurückfand und Zickzack- und Schlangenlinien durchs Zimmer zog.

»Ich brauche dich als Zeugin«, sagte er mit einem Grinsen. »Ich will das an dieses Buch da schicken. Du weißt schon, dieses Buch der Weltrekorde. Stell dich da hin.« Er stellte mich in der Mitte des Zimmers auf. »Ich brauche ein Foto.«

Er ging ins Schlafzimmer, um seine Kamera zu holen. Ich blieb still stehen, sah zu, wie die winzigen Flugzeuge um mich herumkreisten, und hörte das aufgebrachte, beständige Summen ihrer Insekten-Triebwerke.

Ihr Fliegeninstinkt, vermutete ich, steuerte ihre Bewegungen. Sie schienen einander mühelos auszuweichen und änderten jedes Mal den Kurs, wenn sie zu nahe an eine Wand flogen. Sie versuchten nie zu landen oder sich irgendwo niederzulassen. Ein derartiges Manöver wurde, wie ich annahm, von dem Apparat auf ihrem Rücken verhindert, und das musste ihnen, wie ich weiter annahm, irgendwie bewusst sein. Also würden sie endlos weiterkreisen, bis die Ermüdung – Fliegenermüdung – einsetzte und sie auf den Teppich abtrudelten.

Ich blieb da stehen, während Usman mit Blitzlicht mehrere Fotos machte. Ich hielt die Hand so nahe wie möglich an die Flugzeuge, um die Größenverhältnisse deutlich zu machen.

»Kannst du sie freilassen?«, fragte ich.

»Nein. Sie sind da festgeklebt.« Er lächelte. »Sie sind für den Rest ihres Lebens Pilot.«

»Sie sind recht hübsch anzusehen«, sagte ich.

Er machte noch ein Foto.

»Was jetzt?«

»Sie kommen im Einsatz um«, sagte er. Er nahm eine Dose Fliegenspray in die Hand. PifPaf hieß es, eine gelbe Dose mit einer ungelenken roten Beschriftung. Er richtete sie auf eins seiner Flugzeuge und hüllte es in eine Spraywolke ein.

»Wie der arme Dawie«, sagte er.

Ein Weilchen flog das Flugzeug noch normal weiter, doch dann fing es an zu rütteln und seitlich wegzurutschen, und nach ein, zwei Sekunden fiel es flatternd auf den Boden wie ein Blatt. Er zielte auf die anderen beiden.

»Nein, nein, Usman«, sagte ich schnell. »Tu das nicht.« Ich machte die Tür auf. »Schenk ihnen einen letzten Flug zur Erinnerung.«

Ich holte eins aus der Luft, und Usman fing das andere ein. Wir standen auf der Schwelle des Bungalows und katapultierten die kleinen Flugzeuge in die Nacht hinaus. Zuerst schienen sie außerhalb des beengten Zimmerwürfels verdutzt zu sein und flogen in engen Flugbahnen von ein bis anderthalb Metern hin und her. Doch dann stieg eins von ihnen ganz plötzlich auf und davon, und wir verloren es bald aus den Augen, als es aus dem Lichtschein der Glühbirne über der Eingangstür verschwand. Das andere flog noch ein Weilchen im Zickzack hin und her, kurvte dann, vielleicht von einem Windstoß erfasst, gleichfalls nach oben davon und entschwebte in die ungeheure Weite der Nacht.

Wir gingen wieder hinein, und Usman zeigte mir seine Zeichnungen und Vorstudienmodelle. In einem Schrank hatte er ein Marmeladenglas, in dem es von Pferdebremsen wimmelte, die er mit einem Schmetterlingsnetz am Strand gefangen hatte. Er tat sie ein, zwei Sekunden lang in ein Glas mit giftigen Dämpfen, um sie so weit zu betäuben, dass sie bewegungsunfähig wurden, dann klebte er sie in das Geschirr ein. Es hatte lange gedauert, bis er den genauen Winkel berechnet hatte, in dem sie daran fixiert werden mussten. Es sei nur mit viel Probieren gegangen, erzählte er mir, und er habe Tage gebraucht, bis er die exakte Position gefunden habe, bei der die Vorwärtsbewegung der Pferdebremsenflügel, wenn sie richtig ausgesteuert war, der natürlichen Aerodynamik der sorgfältig ausgeschnittenen und geformten Papiertragflächen nicht entgegenwirkte oder sie aufhob.

Er zeigte mir eine Flugmaschine ohne Fliege. Sie lag unglaublich leicht in meiner Hand, wie eine Hülse, das Gespenst einer Libelle. Die Tragflächen waren wunderschön ausgearbeitet, sie waren abschnittsweise gebogen, um Auftrieb zu geben, und die Spitzen waren umgeschlagen. Das Seitenleitwerk war unverhältnismäßig groß, eine ungewöhnliche V-Form. Durch dieses Konstruktionsmerkmal fliege das Flugzeug geradeaus, sagte er. Es sei sehr mühsam für die Fliege, die Maschine zu wenden. Darum wirkten die Bewegungen auch so einstudiert, ihre Kehren so bedächtig und langsam.

Die Pferdebremse wurde also sediert, so in das Geschirr eingepasst, dass sich die Flügel ungehindert bewegen konnten, und dann leicht nach hinten geneigt festgeklebt. Usman zeigte mir seine Zeichnungen, makellos wie die Baupläne eines Architekten. Ich setzte Datum und Unterschrift unter die Erklärung, dass ich Zeugin gewesen sei, wie diese Maschinen beständig und mit Kraftantrieb geflogen seien. Ich war überrascht und beeindruckt; die Zeichnungen waren nicht maßstabsgetreu, sondern überlebensgroß. Sie hatten eine seltsame, surreale Schönheit.

»Du hast offenbar eine Menge Zeit gehabt«, sagte ich. »Ich dachte, da wäre ein Krieg im Gange?«

»Ich dachte, er wäre vorbei. Dann sind wir in drei Tagen drei Einsätze geflogen, nachdem wir fast einen Monat frei gehabt hatten.«

»Was ist los?«

»Ich weiß nicht. Die UNAMO ist aus ihrer Enklave ausgebrochen.« Er zuckte die Schultern. »Ich weiß nur, dass es jetzt die UNAMO ist. Nicht die FIDE oder EMLA.« Er lächelte. »Aber wir können sie nirgends finden. Komm, lass uns essen gehen.«

Ich lag nackt in Usmans Bett und wartete auf ihn. Ich war ruhig und gelassen. Die Schimpansen, das Patrouillieren der Nordländer, Mallabar und sein Buch waren nicht vergessen, aber gut in ihrem Zusammenhang aufgehoben, und daher konnte ich leichter damit umgehen.

»Hast du dich gewaschen?«, rief Usman.

»Ja«, sagte ich.

Damit nahm er es sehr genau: Er hatte es gern, wenn wir uns beide den Genitalbereich wuschen, ehe wir miteinander schliefen. Er sagte, das sei höflich.

Ich schlüpfte aus dem Bett und ging zur Badezimmertür. Usman stand in der Badewanne und spülte sich mit Wasser aus einem Krug die Seife von den Leisten. Er kam heraus und trocknete sich ab. Sein Penis und die Hoden waren merkwürdig dunkel, fast schon anthrazitgrau gegen die Karamellfarbe von Bauch und Schenkeln.

»Was guckst du?«, fragte er.

»Deinen fetten Bauch an.«

Er zog ihn ein und klapste darauf. »Muskeln«, sagte er und versuchte sich ein Lächeln zu verkneifen. »Kompakte Muskeln.«

Während er sich abtrocknete, konnte ich sehen, dass er langsam erregt wurde. Ich glaube, er hatte es gern, wenn ich offen und unbefangen war. Einmal war ich, als er unter der Dusche stand, ins Bad gekommen und hatte geschissen. Ich hatte nicht weiter darüber nachgedacht, aber Usman erzählte mir hinterher, das habe ihn zugleich schockiert und erheitert.

»Bis gleich, Fettmops«, sagte ich. Ich ging ins Bett zurück und wartete auf ihn.

Am nächsten Morgen war ich früh auf. Ich tippte (auf einer an der Rezeption ausgeliehenen Schreibmaschine) einen langen Nachtrag zu meinem Artikel über die Tötung von Mr. Jeb. Usman brachte das und Joãos gesamte Feldbeobachtungen zu einem Büro auf dem Flugplatz und ließ es fotokopieren. Ich machte ein Paket aus diesen Kopien und gab sie Usman zur sicheren Aufbewahrung. Nicht alles Material von Grosso Arvore würde im Mallabar-Archiv aufbewahrt werden.

Dann traf ich mich mit Martim und Tunde, den Küchenhilfen, die mit mir hergefahren waren. Wir machten unsere Besorgungen und Einkäufe, und ich erledigte die verschiedenen kleinen Botengänge für die anderen. Ich ging von der Kathedrale direkt den Berg hinunter zum Hauptpostamt und gab meine Nachgedanken an meinen Freund bei der Zeitschrift auf. Ich wartete vierzig Minuten lang in einer heißen Glaskabine, während die Telefonvermittlung versuchte, mich mit London zu verbinden. Schließlich leuchtete das Lämpchen über dem Telefon auf und zeigte an, dass die Verbindung hergestellt war. Ich rief eine Zeit lang hallo in den Hörer, konnte aber nichts hören als das Rauschen und Knacken des Äthers.

Bei der Rückkehr ins Hotel fand ich die kopierten Feldbeobachtungen und eine Nachricht von Usman, ich solle ihn in seinem Strandhäuschen zu einem späten Mittagessen treffen.

Vor der Küste sah ich – meilenweit entfernt – eine große Gewitterwand lauern, einen riesigen, wankenden Wolkenkontinent mit Bergen und Plateaus, Klippen und Abgründen. Wir saßen gut zwei Meter über dem Sand auf einer großen Holzterrasse und schauten uns die Aussicht an. Die Sonne schien, doch die Wolken vor der Küste ließen den Tag und den Strand und die schäumenden Brecher gefährdet und unbeständig wirken.

Usman hatte sich dieses Strandhäuschen von einem syrischen Kaufmann geliehen, den er kannte. Es war frisch gestrichen, aber erst halb repariert. Die vorspringende Terrasse war stabil, mit neuen Holzbohlen und Stützen, aber wenn man die Tür aufmachte und ins Haus gehen wollte, bemerkte man, dass das Dach eingefallen war. Doch auf der Terrasse war es schön. Sie bekam noch den leisesten Luftzug ab, und wir befanden uns so hoch über dem Boden, dass wir den Sandfliegen entgingen.

Usman hatte ein seltsames Essen mit Knoblauchwurst und einem Salat aus Süßkartoffeln und Zwiebeln zubereitet. Es gab etwas Brot und amerikanischen Schmelzkäse und eine Ananas. Wir tranken Bier aus einer Kühlbox.

Wir saßen auf Aluminiumstühlen – ein Aluminiumtisch mit dem Mittagessen darauf stand zwischen uns –, hatten die

Füße auf die Balustrade gelegt und sahen zu, wie die Wellen ans Ufer schlugen. Usman erzählte mir, dass der Syrer ihm das Strandhaus zum Kauf angeboten habe.

»Wozu denn?«, sagte ich. »Du bist doch nicht mehr lange hier.«

»Aber es ist ganz billig. Und ich hab sowieso nichts, wofür ich mein Geld ausgeben kann.«

»Schickst du es nicht nach Hause?« Ich hatte Usman nie richtig nach seinen häuslichen Arrangements befragt.

»Natürlich, ich schicke etwas an meinen Bruder und meine Schwestern.«

»Und deine Frau und deine Kinder?«

Er sah mich an, dann lachte er. »Ach, Hope. Ich bin nicht verheiratet.«

»Das stört mich nicht.«

Er trank immer noch lächelnd einen langen Schluck von seinem Bier, belustigt über mich.

»Ich war zu engagiert, um zu heiraten«, sagte er.

»Engagiert für was?«

»Für den Weltraum.«

Er erzählte mir, er habe sich viele Jahre lang zum Astronauten ausbilden lassen. Als die Russen ihr Weltraumprogramm für gewisse Länder der dritten Welt – insbesondere Indien, Vietnam und Ägypten – öffneten, hatte Usman zu den sechs ägyptischen Luftwaffenpiloten gehört, die für das Grundtraining ausgewählt wurden. Vier Jahre sei er direkt in Baikonur gewesen, sagte er, und habe auf den großen Tag gewartet. Dann seien die sechs auf zwei reduziert worden, Usman und ein anderer. Es habe immer einen Ersatzmann gegeben, sagte er: zwei Inder, zwei Vietnamesen, zwei Ägypter. Niemand wusste, wer davon ausgewählt würde.

»Ich wusste, dass ich es sein würde«, sagte er ganz sachlich. »Es war doch mein Traum, in den Weltraum zu kommen. Ich hab mit den anderen gesprochen, die schon da gewesen waren, die auf die Welt herabgesehen hatten. Ich hab die Fotos gesehen …« Er lächelte traurig. »Ich glaube, das war mein Fehler. Die Fotos waren so schön, weißt du.« Er verzog das Gesicht und schauderte bei der Erinnerung an ihre Schönheit. »Ich war kein lupenreiner Techniker mehr. Ich hab sogar angefangen, Gedichte zu schreiben über die Erde, wie sie vom Weltraum aus aussieht. Ich glaube, das war mein Fehler.«

»Und so haben sie den anderen genommen.«

»Ich war bis kurz vor dem Start dabei. Falls mit ihm irgendwas schiefgeht. Ist aber nicht.«

»Das ist traurig.« Ich empfand nichts als Liebe zu ihm in dem Moment.

Er machte ein resigniertes Gesicht. »Und jetzt fahren die Amerikaner zum Mond.«

»Dann kannst du also Russisch?«, fragte ich, um einen Stimmungswechsel herbeizuführen.

»Ach, das meiste hab ich vergessen … Aber es war eine lange Zeit, weißt du, da zu sein, so von einer Sache besessen zu sein und sie dann nicht zu bekommen …« Er kniff sich in den Nasenrücken. »Als ich nach Ägypten zurückkam, war nichts mehr wie früher, ich konnte mich nicht einleben. Ich musste aus der Luftwaffe ausscheiden.« Er drehte sich um und lächelte. »Da hab ich eine Anzeige gesehen, dass ›Ausbilder‹ gesucht würden. Und jetzt bin ich hier und kämpfe anderer Leute Krieg.«

»Hast du denn kein Zuhause?«

»Ich habe eine kleine Wohnung in Alexandria. Da wohnt im Augenblick mein Cousin.« Er stand auf und zog seine Badehose hoch. »Es ist kein richtiges Zuhause. Darum würde ich gern dies Haus hier kaufen.«

»Also, dann tu es. Wenn es dich glücklich macht.«

Er kam um den Tisch herum und küsste mich.

»Hope. Die kluge Hope. So einfach ist das nicht. Ich glaube

nicht, dass eine alte Strandhütte mich glücklich machen kann.«

Nachts, in aller Frühe, vor Sonnenaufgang, kam jemand an die Tür, um ihn zu wecken. Ich hörte sie eine Zeit lang leise reden, dann zog Usman sich an. Bei Sonnenaufgang sollte ein Einsatz geflogen werden, sagte er. Sie müssten jetzt zur Einsatzbesprechung. Eine UNAMO-Kolonne, sagte er, die sich auf die Sümpfe und Flussgebiete im Norden zubewegte. Ich schlief noch halb, als er mich auf die Wange küsste und auf Wiedersehen sagte.

»Wenn du wiederkommst, Hope, nächstes Mal. Ich kaufe diese Strandhütte. Dann wohnen wir da.«

Ein paar Stunden später verließ ich das Hotel zur Rückfahrt nach Grosso Arvore. Als ich gerade in die Straße einbog, die am Flugplatz vorbeiführt, hörte ich das Heulen von Düsenmotoren und sah sechs MiGs, immer zwei und zwei, mit orangefarbenen Nachbrennern, abheben und im Steigflug in die dunstig blaue Morgenluft davonziehen.

DER KOSMISCHE MORGEN

Hope hat Mitleid mit Usman und seinen verlorenen Träumen vom Flug ins All. Sie hat diese hoch über unserer diesigen Atmosphäre aufgenommenen Fotos vom heimatlichen Planeten auch gesehen. Sie kann seine Sehnsucht verstehen, dort oben in der unendlichen Finsternis zu sein, mit einer Geschwindigkeit von fünf Meilen pro Sekunde durch den luftleeren Raum zu wirbeln und auf die blauweiße Kugel hinabzusehen.

Die Himbeertöne eines kosmischen Morgens zu beobachten. Den pelzigen Dunst der empfindlichen Biosphäre zu sehen. Sich Aufgang und Untergang des Mondes anzuschauen, der so rasch aufsteigt wie ein Bläschen in einem Glas Wasser und so rasch fällt wie ein Pingpongball von der Tischkante. Die riesigen Spiralen von Planktonblüten in den Ozeanen zu betrachten, Hunderte von Meilen breit. Die sechzehn Sonnenaufgänge und Sonnenuntergänge zu zählen, die man alle vierundzwanzig Stunden sieht, während man den wunderschönen Planeten umkreist ... Vielleicht wäre er noch weiter hinausgekommen und hätte sich das Erdlicht in die Augen scheinen lassen können oder – wer weiß? – sogar den Erdaufgang erlebt, blau und träge über der fahlen Mondoberfläche, wie diese amerikanischen Astronauten, die er so beneidete.

Usmans Träume waren nicht von dieser Welt. Es war sicher schwer, damit zu leben.

Hope schmiedete einen Plan. Sie würde John ein Wochenende lang heimlich, versteckt beobachten, um zu sehen, was da vor sich ging. Daher erzählte sie ihm am Telefon, dass sie nach Hause käme, und rief ihn dann Freitag spätabends noch einmal an, um abzusagen. Eine wichtige Sitzung, ein Vorstellungsgespräch mit Winfriths Nachfolger, ihre Anwesenheit sei erforderlich. John sagte, das sei schade; er habe sich auf ihr Kommen gefreut.

Also nahm sie einen Zug nach London, mietete ein Auto, fuhr zu einem der großen anonymen Hotels nahe der Cromwell Road und ließ sich ein Einzelzimmer geben.

Am Samstagmorgen fuhr sie zu ihrer Straße und parkte. Sie sah John allein aus der Wohnung kommen und zum College gehen. Sie beobachtete das College beinahe ununterbrochen – sie musste essen und ihre Notdurft verrichten – bis sieben Uhr abends, als er nach Hause ging. Er verließ die Wohnung an dem Abend nicht wieder und bekam auch keinen Besuch.

Am Sonntagmorgen war sie so früh auf, dass sie ihn mit den Sonntagszeitungen vom Zeitungsladen zurückkommen sah. Es war ein komisches Gefühl, ihn so zu bespitzeln, einen Menschen, den man intim kennt, so zu betrachten, wie andere ihn sehen. Facetten von Johns Erscheinung, die vertraut geworden waren, wirkten jetzt wieder eigenartig: seine nichtssagende, unmoderne Kleidung, der enge Sitz seines Jacketts, sein drahtiges zurückgekämmtes Haar. Beim Gehen schwankte er leicht von einer Seite zur anderen, fast wog er sich in den Hüften. Er rauchte ununterbrochen.

Der Nachmittag war heiter, kalt und klar, aber in der Sonne war es warm. Gegen drei Uhr verließ er die Wohnung mit einem zottigen Bündel Zeitungen und einem Notizbuch. Er ging in den Hyde Park. Er setzte sich auf eine Bank, las ein Weilchen und notierte sich dann etwas in sein Notizbuch. Dann wanderte er zur Serpentine hinunter und schlenderte umher, wobei er stehen blieb, um die letzten unerschrockenen Bootsfahrer des Jahres und die Modellbootenthusiasten zu bestaunen.

Er sah blass aus und schmal im Gesicht, und trotz ihrer Vorsätze und ihrer Wut fühlte sie, wie sich Mitleid mit ihm in ihr regte, beinahe genug, um hinüberzulaufen und zu sagen: Hallo, ich bin's, ich bin unerwartet doch gekommen … Aber nicht wirklich genug. Sie hielt sich im Hintergrund und beobachtete ihn, bis er nach Hause ging, wobei er unterwegs haltmachte und sich etwas zu essen kaufte. Sie saß bis zehn vor der Wohnung im Auto, dann kehrte sie in ihr Hotel zurück. Sie rief ihn an.

»Hallo, ich bin's«, sagte sie. »Wie geht's dir?«

»Gut, gut.«

»Hast du versucht, mich anzurufen? Ich war weg.«

»Äh, nein. Ich wollte gerade.«

»Telepathie.«

»Tja. Muss wohl.«

»Ist alles in Ordnung? Du klingst ein wenig … niedergeschlagen.«

»Nein, wirklich«, sagte er. »Mir geht's gut.«

»Was hast du so getrieben?«

»Zeitung gelesen. Im Park spazieren gegangen.«

»Schön draußen?«

»Ja. Bisschen kalt.«

»Komisches Gefühl, dass du in London bist und das alles machst, ohne mich.«

»Bloß ein Spaziergang im Park.«

»Sehnsucht nach mir?«

»Was? Ja, natürlich.«

»Komm doch diese Woche mal runter. Mittwoch, Donnerstag.«

»Vielleicht mach ich das wirklich.«

So redeten sie noch ein Weilchen weiter und sagten sich dann gute Nacht. Sie fand, er habe deprimiert geklungen, auch wenn er es abstritt. Sie beschloss, noch einen Tag zu warten, und rief Munro an, um es ihm zu sagen, wobei sie als Entschuldigung einen Zahnarzttermin vorschob.

Am nächsten Morgen war sie um acht vor der Wohnung, saß in ihrem Auto, futterte ein klebriges Gebäckstück und trank Kaffee aus einem Plastikbecher. Bis zehn war nichts von John zu sehen, und sie begann sich zu fragen, ob sie ihn vielleicht verpasst hatte. War er besonders früh zur Arbeit gegangen? Hatte er verschlafen? Nach einigem Nachdenken entschloss sie sich, an der Haustür zu klingeln, bloß um zu sehen, ob er antwortete. Am Haupteingang gab es eine Gegensprechanlage. Ihre Wohnung lag im vierten Stock. John würde sie nicht sehen, selbst wenn er sich aus dem Fenster lehnte.

Sie stieg aus dem Auto und überquerte die Straße. Als sie auf die Haustür zuging, hörte sie jemanden ihren Namen rufen. Sie blieb abrupt stehen und zog automatisch schuldbewusst die Schultern ein. Sie drehte sich um. Es war Jenny Lewkovitch. Hope befahl sich, nicht albern zu sein: Das war ihre Haustür; was hätte schließlich natürlicher sein können.

»Hallo«, sagte Jenny lächelnd. »Ich hatte ganz vergessen, dass du hier in der Gegend wohnst. Aus irgendeinem Grund hab ich gedacht, du wohnst in Notting Hill.«

»Nein«, sagte Hope; sie kramte in ihrer Tasche nach dem Schlüssel. »Nummer 43.«

»Ich suche ein Käsegeschäft«, sagte Jenny. »Hier soll doch irgendwo ein wahnsinniges Käsegeschäft sein, nicht?«

Hope zeigte mit dem Finger hin. »Bute Street. Drei weiter.«

»Toll.«

Es entstand eine Pause. Hope fiel nichts zu reden ein. Sie merkte, wie ihr Gesicht heiß wurde.

»Also …«, sagte Jenny. »Bis dann. Gehst du zu dieser College-Fete? Samstag?«

Hope schloss die Haustür auf.

»Nein. Da bin ich in Dorset.«

»Na ja. Grüß John von mir. Bis dann.«

Sie ging. Hope machte die Tür zu, stand in dem trüben Flur und kam sich auf absurde Weise blöde vor. Sie war unglaublich verkrampft und verlegen gewesen, wie ihr jetzt klar wurde, weiß der Himmel, was Jenny sich gedacht hatte. Sie sah die Post durch und nahm ihre Briefe heraus. Ich muss jetzt hochgehen, sagte sie sich, das ist doch lächerlich. Wenn er da ist, sag ich, ich musste wegen einer Sitzung zurückkommen.

Sie rannte die Treppe hoch.

Als sie auf dem Treppenabsatz unter ihrem Stockwerk ankam, hörte sie, wie ihre Wohnungstür aufging und John sagte: »Die Pünktlichkeit in Person.« Hope verlangsamte ihren Schritt. John stand mit einem breiten Lächeln im Eingang. Als er sie sah, erlosch es, aber nur für eine Sekunde.

»Hallo«, sagte er. »Ich dachte mir doch, ich hätte dich gehört.«

Hope war kalt. Sie spürte, wie ihr eine Spannung den Rücken hochlief und die Kopfhaut zusammenzog.

»Die Pünktlichkeit in Person«, sagte sie. »Wer ist das denn?«

Aber sie brauchte eigentlich nicht zu fragen. Jetzt wusste sie, wer XXXXX war.

»Ich hab jemanden gebraucht«, sagte er freimütig. »Du warst ja nicht da.«

»Du meine Güte. Alles meine Schuld.«

»Sie ist nicht glücklich. Bogdan hat … Er will sie verlassen. Und mir ging es dreckig. Herrgott, du weißt doch, wie dreckig es mir gegangen ist.« Er schien an seinem Gesicht zu knuffen und zu stupsen, als sei es im Begriff, gefühllos zu werden. »Was soll ich sagen? Alles nur Klischees. Ich, sie, ein Augenblick. Ein Kuss. So beschissen trivial.«

Bei der Vorstellung, wie Jenny Lewkovitch John küsste, wurde ihr speiübel.

»Ich mag sie nicht mal besonders«, sagte er. »Sie macht mich nicht besonders an.«

»Und davon soll es mir besser gehen?«

»Es ist keine … große Leidenschaft. Es ist einfach so passiert. Wir sind da so reingeschlittert.«

»In unser Bett.«

»Komm mir jetzt nicht mit bitterem Sarkasmus, bitte.«

Er sah auf seine Hände auf dem Tisch hinunter.

»Alles geht schief«, sagte er mit ruhiger Stimme. »Alles. Es tut mir leid.« Er holte tief Luft. »Es ist verachtenswert. Unverzeihlich. Ich bin schwach. Ich bin ein Lügner.« Er zuckte mit den Schultern und sah sie an. »Jetzt, wo du da bist, verstehe ich mich selbst nicht mehr. Ich begreife nicht, wieso ich das getan habe. Jetzt, wo du da bist.«

Hope dachte an den Augenblick gestern im Park und ihre Anwandlung von Mitleid mit ihm. Sie schob ihren Stuhl zurück und ging um den Tisch herum. Er verspannte sich, als sie näher kam. Noch nicht einmal da wusste sie genau, was sie tun würde. Von irgendwoher kam das Bedürfnis, ihn zu schlagen.

»Das Leben ist zu kurz«, sagte sie und beugte sich hinunter, um ihn auf die Wange zu küssen.

Sie redeten darüber. Hope gestand, dass sie ihn zwei Tage lang beobachtet hatte. Er war erschüttert über diese Mitteilung. Er meinte, er hätte nie damit gerechnet, dass sie derart verschlagen wäre. Hope sagte, sie hätte nie damit gerechnet, dass er eine Affäre mit Jenny Lewkovitch hätte.

Sie machten einen Spaziergang und gingen in einem Restaurant essen. Sie versuchten, über etwas anderes zu reden, dann gestanden sie sich gegenseitig ein, dass sie versuchten, über etwas anderes zu reden, und redeten daher noch ein bisschen über die Affäre.

Der Tag verging in seltsamer Lethargie.

Von allen Gefühlen, die Hope empfand, war das absonderlichste ein Gefühl der Enttäuschung. Enttäuschung darüber, dass er sie mit einem so gewöhnlichen, so alltäglichen Menschen wie Jenny Lewkovitch betrügen konnte. Sie rief sich ihr Zusammentreffen an der Haustür in Erinnerung. Ihre Verlegenheit, Jennys kesse, unverschämte Lügen. Das Käsegeschäft ... Das Geplauder ... Sie sah wieder Jennys schmales Gesicht vor sich, ihr komisches spitzes Kinn, ihre Ponyfrisur, ihre unförmigen rustikalen Kleider. Sie versuchte sich mit den Augen eines Mannes vorzustellen, was Jenny Lewkovitch wohl an sich hatte, das man sexuell anziehend nennen könnte. Es gelang ihr nicht. Vielleicht war es einfach nur eine Frage von Bedürftigkeit und Gelegenheit auf beiden Seiten ...? Aber wie *öde,* dachte sie, und wie enttäuschend. Und überhaupt, was sagt mir das?

Am Abend dieses trägen Tages änderte sich Johns Laune allmählich. Den Nachmittag über hatte er sich Mühe gegeben, hatte sorgfältig auf sein Benehmen geachtet und die Verantwortung für die Folgen seines Tuns übernommen. Als es dunkel wurde, spürte Hope, wie er sich langsam in sich selbst zurückzog.

Um halb sieben stellte er den Fernseher an und setzte sich

gemütlich hin, um eine Quizsendung anzuschauen, das Notizbuch in der Hand.

»Warum guckst du dir diesen Scheiß an?«, fragte sie.

»Es interessiert mich.«

»Spieltheorie? Schon wieder?«

»Äh … tja. So ungefähr.«

Sie ließ ihn gewähren. Sie ging ins Schlafzimmer und bezog die Betten frisch. Sollte das nicht eigentlich *er* tun? dachte sie und gestattete sich ein wenig Bitterkeit. Sollte *er* sich nicht etwas mehr um *meine* Gefühle kümmern? Das war doch bestimmt die Aufgabe des Ehebrechers, nicht die der Betrogenen …? Dann befahl sie sich, sich zu beruhigen. Insgesamt war ja geplant, wie sie sich mit einer gewissen Ironie ins Gedächtnis rief, nicht so zu tun, als sei gar nichts geschehen, sondern die Bedeutung – die *mangelnde* Bedeutung – des Geschehenen im rechten Licht zu sehen …

Sie stopfte das Bettzeug in einen Plastiksack. Sie würde es nicht in die Wäsche geben, dachte sie, sondern es einfach wegwerfen. Eine teure symbolische Geste vielleicht, aber darum nicht weniger befriedigend. Und sie –

»Hope?«, rief John aus dem Wohnzimmer.

Sie ging zu ihm. Er sah sich noch immer gespannt die Quizrunde an, hatte aber den Ton so leise gedreht, dass er fast nicht zu hören war. Er sah kurz zu ihr hinüber, dann wieder auf den Bildschirm. Sie wartete geduldig.

»Ich bin ganz Ohr«, sagte sie.

»Ich glaube …« Er hielt inne, die Augen noch immer beim Spiel. »Ich glaube, wir sollten damit Schluss machen.«

»Womit? Mit Fernsehen?«

»Mit dieser Farce.«

»Ich kann dir nicht folgen.«

Er stand auf und stellte den Fernseher ab.

»Mit uns beiden. Der Ehe«, sagte er. »Ich halt das nicht mehr länger aus.«

John zog aus. Sie warf ihn im Grunde nicht hinaus, tröstete sich aber zeitweilig mit dem Gedanken, sie hätte es getan. In Wirklichkeit ließ sie ihn in ihrer Wohnung sitzen und ging nach Dorset zurück, in der Annahme, dass er fort wäre, wenn sie das nächste Mal wiederkäme.

Bevor sie ging, rief sie Bogdan Lewkovitch an und sagte ihm, dass sie mit ihm reden wollte. Er schlug vor, sich in einem Café am U-Bahnhof South Kensington zu treffen. Als sie kam, wartete er schon dort. Es war ein dunkles, altmodisch wirkendes Lokal mit rissigen Wachstuchdecken auf den Tischen und fülligen alten Damen als Bedienung. Sie tranken Milchkaffee aus zerkratzten Plastiktassen.

Bogdan war ein großer Mann mit unordentlichem blondem Haar und litt – merkwürdig für jemand in seinem Alter – immer noch an Akne, hatte immer ein paar rosa Pickel an Hals und Kiefer unterhalb der Ohren. Er hatte eine lebhafte und direkte Art und erregte oft unbeabsichtigt Anstoß im College. Hope mochte ihn. Während sie sich unterhielten, aß er drei Stück Kuchen, klebriges dreieckiges Gebäck mit kieselsteingroßen Nüssen darauf.

»Es geht um John?«, fragte Bogdan gleich, mampfend.

»Ja.«

»Was soll ich dir sagen? Er ist jeden Tag anders.« Er tupfte mit dem Zeigefinger ein paar Krümel vom Tisch. »Das gehört natürlich mit zu seinem Charme.«

Er erzählte ihr, dass Johns Arbeit über Turbulenzen sich gut angelassen habe, aber er sei zu schnell vorgegangen. Schlüsse, die er aus einer Untersuchung der Strömung von Flüssigkeiten zog, habe er dann allgemeiner auf alle Arten von Diskontinuitäten anzuwenden versucht. Doch da seien die Rechnungen nicht ganz aufgegangen. Diese viel versprechenden Wege hätten sich als Sackgassen erwiesen. Klare und reizvolle Formeln hätten zu umständlichen Lösungen von geschwätziger Komplexität geführt.

»Und daher war er eine Zeit lang sehr deprimiert. Was nur natürlich ist. Wir konnten es alle begreifen. Aber andererseits« – er wand sich theatralisch – »machen wir das alle durch. Diese Art von Frustration.«

Bogdan sagte, das erste wirklich schlimme Zeichen sei gewesen, dass John mal hier, mal da, fast aufs Geratewohl, über andere Themen zu arbeiten begonnen hatte – irrationale Zahlen, Täfelungen, Topologie. »Selbst die hehre Welt der Physik hat ihn ein, zwei Wochen lang angezogen«, erklärte er mit sarkastischem Lächeln.

»Und jetzt ist er wieder bei der Spieltheorie angelangt«, sagte Hope. Sie erzählte ihm von der Quizshow.

Bogdan meinte, anfangs sei Johns Arbeit verblüffend gewesen. Er habe einen Vortrag gehalten, den alle absolut ungewöhnlich und aufsehenerregend fanden. Das Dumme sei, sagte Bogdan, dass es in der Welt der Wissenschaft keine Besitzansprüche gebe. Auf der ganzen Welt arbeiteten viele Leute gleichzeitig auf Johns Gebiet. Da würden turbulente, diskontinuierliche Erscheinungen aller Art analysiert: Wettersysteme, Wirtschaftsmärkte, Radiointerferenzen. John sei nicht allein, sagte er. Er bestellte Kaffee nach.

»Aber das grausam Ironische daran ist«, fuhr er fort, »dass das, was John sich in den ersten Monaten über Turbulenzen erarbeitet hat, anderen offenbar neue Wege erschlossen hat, ihm aber nicht. John ist wie … du weißt schon, ein Mensch, der eine dampfgetriebene Maschine erfindet und dann feststellt, dass James Watt vor ihm im Patentamt angelangt ist.« Er zuckte die Achseln. »Passiert ständig. Selbst wenn man mit nichts als abstrakten Ideen handelt, mit Konzepten.« Er schnippte mit den Fingern. »Da bringt jemand auf der anderen Seite der Welt genau die gleichen Beweise an.«

»Also. John ist soundso weit gekommen, kann aber nicht weiter.«

»Tja, und das macht ihn fertig, denk ich mir. Mich würde

es fertigmachen. Siehst du, er meint, jemand anders schnappt ihm den Preis vor der Nase weg.«

»Was kann er da tun?«

»Nichts. Er muss sich einfach damit abfinden. Das sagen wir ihm alle, aber weißt du, ich glaube, genau daher kommen seine Probleme.«

Hope runzelte die Stirn. Sie war sich nicht sicher, ob das erklärte, warum er mit Jenny geschlafen hatte.

»Neulich ist mir Jenny über den Weg gelaufen«, sagte sie. »Wie geht's ihr denn?«

Bogdan aß gerade. Er schluckte und spülte etwas Kaffee hinunter und erzählte ihr dann mit einem gewissen Eifer, dass sie daran dächten, sich scheiden zu lassen.

»Ich hab eine andere«, sagte er. »In Birmingham. Ich bin sehr glücklich mit ihr.«

»Oh. Wie schön.«

»Aber, weißt du, ich mach mir Sorgen wegen der Kinder, und so weiter und so fort.«

Hope sagte, das verstehe sie.

»Und Jenny«, sagte Bogdan. »Ich glaube, sie scheint einen Liebhaber hier in London zu haben. Ich weiß aber nicht, wen.«

Einen Moment lang wollte die Bosheit sie bewegen, sie drängen, es mit einem kleinen Racheakt zu versuchen, aber sie hielt sich zurück. Stattdessen erzählte sie ihm vage von ihren Problemen mit John und dass sie sich für eine Weile trennen wollten. Es gebe niemand anderes, sagte sie, es sei eine Frage unvereinbarer Temperamente. Sie hätten beide das Gefühl, dass eine gewisse Zeit der Trennung vielleicht das Richtige sei. Hope schrieb Bogdan ihre Telefonnummer in Dorset auf und gab sie ihm. Sie bat ihn, ein Auge auf John zu haben.

»Gib mir Bescheid, wenn es schlimmer wird«, sagte sie.

»Aber sicher. Ich seh ihn jeden Tag. Ich ruf dich an.«

Sie verließen das Café. Nach der braunen Düsternis schien

es draußen sehr hell zu sein. Hope zuckte zurück, als ein Bus vorüberdonnerte. Bogdan küsste sie zum Abschied und redete ihr noch einmal gut zu.

»Alle lassen sich scheiden«, sagte er trocken. Er machte eine Pause. »Sind schon komische Leute, diese Mathematiker«, sagte er. »Du hättest einen Physiker heiraten sollen. Wir sind nicht ganz so verrückt.«

DIE INFINITESIMALRECHNUNG

Die Infinitesimalrechnung ist der raffinierteste Bereich in der ganzen Mathematik. Sie befasst sich, so lese ich, mit den Änderungsraten von Funktionen unter Berücksichtigung von Veränderungen der unabhängigen Variablen. Sie ist die Grundlage jeder mathematischen Analysis.

Das sagt mir überhaupt nichts. Doch diese Vorstellung von ihrer Raffinesse und Bedeutung zieht mich immer noch an.

Eine einfachere Definition sagt mir, dass die Infinitesimalrechnung den kontinuierlichen Wandel untersucht, dass sie sich mit Wachstum und Verfall beschäftigt, und jetzt begreife ich allmählich, warum sie so ein wesentliches Instrument ist. Wachstum, Wandel und Verfall … Das betrifft uns alle.

Aber ihre entscheidende Schwäche ist, wie mir scheint, dass sie nicht mit abrupten Veränderungen fertig wird, dem anderen gemeinsamen Merkmal unseres Lebens und der Welt. Nicht alles bewegt sich stufenweise, nicht alles geht auf und ab wie die Linien in einem Diagramm. Die Infinitesimalrechnung verlangt Kontinuität. Der mathematische Terminus für abrupte Veränderungen heißt »Diskontinuität«. Und da nützt die Infinitesimalrechnung überhaupt nichts. Wir brauchen etwas, was uns hilft, das in den Griff zu bekommen.

Die Regenfälle kündigten sich bedrohlich an, kamen aber trotzdem nie. João und ich hielten unsere Wacht an der Donau aufrecht, sahen aber keine weiteren Einfälle. Alda protokollierte unterdessen die Bewegungen der anderen Mitglieder der Südgruppe, so gut es ging, allein.

Nachdem ich einige Tage erhitzt, klebrig und von Fliegen geplagt in meinem Versteck mit Aussicht auf die Schlucht des Flusses gesessen hatte, beschloss ich, weiteres Wachehalten sei nutzlos. Infolge des Überfalls auf Mr. Jeb hatte Clovis, so nahm ich an, die Südgruppe weiter nach Süden geführt, fast bis an den Rand des Steilabbruchs. Ihr Kerngebiet lag nun gut zwei Meilen von der Donau entfernt, patrouillierende Nordländer würden auf jeden Fall einen weiten Bereich des Waldes erkunden müssen, um sie zu finden.

An den meisten Tagen war ich vom Morgengrauen bis Sonnenuntergang fort vom Camp. Ich kam oft spät in die Kantine, wenn die anderen schon mit dem Essen fertig waren, und konnte so soziale Kontakte auf ein Minimum beschränken. Nachdem wir unseren Wachdienst am Fluss aufgegeben hatten, ging ich einen Vormittag lang die Daten von Aldas Beobachtungen durch, um festzustellen, wie weit das Kerngebiet der Südgruppe sich verlagert hatte und wie eingeschränkt es jetzt war. Sofort fiel auf, dass sie viel weniger umherwanderten, viel länger in der Gruppe blieben und sich nur selten allein oder zu zweit fortwagten. Bis auf Lena.

Alda war Lena zweimal gefolgt. Eines Tages hatte sie die Gruppe verlassen und war allein auf Futtersuche gegangen. Am Ende des Tages hatte sie sich etwa eine halbe Meile von den anderen entfernt ein Schlafnest gebaut. Am nächsten Morgen war sie zur Gruppe zurückgekehrt und dann zwei Tage später wieder fortgezogen. Alda hatte sie zuletzt an einem Nachmittag um vier hoch oben in einem Dalbergiabaum beobachtet. Seither war sie nicht mehr gesehen worden. Als ich Lenas Bewegungen auf der Karte über die der anderen legte, wurde deutlich, dass sie so weit umherstreifte wie eh und je, offenbar ungeachtet jeder Gefahr.

Die nächsten beiden Tage verbrachten wir zu dritt bei der Südgruppe. Von Lena fehlte noch immer jede Spur. Die anderen Schimpansen wirkten recht entspannt; es gab keine Hinweise auf übermäßige Vorsicht oder Furcht. Dass Rita-Lu nun voll in der Brunst war, war die einzige bedeutsame Veränderung, seit ich sie zuletzt gesehen hatte. Wir beobachteten, wie Clovis und Conrad sich mit ihr paarten, Clovis mehrfach, Conrad nur einmal. Selbst dabei hüpfte Rita-Lu nach drei oder vier Stößen von ihm weg, und Conrad ejakulierte in die Luft. Rita-Lu präsentierte sich Conrad weiterhin, aber er schien insgesamt zurückhaltend und still. Es war, als hätte Conrad, jetzt wo Mr. Jeb nicht mehr da war, sein natürliches Begehren verloren. Selbst Muffin zeigte ein gewisses Interesse an Rita-Lu, aber sie jagte ihn stets fort.

Clovis war ihr am häufigsten zu Diensten. Rita-Lus geschwollenes, leuchtendes Hinterteil erregte ihn unweigerlich, und er unterbrach das Fressen oder Lausen, sobald sie sich ihm präsentierte, und hockte sich mit gespreizten Schenkeln hin, die Hoden tennisballgroß auf der Erde, wie haarige Knollen an der Wurzel einer dünnen Blume mit violettem Stiel, die sich zur Sonne hin in die Höhe schraubt.

Einmal erzählten mir João und Alda bei unserem morgendlichen Treffen, ein Mann aus einem Dorf südlich von Sangui hätte ihnen berichtet, er habe im Busch den Lärm von kämpfenden Schimpansen gehört. Ich holte die Karte heraus, und sie zeigten mir, wo das Dorf lag. Ich stellte den direktesten Weg dorthin fest.

Über drei Stunden lang wanderten wir durch den Wald nach Süden. Wir befanden uns jetzt am Rande der üppigen Vegetation, die für die südlichsten Bereiche des Nationalparks kennzeichnend war. Hier bog der Steilabbruch um neunzig Grad nach Osten ab. Direkt südlich davon kam ein weiter, flacher Grabenbruch mit eintönigem Gartenbuschland und kleinen, meilenweit verstreuten Dörfern. Die Provinz, in der wir uns befanden, war sehr unterbevölkert, und die Leute, die am Parkrand wohnten, hatten es bislang noch nicht nötig, die grünen Hänge des Steilabbruchs hinaufzuziehen, um bessere Weiden oder leichter bebaubares Land zu suchen. Hier und da hatten sich ein paar Mais- und Maniokfelder vorgeschoben, eine gewisse Menge Holz wurde als Brennmaterial gefällt, doch stellte die menschliche Bevölkerung kaum eine Gefahr für den Lebensraum der Schimpansen dar.

Wir kamen müde und etwas fußlahm hinter der Baumreihe hervor und betrachteten die vor uns liegende Szenerie. Links von uns machten die bewaldeten Hügel des Steilabbruchs zwanzig Meilen lang einen weiten Bogen nach Osten und zogen dann wieder südwärts. Über den fernen Gipfeln der Hügel hingen die grauen Wolken der ständig drohenden Regenfälle, doch über uns war der Himmel blau und voller runder, weißer, unbeweglicher Wolken. Der scheckige, staubige Busch zog sich noch meilenweit vor uns hin. Zu unseren Füßen lag das kleine, namenlose Dorf mit seinen unregelmäßigen, willkürlich aus dem Busch geschlagenen Feldern, und inmitten von so viel staubiger Ödnis sahen die grünen Maispflanzungen fast unanständig frisch aus. In weiter Ferne zog sich ein Streifen dunklerer Vegetation über die Ebene, die Uferbäume eines Nebenflusses des breiten Cabule.

Wir machten Mittagspause. Alda zeigte auf den Fluss in der Ferne und zu der Stelle, wo er aus einem in die dunstigen Hügel eingeschnittenen Tal heraustrat, und sagte: »Da ist FIDE. Und weiter. Und da«, er machte eine Geste hinter uns nach Norden, »da ist UNAMO.«

»Schau«, sagte João. »Flugzeug.«

Er deutete mit dem Finger. Ich sah hoch oben zwei Düsenjäger, die von Westen kamen und Kondensstreifen hinter sich herzogen wie verschüttetes Salz. MiGs, nahm ich an. Ich hatte sie noch nie bei uns am Himmel gesehen. Usman hatte mir erzählt, dass sie nur selten Einsätze im Norden flogen.

Sie zogen über uns hinweg und verschwanden im Dunst. Sekunden später hörten wir das Donnern ihrer Triebwerke.

Wir gingen zum Dorf hinunter. Runde, mit Stroh gedeckte Lehmhütten, die geflochtenen Wände der Einfriedungen. João sprach mit einem der alten Männer, die unter einem Schattenbaum herumsaßen, und ein kleiner Junge wurde abgeordnet, um uns zum ungefähren Schauplatz des Schimpansenkampfes zu führen.

Wir überquerten ein Stück ebenes Brachland. An einem Ende stand ein Fußballtor, an dem noch ein paar Fetzen vom Netz hingen.

»Für die Missionare«, sagte João. »Sie waren hier vor dem Krieg.«

Männer und Frauen, die auf dem Feld arbeiteten, betrachteten mich neugierig, als wir vorbeigingen. Dann stieg der Boden allmählich an, und der Busch umschloss uns wieder. Der kleine Junge deutete auf eine Gruppe von Kapokbäumen am Rand des Kamms über uns. Von da kam der Lärm, sagte er und ging.

Wir mussten noch eine halbe Stunde weiterklettern, bis wir die Kapokbäume erreichten. Wir schwärmten aus und begannen, das Gras und die Büsche darunter abzusuchen. Ich fand viele weggeworfene Fruchtsamen. Es waren nussartige flache Scheiben von etwa zweieinhalb Zentimeter Durchmesser, wie kleine Mangosamen, in blassgelbes, faseriges Fleisch mit einer pelzigen, wildlederartigen Hülle gebettet. Aufgrund der Samenmenge auf dem Boden hätte ich gedacht, dass die gesamte Südgruppe hier gefressen hatte. Es lagen auch viele abgerissene Blätter und kaputte Zweige auf dem Boden, doch nichts, was auf mehr als das übliche unbekümmerte und unachtsame Fressen einer Gruppe hungriger Schimpansen hindeutete.

Dann schrie João auf. Ich rannte zu ihm hinüber.

Genau unter den untersten Ästen eines großen Strauches lag ein abgetrennter Arm. Der rechte Arm eines jungen

Schimpansen, der offenbar mit roher Gewalt an der Schulter abgerissen worden war. Ich sah ihn mir an: Er konnte nur von Muffin sein. Alda spähte bereits unter den Strauch. Er langte mit einem Stock hinein, hakte ihn an etwas fest und zog. Sofort erhob sich ein lautes Schwirren, und plötzlich wimmelte es in dem Strauch von Tausenden von harten und glänzenden Schmeißfliegen. Es war, als würden ganze Hände voll Kiesel gegen die Blätter geworfen. Der Strauch bebte und zitterte, während die Fliegen zu entkommen suchten. Ich wich zurück, während Alda sich das Hemd über den Kopf zog und hineintauchte, um die Leiche herauszuziehen.

Es war Muffin. Irgendetwas hatte vor Kurzem an ihm gefressen, etwas Kleines und Fleischfressendes, eine Buschratte vielleicht, und der Bauch war geöffnet, sodass seine Eingeweide herausschauten, schleimig und geschwollen. Sein Gesicht war zerschlagen und aufgeplatzt, genau wie das von Mr. Jeb, und links fehlten Fuß und Bein bis zum Knie. Die blutige, verklumpte Gelenkpfanne seines rechten Arms wimmelte von Ameisen. Es stank nicht, doch als Alda ihn heraushievte, fiel ein Teil der Gedärme mit feuchtem Glitschen aus seiner Bauchhöhle.

Ich würgte und merkte, wie mir der Speichel in den Mund sprudelte. Ich war entsetzt und einer Ohnmacht nahe. Muffin: der neurotische Muffin, der überhaupt nicht von seiner Mutter fortgehen wollte. Ich wandte mich ab und spuckte und holte tief Luft. Ich machte meine Tasche auf und nahm meine Kamera heraus.

Der Rückweg dauerte lange. Ich hatte Muffins Leiche mitnehmen wollen, aber sie war zu zerfetzt, um sie über so eine lange Strecke tragen zu können. Während wir uns heimwärts schleppten, hatte ich genügend Zeit zum Nachdenken. Ich fragte mich, was ich tun sollte. Mr. Jeb und Muffin waren tot. Lena war verschollen, aber ich war jetzt überzeugt, dass man sie gleichfalls angegriffen und womöglich getötet hatte. Nehmen wir einmal an, überlegte ich, dass drei meiner Südschimpansen von den Nordländern umgebracht worden sind. Ich zweifelte nicht daran, dass Muffin das letzte Opfer gewesen war. Ich hatte noch lebhaft in Erinnerung, wie Pulul bei Mr. Jeb auf dem Rücken gesessen und ihm das Bein immer weiter verdreht hatte, bis die Bänder und Sehnen gerissen und das Bein gebrochen war. Die dünneren Gliedmaßen eines kleinen Jugendlichen wären kein Problem für einen voll entwickelten Erwachsenen. Ein ausgewachsenes Männchen war unwahrscheinlich stark: Ich hatte gesehen, wie sie armdicke Äste mit beinahe lässiger Mühelosigkeit zerbrachen. Sie hätten Muffin so leicht zerfetzen können, wie Sie oder ich einen Brathähnchenschlegel abreißen.

Drei Schimpansen waren weg, nur noch fünf übrig: Clovis, Conrad, Rita-Mae, Rita-Lu und Baby Lester. In der Nordgruppe lebten sieben ausgewachsene Männchen und mehrere überschwängliche Jugendliche. Was für eine Chance hatte meine ausgezehrte Horde gegen sie? Und dann war da noch ein Problem, nicht weniger verwirrend: Was sollte ich Mallabar sagen? Zum ersten Mal begann ich es zu bereuen, dass ich meinen Artikel so übereilt an die Zeitschrift geschickt hatte. Die Ereignisse hatten einen rascheren Verlauf genommen, als ich mir je hätte vorstellen können. Auf einmal schien es mir nicht mehr am vordringlichsten, mich an Mallabar zu rächen.

»Ich verstehe nicht ganz, auf was du hinauswillst«, sagte Mallabar langsam.

Wir befanden uns in seinem Bungalow. Es war gegen neun Uhr abends, und wir saßen in seinem Arbeitszimmer. Dieser Raum war ein kleiner Schrein der Wichtigtuerei. Die Wände waren mit gerahmten Auszeichnungen, Fotos, Ehrendoktortiteln und Diplomen behängt, doch die Zimmereinrichtung war schlicht bis zur Kargheit: zwei Aktenschränke aus Metall, ein quadratischer Holztisch als Schreibtisch und ein paar Segeltuchklappstühle. Mallabar kam jeder Kritik an der geltungssüchtigen Ausstattung dadurch zuvor, dass er das Zimmer als seinen Geldbeschaffungsraum klassifizierte. Wichtige Sponsoren konnten sehen, welche Ergebnisse ihre Förderung gezeitigt hatte, und die spartanische Einrichtung beruhigte sie, dass nichts verschwendet worden war.

Ich saß auf einem Segeltuchstuhl mit Blick auf mehrere gerahmte Titelblätter von Zeitschriften, die den Mann hinter dem Schreibtisch mir gegenüber darstellten. Er hatte ein schwaches Lächeln im Gesicht, doch das war nur eine höfliche Formalität. Er war nicht wohlwollend gestimmt.

Ich fing noch einmal an.

»Ich möchte ein Weibchen nehmen, aus dem Süden, und es wieder in die Nordgruppe einsetzen.«

»Hope, Hope«, sagte er und beugte sich schwungvoll vor. »Du begreifst nicht. Das ist hier kein Zoo. Wir können die Tiere nicht sozusagen von einem Käfig in den anderen verlegen. Was du da machen willst, käme … überhaupt nicht infrage. Das ist eine *wilde* Umwelt. Was du vorschlägst, ist eine Manipulation.«

Ich widerstand der Versuchung, auf die zum Bau der künstlichen Futterstelle erforderlichen Manipulationen hinzuweisen.

»Ich meine trotzdem, wir sollten es tun.«

»Aber du hast mir nicht gesagt, warum.«

»Um … um Probleme zu vermeiden.« Ich hob die Hand, damit er mich nicht unterbrach. »Männchen aus dem Norden führen regelmäßige Patrouillen in den Süden durch und –«

»Ich mag das Wort ›Patrouillen‹ nicht«, sagte er.

»Genau das ist es aber«, sagte ich mit Nachdruck. »Ich hab sie gesehen, und …«, ich hielt eine Sekunde lang inne, »es ist zu Aggressionen gekommen.«

Er versteifte sich. »Wie meinst du das?«

»Drei von meinen Schimpansen sind getötet worden. Und zwei sind mit Gewissheit infolge gewalttätiger Überfälle gestorben.«

»Das ist ein Wald da draußen, meine Liebe. Voll von wilden Tieren.«

Ich ignorierte seinen Sarkasmus. »Ich hab das schreckliche Gefühl« – hier drückte ich mich äußerst vorsichtig aus –, »dass sie von den Nordschimpansen überfallen und getötet wurden.«

»Hör jetzt auf!«, rief er. Wütend erhob er sich. »Sag kein Wort mehr. Zu deinem eigenen Besten.« Er zitterte leicht, obwohl er ein verkniffenes gekräuseltes Lächeln im Gesicht hatte. Er legte beide Hände auf den Schreibtisch und neigte vier oder fünf Sekunden lang den Kopf. Als er mich wieder ansah, ich könnte schwören, da standen Tränen in seinen Augen. Es war sehr eindrucksvoll.

Ich saß da und hörte ihm zu, wohl wissend, dass ich so weit gegangen war, wie ich konnte, und dass es das Ende meiner Karriere in Grosso Arvore bedeutet hätte, noch weiter zu gehen. Also hörte ich zu, wie Eugene Mallabar mir kurz seine Autobiografie darstellte, seine Ambitionen und Träume umriss und die enormen Anstrengungen und Opfer zusammenfasste, die er die letzten zweieinhalb Jahrzehnte über auf sich genommen hatte. All das war, wie sich herausstellte, eine bloße Präambel zu dem, was er mir darzulegen hatte. Er und Ginga, rief er mir in Erinnerung, waren nicht mit Kindern gesegnet. Infolgedessen neigten sie dazu, alle, die in Grosso Arvore arbeiteten, als Mitglieder ihrer erweiterten Großfamilie zu betrachten. Da kam jemand für ein oder zwei Jahre, lebte und arbeitete hier und kehrte schließlich zurück nach Amerika oder Frankreich oder Schweden oder sonst wohin. Aber sie vergaßen nie, woran sie hier teilgehabt hatten, und sie vergaßen Grosso Arvore nie (jetzt wurde ich rasch müde). Jeder fand Bewunderung und Zuneigung, jeder war etwas

Besonderes, alle arbeiteten zusammen auf ein gemeinsames Ziel hin.

»Nimm dich selbst, Hope. Du bist, und ich mache keinen Hehl daraus, ein ganz besonderes Mitglied unserer Familie. Die außergewöhnlichen Umstände deines Eintreffens, zu einer Zeit, wo uns das Glück ganz besonders abhold war, waren uns sehr, sehr wichtig. Du bist unserem Ruf gefolgt in der Stunde unserer Not. Du bist zu uns gekommen …«

Er machte eine effektvolle Pause. Ich hatte eine entsetzliche Vorahnung, was er als Nächstes sagen würde, und er enttäuschte mich nicht.

»Ginga und ich haben dich von Herzen gern. Es … es wäre nicht übertrieben zu sagen, dass ich selbst dich gern als meine Tochter betrachte … Du hast etwas an dir, Hope, was die Elternliebe in mir, in uns weckt. Daher« – er machte wieder eine Pause, wobei er den Kopf zur Seite drehte, als wolle er eine Träne vor mir verbergen –, »daher hoffe ich, dass du das, was ich dir jetzt sagen will, so annimmst, als spräche ein Vater mit einer vielgeliebten, doch jungen und unerfahrenen Tochter.«

Er sah mich Einverständnis heischend an. Ich machte weiter ein unnachgiebig ausdrucksloses Gesicht.

»Ich beschäftige mich jetzt schon fünfundzwanzig Jahre lang mit Schimpansen«, sagte er. »Nun kommst du hierher und siehst gewisse Dinge, gewisse Vorkommnisse, die dir fremd sind, und du interpretierst sie. Übereilt. Übereifrig. Du brichst den ersten Schritt vor dem zweiten übers Knie.« Er kam um den Tisch herum und lehnte sich daran. Er verschränkte die Hände und streckte mir die zusammengelegten Fäuste entgegen.

»Diese … diese Behauptungen, die du da aufgestellt hast, sind reine Spekulation. Du ziehst voreilige Schlüsse auf der Basis höchst lückenhafter Daten. Schlecht. Wissenschaftlich schlecht, Hope. Egal, was du denkst, was sich da abspielt, es *stimmt* nicht. Du irrst dich, Hope. Es tut mir leid. Ich weiß es, verstehst du. Ich weiß mehr über Schimpansen als jeder andere lebende Mensch, mehr als jeder andere Mensch in der Geschichte der Menschheit. Denk mal darüber nach.« Er lächelte ungläubig.

»Und dennoch greifst du mich an.« Er breitete die Hände aus. »Das macht mich so wütend. Du bist zu naseweis. Der Prozess des Verstehens läuft ABCDEFG. Du gehst von A zu B, und dann preschst du vor zu MNO. Das geht nicht, das geht nicht.«

Er kam auf mich zu und legte mir beide Hände auf die Schultern. Er schob sein dunkles Gesicht dicht an meins.

»Quäle dich nicht mit diesen wilden Spekulationen, meine Liebe. Beobachten und festhalten. Beobachten und festhalten. Das Interpretieren überlass mir.«

Er beugte sich vor und presste seine trockenen Lippen auf meine Stirn. Ich spürte das scharfe Prickeln seines gepflegten Bartes an Nase und Wangen. Ich sagte nichts.

Er führte mich zur Tür, wobei er mich liebevoll anlächelte. Ich merkte, dass ihm das alles ungeheuer Spaß gemacht hatte.

»Danke, Eugene«, sagte ich matt. »Jetzt verstehe ich.«

»Gott sei Dank.« Er drückte mir den Arm. »Wir werden hier noch Großes leisten, Hope. Du und ich.«

Ich ging mit einer neuen Entschlossenheit hinaus in die feuchtwarme Dunkelheit der afrikanischen Nacht.

Zwei Tage darauf war ich nach einer langen Verfolgung der überlebenden Angehörigen der Südgruppe auf dem Rückweg ins Camp. Clovis und Rita-Lu hatten sich von den anderen abgesetzt, die an Dattelpalmen futterten. Ich ließ João und Alda da und folgte Clovis und Rita-Lu. Sie zogen etwa eine halbe Stunde lang nach Norden. Dann blieben sie stehen. Rita-Lu präsentierte sich, und Clovis paarte sich mit ihr. Dann ruhten sie im Schatten aus, wobei Clovis Rita-Lu träge lauste.

Durch die Verlagerung des Kernbereichs weiter nach Süden entfiel ein weitaus größerer Teil unseres Arbeitstages auf den Hin- und Rückweg als zuvor. Ich beobachtete weiter bis gegen vier Uhr nachmittags und beschloss dann, es sei Zeit, mich auf den Rückweg ins Camp zu machen. Ich rief João über das Walkie-Talkie, gab ihm meinen Standort durch und sagte, ich ginge nach Hause und er und Alda sollten das Gleiche tun.

Zehn Minuten, nachdem ich von den beiden Schimpansen fortgegangen war, kam ich in ein Waldgebiet, das ich die »Lichtung« nannte. Es war eine Stelle, wo sich der Charakter des Waldes drastisch veränderte. Hier gab es riesige Bambusbestände mit einem Grunddurchmesser von sechs bis neun Metern. Sie standen derart massiert, dass sie die Sonne zum großen Teil abhielten und die Vegetation unter ihren ausladenden Kronen dadurch außergewöhnlich spärlich war. Die einzigen Bäume, die offenbar in diesem immerwährenden Zwielicht gediehen, waren spindeldürre Zachunbäume – hier in der Gegend sagte man Rattenzachun, weil die Rinde an ihren Stämmen ganz merkwürdig gekerbt war, etwa so wie ein Rattenschwanz. In diesem Schatten wuchs der Rattenzachun ziemlich gerade, bis zu sechs Meter hoch. Die zu zwei Dritteln astfreien Stämme waren mit weichen, warzigen, braunen Dornen besetzt. Oben war ihre Krone aus Ästen und Laub kräftig und wirkte unterernährt. Durch das Fehlen einer Bodenbedeckung war dies der einzige Bereich des Reservats, der so aussah, als sei er womöglich angepflanzt worden. Die Rattenzachunbäume drängten sich nicht aneinander, und mit ihren säuberlichen, astlosen Stämmen ähnelten sie in den Boden getriebenen Pflöcken. Die Lichtung wirkte, fand ich, wie ein surrealer Obstgarten, den man zur Erzeugung einer bis dato unbekannten Frucht angelegt hat.

Ich erreichte die Lichtung und ging rasch zwischen den Rattenzachunbäumen hindurch. Ich wusste jetzt, wo ich war, nicht so weit von zu Hause entfernt, wie ich geglaubt hatte. Bis zu dem Hauptpfad, den wir bis tief in die Südregion hinein geschlagen hatten, waren es nur drei Minuten zu laufen.

Ich blieb abrupt stehen. Ich hatte gesehen, wie sich in den düsteren Winkeln der Lichtung etwas bewegte. Ich verließ den Pfad und ging hinter eine Bambusgruppe, um dort zu warten.

Die Nordländer rückten rascher vor als sonst, fast schon im Laufschritt, sie bewegten sich in einem ungefähren Gänsemarsch mit Darius an der Spitze. So weit südlich waren sie noch nie gekommen.

Sie zogen knapp zwanzig Meter von mir entfernt vorbei, ohne mich zu bemerken. Sie waren so still wie sonst auch, doch durch dieses beschleunigte Tempo wirkten sie irgendwie unheimlicher. Die neue Geschwindigkeit deutete auf mangelnde Umsicht hin, die alte Zaghaftigkeit war verschwunden.

Ich funkte João an, sagte, ich würde ihnen nachgehen, und machte mich auf, ihnen in einer Entfernung von vierzig bis fünfzig Metern zu folgen. Solange wir auf der Lichtung waren, konnte ich mit ihnen Schritt halten, doch als wir sie hinter uns ließen, fiel ich allmählich zurück. Dann merkte ich, warum sie sich mit so zuversichtlicher Bedächtigkeit bewegten. Sie wussten, wohin sie gingen. Sie zogen direkt dorthin, wo ich Clovis und Rita-Lu verlassen hatte. Sie mussten sie von einer günstigen Stelle aus gesehen haben.

Dann hörte ich vor mir Schreien und Kreischen, all die hässlichen Laute von Aggressivität und Angst. Ich schwenkte nach links. Da war es nicht weit bis zu einer engen Schlucht, die ein kleines Flüsschen gegraben hatte, an dessen ausgewaschenem Rand es leichter zu gehen sein würde. Beim Rennen tastete ich in der Tasche nach meiner Kamera. Wenn ich Malabar je widerlegen wollte, musste ich fotografische Beweise für einen Schimpansenangriff haben. Der Lärm vor mir nahm beständig zu, und jetzt konnte ich auch das heftige Schlagen und Brechen von Ästen hören.

Weil ich aber rennen und dabei meine Kamera aus der Hülle nehmen wollte, konnte ich nicht richtig abschätzen, wo ich hintrat. Ein Fuß kam zu nahe an den Rand der Schlucht, der Boden gab nach, und ich rollte und schlitterte sechs Meter tief den fast senkrechten Abhang hinunter bis auf den Grund, wo ich in einem gummiartigen Büschel Pfefferkraut landete, das im Flussbett wuchs.

Zuerst war ich etwas benommen und desorientiert. Ich stand auf und fiel sofort unbeholfen wieder hin. Ich kroch ein Stückchen den Fluss hoch, um meine Kamera zu suchen, die schmutzig war, jedoch unbeschädigt.

Als ich mich wieder zurechtfand, merkte ich, dass der Kampflärm sich weiter den Fluss hinauf entfernt hatte. Ich wanderte hundert Meter durch die Schlucht und versuchte, dem Lärm nachzugehen. Dann schien er von Neuem am Böschungsrand hoch über mir auszubrechen. Zwischen den Bäumen und Büschen erspähte ich die um sich schlagenden, dahineilenden Körper mehrerer Schimpansen, konnte sie aber nicht erkennen. Dann war es plötzlich wieder still. Dann einige Huuh-Rufe, dann ein paar wütende Schreie. Dann Stille.

Die Wände der Schlucht waren hier sehr steil, und da in der steinigen, ungeschützten Erde nicht viel wuchs, gab es nur wenig Halt. Ich wanderte flussabwärts auf der Suche nach einem leichteren Weg hinaus. Ich fand eine Stelle, wo ein paar Kletterpflanzen und Lianen vom Wald oben den Uferhang hinunterwuchsen. Ich packte die dickste Ranke, zog heftig daran, um zu sehen, ob sie nachgab, und fing an hinaufzuklettern, wobei ich mich mit den Händen nach oben hangelte.

Ich war halb oben, da hörte ich ein Geräusch – ein Rutschen von Erde und Steinen –, schaute hinauf und sah einen Felsbrocken von der Größe eines Medizinballes auf mich zustürzen. Ich hatte keine Zeit, ihm auszuweichen oder mich zu schützen. Als ich ihn sah, fiel er praktisch schon neben mir herunter. Ich spürte seinen warmen Luftzug an mir entlangstreichen, vielleicht hat er sogar mein Haar berührt, und dann hörte ich, wie er sich mit einem dumpfen Plopp in den feuchten Sand des Flussbettes grub. Große Klumpen von Erde, Staub und Schiefer kamen hinter ihm her. Sie verfehlten mich nicht. Ich hielt mich an meiner Liane fest und zog den Kopf ein.

Als es vorüber war, ließ ich mich vorsichtig in das Flussbett hinunter und schüttelte mir den Schmutz aus Haaren und Kleidern. Ich wusch mir in dem Wasserrinnsal das Gesicht und ging flussabwärts zu einer Stelle, wo ich ohne Hilfe hinaufklettern konnte.

Ich wanderte langsam zur Lichtung zurück und traf auf den Hauptpfad, der zum Camp führte. Erst da fiel mir der Kampf wieder ein, und ich fragte mich, was wohl mit Clovis und Rita-Lu geschehen war. Ich blieb stehen und überlegte ein Weilchen, ob ich zurückgehen und sie suchen sollte, doch mir wurde klar, dass so spät am Tage alles, was ich im Alleingang unternehmen könnte, nur Zeitverschwendung wäre.

Ich machte mich wieder auf den Weg, bog um eine Ecke und traf Roberta Vail.

Es versetzte mir einen Schock, sie hier zu sehen. Ich spürte, wie mir die Luft wegblieb.

»Mein Gott«, sagte ich. »Herr des Himmels, Roberta …«

»Da bist du ja«, sagte sie sachlich. »Eugene will dich sprechen.«

Wir gingen zusammen zurück. Sie schien mir fast übermäßig ruhig zu sein, obwohl mir klar war, dass das vielleicht nur der Kontrast zu meinem eigenen aufgelösten und verstörten Zustand machte. Sie meinte, sie wisse nicht, warum Mallabar mich sprechen wolle. Er sei irgendwo hingefahren und habe ins Camp zurückgefunkt mit der Bitte, mich zu suchen und zu ihm zu bringen. Der Landrover warte. Sie wisse nur, dass er mir etwas zeigen wolle.

»Woher hast du gewusst, wo ich war?«, fragte ich.

Sie tippte an das an ihrem Gürtel befestigte Walkie-Talkie. »Ich hab João gerufen. Er hat mir gesagt, du bist auf dem Rückweg, deshalb bin ich den Pfad runtergelaufen, um dir entgegenzugehen.« Sie sah mich an. »Wieso bist du so dreckig?«

»Ich bin gefallen. Ich bin den Abhang von dieser Schlucht runtergerutscht.«

»Du musst besser aufpassen, Hope.«

»Ich weiß.« Ich hatte eine Idee. »Hast du Schimpansen gehört?«

Sie machte eine Pause. »Äh … nein. Hab ich nicht. Du?«

»Ja. Ein Höllenlärm. Ich wollte ihnen nachgehen. Dabei bin ich dann gefallen.«

»Nein, ich hab nichts gehört.«

Ich weiß nicht, warum – vielleicht, weil sie so gar nicht neugierig schien –, aber ich dachte, sie log. Und dann kam mir ein Verdacht in den Sinn, wie ein dünner Splitter, der sich in die Fingerspitze bohrt, klein, doch unbestreitbar da, dass nämlich – vielleicht, möglicherweise, denkbarerweise – dieser Felsbrocken von der Größe eines Medizinballs, der meinen Kopf um ein paar Zentimeter oder noch weniger verfehlt hatte, sich durch etwas anderes als die Erschütterungen meiner übereifrigen Kletterei gelöst haben mochte.

Im Camp stiegen wir in einen Landrover und wurden zunächst nach Sangui gefahren und dann nach Süden in Richtung auf, wie ich bald erkannte, das Torpfostendorf. Als wir ankamen, war es schon fast dunkel, und die Scheinwerfer waren eingeschaltet. Im Dorf schickte man uns weiter, und bald sahen wir Mallabars Landrover und eine Gruppe von etwa zwanzig Dorfbewohnern um die Torpfosten herum versammelt.

Ich machte die Tür auf und stieg aus. Ich war steif und erschöpft. Es wehte eine kühle Brise, und sie trug einen deutlichen Geruch von nasser Erde heran. Heute Nacht würde es regnen.

Mallabar trat aus der Menge heraus und kam auf uns zugeschritten. An seiner Haltung und dem selbstbewussten Gang sah ich, dass er aufgeregt und zugleich mit sich zufrieden war.

»Hope. Tut mir leid, dich hier runterzuschleppen. Aber es ist wichtig, du wirst sehen.«

Er führte mich zurück zu der Menge. Hauser war da; er lächelte und begrüßte mich. Plötzlich hatte ich Angst, als ob diese Menschen jetzt meine Feinde wären. Die Menge trat auseinander, und ich sah, warum man mich hierhergerufen hatte.

Es war ein mit den Hinterbeinen an die Querstange des Torpfosten gebundener großer, toter Leopard. Im grellen Scheinwerferlicht sah das weiße Fell an Leistengegend und Bauch fast schon unanständig sauber aus.

»Da, Hope.« Mallabar präsentierte ihn mir triumphierend, als handele es sich um ein exotisches *hors d'œuvre.*

»Da hast du dein Raubtier. Das hat deine Schimpansen umgebracht.«

RUHM

Hope ist ehrlicher zu sich, seit sie am Brazzaville Beach wohnt. Sie kann sich nun eingestehen, dass beinahe seit dem Tag, an dem sie sah, wie Bobo getötet wurde, und ganz bestimmt seit dem Tod von Mr. Jeb auch andere Motive mitspielten und sie zwangen, so zu handeln, wie sie es tat. Neben Bestürzung und Entsetzen war da noch eine andere Empfindung beteiligt: Erregung. Sie kam sich vom Glück begünstigt, fast schon gesegnet vor. Es war Hope Clearwater, die Zeugin dieser außerordentlichen Begebenheiten wurde. Was da in Grosso Arvore vor sich ging, war ohne Beispiel, eine Entdeckung – egal, welche Erklärung sich später dafür bieten würde. Und Hope war sich sehr frühzeitig bewusst, dass sie gute Aussichten hatte, ihren eigenen Namen für immer mit diesen neuen Kenntnissen und Einsichten verbunden zu sehen.

Daher der Drang, etwas Gedrucktes in der Hand zu haben; daher die verschlossene und zusammenhanglose Art und Weise, mit der sie Mallabar begegnete. Wenn sie ihm zu viel erzählte, wenn sie ihn so schockierte, dass er sie entließ, dann würden die Tötungen und das Schicksal der Südschimpansen entweder falsch ausgelegt werden oder undokumentiert bleiben. Oder, noch schlimmer, die weite Welt würde es durch jemand anderen erfahren. Auch wenn sie es lange nicht zugeben wollte, war Hope doch in einer Zukunftsvision befangen, in der ihr Name in bleibendem Ruhm erstrahlte. Sie musste sehr vorsichtig sein, um diese Chance nicht zu verspielen.

Five Acre Wood. Haselnuss, Salweide, Buche, Weißdorn, Ahorn, Bergahorn, Schlehdorn, Birke, Eiche, Esche und Ulme.

Die Ulmen starben ab.

Als Hope die mürbe, rissige Rinde wegbrach, sah sie die flachen, wurmartigen Rillen, die das Holz darunter durchzogen. Die Schrammen wirkten zu klein, als dass sie so großen Bäumen etwas hätten anhaben können. Doch die Anzeichen waren nicht von der Hand zu weisen. Selbst jetzt, wo es schon fast Winter war und nur noch ein paar gelbe Blätter daran hingen, konnte Hope die toten, kranken Äste erkennen: ohne Zweige, pelzig von Flechten und ohne die rechte Schnellkraft und Biegsamkeit lebender Äste im Wind.

Sie wanderte durch Five Acre Wood. Es war ein kalter Tag mit niedrigen, schweren Wolken, mausgrau, undurchdringlich. Die steife Brise sprühte Graupelregen an. Der Wald um sie herum schien im Wind zu schwanken und zu wogen. Sie war schön warm angezogen, doch Wangen und Nase waren taub vor Kälte. Der Pfad unter ihren Füßen war nass und matschig, und die lehmige Tonerde klebte als dicke, ockerfarbene Kruste an ihren Stiefeln. Als sie sich einen Weg durch das feuchte Unterholz bahnte, kratzen Schlehdorn und Weißdorn an ihrer Öljacke. Eine Haarsträhne, die unter ihrer Wollmütze hervorgeschlüpft war, flatterte ihr störend vor den Augen.

Der Wind blies kalt vom grauen, aufgewühlten Ärmelkanal her, fegte an den Klippen hoch und über die Hügel und Winterfelder hinweg, um dann die Bäume von Five Acre Wood zu schütteln und zu zausen. Das Licht war kalt und neutral, mit einem urinähnlichen Stich ins Gelbe, der für den Abend wahrscheinlich Schnee verhieß.

Hope dachte in angenehmer Erwartung an ihr kleines Cottage. Der Raeburnofen in der Küche voller Holz und Kohlen; im Wohnzimmerkamin brannten Holzscheite auf dem Rost; oben in ihrem kühlen Schlafzimmer summte ein elektrisches Heizöfchen, das Bett war heiß von dem Drahtnetz ihrer Heizdecke. An diesen Winterabenden lief im Cottage alles auf vollen Touren; sie achtete nicht auf ihre Brennstoffrechnung. Da trieften die Fenster von Kondenswasser, die Heißwasserrohre zischten und bebten, während der Raeburn vor Hitze platzen wollte … Und was würde es zum Abendessen geben?, dachte sie. Sie nahm schon wieder zu, weil sie sich große pikante Eintöpfe kochte – Lamm und Huhn, Ochsenschwanz und Schweinefleisch – und verschwenderisch Butter und Salz an die Kartoffeln tat. Aber das war ihr inzwischen egal.

Durch dieses ganze Phantasieren von ihrem Cottage und dem Abendessen wollte sie plötzlich wieder im Haus und aus der Kälte heraus sein. Sie war auf dem Weg zum Green Barn Coppice, einem der fünf verbleibenden Waldgebiete, die sie noch datieren und klassifizieren musste. Eigentlich hatte sie heute damit anfangen wollen, von diesem nasskalten Wetter aber war sie ganz müde und zerschlagen.

Sie suchte sich vorsichtig einen Weg an einem von abgefallenen Buchenblättern rutschigen Hang hinunter zu dem Viehweg, der zu den Steinbruchgruben und zum Green Barn Coppice führte. Sie blieb stehen. Wenn sie nach rechts abbog statt nach links, könnte sie durch Blacknoll Farm geradewegs nach East Knap gehen und in einer Viertelstunde da sein. Sie blieb einen Augenblick auf dem schlammigen Feldweg stehen, vor lauter angestrengtem Denken ganz dumpf im Kopf, und versuchte, sich zu einer Entscheidung anzutreiben. Was soll's, dachte sie, das Gehölz ist morgen auch noch da, und ich muss eine Menge Kartoffeln schälen. Sie bog nach rechts in den Wind hinein ab und ging den Feldweg entlang auf die Farm zu.

Seit sie sich von John getrennt hatte, war Hope nur einmal wieder in London gewesen. John hatte alle seine Sachen ausgeräumt, die Wohnung aber dreckig und unordentlich hinterlassen. Also machte sie einen Nachmittag lang Hausarbeit, saugte und staubte ab und wischte feucht auf, als ob sie Johns Geruch aus der Wohnung vertreiben und alle verbliebenen Spuren – einzelne Haare, Fingerabdrücke, Zahnpastaflecken – seines Hierseins entfernen wollte.

Sie kaufte Blumen, eine neue Nachttischlampe und einen Pfeifkessel. Sie warf vieles weg: ein paar hässliche Gläser mit einem Segelschiffmotiv, einen dünnen Läufer, eine schwarz angelaufene Bratpfanne, einen Badezimmervorhang mit zwei Wasserflecken in der Form Neuseelands. Das waren alles mehr als kosmetische Veränderungen. Sie sah sie als Satzzeichen an: ein Punkt hier, ein neuer Absatz da. Ihr Leben war jetzt anders geworden, und diese Veränderungen signalisierten das. Sie kehrte nicht zu einem früheren Zustand zurück, meinte sie, dies war der nächste Schritt. Viele Kleinigkeiten, die sie ausrangierte, waren nicht mit ihm oder ihrem Zusammenleben verbunden; sie wollte einfach, dass in ihrer

Wohnung eine um Nuancen andere Atmosphäre herrschte – der alte Ort im neuen Gewand für das, was jetzt kommen würde.

Nachdem sie den ganzen Samstag damit zugebracht hatte, das alles zu bewerkstelligen, ging sie ihn am Sonntag in ruhiger und zuversichtlicher Verfassung besuchen. Er wohnte in einer Straße, die hinter der Albert Hall lag, in einer viktorianischen Häuserreihe wie eine hochaufragende Klippe aus rotem Klinker. Er hatte eine winzige, möblierte Einzimmerwohnung unter dem Dach gemietet. Sie war mit Pappkartons mit seinen Habseligkeiten vollgestellt, die auszupacken er noch nichts unternommen hatte. Es gab einen langen Tisch, den er an das Mansardenfenster geschoben hatte. Die Aussicht schloss den oberen Teil des Albert Memorial und einen Teil vom Hyde Park ein. Der Tisch war mit Papieren und Ordnern bedeckt. Als sie hereinkam, küsste er sie fest auf den Mund. Sie hatte mit einer gewissen Scheu oder Verlegenheit gerechnet, aber er war genau wie sie munter und zuversichtlich gestimmt. Er ging in die Kochnische, um ihr eine Tasse Kaffee zu machen.

»Hübsche Aussicht«, sagte sie und schaute aus dem Fenster. Eine fette, graue Taube saß etwa einen halben Meter weit weg in der Dachrinne, putzte sich und stieß ihren leisen Schrei aus. Hope klopfte an die Scheibe, und die Taube flog fort.

»Was?«, fragte er, als er mit zwei dampfenden Bechern zurückkam.

»Eine Taube. Kann ich nicht ausstehen.«

Sie setzten sich.

»Sieht nach Arbeit aus«, sagte sie und zeigte auf die Papiere.

»Ich komm gut voran«, sagte er. »Unglaublich. Komisch, was ein Tapetenwechsel manchmal bewirken kann.«

Sie schlürfte den heißen Kaffee, wobei sie den Becher, aus dem sie trank, als ihren erkannte. Sie plauderten weiter, überhaupt nicht traurig oder wehmütig, sondern beinahe in einer

Atmosphäre stillschweigender Selbstbestätigung. Sie hätten das Richtige getan, sagte John. Hope gab ihm recht. Er wisse, dass sie wieder zusammenkämen, aber er müsse einfach noch ein Stückchen allein weitermachen. Wenn dieser Arbeitskomplex einmal fertig sei, dann könnten sie alles neu überdenken und von vorne anfangen.

»Du fehlst mir«, sagte er mit einem Lächeln. »Ständig. Und ich kann mir nicht vorstellen, nicht mit dir zusammen zu sein.«

»Gut. Genau. Ich hab gehofft, dass du das sagst. Ich kann es mir auch nicht vorstellen.«

»Aber ich glaube, es ist das Beste so, vorläufig jedenfalls.«

»Ja. Bis alles wieder ins Gleichgewicht kommt.«

»Wir hatten viel Spaß, nicht wahr. *Haben* viel Spaß«, sagte er, wobei er sich leicht erstaunt anhörte. »Miteinander, meine ich. Oder nicht?«

Sie räsonnierten weiter, wie erwachsene Menschen. Hope warf ein, dass der Job in Dorset vielleicht zum falschen Zeitpunkt gekommen war, dass sie dadurch zu viel voneinander getrennt gewesen waren und gewissermaßen vergessen hatten, wie es war, zusammen zu sein. Wenn sie damit fertig war, wäre das die perfekte Gelegenheit, neue Pläne zu schmieden.

»Vielleicht könnten wir in die Staaten gehen«, sagte er. »Du hättest doch nichts dagegen?«

»Nein. Na ja, solange es in einer netten Gegend ist. Ich muss auch einen Job finden.«

»Das ließe sich arrangieren. Du würdest dich wundern.«

Sie loteten diese Möglichkeit eine Weile aus und steckten sich gegenseitig mit ihrer Begeisterung an. Es sei durchaus im Bereich des Möglichen, meinten sie abschließend.

Als Hope ging, war sie fröhlicher, optimistischer. Wenn seine Arbeit gut lief, war er ein anderer Mensch.

An der Tür sagte er: »Ich glaube, diesmal bin ich nahe dran. Da nimmt etwas Gestalt an. Eine neue Menge.«

Eine Menge? dachte Hope. Was war eine Menge? Aber sie spielte sein Spiel mit. Mit gespreizten Fingern fasste sie einen unsichtbaren Titel ein, eine Gedenktafel in der Luft.

»Die Clearwatersche Menge«, verkündete sie. Sie sah, dass sie genau das Richtige gesagt hatte.

Er lächelte, einen Moment lang freudig erregt, und senkte dann den Blick, sofort wieder bescheiden.

»Wenn das wahr würde«, sagte er ruhig. »Mein Gott, wenn das wahr würde.«

Als er aufschaute, sah sie ein, zwei Sekunden lang den quälenden Ehrgeiz in seinen Augen.

»Verlang nicht zu viel von dir, Johnny«, sagte sie. »Meinetwegen muss es ja nicht sein. Ich bin schon glücklich, wenn es eine Clearwatersche Kurve gibt oder eine bestimmte Art von Dreieck oder ein halbes Theorem oder sonst was.« Aber sie sah, dass sie ihn inspiriert hatte.

Er machte sich selber Mut. »Keine Angst«, sagte er mit einer gewissen atemlosen Ausgelassenheit. »Wir sind praktisch am Ziel. Der große Wurf. Die Clearwatersche Menge.«

Sie kehrte erleichtert und entspannt nach Knap zurück. Zu ihrem Erstaunen stellte sie fest, dass sie die Affäre mit Jenny Lewkovitch gelassen und objektiv betrachten konnte. Seine Untreue machte ihr nicht mehr zu schaffen. Er war ein zu ungewöhnlicher Mensch, meinte sie, seine Motive im Leben, im Umgang mit anderen waren seltsam und einzigartig. Selbst sein Ehebruch, sagte sie sich, fiel in eine andere Kategorie als die Untreue anderer Leute. Aber dann fragte sie sich, ob sie sich etwas vormachte, nicht ganz ehrlich war, sich selbst betrog. Sie dachte ernsthaft darüber nach und kam zu dem Schluss, dass sie, ganz objektiv gesehen, nicht unfair war.

Ihre neue Stimmung hielt noch ein paar Tage lang an. Alle Angaben über die Hecken kamen vom Tippen zurück, und die überarbeiteten Generalstabskarten wurden den Kartografen zugeschickt. Es war eine eindrucksvolle und gründliche Arbeit, wie Munro ihr schüchtern erklärte. Sie nahm seine Komplimente freudig entgegen: Es stimmte ja. Sie hatte 475 Hecken untersucht und klassifiziert. Davon waren 121 in Stufe eins eingeordnet worden: alte Hecken von ökologisch wesentlicher Bedeutung, die zu schützen und zu erhalten waren. Da ihre Arbeit über das Waldland jetzt fast abgeschlossen war, bat Munro sie, noch weiter zu bleiben und die Ökologie der Feuchtgebiete des Gutes sowie einiger Hügel- und Heideflächen zu klassifizieren. Diese Arbeit würde bis zum folgenden Sommer dauern. Sie erbat sich Bedenkzeit.

Doch sie fand, dass das Nachdenken über ihre Zukunft eine leichte Depression mit sich brachte, die sich nicht abschütteln ließ und eher ständig schlimmer wurde. Sie sagte sich, das sei einfach die Auswirkung davon, dass sie eine Arbeit abgeschlossen hatte und anfangen musste, sich eine neue zu suchen, doch als die Tage vergingen und sich nichts besserte, wurde ihr klar, dass die Unruhe tiefer saß.

Sie rief Bogdan Lewkovitch an und fragte, wie es John ging. Bogdan berichtete, er sei sehr gut in Form, soweit er das beurteilen könne, er arbeite hart und sei ziemlich fröhlich und gesellig. Einen Tag später rief dann John an und fragte, ob er für ein Wochenende nach Knap kommen könnte. Hope sagte unverzüglich Nein und brachte eine Entschuldigung vor. Zuerst hatte sie ein schlechtes Gewissen, aber dann ärgerte es sie, dass er überhaupt gefragt hatte. Er wusste ganz genau, dass das Cottage nur ein Schlafzimmer und ein Bett hatte, wo wollte er denn da schlafen? Bei ihr? Wenn ja, wozu hatte man sich dann offiziell getrennt, wenn man sich am Wochenende traf, um miteinander zu schlafen?

Dieser Anruf und ihre aufgebrachte Reaktion darauf gaben Anlass zu einer weiteren nüchternen Betrachtung ihrer Ehe. War John unverbesserlich oder einfach nur eigenwillig? Würde er sich je ändern? Tat sie das Richtige? Da sie auf ihre

Fragen keine befriedigenden Antworten fand, machte ihr Ärger einem noch umfassenderen Trübsinn Platz. So dachte sie also über ihre Ehe und über John und über sich nach, während sie über die Pfade und Viehwege des Gutes wanderte, von einem triefnassen Wald zum anderen zog, einsam und grüblerisch, nur von ihren Vermessungen und Klassifikationen und ihren Träumen von ungeheuren Mahlzeiten abgelenkt.

Sie durchquerte den Hof von Blacknoll Farm. Er war leer bis auf einen feuchten, verdreckten Collie, der zwischen den braunen Pfützen herumschlich und sie kaum eines Blickes würdigte. Aus einer großen Asbestscheune drang das zerrende Geräusch eines Bohrers, der sich in Metall fraß. Komisch, dachte sie auf einmal und ohne besonderen Grund, aber der Sex fehlt mir nicht. Es war Wochen her, dass sie und John das letzte Mal miteinander geschlafen hatten.

Über dieses Phänomen dachte sie noch nach, als sie ihre Cottagetür aufschloss und sich die feuchten Kleider auszog. Sie stellte den Kessel zum Kochen auf den Raeburn-Einsatz und überlegte unbestimmt, ob das zu bedeuten hatte, dass sie genetisch gesehen zur alten Jungfer bestimmt war. Vielleicht zeigten sich die Symptome bei ihr vor der Zeit …? Meredith behauptete jedenfalls, bei ihr hätte das vor Kurzem eingesetzt. Nur machte sie sich in ihrem Fall kein bisschen Sorgen darum. Sie war sogar fast überschwänglich: Wenn man sich selbst vollkommen genug ist, sagte Meredith, so ist das eine seltene und echte Leistung. Jedes Bedürfnis – emotional, intellektuell und körperlich – ließe sich ohne fremde Hilfe und zur völligen Zufriedenheit erfüllen, wenn der Mensch nur die richtige Einstellung hätte. Selige Selbstgenügsamkeit nannte sie das.

Hope erinnerte sich wieder daran, wie sie das letzte Mal bei Meredith gewesen war, nach dem Desaster von Ralphs siebzigster Geburtstagsfeier. Am nächsten Morgen hatte sie Merediths Tagesablauf sorgfältig beobachtet. Erst kam das gemächliche Herabsteigen vom Schlafzimmer gegen neun, noch in Nachthemd und Morgenmantel; dann wurde das Radio auf den Sender Radio 3 eingestellt und die Lautstärke heruntergedreht. Der Saft dreier Orangen, frisch ausgepresst und mit Eiswürfeln gekühlt, wurde im Stehen an der Spüle heruntergestürzt. Dann kam der Umzug an den Küchentisch mit einer Kanne Kaffee, zwei Scheiben braunem Toast mit Limonenmarmelade und einer Schachtel Zigaretten. Eine Unterhaltung fand nicht statt. Eine Zeitung, der *Telegraph*, wurde rasch durchgesehen und dann beim Kreuzworträtsel aufgeschlagen. Dann saß Meredith da, trank Kaffee, rauchte und löste das Kreuzworträtsel, bis sie es geschafft hatte oder das Rätsel sie geschafft hatte, eine Zeitspanne von so etwa einer halben Stunde.

Hope hatte zugeschaut, wie sie da über ihre Zeitung gebeugt saß, die Zigarette am rechten Ohr – dabei kroch eine schwungvolle Rauchschnur zur Decke hoch – und mit einem leichten Lächeln oder einem Stirnrunzeln im Gesicht, je nachdem, wie sie mit dem Kreuzworträtsel vorankam. Es war, als ob sie die Gehirnzellen für den vor ihr liegenden Tag stimulierte, wie ein Sportler, der sich vor einem Rennen aufwärmt. Es war ein Ritual – und sakrosankt, wie Meredith sagte, die schönste Zeit des ganzen Tages.

Hope fragte sich, ob sie je so sein könnte oder ob sie es womöglich schon war? Könnte sie Tag für Tag, Monat für Monat zu diesem Zustand zufriedener Selbstversenkung gelangen? Aber selbst wenn sie das könnte, wollte sie es? Sie erinnerte sich, wie Meredith sie einmal vor einem beunruhigenden seelischen Leiden gewarnt hatte, das sie den Fluch der Intelligenz nannte. War dies die andere Seite davon, die ausgleichende Wohltat: die Fähigkeit, das Alleinsein zu genießen?

Hope schnitt Mohrrüben und Zwiebeln und bereitete einen kräftigen Eintopf vor. Als er auf dem Einsatz stand und kochte, entkorkte sie eine Flasche Claret und legte Musik auf. Sie setzte sich mit einem Glas Wein und einem Roman vor das Kaminfeuer und rauchte beim Lesen eine Zigarette. So weit, so gut, dachte sie. Das war schon recht. Keine Klagen.

Das Telefon klingelte.

Es war Bogdan Lewkovitch.

»Was gibt's denn?«, fragte sie.

»Es geht leider um John. Er ist krank.«

DIE CLEARWATERSCHE MENGE

Das ist schwierig. Das ist nicht leicht zu durchschauen. Die Clearwatersche Menge. Ich habe das so zu John gesagt, als ob ich wüsste, wovon ich rede. Mit meiner beiläufigen Bemerkung habe ich die Glut seines Ehrgeizes angefacht, aber ich hatte keine Ahnung, was die Clearwatersche Menge war oder was man damit anfangen könnte.

Und er wünschte sie sich doch so! Er sehnte sich so danach, dass sein Name im Lexikon der Mathematik einen eigenen Eintrag wert war. »John Clearwater, englischer Mathematiker, Erfinder der Clearwaterschen Menge.« Aber was war das? Oder vielmehr, was wäre das gewesen? Die Antwort heißt: eine einfache Formel. Eine Formel, die eine endlose Folge von Punkten auf einer komplexen Ebene fixieren würde. Mit den wiederholten Zahlen, die die Formel hervorbringen würde – wie Planquadratangaben und Koordinaten auf einer Landkarte –, könnte man auf einem Blatt Papier oder einem Computerbildschirm ein Bild aufzeichnen. Wenn man das Bild aufzeichnete, das man mit Johns Zahlen erhielt, würde sich eine ganz eigenartige Form ergeben. Es war Zauberei.

Er hat einmal versucht, es mir zu erklären, und dabei eine alte Analogie verwendet.

Welche Dimensionen hat ein Garnknäuel, hat er mich gefragt. Die Antwort heißt: Das kommt auf den Standpunkt an. Aus einer Meile Entfernung wirkt ein Garnknäuel dimensionslos. Ein Klecks. Ein Punkt. Wenn man näher herankommt, sieht man, dass das Knäuel dreidimensional ist, massiv, umschattet. Noch näher hat sich das Knäuel in ein zweidimensionales Fadengewirr aufgelöst. Legt man einen Faden unter ein Mikroskop, so verwandelt er sich in eine dreidimensionale Säule. Vergrößert man das – riesig, ungeheuer –, wird die Atomstruktur des Fadens erkennbar: Aus dem dreidimensionalen Faden ist wieder eine Ansammlung dimensionsloser Punkte geworden. Die Antwort lautet kurzgefasst: Standpunkt und Maßstab des Betrachters bestimmen die Anzahl der Dimensionen eines Garnknäuels.

Die Clearwatersche Menge, erklärte mir John, könnte diese Subjektivität endlos fortsetzen. Er versuche, einen simplen Algorithmus zu schreiben, der die magische, unendliche Vielfalt der natürlichen Welt wiedergab. Aus der einfachsten Formel würde äußerste Komplexität entstehen.

Oder andersherum gesagt: Hinter dieser ganzen wimmelnden Vielfalt lag eine einzige simple Anweisung verborgen. Aus irgendeinem Grund habe ich es besser verstanden, wenn es so ausgedrückt wurde. Ich konnte erkennen, was ihn so erregte. Er hat immer gesagt, dass es für einen Wissenschaftler die größte Freude ist, wenn die abstrakten Gedankengänge eine Entsprechung in der Natur finden, in der Welt, in der wir leben. Das gilt für Mathematiker, sagte er, genauso wie für jeden Chemiker oder Physiker. Dieser Augenblick, sagte er, ist die größte intellektuelle Freude, die der Mensch finden kann.

Eine Menge, ein Garnknäuel, grandiose Vielfalt und Komplexität von einer einfachen Regel beherrscht. Ich konnte nicht im Einzelnen verstehen, was John da tat, aber ich konnte die Richtung erkennen, in die er ging. Die Welt der Mathematik mit der Welt, in der wir leben, zu verschmelzen;

reine Abstraktion mit dem willkürlichen Konkreten zu verbinden. Wenn er die Clearwatersche Menge schreiben könnte, würde er glücklich sterben können. Doch als ich mit meiner Erkenntnis so weit war, sah ich, dass ihm die Endstadien entglitten. Er war soundso weit gegangen und dann stehen geblieben. Er trieb sich weiter an, blieb aber starr und unbeweglich. Es war, als hätte er ganz allein den Verbrennungsmotor erfunden, doch am Ende sträubte sich sein Verstand, einen Vergaser zu konstruieren. Da lag die gesammelte Menge der Einzelteile träge auf seiner Werkbank im Labor herum und wartete nur noch auf den letzten Handschlag, um donnernd zum Leben zu erwachen.

Clovis hatte einen Riss am Ohr, doch ansonsten wirkte er wie auch Rita-Lu unversehrt von dem Überfall, den ich gehört, aber nicht richtig miterlebt hatte. Er hatte ihnen allerdings Angst gemacht. Der klägliche Rest der Südgruppe drängte sich jetzt ständig aneinander und wanderte nie alleine weiter weg. Wenn die Schimpansen Futter suchten, waren sie merklich wachsamer und nervöser. Sie beobachteten einen infrage kommenden Futterplatz bis zu einer Stunde lang, ehe sie sich zum Fressen vorwagten, und hielten sich nie lange dort auf. Selbst jetzt beim Ausruhen, wo Clovis flach auf dem Rücken lag, Conrad Rita-Lu lauste, Lester um Rita-Mae herumtollte und sie ärgerte, hielt Conrad ab und zu ein Weilchen inne und schaute sich um, lauschte auf ungewöhnliche Geräusche.

Ich hörte ein schwaches statisches Knattern in meinem Walkie-Talkie. Die Lautstärke hatte ich niedrig gestellt, um die Schimpansen nicht zu erschrecken. Ich zog mich zurück, außer Hörweite. Es war Alda.

»Sie kommen, Mam.«

»Wie viele?«

»Acht. Neun.«

»Okay. Hol João. Kommt hierher, so schnell ihr könnt.«

Ich spürte ein Brennen wie von einer Magenverstimmung in der Speiseröhre, und eine kalte Unruhe erfasste mich. Ich kannte die Symptome: Ich hatte sie immer erlebt, wenn John seine schlimmsten Momente hatte. Es war die körperliche Entsprechung zu einer grundlegenden Unentschlossenheit, eine wachsende Panik und Trägheit angesichts mehrerer schwieriger Alternativen. Was sollte ich hier machen? Sollte ich meine Schimpansen verscheuchen, auf sie zu rennen und mit den Armen rudern …? Aber wenn ich das täte, wären all die Monate der Gewöhnung – des Vertrauens – auf einmal, auf einen Schlag verloren, und ich würde ihnen nie wieder nahekommen. Ein Teil von mir ermunterte mich zu diesem Vorgehen, ich wusste aber, das würde nicht mehr bewirken, als die Ereignisse aufzuschieben oder sie womöglich noch zu verschlimmern. Wenigstens boten sie hier, wo die vier Erwachsenen in einer Gruppe zusammen waren, den Nordländern mehr Widerstand. Die Schimpansen lagen im Schatten von drei Piperbäumen – kleinen Bäumen mit hängenden Ästen, die einen guten Schatten warfen – ausgestreckt und merkten nichts von der nahenden Gefahr. Ich harrte ängstlich mit ihnen aus: Vielleicht würden sie diesmal nicht entdeckt.

Ich wartete vierzig Minuten lang. Dann hörte Conrad etwas. Er stellte sich auf die Hinterbeine und breitete die Arme aus, wobei sich sein Fell sträubte. Die anderen Schimpansen machten sich unverzüglich abmarschbereit, liefen jedoch ziellos durcheinander und warteten, dass Clovis sie anführte, aber der wirkte unsicher und verwirrt und stieß leise *pant hoots* aus.

Dann kam Darius aus dem Gebüsch über ihnen hervorgestürzt, hoch aufgerichtet, die Zähne gefletscht und wild mit den Armen um sich schlagend. Er sprang mit mächtigen Sätzen in die Gruppe und durch sie hindurch und stieß dabei Conrad gewaltsam aus dem Weg. Die anderen Nordschimpansen folgten ihm kreischend und schreiend dicht auf. Ich sah Pulul, Gaspar, Americo und Sebastian.

Die beiden Gruppen standen sich gegenüber, stellten Imponiergehabe zur Schau, brüllten und grimassierten sich an. Darius fiel über Clovis her, Sebastian und Pulul folgten ihm. Es gab ein wirres Getümmel von rudernden Armen und Beinen in einer Wolke von Staub, während die vier Schimpansen miteinander kämpften. Dann hatten sie Clovis niedergerungen. Pulul biss ihn ins Bein und riss einen langen Hautfetzen von seinem Schenkel.

Inzwischen rückten die anderen unter Führung von Americo vor. Er packte Rita-Mae und warf sie zu Boden, wodurch Lester von ihrem Rücken flog. Americo trampelte ihr wild auf dem Kopf herum. Gleichzeitig kauerte Rita-Lu zitternd da und präsentierte den anderen Männchen ihr rosa geschwollenes Hinterteil. Plötzlich ließ die Aggressivität der Schimpansen nach, sie hatten keinen Schwung mehr. Dann machte Clovis sich mit einer ungeheuren Anstrengung von Darius und Sebastian los und sprang in einen Piperbaum. Er riss einen Ast ab und schwang ihn gegen die Nordmännchen, seine Haare waren gesträubt, und er kreischte schrill.

Der Kampf brach ab, und es trat eine jähe Stille ein. Lester rannte zu Rita-Mae, Conrad kroch unter den Piperbaum. Nur Rita-Lu war noch von anderen umringt. Die Männchen scharten sich um sie, untersuchten ihr Hinterteil, faßten es an und rochen daran. Dann verschwand die Nordgruppe auf einmal, und Rita-Lu rannte mit, eine kleine Schlucht hoch und in die Bäume. Ich konnte ihr Gebrüll und Geschrei hören und den dumpfen Widerhall, wenn sie auf den Baumstämmen an ihrem Weg herumtrommelten.

Zwei Tage später sah João Rita-Lu wieder zur Gruppe zurückkehren. Sie war unverletzt und wurde einhellig wieder willkommen geheißen. João führte mich zu der Stelle, wo er die Gruppe beim Fressen verlassen hatte. Es herrschte die gleiche Wachsamkeit, doch ansonsten schien sich nichts verändert zu haben. Nur Clovis hatte offenbar einige Beschwerden; der Hautfetzen, den Pulul ihm vom linken Schenkel gerissen hatte, baumelte wie ein Strumpfband von seinem Knie. Das bloßgelegte rosa Fleisch sah wund und entzündet aus. Clovis unterbrach sich ständig beim Fressen, um die Wunde mit Laub- und Grasbüscheln zu betupfen.

Dann sah ich etwas anderes, was mich noch mehr erschreckte: Rita-Mae bekam offenbar eine Brunstschwellung, die Haut an ihrem Hinterteil war von einem deutlich kräftigeren Rosa und sah straff und glänzend aus. Theoretisch war sie noch nicht in der Brunst, sie stillte noch. Lesters Geburt lag nicht lange genug zurück, als dass ihr Zyklus schon wieder eingesetzt haben könnte. Aber es war durchaus schon vorgekommen, dass milchgebende Weibchen ein paar Jahre lang unfruchtbare Brunstschwellungen hatten, bevor der Zyklus wieder richtig anfing. Unfruchtbar oder nicht, das war einem Schimpansenmännchen egal. Plötzlich taten mir meine Südländer von Herzen leid. Jetzt würden sie zwei Weibchen in der Brunst haben. Ich sah mir Clovis, Conrad und Lester an und fragte mich, wie lange diese Männchen, ob nun erwachsen oder nicht, wohl noch zu leben hätten. So sehr mir die Vorstellung missfiel, ich fand, ich sollte zurückgehen und noch einmal mit Mallabar reden.

Seit der Leopard getötet worden war, hatte sich Mallabar mir gegenüber außerordentlich herzlich verhalten, mit der Erleichterung eines Mannes, der eine Zeit lang gezweifelt hatte, dessen Glaube jetzt aber voll und ganz wiederhergestellt war. Im Gegensatz dazu waren meine anderen Kollegen jedoch zurückhaltender geworden. Sie waren sich nicht ganz sicher, was da vorgefallen war, aber für sie stand irgendwie fest, dass ich Unruhe gestiftet, ganz allgemein Schwierigkeiten gemacht hatte. Man würde mich im Auge behalten müssen.

Also ging ich am Abend nach unserem Essen wieder zu

Mallabars Bungalow. Roberta verabschiedete sich gerade, als ich kam. Mir fiel auf, dass sie blauen Lidschatten aufgelegt hatte und ein süßer, talkumartiker Parfümgeruch um sie herum war.

»Ach, Hope«, sagte sie etwas dümmlich, als sei ich genau der Mensch, den sie auf Mallabars Türschwelle zu treffen erwartete. Ich lächelte zurück und sagte ihren Namen, Roberta, mit einer fallenden Kadenz. Sie hielt mir die Tür auf. Ich ging hinein.

Ginga war auch da. Sie ging in die Küche, um mir eine Tasse Kaffee zu machen. Mallabar bot mir mit schwungvoller Gebärde einen Platz an.

»Ich möchte, dass du mir einen Gefallen tust«, sagte ich, ohne Zeit zu verschwenden.

»Aber sicher.«

»Komm die nächsten Tage mit mir in die Südregion.«

»Hope«, sagte er etwas gelangweilt. »Wirklich, ich hatte gedacht, wir –«

»Nein. Es gibt da ein paar Dinge, die du selbst sehen solltest.« Ich war erstaunlich gespannt. Ich saß ganz steif auf der Stuhlkante.

»Okay, okay.« Er sprach ruhig und sah mich mit einer gewissen Neugier an. »Wird mir guttun, wieder mal ins Feld zu kommen.«

Ginga tauchte mit dem Kaffee wieder auf und blieb in der Tür stehen.

»Ist alles in Ordnung?«, fragte sie. »Hope?«

»Hope hat mich gebeten, ein paar Tage mit ihr in den Süden zu kommen«, sagte Mallabar, wobei er über mich redete, als sei ich etwas einfältig.

Ginga nickte. »Gut«, sagte sie. »Ausgezeichnet. Du bist schon ein Weilchen nicht mehr draußen im Feld gewesen. Wird dir guttun.«

Die nächsten drei Tage war ich mit Mallabar zusammen, und wir sahen den fünf Überlebenden der Südgruppe dabei zu, wie sie ihren täglichen Verrichtungen nachgingen. Er fragte mich, was mit Clovis' Bein passiert sei. Ich sagte, ich hätte keine Ahnung. Wir beobachteten, wir folgten, wir trugen die Angaben in die Beobachtungsbögen und unsere Protokollhefte ein. Mallabar schwelgte in Erinnerungen an die Frühzeit in Grosso Arvore. Er erzählte mir, was Ginga und er alles unternommen hatten, um die Schimpansen an ihre Gegenwart zu gewöhnen. Er hatte zehn Monate gebraucht, bis er sich einem Schimpansen auf zwanzig Meter nähern konnte, ohne dass der weglief. Er sprach davon, dass sie in den ersten drei Jahren ihrer Ehe ein ausrangiertes Armeezelt ihr Zuhause genannt hatten. Dass Monate vergehen konnten, ohne dass man eine andere Menschenseele sah. Zuerst fragte ich mich, ob diese Erinnerungen, die er mir ungefragt lieferte, eine Folge versteckter Zurechtweisungen waren; ob er mir sachte ins Gedächtnis rufen wollte, dass er sein halbes Leben in Grosso Arvore, in diesen Hügeln und Wäldern verbracht hatte und dass meine Behauptungen alles aufs Spiel setzten, was er sich vorgenommen hatte. Doch nach einer Weile merkte ich, dass es echte Nostalgie war. Im Grunde war es ganz nett, mit ihm zusammen zu sein, und auf faszinierende Weise lehrreich, die Schimpansen mit ihm zu beobachten. Ich sah, dass er ein tiefes und – es gab kein anderes Wort dafür – liebevolles Verständnis für diese Affen hatte.

Er sah Clovis zu und erinnerte sich an ihn als Kind. Er kannte seine Geschwister und wusste, wie seine Mutter gestorben war. Er hatte Rita-Lu am Tag ihrer Geburt gesehen. Er hatte einmal durch einen Schirm von Gräsern spähend Conrads weiße Sklera fotografiert und damit eines der eindrucksvollsten Titelbilder geschaffen, die man je im *National Geographic* gesehen hatte. Und zum ersten Mal konnte auch ich tatsächlich spüren, wie die Spaltung der Gemeinschaft, die er so lange erforscht hatte, ihn persönlich verstört und verletzt hatte. Da verloren ein paar Schimpansen, die glücklich seine Bananenspendemaschine umschwärmt hatten, aus unerfindlichen Gründen plötzlich das Interesse daran und wanderten nach Süden. Er hatte Rita-Mae – oder SF2, wie er sie nannte – über zwei Jahre nicht gesehen, sagte er. Baby Lester kannte er, wie er gestand, nur von Fotos her. Auf mich wirkte er wie der gütige Häuptling eines Stammes, der so groß und verzweigt geworden war, dass er ihn nicht mehr verstand. Die Triebkräfte, die Fraktionen und Fehden, Bündnisse und Feindschaften des Stammes waren zu kompliziert geworden, als dass er sie noch quantifizieren und sich dazu hätte verhalten können. Eines Nachmittags gestand er mir das so in etwa ein.

»Es war alles sehr rätselhaft«, sagte er, »entsetzlich verwirrend im Grunde.« Er lachte. »Ich konnte einfach nicht begreifen, warum sie mir das antaten. Und plötzlich mit der eigenen Unwissenheit konfrontiert zu werden, wo man doch gemeint hatte, man wüsste alles – na ja, so gut wie alles. Das ist erschütternd, kann ich dir sagen.«

»King Lear«, sagte ich.

Er sah mich an. »Großer Gott, das wollen wir nicht hoffen. Was für eine Analogie.«

»Nein, es war nur ... die gleiche Verblüffung. Dass man etwas so gründlich missversteht. Ich weiß, was du meinst.«

»Wirklich?« Er lächelte, war in Gedanken woanders. »Das ist ein Trost.«

An unserem zweiten Morgen draußen führte João uns zu einer Ansammlung von Schlafnestern südlich der Donau. Die Nordländer hätten da übernachtet, sagte er. Ich merkte, dass die Kolonisierung in eine neue Phase trat; jetzt machten sich die Schimpansen nicht einmal mehr die Mühe, bei Einbruch der Nacht nach Hause zurückzukehren.

»Das ist nicht verwunderlich«, sagte Mallabar. »Sie wissen, dass nicht genug Schimpansen da sind, um das Gebiet hier voll zu nutzen. Als wir die Polioepidemie hatten, war es genauso. Der Kernbereich ist geschrumpft, und es kamen mehr Schimpansen aus dem Norden herunter.«

Wir gingen durch den Wald zu dem verdorrten Feigenbaum. Ich hoffte, wir würden dort ein paar Nordschimpansen finden. Für meine Südländer lag er inzwischen zu nahe an der Donau. Es war ein stickiger, ruhiger Nachmittag. Ab und zu brachte eine Brise einen feuchten Erdgeruch von drohendem Regen mit sich.

»Heute Nacht gibt es Regen«, sagte Mallabar und holte tief Luft. »Ich liebe diesen Geruch.« Er warf mir einen Blick zu und lächelte. »Ich bin froh, dass du mich mit nach draußen genommen hast, Hope«, sagte er. »Ich mach das jetzt alle zwei Monate oder so – ein paar Tage im Feld verbringen –, sonst verliere ich den Kontakt.« Dann machte er sich beinahe geschwätzig Vorhaltungen für die Menge an Verwaltungsarbeiten und Papierkram, die er zu erledigen hatte. Im Grunde brauche er einen Manager, sagte er, dann könne er mehr Zeit draußen im Busch bei den Schimpansen verbringen.

Der verdorrte Feigenbaum war leer, aber es waren vor Kurzem Schimpansen da gewesen, denn der Boden war mit halb aufgefressenen Früchten bedeckt. Ich wanderte aufgebracht herum. Nordländer fraßen hier in diesem Baum, den ich inzwischen so stark mit meinen Schimpansen verband … Es war beinahe so, als ob einem ins Haus eingebrochen wird. Das war mein Territorium, meins und das meiner Südländer; jetzt waren hier Fremde zu Hause, und es war nicht mehr das gleiche Gefühl.

Am dritten Tag griffen die Nordländer wieder an. In der Nacht hatte es geregnet, wie Mallabar vorhergesagt hatte, und der Wald war nass und dampfte sichtbar in der Sonne, die Pfade waren matschig unter unseren Füßen. Wir hatten leichtes Ölzeug und Gummistiefel an. Ab und zu konnten wir ein fernes Donnergrollen hören, aber Mallabar war sich immer noch nicht sicher, wie er sagte, ob damit wirklich die Regenzeit anfing.

João hatte unsere Südländer in einer Gruppe von Lupusbäumen entdeckt. Durch die Regenfälle waren über Nacht ihre blassgelben, klebrigen Blüten herausgekommen, und die Schimpansen saßen alle im Geäst und weideten sich daran. Rita-Mae lag auf einem niedrigen Ast auf dem Rücken und ließ ein Bein baumeln, während Lester auf ihrem Bauch hockte. Sie schien sich satt gefressen zu haben; dann und wann streckte sie die Hand aus, pflückte eine Lupusblüte und gab sie Lester zu essen.

Der Wald triefte noch von dem Guss, den er abbekommen hatte. Überall hörte man das Geräusch von auf Laub fallendem Wasser, da die Schimpansen mit ihren Bewegungen Tröpfchen losschüttelten. Um im Hintergrund war immer noch das Donnergrollen, während die nächtliche Wolkenbank nach Süden zur Küste hin abzog, als würden im Zimmer oben schwere Möbel gerückt. Wir saßen in der schwülen, feuchten Hitze und beobachteten die Schimpansen. Die Atmosphäre hatte etwas Einschläferndes. Mallabar gähnte immer wieder. Es war ansteckend, wir gähnten beide auf einmal.

Er drehte sich um, lächelte mich an und wollte anscheinend etwas sagen, da wurde er durch ein Krachen von Pflanzen unterbrochen. Pulul oder Americo – es kam zu plötzlich, als dass ich es erkennen konnte – stürzte aus dem nahegelegenen Gebüsch, sprang hoch und packte Rita-Maes herabhängendes Bein. Mit einem Schrei fielen sie und Lester drei Meter tief zu Boden. Links waren Sebastian und Darius einen anderen Baum hinauf und hinter Conrad her, der sich von seinem Platz verwegen in einen abgrenzenden Baum schwang, fehlgriff und halb fallend, halb rollend durch das Geäst herunterstürzte.

Unterdessen hatte Gaspar Baby Lester an einem Bein gepackt und schleuderte ihn in der Luft im Kreis herum. Als Darius das sah, sprang er herunter und schnappte sich das Baby von Gaspar, der es ihm bereitwillig überließ.

Darius hielt Lester an beiden Beinen fest und schlug ihn heftig gegen ein knorriges Stück bloßliegender Wurzel. Ich sah, wie Lesters Schädel unter der Wucht des Schlages buchstäblich explodierte, und kleine Teile von Hirn und Knochen spritzten weit herum. Dann ließ Darius den schlaffen Körper zwei, dreimal gegen einen Stamm knallen und schleuderte ihn schließlich gleichgültig fort.

Conrad und Clovis machten sich unter Kreischen und Schreien aus dem Staub. Rita-Lu nahm ihre halb kauernde Präsentierstellung ein und sah zu, wie Pulul und Americo und ein paar unbekannte Halbwüchsige auf Rita-Maes ausgestreckt daliegenden Körper einprügelten und darauf herumtrampelten; sie war von ihrem Sturz beim ersten Angriff noch ganz benommen. Dann, wie auf ein unsichtbares Signal hin, hörten sie auf und versammelten sich um Rita-Lu. Darius trommelte auf einen Baum, und sie verschwanden wieder, wie das Mal zuvor, im Laufschritt und mit Gebrüll, und Rita-Lu mitten unter ihnen.

Rita-Mae war nicht tot. Als sie fort waren, stand sie zitternd auf und fiel sofort wieder um. Sie stieß einen schwachen Huuh-Laut aus, als wollte sie Lester rufen. Sie wälzte sich herum, schaffte es, noch einmal auf die Beine zu kommen, schaute sich ein paar Mal um, wie um nach Lester zu suchen, und hüpfte dann ziemlich unbeholfen hinter Clovis und Conrad her ins Unterholz.

Der Kampf hatte nur ein paar Minuten gedauert. Ich merkte, wie sich meine Lähmung langsam legte. Ich schaute mich nach Mallabar um. Sein Gesicht war fahl, blutleer; sein Bart sah plötzlich schwarz und rau aus. Er biss sich auf die Unterlippe und starrte vor sich hin, als hätte er einen furchtbaren Schock erlitten. Ich berührte ihn an der Schulter; ich spürte, dass sie unter meinen Fingern bebte.

»Herrgott«, sagte er. »Herrgott nochmal.« Das sagte er immer und immer wieder.

Ich hielt es für das Beste, ihn ein Weilchen allein zu lassen, und ging Lesters Leiche suchen. Ich fand sie in einem Dornbusch hängen. Der Kopf war ein loser Beutel von einem Brei aus Gewebe und Knochen, die kleinen Gliedmaßen waren grotesk verrenkt und an vielen Stellen gebrochen. Ich hob ihn vorsichtig heraus und legte ihn auf den Boden. Ich drehte mich um. Mallabar kam auf mich zu.

Er starrte, offensichtlich entsetzt, auf Lesters Leiche.

»Hast du das gesehen«, sagte er mit schwacher Stimme, »das ranghöchste Männchen, was das gemacht hat? Hast du das gesehen?«

Der Mann tat mir ungeheuer leid. »Ich weiß«, sagte ich. »Es ist sehr schockierend. Die Gewalt trifft einen völlig unvorbereitet. Selbst mich noch.«

»Wie meinst du das?«

»Das ist der dritte Kampf, den ich gesehen habe.«

»Der dritte?«

»Ja.« Ich breitete entschuldigend die Hände aus. »Eugene, das hab ich dir die ganze Zeit zu sagen versucht. Das hat sich hier die ganze Zeit abgespielt.«

»Die *ganze Zeit* abgespielt?«, sagte er zerstreut, als sei er in andere Gedanken versunken.

»Ich hab versucht, es dir zu sagen. Aber du –«

Er hob die Faust mit angewinkeltem Arm bis auf Schulterhöhe und machte einen Schritt auf mich zu.

»Was hast du hier angestellt?«, fragte er scharf und mit bebender Stimme. »Was hast du mit ihnen angestellt?«

»Wovon redest du?«

»Das warst du. Das ist etwas, was du mit ihnen angestellt hast.«

»Also komm, Eugene, sei nicht albern!«

Er nahm die Faust herunter und ließ einen Moment lang den Kopf hängen.

»Ich mache mir Vorwürfe«, sagte er. Er schaute auf. »Ich hätte dich überwachen lassen sollen.« Dann schrie er mich wie von Sinnen an: »WAS HAST DU GETAN? WAS HAST DU GETAN?«

Ich trat einen Schritt zurück. Ich hatte seine Spucke in meinem Gesicht gespürt.

»Ich hab nicht das Geringste getan, du Schwachkopf, du verdammter Idiot!«, schrie ich ihn an, selbst wütend. »Ich hab sie einfach nur beobachtet.« Ich zeigte auf Lesters zerschlagenen Körper. »*Sie* tun das. Sie bringen sich gegenseitig um!«

Er hatte wieder die Faust erhoben. Seine Augen waren weit aufgerissen.

»Halt dein dreckiges Maul!«, brüllte er. »Halt dein dreckiges Maul!«

»Nein! Die Affen aus dem Norden rotten meine Südländer aus. Einen nach dem anderen. Jetzt hast du es mit eigenen Augen gesehen, du verdammter blöder Schwachkopf, und du –«

Er versuchte mich zu schlagen. Er schwang die Faust mit voller Wucht gegen mein ungeschütztes Gesicht. Hätte er getroffen, dann hätte er mir glatt die Nase gebrochen. Flachgequetscht. Knochen zerschmettert und Zähne eingeschlagen. Aber irgendwie gelang es mir, den Kopf nach unten wegzureißen, und der Faustschlag traf mich an der Schulter. Ich hörte deutlich die Fingerknöchel in seiner Faust krachen und dann brechen, während die Wucht des Schlages mich regelrecht umwarf. Ich fiel schwer auf den Boden. Meine Schulter brannte, heiß vor Schmerzen. Ich spürte, dass sie ausgerenkt war. Ich stöhnte mit zusammengebissenen Zähnen, zuckte zusammen und schaute mich in Erwartung eines neuen Angriffs um.

Mallabar war etwas weiter weg und tastete suchend im Unterholz herum. Er wedelte merkwürdig mit seiner rechten Hand und hatte die Finger gespreizt, als ob sie nass wären und er Wasser von ihnen abschütteln wollte. Er stand auf, in der Linken einen Stock. Er rannte auf mich zu.

»Eugene!«, schrie ich ihn an. »Hör auf, um Gottes willen!«

Ich duckte mich.

Er schlug mich auf den Rücken. Bei dem Schlag ging der Stock kaputt, doch da er mit der linken Hand ausgeführt worden war, hatte er nicht so viel Wucht, wie er sonst gehabt hätte. Mallabar packte mich, und ich stieß wild in sein Gesicht und kratzte ihn. Gleichzeitig bekam ich irgendwie zwei von den gebrochenen Fingern seiner Rechten zu fassen und bog sie mit aller Kraft nach hinten.

Er brüllte vor Schmerz auf und ließ mich los. Ich rannte.

Ich spurtete den Pfad durch den triefenden Wald entlang zum Camp hin. Zuerst meinte ich, seine Schritte hinter mir zu hören, sah mich aber nie um. Ich rannte fünfzehn Minuten lang und blieb dann stehen, krümmte mich zusammen. Vor Anstrengung tat mir der ganze Körper weh. Ich ging in die Hocke und stützte mich mit einer Hand an einen Baumstamm. Ich versuchte mich zu beruhigen. In der rechten Schulter spürte ich ein heißes, trommelndes Pochen. Ich streifte die Jacke ab und knöpfte das Hemd auf. Meine Schulter war rosa angelaufen und schon leicht geschwollen. Ich konnte vier dunkle Ringe nebeneinander sehen, die Abdrücke seiner Knöchel. Ganz sanft und vorsichtig bewegte ich mein Schultergelenk. Es tat furchtbar weh, aber es ging.

Ich zog mich an und machte mich wieder auf den Weg. Ich überquerte die Donau und ging an der Futterstelle vorbei in das Camp. Ich hörte den Lärm von Schimpansen aus der Futterstelle dringen. Ich bog links ab, um die Abkürzung an Mallabars Bungalow vorbei zu nehmen, und ging auf die Erfassungsstelle zu. Links von mir lagen die Garagen und Werkstätten. Da sah ich einen parkenden Landrover mit offener Motorhaube, und Ian Vail beugte sich hinein und fummelte am Motor herum. Er richtete sich auf, wischte sich die Hände an einem Lumpen ab und schloss mit einem rachsüchtigen, doch zufriedenen Knall die Motorhaube. Ich erinnerte mich: Vail war an der Reihe, diese Woche die Einkaufstour zu machen. Eigentlich hätte er schon seit Stunden weg sein sollen.

»Hallo«, sagte er, als ich zu ihm herüberging. »Verdammte Benzinpumpe.«

»Wann fährst du?«, fragte ich.

»Ist dir was, Hope? Du siehst –«

»Wann fährst du?« Meine Stimme zitterte.

»Jetzt.«

»Zehn Minuten. Fünf Minuten. Ich komm mit.«

Ich ging zur Erfassungsstelle zurück und warf ein paar unerlässliche Dinge – Pass, Brieftasche, Zigaretten, Sonnenbrille – in eine Segeltuchtasche. Ich hatte überhaupt nicht darüber nachgedacht, was ich tun sollte, doch als ich sah, dass Ian Vail eben aufbrechen wollte, da wusste ich plötzlich, dass ich ein Weilchen mit Usman zusammen sein und über Strandhäuschen und winzige Flugzeuge reden wollte. Ich würde ein paar Tage verstreichen lassen und dann entweder zurückkommen und Mallabar gegenübertreten oder nach meinen Sachen schicken und gehen.

Ich stieg neben Ian in den Landrover. Die beiden Boys waren schon hinten drin. Er sah verwirrt und besorgt aus.

»Hör mal, Hope, bist du sicher –«

»Ich erzähl dir alles. Gib mir nur etwas Zeit.«

Er ließ den Motor an, und wir fuhren los.

»Stop«, sagte ich. Ich überlegte. »Noch fünf Minuten.«

Ich sprang heraus und rannte zu Mallabars Bungalow. Ich ging hinein und rief nach Ginga. Es kam keine Antwort. Ich setzte mich an Mallabars Schreibtisch und schrieb ihm eine kurze Nachricht:

Eugene,
du sollst wissen, dass ich einen Artikel über die von mir in Grosso Arvore beobachteten Fälle von Kindermord, Kannibalismus und vorsätzlichem Totschlag geschrieben habe. Ich habe ihn bei einer Zeitschrift zur Veröffentlichung eingereicht. Ich fahre jetzt mit Ian Vail in die Stadt. Ich melde mich in ein paar Tagen wieder.

Hope

Ich verschloss das in einem Umschlag, kennzeichnete es als vertraulich, stellte den Brief auf seinem Schreibtisch auf und kehrte zu Ian Vail in den Landrover zurück.

»Guter Gott«, sagte Ian mit einem Anflug von entsetzter Ehrfurcht in der Stimme. »Guter, allmächtiger Gott.«

Er sah sprachlos aus, wie vor den Kopf geschlagen. Ich hatte ihm gerade erzählt, was passiert war. Wir waren schon über zwei Stunden unterwegs. Die ersten anderthalb Stunden hatte ich stumm dagesessen und mich gesammelt.

Ian atmete aus. »Ooh Gott«, sagte er besorgt. »Ooooh Gott.«

Er fing an, mir auf die Nerven zu gehen. Ich hielt das für ein gutes Zeichen.

»Na komm, Ian, ich hab ihn nicht umgebracht. Nun sieh das mal im richtigen Licht.«

»Nein. Aber es ist alles zu … Da ist zu viel zu verdauen. Ich muss immerzu an andere Sachen denken. Herr des Himmels. Ich meine, ganz abgesehen davon, dass Eugene dich so geschlagen hat.« Er warf mir einen Blick zu. »Die Schimpansen. Ziemlich welterschütternd.«

»Du willst ihn doch nicht entschuldigen.«

»Nein, nein. Er ist offensichtlich übergeschnappt oder so. Ich meine, ich finde das absolut richtig, dass du für ein Weilchen fortgehen willst. Er muss sich wieder in den Griff kriegen. Trotzdem.« Er schüttelte den Kopf. »Was diese Schimpansen da gemacht haben …«

»Sieh mal, niemand war erstaunter als ich.«

»Darius, Pulul, Americo, die anderen?« Ich hatte vergessen, dass Ian sie als *seine* Schimpansen betrachten würde.

»Ja«, sagte ich. »Alle miteinander.«

»Verdammter Mist. Du weißt, was das bedeutet?«

»Ja.«

»Das gibt ein Mordstheater. So viel steht mal fest.«

Ich sah auf die Straße hinaus und fühlte mich von einem zähen Erschöpfungsschwall durchflutet, niedergedrückt, schläfrig gemacht. Meine Schulter schmerzte und pochte noch immer, und auf dem Rücken hatte ich einen heißen Striemen, wo Mallabar mich mit dem Stock erwischt hatte. Ich machte einen Buckel und massierte mir die Schulter.

Die Straße vor uns war gerade und sanft gewellt, sie durchschnitt eine Landschaft mit offener, gestrüppreicher Savanne und einer Akazie hier und da. Die Sonne hämmerte auf den schwarzen Asphalt herunter, sodass die Straße vor uns in einem flüssig wabernden Horizont verschwand. Weiter östlich stieg ein paar Meilen entfernt eine hohe dünne Rauchsäule schräg nach oben – vielleicht ein Buschbrand. Ich spähte nach vorn. Aus dem schimmernden Horizont tauchten ein paar verschwommene schwarze Punkte auf – vier. Wie zwei Doppelpunkte nebeneinander. Sie zitterten und kamen seidenweich zusammen, sodass sie eine Elf bildeten. Als wir näherkamen, verwandelten sie sich in zwei Soldaten, die neben einem Ölfass mit einem über die Straße geneigten Brett standen. Unsere erste Straßensperre.

Ich machte Ian darauf aufmerksam, der offensichtlich noch immer über seine Schimpansen nachdachte, und wir bremsten langsam ab.

Als wir knapp hundert Meter weit weg waren, sah ich, wie einer der Männer uns mit Handzeichen anhielt. Ian schaltete geräuschvoll und fuhr noch langsamer. Am Straßenrand sah ich noch mehr Gestalten stehen.

»Ian«, sagte ich. »Halt an und dreh um.«

»Hope, sei nicht albern.«

»Nein, du hast noch Zeit, halt an … Na schön, gib Gas. Fahr durch.«

»Bist du verrückt geworden? Bloß so eine verdammte Straßensperre.«

Wir bremsten auf Schritttempo ab und hielten ein paar Meter vor dem Ölfass mit dem Brett an. Zwei sehr junge, große Soldaten mit Kalaschnikow-Gewehren kamen auf uns zu. Ich fühlte ein Zerren in mir, als würde mir das Blut zu den Fußknöcheln hin abgesaugt. Einer der Soldaten – eigentlich nicht mehr als Kinder – hatte Shorts und schwere Stiefel an, die seine Beine lächerlich dünn aussehen ließen. Der andere trug Tarnhosen. Beide trugen identische graue Trainingsjacken mit Kapuzen.

»Morgen«, sagte Ian mit ungezwungenem Lächeln. »Entschuldigung. Guten Tag.«

»Bitte aussteigen.«

Ich kletterte langsam heraus. Nach dem Dröhnen und Lärmen des Motors wirkte die Landschaft jetzt gespenstisch still. Ich konnte das Ticken und Klingeln des abkühlenden Metalls hören und das leise erschreckte Gemurmel von Billy und Fernando, den zwei Küchenhilfen, die hinten gesessen hatten. Ich sah zu ihnen hinüber: Sie standen da und drückten ihre Habseligkeiten an sich, sie wussten auch, dass da etwas nicht stimmte. Doch Ian lächelte immer noch und fühlte sich wohl. Ich schaute über die Straße. Unter einem Zachunbaum war ein Unterstand: vier Pflöcke mit einem Palmwedeldach. Da standen die anderen Männer und starrten angestrengt auf etwas am Boden.

Einer der Kindersoldaten bei uns drehte sich um und gab der Gruppe unter dem Baum Zeichen mit der Hand. Hinten auf seiner Trainingsjacke sah ich in roten Lettern die Worte *»Atomique Boum«* aufgedruckt. Ich trat ein paar Schritte zur Seite und warf einen Blick auf den anderen Soldaten. Seine Jacke verkündete genau dasselbe.

Die anderen Männer kamen herübergeschlendert, um uns zu kontrollieren. Ich sah, dass sie alle jung waren, Teenager, mit einer seltsamen Mischung von Militär- und Zivilsachen an. Bis auf einen waren sie ungewöhnlich groß, alle über einen Meter achtzig. Sie wurden von dem kleinen Mann hergeführt, der, wie ich beim Näherkommen sah, auch älter war. Außer ihm trugen alle die gleiche Trainingsjacke.

Der kleine Mann steckte in blassblauen Jeans mit unten hochgekrempelten Hosenbeinen und einer Tarnweste, die zu groß für ihn war. Er hatte einen Bart, einen ungleichmäßigen Spitzbart, und eine viel geflickte, altmodische Brille, die Sorte mit einem oben dunklen Gestell, das zur unteren Hälfte der Linse hin immer durchsichtiger wird. Ein Brillenbügel war fein säuberlich mit Sicherungsdraht am Gelenk des Gestells angebunden. Der andere Bügel sah selbst gemacht aus, wie aus Holz geschnitzt.

Er ging um den Landrover herum, inspizierte ihn und blieb vor mir stehen. Ich war gut fünf Zentimeter größer als er. Er hatte ein nettes Gesicht, das durch die Brille noch beflissener aussah, eine breite Nase und volle, wohl geformte Lippen. Seine Haut war dunkel, sehr schwarz mit einem Anflug von Purpur unter der Oberfläche, wie es schien. Er hatte einen gesprenkelten rosa-braunen Fleck am Hals und an der Wange unter dem linken Ohr. Eine Narbe vielleicht, oder eine Verbrennung.

Er fasste mich am Ellenbogen und steuerte mich sanft um den Landrover herum, sodass ich neben Ian stand. Ian lächelte noch immer, aber ich konnte spüren, dass sich Unbehaglichkeit in ihm breitmachte. Das war keine normale Straßensperre, merkte er jetzt. Diese *Politesse,* dieses Gemustertwerden … Diese großen, stummen Jungen in ihren Trainingsjacken.

»Einen Moment bitte«, sagte der Bärtige und ging zu Billy und Fernando hinüber. Sie bückten sich rasch und berührten mit einer Hand den Boden. Es folgte eine kurze Unterhaltung, die ich nicht hören konnte, dann klatschte der Bärtige in die Hände und machte eine Scheuchbewegung. Er wiederholte das noch einmal, und langsam zogen Billy und Fernando rückwärts ab, wobei ihnen abwechselnd Furcht und Erleichterung im Gesicht geschrieben stand. Dann drehten sie sich um und rannten. Ich hörte noch ein Weilchen das Geräusch ihrer nackten Füße, die auf den heißen Asphalt klatschten. Wir sahen alle zu, wie sie die Straße nach Grosso Arvore zurückliefen.

Der kleine Mann wandte sich uns zu und streckte die Hand aus, die wir brav drückten, erst Ian, dann ich. Sie war trocken und sehr schwielig, hart wie eine alte Zitrone.

»Ich bin Dr. Amilcar«, sagte er. »Wohin wollen Sie?«

Ich sagte es ihm.

»Es tut mir furchtbar leid«, sagte er und sah uns dabei an, »aber ich muss Ihren Landrover nehmen.« Sein Englisch war gut, sein Akzent gebildet.

»Sie können uns nicht hier zurücklassen«, sagte Ian verwegen und dümmlich.

»Nein, nein, natürlich nicht. Sie werden mit mir kommen.«

»Wer sind Sie?«, platzte ich heraus.

Dr. Amilcar nahm seine Brille ab und rieb sich die Augen, als erwäge er, ob es klug sei zu antworten.

»Wir sind …« Er hielt inne. »Wir sind die UNAMO.«

TOD EINES PROPHETEN

Ein Freund von Usman – ein anderer Pilot (Hope hat seinen Namen vergessen) – hat ihr eine Geschichte aus dem nigerianischen Bürgerkrieg erzählt, dem Biafrakrieg von 1967–70.

Im Jahr 1970 war eine fast vollständige Stagnation eingetreten, der Krieg war zum bloßen Zermürbungskonflikt geworden. Die Aufständischengebiete waren geschrumpft, doch weitere Fortschritte ließen sich nur quälend langsam erzielen. Der Krieg hatte sich zu einer Belagerung entwickelt. Es war eine Pattsituation. Aber dann war – wie dieser Mann sagte – in ein paar Tagen plötzlich alles vorbei gewesen, mit einer Schnelligkeit, die man nie hätte voraussagen können.

Nach dem Krieg fand sich die Erklärung für diesen Zusammenbruch der aufständischen Verbände. Die an Waffen und Zahl unterlegene Armee Biafras kämpfte verbissen und verzweifelt, obwohl die Männer wussten, dass ihre Sache verloren war. Dieser hingebungsvolle Einsatz ging aus Aberglauben hervor. Die Offiziere standen zum größten Teil unter dem Einfluss spiritistischer Priester. Diese Priester oder »Propheten« waren in die Struktur der Armee so integriert, dass viele von ihnen offiziell einer Militäreinheit zugeordnet waren. 1970 war ihr Einfluss schon so stark, dass die Offiziere keinen Angriff mehr befahlen oder ihre Männer in den Kampf führten, wenn die Propheten es nicht für opportun hielten. Die Offiziere entfernten sich regelmäßig von ihren Einheiten an der Front und nahmen an Gebetsstunden teil, die von den einflussreichsten Propheten im Hinterland abgehalten wurden.

General Ojukwu, der Führer des Regimes von Biafra, erkannte, dass ihm die vollständige Kontrolle über seine Armee zu entgleiten drohte, und versuchte den Einfluss der Spiritisten zu beschneiden. Als ersten Schritt dazu ließ er einen der charismatischsten und beliebtesten Propheten, einen Mr. Ezenweta, verhaften und des »mittelbaren Mordes« anklagen. Er wurde von einem Militärtribunal für schuldig befunden und eilends hingerichtet.

Die Moral der Armee Biafras brach umgehend und vollständig zusammen. Die Soldaten kämpften einfach nicht mehr weiter und liefen entweder davon oder schauten zu, wie die verblüffte nigerianische Armee ungehindert vorrückte und eine Stadt nach der anderen einnahm, ohne einen Schuss abzugeben, mit umgehängtem Gewehr und vor Erleichterung laut singend. Mit der Hinrichtung eines Fetischpriesters wegen mittelbaren Mordes war der Krieg für Biafra verloren. Der Tod von Mr. Ezenweta nahm den Tod seines Landes vorweg.

In der Mechanik spricht man von Dissipation, wenn in einem System durch Reibung Energie verloren geht. In den meisten Systemen geschieht dieser Verlust allmählich, auf messbare und vorhersehbare Weise. Es gibt jedoch auch andere Dissipationssysteme, die verworren und ungeordnet sind. Die Reibung fasst und lässt dann auf einmal nach, nur um später wieder zu fassen. Wenn man das Leben als Dissipationssystem betrachtet, versteht man, was gemeint ist. Das größte Dissipationssystem, das man überhaupt finden kann, ist der Krieg. Er unterliegt heftigen Schwankungen und ist vollkommen unberechenbar.

An dem Morgen, nachdem Bogdan Lewkovitch angerufen hatte, bekam Hope einen Brief von John. Sie sah sofort, dass seine Handschrift anders war, sie kippte steil nach vorne und war schwer zu entziffern.

> *Liebste Hope,*
> *entschuldige diese Flut von Briefen, aber es hilft wirklich und wahrhaftig, wenn man es aufschreibt. Besser als endlos vor sich hin zu brabbeln, Gedanken in halb durchdachte Worte zu brabbeln. Es hilft wahrhaftig.*
> *Es geht mir gut hier, und zum ersten Mal tun die Docs auch was für mich. Es macht nicht viel Spaß, aber es bringt was, und das ist doch bestimmt die Hauptsache. Es soll ja schließlich auch nicht »Spaß« machen, wenn man krank ist und*

wieder gesund wird. Der Spaß kann kommen, wenn man wieder »gesund« ist, nicht beim »Gesundwerden«. Und wir hatten ja unseren Spaß, nicht wahr, mein liebstes Mädchen. Kannst Du Dich an Schottland erinnern? Kannst Du Dich an den komischen kleinen Kerl erinnern, der immer mit Steinen nach uns geworfen hat, wenn wir vorbeigeradelt sind, und dann hast Du gerufen, wenn er das noch einmal macht, schneidest Du ihm die Eier ab? Da war Ruhe.

Doch letzten Endes ist »Spaß« nicht genug. Vergnügen muss sein, aber Arbeit auch. Und wie ich jetzt erkenne – zumindest wollen die Docs mir helfen, das zu erkennen –, war mein Problem in den letzten Monaten, dass etwas zwischen mir und meiner Arbeit stand. Da war so was wie ein Schleier, wie ein Gazeschleier, zwischen mir und dem, was ich auf meinem Gebiet erreichen will. Dadurch konnte ich nicht klar sehen. Ich muss es leider sagen, mein Liebling, aber dieser Schirm warst Du. Du warst der Schatten zwischen mir und dem Licht. Darum bin ich auch mit Jenny L. gegangen, verstehst Du, ich wusste das nicht, aber ich wollte Dich aus dem Weg haben. Wollte den Schleier zerreißen. Natürlich wusste ich damals noch nicht, dass er da ist. Die Docs helfen mir jetzt, solche Sachen zu erkennen. Helfen mir erkennen, warum ich das getan habe, was ich getan habe.

Jedenfalls, darum mussten wir uns trennen, damit mir der Weg nach vorn nicht mehr verstellt ist. Ich konnte erkennen, wo ich hingehen sollte, aber nicht klar, und das hat mich so frustriert und krank gemacht. Ein klarer Blick ist in meinem Fach lebenswichtig. Man kann nicht in einem Nebel Mathematik betreiben. (In welcher Landschaft befinde ich mich mit meinen Nebelfeldern? Du weißt schon, was ich meine!)

Nun hoffe ich, dass hier die Klarheit zurückkommt – und das tut sie bereits, ich leiste langsam wieder gute Arbeit. Wenn die Klarheit wieder da ist, wird sie anders sein, sagen

die Docs, und Du wirst mir dann den Weg nach vorn nicht mehr verschleiern oder verstellen. Dann können wir zusammensein. Und nach dieser Behandlung, sagen die Docs, haben sie so ein wunderbares Mittel, damit ich weiterhin klare Kulleraugen behalte.
Komm mich besuchen. Es geht mir gut. Ich bin auf dem Wege der Besserung. Ich bin in Hamilton Clare's Neuropsychiatrischer Klinik in Wimbledon. Ruf meinen Doc an, Doktor Phene, der wird Dir sagen, wann Du kommen kannst.

Con amore,
John.

Bei dem Tor zu Hamilton Clare musste Hope zuerst an die Einfahrt in ein städtisches Krematorium denken. Doch hinter den niedrigen mattgelben Mauern mit ihren säuberlichen Geranienrabatten lagen sanft gewellte Rasenflächen und in Gruppen zusammenstehende Pappeln, die eher nach dem Campus einer Pädagogischen Hochschule aussahen, dachte sie, oder einer Modelloberschule.

Die Krankenhausgebäude waren in den fünfziger Jahren aus hellgrauem Backstein errichtet worden, gleichförmige und hässliche Kästen, alle Fenster von derselben Größe. Es hätte eine Kaserne sein können oder ein staatliches Verwaltungsgebäude. Beim Näherkommen merkte sie, dass sie jetzt schon nach Pfusch aussahen, und das regnerische Wetter hatte die Wände mit dunkleren, dem Tarnanstrich eines Schlachtschiffes ähnlichen Feuchtigkeitsgirlanden und Nässestreifen verunziert.

Innen gab es hellere Farben und gerahmte Drucke mit skizzenhaften Ansichten von London an den Wänden, doch die gleichförmigen rechten Winkel überall sowie die niedrigen Decken hielten die Atmosphäre anstaltsmäßiger Geradlinigkeit unverändert aufrecht. Hopes eigene Stimmung war schon auf der Herfahrt gedrückt gewesen; hier in Hamilton Clare sank sie noch weiter. Als Hope auf einem harten Stuhl vor Dr. Phenes Büro saß und wartete, wünschte sie allmählich – egoistischerweise –, sie wäre nicht hergekommen.

Bogdan Lewkovitch hatte ihr bei seinem Anruf gesagt, dass John drei Tage lang nicht ins College gekommen war. Er ging nicht ans Telefon, und als eine Frau vom Institut vorbeischaute und bei ihm anklopfte, hatte John ihr Obszönitäten zugebrüllt.

Ein Arzt wurde geholt und die Tür aufgebrochen. Man fand John in »äußerst verwirrtem Zustand« vor, ausgedörrt und am Verhungern. Er hatte Amphetamine eingenommen und über zweiundsiebzig Stunden lang nicht geschlafen und gegessen. Die Wohnung war in sehr ungepflegtem, um nicht zu sagen verwahrlostem Zustand, wie Bogdan diplomatisch hinzufügte. John wurde ins Charing Cross Hospital gebracht, wo er an einen Tropf mit Kochsalzlösung kam und vierundzwanzig Stunden lang schlief.

Er erholte sich rasch wieder und wirkte vollkommen normal. Er entschuldigte sich rückhaltlos bei seinen Kollegen für die Unannehmlichkeiten, die er ihnen bereitet hatte. Dann erzählte er allen, er würde sich für zwei Wochen krankschreiben lassen. Bogdan hatte er im Vertrauen gestanden, dass er sich in eine Klinik begeben wollte, um sich psychiatrisch behandeln zu lassen.

Dr. Richard Phene war jünger, als Hope erwartet hatte. Aus irgendeinem Grund hatte sie sich etwas zu lange graue Haare vorgestellt, ein schmales Gesicht, eine Fliege und einen blauen Anzug mit überbreiten Nadelstreifen. Wie sich diese Vorstellung von Johns Arzt in ihrer Phantasie eingenistet hatte, wusste sie nicht.

Phenes Haare wurden grau, waren aber ordentlich gescheitelt und kurz. Sie schätzte ihn auf Anfang Vierzig, aber seine Haut war so frisch wie bei einem kleinen Jungen und wies kaum Falten auf. Er sprach in unwahrscheinlich leisem, förmlichem Ton, fast ohne die Lippen zu bewegen, sodass sie sich auf ihrem Stuhl nach vorn beugen musste, um seine Worte zu verstehen, und flach atmete, damit das schwache Geräusch ihres Atems ihn nicht übertönte.

»Ihr Mann«, flüsterte er, »ist eindeutig manisch-depressiv. Der große Vorteil, aus unserer Sicht, ist aber, dass er das einsieht. Das ist schon der halbe Sieg. Er hat Dr. Fitzpatrick gebeten –«

»Wer ist Dr. Fitzpatrick?«

»Sein Psychiater.« Phene sah in Hopes verblüfftes Gesicht. »Das wussten Sie nicht?« Er nahm ihre Unkenntnis dieser Tatsache mit einem kleinen Hüsteln und einer kurzen Inspektion seiner makellosen Schreibunterlage auf. Er fing noch einmal an.

»John war seit einigen Wochen bei Dr. Fitzpatrick in Behandlung. Er – John – hat Dr. Fitzpatrick gebeten, ihn hier einzuweisen. John hat selbst über die Behandlung entschieden – was ungeheuer vielversprechend ist. Ungeheuer.«

»Und welche Behandlung wäre das?«

»Die Anwendung einer Elektrokrampftherapie.«

»Sie machen Witze.«

»Ich bitte um Verzeihung?« Phene war beleidigt. Er machte keine Witze, das sah Hope ein.

Sie hörte ein Brausen im Kopf, wie von einem Zug. Sie setzte noch einmal an. »Ich dachte … ich dachte, das macht man heute gar nicht mehr.«

Phene lehnte sich zurück und erwog ihre Feststellung ernsthaft, als leite er ein Seminar über moderne Psychotherapie. »Sie ist nicht mehr so verbreitet, ja. Aber sie hat noch Anhänger. Ich müsste zugeben, zum Repertoire der klinischen Praxis von heute gehört sie nicht mehr, aber« – er lächelte ihr mit geschürzten Lippen verkniffen zu – »unter besonderen

Umständen meinen wir, dass sie von Nutzen sein könnte. Vor allem, wenn der Patient darum bittet.«

»Auch wenn der Patient manisch-depressiv ist?«

Er lächelte bekümmert. »Mrs. Clearwater. Ich weiß, ›manisch-depressiv‹ klingt besorgniserregend. Doch nimmt die Manie viele Formen an, milde und schwere. Einige der wachsten und charmantesten Menschen, die ich kenne, sind manisch-depressiv ...« Er schmunzelte in Erinnerung an so einen wachen und charmanten Menschen.

»Wenn ich nun aber gegen die Behandlung Einspruch erhebe?«

»Bei allem Respekt, ich glaube kaum, dass Sie das können. Würde ich meinen.«

Dr. Phene blieb an der Tür zu Johns Zimmer stehen.

»Ich sollte noch sagen«, begann er mit noch leiserer Stimme, »dass John, äh, heute Morgen eine Behandlung hatte. Er mag ein wenig desorientiert, abwesend erscheinen ...« Er machte eine Abschiedsgeste mit aneinandergedrückten Fingerspitzen. »Ein gewisser Gedächtnisverlust. Aber das gibt sich mit der Zeit.«

»Wie beruhigend.«

Sie sah, dass er sich entschloss, ihren Sarkasmus zu tolerieren. Er wies mit einem sauberen, flachen Handteller auf die Tür. »Gehen Sie ruhig hinein, anklopfen ist nicht nötig. Falls ...« Er hielt inne. »Falls Sie hinterher noch reden möchten, kommen Sie unbedingt vorbei.«

Er ließ sie stehen.

Hope starrte ein paar Sekunden lang die Tür an, dann klopfte sie und hörte Johns erstauntes »Herein«. Sie machte die Augen zu, öffnete sie wieder, setzte ein Lächeln auf und drehte den Türknopf.

Er saß am Schreibtisch in einem Zimmer von der Art, wie man sie in einem feudaleren Motel vorfindet. Hellgraue

Rupfenwände, orangefarbene Vorhänge mit »modernem« Design, glatte Kiefernmöbel. Er sprang auf, als er sie sah, und zu ihrer ungeheuren Erleichterung wirkte er unverändert. Er küsste sie auf die Wange, sie umarmten sich, und er zog ihr einen Stuhl heran. Sie redeten ein Weilchen weitschweifig darüber, welche Fortschritte er machte, und dass – da waren sie sich beide sicher – seine Selbsteinweisung nach Hamilton Clare das Richtige gewesen war. Absolut.

Während sie redeten, betrachtete Hope ihn genauer. Ihr fiel auf, dass er ein wenig blass aussah und einen leichten Fettglanz an den Schläfen hatte. Er schien etwas häufiger zu blinzeln als sonst.

»Wie ist es denn?«, fragte sie plötzlich, wobei sie ihm ins Wort fiel. »Tut es weh?«

John lächelte erleichtert. »Nein. Nein, überhaupt nicht.« Er grinste, auf einmal wirkte er entspannter. »Es riecht auch kein bisschen nach verbranntem Fleisch ... Es ist, als ob man ein Geräusch im Kopf hat, so einen zischenden, gellenden Ton, und man hat das Gefühl, dass man richtig schön durchgeschüttelt wird. Weißt du, *spürbare* Vibrationen. Ich bekomme bloß ein paar Elektroden hierhin.« Er berührte seine Schläfen. »Sie reiben einen mit Grafitsalbe ein. Man kann die Elektroden überallhin haben, glaube ich, wenn man will. Aber ich hab nur welche an den Schläfen.«

»Johnny, mir kommt es so vor, als ob –«

»Nein, wirklich. Es hilft. Ich weiß, dass es sich ein bisschen nach Inquisition anhört. Nach Folter, Qualen und so. Dabei wird nur alles« – er schaufelte Luft mit den Händen – »durchgesprudelt. Es geht mir viel besser als vorher.« Er gähnte. »Allerdings werd ich ein bisschen benebelt davon, so ein, zwei Stunden lang.«

»Na ja, du siehst jedenfalls gut aus«, sagte sie und bemühte sich um muntere Jovialität. »Hast du dir die Haare schneiden lassen? Du siehst irgendwie ein bisschen dünner aus.«

Sie redeten weiter. Nach der EKT, sagte John, wollten sie ihm Lithium geben, um ihn weiter zu stabilisieren. Er freue sich auf die Lithiummedikation, sagte er, die Stimmungsschwankungen setzten ihm am meisten zu. Er wollte nur über sich selbst reden, wie sie merkte, über seine Krankheit, seine Prognose.

»Ich dachte, ich könnte für eine Weile nach Knap kommen«, sagte er. »Bis ich wieder sicher auf den Beinen bin.«

Sie dachte: Nein. Nein, das tust du nicht. Ich will dich da nicht haben. Dann schämte sie sich.

»Natürlich musst du kommen«, sagte sie, wobei sie ein Schwächegefühl überfiel. Sie dachte: Ich war eigentlich der Meinung, wir hätten uns getrennt. Ich will nicht –

»Die Docs meinen, das könnte nützlich sein –«

»Bitte nenn sie nicht ›Docs‹, Johnny.«

»Oh. Okay.« Er wirkte verletzt. »Entschuldige. Dr. Phene meint, ich brauche etwas Ruhe und Erholung.«

»Natürlich.« Sie nahm sich zusammen. »Wunderbar. Na, in Knap gibt es jede Menge Ruhe und Erholung. Daran mangelt es nicht. Spaziergänge am See und dergleichen.«

»See?«

»Der See bei dem alten Herrenhaus … wo du die Gräben ausgehoben hast.«

Er zog beim Nachdenken die Mundwinkel nach unten.

»Ein See?«, sagte er. »Bist du sicher? Ich kann mich an keinen See erinnern.«

EKT

Ich mag den Strand auch bei schlechtem Wetter. Die Wellen peitschen ans Ufer, prallen auf den Sand, die Kiefern und Palmen schwanken und schlagen hin und her. Herunterfallende Kokosnüsse krachen auf den aufgewühlten Boden, mit einem Ton wie ein Holzhammer auf einen Pflasterstein. Weich und hart zugleich. Bei so windigem, regnerischem Wetter mache ich meine längsten Spaziergänge, drei Meilen nach Süden bis dahin, wo die Mangrovenbuchten anfangen und der Schlick aus dem Cabule das grüne Wasser seltsam malvenfarben tönt. Dann kehre ich um und wandere nach Hause zurück. Draußen auf dem Meer flackern und pulsieren ungeheure elektrische Gewitterentladungen in so großer Entfernung von mir, dass ich den Donner nicht hören kann.

Die der Elektrokrampftherapie zugrundeliegende Theorie besagt, dass psychopathisches Verhalten durch fehlgeleitete Gehirnströme hervorgerufen wird. Setzt man das Gehirn Elektroschocks von 70 bis 150 Volt aus, so entstehen in der Großhirnrinde Membranspannungen, die die psychopathischen Strukturen zunichte machen und gesündere an ihre Stelle treten lassen. Während der Behandlung kann der Patient spontan Urin und Stuhl lassen oder sogar ejakulieren. Mögliche Nebenwirkungen sind unter anderem Panik, Angst, Gedächtnisverlust, Persönlichkeitsveränderungen und Konzentrationsschwäche.

Es gibt keine befriedigende Erklärung dafür, wie die EKT nun eigentlich genau wirken soll. Im medizinischen Sprachgebrauch gilt das Heilverfahren nach wie vor als »empirisch«.

Ian und ich hockten zusammen mit sieben Kindersoldaten hinten im Landrover. Wir saßen uns gegen das Fahrerhaus gekeilt gegenüber, so weit wie möglich von der offenen Rückseite mit dem wackelnden ockerfarbenen Rechteck der entschwindenden Landschaft entfernt. Durch das Rückfenster des Fahrerhauses konnte ich Amilcar am Steuer sehen. Ich fühlte mich eingezwängt und unbehaglich und schwitzte sehr. Wir fuhren auf einer unbefestigten Straße und wurden hin und her geworfen, wenn wir über Furchen und Schlaglöcher holperten. Ich hatte keine Ahnung, wohin wir fuhren: Wir waren ein paar Meilen weit die Straße in Richtung auf Grosso

Arvore zurückgefahren und dann auf diesen Weg abgebogen, der uns ungefähr nach Nordosten zu bringen schien. Amilcar hatte eine Karte auf dem Knie ausgebreitet, aber durch das verstaubte Fenster konnte ich keinerlei Einzelheiten erkennen.

Die Jungen bei uns hinten sprachen nicht viel miteinander. Ihre Mienen waren ernst und würdevoll, und ihre Bemerkungen untereinander knapp und bündig. Sie waren nicht alle bewaffnet; es gab nur fünf Kalaschnikows für die neun. Ein Junge hatte einen verbundenen Arm, und alle sahen müde aus. Sie erinnerten mich an ein Foto, das ich einmal gesehen hatte und auf dem eine Gruppe von Passagieren, die aus einem gesunkenen Dampfer oder notgewasserten Flugzeug gerettet worden waren, nun durchnässt, in Decken gekauert, erschöpft, mit unbeweglichem Gesicht und gesenktem Blick dasaßen und nichts von der Hochstimmung der Rettung erkennen ließen; stattdessen wirkten alle ernüchtert von diesem Martyrium, das sie da im Wasser durchgemacht hatten. Den gleichen Eindruck, ein derart erschütterndes Erlebnis hinter sich zu haben, vermittelten auch diese Jungen. Vielleicht verhielten sie sich deshalb mit solchem Anstand uns gegenüber. Ich konnte kaum glauben, dass wir Geiseln waren; wir wurden eher wie Gäste behandelt.

Ich warf dem mir gegenübersitzenden Ian einen Blick zu. Er wirkte verstört und in Gedanken versunken und kaute nervös an seinen Lippen herum. In seinem Mundwinkel klebten weiße Tupfen von eingetrocknetem Speichel. Er bemerkte meinen Blick, und ich lächelte ihm leicht zu. Er nickte kurz und schaute dann weg.

Ich setzte mich anders hin und stieß dabei gegen den Jungen rechts von mir. Es war der mit den Shorts und den großen Stiefeln, der uns angehalten hatte. Sein dünner brauner Schenkel drückte gegen meinen. Er hatte lange zarte Finger, die sich um den abgestoßenen und zerkratzten Rotguss eines Kalaschnikowlaufs schlangen. Er entschuldigte sich mit einem schwachen Lächeln und sagte dem Jungen neben ihm, er solle weiterrücken. Die Reihe kam in Bewegung und formierte sich neu. Ich gewann ein paar Zentimeter mehr Platz.

Ich dachte über mich nach, prüfte meine Gefühle. Meine Schulter tat noch weh, aber ich hatte keine Angst. Ich war angespannt, mir war gewiss nicht behaglich zumute, doch Angst flößten mir diese schlaksigen Jungen mit ihren rationierten Gewehren und der kurz geratene Dr. Amilcar nicht ein.

Ich sah wieder zu Ian hinüber. Er lehnte sich nach vorn, hatte die Ellenbogen auf die Knie gestützt, ließ den Kopf hängen, ein gebrochener Mensch, wie er im Buche steht. Dr. Amilcar hatte kein einziges Mal das Wort »Geisel« oder »Gefangene« oder »Entführung« gebraucht. Wegen dieser Weigerung, uns zu klassifizieren, war ich irgendwie nicht so besorgt. Ich hatte ein seltsames Vertrauen darauf, dass wir unversehrt bleiben würden.

Ich dachte kurz an Mallabar. Daran, was sich im Wald abgespielt hatte, was er mir hatte antun wollen. In gewisser Weise war er für meine jetzige Misere verantwortlich. Wenn ich nicht aus dem Camp geflohen wäre. Wenn die Abfahrt von Ians Landrover sich nicht verzögert hätte ... Die »Wenn«-Sätze spulten sich durch mein Leben zurück bis zum Tag meiner Geburt, verfolgten meinen persönlichen Lebensweg über die verschlungenen Pfade des Zufalls und der Launen, meine bewusste wie unbewusste Wahl aus dem ausgebreiteten Spiel der unendlichen Möglichkeiten und Alternativen, die Welt und Zeit boten. Ich konnte Mallabar kaum die Schuld geben.

Wir fuhren noch weitere zwei Stunden einen kleinen Buschweg nach dem anderen entlang. Das Land war trocken und ausgebleicht und die Straßendecke mürbe und pulverig. Die Aussicht nach hinten war oft nicht mehr als ein undurchsichtiger khakifarbener Staubschleier. Meiner Meinung nach mussten wir mit dieser Rauchfahne – dieser Nebelspur –, die wir hinter uns herzogen, aus der Luft meilenweit zu sehen sein. Plötzlich dachte ich an Usman, Usman in seiner MiG in der blassblauen Höhe des Himmels, wie er auf diesen Winkel von Afrika herunterschaute und sah, wie sich unser roter Staubkeil langsam durch die Landschaft zog …

Ich lächelte in mich hinein, während wir vorwärts rumpelten und holperten – Amilcar fuhr, so schnell er konnte –, und spürte, wie mir unter dem Hemd der Schweiß an den Seiten herunterlief. Ich stieß gegen die warme, nachgiebige Schulter des Jungen rechts von mir und dann links gegen den harten Rahmen des Fahrerhauses, während wir einträchtig schwankten und wackelten. Ian Vail sah hoch und fing meinen Blick auf. Sein Gesicht war verzerrt, wie das eines Menschen, der keinen Schlaf bekommen hat, und seine Lippen waren so trocken, dass sie schon aufplatzten.

»Alles in Ordnung, Ian?«, fragte ich.

Er nickte. Ich konnte seine Zunge hinter den Wangen arbeiten sehen, im Bemühen, den ausgetrockneten Drüsen ein bisschen Speichel als Schmiermittel zu entlocken.

»Uns passiert nichts«, sagte ich. »Bestimmt nicht.«

Ian nickte wieder und schaute nach unten.

Als wir anhielten, waren wir über vier Stunden am Stück gefahren. Die Jungen kletterten steif aus dem Fahrerhaus und drängten sich um Amilcar. Wir durften aus dem Landrover aussteigen. Ich rieb mir das taube Gesäß, streckte mich und stampfte mit den Füßen auf. Ich war merkwürdig gelassen, auf Distanz zu dem, was mit mir geschah, als ob ich jede Minute, jede Sekunde nähme und sie leidenschaftslos daraufhin betrachtete, was sie an Informationen hergab.

Ian befand sich, das konnte ich deutlich sehen, auf einem anderen Erfahrungspol. Ihn drückte jede winzige Einheit vergehender Zeit nieder wie ein zusätzliches Gewicht, eine lästige Erinnerung an seine Misere, eine zunehmende Bürde möglicher Gefahr und Verletzung. Er wirkte gebeugt und sprachlos, plötzlich ein kleinerer, schwächlicherer Mann, der seine ganze Kraft einsetzte, um wesentliche Bestandteile seines Körpers – Herz, Lunge, Blutkreislauf, Muskulatur – funktionsfähig zu halten. Ihm kam es jetzt nur darauf an, nicht zusammenzubrechen.

Amilcar führte uns in den Schatten eines kleinen Mangobaumes hinüber und bat uns, Platz zu nehmen. Er war höflich und bestimmt. Wir setzten uns, von zwei Jungen bewacht, im Schneidersitz auf die Erde und sahen zu, wie er und die anderen in den Landrover stiegen und wieder davonfuhren.

Ein paar Fliegen summten um uns herum. Ich schaute nach oben in das dunkle Zentrum des Baumes über mir und sah, dass keine Früchte daran waren. Ich hätte gern eine Mango gehabt, meine Zähne in ihr saftiges gelbes Fleisch gegraben. Aber es war nicht die richtige Jahreszeit. Nach den Regenfällen, falls sie je kämen. Mein Magen knurrte, und ich spürte den Hunger sich in mir regen wie etwas Lebendiges.

Ich sah mir die Landschaft ringsum an und versuchte mich von meinem Appetit abzulenken. Wir hatten die Savanne verlassen und waren jetzt in flachem Gelände mit Busch und dünnem Wald. Der Weg, auf dem wir gefahren waren, war alt und teilweise zugewachsen. Ich konnte in der Ferne keine Hügel sehen, nur einen milchigen Dunst. Die grünen Hänge des Steilabbruchs Grosso Arvore waren weit weg. Es kam mir hier auch wärmer und stickiger vor. Wenn wir weiter nach Norden oder Nordosten führen, überlegte ich und versuchte mich dabei an die Geografie des Landes zu erinnern, würden wir bald die Myriaden von Wasserläufen und Nebenflüssen des Musave River erreichen, hinter dessen anderem Ufer die Grenze lag. Er war von dichtem Wald und weiten Marsch- und Mangrovengebieten umgeben. Ich hatte einmal eine genaue Karte davon gesehen, die ein qualvolles Geschling von verschlammten Wasserläufen und toten Lagunen, Flussschleifenseen und jahreszeitlich bedingten Schlammzonen zeigte …

Ich versuchte mich an andere Informationen zu erinnern. Vor dem Bürgerkrieg war, wie ich meinte, im Delta nach Öl gebohrt worden. Und man hatte versucht, die einheimischen Fischer auf Reisanbau umzuschulen, wofür Marschgebiete trockengelegt, Flüsse umgeleitet, Bewässerungssysteme angelegt worden waren. Was man da erreicht haben mochte, hatte der Krieg jetzt sowieso wieder zunichte gemacht. Und weiter den Musave hinauf lag, so glaubte ich mich zu erinnern, eine riesige Kupfermine, die von einer belgischen Firma betrieben wurde.

Die Musave River Territories lieferten der UNAMO den meisten Nachwuchs, und die dichten Dschungel und mangrovenbesetzten Wasserläufe des Flusses waren das eigentliche Kerngebiet der UNAMO. Ich sah zu unseren beiden Bewachern hinüber. Es waren dunkelhäutige, langhalsige Jungen mit kleinen runden Köpfen. Die Menschen aus den River Territories waren ethnisch anderer Abstammung als die des übrigen Landes und außerdem Christen, wie ich mich zu erinnern meinte.

Ich war frustriert und wütend auf mich. Die UNAMO. Die UNAMO … Wer war das? Was waren ihre Ziele? Hatte Alda mir nicht erzählt, sie wären von einer Allianz der Bundesarmee und der FIDE geschlagen worden? Es hatte da eine große Schlacht gegeben, hatte Alda gesagt – das schien jetzt Jahre her zu sein –, wer also war Dr. Amilcar, und wo brachte er uns hin? War dies ein Überrest der vernichteten UNAMO-Armee auf der Flucht oder so etwas wie eine fliegende Kolonne, ein Rebellenverband?

Ian tippte mich an den Arm.

»Ich muss mal pinkeln«, sagte er.

»Tja …« Ich spürte, wie ich mich innerlich vor Ärger zusammenkrümmte. Was sollte *ich* denn da machen? »Warum fragst du nicht die Jungen?«

Er sah mich an, als sei ich übergeschnappt. »Die *Jungen*? Mein Gott …« Er stand auf und bedeutete ihnen sein Bedürfnis. Sie ließen ihn nur ein paar Schritte weggehen. Er wandte mir sein gequältes Gesicht zu.

»Na los«, ermunterte ich ihn. »In Gottes Namen, Ian.«

Er urinierte mit gesenktem Kopf, und sein Wasser plätscherte prasselnd auf den Teppich aus toten Mangoblättern. Er schauderte und knöpfte sich den Hosenschlitz zu. Er kam zurück und setzte sich schweigend, mit vor Verlegenheit verzerrtem Gesicht.

»Daran müssen wir uns gewöhnen«, sagte ich tröstend. »Wir müssen … entspannter miteinander umgehen.«

»Ich weiß«, sagte er. Er griff nach meiner Hand und drückte sie. »Danke, Hope. Es tut mir leid. Das … Es hat mir halt ziemlich den Wind aus den Segeln genommen. Ich bin so –« Er verstummte. »Ich reiß mich zusammen.«

»Ich glaube wirklich nicht, dass sie uns etwas tun wollen«, sagte ich. »Das sind doch bloß Kinder.«

»Die Kinder sind die schlimmsten«, sagte er heftig. »Die kümmert das nicht. Schert sie nicht die Bohne, was sie anrichten.« Er zitterte, seine Stimme war ein krächzendes Wispern.

»Aber die doch nicht, ganz sicher nicht«, sagte ich.

»Schau dir doch an, was sie da auf ihren beschissenen Jacken stehen haben! *Atomique Boum.* Was zum Teufel hat das zu bedeuten? So was wie eine Spezialeinheit? So was wie ein Killerkommando?« Er geriet langsam in Panik.

»Herr des Himmels.« Ich stand auf. Die beiden Jungen saßen faul am Rande des Schattens herum, den der Mangobaum warf. Sie redeten leise miteinander, ihre Waffen lagen am Boden, sie hatten sich halb von uns weggedreht. Ich ging zu ihnen hinüber.

»Wo ist er hin, Dr. Amilcar?«, fragte ich. Sie besprachen sich kurz in einer Sprache, die ich nicht erkannte. Ich hatte den Eindruck, dass nur einer von beiden Englisch sprach. Einer hatte mich verstanden. Er hatte unter jedem Auge drei kleine senkrechte Kerben – Stammesnarben.

»Nach Benzin«, sagte er. »Bitte hinsetzen.«

Ich zeigte auf die Trainingsjacke des anderen.

»Was heißt das?«, fragte ich. *»Atomique Boum.«*

»Volley.« Er lächelte.

»Entschuldigung?«

»Das ist unser Spiel. Wir spielen Volleyball. Wir sind das *Atomique Boum*-Team.«

»Aha.«

Ich spürte ein seltsames Nachgeben in den Eingeweiden, ein hohles Gefühl, das mich gleichzeitig zum Lachen und zum Weinen bringen wollte.

»Das ist ein gutes Spiel«, sagte ich. Verschollen in Afrika, als Gefangene einer bewaffneten Volleyballmannschaft.

»Sehr gut«, stimmte er zu.

Dann sagte der andere etwas, in strengerem Ton. Der Junge mit den narbengeschmückten Augen lächelte entschuldigend und bedeutete mir, ich solle an meinen Platz zurückkehren. Ich ging wieder zu Ian. Angsthase Ian.

»Beruhige dich«, sagte ich. »Wir sind Gefangene eines Volleyballteams.«

Dr. Amilcar kam zurück, nachdem er etwa anderthalb Stunden fort gewesen war. Wir kletterten alle hinten in den Landrover und mussten feststellen, dass wir den Raum dort mit fünf großen Benzinkanistern zu teilen hatten. Jetzt waren wir viel enger zusammengequetscht. Wir fuhren wieder los, immer noch Richtung Norden.

Vor Sonnenuntergang machten wir Halt und schlugen unser Lager auf. Die Jungen zündeten ein kleines Feuer an und kochten einen gelblichgrauen Körnerbrei von fadem, mehligem Geschmack zusammen. Ich aß mit einer gewissen Begeisterung. Ian fing an zu essen, musste dann aber hinter den Landrover scheißen gehen. Ich fühlte mich sicher verstopft, meine Gedärme schienen fest verschlossen. Ich ging allerdings pinkeln, bloß um Ian zu zeigen, dass ich sein Unbehagen teilte. Ich wanderte ein kurzes Stück in den Busch hinein, von einem Jungen begleitet. Er blieb in der zunehmenden Dunkelheit diskret ein paar Meter entfernt stehen, während ich Hose und Unterhose herunterließ und mich hinter einen Busch hockte, wobei ich das Kratzen trockener Grashalme am Gesäß spürte. Als ich zurückkam, fragte Ian fürsorglich, aber unnötigerweise, ob alles in Ordnung sei.

Den ganzen Tag über hatte Amilcar sich betont zurückgehalten und nur selten mit uns gesprochen. Jetzt, nachdem wir gegessen hatten, kam er mit zwei Decken unter dem Arm zu uns herübergeschlendert und überreichte sie uns. Dann nahm er die Brille ab und putzte sie mit einem Stück Fensterleder. Seine Augen waren klein und ein wenig tiefliegend, und ohne Brille sah er unbedarfter aus, der Spitzbart wirkte plötzlich eher affektiert, statt ihn im Verein mit der Brille als Intellektuellen auszuweisen.

Er setzte sich im Schneidersitz uns gegenüber.

»Es gibt ein Problem heute Nacht«, sagte er sachlich. »Meine Jungen müssen schlafen – sie sind erschöpft. Also kann ich Sie nicht bewachen. Aber«, er machte eine Pause, »ich möchte Sie eigentlich nicht gern fesseln.«

»Ich verspreche, dass wir nicht zu fliehen versuchen«, sagte ich sofort. »Sie brauchen sich keine Sorgen zu machen.«

»Hope!«, wies Ian mich mit vor Empörung überschnappender Stimme zurecht.

»Also komm, Ian«, sagte ich in verzweifelter Wut auf ihn. Ich deutete zum Busch hin. Er war schwarz wie eine Wand und voller Insektengeräusche. »Willst du dahin weglaufen?«

Amilcar sah zu, wie wir uns zankten. »Sie könnten weglaufen«, sagte er. »Ich würde Sie nicht suchen gehen. Ich glaube, Sie würden sterben.«

»Wir rennen nicht weg«, sagte ich.

»Warum haben Sie uns gekidnappt?«, wollte Ian in scharfem Ton wissen. »Wir haben nichts mit irgendwem zu tun. Regierung, UNAMO, niemand.«

Ich fand es angebracht, eine gewisse Übereinstimmung mit Ian zu zeigen, daher sagte ich frostig: »Jawohl. Genau.«

Amilcar schob seine vollen Lippen vor und überlegte.

»Eigentlich«, sagte er langsam, »weiß ich es nicht. Vielleicht hätte ich Sie an der Straße stehen lassen sollen?« Er strich sich über den Bart. »Vielleicht dachte ich, es könnte nützlich sein, falls wir auf Bundestruppen stoßen …« Er zuckte die Achseln. »Wenn wir an die Front kommen, lasse ich Sie wahrscheinlich laufen.«

Ich sah Ian an, als ob ich sagen wollte: Siehst du?

Amilcar blieb noch und unterhielt sich mit uns. Er war redselig und erzählte uns ganz freimütig, was geschehen war und was er für Pläne hatte.

Er sei nach den schweren Kämpfen bei Luso von der Hauptkolonne der UNAMO-Truppen im Süden abgeschnitten worden. Es sei eher ein Rückzugsgefecht gewesen, sagte er, als eine Schlacht. Keiner habe einen Sieg für sich in Anspruch nehmen können. Er und das *Atomique Boum*-Team hätten sich die vergangenen Wochen über mühselig wieder zur Basis zurück durchzuschlagen versucht. Wir seien in der Tat zu den Musave River Territories unterwegs und kämen dank des Landrovers nunmehr viel schneller voran. Es sei immer noch eine schwierige Fahrt. Die UNAMO-Enklave in den River Territories würde gegenwärtig von zwei Truppenverbänden angegriffen: der Bundesarmee und einigen FIDE-Einheiten.

»Was ist mit der EMLA?«, fragte ich.

»Die sind im Süden, weit im Süden. Die FIDE denkt nämlich, wenn sie uns im Norden erledigen, dann können sie mit den Bundestruppen wieder in den Süden zurück und die EMLA erledigen.«

»Werden sie das?«

»Nein. Aber vielleicht greifen sie dieses Jahr noch die EMLA an. Mir ist das egal. Für mich zählt nur die UNAMO. Die anderen sind wertlos. Sie werden von allen bezahlt – Amerika, Russland, Südafrika. Nur die UNAMO ist unabhängig. Wirklich unabhängig.«

»Aber nach Luso?«

»Da haben sie uns also ein bisschen erwischt. Und daher ziehen wir uns zurück, um uns neu zu bewaffnen und auszurüsten.« Er lächelte breit und zeigte dabei seine Zähne. »*Reculer pour mieux sauter.* Sie verstehen?«

Ich gratulierte ihm zu seinem Französisch. Darauf sagte er ein paar Sätze auf Französisch zu mir, und ich merkte, dass er tatsächlich so gut wie fließend sprach. Ich gab mich geschlagen und kam mir albern vor. Amilar erzählte uns, dass er drei Jahre an der Faculté de Médecine an der Universität in Montpellier studiert und dann sein Studium in Lissabon abgeschlossen hatte, nachdem er dort ein staatliches Stipendium bekam.

»Doch als der Krieg anfing, bin ich nach Hause gekommen«, fuhr er fort. »Ehe ich meine Assistentenzeit abschließen konnte.« Einen Moment lang stand ihm die Enttäuschung ins Gesicht geschrieben. Er hatte zwei Jahre lang in der Organisation und in Feldlazaretten für die UNAMO-Verbände gearbeitet, ehe die fortschreitende Zermürbung sein eigenes Überwechseln in die Guerilla-Armee notwendig machte.

»Sechs Monate lang«, sagte er, »war ich in Musumberi. Da gab es viele Flüchtlinge, und wir hatten eine Schule dort. Wenn ich nicht im Krankenhaus arbeitete, war ich der Trainer für diese Jungen hier.« Er deutete zu ihnen hinüber; die meisten lagen jetzt in Decken eingerollt um die Glut des Feuers herum.

»Meine Volleyballmannschaft. Sie spielen gut.« Er hielt inne. »Aber jetzt sind sie müde. Und sie sind deprimiert. Vor drei Tagen sind zwei ihrer Kameraden erschossen worden. Wir wurden in einem Dorf überrascht, und als wir fortrannten …« Er sprach nicht zu Ende. »Es ist ein Team, verstehen Sie? Und diese Jungen waren die ersten, die wir verloren haben.«

Er machte eine nachdenkliche Pause und schnalzte leise mit der Zunge. Er schaute auf und betrachtete uns beide prüfend.

»Es war ein Fehler, Sie mitzunehmen. Es tut mir sehr leid. Aber jetzt müssen Sie bleiben, nur für ein paar Tage.«

»Tja …« Ich wollte schon etwas Tröstliches sagen, warf aber einen Blick zu Ian hinüber. Sein Gesicht war starr und unbeweglich und voller Frustration und Wut.

»Sie arbeiten beide in Grosso Arvore?«, fragte Amilcar. »Mit den Affen?«

»Schimpansen. Ja«, sagte ich.

»Bei Eugene Mallabar?«

»Ja.«

»Ein großer Mann. Er hat sich als großer Mann erwiesen für dieses Land.« Amilcar drohte uns mit dem Finger. »Also sind Sie beide Doktoren?«

»Ja.«

»Der Wissenschaft«, sagte Ian mit jäher Pedanterie.

»Dann sind wir also drei Doktoren«, kicherte Amilcar. Er fand die Situation offenkundig sehr amüsant. »Wir sind drei Doktoren hier in diesem Fleckchen Wald.« Er stand auf. »Ich fessle Sie nicht. Wenn Sie gehen wollen, können Sie gehen.«

MINTONETTE

Ein Mann namens William G. Morgan erfand 1895 in Massachusetts ein Spiel, das Mintonette hieß. Man brauchte dazu nichts als ein Seil, das durch die Turnhalle oder einen Schuppen oder eine Scheune gespannt wurde, sowie eine aufgepumpte

Basketballblase. Auf jeder Seite des Seils war eine Mannschaft und schlug den Ball hinüber und herüber. Wenn die Blase nach dem Schlagen den Boden berührte, gewann oder verlor die Mannschaft einen Punkt. Das Fangen, Werfen oder Führen des Balls war nicht erlaubt. Mintonette konnte jeder – ob alt oder jung, fit oder nicht – beinahe überall spielen, drinnen wie draußen. Es erforderte keine besondere Ausstattung, Fähigkeit oder Geschicklichkeit. Es war ein sehr billiger Sport.

Mintonette könnte meiner Meinung nach durchaus das demokratischste Spiel sein, das je erfunden wurde. Diese Ansicht lässt sich überdies daran festmachen, dass es da eine Regel gibt, die Rücksichtnahme und Uneigennützigkeit verlangt wie bei kaum einer anderen Sportart.

Das habe ich so erfahren: Bei einem Spiel wurde ein hoher Ball über das Netz geschlagen. Einer von der anderen Mannschaft schrie aus dem hinteren Teil des Spielfeldes »Meiner!« und stürmte nach vorn, um ihn anzunehmen. Plötzlich warf sich ein Mannschaftskamerad auf ihn und rang ihn zu Boden. Währenddessen nahm ein anderer aus dem Team, der in einer besseren Position war, selbst den Ball an und schlug ihn über das Netz zurück, wo er einfach auf die Erde fiel, da die andere Mannschaft ganz und gar von dem Kampf auf der anderen Seite des Spielfeldes abgelenkt war.

Es gab auch richtig einen Punkt, und darauf folgte eine heiße Diskussion. Sie wurde entschieden, als Amilcar sich in seinem abgegriffenen Trainerhandbuch und Regelwerk sachkundig machte. Die Frage war schnell gelöst. Beim Mintonette gibt es keinen Strafpunkt, wenn ein Spieler einen Mannschaftskameraden aktiv festhält oder daran hindert, einen Fehler zu begehen, etwa ins Netz zu laufen oder in das gegnerische Spielfeld einzudringen. Und genau das wäre passiert, so wurde argumentiert, wenn man den ersten Spieler nicht gebremst hätte, sich so hektisch und waghalsig auf den hohen Ball zu stürzen. Weiterspielen, sagte Amilcar.

1896, ein Jahr nach der Erfindung des Spiels, wurde der Name Mintonette zugunsten des prosaischeren »Volleyball« aufgegeben. Die Anstand und Zusammenarbeit fordernde Regel blieb aber bestehen.

»Nein. Ich habe Folgendes gemacht. Sie wissen, dass man beim Volleyball die Spieler rotieren lässt, sodass im Laufe eines Spiels jeder einmal auf jeder Position spielt?«

»Ja«, sagte ich.

»Also ist eine Mannschaft normalerweise nach Größen gemischt: ein paar kleine wendige Spieler, um Bälle von der Grundlinie zurückzuspielen, und ein paar große zum Blocken und Schmettern. Aber für mein Team habe ich nur die größten ausgesucht.«

»Und das hat etwas ausgemacht?«

»Wir haben alles gewonnen. *Atomique Boum* war unschlagbar. Verstehen Sie, bei einem Jungen ist es egal, ob er groß oder klein ist. Okay, bei einem Mann ist es wichtig. Ein kleiner Mann kann einen niedrigen Ball leichter holen als ein großer. Aber bei Jungen gibt es diesen Unterschied eigentlich nicht.« Er war ins Schwärmen gekommen. »Selbst wenn ich einen sehr guten Spieler gefunden habe, der klein war, habe ich ihn nicht in die Mannschaft gelassen. Bei *Atomique Boum* konnte die andere Mannschaft ihre Taktik nicht ändern, egal wie das Spiel stand. Nach jedem Punkt haben die Spieler die Position gewechselt, und jedes Mal waren die an der Angriffslinie groß. Jedes Mal war die Mauer zum Blocken da. Jedes Mal war da ein großer Kerl, der dazwischenhauen konnte.« Er machte es uns vor. »Zack-zack-zack. *Atomique Boum!*«

Es war etwa eine Stunde nach Sonnenaufgang. Wir waren jetzt drei Tage unterwegs, und der Tagesablauf hatte sich eingespielt. Wir wurden vor Tagesanbruch geweckt, es wurde ein Feuer angezündet und Frühstück gemacht – unweigerlich ein Brei, dessen Konsistenz, Zutaten und Geschmack wechselten. Mit dem ersten Lichtschimmer waren wir unterwegs und fuhren drei oder vier Stunden lang, ohne anzuhalten. In der Hitze des Tages ruhten wir dann, nachdem der Landrover unter einem dichten Baum geparkt oder sonst mit Buschwerk und Ästen getarnt war. Während dieser Ruhezeiten gingen einige Jungen auf Nahrungssuche. Amilcar schien es durchaus recht zu sein, wenn sie in nahegelegene Dörfer gingen. »Die UNAMO ist hier bei allen gern gesehen«, sagte er immer. Infolgedessen wurde unsere Diät ab und zu mit Huhn oder Ziege, Süßkartoffeln oder Kochbananen zusätzlich aufgebessert. Wir aßen nur zweimal am Tag, bei Tagesanbruch und bei Sonnenuntergang, und die Portionen waren immer recht karg.

Während unserer ausgedehnten Mittagspausen verging die Zeit nur schleppend. Je weiter wir nach Norden kamen, je mehr wir uns dem großen Flussdelta näherten, desto feuchter wurde die Luft. Stundenlang lagen oder saßen wir verschwitzt und unbehaglich im Schatten, schlugen vergeblich nach den Fliegen, die unsere salzigen Körper umschwärmten, und bewegten uns nur dann und wann, um etwas Wasser zu trinken oder unsere Notdurft zu verrichten. Außerhalb des Schattenkreises, in dem wir lagen, knallte die Sonne auf die glühend heiße Erde herunter, und am Himmel ballten sich unerbittlich große wogende Kumulusketten zusammen, nur um sich – wie durch ein Wunder – am späten Nachmittag wieder aufzulösen.

Während unserer Rast in den Stunden vor und nach Mittag waren viele Flugzeuge am Himmel, Düsenjäger und Transporter. Wegen dieser Flugzeuge versteckten wir uns zu dieser Zeit auch. Wir waren zu weit vom Stützpunkt entfernt, sagte Amilcar, und die Piloten weigerten sich, im Dunkeln zu fliegen; folglich konzentrierten sie ihre Aktionen um die Tagesmitte. Ich sagte ihm, die Piloten hätten doch Erfahrung. Natürlich, sagte Amilcar, aber sie könnten sich nicht auf ihre

Instrumente verlassen. Wenn sie nichts sehen könnten, würden sie nicht fliegen. Daher fuhren wir zu Beginn und am Ende des Tages.

Amilcar ließ Ian und mich inzwischen vorne sitzen. Meistens fuhr er selbst, wobei er ab und zu einen vierten mit auf die Sitzbank quetschte, wenn der eine oder andere Junge sich hier in der Gegend auskannte. Die Landschaft war unveränderlich voller Gestrüpp mit Baumgruppen und einem Felshügel hier und da, und die kaum wahrnehmbaren, staubigen Pfade und zerfurchten Wege, denen wir folgten, schlängelten sich durch sie hindurch. An diesen behelfsmäßigen Landstraßen gab es keine Schilder, und während unserer dreitägigen Fahrt hatten wir nie auch nur eine Spur von einem anderen Fahrzeug gesehen oder gehört. Bisweilen kamen wir an eine Weggabelung oder Kreuzung, und dann hielt Amilcar an, stieg aus, besprach sich mit den Jungen, traf eine Entscheidung und fuhr weiter. Auf dieser Strecke benutzte er keine Karte und keinen Kompass. Ich fragte ihn, woher er den Weg kannte, und er antwortete einfach, dass wir jetzt durch UNAMO-Land fuhren, als sei das eine hinreichende Erklärung.

Während unserer tagelangen Fahrt hatte Ians Laune sich nicht gebessert. Er blieb wortkarg und niedergeschlagen und schien oft den Tränen nahe. Anfangs versuchte ich, seine Lebensgeister wieder zu wecken, doch von Gesprächen über das Camp, darüber, was die anderen wohl machten, über offizielle Suchtrupps und so weiter schien er nur noch deprimierter zu werden. Außerdem magerte er rasch ab. Das taten wir alle, aber Ian konnte anscheinend keine Nahrung länger als etwa eine Stunde bei sich behalten. Ich hatte den Eindruck, dass er immer noch unter so etwas wie einem verspäteten Schock stand. Ich hoffte, dass er rechtzeitig herauskam, ehe seine Gesundheit vollständig ruiniert war.

Mit Sicherheit konnte er davon ausgehen, dass Amilcar und sein *Atomique Boum*-Team keine körperliche Bedrohung darstellten. Amilcar war redselig und charmant; die Jungen waren liebenswürdig und bedrückt. Amilcar erzählte mir im Vertrauen, dass sie den Tod ihrer Mannschaftskameraden noch immer nicht verwunden hatten.

Meine eigene Stimmungslage war komplexer und bizarrer. Manchmal fühlte ich mich frisch und munter, als sei es eine besondere Ehre, an diesem außergewöhnlichen Abenteuer teilzunehmen, besonders da ich jetzt wusste, dass Amilcar uns freilassen wollte. Ein andermal überkam mich eine resignierte, stoische Mattigkeit. Dann hatte ich das Gefühl, dass diese endlose Fahrt durch die trockene und gestrüppreiche Landschaft so etwas wie ein merkwürdiger Traum war, ein Hirngespinst von einer Gefangennahme, ein fantastisches, wohlmeinendes Kidnapping, bei dem ich mir teils als Opfer, teils als Komplizin vorkam.

An unserem dritten Abend ließ Amilcar etwas früher als sonst anhalten. Der Landrover wurde unter einer dünnen Akazie geparkt und mit Buschwerk abgedeckt. Es wurde ein kleines Feuer entfacht und ein Topf Maisbrei mit ein paar Fischköpfen darin aufgesetzt.

Dann trieben die Jungen zwei Stangen in die Erde und spannten ein Seil dazwischen auf. Mit einer Machetenspitze wurde der Umriss des Spielfeldes ausgekratzt. Sie teilten sich in zwei Vierermannschaften auf. Bevor sie ihr jeweiliges Spielfeld einnahmen und das Spiel begann, stellten sie sich in einer Reihe auf. Amilcar dirigierte ihre Schlachtrufe.

»*Atomique?*«

»*BOUM!*«, riefen sie.

»*Atomique?*«

»*BOUM!*«

»*Atomique?*«

»*BOUM! BOUM! BOUM!*«

Dann kam aus irgendeinem Gepäck ein Ball zum Vorschein, und sie spielten, solange es hell genug war. Ich sah zu, wie sie hechteten und sprangen, schmetterten und baggerten, sah ihr Repertoire von Schlägen, ihre Hechtbagger und Heber, ihre Flatterbälle, Aufsteiger und Täuschungsmanöver. Zum ersten Mal kamen die Jungen aus ihrer Reserve heraus, und sie schrien und schmeichelten, stritten und jubelten im warmen Abendlicht, wobei ihre dünnen, schlaksigen Körper noch dünnere und schlaksigere Schatten warfen.

Irgendwann spielte Amilcar auch mit und hechtete unbekümmert herum, jagte unerreichbaren Bällen nach, sprang zum Schmettern so hoch in die Luft, wie er nur konnte, und verteilte dabei ständig lautstark Ratschläge und Kritik und zeigte taktische Fehler auf.

Ian und ich saßen, anfangs verwirrt, auf der Erde und schauten zu, doch schließlich machten wir mit und applaudierten lautstark, wenn ein besonders gewandtes oder elegant-waghalsiges Spiel das verdiente. Erst später, als es zu dunkel wurde, um noch richtig sehen zu können, und das Spiel abbrach, merkte ich, dass wir knapp zwei Meter von der kleinen Pyramide abgelegter Kalaschnikows entfernt gesessen hatten. Die Jungen marschierten lachend und atemlos, mit schweißglänzenden Gesichtern vom Spielfeld und griffen so beiläufig nach ihrem Gewehr wie nach einem Handtuch oder Sportbeutel.

»Ich bin froh, dass wir gespielt haben«, sagte Amilcar. »Morgen wird ein schwieriger Tag.«

Von der Stelle direkt neben der unbefestigten Straße, wo wir den Landrover geparkt hatten, konnte ich durch die dazwischenliegende Wand aus Bäumen und Büschen den hellgrauen Streifen einer Asphaltstraße erkennen. Ich saß mit Ian vorne im Fahrerhaus. Die Jungen standen alle nervös und wachsam draußen, die Gewehre in Bereitschaft. Amilcar war gut siebzig Meter durch den Busch zur Straße vorgegangen. Wir warteten alle auf seine Rückkehr. Wir warteten eine Stunde, dann noch etwas länger. Schließlich kam er mit raschen Schritten durch das Unterholz zurück.

»Sie kommen«, sagte er.

Er beorderte alle in den Landrover, und wir saßen wieder da und warteten. Bald hörte ich die Motorengeräusche und das Klatschen und Rasseln von Kettenfahrzeugen auf dem Asphalt. Dann sah ich ein Halbkettenfahrzeug zwischen den Bäumen, das ziemlich langsam fuhr. Es führte einen Konvoi von einem runden Dutzend Lastwagen an. Die ersten vier waren offen, und ich konnte sehen, dass sie voller Soldaten waren. Die Nachhut bildeten zwei Zivillastwagen, und von der anderen Seite des Buschwerks hörte ich deutlich das klirrende Beben von Tausenden von Flaschen.

»Was ist das?«, fragte ich verblüfft.

»Bier«, sagte Amilcar trübsinnig. Er war auf einmal deprimiert. »Es gibt bald eine Offensive.«

Der Konvoi verschwand und sein Lärm bald darauf auch. Wir saßen noch ein Weilchen herum, dann schickte Amilcar einen Jungen an die Straße hoch, um zu gucken, ob die Luft rein war. Ich bat Amilcar, mir die Verbindung zwischen Bier und einem neuen Angriff zu erklären.

Die Bundesarmee, sagte er, sei eine Wehrpflichtigenarmee aus widerstrebenden jungen Männern, die keine rechte Lust zum Kämpfen hatten und von einem mächtigen Selbsterhaltungstrieb beherrscht waren.

»Keiner will gern verletzt oder getötet werden«, fügte er hinzu. »Was ja normal ist.« Diese jungen Männer blieben nur in der Armee, um etwas Geld zu verdienen und gut zu essen. In den Kampfzonen gab es einen zusätzlichen Anreiz: Freibier und Zigaretten. Ohne reichliche Biervorräte rückte die Bundesarmee keinen halben Meter weit vor. Das Glasgeklingel an Bord dieses Konvois signalisierte nur eins: Sie planten einen Sturm auf die UNAMO-Front.

Amilcar packte das Steuerrad mit beiden Händen. »Sie werden vorrücken«, sagte er düster. Seine Stimmung war umgeschlagen. »Zwei Tage, vielleicht drei.« Er ließ den Motor an.

»Aber was ist mit der FIDE?«, fragte ich aufs Geratewohl, wie jemand, der auf einer Cocktailparty Konversation machen will.

»Ach, die FIDE ... die FIDE ist nicht hier«, sagte er. »Die kämpfen einfach nicht mehr gegen die Bundestruppen, damit sie mehr Truppen in die River Territories hinauf verlegen können.«

Ich dachte, das sei ein komischer Krieg, wenn zwei Lastwagen voller Bier eine größere Gefahr darstellten als alle bewaffneten Männer.

Ein Junge stand mitten auf der Straße und winkte uns ein. Ruckend und holpernd fuhren wir von dem Pfad herunter und auf die Asphaltdecke. Ich spürte altvertraute Gefühle in mir: Das war wie der Moment, wenn man Sangui hinter sich ließ und auf die Hauptstraße nach Süden kam.

Wir fuhren in derselben Richtung wie der Konvoi die Straße entlang. Es war eine gute Straße mit breiten, gemähten Rändern und tiefen Entwässerungsgräben auf beiden Seiten. Sie verlief schnurgerade durch den dichter werdenden Wald. Wir fuhren ziemlich schnell, und einen Moment lang dachte ich, wir würden womöglich die Bierlaster einholen.

»Vorsicht«, sagte ich zu Amilcar. »Es sei denn, Sie haben Durst.«

»Das ist Ihnen doch klar«, sagte er gelassen, »wenn ich dieses Bier da vernichten könnte, wäre die UNAMO wochenlang sicher.«

Trotzdem fuhr er langsamer.

Nach weiteren zwei Minuten bremste er plötzlich. Etwa dreihundertfünfzig Meter vor uns konnten wir ein Fahrzeug erkennen, das offenbar im Graben festsaß. Beim Näherkommen sahen wir, dass es das teilweise ausgebrannte Wrack eines Lastwagens war, und die Reste dessen, was er als Fracht geladen haben mochte, lagen am Seitenstreifen verstreut: Säcke mit Erdnüssen, Körbe, Kessel, Töpfe und Pfannen.

Wir hielten bei dem Wrack an. Von meinem Sitz aus konnte ich eine Leiche auf dem Fahrersitz sehen. Mit einem flüchtigen Blick erfasste ich Zähne, die obere wie die untere Reihe, leere Augenhöhlen und eine seltsam verknitterte, folienartige Hautbeschaffenheit. Ich schaute sofort nach unten und sah die andere Leiche auf der Erde, aufgedunsen und unwahrscheinlich prall und irgendwie unvollständig.

Ich klemmte mir mit den Fingern die Lippen zusammen.

Amilcar sah wütend aus.

»Es ist widerlich«, sagte er ruhig und nachdrücklich. »Es ist widerlich, wie sie das machen.«

Er stieg aus dem Landrover aus, ging nach hinten und ließ sich einen Benzinkanister geben. Er holte tief Luft wie jemand, der ins Wasser tauchen will, und schwappte mit abgewandtem Gesicht großzügig Benzin über die Leiche im Fahrerhaus des Lasters und dann über die auf dem Seitenstreifen.

Er trat ein paar Schritte zurück, drehte sich um und atmete mit einem Zischen aus. Dann machte er einen Satz nach vorne und zündete die beiden Leichen an.

Sie brannten sofort, die langen Flammen sahen in der Sonne blass und fast durchsichtig aus.

Amilcar stieg wieder in den Landrover.

»Das muss nicht sein«, sagte er, nun wieder mit ruhiger Miene. »Man sollte niemanden so liegen lassen. Niemanden.«

Bald darauf bogen wir erneut in eine unbefestigte Straße ein und holperten weiter, immer noch nach Norden. Ich sah, dass das Land um uns herum saftiger und feuchter war. Wir waren jetzt in ziemlich dichtem Wald und überquerten auf Brücken oder Furten viele kleine Flüsschen, die jetzt in der Trockenzeit zu Rinnsalen reduziert waren. Wenn die Regenfälle kämen, würden diese Pfade wohl unpassierbar werden.

Um die Mitte des Nachmittags erreichten wir unser Ziel.

Der Weg führte auf eine große Lichtung, und vor uns stand ein niedriges, einstöckiges Gebäude mit einem gewellten Asbestdach. Es war aus Lehm, aber die Wände waren mit weißer Dispersionsfarbe angestrichen. Am Haupteingang war ein primitiver Säulenvorbau mit einem Kreuz darüber, und das Gebälk trug die Inschrift: S. JUDAS.

Hinter dem Gebäude lag eine kleine Einfriedung mit einem lückenhaften Geflechtzaun und ein paar Lagerräumen oder Dienstbotenunterkünften aus Lehm. Außerdem gab es etwas, was einmal ein umfangreicher Gemüsegarten gewesen und nun zum größten Teil von Unkraut überwachsen war, von einigen jungen Papaubäumen und ein paar spindeldürren Mais- und Maniokstengeln abgesehen.

Ian zeigte auf den Namen an dem Gebäude.

»Der Schutzheilige der –«

»Ich weiß«, sagte ich. »Erinnere mich nicht daran.«

»Das war eine Missionsschule«, sagte Amilcar, der unseren Wortwechsel missverstand. »Hier können wir bleiben, da sind wir durchaus sicher.«

Als erstes fuhren sie den Landrover in Deckung. Sie demolierten die Giebelwand einer Lehmhütte, und dann wurde der Landrover vorsichtig rückwärts zwischen die Mauern gefahren. Man brachte Ian und mich in die Missionsschule und zeigte uns unser Zimmer.

Es roch modrig und verlassen. An der einen Seite war eine Reihe von Einbauschränken und eine Tafel. Die Schränke waren mit kleinen vorstehenden Termitenerdtunneln gemasert. Das Holz war morsch und trocken. Die Schranktüren bröselten so leicht wie Toast.

Ians Stimmung schien sich umgehend zu bessern, da wir jetzt nicht mehr unterwegs waren und endlich ein Dach über dem Kopf hatten. Er durchsuchte geschäftig – und zwecklos, dachte ich – die Schränke »nach irgendwas, das von Nutzen sein könnte«. Zwei Tage zuvor hatte ihn ein Insekt böse in die Wange gestochen, und er hatte die Wunde aufgekratzt. Außerdem war ihm ein Bart gewachsen, ein goldener Flaum auf Kiefern und Wangen. Durch die wunde Stelle, den Bart und den beträchtlichen Gewichtsverlust wirkte er ganz verändert, nicht mehr so weich und nett. Ich sah einen anderen Ian Vail zum Vorschein kommen, der gemeiner und hagerer war, zäher und tüchtiger und dem man nicht ganz trauen konnte.

Andererseits schwand im Gegensatz dazu meine eigene merkwürdige Unbekümmertheit der letzten Tage allmählich dahin. Dafür setzte eine dumpfe, unbewegliche Depression ein. Da wir nicht mehr in Bewegung waren und nun in einem Gebäude wohnten, wurde mir die brutale Tatsache unserer Entführung nachdrücklich klar. Unsere seltsame Fahrt, die Volleyballspiele, unsere höflichen und nachsichtigen Reisegefährten, all das lag nun hinter uns. Jetzt wurden wir in einem Haus mitten in einer schrumpfenden Aufständischenenklave festgehalten und waren – so stellte ich mir vor – von einer vorrückenden, durch Bier angefeuerten Armee umzingelt. Durch den Halt war ich zur Vernunft gekommen: Um unsere gegenwärtige Lage ließ sich kein Wunschbild herum konstruieren.

Ich hatte immer noch keine Angst vor Amilcar und der *Atomique Boum*-Mannschaft, aber zum ersten Mal seit unserer Gefangennahme wurde mir sehr bewusst, wie verdreckt ich eigentlich war. Das Schlafen unter freiem Himmel, das widerliche, auf offenem Feuer gekochte Essen, das ständige Unterwegssein hatten mich abgelenkt. Gegen ein bisschen Schmutz war nichts einzuwenden. Doch jetzt, in dieser verlassenen Schule, kam ich mir abstoßend und stinkend vor. Auf meiner Haut lag eine Staubschicht. Meine Kleider waren schmierig und verschwitzt. Die Haare hingen mir in dicken, fettigen Strängen herunter. Zähne und Zahnfleisch fühlten sich pelzig und verklebt an, als wüchsen mir Flechten im

Mund. Ich ging direkt zu Amilcar und verlangte irgendeine Waschgelegenheit.

In der Einfriedigung hinter der Schule gab es einen Brunnen, und es wurden zwei Eimer Wasser und ein Stück rosa Seife herangeschafft. Ich wusch mir die Haare und fühlte mich umgehend besser. Einer der Jungen gab mir einen Stängel zum Kauen, und ich reinigte mir damit die Zähne. Ian zog sich bis auf die Unterhose aus und versuchte, sich zu waschen. Jetzt, wo ich ein wenig sauberer war, fand ich meine Kleider unerträglich schmutzig. Ich hatte ein Khakihemd an, Jeans und knöchelhohe Schnürstiefel aus Wildleder. Sonst hatte ich nichts dabei, außer der Schultertasche, die ich am Tag unserer Abfahrt von Grosso Arvore gepackt hatte. Ian war noch schlechter dran. Als Amilcar den beiden Küchenjungen befahl, aus dem Landrover auszusteigen, hatte Billy gedankenlos Ians Übernachtungstasche mitgenommen, die hinten verstaut gewesen war. Er hatte sie in der Hand gehabt, wie uns später wieder einfiel, als er sich die Straße hochrennend in Sicherheit brachte.

Unsere Eimer wurden wieder aufgefüllt, und ich wusch mein Hemd und meine Jeans aus. Als Ian sie hinausbrachte, um sie zum Trocknen in die Sonne zu legen, wusch ich rasch Slip und BH, wobei ich sie, so gut es ging, auswrang und kurz vor seiner Rückkehr wieder anzog.

Wir saßen in unserem Zimmer und warteten, dass unsere Sachen trockneten. Ich war verlegen in meiner Unterwäsche und saß steif mit angezogenen Beinen an der Wand. Der Bluterguss von Mallabars Hieb hatte meine Schulter verfärbt wie eine Tätowierung, eine bleigraue und schlammbraune Blume mit vier purpurroten Punkten. Die Schulter war sehr schmerzempfindlich.

Während ich so dasaß, war ich mir bewusst, dass Ian mit flackerndem Blick von der anderen Zimmerseite zu mir herübersah. Seine Augen kehrten immer wieder zu mir zurück, wovon mir noch unbehaglicher zumute wurde. Dieses kleine lüsterne Spielchen machte mich wütend auf ihn. Er hatte es gut: Seine hellblauen Boxershorts ließen so viel oder so wenig erkennen wie eine Badehose. Von meiner eigenen Schamhaftigkeit irritiert, stand ich auf, ging ans Fenster und sah auf das von der Sonne ausgedörrte, graslose Fleckchen Erde vor dem Gebäude hinaus.

»Sollte bald trocken sein«, sagte ich lässig.

»Gib ihnen noch ein halbes Stündchen.«

Doch wie ich da stand, ertappte ich mich bei der Überlegung, ob mein Slip durch die Feuchtigkeit vielleicht noch straffer am Gesäß klebte und ob sich beim Umdrehen das dichte Dreieck meiner Schamhaare bläulich durch den feuchten Zwickel abdrücken würde.

Ich drehte mich um, ging schnell wieder zu meiner Decke zurück und setzte mich, die Beine übereinandergeschlagen, die gefalteten Hände sittsam in den Schoß gelegt.

Uns fiel beiden nichts ein, was wir hätten sagen können. Es war heiß im Zimmer. Durch unsere beiderseitige Verlegenheit schien es noch heißer zu werden. Ich spürte, wie mir der Schweiß aus den Poren sickerte. Die Haare klebten mir schon feucht an den Schultern.

Ian stand auf und versuchte, sich eine Beschäftigung einfallen zu lassen. Er begann noch einmal, unnütz in den Schränken zu stöbern. Er fand ein halbes Lineal. »Kann man nicht viel damit anfangen«, sagte er und hielt es hoch.

»Wenn man nicht gerade etwas Kurzes ausmessen will«, sagte ich gedankenlos.

Ein paar Sekunden gaben wir uns Mühe, die Zweideutigkeit zu ignorieren.

»Na, dem wollen wir jetzt nicht weiter nachgehen«, sagte Ian und lachte. Ich auch, so recht und schlecht. Wenigstens nahm das etwas von der Spannung weg. Wir fingen wieder an zu reden: über unsere missliche Lage, über die Möglichkeiten, die wir noch hatten, und ob wir nun versuchen sollten zu fliehen. Draußen wurden unsere Sachen in der Sonne rasch trocken.

An dem Abend bekamen wir einen Fleischeintopf und eine Riesenmenge teigigen Nachtisch zu essen. Als ich fragte, was das für Fleisch war, bekam ich »Buschschwein« zur Antwort. Es war zäh und mager und hatte einen kräftigen Wildgeschmack. Egal, was es war, auf meinen regungslos verstopften Darm wirkte es wie ein starkes Abführmittel. Ich ging nach draußen und schiss mich hinter einem Schuppen ausgiebig aus.

Ich fühlte mich entleert und wackelig und stand ein, zwei Augenblicke still im Dämmerlicht; in der Luft lag der Holzkohlengeruch von dem Feuer, auf dem unser Abendessen gekocht worden war. Das Licht und der Geruch und meine momentane Schwäche hatten etwas an sich, was starke Erinnerungen an Knap und John Clearwater in mir wachrief, und zum ersten Mal seit unserer Gefangennahme fühlte ich mich von meinen Gefühlen übermannt, spürte das Beißen salziger Tränen in den Augenwinkeln.

Als ich wieder hineinging, war Amilcar in unserem Zimmer und sprach mit Ian.

»Ich muss heute Nacht weg«, sagte er. »Ins Hauptquartier.«

»Und was ist mit uns?«, fragte Ian. »Wann lassen Sie uns frei?«

»Ich muss mit General Delgado über Sie sprechen. Was wir machen sollen. Was am sichersten ist.« Er zuckte die Achseln. »Vielleicht können wir Sie nach Kinshasa oder Togo ausfliegen. Es kommt darauf an.«

»Fliegen?«, sagte ich.

»Wir haben eine Rollbahn, hinter den Marschgebieten. Die Flugzeuge kommen nachts an.«

»Aber ich dachte –«

Amilcar unterbrach ihn höflich. »Ich bin in zwei Tagen

wieder da. Dann ist alles geregelt, und Sie können nach Hause.« Er gab uns förmlich die Hand. »Ich lasse sechs von der Mannschaft hier. Machen Sie sich bitte keine Sorgen. Sie sind ganz sicher.«

In der Nacht schlief ich schlecht. Meine Zigaretten waren schon seit Tagen alle, und ab und zu überfiel mich die Sucht nach Nikotin. Ich lag mit dem Kopf auf meiner Schultertasche in meine Decke gewickelt und träumte von einer Schachtel Tuskers. Ich hörte das Gewinsel von Moskitos und irgendwo das Trippeln von Echsen und Nagetieren sowie das tiefe und rhythmische Auf und Ab von Ians Atem. Wie Ebbe und Flut, dachte ich, wie das Geplätscher kleiner Wellen an einem Kieselstrand …

Ich warf die Decke ab und verließ leise das Zimmer. Ich ging zur hinteren Veranda hinaus, von der man auf den Hof und den Küchengarten sah. An einem Dachsparren hing eine Laterne, und darunter schliefen drei Jungen nebeneinander. Ein vierter lehnte an einer Säule, das Gewehr über die Schulter gehängt.

»Abend, Mam«, sagte er.

»Ist das Licht nicht gefährlich?«

»Gibt keine Flugzeuge heute Nacht.«

Ich sah, dass ich mit dem kleinen Jungen mit den Narben unter den Augen sprach. Er nannte sich Genosse Fünfter Oktober, hatte er mir erzählt, zu Ehren des Tages, an dem General Aniceto Delgado 1963 die Musave River Territories für unabhängig erklärt und den einseitigen Austritt aus der Republik vollzogen hatte.

»Wie heißt du richtig, Fünfter Oktober?«

»So heiße ich.«

»Wie hast du vorher geheißen?«

Er machte eine Pause. »Jeremeo.«

»Hast du eine Zigarette?«

»Wir rauchen nicht. Nur Ilideo.«

»Wo ist der?«

»Ich gehe ihn suchen.«

Fünfter Oktober kam mit einer halben Zigarette zurück. Er fand ein Streichholz, und ich zündete mir die Zigarette an. Ich sog den sauren, starken Rauch begierig ein, spürte, wie mir schwindelig wurde, und atmete aus. Was für eine Marke das auch sein mochte, sie stellte die Tuskers weit in den Schatten.

Die Nacht war warm. Ich setzte mich auf die Stufen und starrte in die Finsternis hinaus. Von irgendwo im Hof meldete sich ein Hahn mit einem verfrühten halben Krähen.

»Wie spät ist es?«, fragte ich.

»Ich glaube, etwa drei.«

Trotz des Nikotins wurde ich allmählich müde. In ein paar Minuten würde ich eingeschlafen sein. Ich fragte Fünfter Oktober nach dem Programm für morgen. Er sagte, man müsse Dr. Amilcars Befehle abwarten. Es stehe nur ein Treffen mit den Genossen aus den Dorfkomitees in diesem Distrikt auf der Tagesordnung. Wir sprachen vage über die UNAMO und General Delgado. Fünfter Oktober hatte an den Kämpfen bei Luso teilgenommen.

»Wir hätten gewonnen«, sagte er mit Überzeugung, dann dachte er nach. »Glaube ich. Wenn die Flugzeuge und die Brandbomben nicht gewesen wären. Wir schießen auf sie, aber wir haben keine …« Er suchte nach dem Wort.

»Raketen?«

»Ja. Aber General Delgado kauft uns jetzt gute Raketen.«

»*Atomique Boum*«, sagte ich. Er lächelte.

Ich ging wieder in unser Zimmer. Ian schlief ungestört.

Am nächsten Morgen sahen wir von Weitem zu, wie sich die Genossen aus den Dorfkomitees versammelten. Ilideo hatte den Vorsitz. Er war ein hellhäutigerer, untersetzter Junge, der ohne viel Erfolg versuchte, sich einen kleinen Schnurrbart wachsen zu lassen. Sie unterhielten sich ein Weilchen, der Landrover wurde inspiziert, und dann wurden wir hinausgeführt. Unter den Genossen aus den Dorfkomitees waren Männer wie auch Frauen, alle mittleren Alters, wie mir auffiel, und alle dünn und in zerlumpten Kleidern. Sie betrachteten uns mit unwilliger Neugier. Man stellte Ilideo ein paar Fragen.

»Sie wollen wissen, ob Sie Cubanos, Südafrikaner oder Tugas sind«, sagte Ilideo.

»Wir sind Engländer«, sagte Ian stolz.

»Sag ihnen, wir sind Doktoren«, sagte ich.

Diese Mitteilung rief Lächeln und ein paar Glückwünsche hervor. Dann erklärte Ilideo die Versammlung für beendet, und die Genossen aus den Dorfkomitees wanderten über die Waldwege, die von der Missionsschullichtung wegführten, in verschiedene Richtungen davon.

Am Nachmittag kamen die MiGs. Es war ein heißer, stiller Tag, und wir saßen draußen auf der Veranda hinter der Schule und warteten darauf, dass die Sonne unterging und die Abendwinde einsetzten. Wir hörten sie überhaupt nicht kommen, sie und der Lärm schienen gleichzeitig da zu sein. Sie flogen sehr niedrig an, drei an der Zahl, etwa vierzig Meter hoch. Das Heulen und Röhren der Düsentriebwerke war entsetzlich, wie mit Händen zu greifen. Wir sahen sie für den Bruchteil einer Sekunde, dann waren sie irgendwo über dem Wald verschwunden, außer Sichtweite, und das grollende Echo ihrer Motoren breitete sich überall um uns herum aus. Ilideo beorderte uns ins Haus.

Die Flugzeuge kamen wieder an, höher und langsamer. Diesmal sah ich sie deutlich, silberne MiGs mit tropfenförmigen Kapseln unter den Tragflächen. Sie gingen in die Kurve, zogen einen Kreis über uns und flogen dann davon.

Ilideo sagte, dass sie absichtlich so niedrig anflogen. Dadurch kämen die Leute – vor allem Kinder – instinktiv aus dem Haus gelaufen. Es gebe so viele verlassene Dörfer hier in der Gegend, sagte er, und die Flugzeuge wollten ihre Bomben oder Geschützmunition nicht an leere Häuser verschwenden.

Wir wagten uns für den Rest des Tages nicht mehr hinaus. Wären die Flugzeuge aus der entgegengesetzten Richtung gekommen, hätten sie uns auf der Veranda aufgereiht gesehen, wie wir auf die Dämmerung warteten.

Ich dachte an Usman und fragte mich, ob er wohl geflogen war. Wenn ich nun winkend hinausgelaufen wäre? Mir wurde kalt und elend: Zum ersten Mal zeigte sich mir die grausamere Wirklichkeit von Usmans »Job« in aller Deutlichkeit.

Ian kam herein. Er wurde mit jedem Tag lebhafter und munterer. Er sagte, er habe mit Ilideo und den anderen gesprochen, und für ihn sei klar, dass sie so etwas wie einen Phantasiekrieg führten. Sie redeten, sagte er, als seien die Kerngebiete der UNAMO unangreifbar, uneinnehmbar.

»Sie haben keine Ahnung, was da vor sich geht«, sagte er in fast schon entrüstetem Ton. »Sie reden von ›der Front‹, aber es gibt keine Front. Es gibt ein paar hundert Männer, die eine Straße entlang auf eine Stadt zu marschieren und gucken, ob sie wohl jemand aufhalten will. Tragisch.«

Er senkte die Stimme. »Ich glaube, wir müssen allein hier raus, Hope.«

»Nein, das glaube ich nicht.«

»Hör mal, was Amilcar da erzählt hat – du weißt schon, dass er uns frei gibt, wenn wir die Linien durchbrochen haben, dass er uns nach Togo ausfliegen lässt –, das sind alles Hirngespinste. Wir könnten heute Nacht einfach abhauen. Die Bundesarmee steht vor der Tür ... Wir brauchen einfach nur die Straße lang zu gehen, Richtung Süden. Wir müssen sie finden.«

»Ich gehe keine Straße entlang.«

»Was soll dann passieren, Herrgott noch mal?«

»Wir warten, bis Amilcar zurückkommt.«

Er sah sich im Zimmer um, die Hände in die Hüften gestützt, ein verzweifeltes Lächeln im Gesicht.

»Du glaubst doch nicht wirklich, ernsthaft, dass er zurückkommt, oder?« Er sah mich mit gespielter Ungläubigkeit an, die Augenbrauen hochgezogen, den Mund offen. Die Wunde auf seinem Gesicht war verschorft, und der blasse Bart wurde weicher.

»Natürlich kommt er zurück. Das ist sein Team.«

»Du bist genauso schlimm wie die. Herr des Himmels.« Er schüttelte den Kopf und kicherte. Er sah mich unverwandt an. »Die unverbesserliche Hope. Ich hatte ganz vergessen, wie du bist.«

Ich lehnte mich an die Wand, machte die Augen zu und fächelte mir mit dem Deckel eines Pappkartons das Gesicht.

An dem Tag war es sehr heiß in der Missionsschule, die Sonne knallte offenbar mit aller Macht auf das Asbestdach herunter und kochte dabei die Luft im Innern auf. Ich spielte mit dem Gedanken, meine Jeans über dem Knie abzuschneiden, um Shorts daraus zu machen, aber ich wusste, ich würde es bereuen: Ihr Schutz war besser als etwas Bequemlichkeit für ein, zwei Stunden.

Ich wanderte langsam durch die modrigen Räume der Missionsschule und wartete auf die Dunkelheit. Ich versuchte, eine Gangart zu finden, die nur minimalen Kraftaufwand verlangte, mir aber aufgrund meiner Bewegung durch die Luft zugleich das Gefühl einer Brise vermitteln würde. In diesen Räumen schien die Luft um mich herum zu gerinnen, eine beinahe halbfeste Substanz zu sein, als watete ich durch einen Tank mit einem durchsichtigen Gelee, das leicht nachgab, doch überall klammen Kontakt zu meiner Haut hatte.

Die Jungen saßen da und schauten mir zu, wie ich durch

die leeren Zimmer hin und zurück glitt. Sie lungerten träge, mit krummen Rücken und angewinkelten Knien in dem Winkel von Wand und Fußboden herum, nur ihre Augen waren in Bewegung und sahen mir nach, die dunklen Gesichter schweißlackiert.

Die Kühle, die mit der Nacht kam, war eine angenehme Erleichterung. Dann erhob sich von Süden her eine recht steife Brise. Ich stand in der Mitte der Missionsschullichtung und spürte, wie sie sanft an meinen Kleidern zerrte und meine Haare bewegte. Ich fragte mich, ob es wohl regnen würde. In Afrika geht dem Regen immer ein jäher Luftzug voraus. Doch heute Abend war der eisenhaltige Gestank eines aufziehenden Gewitters nicht zu riechen, und hoch über mir leuchteten die Sterne unverdrossen und von keinerlei Wolken verdeckt.

Ich schlenderte zur Schule zurück und schnorrte bei Ilideo ein paar Züge von seiner Zigarette. Beim Rauchen fragte ich ihn ganz harmlos, wann Amilcar zurückkommen sollte. Er sagte, am nächsten Tag, auf jeden Fall. Es sei höchste Zeit, weiterzufahren, sich in die Kerngebiete zurückzuziehen, meinte er.

Er gab mir den Zigarettenstummel zum Aufrauchen, und ich wanderte in unser Zimmer zurück. Es war von einer Kerze erleuchtet, und Ian lag auf seiner Decke, hatte die Hände hinter dem Kopf verschränkt und die Beine übereinandergeschlagen. Ich dachte, dass er mich beim Hereinkommen ein bisschen komisch anschaute. Ich erzählte ihm von Ilideos felsenfester Überzeugung, dass Amilcar am nächsten Tag zurückkäme.

»Nicht der leiseste Zweifel«, sagte ich.

Ian ließ sich auf einen Ellenbogen herumrollen. »Okay. Aber wenn – wenn – er nicht auftaucht, dann müssen wir etwas unternehmen. Wir können hier nicht mit diesen Jungen herumsitzen.«

Ich seufzte. »Wir rennen also weg. Sie werden uns nicht suchen. Wir könnten wochenlang herumwandern. Weiß du, wohin?«

»Aber die Bundesarmee –«

»Ist wo? Du weißt nicht, wo wir sind. Wenn wir einen Schritt aus dieser Lichtung heraus tun, sind wir verloren.«

Das schien ihn etwas zu ernüchtern. Er legte sich stirnrunzelnd wieder hin. Ich drückte sorgsam den Zigarettenstummel aus; es war gerade noch genug für ein, zwei Züge später da, falls ich es brauchte. Ich breitete meine Decke aus. Ich hatte meine Segeltuchtasche mit Gras ausgestopft und mir so ein unförmiges Kissen gemacht. Dadurch konnte ich etwas besser schlafen, doch heute Abend war ich überhaupt nicht müde. Ich legte mich aus Langeweile und Pflichtgefühl hin, nicht aus Erschöpfung. Meine Haare fingen an den Wurzeln schon wieder zu jucken an: Ich hätte sie heute waschen sollen – wenn Amilcar morgen zurückkam und wir wieder aufbrachen, weiß der Himmel, wann ich dann wieder Gelegenheit dazu hätte. Ich setzte mich hin und kratzte mir mit beiden Händen den Kopf. Ian sah mich an.

»Du willst es unbedingt wissen«, sagte ich. »Warum warten wir nicht einfach ab? Am Ende lässt Amilcar uns laufen.«

Es war, als hätte ich ihm ein Signal gegeben. Er sprang sofort auf und wanderte herum. Er fuhr sich mit den Händen durch das Haar, zupfte sich am Ohrläppchen, zog sich mehrfach die Hosen hoch.

»Hör mal, Hope«, sagte er ernst. »Ich muss mit dir über etwas reden.« Er wedelte mit den Händen. »Es liegt mir schon eine ganze Weile auf der Seele.«

»Spuck's aus«, sagte ich, hatte aber eigentlich kein Bedürfnis zu reden.

»Als sie uns gefangen genommen haben … Mein, mein Verhalten in den ersten Tagen. Es tut mir sehr leid. Ich war zu nichts zu gebrauchen.«

»Vergiss es. Es ist nicht wichtig.«

Aber er wollte es nicht vergessen. Er wollte darüber reden. Er wollte sich rechtfertigen und entschuldigen. Er hatte keine Erklärung dafür, was da über ihn gekommen war. Ein völliger geistiger Zusammenbruch, sagte er, so etwas habe er noch nie erlebt. Die ersten Tage über sei er entweder völlig betäubt gewesen, sagte er, oder habe Angstzustände gehabt. Wenn sein Gehirn funktionierte, habe er an nichts anderes denken können als an den Tod. Umgebracht zu werden oder langsam zu sterben. Er sei überzeugt gewesen, sie würden uns beide erschießen. Er habe sich andauernd vorgestellt, wie das sein würde, das Gefühl, wenn die Kugel in seinen Körper eindrang …

Er kam und setzte sich neben mich, wobei er sich an die Wand zurücklehnte und das Gesicht zur Decke hob. Jetzt fing er an, mir Komplimente zu machen, meine Kaltblütigkeit und Gelassenheit zu loben. Ich unterbrach ihn und sagte, mir sei genauso merkwürdig zumute gewesen; es sei gewesen, als hätte ich in so etwas wie einem aberwitzigen Traum mitgespielt, und daher hätte ich mir nie richtig vor Augen geführt, was da tatsächlich vor sich ging.

»Ich habe fantasiert«, sagte ich, damit er sich wohler fühlte. »Du warst dir wenigstens der Gefahren bewusst. Ich bin mir vorgekommen, als sei ich auf einer Märchenfahrt ins Ungewisse.«

Aber nein, das wollte er nicht akzeptieren. Wenn ich nicht gewesen wäre, mein Vorbild, meine Stärke, weiß der Himmel, was aus ihm geworden wäre. Er redete immer weiter, wobei er die verschiedenen Stadien seines Verfalls analysierte und versuchte, den Moment zu bestimmen, in dem er sich langsam wieder erholt hatte.

Meine Konzentration ließ allmählich nach, da mir klar wurde, dass er kein besonderes Interesse an einem Dialog hatte. Das war etwas, was er sich von der Seele reden musste.

Ich wurde langsam schläfrig, mein Gehirn nahm nur ab und zu ein Wort von seiner Apologie auf – »verzweifelt« ... »undenkbar« ... »Schuld« ... »emotionale Aufruhr« ... Ich bewegte leicht den Kopf und hörte, wie die in meine Segeltuchtasche gestopften, trocken werdenden Gräser knisterten und sich verschoben. Ich ließ die rechte Hand von der Brust auf die Decke gleiten, hob mit der linken ganz in Gedanken mein Hemd vorne ein, zwei Zentimeter an und blies in das warme Innere, wobei ich einen Moment lang die flüchtige Kühle der Atemluft an meinem feuchten Busen und Bauch spürte.

Dann war Ians Hand an meiner Wange und meinem Hals, und ich spürte das Prickeln seines Bartes auf der Stirn und das trockene Pochen seiner Lippen, als er anfing, mich aufs Gesicht zu küssen.

»Hope«, sagte er leise, »mein Gott, Hope ...«

Und dann lag er auf mir, wand sich und stöhnte, sein nasser Mund kaute an meinem Hals herum, und dabei murmelte er ständig seine dämlichen Zärtlichkeiten: »Hope, ich liebe dich ... Du hast mich gerettet ... Ohne dich hätte ich es nicht geschafft ...«

Ich fühlte mich betäubt und träge, beide Arme waren von seinem Gewicht eingeklemmt. Ich spürte, wie seine Lippen und seine Zunge sich über meinen Kiefer bewegten, um sich dann auf meinen zusammengepressten, geschlossenen Mund zu drücken. Ich krümmte und sträubte mich, wobei ich den Oberkörper heftig zur Seite drehte, eine Hand frei bekam und wild auf seinen Kopf einschlug.

Ich schüttelte ihn ab, und er rollte weg. Er drückte sich langsam, als hätte er große Schmerzen, in die Hocke hoch.

»Nicht weinen«, sagte er eindringlich. »Bitte nicht weinen.«

»Keine Angst«, sagte ich grob und versuchte, meine Fassung wiederzugewinnen. Etwas in meinem Gesichtsausdruck muss wohl den Eindruck erweckt haben, ich wollte in Tränen ausbrechen.

»Scheißblödmann«, sagte ich. »Blöder Idiot.«

Ich hatte ein quälend anschauliches Bild von uns beiden da auf der Decke im Kopf, er zwischen meinen gespreizten Beinen, verschwitzt und schmutzig auf der dreckigen grauen Decke, und im Nebenzimmer hörten die Jungen unserem Grunzen und Stöhnen zu.

»Es tut mir leid«, sagte er.

»Blöder Scheißer.«

Er kroch schweigend zu seiner Decke hinüber und legte sich hin. Ich sah, wie er die Hand ausstreckte, um die Kerzenflamme auszudrücken. Da lag ich nun starr vor Wut in der Dunkelheit und verfluchte die unverbesserliche Eitelkeit dieses Mannes, seine erbärmliche Dämlichkeit. Was musste ich tun, um die Sache noch deutlicher zu machen?

Ich träumte, da sei ein Klopfen an der Tür, ein trockenes und beharrliches Pochen, und beim Aufwachen erkannte ich fast gleichzeitig im Unterbewusstsein, was es wirklich war.

Ian kroch bereits durch das Zimmer zum Fenster. Ich hörte, wie die Kugeln mit wildem Rattern das Asbestdach zerrissen. Ich zog mir hastig die Schuhe an und krabbelte hinüber.

Bei Ian am Fenster konnte ich nichts sehen, nur die Lichtung, diesen Kreis von kahler Erde, der still und leer unter seinem sanftgrauen Anstrich von Sternenlicht lag, sowie den undurchsichtigen und dunklen Wald darum herum. Doch in meinen Ohren hallte das tock-tock-tock des Gewehrfeuers und das keramische Klackern fortfliegender Asbestscherben, als ob man Badezimmerkacheln auf einen Zementfußboden wirft. Zu hoch gezielt, dachte ich automatisch. Etwas, was Amilcar gesagt hatte, schob sich in meine Gedanken: Die afrikanischen Soldaten zielen alle zu hoch.

»Herrgott noch mal. Herrgott!«, hörte ich Ian sagen. »Sie sind da.« Er packte meine Hand. »Raus hier!«

Wir hasteten zur Tür. Jetzt kam ein neues Geräusch dazu.

Die Jungen schossen zurück. Im Hauptraum feuerten zwei von ihnen – ich konnte im Dunkeln nicht erkennen, wer – blindlings aus den Fenstern heraus, zurückgelehnt und mit abgewandtem Kopf, die Kalaschnikows wurden ruckartig am Fensterbrett abgestützt, während sie ihre Magazine wohl oder übel in die Nacht hinaus entleerten. Durch die Fenster sah ich zum ersten Mal die gelben Lanzen von Leuchtspurgeschossen, überall schleuderten Lichtspeere durch die Luft.

Wir rannten geduckt aus der Hintertür. Dort war Fünfter Oktober, flach gegen eine Wand gedrückt. Rechts, dort, wo er hinstarrte, sah ich, wie das Lehmgebäude, in dem der Landrover stand, allem Anschein nach in stoßweisen Staubwolken aufging, und ich hörte das metallische Ploppen und Klirren, wenn Kugeln die Blechwände des Fahrzeugs durchschlugen.

Fünfter Oktober winkte uns nach links. Seine Augen waren weit aufgerissen. Er brüllte etwas, aber ich konnte nicht verstehen, was er sagte. Wir krochen die Veranda hoch und rutschten über den Rand hinunter in das Gewirr von Unkraut, das die alte Grenze des Küchengartens markierte. Wie das so ist, machte ich mir sofort Gedanken über geringere Gefahren, Schlangen und Skorpione etwa.

Dann brach das Feuer für ein, zwei Sekunden ab, und ich hörte, anscheinend von allen Seiten um die Lichtung herum, heiseres, streitsüchtiges Geschrei. Dann feuerte ein Junge vom Schuldach, und das Schießen begann von neuem. Jetzt fielen kleine Asbestsplitter vom Dach auf uns herab.

Vor uns konnten wir ein leeres Drittel der Missionsschullichtung sehen. Die Zufahrtsstraße lag am anderen Ende, und dicht daneben war auch die im spitzen Winkel abgehende Ausfahrtsstraße. Auf dem Plan sahen die beiden Straßen wie ein angewinkelter Arm aus, und die Lichtung, die Schule und ihre Nebengebäude lagen wie eine aufgedunsene Geschwulst am Ellenbogen. Viele Waldpfade führten aus der Lichtung hinaus. Ein breiter und ausgetretener Pfad war keine zwanzig

Meter von uns entfernt. Ich sah ihn jetzt vor mir, während ich zusammenzuckend und aufgeregt im Unkraut lag; die Öffnung hob sich als dunklerer Sternenschattenfleck gegen das neutrale Grauschwarz der angrenzenden Bäume ab.

»Da«, sagte ich zu Ian und zeigte hin.

Ich hörte ein Geräusch hinter mir und drehte mich um. Ich sah drei Jungen hinten aus dem Haus stürzen und durch die Mais- und Maniokpflanzen im Küchengarten hasten, um dann auf der anderen Seite im schwarzen Busch zu verschwinden.

»Dahin?«, fragte ich.

»Nein«, sagte Ian. »Komm.«

Wir standen auf und rannten vornübergebeugt auf die Stelle zu, wo sich der Pfad auftat. Ich habe nicht bemerkt, dass jemand auf uns geschossen hätte. Das Feuer konzentrierte sich anscheinend ganz und gar auf die Missionsschule. Wir rannten in das Unterholz hinein, ich vorneweg, und dann den Pfad hinunter, der sich als blasser Streifen vor mir schlängelte. Ich rannte in vollem Tempo weiter. Ich rannte so lange wie möglich – zwei Minuten, zehn Minuten? –, bis mich ein mörderisches Seitenstechen zum Stehen brachte. Ich beugte mich gekrümmt vornüber. In meinem Innern schien mir etwas die Rippen auseinanderpressen zu wollen. Ich fiel auf die Knie. Von der Missionsschule konnte ich es noch immer schießen hören.

»Komm«, sagte Ian, marschierte an mir vorbei und trabte dann wieder los.

Ich lief zusammengekrümmt hinter ihm her, humpelnd und schief, um meine von Stichen zerrissene Seite zu schonen. Da mir alles vor den Augen verschwamm und es im Wald düster war, verlor ich ihn da vorne manchmal aus den Augen und bekam panische Angst, dann sah ich wieder, wie sich seine Beine vor dem blasseren Streifen des Pfades bewegten, und trieb mich weiter voran.

Manchmal wurde der Wald dünner, und der Nachthimmel und ein Horizont kamen zum Vorschein. Manchmal rannten wir durch Gruppen hoher Bäume mit langen silbernen Säulenstämmen. Der Pfad war frei und breit. Wir würden ziemlich bald zu einem Dorf kommen, da war ich mir sicher.

Dann rannte ich gegen Ian, der groß und breit mitten auf dem Weg stand, sein Ellenbogen traf mich direkt an der linken Brust wie eine glühend heiße Münze.

»Sei still!«, sagte er, als ich keuchte. »Hör mal.«

Ich konnte nur meine eigenen Laute hören. Das Saugen meiner Lungen, das Pochen in meinem Kopf, das Wallen des Blutes. Ich versuchte, den Atem anzuhalten, langsam und flach zu atmen, um die anderen Geräusche der Nacht aufnehmen und sortieren zu können.

Stimmen.

Streitende Männerstimmen, nicht laut, aber im Ton einer eindringlichen, ernsten Auseinandersetzung.

»Amilcar?«, sagte ich einfältig. »Wer ist das?«

»Zurück«, sagte Ian. »Geh zurück!«

Vor uns machte der Pfad eine Kurve. Durch die Sträucher hindurch sah ich den Lichtstrahl einer Taschenlampe. Ich hörte viele Füße, das Klirren und Reiben von Waffen an Gewebe.

Wir drehten um und fingen wieder an zu laufen. Wir waren kaum zehn Schritte weit gekommen, da ertönte ein Ruf, und der Lichtstrahl schnellte nach oben, sodass er auf unsere fliehenden Rücken und fliegenden Fersen traf. Hinter mir hörte ich verwirrtes, überraschtes Schreien und gebrüllte Befehle. Der Pfad bog ab. Das Schießen begann. Wir befanden uns wieder im Dunkeln. Irgendwo links von uns war das Geräusch von Blättern und Ästen, die zerfetzt, auseinandergerissen wurden.

»Schneller!«, schrie Ian mich dicht hinter meinem Rücken an.

Rechts von mir waren Bäume. Stämme, dünn, gerade, gleichmäßig verteilt. Künstlich angepflanzt. Dorthin bog ich instinktiv ab, Ian folgte mir. Es war wie mitten in einer Explosion. Unter unseren Füßen lag eine tiefe Laubschicht, tellergroße Blätter, trocken wie Pergament, mürbe wie Kekse. Ich meinte, ein ohnmächtiges Schluchzen von Ian zu hören, rannte aber weiter die lange Schneise zwischen den Baumstämmen entlang. Ich sah den Lichtstrahl links von mir herumspielen, dann erfasste er mich.

Ian war eine Schneise weiter geflitzt und auf gleicher Höhe mit mir, dann lief er weiter voraus. Ich meinte, außer dem hallenden Knacken und Bersten unserer Tritte auch noch Schüsse zu hören. Dann hörte ich tatsächlich meine Verfolger schreien und brüllen, während ich um mein Leben rannte, meinen wahnsinnig zuckenden Schatten als Silhouette auf dem spröden Laub vor mir.

Ich schaute kurz zu Ian hinüber und sah ihn einen Baumstamm packen und sich schräg davon wegwirbeln. Ich tat das Gleiche, wobei ich dachte: wie vernünftig. Die Schüsse waren jetzt klar und laut. Ich hörte Kugeln wie bösartige dumpfe Beilhiebe in Baumstämme einschlagen.

Durch unseren Richtungswechsel hatte der Lichtstrahl uns verloren. Ich konnte ihn ziellos herumflackern sehen. Jetzt waren zu viele Bäume im Weg. Ich blieb eine Sekunde lang stehen und hielt mich an einem Baustamm fest. Hinter mir das Stampfen und Knacken von Fußtritten, wahnsinniges Geschrei, wahnsinniges Schießen. Ich rannte wieder los. Ich konnte Ian gerade noch erkennen, wie er sich knapp zehn Meter vor mir einigermaßen mühsam vorwärtskämpfte. Meine Seitenstiche hatten irgendwie aufgehört, und ich schien mehr Kraft zu haben. Ich holte ihn allmählich ein.

Dann knickte ich mit dem Knöchel um und fiel hin. Während ich stolperte und rollte, schrie ich seinen Namen. IAN, BLEIB STEHEN! Ich schaute erwartungsvoll nach oben, mein

Knöchel kam mir wackelig und lose vor, als ob das Gelenk verschwunden und da nur noch Wasser wäre. HILF MIR, IAN! Ich glaube, er ist stehen geblieben. Ich glaube, er ist zurückgekommen und wollte mir helfen. Doch dann fand ihn der Lichtstrahl, und ich sah nur sekundenlang seine blinden, geblendeten Augen. Als ich aufschrie, fingen die Gewehre an zu feuern. Ich sah Baumsplitter von der Größe halber Ziegelsteine fortfliegen, dann tauchte Ian aus dem Lichtstrahl weg und war verschwunden. Ich hörte seine knackenden Tritte im anrückenden Crescendo der rennenden Stiefel unserer Verfolger untergehen.

Ich kauerte mich in das Laub, ließ mich unter die Schichten von toten, riesigen Kartoffelchips ähnlichen Blättern gleiten und tastete nach der kühlen Erde darunter. Wenn ich mich ruhig verhielt, würden sie mich nicht finden, das wusste ich. Sie müssten direkt über mir stehen, um mich zu finden.

Ich kam mit der Nase an die Erde, und sie nahm den muffigen, modrigen Geruch in sich auf. Ich grub die Finger hinein, als ob ich an der Stirnseite einer Klippe hinge und mich dort festklammerte. Ich nahm den Kopf nach unten und verhielt mich vollkommen still.

Innerhalb von Sekunden hörte ich sie überall um mich, sie rannten und trampelten herum und riefen sich etwas zu, während sie Ian nachjagten. Ich hörte die Schüsse und Schreie, bis der Lärm allmählich nachließ. Es wurde ruhig, und bald hatte ich die Geräusche im Laub selbst, das winzige Geraschel und Geknister in den Ohren. Ich spürte Ameisen und Maden auf dem Gesicht, und neben mir hüpfte etwas Kleines, Vierfüßiges vorbei. Ich fing an zu zählen und war bei über zweitausend angelangt, ehe ich sie zurückkommen hörte. Aber diesmal waren sie etwas weiter weg und kamen gar nicht mehr in meine Nähe. Sie riefen und schrien sich immer noch ärgerlich an. Hieß das, dass sie Ian gefasst hatten oder dass er ihnen entkommen war? Und wenn sie ihn gefasst hatten, dann fragte ich mich, was sie wohl mit ihm machen würden …

Erst Minuten, nachdem sie fort waren und nichts mehr zu hören war, setzte ich mich auf. Jetzt erst spürte ich das Pochen und die Schmerzen in meinem Knöchel. Ich blieb sitzen und rutschte nach hinten, bis ich an einen Baumstamm kam. Ich lehnte mich daran und rieb den Scheitel an der rauen Rinde. Ich richtete mich im Wald, in der Finsternis ein und wartete auf den Morgen.

DIE NEURALUHR

Wenn sie in der Dunkelheit alleine in ihrem Haus am Strand liegt, denkt Hope oft an diese Nacht zurück. Werden ihr die Erinnerungen zu lebhaft, steht sie vom Bett auf, geht in ihre winzige Küche und holt sich etwas zu trinken. Sie macht alle Lichter im Haus an und stellt im Radio den BBC *World Service oder irgendeinen einheimischen »Batwque«-Musiksender ein.*

Diese Nacht dort in der Baumgruppe schien sich nach ihrem subjektiven Zeitgefühl – ihrer privaten Zeit – mit unerträglicher Langsamkeit dahinzuschleppen. Dass die Erde sich nicht schneller drehen, das Licht in diesen Winkel Afrikas herüberbringen, noch einmal die bürgerliche Zeit einführen wollte, kam ihr fast wie eine persönliche Beleidigung vor.

Und in der dichten Finsternis dieser endlosen Nacht war sie sich der uhrähnlichen Systeme in ihrem eigenen Körper überaus bewusst. Das Klopfen ihres Herzens, das Aufblähen und Abschwellen ihrer Lungen. Doch nun weiß sie, dass unser privates Zeitgefühl nicht vom Pochen des Herzens oder vom Atmen der Lungen bestimmt wird, sondern von den Nervenimpulsen unseres Gehirns.

Ein Neuron gibt etwa fünfzig Mal pro Sekunde einen Impuls weiter, und dieser Impuls wandert mit einer Geschwindigkeit von circa fünfzig Metern pro Sekunde durch den verästelten Baum unseres Nervensystems. Dieser neurale Zeitmesser ruht keinen Augenblick; unser ganzes Leben lang wird der Neuralstrom niemals schneller oder langsamer. Mit seiner Regelmäßigkeit und Konstanz wird er den Anforderungen an die Präzision einer Uhr voll gerecht.

Sollte unser persönliches Zeitgefühl tatsächlich daraus – aus dem Ticken der Neuraluhr mit fünfzig Schlägen pro Sekunde – hervorgehen, dann ergibt sich aus dieser Theorie unter anderem die hochinteressante Folge, dass andere Primaten – deren Nervenimpulse ganz genauso funktionieren wie unsere – auch ein entsprechendes persönliches Zeitgefühl haben müssten.

Hope sitzt in ihrem hellen, lauten Haus und schaut dem Geräusch der Wellen nach in die Dunkelheit hinaus. Es erscheint seltsam, aber nicht undenkbar, dass Clovis ein Gefühl für das Verstreichen seines Lebens – eine endliche Abfolge von Gegenwartsmomenten – hatte, genau wie sie.

Als sich die Finsternis der Nacht langsam aufhellte, sah ich, dass wir durch eine große Schonung mit Teakbäumen gerannt waren. Sie waren etwa neun Meter hoch, und ihre tennisschlägergroßen, flachen, runzligen Blätter hingen unbeweglich in der kühlen, stillen Luft des frühen Morgens. Die Bäume hatten kein Unterholz. Der Teppich aus totem Laub war fünfzehn Zentimeter hoch – da wuchs nichts. Ich stand auf und ließ mich schwer gegen den Baum fallen, sodass die trockenen Blätter über mir raschelten. Ich schaute in die Richtung, in die ich gerannt war. Überall sah ich den Schaden, den die Soldaten beim Laufen mit ihren Stiefeln an dem ebenen Laubboden angerichtet hatten. Keiner war sehr nahe an mich herangekommen.

Ich testete vorsichtig meinen Knöchel. Er war leicht geschwollen, konnte aber so eben mein Gewicht aushalten. Eine Verstauchung also. Ich klopfte mir den Staub ab, schüttelte mir die Zweige, Laubfetzen und Lebewesen aus Haaren und Kleidern und humpelte los, um zu schauen, was hinter der Teakschonung lag.

Ich brauchte fünf Minuten bis an den Rand. Ich folgte immer den Spuren, die die Soldaten in den abgefallenen Blättern hinterlassen hatten. Hinter dem Rand der Plantage lag dichter Busch. War Ian entkommen, oder hatten sie ihn an der Grenze abgefangen? Wenn er den Busch erreichen konnte, hatten sie ihn nie und nimmer gefunden.

Die Sonne ging rechts vor mir auf. Ich drehte mich so, dass ich sie im Gesicht hatte, und lief am Rand der Plantage entlang. Nach etwa dreihundert Metern kam ich an eine Brandgasse zwischen den Bäumen. Von der Brandgasse zog sich ein zugewachsener Pfad in den Busch hinein. Den schlug ich ein, wobei mir auffiel, dass hier seit der letzten Regenzeit nichts mehr gefahren war. Schlingpflanzen wucherten über die Doppelradfurchen, und der Grasstreifen in der Mitte war dicht mit Unkraut und kniehohen Gräsern bewachsen. Ab und zu blieb ich stehen und lauschte, hörte aber nichts, nur laute und muntere Vogelrufe – Goldamseln, Nashornvögel, Tauben.

Der Pfad wurde von einem ausgetretenen und staubigen Waldweg gekreuzt, ähnlich dem, den wir die Nacht zuvor entlanggerannt waren. Ich beschloss, ihm zu folgen, wobei ich immer noch nach Osten der aufgehenden Sonne entgegenging.

Nach rund einer halben Meile wurde die Baumdecke dünner. Ich kam an ein oder zwei brackigen Tümpeln vorbei, die voller Schilf waren. Inzwischen hatte ich Durst, wollte es aber nicht riskieren, aus diesen schleimgeränderten Sümpfen zu trinken. Ich humpelte weiter, kratzte meine Stiche und versuchte, die Fragen zu überhören, die mir im Kopf herumgingen, versuchte, mich nicht an den Ausdruck auf Ian Vails Gesicht zu erinnern, als ich ihn zum letzten Mal kurz sah, bevor er weglief und mich allein ließ.

Die Landschaft um mich herum veränderte sich langsam. Sie war deutlich grüner und üppiger. Es gab Stellen mit hohen, schilfigen Gräsern, dicht geballte Binsen- und Bambusbestände. Man hatte den Eindruck eines nur Zentimeter unter der Oberfläche liegenden überbordenden Wassertisches. Zu beiden Seiten des Pfades standen Palmen- und Zwergpalmenhaine und merkwürdige, ausgefranst wirkende Bäume mit einer gemarterten bleichen Rinde und groben chromgrünen Blättern, die aussahen, als wären sie aus gebohnertem Linoleum ausgeschnitten. Ich befand mich in den Musave River Territories.

Gegen Mittag war ich todmüde, meine Kehle wund und rissig. Da hörte ich ein seltsames Glucksen im Unterholz. Ich hockte mich hin und hob einen herunterhängenden Ast hoch. Es war eine dürre aufgeschreckte Henne mit drei Küken. Eine Henne. Ich ließ den Ast fallen. Da musste ganz in der Nähe ein Dorf sein. Ich ging weiter den Pfad hinunter.

Ich sah die eingefallenen Strohdächer schon aus rund zweihundert Metern Entfernung, aber es war verdächtig still, obwohl da anscheinend ein paar Rauchwölkchen von Kochfeuern aufstiegen. Ich näherte mich vorsichtig. Der Pfad ging in die ausgetretene graslose Erde der Einfriedung über. Eigentlich hatte der Ort die Bezeichnung Dorf kaum verdient; es war einfach eine Ansammlung von Hütten um einen alten Schattenbaum. Es waren keine Tiere da, wie mir auffiel, daher nahm ich an, es sei verlassen, aber es lag ein Geruch von Rauch in der Luft und ein untergründiger saurer, nussartiger Gestank, den ich nicht kannte.

Ich ging an der ersten Hütte vorbei und spähte um die Ecke auf den freien Platz um den Schattenbaum.

Da loderten drei Leichen; hohe, hellgelbe Flammen züngelten an ihnen entlang. Die Leichen waren aufgedunsen, doch bereits so weit verkohlt, dass man Geschlecht, Alter und Todesart unmöglich hätte bestimmen können. Der von ihnen ausgehende Geruch schien mir – schweinefleischartig, nussig, sauer und mineralisch zugleich – wie eine widerwärtige Medizin die Kehle hinunterzurinnen. In einem unwillkürlichen Anfall musste ich drei-, viermal trocken und krampfartig würgen. Ich spuckte reichlich Speichel. Irgendwo war in meinem ausgedörrten Körper offenbar noch etwas Flüssigkeit geblieben. Meine rissige Kehle fand Linderung, meine Zunge war glatt und feucht.

»Amilcar!«, rief ich. »Ich bin's, Hope!«

Aus einer Hütte kam ein Mann heraus. Zuerst erkannte ich ihn nicht und merkte, wie mein Körper vor Schreck zu schwanken begann. Doch dann tauchten hinter ihm drei aus dem *Atomique Boum*-Team auf, und ich wimmerte auf vor Erleichterung. Ich humpelte ihnen entgegen. Mir war zum Heulen zumute; ich meinte, es stünde mir in gewisser Weise auch zu, aber ich war zu müde dazu.

»Hope …?«, sagte Amilcar. Ich merkte, dass er völlig überrascht war, mich zu sehen. Er lächelte, bewegte den Kopf, und die Sonne blitzte auf seinem neuen silbernen Brillengestell. Alles, was er anhatte, war neu. In einer stärkeknirschenden neuen Tarnuniform voll grüner, brauner und schwarzer Rhomben sah er unwahrscheinlich elegant aus. Er trug eine komische, käppiartige kleine Mütze mit einem Lappen als Sonnenschutz hinten dran, ebenfalls tarnfarben, sodass sie zu seinem Rock und seiner Hose passte.

»Mein Gott«, sagte ich. »Was für eine Ausstattung. Umwerfend.«

»Ich bin befördert worden«, sagte er und zeigte auf die Sterne an seinen Schulterstücken. »Ich bin jetzt Colonel. Und das«, er deutete auf die drei Jungen, »ist mein Bataillon.«

Wir lachten.

Wir verließen das Dorf mit seinen noch immer rauchenden Leichen am späten Nachmittag. Die dürre Henne hatten wir eingefangen, gekocht und mit einer zähen alten Jamswurzel und ein paar unreifen Kochbananen dazu verspeist. Die drei Jungen waren Fünfter Oktober, Bengue und Simon. Sie waren schweigsam und bedrückt, ihre Gesichter ernst und wachsam. Es waren die drei, die wir durch den Küchengarten entkommen sahen. Niemand wusste, was aus Ilideo und den anderen geworden war. »Ich bin sicher, dass sie davongekommen sind«, sagte Amilcar munter und zuversichtlich. »Sie sind bestimmt auf dem Weg zurück, genau wie wir. Wir treffen uns wieder, keine Angst.«

Ich erzählte ihm, was ich selbst erlebt hatte, von dem Angriff und der Verfolgung hinterher. Amilcar benutzte meine Geschichte, um den Jungen moralisch Auftrieb zu geben. Seht mal, sagte er, zwanzig Männer, bewaffnete Männer, waren hinter Hope her, und sie ist davongekommen. Das hieß mit anderen Worten: Wenn sie das schafft, dann schafft es jeder. Die Jungen sagten nichts; sie sahen Amilcar während seiner Rede forschend an, als wollten sie ihm keine Doppelzüngigkeit durchgehen lassen, doch seine Aufrichtigkeit und Zuversicht waren offenkundig. Später ertappte ich die Jungen dabei, wie sie verstohlen zu mir herübersahen, als ob meine Gegenwart eine Gewähr für die Sicherheit der anderen aus dem Team bot.

Ich ging neben Amilcar her, als er uns aus dem Dorf hinausführte. Die Jungen zogen ohne Gewehre und mit den Händen in den Hosentaschen hinter uns her und redeten ab und zu leise miteinander.

»Wie sind diese Leute aus dem Dorf gestorben?«, fragte ich.

Er sagte, er wisse es nicht. Eine Patrouille vielleicht. Soweit er wisse – soweit General Delgados Nachrichtendienst informiert sei –, massierten sich Einheiten der Bundesarmee an zwei Straßen, die in das Kerngebiet der UNAMO führten, doch sie seien noch Meilen entfernt.

»Es muss also eine Patrouille gewesen sein«, räumte er mit

einem Stirnrunzeln ein. »Aber ich verstehe immer noch nicht, wieso sie die Schule angegriffen haben. Und bei Nacht. Es ist nicht ihre Art. Haben Sie bei den Soldaten auch Weiße gesehen?«

Ich verneinte das.

»Es sind jetzt mehr Söldner in der Armee. Vielleicht waren es die. Aus Rhodesien und dem Kongo.«

Er spekulierte weiter. Wenn sich die UNAMO-Truppen erst einmal alle hinter die riesigen Marschgebiete zurückgezogen hätten, die sich um die River Territories herumzogen, wäre eine Pattsituation da. Die Bundesarmee würde nicht vorrücken können. Die UNAMO könnte sich neu formieren und wieder konstituieren. Auf jeden Fall, sagte er und sah zum Himmel hinauf, würden mit dem Beginn der Regenzeit alle Kampfhandlungen zwangsläufig eingestellt. Und dann würde die EMLA im Süden zum Angriff übergehen: Im Süden konnte man auch während der Regenzeit kämpfen. Also müssten die Bundestruppen sich zurückziehen, und die UNAMO-Verbände könnten wieder an die Front vorrücken.

Ich betrachtete ihn, wie er da so elegant in seiner neuen Uniform herumlief und mit ruhiger Zuversicht über diesen Lauf der Ereignisse sprach, als sei das unausweichlich und vorherbestimmt. Ich schaute zu seinen »Truppen« zurück, den Überresten seines persönlichen UNAMO-Verbands, drei verschreckten und verwirrten Teenagern aus einer Volleyballmannschaft, und fragte mich, ob alle Fanatiker ein so einfaches, an den vorliegenden Erkenntnissen völlig vorbeigehendes Weltbild hatten. Vielleicht war er auch einfach verrückt geworden.

Vor Einbruch der Dunkelheit kamen wir zu einem weiteren verlassenen Dorf, wo diesmal keine Leichen zu verbrennen waren. Wir durchsuchten die Hütten nach Lebensmitteln, fanden aber nichts.

Gleich hinter dem Dorf verlief eine Straße, asphaltiert und

in schlechtem Zustand. Wir kletterten die Böschung hoch und schauten die verlassene Fahrbahn hinauf und hinunter. Das Licht war weich und staubig, und die ersten Fledermäuse waren draußen und flogen im Zickzack über unseren Köpfen herum. Amilcar erklärte mir die Lage.

Links, nach Norden hin, würden wir an den Damm kommen, der quer durch das große Marschland führte. Dort wären wir wieder bei den sich neu formierenden UNAMO-Truppen. Rechts, nach Süden zu, würden wir auf eine der beiden Bundesarmee-Einheiten stoßen, die sich bereit machten, irgendwann in den nächsten zwei, drei Tagen auf dieser Straße vorzurücken.

»Und diese letzte Information soll ich mir wohl zunutze machen«, sagte ich.

Er zuckte die Achseln und wandte sich ab. »Wenn Sie gehen wollen, können Sie gehen«, sagte er, auf einmal mürrisch geworden. »Mir ist es egal.«

Ich stützte die Hände in die Hüften und sah mich um. Wir hätten beinahe überall in Afrika sein können, das musste ich zugeben. Der Schauplatz war typisch und banal zugleich. Eine schlaglochübersäte, schnurgerade durch niedrigen buschigen Wald verlaufende Straße, ein Häufchen altersschwacher Hütten, ein merkwürdig trockener Geruch nach Staub und Pflanzen in der Luft, eine große rote Sonne, die gleich hinter den Bäumen versinken würde, das klagende Gezirp der Zikaden.

»Ich bleibe noch ein bisschen bei euch«, sagte ich, da ich keine Lust hatte, allein diese Straße hinunter und der Bundesarmee entgegen zu gehen. Ich stieß müde mit der Faust in die Luft. *»Atomique Boum!«*

Die Jungen lächelten.

Eine Meile weiter oben an der Straße kamen wir im letzten blassen Abendlicht an den Damm. Er war ungefähr eine dreiviertel Meile lang und führte in gerader Linie durch ausgedehntes Marschland. Der Damm wirkte solide und gut gebaut. Der Straßenbelag war intakt, und die Böschungen hatten ein exaktes und durchweg gleichbleibendes Gefälle. Darunter befand sich hier und da ein großer Abflusskanal aus Beton, damit bei Überflutungen das Wasser ablaufen konnte.

Wir überquerten ihn rasch. Ein großer weißer Reiher flog auf und schraubte sich mühsam in den Abendhimmel. Es war befreiend, wieder draußen im Freien zu sein, einen weiten Himmel über sich zu haben und das Empfinden eines entschwindenden Horizonts. Auch wurde mir allmählich klar, woher Amilcar seine Zuversicht nahm. Es würde nicht schwer sein, diese Straße zu verteidigen.

Amilcar war in Gedanken versunken. »Diese Jungen«, sagte er zurückhaltend und enttäuscht, »das sind keine richtigen Soldaten.«

Als wir uns dem Ende des Damms näherten, wurden unsere Schritte unsicher. Es war jetzt fast dunkel. Amilcar ließ uns warten und ging voraus in die Düsternis. Dann hörten wir ihn rufen – eine Losung, wie ich annahm. Nach fünf Minuten kam er verwundert wieder zurück. Es sei niemand da, sagte er.

Wir gingen weiter.

Am Ende des Damms lag ein kleines Dorf – der übliche bunte Haufen von Lehmhütten zu beiden Seiten der Straße. Eine Hütte war zerstört, und die Strohdachreste sahen verbrannt aus. Weitere Schäden waren nicht zu erkennen.

Zu beiden Seiten der Straße lagen verlassene Schützengräben, und in einem mit Sandsäcken ausgestatteten Unterstand war eine Panzerabwehrkanone. Sie hatte einen sehr langen, schlanken Lauf und roch neu, nach gewalztem, gedrehtem Metall und dem frischen Gummi der Reifen. Ihr Verschlussmechanismus glänzte von Öl. Auf der einen Seite stand ein säuberlicher Stapel von flachen Holzkästen. Als wir auf die

Suche gingen, fanden wir weitere Kästen sowie Kisten mit zurückgelassenem Gerät und Munition. In einer Hütte entdeckten wir hundert Kalaschnikows aus Warschauer-Pakt-Beständen, immer zehn wie unförmige Holzbündel zusammengebunden.

»Wo sind die denn alle?«, überlegte Amilcar laut. »Was ist hier bloß passiert?« Er hörte sich verwundert und gekränkt an, als ob dieses verlassene Dorf mit seiner leichtsinnigen Waffenverschwendung eine persönliche Beleidigung darstellte.

Wir stöberten weiter herum und stießen auf Beutel voll Reis und Büchsen mit eingelegten Makrelen aus Polen. Die Jungen kochten einen fettigen Eintopf aus Fisch, Reis, Maniok sowie ein paar Blättern, die Amilcar von einem Busch abgestreift hatte.

Dann rüstete Amilcar das *Atomique Boum*-Team wieder mit Waffen aus, jeder bekam eine neue Kalaschnikow und wurde mit blinkenden Patronengurten voll überzähliger MG-Munition behängt. »Es sieht gut aus«, sagte er. »So kommen sie sich stark vor.« Er schickte Fünfter Oktober in den Geschützstand hinaus, um den Damm zu überwachen, und die anderen beiden begleiteten ihn freiwillig. Diese Entwicklung freute ihn.

»Sehen Sie«, sagte er, als sie weg waren. »Jetzt, wo wir zu Hause sind, kämpfen sie auch.«

Wir saßen in einer Hütte zusammen, mitten auf dem Fußboden brannte eine Laterne. Wir saßen auf Stapeln gummierter, olivbrauner Ponchos, die wir gefunden hatten. Amilcar war zum Reden aufgelegt und erging sich eine Zeit lang in Erinnerungen an seine früheren Ambitionen. Er hätte nie in der Hauptstadt gearbeitet, sagte er, nicht wie die anderen Ärzte mit ihrer Privatklinik und ihrem Mercedes, die alle hinter einem Job bei der Weltgesundheitsorganisation her waren, damit sie in Genf leben konnten. Er wäre in seiner Provinz geblieben, sagte er, und hätte seinem Volk geholfen.

»Gott wird mich wieder dorthin zurückbringen«, sagte er schlicht. »Wenn der Krieg vorbei ist.«

»Gott?«, sagte ich. »Sie wollen mir doch nicht erzählen, dass Sie an Gott glauben?«

»Aber sicher.« Er lachte über meine Verwunderung. »Ich bin katholisch.« Er langte in seine Tarnjacke und zog ein Kruzifix an einer Perlenschnur hervor. »Er ist mir Schutz und Rat. Er ist mir Trost und Stab.«

»Das hätte ich nie im Leben gedacht.«

»Sind Sie Christin?«, fragte er.

»Natürlich nicht.«

»Ach, Hope.« Er schüttelte traurig den Kopf. Er schien aufrichtig von mir enttäuscht zu sein. »Das kommt daher, weil Sie Naturwissenschaftlerin sind.«

»Dass ich Naturwissenschaftlerin bin, hat damit nichts zu tun.«

Wir fingen an, über mein Leben zu sprechen, was ich machte, was ich früher gemacht hatte. Ich erzählte ihm von meiner Promotion, meiner Arbeit in Knap, von Mallabar und dem Projekt Grosso Arvore. Ich sprach angeregt, in knappen und bestimmten Worten. Es kam mir vor, als würde ich mich an eine verschwundene Welt erinnern, eine Zusammenfassung von einem historischen Forschungsprojekt geben, das ich vor langer Zeit abgeschlossen hatte. Professor Hobbes, das College, die Felduntersuchung von Knap, Grosso Arvore und die Schimpansen hatten mit mir anscheinend absolut nichts mehr zu tun.

Von Zeit zu Zeit unterbrach mich Amilcar und gab einen Kommentar dazu ab.

»Aber Hope«, sagte er einmal, »ich möchte Sie etwas fragen. Gut, Sie wissen viel. Sie wissen viele entlegene Dinge.«

»Ja. Ich glaube schon.«

»Also möchte ich Sie folgendes fragen: Je mehr Sie wissen, je mehr Sie lernen – geht es Ihnen davon besser?«

»Ich verstehe nicht.«

»Dieses ganze Wissen – macht Sie das glücklich? Zu einem besseren Menschen?«

»Mit Glück hat das nichts zu tun.«

Er schüttelte traurig den Kopf. »Das Streben nach Wissen ist der Weg zur Hölle.«

Ich lachte ihn aus. »Mein Gott. Wie können Sie so etwas nur *sagen*? Sie sind doch Arzt. Was für ein Unsinn!«

Wir stritten gutmütig weiter. Ich spürte, dass er manchen Standpunkt nur vertrat, um einen forensischen Effekt zu erzielen, um die Diskussion zu verlängern, daher ließ ich ihn gewähren. Doch ab und zu sagte er etwas, was mich innehalten ließ. Einmal stellte er mir viele Fragen nach den Schimpansen, warum wir uns so gründlich mit ihnen beschäftigten. Es schien ihn aufrichtig zu verwundern – und diesmal war es wohl keine Verstellung –, dass ich mich monatelang im Busch aufgehalten, Schimpansen beobachtet und jede einzelne Handlung und Bewegung von ihnen aufgezeichnet hatte.

»Aber warum?«, fragte er. »Wozu ist das gut?«

Ich versuchte, es ihm zu erklären, aber er sah nicht überzeugt aus.

»Das Problem mit euch im Westen ist …« Er dachte darüber nach. »Ihr habt keine richtige Achtung vor dem Menschenleben, vor dem Menschen.«

»Das ist nicht wahr.«

»Für euch ist ein Affe mehr wert als ein Mensch. Und schauen Sie sich selbst an: Ich höre, wie Sie über einen Baum reden, über irgendeine Hecke.« Er zeigte mit dem Finger auf mich. »Für Sie ist ein Baum mehr wert als ein Mensch.«

»Das ist lächerlich. Ich –«

»Nein, Hope, Sie müssen lernen« – er stieß weiter mit dem Finger nach mir –, »Sie müssen lernen, dass ein Menschenleben, jedes Menschenleben mehr wert ist als ein Auto oder eine Pflanze oder ein Baum … oder ein Affe.«

DAS GEWICHT DER SINNENWELT

Heute bin ich am Strand spazieren gegangen. Es war frisch und windig, und zu meinem Ärger wehte mir ständig das Haar ins Gesicht. Aus irgendeinem Grund gingen mir Amilcar und seine wahnsinnigen moralischen Gewissheiten im Kopf herum. Davon wurde ich recht unbarmherzig abgelenkt, als ich in einen fetten, pflaumengroßen Teerfladen trat. Er quetschte sich schmierig und zäh wie Sirup zwischen drei Zehen meines linken Fußes.

Die nächste Stunde ging mit einer frustrierenden Suche nach Benzin oder Alkohol drauf, um das abzuwaschen. Es war nichts im Haus, daher musste ich durch den Palmenhain ins Dorf humpeln. Bei einer alten Händlerin kaufte ich eine Bierflasche voll rosa Kerosin, und mit einiger Mühe und so viel Watte wie für eine ganze Kissenfüllung hatte ich schließlich alle Ölspuren von meinem Fuß entfernt.

Jetzt sitze ich auf meiner Veranda, fühle mich dumm und erschöpft und schaue lustlos auf das Meer hinaus; von meinem linken Fuß geht ein starker Kerosingeruch aus, und die Zehen sind von dem scharfen und adstringierenden Treibstoff wund und brennen.

An manchen Tagen überwältigt mich das Gewicht der Sinnenwelt, und heute ist eindeutig so ein Tag. Ich schaffe es offenbar nicht, mich den Erscheinungen, dem willkürlich Menschlichen zu entziehen. In solchen Momenten ist der Reiz der Mathematik mit ihren kühlen Abstraktionen so mächtig und verlockend wie nie. Auf einmal kann ich die Genugtuung dieses Entrinnens verstehen, kann etwas von der heftigen Freude auskosten, die das einem Menschen wie John bereitet hat. Die Welt mit ihren ganzen Gelüsten und

Scherereien, ihrem Chaos und Getue, ihrer nervenaufreibenden Kleinkariertheit kann einen so leicht fertigmachen. Und darum habe ich den Strand so gerne – allen Teerfladen zum Trotz. Wenn man am äußersten Rand eines Kontinents lebt und sich den beiden großen einfachen Räumen von Meer und Himmel gegenübersieht, dann bildet sich das Gefühl heraus, dass man irgendwie weniger belastet ist als Menschen, die fern von der Küste leben. Man fühlt sich nicht so vom grauen Alltag mit seiner Verzettelung und seinem Durcheinander bedrängt. Von da, wo ich jetzt sitze, sind es keine fünfzig Meter bis zu dem Schaum und der Gischt des letzten Brechers. Es gibt nicht viel zwischen Hier und Dort, denkt man, was einen ablenken könnte.

Mir fällt ein, was Amilcar in der Nacht zu mir sagte, als wir uns unterhielten. Ich hatte ihn gefragt, was denn wäre, wenn die UNAMO besiegt würde. Er wollte nicht zugeben, dass das sein könnte.

»Aber gesetzt den Fall?«, sagte ich. »Rein hypothetisch.«

»Tja … ich wäre tot, zum Beispiel.«

»Haben Sie Angst?«

Er schob die Unterlippe vor, während er darüber nachdachte. »Nein«, sagte er.

»Wieso nicht?«

»Weil man das Unvermeidliche freudig annehmen muss.«

Ich wusste bei unseren Diskussionen in jener Nacht nie so recht, ob er mich einfach nur provozieren wollte. Wir redeten weiter, und das Thema verlagerte sich. Er erzählte mir von einem Mädchen, einer Französin, die er in Montpellier kennengelernt und gefragt hatte, ob sie seine Frau werden wollte. Sie hatte Ja gesagt, und drei Wochen später hatte sie dann Nein gesagt. Er hatte sie nie wiedergesehen. Er fragte mich, ob ich verheiratet sei. Ich sagte Nein. Er lächelte und kniff die Augen zusammen.

»Aha. Und was ist mit Ian?«

»Was soll mit ihm sein?«

»Ich glaube, er würde Sie gern heiraten. Heiraten Sie ihn doch.«

»Sie machen wohl Scherze.«

Er fand das sehr komisch. Immer noch lachend ging er hinaus, um nach den Jungen im Geschützstand zu sehen. Als ich in der Hütte allein war, dachte ich darüber nach, was Amilcar gesagt hatte, und merkte, dass wir fröhlich davon ausgegangen waren, dass Ian noch am Leben war. Wenn das stimmte, dann hatte ich meine Zweifel, ob er sich in Gedanken damit beschäftigte, mich zu heiraten.

Als Amilcar zurückkam, sah ich, dass seine Stimmung wieder umgeschlagen war. Er war deprimiert.

»Diese Jungen«, sagte er und schnaubte, um seiner Verzweiflung Ausdruck zu geben, »die haben zu viel Angst. Ich habe ihnen gesagt, dass keine Gefahr besteht. Sie würden die Bundestruppen schon aus zwei Meilen Entfernung hören. Dann sollten sie mich rufen. Ein Schuss. Ein Schuss, und sie würden den Rückzug antreten.« Er fuhr fort, ihre Mutlosigkeit zu beklagen.

»Vielleicht sollten wir uns etwas zurückziehen«, schlug ich vor. »Vielleicht sind die UNAMO-Truppen weiter unten an der Straße?«

»Nein. Wir werden von hier aus Widerstand leisten.«

Er wollte nicht weiter reden, das spürte ich. Er nahm die Laterne und ging, um nach dem herrenlosen *»matériel«* zu schauen. Ich deckte mich mit ein paar Ponchos zu und richtete mich zum Schlafen ein.

Ich wachte sehr früh auf. Es war schwach hell draußen, ein blasses dunstiggraues Licht. Amilcar war nirgends zu sehen. Ich setzte mich steif und wund auf. Über Nacht war ich an Hals und Unterarmen böse zerstochen worden.

Draußen war es sehr still. Zum ersten Mal sah ich das Chaos des Dorfes in seinem ganzen Ausmaß: Überall standen Stapel von herrenlosen Pappkartons und Verpackungskisten herum. Ich fragte mich, wo Amilcar sein könnte, und wanderte auf der Suche nach ihm durch das Dorf zum Damm hin. Ein blasses Zitronengelb durchsetzte langsam das monochrome Licht um mich herum; der Himmel war mit niedrigen, dichten Wolken bedeckt, und es war kühl.

Als ich näher an den Geschützstand herankam, sah ich sofort, dass er leer war. Die Jungen waren verschwunden. Ihre neuen Gewehre waren an den Sandsackwall gelehnt, daneben lagen die zusammengerollten Patronengurte. Noch weniger ließen die drei über den Lauf der Panzerabwehrkanone gehängten Trainingsjacken an Deutlichkeit zu wünschen übrig. Das *Atomique Boum*-Team hatte sich endgültig aufgelöst.

Ich faltete die Trainingsjacken zusammen und legte sie oben auf die Sandsäcke. Ich setzte mich auf einen Kanonenreifen und überlegte, was ich tun sollte. Die Kanone selbst, dachte ich geistesabwesend, war durchaus hübsch. Der lange, spitz zulaufende, mit Taubläschen übersäte Lauf wirkte unproportioniert, zu lang für den kompakten Verschluss und die hübsche Lafette. An einem Hebel am Visier hing eine Broschüre in einer Plastikhülle. Ich riss die Hülle auf. Es war eine Bedienungsanleitung für die Kanone – auf Französisch.

Ich sah über den Lauf auf den langgestreckten Damm hinaus. Nebelbänke lagen über dem Marschland. Es war alles sehr friedlich, auf gespenstische Weise schön. Einzelne Vögel begannen zu singen. Ich hörte das wehmütige Flöten eines Wiedehopfes.

»Sie sind fort«, sagte Amilcar.

Ich drehte mich um. Er stand in sich zusammengesunken und doch angespannt da, seine Kiefermuskeln arbeiteten.

»Schauen Sie.« Er zeigte auf die säuberlich aufgestapelten Gewehre. Ich glaube, erst da wurde ihm das Unmögliche –

das absurd Unwirkliche – seiner Lage so richtig klar. Er legte die Hände an die Hüften und sah hilflos zum Himmel hinauf.

»Diese Jungen«, sagte er und rang sich ein Kichern ab. »Ein großer Volleyballspieler gibt einen schlechten Soldaten ab. Jetzt weiß ich Bescheid.« Er sah zurück auf das Durcheinander in dem Dorf. »Schauen Sie sich das an. Entsetzlich.«

Mir war kalt, und ich fröstelte. Ich nahm eine Trainingsjacke in die Hand. »Kann ich die haben?«

»Nehmen Sie, was Sie wollen. Bedienen Sie sich. Wie wär's mit einer Panzerabwehrkanone?«

Ich zog die Jacke an. Amilcar schaute ungläubig auf die Anleitungsbroschüre für die Kanone.

»Auf Französisch ... ist das zu fassen? Woher sie wohl wussten, dass der einzige Mann, der sie jetzt noch abfeuern kann, auf die Universität Montpellier gegangen ist?« Er warf das Heft fort. »Was so eine Kanone wohl kostet?«

»Woher soll ich das wissen?«

»Zweihunderttausend Dollar? Eine halbe Million?«

»Was soll ich Ihnen sagen? Sie ist brandneu. Wer weiß, was solche Sachen kosten?«

»Jemand von der UNAMO hat das in Europa für uns eingekauft. Ich wüsste gern, wie hoch seine Provision war.«

Er hebelte den Deckel von einer der flachen Holzkisten hoch. Wie Weinflaschen lagen darin auf einem Styroporeinsatz drei dünne Granaten mit violetten, zwiebelförmigen Spitzen, ähnlich den Kuppeln einer russischen Kirche. Er nahm eine heraus und hielt sie vor sich: Sie war recht hübsch, schön gestaltet, genau wie die Kanone. Das Violett leuchtete mit lumineszierendem Glühen in dem gelblichen Licht. Amilcar machte den Verschluss der Kanone auf und hielt die Zwiebelnase an die Öffnung. Sie glitt leicht hindurch. Sie war viel zu klein. Er zog die Granate wieder heraus.

»Was so eine wohl kostet? Fünftausend Dollar? Zehn?«

Diesmal gab ich ihm keine Antwort. Ich zog den Reißverschluss an meiner *Atomique Boum*-Jacke zu. Er setzte sich auf den Sandsackwall. Er tat mir so leid in seiner neuen Uniform – sie hatte inzwischen ein paar Knitter abbekommen, aber er sah immer noch elegant und gepflegt aus – mit diesen ganzen überflüssigen hoch entwickelten Waffen. Er sah schweigend auf den Boden hinunter.

Das Nest von Stichen an meinem Hals juckte. Als ich sie kratzte, merkte ich, dass sie genau an der gleichen Stelle waren wie Amilcars merkwürdige Narbe. Ich dachte, wenn wir mehr Zeit hätten und sich eine passende Gelegenheit böte, dann würde ich ihm von dem Feuermal erzählen, das sich über meinen Schädel zog.

»Hope«, sagte er plötzlich, »würden Sie mir ein bisschen helfen? Ich brauche Ihre Hilfe. Dann geht es schneller. Danach gehen wir zur Landebahn zurück und bringen Sie heute Abend mit einem Flugzeug raus. Aber eins muss ich vorher noch erledigen, und wenn Sie mir helfen, geht es schneller.«

»Natürlich«, sagte ich sofort. »Gern.«

Ich schaffte nur zwei Landminen, und selbst das kostete mich Mühe. Sie waren schwer, schwarz angestrichen, tellergroß und etwa fünf Zentimeter dick. Amilcar trug vier, und er hatte sich noch dazu eine Kalaschnikow über den Rücken gehängt.

Wir gingen langsam den Damm hoch auf die Mitte zu und machten gelegentlich Halt, damit ich ausruhen konnte. Mittlerweile ging die Sonne auf, und der Dunst über der Marsch lichtete sich allmählich. Zwischen den dünner werdenden Wolken zeigten sich blaue Stellen.

Nach knapp vierhundert Metern blieben wir oberhalb eines Abflusskanals stehen. Amilcar rutschte den Böschungshang hinunter, und ich reichte ihm nacheinander die Minen, die er dann in der Mitte der Rinne unter der Fahrbahn aufstapelte.

Sein letzter Beitrag zur Verteidigung der Kerngebiete, hatte er mir erzählt, sollte die Zerstörung des Damms sein. Das Gerät war zurückgelassen worden, die Soldaten waren geflohen, aber wenn er ein Loch in den Damm sprengen könnte, dann hätte er das Gefühl, dass seine Bemühungen nicht ganz umsonst gewesen waren. Sein Plan war unkompliziert: Er hatte sich einen simplen Mechanismus ausgedacht, mit dem er eine Landmine zur Detonation bringen würde. Der Kolben der Kalaschnikow sollte über der Druckplatte einer scharf gemachten Landmine angebracht und von einer Stütze – einem etwa sechzig Zentimeter langen Stock – in der Schwebe gehalten werden. An diesem Stock würde eine lange Schnur befestigt. Wenn Amilcar weit genug weg wäre, würde er einfach an dieser Schnur ziehen, der Stützstock würde weggerissen, und der Kalaschnikowkolben würde mitten auf die Druckplatte fallen. Die Mine würde detonieren, und die daneben aufgestapelten fünf anderen auch. Die dadurch ausgelöste Explosion würde, wie er mir versicherte, einen erheblichen Teil des Damms zerstören. Ich meinte, der Plan höre sich gut an – saubere Improvisationsarbeit.

Ich reichte ihm also die letzte Landmine und kletterte wieder die Böschung hoch auf die Straße. Ich setzte mich an den Rand, wartete auf Amilcar und betrachtete dabei die Landschaft um mich herum. Es war ein schöner und klarer Morgen. Am anderen Ufer des Marschlands spiegelten sich ein paar Palmen exakt in einer schilffreien Wasserfläche wider. Ich dachte: Was ist die Palme doch für ein seltsamer und wunderbarer Baum! Und ich dachte, dass sie in den Tropen überall vorkommt und ihre einzigartige Schönheit und Anmut von uns daher oft nicht richtig gewürdigt wird: ihr schlanker, gebogener, grauer Stamm, der zartblättrige Schirm ihres Laubs, die Tatsache, dass der Baum, ganz gleich, wie alt oder verkümmert er sein mochte, seine innere Eleganz behielt …

Mein Magen knurrte, und ich merkte, wie mich ein plötzliches Verlangen nach Nikotin überkam. Aus dem Abflusskanal hörte ich das verstärkte Scharren und Klackern von schwerem Metall auf rauem Beton, während Amilcar seine Landminen aufschichtete.

Ich ging an den Böschungsrand und sah zu, wie er gebückt aus dem Abflusskanal auftauchte und dabei sein Schnurknäuel abrollte. Er ging vorsichtig rückwärts den Hang hinauf auf die Straße, dann zog er überaus behutsam die lockere Bogenschleife in der Schnur gerade. Die Schnur legte er auf die Erde und beschwerte sie mit einem Stein. Er nahm die Brille ab und wischte sich mit dem Jackenärmel über das verschwitzte Gesicht.

»Hoffen wir, dass die Stütze nicht zu früh runterfällt«, sagte er mit einem nervösen Grinsen.

Er ging noch einmal die Böschung hinunter, um nach einem Grashalm zu sehen, der sich an seiner Zündschnur verfangen hatte. Ich sah die Dammstraße hinauf. Mit der stillen Morgenluft wurde ein schwaches Motorengeräusch herübergetragen. Ich lauschte angestrengt. Es war ein Motor. Ein Motorfahrzeug. Ich schirmte meine Augen mit der Hand ab und schaute genau hin. Selbst so früh am Morgen stieg schon ein Hitzedunstschimmer von der Straße auf. Ich sah zwei senkrechte schwarze Punkte auf dem wabernden Quecksilber der Luftspiegelung reiten.

»Amilcar! Da kommt ein Laster.«

Er krabbelte die Böschung hoch.

»O *nein*«, sagte er, und seine Stimme verriet missmutige Enttäuschung. »Warten Sie eine Sekunde.«

»Sollen wir nicht gehen?«, fragte ich ängstlich. Aber er war bereits am Eingang des Abflusskanals. Er ging hinein und kam Augenblicke später mit der Kalaschnikow heraus.

»Mein Gott, Amilcar«, sagte ich. »Was machen Sie da? Sehen wir zu, dass wir wegkommen.«

»Nein, ich versprech's Ihnen. Bloß ein paar Schüsse, und sie kommen frühestens morgen wieder.« Er spannte ungeschickt die Kalaschnikow. »Dann haben wir massenhaft Zeit.«

Er winkte mich fort, und ich kauerte mich hinter ihm an der Böschung nieder. Er stand da mit aufgepflanztem Gewehr und wartete, dass der Laster näherkam.

»Keiner will gern verletzt werden«, sagte er und schmiegte sich den Gewehrkolben an die Schulter. »Schauen Sie nur zu. Ich schieße auf sie, und sie rennen weg. Dann holen sie ihre Söldner oder ihre Flugzeuge, damit die uns bombardieren. Aber dann ist es schon zu spät.«

»Lassen Sie sie nicht zu nahe herankommen.«

»Ich will ihnen einen ordentlichen Schreck einjagen.«

Jetzt konnte ich den Laster deutlich sehen, etwa eine Viertelmeile weit weg. Er hatte kein Verdeck und schien voller Männer zu sein. Ich sah Amilcar sorgfältig zielen und abdrücken. Nichts geschah. Die Sicherung, dachte ich. Mein Gott. Er fingerte an dem Gewehr herum und zielte noch einmal.

Er feuerte eine lange Salve. Dann feuerte er schnell noch ein paar kurze Salven hinterher. Die Messingpatronen klingelten lustig auf dem Asphalt, während sich das Echo der Schüsse über der Marsch zerstreute.

Der Laster war abrupt zum Stehen gekommen. Ich hörte wirres Geschrei. Amilcar legte sich neben mir hin.

»Schauen Sie nur«, sagte er.

Der Laster wollte schnell rückwärts davonfahren und schwankte dabei hin und her. Amilcar zielte und feuerte noch einmal aus dem Liegen. Ich steckte mir die Finger in die Ohren.

In der darauf folgenden Stille hörte ich das hektische Reißen an der Gangschaltung, während der Laster kehrtmachte. Jetzt fingen die Männer in dem Laster ihrerseits an zu feuern. Weit draußen in der Marsch wühlte ein langer Kugelhagel das Wasser auf. Der Laster hatte endlich sein Wendemanöver geschafft, und ich hörte den Motor aufheulen, während der

Laster davonjagte. Sein Rückzug war von wahnsinnigem, wie Fett in der Pfanne krachendem und knallendem Gewehrfeuer begleitet. Keine Kugel kam in unsere Nähe.

Amilcar stand auf und schickte ihnen ein ganzes Magazin hinterher. Er ließ das Gewehr sinken und lachte angewidert auf. Das Gewehrfeuer nahm ab.

»Wieso können wir diesen Krieg nicht gewinnen?«, fragte er. »Es ist so einfach.«

Ich habe weder gehört noch gesehen, wie er getroffen wurde. Eine von den zu Dutzenden wahllos abgefeuerten Kugeln fand ihr Ziel. Ich stand gerade auf und sah noch, wie sich die Austrittswunde bildete, ein jäher Blutklecks mitten auf seinem Rücken, wie ein faustgroßer Schleimklumpen, ein plötzlich aufgehender Hackfleischkloß.

Er fiel zusammengekrümmt zur Seite und lag da, ein Arm paddelte schwach herum, als ob ein Baby winkt.

Ich krabbelte zu ihm hinüber. Der Sturz hatte ihm die Brille halb aus dem Gesicht geschlagen. Seine Augen waren fest geschlossen. Die Oberlippe war hart zwischen die Zähne geklemmt. Er machte seltsame, grunzende Sprechgeräusche in der Kehle, wie ein gutturaler Dialekt des Chinesischen.

Ich nahm ihm die Brille ab. Ich war absolut, ganz und gar hilflos.

»Was soll ich machen, Amilcar?«, fragte ich matt. »Was soll ich machen?«

Ich sah sein schwarzes Gesicht den Glanz verlieren, undurchsichtig werden wie trocknende Farbe. Er öffnete die Augen, und ich sah, wie sie hervortraten.

»Lassen Sie sich nicht von ihnen erwischen«, sagte er mit einer ungeheuren Anstrengung.

»Ich rede nicht von mir«, sagte ich verzweifelt. »Ich rede von *Ihnen*!«

Aber er konnte nicht mehr sprechen. Etwa drei Minuten später starb er.

Ich ließ seine Leiche da liegen und marschierte zum Dorf zurück. Mir war schwindelig, und ich fühlte mich auf absurde Weise fit, als würde ich von einem steifen Rückenwind getrieben. Ich zwang mich zum Hinsetzen, als ich bei der Geschützstellung ankam. Ich bebte von riesigen Energiereserven, die plötzlich freigesetzt wurden, als hätte ich verborgene Adrenalinvorräte in meinem Körper, die mir nun vermacht worden waren, damit ich nach Lust und Laune darüber verfügen konnte. Zwanzig Meilen rennen, mit bloßen Händen das Dorf zerstören, einen Wald von Bäumen fällen.

Ich saß über eine Stunde lang auf dem Sandsackwall neben der eleganten Kanone und überlegte hin und her, was ich tun sollte. Dabei beherrschten zwei mögliche Vorgehensweisen meine Gedankengänge. Die Erste betraf Amilcars Leiche: Was sollte damit geschehen? Ich wusste, dass er bestimmt nicht gerne da draußen an der Straße liegen bleiben und in der Sonne schmoren würde. Ich fragte mich, ob ich Kraft genug hätte, um ihm ein Grab auszuheben, oder ob ich ihn einfach in Brand stecken sollte. Die zweite war, ob ich versuchen sollte, das von ihm Erreichte zu Ende zu führen. Wenn ich die Minen zur Detonation bringen und den Damm in die Luft sprengen konnte, dann hätte ihn das glücklich gemacht, das wusste ich.

Ich saß da und dachte nach und konnte mich am Ende weder zu dem einen noch zu dem andern durchringen. Ich tat das Vernünftige.

Ich durchsuchte die verlassenen Vorräte und Waffenlager eingehend nach etwas Weißem. Schließlich fand ich eine leere Kiste, etwa doppelt so groß wie eine Teekiste, die mit grobem, gräulich-cremefarbenem Kaliko gefüttert war. Ich riss ihn fort und fand Folie darunter. Ich hatte keine Vorstellung, was in der Kiste gewesen sein mochte.

Ich ging mit einer Machete in den Busch, schnitt zwei lange Stöcke ab und bastelte mir mit meinen Kalikoquadraten zwei weiße Fahnen zurecht. Eine brachte ich in die Geschützstellung und verkeilte den Stock in den Sandsäcken. Es wehte kein Wind, und die Flagge hing schlapp herunter. Aber es war unverkennbar eine Waffenstillstandsfahne, wie ich mir sagte, ganz eindeutig.

Ich schaute flüchtig den Damm hinauf, stellte jedoch erfreut fest, dass ich durch den Hitzeschleier Amilcars Leiche am Straßenrand nicht erkennen konnte. Ich machte ein paar Schritte in seine Richtung, merkte aber, dass ich nicht weitergehen konnte.

Was könnte ich jetzt noch für ihn tun? Ich konnte ihn nicht in Brand stecken. Ich hatte kein Kerosin oder Benzin. Ich konnte nicht einfach ein Streichholz an seine neue Uniform halten und hoffen, dass es damit getan war. Begrab ihn, sagte eine Stimme in meinem Kopf. Konnte ich einen Spaten nehmen und ein Grab für ihn ausscharren, ihn hineinwälzen und den Dreck wieder auf seine Leiche zurückschaufeln? Ihn in die Marsch kippen …? Ich drehte mich um, wütend über meine Ohnmacht, frustriert von meiner Einfallslosigkeit.

Ich nahm meine zweite Fahne und ging in die Dorfmitte zurück. Ich schleppte ein paar leere Holzkisten mitten auf die Straße und stellte meine Fahne über ihnen auf. Ich arrangierte einen Poncho so, dass er ein bisschen Schatten warf, und kroch in eine Kiste, um dort zu warten.

Ich wartete den ganzen Tag. Fatalistisch, geduldig, und dachte mit Absicht nicht allzu weit über den Augenblick hinaus. Ich hatte die abfallübersäte Straße gut im Blick. Die Zufahrt zu dem Damm wurde durch eine Kurve verdeckt, aber ich konnte den Kanonenlauf in der Geschützstellung und den schiefen Mast meiner Waffenstillstandsflagge sehen.

Um die Mitte des Nachmittags hörte ich in der Ferne einen kurzen Feuerstoß, und dann war Stille. Als der Nachmittag zu Ende ging, erhob sich eine trockene Brise, die die Flagge über mir tapfer flattern und knattern ließ. Davon wurde mir wohler zumute. Ich konnte so eben erkennen, wie das

Kalikoquadrat an der Geschützstellung ähnlich lebendig wurde. Bestimmt, so überlegte ich, kannte doch jede Armee die Bedeutung einer weißen Fahne. Ich war eine Gefangene der UNAMO und wartete darauf, dass ich gerettet wurde.

In der Abenddämmerung sah ich sie kommen, ein halbes Dutzend Gestalten, die routiniert zwischen Haus und Busch, Türöffnung und Umfriedungsmauer hin und her schlüpften. Ich kroch unter meiner schützenden Kiste und dem Poncho hervor und stellte mich mit beiden Händen über den Kopf erhoben hin.

»Hilfe!«, schrie ich, so laut ich konnte. »Helft mir! Ich werde gefangengehalten!«

Stille. Ich konnte niemanden sehen. Eine Sekunde lang fragte ich mich, ob ich Halluzinationen gehabt hatte. Ich rief noch einmal, meine Stimme schnappte über und wurde zu einem Kreischen. Ich drehte mich um und ergriff meine Fahne, schwenkte sie hin und her.

»Helft mir. Helft mir. Ich werde gefangengehalten!«

Dann sah ich, wie sich jemand bewegte. Und dann noch jemand. Ich spürte eine warme Flut der Erleichterung im Bauch, als mir klar wurde, dass ich mir meine Retter nicht eingebildet hatte. Als sie näher heran huschten, wobei sie sich immer noch von einer Deckung zur anderen bewegten, hörte ich nicht auf zu rufen, um sie zu beruhigen. Das ist kein Trick, rief ich, es ist sonst niemand da. Nur ich. Ich werde gefangengehalten. Helft mir.

Schließlich kamen sie aus Türöffnungen, hinter Mauern hervor und marschierten auf mich zu, die Gewehre im Anschlag. Sie waren zu fünft. Durch den Umfang ihrer Rucksäcke und Gurtbänder wirkten sie größer, ihre Helme zeichneten sich als runde schwarze Silhouetten gegen das staubige Bernsteinlicht der untergehenden Sonne ab. Ich hielt meine weiße Fahne starr über dem Kopf, vor Anstrengung taten mir die Schultermuskeln weh.

Als sie näherkamen, sah ich ihre Gesichter – schmutzig, verschwitzt, bärtig, aber zwei von ihnen waren unverkennbar Weiße.

Sie starrten mich fasziniert an.

»*T'as raison, coco*«, sagte einer mit starkem belgischem Akzent. »*C'est une gonzesse.*«

DREI FRAGEN

Ich muss mir die Haare schneiden lassen ... Die Hunde sind wieder am Strand ... Wasser besteht aus zwei Gasen ... Ich sollte einen neuen Kühlschrank kaufen ... Im evolutionären Denken kann nichts das Bewusstsein erklären ... Gunther hat mich eingeladen, ihn in München zu besuchen ...

In Hopes Kopf wimmelt es von solchen blitzartigen, zufälligen Gedanken und Beobachtungen, während sie mit einem kalten Bier auf ihrer Veranda sitzt und zuschaut, wie die Sonne untergeht.

Sie sieht ihren Nachtwächter kommen und winkt ihm zu. Es ist ein alter Mann mit grauem Bart, der ihr Haus mit einer Taschenlampe, einem Bogen und drei Pfeilen mit Widerhaken bewacht. Er zieht seinen hölzernen Sitz unter der Veranda hervor und setzt sich hin, um seine Nachtwache anzutreten.

Sie schlägt mit den Händen nach einem winselnden Moskito und trinkt einen Schluck von ihrem sauren Bier. Ein anderes Thema schleicht sich in ihre Gedanken. »Es gibt nur drei Fragen ...« Wer hat das gesagt? Irgendein Philosoph ... Es gibt drei Fragen, hat dieser Philosoph gesagt, auf die jeder Mensch egal wo, egal wann, egal von welcher Religion und Hautfarbe, eine Antwort haben will. (Kant?, denkt Hope ... Aristoteles? Schopenhauer?) Jedenfalls fallen ihr jetzt die Fragen wieder ein. Sie lauten:

Was kann ich wissen?

Was soll ich tun?

Was darf ich hoffen?

Alle Religionen, Philosophien, Kulte und Ideologien hätten, wie dieser Philosoph behauptete, diese Fragen zu beantworten versucht.

Als Hope das John erzählte, hatte er gelacht. Er sagte, das ließe sich leicht beantworten; er könne den Philosophen und der leidenden Masse der Menschheit eine Menge unnötigen Kummer ersparen. Er schrieb die Antworten unverzüglich auf einen Zettel.

Hope war von seiner Arroganz irritiert. Er reagierte so, als sei das ein Partytrick, den man ihm schon einmal vorgeführt hatte. Trotzdem hatte sie den bekritzelten Zettel aufbewahrt. Er ist so viel herumgetragen und in die Hand genommen worden, dass er zerknittert und weich ist; er fühlt sich eher wie ein Stück feiner Stoff oder ein Fetzen weiches Wildleder an, aber Johns winzige, kantige Schrift ist noch lesbar. Er schrieb:

Was kann ich wissen? Nichts sicher.

Was soll ich tun? Versuchen, niemanden zu verletzen.

Was darf ich hoffen? Das Beste (aber es wird nichts nützen).

Da, sagte er, das wäre geklärt.

Hope Clearwater stand im Bahnhof von Exeter auf dem Bahnsteig und wartete, dass John aus dem Zug von London stieg. Erst konnte sie ihn in der Menge der Passagiere nicht entdecken, doch schließlich sah sie ihn aus dem Erste-Klasse-Wagen am anderen Ende steigen. Erste Klasse, dachte sie, ist ja nicht zu fassen. Sie ging ihm entgegen. Er trug einen schweren Koffer, wodurch er den Körper zum Ausgleich stark zu Seite neigte, und das Gewicht des Koffers gab ihm einen raschen, schlurfenden Gang, den sie unter anderen Umständen womöglich amüsant gefunden hätte. Was zum Teufel hat er da drin, dachte sie?

»Bücher«, sagte er als Antwort auf ihre unausgesprochene Frage. »Tut mir leid.«

Sie küsste sein Gesicht. »Sei nicht albern«, sagte sie. »Du bringst mit, was du willst.«

Er sah blass aus und dünner. Aber nicht allzu schlecht, in Anbetracht der Umstände.

Auf der Fahrt nach East Knap hatte er nicht viel zu sagen und verbrachte den größten Teil damit, aus dem Fenster die Landschaft zu betrachten. Es war ein kalter, klarer Tag; auf Boden und Hecken lag noch der schwere Frost von der vergangenen Nacht. Es wehte kein Wind, und die Bäume, die Ulmen und Buchen, standen kahl und unbeweglich da.

»Mein Gott, ich liebe den Winter«, sagte John auf einmal.

Sie sah ihn an. »Wie konntest du dann in Kalifornien leben?«

»Genau«, sagte er heftig. »Genau. Ich wünschte, ich wäre da nie hingegangen. Ich hab so viel Zeit vergeudet.« Er schüttelte den Kopf. »Wäre ich nur hier geblieben, weißt du … ich wäre nicht in diese Spieltheoriescheiße hineingeraten.«

»Na komm, John. Es bringt doch nichts, wenn man so zurückschaut. Das kann jeder von uns.«

»Man kommt nicht daran vorbei«, sagte er, und sein Tonfall verriet Selbstverachtung. »Spieltheorie: Das ist so richtig kalifornisch.«

Es schien keine angemessene Reaktion auf seine Heftigkeit zu geben, daher fuhr Hope schweigend weiter. Dann, nach einer Weile, als das Schweigen allmählich bedrückend wurde, fing sie an, die Verbesserungen aufzuzählen, die sie an dem Cottage vorgenommen hatte.

»Können wir das Meer sehen?«, fragte er unvermittelt.

»Ja, sicher … Jetzt gleich?«

»Bitte. Wenn es dir nichts ausmacht.«

Sie bog rechts ab und fuhr die tiefen Wege entlang, bis sie zu einem passenden Zauntritt kam.

Sie kletterten hinüber und wanderten durch Stechginstergestrüpp die Hügelböschung hinauf. Hier wehte ein beißend kalter Wind vom Ärmelkanal her, und Hope band sich den Schal um die Ohren. Sie kamen an den Gipfel der sanften Erhebung, und da lag das Meer, bleigrau und kabbelig. Die schwache Sonne hing tief und warf lange Schatten. Nach ihrer Schätzung hatten sie noch etwa zwanzig Minuten Tageslicht.

»Frierst du nicht, Johnny?«

Er trug einen Regenmantel und keinen Schal. Er starrte auf das Meer hinaus und gab keine Antwort. Sie sah in sein vorspringendes, scharf geschnittenes Gesicht, das von den zitronengelben Strahlen beleuchtet wurde, der scharfe Wind ließ seine Augen tränen, die Hände hatte er tief in die Taschen vergraben.

»Mein Gott, wie ich das vermisst habe«, sagte er. »Ich muss nahe am Wasser leben. An einem Fluss oder Meer. Ich muss.«

»Du alter Überheblichkeitsbolzen.«

Er drehte sich um und sah sie an, ohne auf ihren Scherz einzugehen. »Nein, ich muss, Hope. Es beruhigt mich. Ich spüre das, ganz tief im Innern.«

»Komm, gehen wir zum Auto zurück. Verdammt kalt.«

»Nur noch ein, zwei Minuten.«

Nach einem Weilchen sagte er: »Weißt du noch, dieser See, von dem du gesprochen hast?«

»Ja.«

»Ich kann mich immer noch nicht an einen See erinnern. Absolut keine Erinnerung daran.«

»Er ist noch da. Ich zeig ihn dir später.«

»Komisch.« Er schüttelte den Kopf. »Bist du sicher, dass ich den gekannt habe?«

»Du hast immer gesagt, das ist deine Lieblingsstelle.«

»Komisch.«

Hope wanderte stampfend auf und ab. Dann zog sie sich den Mantel als Windschutz über den Kopf und zündete sich eine Zigarette an. John stand ganz still und schaute auf das Wasser, er atmete tief, scheinbar unbekümmert um die Kälte.

Sie ging allein zum Auto zurück und stellte Motor, Heizung und Radio an. Er kam zehn Minuten später zurück, sein Körper strömte Kälte aus wie ein Kraftfeld. Mittlerweile zitterte er leicht und sah verfroren und krank aus. Hope war zu wütend, um zu sprechen, und sie fuhren schweigend zum Cottage zurück.

Im Cottage machte sie Tee und befahl sich, vernünftiger und verständnisvoller zu sein. All ihre guten Vorsätze schwanden dahin, als sie aus der Küche kam und entdeckte, dass John im Wohnzimmer seinen Koffer auspackte und die Unmengen von Büchern, die er mitgebracht hatte, über ihre stapelte, sodass der kleine eichene Bücherschrank, den sie, wie sie sich erinnerte, in einem kleinen Laden in West Lulworth gekauft hatte, völlig überladen war. Aus irgendeinem Grund fiel ihr, als sie mit den dampfenden Bechern in der Hand dastand und ihn beobachtete, der Name dieses Ladens wieder ein. *Antique bric-à-brac*, so hieß er, *Inh. Sam M. Gottfort.* Ein schönes Oxymoron.

Durch die Konzentration auf solche Einzelheiten gelang es ihr, sich zu beruhigen, und sie nahm Johns Komplimente für ihre Verbesserungen an dem Cottage fast schon huldvoll entgegen.

Dann sagte sie schärfer als beabsichtigt: »Wo willst du eigentlich schlafen?«

Er schaute einen Moment verblüfft, verständnislos drein. »Mein Gott.« Er rieb sich die Stirn. »Das hab ich vergessen. Ich hab nicht … ich hab wohl einfach angenommen, wir –«

»Du kannst das Bett haben. Ich nehme das Sofa«, sagte sie, wobei sie dachte: Warum bin ich so gemein?, und keine Antwort bekam.

»Nein, nein«, sagte er. »Das ist nicht fair. Ich schlaf auf dem Sofa.«

»John. Nein, bitte. Du sollst dich doch erholen. Ich muss früh aufstehen. Es ist ja nicht für lange.«

Wieder flog ein Schatten über sein Gesicht. Er setzte sich langsam in einen Sessel.

»Wie lange wolltest du denn bleiben?«, fragte sie in ruhigerem Ton. »Würdest du gern bleiben?«

»Darüber hab ich nicht nachgedacht.«

»John –« Sie hielt sich noch rechtzeitig im Zaum. »Wir haben uns eigentlich getrennt. Wir sind nicht mehr verheiratet. Nicht richtig.« Vor unterdrückter Wut kamen ihr fast die Tränen. »Du wolltest doch die Trennung, Herrgott noch mal.«

Er sah verzweifelt aus, rutschte unbehaglich auf seinem Platz hin und her.

»Aber das ist es ja gerade«, sagte er. »Ich hab einen Fehler gemacht, einen furchtbaren Fehler. Ich will nicht … ich will nicht, dass wir getrennt sind, Hope. Niemals. Nie wieder«, fuhr er fort, ehe sie ihn unterbrechen konnte. »Durch meine Behandlung hab ich jetzt erkannt, dass du es bist, die ich …« Er verlor den Faden. Er unterstrich seine abschließenden Worte durch flache Hiebe mit der Hand. »Ich hätte uns nie auseinanderbringen sollen.«

»Lassen wir das«, sagte sie sanfter und nahm sich zusammen. »Wir haben noch viel Zeit. Wir können später darüber reden.« Sie machte seinen fast leeren Koffer zu und nahm ihn in die Hand. »Ich bring das rasch nach oben. Dann gehen wir in die Kneipe und essen was.«

Die Kneipe – das »Lamb and Flag« in Chaldon Keynes – war ein Missgriff, was Hope anging, und ihre Laune wurde da noch schlechter. Die bierselige Atmosphäre, das hirnverbrannte Geschwätz, das Klingeln und Blubbern der Glücksspiele waren ihr zutiefst unangenehm. Sie aß eine halbe mit Thunfischcreme und Zuckermais gefüllte Backkartoffel und trank einen Schluck von einem Glas gerbsäurehaltigem Rotwein, der ihr sofort den Mund zusammenzog und oben mit einem feinen Staub von Korkteilchen bedeckt war.

John sprach anscheinend besser auf den Ort und seine jungen, übergewichtigen Gäste an, er konsumierte drei große Biere und etwas, das sich »Dorset Pastie« nannte. Er sah zwei Männern eine halbe Stunde lang glücklich beim Pool-Spielen zu.

Auf der Rückfahrt war er angeregt und sprach klar und verständlich von seiner Behandlung. Er gab zu, dass er nicht wusste, ob sie ihm nun tatsächlich geholfen hatte; dafür war sie, sagte er, als eine Art emotionale Wasserscheide in seinem Leben wichtig. Er hätte den Zusammenbruch, die Depressionen und die Genesung davon sowieso durchmachen müssen, argumentierte er, und es wäre, mit seinen Worten, eine stürmische Fahrt geworden. Da dieser Prozess jedoch von den Elektroschocks bestimmt war, hatte er John ein Zeitmaß und eine Struktur auferlegt. Seine Behandlung und Genesung hatte einen Anfang, eine Mitte und ein Ende – eine exakte Dauer. Und das, befand er, sei so wichtig gewesen, und damit hatte die EKT ihm geholfen, ganz gleich, welche Wirkung die elektrischen Ladungen nun tatsächlich auf seine Gehirnzellen gehabt hatten. Er war da durch, und jetzt war es vorbei, und das simple Wissen, dass jetzt keine Schocks mehr kommen würden, gab ihm deutlich das Gefühl, etwas hinter sich gebracht zu haben. Er hatte auf seiner stürmischen Fahrt Kurs gehalten, und jetzt, wo er auf der anderen Seite war, war er bereit, wieder von vorn anzufangen.

Er sah sie an und lächelte.

»Ich weiß, dass es mir besser geht«, sagte er, »ich weiß, dass ich im Grunde gesund bin, weil ich die Nachricht hinnehmen konnte, ohne mit der Wimper zu zucken. Vor den Schocks, verstehst du, hätte es mich umgebracht, das weiß ich genau.«

Hope schaute sekundenlang zu ihm hin. Die Nacht war eisig, und sie fuhr ausgesprochen vorsichtig. Sie konnte praktisch spüren, wie sich der Frost um das Auto zusammenzog –

die Heizung lief auf vollen Touren, und die Fenster waren mit Kondenswasser beschlagen –, sie hatte das Gefühl, dass sie durch dünne, massive Kältescherben fuhr, als ob die Bewegung des Wagens mit einer Wolke, einem Silberstaub von Eispartikeln einherginge.

»Welche Nachricht?«, fragte sie.

Er rieb sich die Hände, wie ein Chirurg, der sich vor einer Operation die Hände wäscht.

»Weißt du noch«, sagte er, »wie du mich gleich nach meinem Auszug besucht hast?«

»Ein Sonntag.«

»Ja. Und ich hab gesagt, dass es mit der Arbeit gut vorangeht, dass ich nahe daran bin, den Durchbruch zu schaffen? Dass ich diese Menge ausgetüftelt hatte?«

»Die Clearwatersche Menge.«

Sein Lachen klang trocken. »Tja, da ist mir jemand zuvorgekommen. Jemand anders war schneller als ich.«

Er schrieb eine Formel in das Kondenswasser am Autofenster:

$$Z \rightarrow Z^2 + c.$$

»Unglaublich«, sagte er. »Umwerfend. Aber es ist jemand anders eingefallen.«

»Du weißt, dass mir das nichts sagt.«

»Es ist *dermaßen* einfach. Und darum ist es schön. Wenn du wüsstest, wenn du nur wüsstest, was man damit anfangen könnte. Wenn du wüsstest, was das bedeutet …«

$$Z \rightarrow Z^2 + c.$$

Sie betrachtete die harmlosen Zahlen, die jetzt ausbluteten, geheimnisvoll und unergründlich. Zum ersten Mal seit langer Zeit empfand sie wieder diesen alten Neid auf ihn.

»Du siehst, wie viel besser es mir geht«, lachte er, nicht ganz so überzeugend. »Ich kann mir das anschauen« – er wischte es mit einer heftigen Bewegung der Faust weg –, »ohne in Tränen auszubrechen.«

DIE FERMATSCHE LETZTE VERMUTUNG II

Draußen sehe ich eine Viehherde am Strand. Dreißig große weiße Kühe mit aberwitzigen Hörnern und Höckern. Von ihrem Hals hängen gebogene Hautfalten herunter wie der Kehllappen eines alten Mannes. Der Hirte, ein großer dünner Junge aus dem Norden, starrt mit unverhohlener Bewunderung das Meer an. Vielleicht ist es das erste Mal, dass er es sieht, dass sein ganzer Horizont von wogendem Wasser erfüllt ist?

Er geht vorsichtig an die sprudelnde Endkrause einer Welle heran und benetzt sich die Hand. Er kostet. Spuckt das Salz aus.

Ich wende mich wieder meiner Arbeit zu.

Eifrig und unverdrossen übersetze ich mit dem dicken Wörterbuch neben mir für Gunther einen Brief aus dem Französischen ins Englische. Er ist von dem Manager einer Aluminiumhütte in Marokko.

Etwas drängt und schiebt sich in meine Gedanken.

So weit waren wir schon einmal, ich weiß, aber vielleicht kommen wir ja doch irgendwie weiter.

Stimmt die Fermatsche Letzte Vermutung? Möglicherweise, hatten wir befunden. Sagen wir, sie stimmt, lässt sich aber nicht beweisen. Vielleicht gibt es eine kleine Sammlung von Aussagen, die stimmen, und das nicht nur in der Welt der Mathematik, die also stimmen, sich aber mit keinem unserer erkennbaren Beweisverfahren beweisen lassen? Wenn ja, was sagt uns das …?

Ich kann es nicht beweisen, aber ich weiß, dass es stimmt.

Es gibt Zeiten, da kommt mir eine solche Bemerkung absolut einleuchtend vor.

Wenn ich zu diesem Jungen, dem Viehhirten da am Strand sage, dass die Wellen an diesem Strand anrollen werden bis ans Ende aller Zeiten, und er sagt: Beweis es mir – wäre ich dazu verpflichtet? Würde es in diesem speziellen Fall etwas ausmachen, wenn ich mich bemühte, ein annehmbares Beweisverfahren zu liefern?

Ich denke darüber nach und sehe zu, wie die Kühe sich ungeduldig wiegen und bewegen. Es ist nichts zu fressen am Strand.

Mir scheint, es gibt Aussagen über die Welt und unser Leben, die keines formalen Beweisverfahrens bedürfen.

Ich kehre zu meinem Brief und dem Bauxitpreis zurück.

Früher habe ich mich – gelegentlich – gefragt, ob ich mich zu Recht als Optimistin oder Pessimistin bezeichnen könnte. Was ich für eine Antwort fand, kam immer auf meine Stimmung an. Wenn ich mir gescheit vorkam, hielt ich mich für eine Pessimistin, und eine stolze dazu, egal wie viel Glück ich in letzter Zeit gehabt hatte. Nur in meiner dummen Verfassung war ich optimistisch aufgelegt. Je dümmer ich war, desto mehr nahm ich an, dass sich die Ereignisse zu meinen Gunsten entwickeln würden. Jetzt erkenne ich, dass in diesen säuberlichen Kategorisierungen ein Fehler steckte: Ab und zu hat meine Gescheitheit verschleiert, wie dumm ich mich eigentlich anstellte.

Ich glaube, während der neun Tage unserer Gefangenschaft bei Amilcar muss ich wohl eine dieser Phasen durchgemacht haben. Ich lebte in einem verschwommenen, unbekümmerten Schwebezustand, kam mit blindem Instinkt aus, vertraute auf das Glück, wurde von Energiereserven angetrieben, von denen ich nie gewusst hatte, dass ich sie besaß. Mit anderen Worten: der klassische Optimist. Als mich die Soldaten in dem Dorf am Ende des Damms einkreisten, war das auf einmal alles verschwunden. Ich brach zusammen. Ich wurde ohnmächtig. Ich hatte den ganzen Tag in der heißen Sonne gesessen, hatte vierundzwanzig Stunden lang nichts gegessen, und meine zerrütteten, traumatisierten Nerven waren zum Zerreißen gespannt.

Sie haben mir später erzählt, die Soldaten, dass sie mich aus Mitleid beinahe erschossen hätten. Bestimmt haben sie das nur zum Spaß gesagt, aber von ihrer Warte aus, sagten sie, war da nichts als ein dreckiger, zerzauster Mensch zu sehen, der eine Fahne schwenkte und ihnen – wie sie annahmen – Beschimpfungen entgegenbrüllte.

Die beiden Weißen waren belgische Söldner. Sie waren überaus beflissen, denn hinter ihnen wartete bei der Haupteinheit der Bundesarmee mein eigentlicher Retter, ein Mann namens Mr. Doblin, ein diensteifriger Zweiter Sekretär des Norwegischen Konsulats (die Norweger nahmen die Interessen der britischen Staatsbürger im Lande wahr, da es keinen britischen *chargé d'affaires* gab). Mallabar hatte auch geholfen. Es war eine Belohnung von $ 5000 für unsere Rettung ausgesetzt.

Auf die Hälfte davon hatte bereits ein Glückspilz von Stabskapitän Anspruch erhoben. Ian war seinen Verfolgern vergleichsweise leicht entkommen. Er hatte sich für den Rest der Nacht und den größten Teil des nächsten Tages versteckt gehalten, ehe er sich auf den Rückweg zur Missionsschule machte und dort feststellen musste, dass sie von der Bundesarmee als Bataillonshauptquartier übernommen worden war.

All das erfuhr ich von Mr. Doblin. Ehe man mich zur nächstgelegenen Rollbahn gefahren und nach Süden in die Stadt ausgeflogen hatte, war Ian schon in Grosso Arvore zurück und wieder mit Roberta vereint. Mr. Doblin war in den Zwanzigern, vielleicht jünger als ich. Er war dunkel und übergewichtig und beinahe andauernd in einer unterdrückten Hochstimmung über seine Rolle bei unserer erfolgreichen Rettung. Er machte mir Komplimente über meine Gelassenheit. Mr. Vail, sagte er, sei in sehr schlechter Verfassung gewesen.

»Ich glaube, er war hundertprozentig überzeugt, dass Sie tot sind«, vertraute er mir an. »Wir müssen ihm sofort sagen, dass Sie sicher und unversehrt sind.« Ich war einverstanden, überließ es aber Mr. Doblin, die freudige Nachricht nach Grosso Arvore zu übermitteln.

Wir flogen in einem kleinen Hochdeckertransportflugzeug mit starren, schrägstehenden Rädern – eine Beaver oder Bulldog oder so ähnlich – in den Süden und wurden von acht mürrischen verwundeten Soldaten der Bundesarmee begleitet, die man ohne viel Umstände an Bord genommen hatte wie ein paar Teppichrollen. Ich fragte Mr. Doblin, warum sie so unwirsch waren und warum sich keiner an Bord weiter um sie kümmerte.

»Das sind Selbstverstümmler«, sagte er. »Sie haben sich alle selbst angeschossen«, erzählte er mir mit diskret gedämpfter Stimme, die bei dem Lärm der Motoren gerade eben zu verstehen war. »Sie fliegen zur Hinrichtung nach Hause.«

Nach etwa einer Stunde zog das Flugzeug eine Kurve über der Stadt. Ich schaute mir aus dem Fenster die geballten, weit verteilten, einer wuchtigen kubistischen Collage ähnlichen Blechdächer an, nichts als Grau- und Brauntöne. Ich sah, wie der Boden näher kam und sich weitere Einzelheiten abzeichneten, während das Flugzeug der riesigen Flusskehre folgte und langsam den Flugplatz anflog.

Wir setzten auf, und als wir einrollten, kamen wir an der Reihe von MiGs vorbei, die auf dem Hallenvorfeld geparkt waren. Ich dachte sofort an Usman, verspürte aber nicht ganz den Schauer der Vorfreude, den ich erwartet hatte. Ich war wohl noch zu müde und benommen von meinem Martyrium, meinte ich.

Wir wurden nicht am Abfertigungsgebäude abgesetzt, sondern rollten weiter zu einer Holzhütte am Rande des Flugplatzes, wo die Verwundeten der Flughafenpolizei übergeben wurden. Mr. Doblin und ich mussten durch die Nachmittagshitze zur Ankunftshalle zurückmarschieren. Erst als ich die Halle betrat und den Kiosk sah, wo man Bier, Erfrischungsgetränke und Zeitschriften kaufen konnte, kam mir zu Bewusstsein, dass ich nichts hatte: keinen Pass, kein Geld, keine Besitztümer außer den Kleidern, die ich am Leibe trug.

Mr. Doblin beruhigte mich. Man würde mir umgehend einen britischen Pass ausstellen. Vorerst gab er mir einen großzügigen Geldbetrag, für den ich eine offiziell wirkende Quittung unterschreiben musste. Er sagte mir, im Airport Hotel sei ein Zimmer reserviert, und alle zuständigen Stellen seien von meiner Rettung informiert. Es hieße, britische Journalisten seien losgeflogen, um mich zu interviewen, aber er bezweifle, dass man ihnen Visa ausstellen würde.

»Bleiben Sie ein paar Tage im Hotel«, riet er mir freundlich. »Warten Sie auf Ihre Papiere. Entspannen Sie sich, essen Sie, schwimmen Sie, lassen Sie es sich gut gehen.« Er legte sich eine Hand über den Mund und murmelte verschwörerisch: »Die Rechnung geht an die britische Regierung.« Er begleitete mich zu einem Taxi und sagte, er würde sich in ein paar Tagen im Hotel melden. Für mich war klar, dass er sich seit Ewigkeiten nicht mehr so amüsiert hatte.

Im Hotel hatte sich nichts verändert. Es gab keinen Grund der Welt, warum sich da etwas hätte verändern sollen, aber ich war vage enttäuscht. Wenn man selbst erheblich gelitten hat, ist es schwer, mit der Gleichgültigkeit der übrigen Welt gegenüber den eigenen Erfahrungen fertigzuwerden, und bestürzend zu sehen, wie unberührt sie davon geblieben ist. Man kann ihr erbarmungsloses Aufgehen im grauen Alltag nicht begreifen.

Ich holte meinen Zimmerschlüssel ab. Seit meiner Rettung

hatte ich mich ein wenig gesäubert, aber ich brauchte ein Bad und ein paar neue Sachen. Doch jetzt wollte ich Usman sehen.

Ich ging durch die Hotelgärten und über die betonierten Wege auf seinen Bungalow zu, wobei mich langsam ein neues Gefühl wohlwollender Resignation durchflutete. Mr. Doblin hatte recht: Ich brauchte ein paar Tage vollständigen, selbstsüchtigen Nichtstuns.

Ich klopfte an Usmans Tür, doch es kam keine Antwort. Ich spähte durch das Fenster und sah, dass seine Kleider und Sachen noch da waren. Überraschungen gehen bei mir immer schief: Die Leute sind nie da; die versteckten Geschenke werden vorzeitig entdeckt; die Komplizen verplappern sich; die Blumen werden an die falsche Adresse geliefert. Ich dachte, ich würde ihm auf jeden Fall eine Nachricht dalassen. »Rate mal, wer da ist?«, würde ich schreiben und meine Zimmernummer angeben; das wäre wenigstens eine Überraschung zweiter Güte.

Ein gefälliges Zimmermädchen machte mir die Tür auf. Ich ging hinein. Ich roch seinen Geruch. Das Zimmer war dunkel, und ich ging an den Schreibtisch, um die Lampe anzuknipsen. Dabei trat ich auf etwas, was mit einem kleinen überzeugenden Knirschen nachgab – als ob man auf dem Feld auf eine Stoppel tritt oder auf eine Walnussschale. Ich machte einen Schritt nach hinten und trat auf etwas Ähnliches. Ich ging zur Tür zurück und knipste die Deckenlampe an.

Auf dem Fußboden lag ein halbes Dutzend von Usmans winzigen Pferdebremsen-Flugzeugen. Zwei hatte ich zertreten – vollkommen pulverisiert. Die anderen vier lagen da, wo sie hingefallen waren. Ich hob eins auf. Die Pferdebremse war verdorrt, eine bloße Hülse, die Beine verbogen, zusammengepresst. Ich hob die anderen auf und legte sie vorsichtig auf Usmans Schreibtisch. Es hatte keinen Sinn, eine Nachricht zu hinterlassen.

Am Flugplatz wartete ich in einem leeren Raum am Pförtnerhaus. Die Sicherheitskontrollen waren strenger als früher – niemand durfte sich dem Hangar nähern, wo die MiGs geparkt waren. Etwas hatte sich jedenfalls doch geändert.

Ich wartete fast eine Stunde lang und rauchte drei Zigaretten, ehe jemand kam. Schließlich erschien ein untadeliger Luftwaffenoffizier. Seine Haut war hellbraun, und seine Augen waren klein und tief liegend. Ich erzählte ihm, ich sei eine gute Freundin von Usman Shoukry und hätte gern gewusst, wo er sei. Der Offizier teilte mir umgehend und sachlich mit: Usman Shoukry ist von einem Einsatz nicht zurückgekehrt.

Ich muss die Nachricht wohl erwartet haben, doch aus irgendeinem Grund wurde ich rot. Meine Augäpfel brannten mir in den Höhlen.

»Was ist passiert?«

Er zuckte die Achseln. »Ein Fehler im Navigationssystem, glaube ich.«

»Im Navigationssystem.« Mir fiel ein, was Usman zu mir gesagt hatte: Das Bodenpersonal ist dein schlimmster Feind.

»Kann ich mit den anderen Piloten sprechen?«, fragte ich. Ich versuchte, mich an ihre Namen zu erinnern.

»Es gibt keine anderen Piloten.« Sein Gesicht nahm langsam einen Ausdruck unbestimmter Untröstlichkeit an, dann hellte es sich auf. »Können Sie mir eine Zigarette leihen?«

»Natürlich.« Ich reichte ihm die Packung, er suchte sich eine aus und gab mir die Schachtel zurück. Wir zündeten beide unsere Zigarette an. »Wo sind die anderen Piloten?«, fragte ich.

»Die anderen Piloten sind alle gegangen, nachdem Usman Shoukry nicht mehr wiedergekommen ist.« Er sah ernst aus. »Zu viele Fehler im Navigationssystem, haben sie gesagt.« Er breitete die Hände aus. »Wissen Sie, wir haben noch nie ein Flugzeug durch feindlichen Beschuss verloren. Und trotzdem haben wir sieben, nein acht, durch Fehler im Navigationssystem verloren. Und anderes Missgeschick.«

»Wie meinen Sie das?«

»Ein Flugzeug wurde gestohlen. Zwei weitere wurden durch einen Unfall beim Parken beschädigt.«

Ich blies den Rauch aus und sah mich um. Mir wurde langsam schwach zumute.

»Ein Fehler im Navigationssystem ... Könnte er irgendwo eine Bruchlandung gemacht haben?«

»Ich glaube schon.« Er hielt inne und überlegte. »Theoretisch.« Er zupfte sich einen Tabakkrümel von der Zunge und betrachtete missbilligend das brennende Zigarettenende.

»Ist das eine amerikanische?«

»Nein. Tusker.«

»Was ist das?«

»Das ist eine hiesige Marke. Kennen Sie die nicht?«

»Ich rauche nur ausländische Marken ... Schmeckt Ihnen die?«

»Ja.«

»Mein Gott.«

»Haben Sie eine Ahnung, wo sein Flugzeug runtergekommen sein könnte?«

»Nein. Er war weit oben im Norden, an der UNAMO-Front.«

»Aha.«

»Niemand hat ihn gesehen.« Er überlegte wieder. »Vielleicht hat er eine Bruchlandung gemacht, aber wir haben keine Flugzeuge, um ihn zu suchen.« Er lächelte mich bedauernd an, dann, als er mein trauriges Gesicht sah, sagte er: »Wer weiß? Vielleicht findet er von selbst wieder heim. Irgendwann.«

ZWEIERLEI KATASTROPHEN

Die Katastrophentheorie ist das, worauf wir alle gewartet haben, die Erforschung von abrupten Veränderungen, der Katalog der Diskontinuität. Sie besagt, dass die zahllosen Arten von Desaster, Ruin, Kataklysmus und Unheil sich alle, ob groß oder klein, ob unerträglich tragisch oder nur leicht irritierend, aus sieben Archetypen der Katastrophe ableiten lassen.

Es gibt sieben Katastrophentypen. Alle Formen von abruptem, nicht-kontinuierlichem Wandel lassen sich auf den einen oder anderen dieser Archetypen zurückführen. Sie werden als Zusammenbruchs-, Scheitelpunkt-, Schwalbenschwanz- und Schmetterlingskatastrophen bezeichnet. Es gibt drei Varietäten des Schwalbenschwanz-, zwei des Schmetterlingstyps. Doch die beiden, die uns hier interessieren, sind die Zusammenbruchs- und die Scheitelpunktkatastrophe: Sie sind die weitaus häufigsten.

Nehmen wir ein einfaches Beispiel für abrupte Veränderung auf der Welt – das Platzen eines Ballons. Wenn ein Ballon explodiert, kann er unmöglich wieder ungeplatzt gemacht werden, sozusagen. Das Gleiche gilt für die Zusammenbruchskatastrophe, die von einem einzigen Faktor ausgelöst wird. Sie stellt das einfachste Paradigma des Wandels dar. Der Ballon platzt, die Katastrophe ist eingetreten. Es gibt kein Zurück.

Das Leben ist eine Zusammenbruchskatastrophe, und der einzige Kontrollfaktor ist die Zeit. Die Katastrophe tritt ein, wenn die Zeit stehen bleibt. Katastrophentheoretisch ausgedrückt folgt unser Leben dem gleichen mathematischen Muster wie das Aufblasen und Platzen eines Ballons. Zusammenbruchskatastrophen lassen sich nicht rückgängig machen.

Anders bei Scheitelpunktkatastrophen. Bei einer Scheitelpunktkatastrophe besteht immer eine Chance auf Erholung, eine Möglichkeit der Rückkehr zu dem präkatastrophalen Zustand. Wenn man bewusstlos geschlagen wird, so würde das als Scheitelpunktkatastrophe gelten, desgleichen ein Nervenzusammenbruch oder epileptischer Anfall oder das Aufkochen eines Kessels voll Wasser.

Schauen Sie sich das Leben eines beliebigen Menschen an. Schauen Sie sich Ihr eigenes Leben an. In der langen Zusam-

menbruchskatastrophe, die Ihre siebzig verheißenen Lebensjahre ausmachen, erleben Sie unterwegs eine Menge Scheitelpunktkatastrophen.

Hope schlief schlecht auf dem Sofa. Vor dem Morgengrauen fand sie ein, zwei Stunden tieferen Schlaf, doch beim Aufwachen fühlte sie sich nicht wohl und hatte einen anhaltenden dumpfen Schmerz im Kreuz. Sie trank starken Tee in der Küche und aß eine dicke Scheibe Toast mit Marmite und versuchte dabei, gegen die Empfindungen nervöser Reizbarkeit anzugehen, die sie merkwürdig verkrampft und fahrig machten. Was hatte sie nur? Vielleicht waren es nur die Nachwirkungen davon, dass sie in der Nacht leicht und unruhig geschlafen hatte und dann mit Rückenschmerzen aufgewacht war. Vielleicht war es der dünne Nieselregen, der draußen fiel und einen feuchten und ungemütlichen Tag im Wald verhieß … Vielleicht lag es daran, dass sie ihren Ehemann, mit dem sie nicht mehr zusammen war, wieder daheim hatte, wo er oben in ihrem warmen Bett schlief.

Sie fuhr auf verschlammten Wegen nach Knap House. Die Wolken hingen niedrig, dicht und formlos, und das Licht, das durch sie hindurchsickerte, war blass und wenig schmeichelhaft. Im Rückspiegel sah ihr Gesicht unförmig und blutleer aus. Sie parkte ihr Auto im Hof der Stallungen und marschierte die Holztreppe zum Projektbüro hoch.

»Fühlst du dich nicht wohl?«, fragte Munro fürsorglich. »Du siehst bisschen kränklich aus.«

»Ich hab nicht sehr gut geschlafen. Ich –« Sie schlug einen lebhafteren Ton an. »Ich dachte, du solltest wissen, dass John wieder hier ist. Er ist für ein paar Tage bei mir zu Besuch.«

»Oh. Gut.« Munros sanftes höfliches Lächeln sagte: Wie geht es ihm?

»Es geht ihm viel besser. Ich dachte, na ja, wenn er diesen Gutsarbeitern begegnet …«

»Ich sorge dafür, dass alle Bescheid wissen.«

»Er wird spazieren gehen und dergleichen.«

Das Büro war überheizt und zu hell erleuchtet. Hope spürte, wie sie eine Woge von Mattigkeit überkam. Am liebsten hätte sie sich auf den Holzfußboden gelegt und die Augen zugemacht.

»Hast du über den Job nachgedacht?«, fragte Munro vorsichtig. »Ich meine …« Er erläuterte nicht, was er meinte: Es war eine kodierte, zaghafte Entschuldigung für seine Anmaßung zu fragen.

In Wirklichkeit hatte Hope sein Angebot kaum in Erwägung gezogen, aber sie sagte sofort: »Ja. Ja, habe ich. Ich würde ihn gern übernehmen.«

Munros Freude war rührend.

»Wunderbar«, sagte er. »Also …, also, das bringt etwas Licht in einen trüben Tag.« Er fuhr mit seinen artigen Komplimenten fort, sagte ihr, wie sehr er sich freute, doch Hope hörte kaum hin. Stattdessen fragte sie sich, warum sie sich spontan verpflichtet hatte, den ganzen nächsten Sommer über in Knap zu bleiben. Es gab nur eine Erklärung.

Sie arbeitete ein paar Stunden lang verbissen in dem durchweichten Wald, den sie klassifizierte. Der Regen war dichter geworden, und die ganze Welt, in der sie sich bewegte, wirkte wie eine Variation über das Wasser nach der anderen: Erde und Wasser, Bäume und Wasser, Luft und Wasser. Als der Nachmittag sich verfinsterte, beschloss sie, sich auf den Heimweg zu machen. Sie hatte dort noch Schreibtischarbeiten zu erledigen. Vielleicht würde sie sogar früh zu Bett gehen. Doch dann fiel ihr ein, dass ihr Bett ja besetzt war.

Sie parkte vor dem Cottage. Alle Fenster waren hell erleuchtet, und sie hörte laute Musik von ihrem Plattenspieler. Sie ging zur Hintertür, wo sie ihren schweren, nassen Parka und die wasserdichten Hosen ablegte und die Gummistiefel auszog.

»Hallo, ich bin wieder da«, rief sie, so fröhlich sie konnte.

Die kleine Küche war ein einziges Chaos. Im Spülbecken stapelten sich Teller und Töpfe. Eine offene, leere Thunfischdose stand auf dem Brotbrett neben einem ungelenk aufgeschnittenen Brotlaib.

Das Wohnzimmer war von Zigarettenrauch vernebelt. John saß am Tisch, der mit seinen Büchern und Papieren überladen war. Auf einer Sofalehne hing ein Teller, auf dem ein paar Pastakrümel vor sich hin trockneten. John hatte eine halb leere Rotweinflasche neben sich. Er stand auf, als sie hereinkam, und ging durchs Zimmer, um ihr einen Kuss zu geben.

»Du siehst verfroren aus«, sagte er und fegte eine Zeitung von einem Sessel, den er an den Kamin schob. Sie setzte sich brav hinein und spürte, wie ihr die Wut in die Nasenlöcher kniff.

»Großartiger Tag«, sagte er. »Hervorragend.«

»Was?«

»Die Arbeit. Läuft wie geschmiert. Ein Gläschen Wein.«

»Ich dachte, du solltest nicht trinken, wenn du dieses Zeug einnimmst. Lithium.«

»Ein, zwei Gläschen werden schon nicht schaden. Mhmm?«

»Nur ein Tröpfchen.« Sie nahm das Glas von ihm entgegen.

»Tja, hervorragend«, sagte er noch einmal, als könne er es selbst kaum glauben.

»Was machst du gerade?«

»Topologie. Hauptsächlich. Täfelungen. Sehr interessant.«

»Was ... Was hast du zu Mittag gemacht?«

»Meine Thunfisch-Käse-Spaghetti zusammengehauen. Leider alles weggeputzt. Ich bin fast verhungert.«

Hope warf das letzte Scheit im Korb auf das Feuer. Sie nippte mit Abscheu an dem Wein. Sie hatte keine Lust darauf – es war die falsche Tageszeit –, aber sie meinte, vielleicht würde er sie etwas beruhigen. Sie musste ihre ganzen selbstsüchtigen, kleinlichen Irritationen – die Sauerei, das Essen, das Usurpieren ihres Platzes – vertreiben, ehe sie mit ihm redete.

»Ich habe heute mit Munro gesprochen.«

»Wer ist das?«

Sie erklärte es ihm. Sie erklärte die Verlängerung ihres Jobs, die neue Arbeit, die die Feuchtgebiete und die Hügelflächen verlangten.

»Was hast du ihm gesagt?«, fragte John.

»Ich habe Ja gesagt.«

Er dachte eine Sekunde darüber nach und nickte. »Fein. Gute Idee. Ich hatte ganz vergessen, wie sehr es mir hier unten gefällt.«

»John, du verstehst mich nicht!«

»Sachte … Mein Gott.« Er sah gekränkt aus.

Sie setzte sich. »Du musst weg«, sagte sie einfach und ohne Umschweife. »Du kannst hier nicht bleiben.«

Er sah sie an. Jetzt hatte er einen munteren, überraschten Ausdruck im Gesicht. Sie bemerkte, dass er kleine Ablagerungen von eingetrocknetem Speichel an den Mundwinkeln hatte, kleine klebrige Schwemmsel, wo sich seine Lippen trafen. Das machte das Lithium, wie sie sich erinnerte.

»Es tut mir leid«, sagte sie.

Er breitete die Arme aus. »Sieh mal, Hope, ich verstehe das ja«, fing er an. »Keine Angst. Ich hab nur …« Er drehte sich um und machte eine Handbewegung zu den Papieren hin, die seinen Schreibtisch bedeckten. Meinen Schreibtisch, korrigierte sie sich.

»Es tut mir leid, Johnny«, sagte sie noch einmal. »Es hat keinen Sinn, wenn man da nicht ehrlich ist.«

»Ich werd das Ganze hier abräumen.«

»Mein Gott, es eilt ja nicht. Ich musste es dir nur sagen, das ist alles. Es musste gesagt werden. Das war das Problem. Bleib noch ein paar Tage. Drei. Ganz, wie dir ist. Wir müssen bloß wissen, wo wir stehen.«

»Vielleicht – wenn es dir nichts ausmacht. Vielleicht bleib ich noch. Bloß einen Tag oder so. Ich fühl mich noch nicht recht gewappnet für London.«

»Kein Problem.« Sie lächelte. »Ich konnte bloß nicht weiterhin einfach freundlich davon ausgehen –«

»Nein. Nein, selbstverständlich. Du hast recht.« Er rang sich ein Lächeln ab. »Ich bin verdammt traurig.« Er lachte kurz und trocken auf. »Aber du hast recht.«

Sie stand auf und ging zu ihm. Sie legte ihm die Hand auf die Schulter, und er lehnte für ein, zwei Sekunden den Kopf an ihren Unterarm. Sie schenkte Wein nach. Sie fühlte sich von einer riesigen Erleichterung durchdrungen.

»Bleib noch ein paar Tage«, sagte sie. »Das fände ich schön. Geh es langsam an.«

INVARIANTEN UND HOMÖOMORPHE

Nach einem Gewitter ist der Strand immer ein bisschen verändert – der Sand hier weggewaschen, sodass die darunterliegenden Felsen zu Tage treten, dann vierhundert Meter weiter zu einer gewölbten Düne aufgehäuft. Einmal hat sich für etwa eine Woche auf einer ehemals weiten ebenen Fläche hinter einer massiven Sandbank eine kleine, ungefähr zwanzig Meter lange Lagune gebildet. Dann kam wieder eine Flut mit starkem Wind, und am nächsten Morgen war die Lagune verschwunden. Die Strandgeografie ist ständig in Veränderung und bleibt doch immer gleich.

Als ich John fragte, warum er von Turbulenzen zur Topologie übergegangen war, sagte er, weil er von Veränderungen genug habe und nun permanente Gebilde erforschen wolle. Er wollte untersuchen, was an einem Gegenstand unabhängig von der Stärke und dem Ausmaß seiner Transformation konstant blieb. Wenn etwas verbogen, gedehnt oder verdreht wird, sagte er, bleiben gewisse Merkmale deformationsbeständig.

Diese unveränderlichen Merkmale wollte er untersuchen. Er sagte mir den Namen, den man ihnen gegeben hatte: topologische Invarianten.

Werfen Sie einen Kieselstein in einen Teich, und beobachten Sie die Ausbreitung der Wellen. Die meisten Leute würden in den auseinandergehenden Kreisen eine Veränderung sehen. Für einen Topologen aber, sagte John, ist ein auseinandergehender Kreis ein Symbol der Konstanz. Ein Kreis ist eine geschlossene Kurve; das ist seine topologische Invariante, ganz gleich, ob er größer oder kleiner wird. Ich möchte Dinge untersuchen, die beständig bleiben, sagte er, auch wenn sonst alles an ihnen anders wird.

Der Strand bleibt beständig, denke ich, während ich ihn abwandere, und wird dabei doch immer anders. Was ist seine Invariante …? In den Palmenhainen sehe ich zwei alte Frauen aus dem Dorf, die heruntergefallene Kokosnüsse aufsammeln.

In der Topologie gelten Gegenstände mit denselben Invarianten als gleich, egal, wie unterschiedlich sie wirken, wenn man sie anschaut. Der verschrumpelte Teller eines Fußballs ohne Luft hat dieselben Invarianten wie ein aufgeblasener Fußball, auch wenn sie in Aussehen und Verhalten ganz unterschiedlich sind. Gegenstände mit dieser Äquivalenz werden als Homöomorphe bezeichnet.

Ich schlendere in den Palmenhain und grüße die alten Frauen. Sie erwidern meinen Gruß. Da haben wir's, denke ich, drei Homöomorphe … Ja, mir scheint, wir haben dieselben Invarianten. Die Unterschiede zwischen uns sind nur äußerlich. Die Frauen lächeln mich bescheiden an, als ich auf Wiedersehen sage und meinen Weg fortsetze, dann bücken sie sich und lesen wieder ihre abgefallenen Früchte auf.

Ich saß geduldig in meinem Zimmer und wartete darauf, dass die Rezeption anrief und mir sagte, dass Hauser da sei. Man hatte mich von Grosso Arvore aus benachrichtigt: Hauser sollte mich abholen und »zur Erörterung meiner Vertragsbedingungen« in das Camp zurückfahren. Ich hatte keine rechte Vorstellung, was das zu bedeuten hatte und worauf es hinauslaufen würde, und auch kein sonderliches Verlangen danach, wieder dort zu sein; aber ich wusste, dass es sich nicht ewig hinausschieben ließ. Ich musste zurück, und sei es nur, um meine wenigen Habseligkeiten abzuholen.

Es klopfte an der Tür. Es war ein Mitarbeiter des Geschäftsführers, ein junger Ghanaer namens Kwame. Er teilte mir mit, das Hotel räume jetzt Mr. Shoukrys Zimmer aus, und der Geschäftsführer lasse fragen, ob ich vielleicht irgendetwas zur Erinnerung behalten wolle. Ich staunte über so viel Aufmerksamkeit. Als wir eben aus dem Zimmer gehen wollten, klingelte das Telefon: Hauser wartete in der Halle. Er konnte noch etwas länger warten.

Ich stand ein wenig unsicher und betroffen in Usmans Wohnzimmer und sah mich um. Kwame wartete diskret an der Tür, und hinter ihm standen ein paar Zimmermädchen mit Pappkartons und Plastiktüten.

Ich ging zum Schreibtisch und zog eine Schublade auf. Ich sah Usmans Pass, ein paar Papiere, etwas loses Kleingeld. Nichts für mich dabei. Im Schlafzimmer machte ich den Schrank auf. Seine wenigen Sachen hingen über vier Paar Schuhen. Eine merkwürdige Panik ergriff mich. Ich wusste, dass ich etwas nehmen sollte, dass ich es später bereuen würde, wenn ich mir diese Gelegenheit entgehen ließ. Aber was? Ich schob die Bügel auf eine Seite hinüber. Wollte ich dieses Leinenjackett hier haben …? Diese Krawatten dort …? Plötzlich überfiel mich ein Gefühl der Übelkeit. Allein schon der Gedanke an ein Erinnerungsstück – ein »Ding« – als Ersatz für Usman hatte etwas ungeheuer Kränkendes. Ich schob noch einen Bügel zur Seite: seine offizielle Luftwaffenuniform, die alle Piloten bekamen und nie trugen. In dem Fach darüber sah ich seine Schirmmütze noch in der Plastikhülle und daneben das steife, glänzende Leder des Gürtels. Den Gürtel? Wenigstens etwas Nützliches, das ich tragen konnte. Ich griff nach oben und holte ihn herunter.

An der Gürtelseite war ein hübsches braunes Pistolenhalfter angeklemmt. Das Leder war in die Form einer stilisierten Niere gepresst. Ich machte die Lasche auf. Im Halfter befand sich seine kleine, kompakte italienische Automatikpistole. Ich nahm sie heraus und wog sie in der Hand.

Mit einem jähen inneren Stich dachte ich an Usman in seiner Badehose, wie er mir damals auf dem Flugplatz so stolz sein Flugzeug gezeigt hatte.

Sein Glücksbringer, hatte er gesagt. Warum hat er die Pistole nicht mitgenommen?, dachte ich jetzt ärgerlich.

Meine Finger zeichneten seine Initialen am Kolben nach.

Ich wusste sofort, das war es, was ich behalten wollte. Ich ließ die Pistole in meine Tasche gleiten und ging ins Wohnzimmer zurück. Es war albern, sagte ich mir, aber ich hatte sie haben wollen, da war ein starker Drang gewesen, sie an mich zu nehmen. Es war der einzige Gegenstand im ganzen Bungalow, der mir wieder eine Vorstellung von Usman Shoukry gab. Aber dennoch setzte ich meine Durchsuchung des Zimmers fort, um der Form Genüge zu tun.

Als ich im Wohnzimmer eine Schublade aufzog, stieß ich auf eine Pappschachtel mit dem Gerät, das Usman zur Konstruktion seiner Pferdebremsen-Flugzeuge benutzt hatte: Skalpelle und Rasierklingen, ein Fliegenmacherschraubstock, Streichholz- und Balsaspäne, das fast gewichtslose, durchsichtige Seidenpapier. Das ließ mich wieder zum Schreibtisch zurückgehen, und in einer unteren Schublade fand ich eine dünne Mappe mit feinen Zeichnungen seiner Prototypen. Ich sagte zu Kwame, das wollte ich haben. Als ich aus dem Zimmer ging, schlüpften die Zimmermädchen unterwürfig hinein.

»Du siehst wirklich gut aus«, sagte Hauser noch einmal. »Nein, richtig gut. Ich meine, man würde nie glauben …«

»Es geht mir prächtig. Ich bin ausgeruht. Es ist nichts furchtbar Dramatisches passiert.«

Wir waren über eine Stunde gefahren. Hauser hatte mich, zu meiner Überraschung, auf beide Wangen geküsst, als wir endlich in der Hotelhalle zusammentrafen. Er freute sich offensichtlich, mich zu sehen, und machte mir ständig Komplimente. Am Anfang hatten wir uns vorsichtig unterhalten, strittige Themen diplomatisch vermieden, doch ich spürte, wie sich die Fragen begierig in seinem Kopf drängten. Ich entschloss mich, einige davon anzugehen.

»Wie geht's Eugene?«, fragte ich umwegig.

»Ah«, fing Hauser an, und seine Freude war fast schon beschämend offenkundig. Er riss sich zusammen und setzte ein ernstes Gesicht auf. »Ein interessanter Punkt. Nicht sehr gut. Nein, es geht ihm nicht gut. Seit du weg bist. Wir sehen ihn kaum noch.« Er warf mir einen Blick zu. »Ginga hat mehr oder weniger alles in die Hand genommen. Ich glaube, Eugene« – er hielt inne, um die richtigen Worte zu finden – »hat so etwas wie einen, einen Nervenzusammenbruch gehabt. Nervöse Erschöpfung, sagt Ginga.«

»Na ja. Das ist wohl nur recht und billig.«

»Was ist passiert?«

»Wann?«

»An dem Tag, an dem du weggegangen bist. Was hat sich da abgespielt, Hope? Na komm«, er lächelte mir zu. »Anton wirst du es doch erzählen können.«

»Tja … ich weiß nicht recht.«

»Alles ist anders geworden. Das Buch ist zurückgestellt. Die Futterstelle ist geschlossen. Was hast du ihm getan?«

»Wir hatten einen Streit.«

Hauser sah mich skeptisch an und begriff, dass ich einstweilen nicht mehr sagen würde. Er redete weiter.

»Natürlich ist alles in wilder Aufregung, seit du … gefangen genommen wurdest. Jetzt, wo du in Sicherheit bist und Ian wieder da ist, geht es bei uns beinahe wieder normal zu. Aber es war merkwürdig.«

»Wie geht's Ian?«

Hauser zog eine mitfühlende Grimasse. »Er wollte sich nichts anmerken lassen, aber ich glaube, er war, na ja, traumatisiert. Armer Junge.« Er warf mir wieder einen Blick zu. »Ich meine, verglichen mit dir ist er eindeutig traumatisiert.«

»Der Schein trügt manchmal.«

Hauser lachte. Sein Lachen war hoch und abgehackt. »Nein, nein, Hope«, sagte er. »Du bist aus härterem Holz geschnitzt.«

Seine Belustigung war auf ärgerliche Weise ansteckend, und ich merkte, dass ich zurücklächelte. Warum hatte ich die ganzen Monaten über so eine Abneigung gegen Hauser gehabt? Das war wohl die Tyrannei des ersten Eindrucks. Doch dann dachte ich an den Vorfall mit dem halb aufgefressenen Schimpansenbaby zurück. Ich sollte vorsichtiger sein.

»Warum haben sie die Futterstelle geschlossen?«, fragte ich.

»Willst du mich veralbern?«

»Was?«

»Das hat man dir doch bestimmt erzählt. Der Krieg. Die Schimpansenkriege, sagen sie dazu. Die Nordschimpansen – sie haben die Südländer systematisch umgebracht.« Er wartete auf eine Reaktion von mir. »Du weißt es also doch.«

»Ich habe es entdeckt.«

Eine lange Pause trat ein. Hauser duckte den Kopf, als wolle er sich entschuldigen.

»Eugene hat es entdeckt«, sagte er.

»Nein.«

»Darum wird auch das Buch umgeschrieben.«

»Ich habe es entdeckt. Darum musste ich weg.«

»Hör mal, wir wissen alle, dass das in den Tagen war, wo er

mit dir draußen im Feld war. Aber –« Er hielt inne und sagte dann langsam: »Eugene war derjenige, der begriffen hat, was da vor sich ging …«

»Ich hatte ihm seit Wochen davon erzählt.«

Hauser runzelte die Stirn. »So werden – wie soll ich dir das sagen? – die Ereignisse im Camp nicht dargestellt.«

Ich spürte, wie sich in meinem Kopf etwas zusammenzog, als würde mir ein Gürtel um den Schädel gezurrt. »Herr des Himmels.«

»Ich will ehrlich sein. Jeder nimmt an, Eugene hätte … hätte dir gegenüber irgendwelche sexuelle Annäherungsversuche gemacht.«

»Herrgott noch mal!«

»Wir wissen nichts. Wir sehen dich weglaufen. Eugene taucht praktisch unter. Ginga übernimmt das Regiment. Na ja …«

»Tja, eure Annahme war völlig falsch.«

»Tut mir leid. Das höre ich gern.«

»Frag Ian. Er wird es dir erzählen. Ich hab das schon vor Wochen erkannt. Mallabar wollte nicht auf mich hören.« Ich sah Hauser an. »Hat Ian nichts gesagt?«

»Äh, nein … Er arbeitet noch nicht richtig.«

»Der gute alte Ian.«

Ich fiel mit meiner alten Feindseligkeit über Hauser her.

»Überhaupt, du solltest es doch auch wissen. Dieses Schimpansenbaby zu verbrennen.«

»Pavianbaby … Nein, Hope, ich schwör's dir. Es war *wirklich* ein Pavian. Wir hatten uns beide geirrt.«

Ich sah aus dem Fenster auf das vorüberziehende Buschland. Eine schöne Ironie. In mir kam ein Gefühl der Frustration auf, das mir die Schultern zusammenzog und die Kopfhaut kribbeln ließ.

»Na, egal«, sagte Hauser in besänftigendem Ton. »Es ist jedenfalls toll, dass du wieder da bist. Wir haben zwei neue wissenschaftliche Mitarbeiter, aber du fehlst uns trotzdem, Hope. Wirklich.«

Das Letzte, was man von sich erfährt, ist der Eindruck, den man macht. Ich drehte mich zu ihm um. »Leider glaube ich irgendwie nicht, dass ich lange bleiben werde.«

Es war verwirrend, wieder in Grosso Arvore zu sein: Der Ort wirkte vertraut und gleichzeitig fremd auf mich. Wir kamen in der Abenddämmerung an. Von der Kantine leuchtete das verschwommene Glühen der Sturmlaternen. Wir gingen gleich hinein zum Essen, und Hauser stellte mich den zwei neuen wissenschaftlichen Mitarbeitern – jungen Männern, Amerikanern von der Stanford University – vor, die in meiner wiederaufgebauten Zelthütte wohnten. Ich aß schnell und ging dann in die Erfassungsstelle, um meine paar Habseligkeiten zu packen. Eugene und Ginga Mallabar hatten sich nicht blickenlassen und Ian und Roberta Vail auch nicht.

Ich saß in dem langen düsteren Zimmer auf meinem Bett und dachte über den zurückhaltenden, um nicht zu sagen, nicht vorhandenen Empfang nach, den man mir bereitet hatte. Nur Hauser und Toshiro hatten sich anscheinend gefreut, mich zu sehen. Seit ich das letzte Mal hier war, hatte man zusätzliche Betten in der Hütte aufgestellt und das Gerippe einer Trennwand errichtet, die letztendlich den Raum teilen würde. Für Grosso Arvore brachen wieder gute Zeiten an, so viel war klar.

Ich saß auf meinem Bett und ließ mich ungehindert von meinen rasch wechselnden Stimmungen beherrschen. Ich fühlte mich abwechselnd apathisch, verdrossen, ungerecht behandelt, verbittert, frustriert, verwirrt, gekränkt und zu guter Letzt von Verachtung erfüllt und unabhängig. Mallabar wollte, »nervöse Erschöpfung« hin oder her, offensichtlich so etwas wie ein Schadensbegrenzungsprogramm in die Wege leiten, um meine Erkenntnisse über die Schimpansen noch rechtzeitig in sein *opus magnum* zu integrieren. Allmählich bereute ich meinen übereilten Brief, durch den er von meinen eigenen Veröffentlichungsplänen erfahren hatte.

Jemand klopfte leise an meine Tür. Ian Vail, dachte ich, als ich aufmachen ging, und es wird auch langsam Zeit. Doch es war Ginga. Sie umarmte mich, erkundigte sich nach meinem körperlichen und seelischen Befinden und beglückwünschte mich zu meinem beherzten und ruhigen Auftreten.

Sie hatte Jeans und eine dunkelblaue Baumwollbluse an. Die Haare wurden von einem Samtband aus dem Gesicht gehalten. Sie sieht selbst beherzt und ruhig aus, dachte ich.

»Wie geht's Eugene?«, fragte ich.

Sie wartete etwas, ehe sie antwortete, und sah dabei zu Boden.

»Er hat mir nie erzählt, was damals passiert ist«, sagte sie.

»Er wollte mich umbringen.« Ich machte eine Pause. »Denke ich.«

Ginga sah mit einem jähen Ruck weg. Sie legte beide Hände an die Stirn und strich sie glatt. »Das kann ich nicht glauben«, sagte sie.

»Er ist irgendwie durchgedreht. Er hat mich geschlagen. Brutal. Wenn ich nicht weggelaufen wäre …«

Jetzt sah sie mich wieder mit einem wilden Blick an, als ob sie ihre inneren Energiereserven und ihre Entschlusskraft sammelte. Dann sagte sie ruhig: »Du musst verstehen, wie ihm das zugesetzt hat, Hope, diese Tötungen. Die Überfälle, du musst es versuchen.«

»Hör mal, ich hab es ihm *erzählt*. Er wollte nichts davon hören. Ich wollte ihn nicht … reinlegen oder so.«

»Ich weiß, ich weiß. Aber das hat es ihm in keiner Weise leichter gemacht. Und die Tatsache, dass jemand wie du – ich meine, ein Neuling, alles …« Sie machte mit einer Hand eine Schnipsbewegung. »Alles durcheinanderbringt.«

»Ich nehme an …« Ich unterdrückte meine spontane britische Vernünftigkeit. Hier würde man keinen Rettungsanker für mich auswerfen.

»Es geht ihm nicht gut«, fuhr Ginga fort. »Er ist äußerst deprimiert. Es ist schwierig.«

»Das tut mir leid«, sagte ich. »Kann ich zu ihm?«

Ginga schien sich auf einmal zu schämen, ihre Sicherheit und kühle Tüchtigkeit waren völlig verschwunden. Diese Regung hatte ich noch nie in ihrer Miene gesehen; es wirkte absurd, passte überhaupt nicht zu ihr, wie ein falscher Schnurrbart oder eine rote Clownsnase.

»Er will dich nicht sehen«, sagte sie. »Er weigert sich.«

»Oh, wunderbar ... Und was heißt das für mich?«

Ginga hatte ihre Fassung zurückgewonnen. »Nun, du musst verstehen ... Eine Weiterarbeit hier ist unmöglich, meine Liebe.«

Ich machte ein, zwei Sekunden lang die Augen zu, dann stand ich auf und ging im Zimmer umher, tat so, als hätte ich in der Sache eine Wahl, als sei das eine Entscheidung, die man sich durch den Kopf gehen lassen, durchdenken musste. Ginga wartete vollkommen geduldig.

»Du hast recht«, sagte ich. »Es ist wirklich unmöglich. Unter diesen Umständen.«

»Ich dachte mir schon, dass wir uns einigen würden.« Sie holte ein paar Papiere aus ihrer Tasche und breitete sie aus. »Es ist bloß ein formales Entlassungsschreiben. Wenn du hier unterschreiben könntest ... Und ich habe einen Scheck« – sie klopfte auf einen Umschlag – »über das, was dir für den Rest deines vertragsgemäßen Beschäftigungszeitraums zusteht.«

»Sehr großzügig von dir.«

Sie reagierte scharf auf meinen Sarkasmus. »Das hat doch mit mir nichts zu tun, Hope. Wir sind Freundinnen, bilde ich mir wenigstens ein. Aber das tut nichts zur Sache. Ich muss Eugene helfen. Grosso Arvore muss weiterlaufen. Ohne ihn ... Na, du weißt ja, wie der Betrieb hier funktioniert.«

Zum ersten Mal überlegte ich ernsthaft, wie weit Mallabars nervöse Erschöpfung wirklich ging.

Ich unterschrieb. Ginga lächelte mich an – traurig, wie ich fand.

»Da ist noch etwas«, sagte sie. »Es tut mir sehr leid.«

»Was?«

»Das ist dein Originalvertrag.« Sie blätterte ein paar Seiten in dem Schriftstück um. »Hast du diese Klausel noch im Kopf?«

Ich las sie. Ich musste schmunzeln. Die Urheberrechte für alle Veröffentlichungen, so lautete die wesentliche Aussage, die aus ursprünglich in Grosso Arvore durchgeführten Forschungsarbeiten hervorgehen, liegen bei der Stiftung Grosso Arvore, sofern keine anders lautende Genehmigung vorliegt. Alle dort gesammelten Daten waren gleicherweise geschützt und mit Ende der Beschäftigung der Stiftung für ihre Archive zu übergeben.

»Nein«, sagte ich. »Das kannst du nicht machen. Vergiss es.«

»Du findest in dem Buch umfassend Erwähnung. Eugene verspricht es. Ich verspreche es.«

»Das ist mir scheißegal. Ihr könnt mich nicht davon abhalten.«

Ginga stand eilig auf. »Sag kein weiteres Wort, meine Liebe. Du wirst es nur bereuen.« Sie sprach mit ihrer tüchtigen, mütterlichen Stimme. »Ich seh dich morgen früh, bevor du abfährst. Nein, bitte, sag nichts. Martim fährt dich in dic Stadt zurück.« Sie lächelte mir tapfer zu und ging.

Ich ging nach draußen und rauchte eine Zigarette. Motten torkelten und flatterten um die Laterne, die über dem Eingang zur Erfassungsstelle hing. Drei bleiche, leberfleckige Geckos hingen geduldig, regungslos an der Holzwand und warteten, dass sich da ein Insekt hinsetzte. Die Luft war von Grillengezirp und dem Lärm einer fröhlichen Auseinandersetzung erfüllt, der mit dem Luftzug vom Küchenhof herüberkam.

Ich fühlte mich mit mattem Glucksen von einer verwandten Belustigung – einer merkwürdig weinerlichen, resignierten Belustigung – geschüttelt. Ich ging hin und her und rauchte unerbittlich meine Zigarette, wie ein Verurteilter, der gleich vor ein Erschießungskommando tritt, und stellte ziellose Überlegungen an, was ich jetzt tun sollte, wog die wenigen kümmerlichen Möglichkeiten ab, die mir noch blieben. Ich fühlte mich auf eine seltsame Art erleichtert, wie jeder, der sich schließlich geschlagen gibt. Jetzt kann ich wenigstens aufhören zu kämpfen, sagt man sich. Jetzt ist diese Episode wenigstens vorbei, und es kann eine neue beginnen.

Ich seufzte, ich schüttelte den Kopf, ich heulte lautlos die Sterne am schwarzen Himmel an. Ein Ausdruck kam mir in den Sinn: verraten und verkauft. Ja, dachte ich, genau das ist mit mir passiert, ich bin verraten und verkauft worden …

Hauser hatte mich für später auf einen Drink eingeladen, wenn mir danach wäre. Jetzt war mir danach, und ich schlenderte über die Main Street zu seinem Bungalow. Das Sternenlicht warf den gebrochenen Schatten der Tamarinde auf die staubige Straße. Ich dachte: Was soll ich tun? Wo soll ich hingehen? Wer wird mit mir kommen?

Hauser öffnete die Tür und lächelte.

»Ah, Hope«, sagte er. »Ich hab eine Überraschung für dich.«

»Nein, bitte«, sagte ich. »Ich hab für heute Abend genug Überraschungen erlebt.«

Ich trat über die Schwelle. Toshiro stand am Fliegenschrank und machte eine Flasche Bier auf. Am Tisch saßen Ian und Roberta Vail.

Es lief gut, nicht schlecht, in Anbetracht der Umstände, lange nicht so unangenehm oder verkrampft, wie ich es mir hätte vorstellen können. Wir redeten stundenlang über die Entführung, über Amilcar und *Atomique Boum*, die Missionsschule und den Überfall. Ich berichtete ihnen von den letzten Tagen, von der eleganten Kanone und den zu kleinen, violetten Granaten, von Amilcars sinnlosem Tod und der verdutzten Gefälligkeit der belgischen Söldner. Es war eine seltsam aufmunternde, herzerfrischende Unterhaltung, nach meiner deprimierenden Begegnung mit Ginga Mallabar. In dieser Nacht herrschte in dem Zimmer die freundliche Stimmung einer Wiedersehensfeier, was ermutigend war. Hauser und Toshiro versorgten uns laufend mit Bier, und die beiden neuen wissenschaftlichen Mitarbeiter – Milton und Brad, glaube ich – wurden dazugeladen, um unsere Kriegsgeschichten zu hören. Hauser hatte im Radio einen mitteleuropäischen Kurzwellensender eingestellt, der Fünfziger-Jahre-Jazz spielte. Roberta rauchte zwei, drei von ihren Mentholzigaretten, ohne von Ian gerügt zu werden.

Ian selbst sah dünner aus, und ich war einen Moment lang erstaunt, sein Gesicht wieder sauber rasiert zu sehen. Es gelang ihm, eine überzeugende Fassade von Gelassenheit und Selbstvertrauen aufrechtzuerhalten, aber ich konnte spüren, wie sich dahinter seine Unbehaglichkeit und Unsicherheit nervös zusammenballte.

Er wartete, bis die Party sich auflöste, was nach Mitternacht war. Wir standen alle zusammen vor Hausers Bungalow, plauderten und wollten die fröhliche Stimmung sich nicht im Sande verlaufen lassen. Als Ian Roberta angeregt mit Brad oder Milton reden sah, hielt er seinen Augenblick für gekommen und zog mich ein paar Schritte zur Seite.

Das Laternenlicht warf lange Schatten auf sein Gesicht. Ich konnte seine Augen nicht sehen.

»Hör mal, Hope«, sagte er leise, mit tiefer, halberstickter Stimme. »Diese Nacht da, als ich weggerannt bin.«

»Ja.«

»Ich wollte sie ablenken. Ich wollte sie von dir weglotsen. Ich wollte nicht –«, er räusperte sich. »Du darfst nicht denken, dass ich weggerannt bin. Dich im Stich gelassen habe. Es sollte sie weglocken, sonst wären wir –«

»Ich weiß«, sagte ich schlicht. »Sei nicht albern. Du hast mich gerettet.«

Die Entspannung in seiner Haltung war mehr zu spüren als zu sehen. Die Erleichterung – seiner Seele, vermutlich – schien aus ihm hervorzuströmen wie ein Seufzer. Er wollte noch mehr sagen, aber da kam ihm Roberta mit einer gerufenen Frage nach einem Dekan oder Institutsleiter zuvor, den sie in Stanford gekannt hatten. Ich legte Ian beruhigend die Hand auf den Arm und wandte mich ab. Ich sagte Hauser, Toshiro und den anderen gute Nacht und ging über die Main Street zur Erfassungsstelle zurück. Ich hatte niemandem erzählt, dass ich am nächsten Morgen abreisen würde.

Wie versprochen war Ginga da, um mich zu verabschieden. Allein. Sie war bestimmt, aber herzlich zu mir, wie eine liebevolle, aber kluge Schulleiterin, die sich genötigt sieht, ihre Lieblingsschülerin von der Schule zu verweisen. Melde dich mal ... Was hast du vor ...? Wir treffen uns mal in London ... Wir benahmen uns musterhaft, zivilisiert, erwachsen. Einen Moment lang war Ginga nicht auf der Hut, und die seltsame Peinlichkeit stellte sich wieder ein, als sie andeutete, wenn Eugene »wieder gesund« sei, könne man vielleicht etwas arrangieren. Ich ließ sie nicht näher erläutern, was dieses Etwas wohl sein könnte.

Sie fasste mich an beiden Händen, küsste mich auf die Wangen, sagte mit fast schon Eugene-mäßiger Sentimentalität: »Ach, Hope, Hope« und ließ mich dann los.

Ich beschloss selbst zu fahren, und Martim rückte auf den Beifahrersitz des Landrovers. Ich wollte den Moment, wenn wir bei Sangui auf die asphaltierte Straße holperten, ein letztes Mal vollständig auskosten. Ich bat Ginga, den anderen von mir auf Wiedersehen zu sagen, ließ den Motor an, winkte und fuhr davon.

In Sangui hielt ich vor Joãos Haus. Es war verschlossen, und die Jalousien waren heruntergelassen.

»Wo ist er?«, fragte ich Martim.

»Er musste ausziehen, Mam«, sagte Martim. »Er arbeitet nicht im Projekt, also er kann nicht im Haus wohnen.«

Ich sah ihn verständnislos an. »Wo wohnt er dann?«

Martim führte mich über einen zerfurchten Weg zu einer alten Lehmhütte mit einer geflochtenen Hofumzäunung am Dorfrand. João war da, er saß mit einem Tuch um die Taille geschlungen an der Haustür und kaute an einem Zuckerrohrstängel. Es war seltsam bestürzend, ihn untätig und ohne seine Khakiuniform zu sehen. Seine magere Brust war mit einem Gekringel grauer Haare bedeckt. Plötzlich wirkte er zehn Jahre älter.

Aber er freute sich mich zu sehen und wurde ehrlich wütend, als ich ihm erzählte, dass ich gleichfalls entlassen war.

»Das schlechte Zeit, Mam«, sagte er düster. »Sehr schlechte Zeit.«

»Ja, aber wieso *du*, João?«

»Er sagt, jetzt kein Job für mich da. Jetzt alle Schimpansen weg.«

»*Alle*?« Ich war schockiert. Und beschämt. Ich merkte, dass ich überhaupt nicht an meine überlebenden Südländer gedacht hatte.

»Außer Conrad«, sagte er, dann zuckte er die Achseln. »Vielleicht.«

Er erzählte mir, dass Rita-Mae bald nach meinem Weggang vermisst wurde. Da hätte Rita-Lu sich dann der Nordgruppe angeschlossen, die sich nunmehr fest und anscheinend auf Dauer im südlichen Kerngebiet niedergelassen hatte. Zwei Tage später hatte João persönlich Clovis' Körper gefunden, beide Beine fehlten, sagte er, und »sehr zerfetzt«. Conrad hatte er weiterhin regelmäßig gesehen, bis vor etwa einer Woche. Doch seit Mallabar ihn entlassen hatte, war er nicht mehr in den Wald gegangen. Alda war auch fort und versuchte, in der Stadt Arbeit zu finden.

Auf einmal wusste ich genau, was ich tun wollte. Ich ging zum Landrover zurück und sagte Martim, dass er hier im Dorf auf mich warten sollte. Ich erzählte ihm nur, ich ginge mit João irgendwohin und wäre in zwei bis drei Stunden zurück. Er sah verdutzt drein, war aber gerne bereit, mir einen Gefallen zu tun. Ich ließ ihn mir versprechen, dass er nicht ins Camp zurückkehren würde.

Dann fuhr ich mit João zum Torpfostendorf. Genau dahinter, sagte João, hatte er Conrad zuletzt gesehen. Er schien sich an den südlichsten Hängen des Steilabbruchs herumzutreiben, nicht weit vom Dorf entfernt. Ein- oder zweimal hatten Dorfjungen ihn in den Maisfeldern erwischt und mit Steinen vertrieben.

Als wir im Dorf ankamen, weigerte João sich immer noch, mich in den Wald zu begleiten. Dr. Mallabar hatte es ihm verboten, beharrte er, und er wollte nicht noch mehr Ärger bekommen. Wenn die neue Forschungsstation gebaut würde, könnte es da einen Job für ihn geben; da wollte er sich den Doktor lieber nicht zum Feind machen.

Daher ließ ich ihn beim Landrover zurück und wanderte mühsam die Hänge des Steilabbruchs hinauf, um die Gebiete abzusuchen, wo Conrad zuletzt gesehen worden war.

Ich ging die Buschpfade entlang, die sich durch die Bäume oberhalb des Dorfes wanden, und hielt nach geeigneten Futterquellen für Schimpansen Ausschau. Falls Conrad sich auf dieses genau umrissene Gebiet beschränkte, gab es eine reelle Chance, ihn beim Fressen zu finden. Es war schön und traurig zugleich, wieder im Wald zu sein und zum letzten Mal nach Schimpansen Ausschau zu halten. Inzwischen war es heller Vormittag, und die Sonne würde bald mit voller Kraft scheinen. Die Pfade waren mit Sonnenlichtmützen gesprenkelt, und eine von der Talsohle heraufziehende Brise ließ das trockene Laub in den Baumwipfeln rascheln und das fahle, ausgebleichte Gras mit einem verdorrten, knisternden Geräusch hin und her schwanken. Die Regenzeit kam dieses Jahr sehr spät.

Ich ging von einer Futterquelle zur anderen, immer Joãos Angaben nach, hatte aber kein Glück. Nach anderthalbstündigem Herumwandern schwand mein sentimentales Selbstvertrauen allmählich dahin, und ich begann mir Vorwürfe zu machen, dass ich mir so einen aberwitzigen Plan ausgedacht hatte. Was genau hoffte ich eigentlich zu erreichen? Wozu sollte dieses nostalgische Wiedersehen mit dem Südgebiet gut sein? Und falls ich Conrad fand, was dann?

Kurz nach zwölf machte ich Rast und setzte mich unter einen Baum, um die Fischpasten-Sandwiches zu essen, die die Kantine für mich zubereitet hatte. Ich überlegte, ob ich noch eine Stunde oder so weitergehen oder mich einfach auf den Rückweg zum Landrover machen sollte. Das ist doch sinnlos und lächerlich, dachte ich, dieser sentimentale Abschied, dieser letzte Blick …

Es waren ungefähr zwanzig Minuten bis zum Dorf, da hörte ich ganz in der Nähe das wütende Kreischen von Kolobusaffen. Ich rannte den Pfad entlang, bis ich sie sah, wie sie sich mit verwegener Leichtigkeit durch das Geäst über und vor mir schwangen. Es waren ein Dutzend oder mehr, und sie jagten einen sich schwerfällig dahinhangelnden Schimpansen, der in panischer Angst Huuh-Rufe und Jaultöne ausstieß.

Conrad plumpste mit einem Hagel abgerissener Blätter schwer auf den Boden und sprang durch das Unterholz davon. Die Affen gaben ihre Verfolgung auf und kehrten zu dem Baum mit Früchten zurück, wo sie gefressen hatten. Ich folgte Conrad, so gut ich konnte.

Ich fand ihn Minuten später, wie er in den unteren Ästen eines Baumes saß und prüfend ein kleines, weiter unterhalb liegendes Tal betrachtete. Er war dünn und sah ausgezehrt aus, und an einem Schenkel hatte er eine rote, glitzernde Wunde, wie ein glänzendes Blechabzeichen. Er sah sich nervös um, als ich näherkam, und ich kauerte mich sofort nieder und tat so, als würde ich in dem Staub und den toten Blättern um mich herum nach Samen suchen. Ab und zu schaute ich flüchtig hoch und begegnete Conrads starrem und bestürzend menschlichem Blick. Seine braunen Augen ließen nie von mir ab. Außerdem fiel mir auf, dass er zwei verschorfte Wunden an Stirn und Schnauze hatte.

Endlich schreckte ihn meine Gegenwart nicht mehr, und er nahm seine Musterung des Tals wieder auf.

Es war ein kleines Tal, von einem Flüsschen gegraben, das träge durch das fahlgrüne Gras am Talboden rieselte. An einer Stelle lief das Flüsschen über einen scharfen, grauen, schrägstehenden Felskeil und fiel mit lautem Plätschern, das selbst an meinem Platz hoch oben am Talhang zu hören war, etwa einen Meter tief in einen flachen, kiesigen Tümpel.

Ich sah, dass Conrad auf eine Ansammlung von Mesquinhobüschen starrte, die um den Tümpel herum wuchsen. Der Mesquinho war ein großer, dichter Busch mit kleinen, scharfkantigen Blättern, deren Unterseite silbrig war wie bei einem Olivenbaum. Die Früchte waren schon herausgekommen, lockere Büschel von knopfgroßen, schwarzen Samen, die beim Aufplatzen einen faserigen, salzig süßen Stein freigaben. Ich hatte schon Mesquinhofrüchte gegessen. Wenn man sie zwischen Daumen und Zeigefinger zerdrückte, gingen sie fein säuberlich auf. Man lutschte die klebrige Schicht von dem Stein ab, und dann kam ein glänzendbrauner Kern zum Vorschein. Sie waren gut gegen Durst, irgendein chemischer Stoff darin regte die Speicheldrüsen an.

Der hungrige Conrad starrte die schwarzen Büschel an

und überlegte, ob er gefahrlos hinuntergehen konnte. Er beobachtete sie noch eine weitere halbe Stunde lang, ehe er sich dazu entschloss, bahnte sich dann vorsichtig und recht mühselig einen Weg den Talhang hinunter und watete durch das Flüsschen auf die Büsche zu. Ich sah ihm eine Zeit lang zu, wie er schnell und eifrig fraß, sich die schwarzen Samen büschelweise in den Mund stopfte und mitsamt der Hülse aufkaute.

Durch das Geplätscher, mit dem das Wasser von dem keilförmigen Felsen floss, hörte ich keinen Laut, und er auch nicht. Als er endlich – weil sich andere Geräusche in das Klatschen und Plätschern des Wasserfalls mischten – doch aufschaute, hatten ihn die anderen Schimpansen schon vollkommen eingekreist.

FINESSE

John Clearwater hat mir erzählt, dass es im siebzehnten Jahrhundert, als die Infinitesimalrechnung entwickelt wurde, zu einer langwierigen Debatte über die Schlüssigkeit einiger Beweise kam. Sie seien lückenhaft, sagten die gestrengen Mathematiker, Rechnungen gingen nicht ganz auf, es gebe kleine Ungereimtheiten bei der Definition gewisser Begriffe. Ihre Argumente waren nicht zu widerlegen, doch wie stichhaltig sie auch sein mochten, es ließ sich ebenso wenig bestreiten, dass die Infinitesimalrechnung trotz alledem funktionierte. Sie lieferte exakte und brauchbare Ergebnisse.

Blaise Pascal (1623–62) hat diese geringfügigen Ungenauigkeiten, die Nuancen und Widersprüchlichkeiten der Infinitesimalrechnung verteidigt. Die formalen Ergebnisse der Logik, sagte er, könnten nicht immer das letzte Wort haben. Wenn die Infinitesimalrechnung funktioniere, die Definition eines Beweises aber nicht im strengsten Sinne erfülle, dann sei das letzten Endes unerheblich. Die Grundidee sei richtig. Sie schien zu stimmen, selbst wenn sie sich nicht vollständig und bis ins Kleinste begründen lasse.

Bei derartigen Anlässen, meinte Pascal, gehe Intuition vor strikter Beweisführung. Man solle nur auf sein Herz vertrauen, das sage einem schon, ob dieser Schritt mathematisch richtig sei. In solchen Fällen habe die richtige innere Einstellung für die anstehende Aufgabe eher mit »Finesse« als mit »Logik« zu tun, wobei Finesse hier im ursprünglichen Sinn gebraucht wird und »Feinheit der Unterscheidung« bedeutet.

Ich gehe meinen täglichen Verrichtungen nach. Ich wohne in meinem kleinen Häuschen am Strand. Ich denke darüber nach, was mir zugestoßen ist und was ich getan habe, und ich frage mich, ob ich richtig reagiert und gehandelt habe. Ich weiß es nicht. Noch nicht. Vielleicht ist das ein Gebiet, wo ich zu Blaise Pascals »Finesse« greifen sollte. Die Vorstellung, mit Finesse zu einer richtigen Antwort zu gelangen, statt auf die Kraft der logischen Beweisführung zu vertrauen, gefällt mir. Vielleicht schlage ich mich mit Finesse durch den Rest meines Lebens?

Hope brach am nächsten Morgen auf, wieder ohne John zu wecken. Sie ging direkt zum Bowling Green Wood und vermaß den ganzen Vormittag lang Baumstümpfe im Gehölz. Sie dachte daran, über Mittag nach Hause zu gehen, entschied sich aber dagegen. Es sollte ein angemessener Abstand von ein paar Stunden dazwischenliegen, meinte sie, bevor sie sich wiedersahen.

Sie hatten bis spät in die Nacht geredet, vernünftig und ohne Bitterkeit oder Verärgerung auf der einen oder anderen Seite. John hatte ruhig und resigniert gewirkt, nicht deprimiert und hilflos, wie sie befürchtet hatte. Sie hatten sich all die üblichen Versprechungen über künftige Freundschaft und Kontakthalten gemacht und widerstrebend eingeräumt, dass nach menschlichem Ermessen keiner von beiden etwas tun könnte, um die Ehe zu retten. Sie erklärten beide, sie würden ihre Zeit miteinander keinen Augenblick bereuen. Und beide sahen mit Bedauern ein, dass es falsch wäre, ein grober Fehler, wenn sie versuchen wollten, die Sache wieder hinzubiegen und auf eine für beide Seiten schmerzliche und unbefriedigende Art weiterzumachen.

Während der Arbeit dachte Hope über ihre Diskussion nach. Sie fühlte sich innerlich enorm erleichtert und gleichzeitig vage unzufrieden. Es war doch seltsam, dachte sie, wie man sich nach rationalem und tolerantem Verhalten bisweilen so merkwürdig beraubt vorkommt. Vernünftiges Benehmen war das Letzte, was man wollte. Man hatte das Gefühl, dass die Lösung menschlicher Probleme Leidenschaft und brutale Unvernunft verlangte, Gespucke und Geschrei. Dass es nicht zu gegenseitigen Vorwürfen, zu Beschuldigung und Gegenbeschuldigung gekommen war, dass da kein lange aufgestauter unausgesprochener Ärger und Groll plötzlich ausgegraben und in der Hitze des Gefechts zur Schau gestellt worden war, verstörte sie. Es war weder ihre noch Johns Art, weshalb taten sie dann so gelassen und weltgewandt …? Wegen John und seiner Krankheit, vermutlich. Aber wie sah das bei ihm aus? Wollte er ihr denn keine unflätigen Ausdrücke an den Kopf werfen? Sie erniedrigen und demütigen, seiner eigenen verletzten Selbstachtung zuliebe? Das wäre natürlicher gewesen, dachte sie, als diese ganze gedämpfte, traurige Weisheit.

Es hatte nur einen Punkt gegeben, bei dem sie wütend geworden war. Aus heiterem Himmel hatte er sie gefragt, ob sie ein Verhältnis hatte. »Gibt es da einen anderen? Bestimmt, ich weiß es. Wer ist es? Du kannst es mir sagen, keine Angst, ich versteh das schon.« Die vehemente Hartnäckigkeit, mit der sie das abstritt, hielt ihn davon ab, in diesem Stil weiterzureden. Dabei dachte sie die ganze Zeit: Das musst du gerade sagen. Und er schien ihr Wort zu akzeptieren; so plötzlich, wie er die Sache aufgebracht hatte, ließ er sie auch wieder fallen. Aber vielleicht sollte sie einen Liebhaber erfinden, überlegte sie. Bloß damit das Ganze verworrener, *realer* wurde ... Vielleicht sollte sie sagen, sie hätte ein Verhältnis mit Graham Munro, buchstäblich, um Bewegung in die Sache zu bringen (ansonsten war der Gedanke in ihren Augen unvorstellbar, um nicht zu sagen lachhaft), doch das könnte zumindest einen Krach auslösen, bei dem die Fetzen flogen: Sie könnten etwas Galle verspritzen und ihre erwachsene Rationalität ablegen.

Sie überlegte den ganzen Nachmittag lang weiter, während sie im Unterholz nach Blumen und Grasarten suchte und zur späteren Überprüfung und Klärung hier und da eine Probe nahm. Wenigstens regnet es nicht, dachte sie, als sie barhäuptig im zinngrauen Nachmittagslicht unter den kahlen Bäumen stand und sich mit der Spitze des Federmessers den Dreck unter den Fingernägeln wegkratzte.

Sie war unangemessen müde, merkte sie. Johns bloße Gegenwart in diesen letzten zwei Tagen hatte sie unruhig und verkrampft gemacht. Einen Moment lang fragte sie sich, ob sie vom Temperament her mit einem anderen Mann – überhaupt einem Mann, wie sie zynisch hinzufügte – leben könnte, ob sie eigentlich »zur Ehe taugte« ... Aber dann fiel ihr wieder ein, dass sie doch dazu taugte: dass ihr Zusammenleben mit John Clearwater eine Zeit lang so perfekt gewesen war, wie sie es nur hätte wünschen können. Das machte sie dann traurig, und sie hatte einen seltsamen Respekt vor Johns Beherrschtheit und gequälter Würde. Schließlich hatte John seine eigenen Probleme, die sie nicht teilen konnte und die sie nicht wirklich verstand. Auf dem Nachhauseweg nahm sie sich vor, am Abend zärtlich und nachsichtig zu sein.

Bei ihrer Rückkehr war das Cottage leer, obwohl überall Licht und Heizung an waren. Ihre Zärtlichkeit und Nachsicht welkten dahin und erloschen. Auf dem Tisch lag ein

Zettel. »Bin spazieren. Zum Tee zurück. J.« Sie zog sich um, machte im Wohnzimmer und in der Küche Ordnung und stellte den Kessel auf dem Raeburn auf. Sie setzte sich und wollte warten, bis er zurückkam.

Sie hatte keine Ahnung, warum ihr die Frage überhaupt in den Sinn gekommen war, aber sie stellte sich mit unwiderstehlicher Wucht und Überzeugung. Sie ging nach draußen, durch die Hintertür und über den buschigen Grasstreifen und die Beete mit windgebeutelten Rosen, die den Cottagegarten darstellten. Am unteren Ende stand ein kleiner grüner Holzschuppen, in dem sich ein mit Spinnweben bedeckter Rasenmäher befand und ein Stapel gehacktes Holz. An großen rostigen Nägeln hingen ein paar Gartengeräte. Sie machte die Tür auf. Der Spaten war nicht mehr an seinem Platz an der Wand.

Sie stand eine Minute lang da und fluchte, starr vor enttäuschter Wut. *Blöder Scheißidiot. Blödes hirnrissiges scheißverrücktes Spinnerschwein.* Und so weiter. Nein, sie konnte sich damit nicht noch einmal von vorne abgeben. Nein, sie konnte das nicht länger hinnehmen. Je eher er weg wäre, desto besser.

Sie wusste, wo sie ihn finden würde.

Immer noch zitternd, geradezu vibrierend vor Wut auf ihn, holte sie ihre Taschenlampe aus dem Cottage und fuhr zum See bei den Ruinen des alten Gutshauses hinunter. Sie parkte am Ende des Reitwegs und lief schnell durch das Buchenwäldchen zu den Eiben hin. Es war beinahe dunkel und wurde mit jeder Minute kälter. Sie ging um die undurchsichtige Masse der Eiben herum und fand den See wie schmutziges Chrom vor sich ausgebreitet. Ein tückischer Streifen von schwefligem Gelbgrau am Horizont zeigte den Sonnenuntergang an. Die Bäume und Büsche hatten praktisch keine Farbe mehr, und die zum Wasser hinunterführenden Graswiesen waren voller Schatten.

Sie konnte ihn nicht entdecken. Sie horchte. Nichts. Der Wind. Eine Ringeltaube. Das abscheuliche Krächzen einiger Krähen. Sie rief mehrfach seinen Namen. Keine Antwort. Sie ließ den Strahl der Taschenlampe auf der Suche nach Spuren seiner Graberei ziellos herumspielen, sah aber nichts. Sie hätte nicht hier herunterfahren sollen, erkannte sie jetzt; er war bestimmt durch Blacknoll Farm gegangen, und die Dunkelheit hätte ihn sowieso recht bald nach Hause getrieben. Sie drehte sich um und wollte wieder zum Auto zurück.

Knapp fünfzig Meter hinter den Eiben, am Rande des Reitwegs, trat ihr Fuß gegen den liegen gelassenen Spaten. Der Strahl ihrer Taschenlampe beleuchtete ein paar herausgenommene Grassoden und das kleine Loch, das da gegraben war.

Sie stand atemlos da und sah sich um. Ihre Ohren dröhnten von dem Lärm der Zierwasserfälle, mit denen das Flüsschen den See speiste, und dem Brausen des Wassers durch die von Blattwerk grünen Becken, wenn es um die sorgsam verteilten Felsen der überwachsenen Grotten und Lauben flutete.

Hope ging zwischen den Buchen hindurch auf das Flüsschen zu. Es war von bemoosten und ausgewaschenen Pfaden und Treppchen gesäumt. Dieser Spazierweg sollte den Reitweg ergänzen, er stellte einen zweiten und intimeren reizvollen Abstieg zum See dar. Bei den größeren Becken mit den malerischeren Wasserfällen waren aus Stein gemeißelte Bänke aufgestellt, falls man ein wenig zu verweilen und sich angemessenen Träumereien hinzugeben wünschte. Auf einer solchen Steinbank fand Hope Johns Brieftasche und ein kleines Notizbuch.

»John!«, rief sie unnützerweise. »Johnny ... Johnny, ich bin's!«

Es kam keine Antwort.

Sie zwang sich, mit der Taschenlampe in das Becken unter ihr zu leuchten. Es war ein flacher Teller, steingesäumt und etwa sechs Meter breit. Der Wasserfall, der ihn speiste, war über drei Meter hoch, aber so mit Moos und Unkraut behangen, dass das Wasser nicht fiel, sondern eher sickerte und tröpfelte. Erlen und Weiden ragten über die Höhlung, in die der Tümpel eingelassen war, übergroß und ungebändigt, eine dichte, verwilderte Laube, die den Himmel abschirmte und alles Licht in der Umgebung ausschloss. Es war dunkel und still, und in der Luft hing ein merkwürdig feuchter Pilzgeruch, wie ein dumpfer Keller.

Das Licht ihrer Taschenlampe prallte von der Wasserfläche ab, sodass sie undurchsichtig und glänzend wurde. Sie stieg vorsichtig über ein paar Steinstufen zum Beckenrand hinunter und ließ den Strahl schräg hineinleuchten.

John lag mit dem Gesicht nach unten in etwa einem Meter hohem Wasser, voll bekleidet und in einer Stellung wie bei einem flachen Kopfsprung, sodass die Fersen höher schwammen als der Kopf. Die Hände hatte er anscheinend über der Brust gefaltet. Es war eine steife und unnatürliche Haltung: Er sah aus wie ein Standbild, das man vom Sockel nach vorn gekippt hatte. Hope legte die Taschenlampe hin, sodass der Strahl über den Tümpel leuchtete, und watete hinein; das Wasser lief ihr über den Rand der Gummistiefel, doch sie nahm die Kälte kaum wahr. Als sie endlich bei John ankam, war sie bis zu den Schenkeln im Wasser. Sie packte mit beiden Händen einen Fußknöchel und zog. Mit einem kleinen schmerzlichen Seufzer erkannte sie, dass sein Gesicht über den Grund des Tümpels schleifte. Er fühlte sich unnatürlich schwer an.

Sie griff unter die Wasserfläche und drehte ihn mit ungeheurer Mühe um. Er hatte nichts von der annähernden Schwerelosigkeit, der leichten, reibungslosen Handhabbarkeit, die vom Wasser getragene Körper normalerweise auszeichnet. Sie sah warum. Zwischen seinen Tweedrevers ragte die stumpfte Schnauze eines Pflastersteinbrockens – einer Treppenstufe, eines Stücks von einer Bank? – hervor. Sein Jackett war fest –

drei Knöpfe – darüber zugeknöpft, und beide Hände waren hineingesteckt, ein zweifacher Napoleon, sodass sie den schweren Felsquader gegen Brust und Bauch drückten.

Mit dicken eisigen Fingern machte sie seine Hände frei und knöpfte ihm mühselig das Jackett auf. Der Stein rollte langsam von ihm fort, und Johns blutleeres, äußerst ruhiges Gesicht mit den weit aufgerissenen Augen stieg, nunmehr schwimmend, mit Leichtigkeit durch das einen Meter hohe grüne Wasser, wobei sein steifes Kraushaar – zum ersten Mal in seinem Leben – frei und fließend herumschwang, bis seine Gesichtszüge aus der Wasserfläche hervortraten und dort auf und ab tanzten und zur Ruhe kamen, taub und gleichgültig gegen die schrille, raue Trostlosigkeit ihres Schreis.

DAS SCHWACHE FEUER

Wir atmen jeden Tag fünfzehntausend Liter Luft ein und aus. Wie viele Atemzüge brauchte John, um seine Lungen mit eisigem Wasser zu füllen? Zwei? Drei?

Fünfzehntausend Liter Luft pro Tag. Wie notwendig dieses Gas für uns ist! Zur Ernährung des Blutes, als Verbrennungshilfe, als Brennstoff für das schwache Feuer, das uns von innen wärmt … Es ist die Kälte der Toten, was so an die Nerven geht. Und dazu noch diese vollständige Reglosigkeit. Wenn sich ein Schauspieler auf der Bühne totstellt, kann er das winzige Auf und Ab von Brust und Bauch nicht ganz verbergen, kann nicht jedes haarfeine Zucken und Schaudern der Hunderte von Muskeln völlig kontrollieren. Er ist nicht reglos. Die Systeme in seinem Innern pumpen und sondern ab, zersetzen und verbrauchen. Doch die absolute Reglosigkeit der Toten ist offenkundig unmenschlich. Der unbewegliche, leblose Körper ist ein Gegenstand – jegliche Bewegung hat für immer aufgehört. Der Mensch ist zu einer Teppichrolle geworden, einem Kartoffelsack, einem Holzscheit.

Ich brüllte und schrie wie verrückt, als ich den Talhang hinunter auf die Schimpansen zurutschte, doch anscheinend hörten sie mich nicht, oder sie kümmerten sich überhaupt nicht darum. Auf jeden Fall machten sie selbst einen ungeheuren Lärm, und Conrad stieß in seinem Schmerz und seiner Angst fürchterliche Schreie aus. Ich konnte sehen, wie Darius mit beiden Fäusten erbarmungslos auf seinen Kopf einschlug, während Sebastian und Pulul ihn am Boden festhielten.

Ich rannte quer über den Talboden auf die Mesquinhobüsche zu, dabei schrie ich ständig und suchte mit einer Hand in der Schultertasche nach Usmans Pistole.

Es waren acht erwachsene Männchen, die über Conrad hergefallen waren, jedes einzelne um ein vielfaches stärker als ein kräftiger Mann. Während ich durch das fahlgrüne Gras am Rande des Flüsschens watete, ließ mich der Gedanke daran, was passieren könnte, wenn sie mich angriffen, mit einem Ruck des Entsetzens stehen bleiben. Eine Sekunde lang rührte ich mich nicht von der Stelle. Dann hörte ich, dass Conrads Kreischen eine neue Intensität gewann, ehe es auf einmal abbrach.

Sie waren alle mir gegenüber auf der anderen Seite des Flüsschens, droschen auf die Mesquinhobüsche ein und sprangen in wahnsinniger Erregung auf Conrads Körper herum. Ich gab einen Schuss in die Luft ab, und sie wirbelten schnatternd und kreischend herum. Darius riss einen Ast von einem Mesquinhobusch ab und schlug damit auf den Boden ein. Americo und Pulul stürzten durch das Flüsschen auf mich zu, mit Imponiergehabe und Gebrüll, die gelben Zähne gebleckt. Darius stellte sich auf die Hinterbeine, mit gesträubtem Fell, die Arme weit ausgebreitet. Der Lärm war grotesk, wie ein metallisches Reißen, er hallte von allein Seiten wider, wüst und rau.

»HAUT AB!«, brüllte ich sie an und brachte die Pistole in Anschlag. »LAUFT WEG! LAUFT WEG!« Aber was bedeutete eine Pistole für sie, für den *Homo troglodytes*? Und was ich? Doch nur wieder so ein seltsamer, zweifüßiger Affe, der Imponiergehabe zur Schau stellte, herumlärmte und drohte.

Zwei andere durchquerten das Flüsschen. Pulul rannte ein paar Schritte auf mich zu, blieb stehen und zog sich zurück. Darius kreischte und riss in wilder Raserei Äste von den Mesquinhobüschen ab. Ich sah, wie Americo einen Stein aus dem Flussbett aufhob und ihn ungeschickt in meine Richtung warf. Pulul sprang gut drei Meter links von mir auf und ab und drosch mit den Händen auf den Boden ein. Rechts von mir schob sich Gaspar langsam vorwärts. Ich schaute mit flackerndem Blick zu den Mesquinhobüschen hinüber, ob da irgendetwas von Conrad zu sehen war.

Dann griff Pulul mich an.

Mein erster Schuss traf ihn in die Brust, ganz oben an der Seite, und warf ihn taumelnd zu Boden. Dann sprang Darius über das Flüsschen und galoppierte auf mich zu. Ich schoss ihm direkt ins Gesicht, als er noch knapp zwei Meter weit weg war. Ich sah Bruchstücke seines zertrümmerten Schädels in die Luft fliegen, als hätte jemand Münzen geworfen. Ich drehte mich um und feuerte auf den fliehenden Sebastian und Gaspar, traf sie aber nicht. Dann waren alle verschwunden, sprangen mit langen Sätzen und unter panischem Kreischen aus dem Tal davon.

Dann war es wieder still. Es waren keine Vögel zu hören, nur das Geräusch des vom Felsen herabplätschernden Wassers.

Pulul lebte noch. Ich ging vorsichtig zu ihm hin und behielt dabei ein unregelmäßig zuckendes und sich bewegendes Bein im Auge. Er lag von mir abgewandt, und ich sah, dass die Austrittswunde ein faustgroßes Loch in seinem Rücken hinterlassen hatte. Ich schoss ihm aus sechzig Zentimetern Entfernung in den Kopf.

Darius lag auf dem Rücken, die Arme ausgebreitet, als

würde er sich sonnen. Der obere Teil seines Kopfes, von den Augenhöhlen aufwärts, war entweder verschwunden oder nur noch ein langer verklumpter Saum von ausgepresstem Fleisch und Knochen.

Ich watete durch das Flüsschen, um nach Conrad zu suchen. Ich fand ihn verrenkt und blutig unter den Mesquinhobüschen. Seine rechte Hand war am Handgelenk abgerissen, und er schwenkte mit vorgetäuschter Angriffslust den Stumpf gegen mich. Sein Gesicht war rot und breiig, von Darius' Fäusten und Nägeln zerschlagen. Doch seine braunen Augen sahen mich so direkt an wie eh und je. Anklagend? Flehend? Feindlich? Verblüfft?

Ich schlich geduckt hinter ihm herum, damit er mich nicht sehen konnte, und feuerte aus fünfzehn Zentimeter Entfernung einmal oben in seinen Kopf.

Ich setzte mich für ein Weilchen auf einen Felsen. Als ich aufhörte zu zittern, machte ich mir in dem Flüsschen das Gesicht nass. Dann stopfte ich mir eine Tasche mit Mesquinhonüssen voll, ging um die Leichen von Darius und Pulul herum und wanderte in das Dorf zurück, wo João geduldig auf mich wartete.

Mir war viel wohler zumute. Ich war froh, dass ich Darius und Pulul getötet hatte. Ich war froh, dass ich dort gewesen war, um Conrads Leiden ein Ende zu setzen. Ich hatte meine Energie und Ruhe rasch wiedergefunden. Ich wusste, dass ich nie Gewissensbisse haben würde, weil ich ausnahmsweise einmal richtig gehandelt hatte.

Die Schimpansenkriege waren zu Ende.

EPILOG

Ich schaue auf den Strand hinaus. Eben ist ein schwerer Regenschauer durchgezogen. Die warmen Teakplanken meiner Terrasse dampfen sichtbar in der Sonne, als ob darunter ein Bottich brodelte. Draußen auf dem Meer ist der Himmel voll von den weichen bauschigen Wolkenmöbeln – den ausgebeulten Sitzkissen und gewundenen Sofas, den aufplatzenden Kapokkissen. Der Wind verscheucht sie und hinterlässt mir und allen anderen den Strand sauber und glatt.

Mein Haus war, wie Sie sicher schon vor geraumer Zeit erraten haben, früher Usmans. Das hat er mir vermacht. Ich habe fast meine ganze Abfindung von Grosso Arvore für die Renovierung ausgegeben und bin eingezogen, sobald das Dach darauf war.

Die feinen Zeichnungen von seinen Pferdebremsen-Flugzeugen habe ich rahmen lassen, und sie hängen jetzt über meinen Bücherschränken an meiner Wohnzimmerwand. Usman mit seinen lebhaften Träumen vom Fliegen …

Und es waren Träume. Ich habe mir ein Buch gekauft (ich weiß nicht warum – weil er mir fehlte, wahrscheinlich), eine Geschichte der Weltraumforschung.

Wenn ich es mir recht überlege, hätte ich nicht gar so überrascht sein sollen, aber ich muss Ihnen sagen, es war ein gewisser Schock für mich, als ich erfuhr, dass es keine ägyptischen Astronauten gegeben hat. Keinen einzigen. Es gab Vietnamesen, Inder, Syrer, Mexikaner und Saudis, aber nicht einen einzigen Ägypter. Im Grunde stört mich Usmans Lüge jedoch nicht: Der Traum konnte einen Moment lang in Entzücken versetzen, was ihm eine gewisse Geltung verschafft, würde ich meinen.

Ich habe in letzter Zeit viel an Usman denken müssen. Vor einer Woche ging eine fantastische Geschichte durch die Zeitungen. In einem lateinamerikanischen Land wurde ein Versicherungsanspruch für eine MiG 15 FAGOT geltend gemacht, die beim Start abgestürzt war. Als die Schadenssachverständigen das Wrack untersuchten, stellte sich – anhand der Seriennummern an bestimmten Teilen – heraus, dass eben dieser Jet schon einmal abgestürzt war, ein Jahr zuvor, hier in diesem Land, wo er bei der Rückkehr von einem Luftangriff auf Stellungen der FIDE im zentralen Hochland einem Fehler im Navigationssystem zum Opfer gefallen war. Das Flugzeug war spurlos verschwunden gewesen.

Seitdem ist bekanntgeworden, dass zwar acht MiGs durch Fehler im Navigationssystem verloren gingen, aber nur von dreien je das Wrack gefunden wurde. Skandalgerüchte schwirren durch die Luft; alles schreit nach bitterer Anklage. Ein ehemaliger Verteidigungsminister wurde wegen seiner Geschäftsverbindungen zu einem Waffenhändler aus dem Nahen Osten zum Rücktritt gezwungen. Beweisen lässt sich nichts, aber es besteht der starke Verdacht, dass diese Jets auf dem Höhepunkt des Krieges systematisch von ihren Piloten gestohlen, in ein anderes Land geflogen, neu gestrichen und unter der Hand verkauft wurden.

Natürlich ist mir klar, dass es auch echte Fehler im Navigationssystem gegeben hat, auch echte Abstürze, also wer weiß? Wer kann noch irgendetwas sicher wissen? Aber ich habe so meine eigenen starken Intuitionen und das merkwürdige Gefühl, dass der frühere Besitzer dieses Strandhäuschens womöglich eines Tages vorbeikommt, um zu schauen, wie es mit der Renovierung steht.

Und seltsamerweise meine ich jetzt überall, wo ich hinkomme, ihn zu sehen. Es gibt hier viele Syrer und Libanesen, und mein Blick fällt ständig auf Männer mit Bart oder Schnurrbart (irgendwie stelle ich mir vor, er würde sich einen Bart wachsen lassen …).

Das erinnert mich an die Zeit, bevor ich John Clearwater kennenlernte, als mein Leben vom Vorgefühl unserer Begegnung geschwängert war, die Luft schwer von der gespannten Erwartung auf dieses Zusammentreffen.

Ich trete auf die Terrasse und blinzle auf das Meer hinaus, über den strahlenden Ozean hinweg, und die Sonne wärmt mir das Gesicht.

John Clearwater.

Ich hatte gehofft, es wäre eine Nachricht in dem Notizbuch, das er auf dieser Steinbank liegen gelassen hatte, doch da war nichts außer ein paar hingekritzelten, runischen Gleichungen. Also bin ich auf mein Vorstellungsvermögen angewiesen, und ich stelle mir vor, dass er alles spontan getan hat, innerhalb von Sekunden. Er hat angefangen zu graben und konnte auf einmal den Gedanken an das, was die Zukunft für ihn bereithielt, nicht ertragen und ist zu dem Tümpel gegangen. Was über den Selbstmörder herfällt, ist die Zukunft, die gesamte Zeit, die da wartet.

John hat sich seinen Steinbrocken ausgesucht, ihn aus seiner moosigen Höhle gelöst, ihn an sich gepresst und ist bis zur Mitte des Beckens hinausgewatet und hat sich vornüberfallen lassen. Ein tiefer Atemzug mit offenem Mund hätte gereicht. Das Unvermeidliche muss man freudig annehmen, wie Amilcar zu mir gesagt hatte.

Ich schaue auf die Uhr. In einer Stunde bin ich mit Ginga verabredet. Ich arbeite immer noch für das Projekt, was Sie vielleicht überraschen wird. Ich hole Leute vom Flugzeug ab, organisiere in der Stadt Transporte und Lieferungen für die beiden Forschungsstationen. Das war Gingas Idee: Wo sie jetzt doppelt so groß waren, brauchte das Projekt eine Kontaktperson hier, einen Verwalter. Sie bezahlen mich recht gut; seit das Buch erschienen ist, mangelt es nicht an Geldern: *Der Primat: Die gesellschaftliche Organisation großer Menschenaffen.* Schauen Sie mal danach, sehen Sie es sich an. Lesen Sie die lange Fußnote auf Seite 74. »Hier haben wir Dr. Hope Clearwater für ihre unschätzbare Arbeit zu danken …«

Ich bin nicht wieder in Grosso Arvore gewesen – Ginga hält es für ratsam, mich fernzuhalten –, doch Eugene Mallabar habe ich dreimal kurz gesehen. Er begrüßt mich liebevoll, aber mit distanziertem Habitus – einem falschen, onkelhaften Charme.

»Meine liebe Hope …« – »Ach, Hope, meine Gute …« Er ist jetzt öfter in Amerika und hält Vorträge. Ginga und Hauser leiten die täglichen Geschäfte der Forschungsstationen. Über die Zeit damals im Wald wurde nie ein Wort verloren. Und soviel ich weiß, hat nie jemand die Leichen von Pulul, Darius und Conrad gefunden.

Ich gehe die Treppe hinunter zum Strand. Der heftige Regen hat die Furchen geebnet und die Fußspuren verwischt. Der Sand hat Grübchen wie ein Golfball, er ist fest und feucht.

Was nun? Was kommt jetzt? Immer diese Fragen. Immer diese Zweifel. So wenig Gewissheiten. Doch andererseits finde ich neuerdings Trost und Zuflucht in der Doktrin, nach der man seinen Seelenfrieden nicht in der Gewissheit suchen soll, sondern in einem auf Dauer ausgesetzten Urteil.

Ich gehe am Strand entlang und genieße meine Unentschlossenheit, meinen moralischen Schwebezustand. Aber das hält nie lange an. Der Strand bleibt bestehen, die Wellen rollen heran.

Zwei Hunde kommen hinter den Bäumen hervor und beschnüffeln das Strandgut. Mein stämmiger syrischer Nachbar kommt in einer indigoblauen Badehose von seinem Strandhaus heruntergejoggt. Er winkt mir fröhlich zu. »Das Meer ist immer frischer nach dem Regen«, ruft er und stolziert beherzt in die Brandung. Ich winke zurück. Ein Junge sieht drei Ziegenböcken beim Grasen in den Palmenhainen zu. Eine Krabbe bewegt sich seitwärts in ihr Loch. Im Dorf lacht jemand heiser. Der Gitterschatten des Volleyballnetzes zeichnet sich scharf auf dem glatten Sand ab. Ich erforsche diese Dokumente des Wirklichen mittlerweile so genau wie mich selbst. Ein Leben ohne Selbsterforschung verdient gar nicht, gelebt zu werden.

Wenn Ihnen dieses KAMPA POCKET gefallen hat, gefällt Ihnen vielleicht auch der Lesetipp auf der gegenüberliegenden Seite.

Schicken Sie uns bitte Ihren LIEBLINGSSATZ aus einem Kampa Pocket, bei einer Veröffentlichung auf unseren Social-Media-Kanälen bedanken wir uns mit einem Buchgeschenk: lieblingssatz@kampaverlag.ch